MEMORY HOUSE
记忆坊文化

蓝白色 著

致 To My Dearest

姗姗来迟

的你 上

江苏凤凰文艺出版社
JIANGSU PHOENIX LITERATURE AND
ART PUBLISHING, LTD

目录

楔子

S市。

傍晚。

闷热，潮湿。

空气中的躁动不安隐在树叶的斑驳光影下，踏在匆匆行人的短裙高跟上，更落在这许久静止不动的车流中。

连笑的车堵在南京路上半天不动，她坐在后座吹着空调拿着小扇，也拂不去这满脸的烦闷。

她刚带着公司新签的两个大网红走了一趟巴黎时装周回来，花钱买时装周行程、出入品牌酒会这些加起来三十多万，本想能和去年一样造一拨声势，结果不知被哪个杀千刀的录下蹭红毯的全过程，被那些网红扒皮号一炒，现在行内都在笑她的晗一公司吃相难看。

笑得最凶的当然要数晗一的死对头扬帆，连笑就纳闷了，扬帆有什么脸笑她？真当她不知道扬帆在到处找公关公司想买今年戛纳电影节的红毯一条龙服务？

司机看出她的焦急，配合地按了两下喇叭。

前头的车快速地打了两下双闪，以怨报怨。

车窗外骑着共享单车的男女轻松活络地在这一片拥堵中穿行不息，连笑扭头瞥见，羡慕嫉妒恨。

座位上的两部手机同时振了起来，其中一部显示着她的微博推送——一年一度的超级网红节开始了。

她点开直播。

网络有些延迟，她家刚捧上二十万粉丝量级的美妆博主刚出镜不到两秒，画面就卡在了那张漂亮脸蛋龇牙眯眼的一瞬间。

连笑忍不住翻了个白眼，那些营销号恐怕已经迫不及待地截下这张丑图，一会儿丑照就将全网满天飞。

年年如此，能不能有点新意？

随后出镜的是扬帆刚签的小网红。

连笑本想签下这姑娘，廖一晗却觉得她和公司里已有的网红撞了型，给否了，就这么让扬帆捡了个漏。

扬帆刚签完就带这姑娘去垫了个鼻子，颜值分分钟秒杀晗一今年签进来的两个"95"后，廖一晗那个悔啊。连笑倒是看得挺开，想着赶紧打听下垫鼻子的是哪家的整容医生，她好带自家的新人也去那儿修修脸形。

不等连笑的目光从屏幕里那个漂亮鼻子上移开，她的另一部手机又响了——廖一晗来电。

连笑关掉直播接电话，还未开口，廖一晗已经气急败坏道："你人呢？"

"路上堵着呢。"

"不会吧祖宗，你红毯压轴，现在告诉我你还堵在路上？"

"S市的城市道路建设惹仙女生气了，我谨代表S市政府向仙女表示由衷的歉意。"

"别以为我不知道你昨晚喝大了起晚了，才会现在还堵在路上。"

廖一晗手起刀落，拆穿她的谎言。

这两年随着晗一网红孵化业务的扩张，连笑对于自己个人的经营确实有些懈怠了，不仅老粉们抱怨她每次上新越发敷衍，就连这次去蹭时装周红毯，她本来不想去，当然结局也确实不太好——所有人笑晗一吃相难看的同时，也笑她这个过气网红往自己身上砸钱都砸不出个响来。

她跟廖一晗提过自己想转型，放掉她们的店铺Double L，退居幕后，专心跟廖一晗学公司经营。廖一晗劝她好好想想，毕竟Double L从最初一家小小的淘宝店变成一度炙手可热的网红店，虽然如今风光已不及盛时，可就这么放掉确实可惜。

既然放不下，就只能一直这样半吊子地继续着。

"如果真错过了一会儿的红毯，接下来一整年你都别想再沾一滴酒。"

电话"啪"地挂了。

本还无所畏惧的连笑一下就神色凝重起来。

廖一晗向来说到做到，酒那么好的东西一年不让碰，人生还有什么乐趣？

遥望这一路堵向天际的车流，连笑眼珠一转有了法子，掏出手机点开代驾。

不出五分钟，代驾小哥就骑着电动车敲开了她的车窗。

小哥一脸不解地看着这被夹在静止车流中的轿跑车："你叫的代驾？"

连笑一脸审视地看着这在静止车流中无障碍穿梭的电动车："你这车电量够吗？"

"啊？"

连笑踩着高跟鞋走下车来，把车钥匙抛给小哥："咱们今天换车开。"

不一会儿连笑就驾着电动车在车流的缝隙间鼠窜至不见踪影。

多年不开电动车，连笑也不怵，想当年她开着电动车载廖一晗去四季青批货，廖一晗拎两大包衣服，她脚下踏板上还放一大包衣服，小车照样保持平衡。

一路风驰电掣，将将赶到会场。

廖一晗今天有一场行业演讲，难得精心打扮一回，此刻就站在入口处等连笑，格格不入，引众人侧目。

连笑本想摘下安全帽时顺便撩个头发凹造型，可安全帽刚摘一半，廖一晗已不由分说地拽着她疾走，犹如搜狗："赶紧的，还有五分钟。"

众人就这么看着廖一晗拽着个头顶安全帽的不明人士一路穿梭进会场。

连笑也瞧不清楚廖一晗究竟把她往哪儿拽，直到廖一晗亲手替她摘了安全帽，连笑才看清自己已经身处红毯后台。

助理一个粉扑过来，连笑险些吃了一嘴粉，只能闭嘴任由助理补妆。

廖一晗大松口气准备撤，被连笑拽住："今晚大酒。"

还惦记着呢？

廖一晗无奈："你的人生除了酒还能不能有点别的追求？"

"融资！上市！赚！大！钱！"

最终在一众公司同事面前喝得形象全无的连笑，就这么高呼着她的又一人生追求，被廖一晗架上车。

廖一晗帮她扣好安全带，嘱咐尾随而来的助理："务必把连总安全送到家门口。"

看着车尾灯扬长而去，她才拎着裙摆回会所替连总收拾烂摊子。

是的，没错，连总又一次在酒后吃人豆腐。

廖一晗又一次不得不觍着脸找受害者道歉。

只不过这次的受害者似乎有点难搞。

廖一晗至今还没太弄清来龙去脉，只是听服务生说，喝蒙的连笑闯了男厕，从后面熊抱了此时此刻正愠怒地站在她面前的这位男士。

当然这位男士当时正在小便池前专心放水……廖一晗引以为傲的气场一下子就被对方比下去了，她开始思考拿钱了事的可能性。

余光瞄到这人的一身行头，领针、袖口、手表、鞋尖，她隐隐觉得自己今晚恐怕要破大财。

经理办公室里仍能隐约听见外头舞池里的喧嚣，原本负责调和的会所经理半天大气都不敢出，廖一晗只能靠自己："实在不好意思，我朋友绝对不是故意的。她只是喝多了而已，平常不这样。"

对方并未搭理，他带来的朋友则斜倚在墙边看好戏。

廖一晗也没法子了，真找警察来，场面可不好看："如果你需要精神损失费，可以提，合理的范围内我们乐意满足。"

他那倚在墙边的朋友看热闹不嫌事大，抱着双臂朝廖一晗走来："精神损失当然得精神补偿，你说是吧，朋友？"

廖一晗悄然退后半步。

此人也没再逼近，只微抻着脖子，饶有兴致地打量她："要不这样，你把你那个发酒疯的朋友带回来，她怎么对我哥们儿上下其手的，我哥们儿就怎么上下其手回来。"

流氓——廖一晗暗忖一句，面上不动声色，打断他："你看这样行吗？你和你朋友今晚的单我买了，当作补偿。"

直到这时，受害者终于第一次拿正眼瞧她。

也不知瞧出了个什么劲儿，他微微一张嘴："不自量力。"

那微微扬眉的样子，像是取笑，又像是同情。

什么意思？瞧不起她？

姑奶奶有的是钱，什么都怕就是不怕贵！廖一晗保持着最后一丝客气："没关系。"转头对经理说，"把他们今晚的账单送到我那儿去，待会儿一起结。"

对方略一低眉，应该是稍微权衡了一下，没再瞧她，缄口不语地朝门口走去。

他那吊儿郎当的朋友也跟着走了，路过廖一晗时，似笑非笑地拍拍她的肩："谢啦，款爷。"

就这么轻易答应了？

还以为是牛鬼蛇神，原来是虾兵蟹将。廖一晗可算虚惊一场。

当然最后拿到账单的时候还是有些肉疼的，一万两千元……

廖一晗刚要刷卡结账，忽地一愣，再定睛一细看，顿时两眼一抹黑。

她刚才少算了一个零。

"天哪！"

连笑半夜挣扎着醒过来。

此时的她，脑袋朝下，上半身在床下，下半身在床上，脸蹭着床边的地毯。

长老则枕着她的脚踝睡觉。她一醒，长老也被踢醒，睁着一双猫眼幽怨地瞅她。

她想要摸过床头的手机看时间，一抬胳膊疼得不行。

莫非她断片的那段时间被什么人揍了？

连笑皱着眉头毫无头绪，吃痛地将胳膊一抬到底，倒也没见有明显的伤痕。

长老悄无声息地猫进她的怀中求摸，连笑一手抄着长老起身，一手拿过手机。

廖一晗竟然给她打了二十通电话。

连笑回过去，没人接。

长老在她怀里越发显沉，连笑低眸点它的鼻子："你可不能再长胖了。"

长老喵了一声，死不悔改。

廖一晗常数落长老好端端的一只布偶胖成那样，以后交配都被嫌。连笑虽护犊，但听廖一晗说多了也开始担心它以后要打光棍，酒还没彻底醒，已经披了衣服准备出门遛猫。

最初遛它还怕它不适应，长老却喜欢极了这项新活动，但光喜欢有什么用？体重依旧只增不减。

这个楼连笑刚搬进来不到一周，虽然全款还没还完，房子的装修倒一点没含糊，也算是斥了巨资，正是最捉襟见肘的时候，自然在听到廖一晗电话里那句"十二万"时，手中的遛猫绳都吓掉了："什么？！"手机那头的廖一晗早已生无可恋："别逼我再回想一遍，肉疼。"

两个女人在手机两端分别陷入无声的绝望时，长老却不知被什么声音吸引，拖着遛猫绳，轻巧地蹦上了连笑身后的庭院围墙。

围墙是阶梯式的封闭设计，连笑回神时，只见长老又往上蹦了一级，连笑赶紧踩住垂在地上的绳子那一端，好歹是拽住了长老。

这时候再分神去回想几个小时前的事情，连笑半点支离破碎的记忆都没有："我一点也不记得我摸了谁，咱是不是被仙人跳了？"

此时的廖一晗正在赶去逮连笑的路上。

"要不要我把人家为了躲你一路从男厕挣扎到走廊的监控发给你看？"廖一晗说。

连笑语气里透着心虚："不、不用了吧。"

车速有点快，密封性再好的车子都能隐约听见外头的风声，连笑那心虚的声音衬着风声，显得更虚了。

"你还没刷卡吧？"连笑改口问。

"我跟会所老板熟，让我挂了账，暂时还可以拖着不结，但也拖不了太久。"

"找到那个人，道歉就是了。你等我……长老！"

突然一声惊叫打断了两人的对话。

廖一晗还没闹明白电话那头发生了什么，只听一片嘈杂过后，又接上了连笑的声音："我待会儿再跟你说，长老蹿进人家院子了。"

连笑赶紧挂断电话。

此时的长老已经挣脱遛猫绳，跑别人家里去了。

眼看那肥胖的身影以她完全无法想象的矫捷动作越墙而入，连笑犹豫片刻，一咬牙，卷起袖子也跟着爬了上去。

可即便她把攀岩时学的那些三脚猫功夫尽数用上，依旧只爬了一段便气喘吁吁，视线依然无法越过围墙顶端，窥伺到墙内的光景。

"长老！长老！"

连笑扯着嗓子唤了半天，没有半点回应。

她铆足劲儿，正打算再往上爬一段时，就发现了顶头处的监控摄像头。

摄像头左右各一，镜头下角的红灯闪着生人勿近的光，连笑一看就怵了。

什么变态会在自家墙外装这么多监控？

连笑不敢再造次，只能徒劳地呼唤："长——老——"

倒也不算徒劳，她这么一唤，长老竟真的从墙内探出双猫眼。继而，它整个身子慵慵懒懒地沿着墙头蹦跶下来。

全程竖着尾巴，一脸餍足。

长老轻巧地蹦回地上，半晌连笑才连滚带爬地跟上。

顾不上一手灰，她捞起长老就走。

本该宁静的夜，真是一点都不宁静。

连笑年纪越大越信风水，搬了新家果然旺她，除了小半个月前的那点小插曲，一切都顺利得让人意外。

和国内化妆品线上销售巨头容悦的合作已见雏形，容悦想要利用网红渠道销售全新的自主品牌化妆品，目前唯一的问题卡在分账比例上。晗一坚持三七分账，晗一拿七，容悦拿三。

容悦还在犹豫，不过最后应该会妥协，毕竟现在以流量变现的能力论，晗一是他们的最佳选择。

真能签下这单，梦里都会笑醒。

每次和容悦开会都犹如上战场，今天也不例外，连笑特意挑了个黄道吉日，一早起来沐浴更衣，一边吃早餐一边等廖一晗顺路接上她。

门铃悦耳地一响，连笑吮着手指上的草莓酱跑去开门，头上还挂着一堆凌乱的塑料发卷。

门开了，外头站着的却不是廖一晗。

连笑放下吮着的手指，警惕地看着面前的这位陌生人："你是？"

对方一身黑衣，像是刚晨跑完还没来得及换下一身运动服。

相比这一身行头，对方的脸可就没那么朝气蓬勃了，戴着帽子，帽檐压得很低，教人玩味不出是什么表情，只看得见那线条利索的下半张脸。

长老躲在半远不近的地方看热闹。

他看看连笑，再看看长老，看看长老，再看看连笑。

他的此番视线流转均被帽檐遮挡，不明就里的连笑领地意识一被激起，音色中多了几分不客气："你谁啊？"

她那一头五颜六色的塑料发卷落在他眼里，引得他眉梢似有一抽，这才抬眼直视她的眼睛。

连笑终于看见他的眼睛，那眼底风云变幻莫测。

"我的猫怀孕了。"

"……"

"你的猫干的。"

谁告诉她今天是黄道吉日来着？

Chapter. 1

你好，方先生

　　长老喵的一声耷拉着尾巴躲沙发后头去了。连笑扭头只瞅见长老那心虚的尾尖一闪即逝，她尬笑一记才找回自己的声音："是不是有什么误会？"

　　"上个月19号凌晨两点十六分。"

　　对面这人连语气都无半点起伏，点到即止也没提醒太多，看着挺不好惹，连笑在这无形的重压下，脸都快皱成一团地努力回想，上个月？19号？凌晨？两点十六分？

　　看来酒喝多了记性真的会变差，她连上个星期的事都没印象了，更何况是上个月。

　　直到这时连笑才发现，这人脚边搁着个猫包，一双碧色的眼珠隔着网兜已瞅她多时。连笑蹲下去将猫包拉链拉开一角，里头的布偶就这么伸出只前爪，软软的爪子搭在了她的虎口上。

　　"这是你的猫？"连笑被儿媳妇的颜值俘获，声音都酥了。

　　却遭亲家冷声喝止："哈哈哈，回去。"

　　哈哈哈？连笑正听得一头雾水，那只爪子已听话地收了回去。连笑这才悟过来，这只猫名叫"哈哈哈"。

缘分还真是妙不可言，儿媳妇竟然跟她同名，她中学时的外号就是这个。连笑连笑，连着笑不就是"哈哈哈"？

连笑咽口唾沫："要不这样吧，这位先生……"

她蹲着，他站着，她抬头朝他说话的时候终于看清帽檐下那张脸，顿时哑了口。

这人依旧面无表情，连笑却显然已认出了他，双唇颤巍巍地蹦出一个字："你……"

"……"

"方迟？"

这人突然被她叫出全名，似乎有点错愕。

这下可尴尬了，连笑蹲也不是，站也不是。显然他还没认出她，连笑犹豫着该不该自报家门，毕竟就算报上大名，他很有可能依旧不记得她。

"W市一中？"连笑不妨再多提醒一句。

怎么说也是中学校友，还是隔壁班，他当时的好哥们儿还追过她，虽然惨遭她拒绝。

前两年校庆的时候，她和他作为优秀毕业生代表，还被邀请回校参加分享会。当然最后他并未出席，只有印着他照片的易拉宝摆在她的照片旁边。

还真对她半点印象都没有？连笑看他那波澜不惊的脸，默默叹口气："你大概不记得了，我们是高中校友。"

"哦？是吗？"

哦？

是吗？

如此轻描淡写的语气。

连笑彻底放弃套近乎了，对儿媳妇的好感也彻底败给了这不可一世的亲家公："你怎么证明是我家猫干的？"

他似乎料到她有这么一招，当即掏出手机送到她面前，点开手机视频，当着她的面播放。

似乎是从整段监控视频里翻录下来的，画质并不清楚，只见一个穿着白色睡袍的身影深夜里蹲在墙角打电话，身边还带着只双眼泛光的猫。直到猫翻墙消失，"白睡袍"才夯毛而起，一路爬墙而上，姿态狼狈，并且在攀爬过程中两次露底。

　　连笑浑身僵硬，咽口唾沫。

　　他划到第二段视频，画面中一只双眼放光的猫在院子里信步溜达一圈，竖着尾巴直奔猫舍而去，极尽不可描述之事……

　　他在中途点了暂停："还需要再往下看吗？"

　　连笑连忙摆手，她一点都不感兴趣。

　　他顺手甩给她一个牛皮信封："这是孕检单，你怀疑真假的话可以打这家宠物医院的电话证实。"

　　一气呵成，分明有备而来，连笑颇有些腹背受敌之感："那……你想怎么解决？"廖一晗的车九点准时停在连笑家楼下，电话打过去，响了半声对方竟然就接了，廖一晗有些始料未及，还未开口，已被连笑抢了先："我换身衣服马上下来。"

　　不仅接电话前所未有地快，连语速都前所未有地绷，廖一晗刚觉察出一丝异样，那端的连笑已迫不及待地挂了电话。

　　为了今天签约，她可是全副武装，带了助理撑场面，让司机开了辆尽显稳重的S500，自己还精心化了个显老五岁的妆，有了这身行头加身，简直忍不住要用鼻孔看人。

　　不一会儿连笑就推开了大堂玻璃门，径直小跑下台阶，被廖一晗此刻的意气风发一衬，连笑耷拉着脑袋越发如丧家犬。

　　连笑一坐进车里，廖一晗就忍不住捧起她的脸："你这是怎么了？"

　　连笑的声音几乎是从齿缝间挤出来的："我要做奶奶了。"

　　"啊？！"廖一晗这声惊呼吓得刚发动车子的司机连忙脚下一记急刹。坐在副驾假装看文件，实则听八卦的助理手里的文件瞬间撒了满地，赶紧去捡。

　　"长老把别人家的猫给办了。"

"不同品种？"

"没有，都是布偶。"

"那你担心什么？"廖一晗撒开捧住她脸的手，"这下你不用担心它绝后了，不正好？"

连笑默默咬了咬牙，没接话。

愁，怎么能不愁？长老摊上那样的岳父，也不知是福是祸……

这么想着，连笑脑海中又不期然响起片刻前自家门外那男人毫无起伏的声音："哈哈哈身体比较虚，所以你这个婆婆以后要随叫随到。"

"随叫随到"这四个字，连笑此刻细细咀嚼一番，已经隐约预感到自己未来很长一段时间会很不好过……

司机刚重新发动车子，连笑的手机就振了起来。

她的微信提醒对方已接受好友申请。

连笑还没来得及把对方的备注改成"方迟"，方迟已发了条微信过来："晚上七点采购食材给你媳妇做营养餐，请准时。"

"神经病啊！"连笑忍无可忍地把手机扔到一边。

此时此刻，被狠狠咒骂的某人正站在楼道尽头的窗边，看着楼底那辆刚启动就急刹的S500，噙着笑收起手机。

他举起另一手中的猫包，隔着网兜表扬闺女："这拨稳，晚上给你加餐。"

果然古人欺我，今天大概真不是什么黄道吉日，上午晗一和化妆品公司的谈判并没能得出最终结论，对方公司正逢高层更替，和晗一的合作是目前在任的CEO牵的头，该CEO即将离职，新任CEO又拖着不尽早接任，美其名曰目前正在澳洲度假，但分明是不想插手前任牵头的项目。廖一晗可等不及这位新CEO没完没了地度假，当即订了晚上的机票，打算飞澳洲一趟。

无论是最初的小淘宝店，还是今时今日的网红孵化公司，连笑和廖一晗一向分工明确，连笑负责前端，包括选款和签新人；廖一晗则负责运营,在网红们还在单打独斗、各自为政的时期,她们已经把自己掌握的供应链及粉丝资源整合,分享给签约的KOL(Key Opinion Leader)们。两个不到三十岁的女生,用五年时间把百万的销售额做到三千万,当然有人眼红。她俩也都知道外界是怎么评价她们的,不外乎是连笑占了廖一晗多大便宜,又或者是廖一晗死抓着公司不放,连笑顶着合伙人的名头实际早已被边缘化。

外界都在等晗一内部争斗,她们却注定要让围观群众失望了。

友谊万岁。

廖一晗和连笑回了趟公司,廖一晗开了个高层会议就撤,回去收拾行李赶赴澳洲。连笑则是出了会议室回到办公室便一直百无聊赖,狐朋狗友们把今晚的KTV包厢号发到她微信上,她才想起来今晚好像还有正事要办。

果然酒喝多了记性差,翻到早上的那条微信她才想起来正事是什么,可让她真的为此推掉今晚的酒局,连笑又不乐意。脑筋一转计从中来,她赶紧发个微信问亲家公:"哪家超市?"

等了差不多十分钟,有了回信:"你现在在哪儿?顺路接你。"

他都不知道她在哪儿,怎么就已经知道能顺路了?

连笑也没太纠结这个问题,她一门心思想着怎么变着法把这事给拒了:"现在正好是堵车的点,你接上我去超市买食材,再一路堵回家,烹饪最起码还得一个小时吧,你家猫等着吃上这口都得等到九点多。孕妇可禁不起饿,你说是吧?"他没回。

连笑直到这时才把自己的真实意图打出来:"要不你看这样行吗?我家有现成的猫食,是我给长老做的。我一会儿回家把东西送上门,热一热就能给你家猫吃。"

末了不忘补充一句:"昨天刚做的,特别新鲜,你放心。"

他依旧没回。

连笑就当他答应了,一边拎包走一边回狐朋狗友的微信:"那今晚见啦,不醉不归。"

连笑今天没有开车来,在滴滴上叫了辆车。等她下楼车也到了,她一路风风火火地钻进车里，报上地址，全程未发觉不远的停车格里正停着辆轿车，车窗嗡的一声降下，露出方迟的侧影。

他目送着那辆出租车扬长而去。

他手里的微信页面还停留在"昨天刚做的，特别新鲜，你放心"这句话上。

晚八点，闹市的主要街道正经历着一天一度的晚高峰，堵车的队伍绵延成星光璀璨的车河。

正值周五，新天地沿街的大小餐厅里、露天桌椅边均是烛光闪闪，衣香鬓影，也算是闹中取静。不过要论闹中取静的极致，还要数新天地最好的一处地段——刚装修完还未正式对外营业的某网咖内。

方迟、谭骁正在组队专心"吃鸡"，两人全程戴着耳机，网咖内安静得不像话。哈哈哈在电脑桌间游走时爪子剐蹭桌面的声音，听起来异常清晰。

方迟前段时间新签的两个大名鼎鼎的游戏主播也在队伍中，随便陪老板玩一局，深谙点到即止的规则。方迟顺利"吃鸡"，看着屏幕上的"16杀"战果，满意地摘了耳机，抱过猫来摸两把，总算郁结散去。

谭骁则是摘了耳机就拿起手机噼里啪啦地打字。他今晚可是舍妞陪哥们儿，总觉得损失巨大。

方迟睨一眼谭骁的手机屏幕："又撩妹？"

"是我在被人撩好吧？"

"谁这么不知死活，敢撩你辣手摧花谭不挑？"

"谭不挑"这外号还是方迟给谭骁取的。想当年谭骁真是有妹就撩，半点不挑。这两年收敛得多，谭骁声称自己是玩腻从良，方迟却始终怀疑他是某项功能用多了出现障碍，才身不由己。

"还记得上回在厕所对你性骚扰那女的吗？"

方迟一经想起，眉头又皱了起来："她对你也下手了？"

"没。她那边派了个小助理天天来求我，求我们别跟一帮小姑娘一般见识。你知道的，我最禁不起小姑娘可怜兮兮地求饶。要不这样，那天的账单算我头上？"

"小姑娘？"方迟倒是半点不怜香惜玉，"欺负我在厕所遇袭的时候一直没看清那女人的脸，是吗？看她那架势那手法，起码是个三十五岁以上的熟女。"

哈哈哈在他怀里喵了一声，表示赞同。

"哟，还记得人家的'手法'呢？"谭骁凑过脸来，"看来我们小迟迟没少回味那一晚。"

"滚。"

谭骁却坐实了他的莫须有罪名，一副过来人的样子："熟女自有熟女的魅力，我懂。"

"看来你是想再体会一遍熟女的魅力。我很乐意帮你把Joanna约出来让你俩再续前缘。"

谭骁顿时正襟危坐："别别别！"

Joanna是方迟的一个B2C项目的合伙人之一，谭骁曾作死一撩，不承想真把姐姐撩上了手，虽然恋情不过三个月，但Joanna至今仍对谭骁颇难忘怀，谭骁却避之唯恐不及。此杀招一出，谭骁乖乖自行转移话题："那小助理约我待会儿去喝一杯，要不要一起？"

"不必，我有约会。"

"得了吧，你真有约会的话，还会无聊到跑我这儿来'吃鸡'？"

方迟尴尬一咳，他本来……确实是有约会的。

可惜被人放鸽子了。

"我和我的泰拳教练有约。"方迟改口道。

女人多好，软软糯糯。泰拳教练？谭骁兀自摇头不敢苟同："成天跟个比你腹肌还多两块的男人腻一块儿，你也不怕被掰弯。"

道不同不相为谋，二人就此别过，方迟去会八块腹肌教练，谭骁去赴年轻可爱助理。

方迟把哈哈哈送回家再转去拳馆，教练已等他多时。换了装备，还没热身就上场，看来是带着火气来的。

对阵的教练十分专业，方迟一局下来打得酣畅淋漓，又展了筋骨进行第二局。

教练都有些受不住这架势，中场结束时赶紧给台下的助手使个眼色。助手一路小跑去贩卖机买了两瓶运动饮料，折回台下，两瓶运动饮料接连往台上扔。方迟轻巧地接住其中一瓶，教练则已经用最快的速度打开了另一瓶，终于有了休息的理由："缓一会儿再继续吧。"

方迟撑着拳台边一跃而下，直到这时才发觉自己手腕发僵。他解了拳套，拳套已汗湿大半。

教练坐到拳台边，正与倚站在台下的方迟一般高："你昨天不是把今晚的课程都推了吗，怎么又过来了？"

"被放鸽子了。"

"谁这么胆大，敢放你鸽子？"

他基本不主动邀约，对被拒绝这种事自然也就没什么经验。但比起好奇对方胆子多大，方迟其实更想知道对方现在人在哪儿，在做什么。周五的夜晚，能做的事可多了……

教练还在等回答，方迟搁在拳台边的手机却突然响了起来，彻底断了教练的八卦之路。

谭骁这通电话分明是打来嘚瑟的，接通就是一句："你没来真的太可惜了。原来她们这帮人都是网红公司的，刚喝上就已经来了不少网红，啧啧，这一个个盘正条顺的……"

"谁上回还说网红的脸没法看，苹果肌、大欧双、玻尿酸？"

谭骁对自己说过的话全然不提："我们正玩真心话大冒险呢，这帮姐们儿玩得可狠了，你现在抛下你的泰拳教练还来得及。"

"我还是更……"

方迟话音未落，就被手机发出的"嘟嘟"声打断，有另一通电话切进来。他看一眼手机屏幕，稍稍一愣。

通话那端的谭骁没听着他的后话，估计以为信号不好，纳闷地"喂"了两声，方迟却已经指尖一带，切到了新打进来的电话上，调整呼吸。

"喂？"

大概是因为他的声音过于寒意逼人，电话那头沉默半晌，才慢吞吞开了腔："我……"

"……"

"我想要。"

那扭扭捏捏不情不愿的声音，彻底吓掉了方迟手中的拳套。

此时此刻的连笑，坐在沙发正中央，面对着十几双看热闹不嫌事大的眼睛，嘴唇咬得发白，脸却通红。

虽然她常自诩公私分明，但现下她玩真心话大冒险输了，在场有不少她的下属，竟然都不帮她，反而全部憋着笑看好戏，连笑突然很想哪天找个机会公报私仇一下。

游戏输了又不肯玩真心话大冒险可是要罚酒的，而廖一晗不在场的情况下她真不敢轻易喝醉，助理也劝她想想上次喝醉轻薄陌生人带来的恶果。连笑几番权衡利弊，才选了大冒险。

却不承想出题的人这般刁钻，竟要她当场打给通话记录里的最新联系人。

而她今早因为猫的事，为了互存号码，打了通电话给她那眼高于顶的老校友……

待连笑终于憋着口气把话说完，电话那头果然半点声音都没有。

连笑完全可以想象对方此刻是何种吃了苍蝇般的表情。

关键是，她这边还开着免提，他要是当众骂她，那……颜面何存。

不仅这端的吃瓜群众屏着呼吸不喘大气，手机那端同样被按了暂停键似的。连笑一颗悬着的心卡在嗓子眼，脑子一热，手已移向挂机键。任务没有完成，大不了罚酒，连笑已经有了觉悟。

可就在电话被挂断的前一瞬，公放里突然传出分明清清冽冽却莫名醍醐灌顶的一句："你在哪儿……"

电话被连笑挂了。

包厢内全体静止三秒，大家一时之间似乎都忘了连笑任务没有完成，他们此刻应该起哄让她喝酒，结果全部焦点反而集中在了……

"连总，那男的谁啊？声音蛮好听的嘛。"

连笑只能庆幸自己喝了不少，大概谁也不清楚她脸红的真正原因。她作势环顾四周，面对一张又一张嗷嗷待哺的脸，看来大家对这个问题都很好奇。她终于拿出老板的威严："我不玩了，罚几杯够？"

助理同情地指了指连笑面前的茶几。顺着助理所示，连笑一眼扫过那一排八杯深水炸弹，心里默默骂了一句。

听筒里传来嘟嘟声，方迟才发现通话已经被掐断。

方迟愣了足有三秒，才被听筒里谭骁的声音唤回。原来手机已经自动切回了他和谭骁的通话。

"没什么事我先挂了。"方迟音色有些紧绷，他已毫无心思去听谭骁还想说些什么，此刻满脑子都在想自己是该回拳台再打一局，还是打个电话回去问那女的到底什么意思。

耍人吗？

现在都流行这么耍了？

可正当他要挂断电话，谭骁却颤巍巍地阻止了他："我刚才好像……听见你的声音了。"

谭骁的声线竟比他还紧绷数分。

方迟原欲挂断手机的指尖倏忽僵住。

"就上次在厕所骚扰你那女的，刚玩大冒险给人打了个电话……"

"地址发我。"

方迟啪地挂了电话，头也不回地朝出口走去。那身影风驰电掣，教练回头时，只看见方迟刚解下的那只拳套正孤零零地躺在通往出口的过道上，彻底被人遗忘。

一小时后。

刚登上飞往悉尼的航班的廖一晗准备关手机的前一刻，竟来了通电话。

是连笑的助理打来的。

廖一晗想着速战速决，电话一接通便开了口："怎么……"

她最后一个"了"字还没说完，就已被惊惶地打断："连总不见了！"

"什么？"

她一声惊叫吓得头等舱的乘客们全都投来注目礼。

"连总喝醉了，我最后看见她的时候，她好像正拽着个男的不放，然后……然后就不见了。"

"她是被坏人趁机捡走了，还是被她骚扰的那个人报警把她抓走了？"

小助理的声音抖得不成样子，六神无主散在每个尾音上。廖一晗话不多说，起身准备去开行李架，正碰上空姐上前提醒："您好，航班马上要起飞了，请您回到座位系好安全带并关闭手机。"

廖一晗倒是真把手机放下了，开口却是一句："我要下机。"

空姐估计以为自己听错了，哑然地张了张嘴，不知该如何作答。廖一晗却以最快速度开了行李架，拿了随身行李自空姐身侧过去，径直朝前舱走去。

此时此刻的连笑正被人一把塞进车后座，妆也花了，鞋也没了，整个人狼狈至极却浑然不知，还在那砸吧着花了妆的血盆大口，不知正回味些什么。

车门砰地关上，也没震醒她。

车厢内安静不过三秒，驾驶座的门被人拉开，一个身影坐进驾驶座，衬衣领口是被蹭得乱七八糟的口红印。

此人关了车门第一件事就是拨下挡风玻璃上的镜子，果然自己脸上也有口红印，难怪他抱着这女色魔一路走向停车场时，偶遇的路人全都拿异样的眼神看他。

透过后视镜看车后座那女人，方迟怎么也无法把她和记忆里那个被男生稍微碰一下就能洗一早上手的样子画上等号。

百思不得其解，唯有发动车子远离这是非地。

谭骁在这时候打电话来，方迟是真不想接，可恼人的铃声一遍又一遍地响，眼瞅着后座那女的睫毛颤着颤着似要被吵醒，方迟手速飞快地按下接听键："说。"

"过来了吗？"

"路上。"

"你大概要白跑一趟了，今晚的局散了。"

方迟十分违心地挤出两个字："可惜。"

谭骁那张嘴却真真峰回路转："不过不要紧，我约了几个局上认识的新朋友，一会儿吃火锅去。"末了不忘低声补充，"女的。"

"哦，那祝你今晚别累坏了身体。"

他这从头至尾波澜不惊的语气引得谭骁很是诧异："你不一起？"

方迟没作声，只透过后视镜瞄了一眼后座，光这一个已经够他忙了……

在谭骁无比惋惜的叹息声中，方迟挂了电话专心开车……还真专心不了，这女的是喷了多少香水？香氛混着酒精，那味道说销魂不销魂，说刺鼻不刺鼻，他不得不降下车窗透气。

第一缕夜风吹进后座的瞬间，后座这女的竟被唤醒了似的，眼睛都没睁开，人已腾地坐起。后视镜里突然出现这么个腰杆挺得笔直的身影，方迟吓得猛踩刹车，正停在十字路口的红灯下。

惯性令他弹靠回椅背上，原本还在后座挺尸的那人已经扑了过来，双臂自两边包抄，瞬间剪住方迟的脖子，剪得他没法动弹。

一个月内连续两次被同一个女人骚扰，这滋味……方迟刚皱起的眉心却因目光所及处那一片白皙的皮肤而微微一定。

耳边怎么会突然回响起谭骁的声音："城里的女人，就是白……"

方迟面色依旧，喉结却隐隐滚动一番。

眼看她越凑越近，越凑越近，方迟突然就有些恼，猎物都已经坐以待毙，猎人怎么还这么磨叽，三秒都不够她把他吃了？

对这慢条斯理的凑近终于忍无可忍，方迟一把扯开剪在他脖颈上的那双胳膊，捧起这女人的脸，倾身而起要反客为主。

此般四目相对，才发现这女人嘴里一直嗫嚅着什么。

方迟听清了，俯身的动作被逼停。

"周……"她在说。

方迟一愣之后转瞬皱眉，世界上姓周的何其多，没两千万也有一千万，方迟却瞬间就想到了那千万分之一的可能性。

"闭嘴。"方迟几乎是本能地低声喝止。

却未能阻止。

"……子杉。"

方迟顿时烦得不行，一把将她推回后座。

后座这醉鬼却还在自顾自喊话："不就因为她能跟你睡吗……你怎么知道……"

话音未落，车子已猛地一记急转，右拐疾驰而去。车厢内一阵人仰马翻，连笑被带着滚落在地，准确来说是卡在了座位的间隙里，再也动弹不得。

沉着脸的司机回头瞄一眼座位间隙里卡着的人，脸怼在前座的椅背上，咧着五官很是可笑。

嗯，解气。

之前把这女人从KTV带走时，方迟还小心翼翼地抱着她，甚至替她拿鞋，现下他的车在自家车库停稳，他再把她弄下车时可就没那么客气，直接打包扛走。

一路把人扛到公寓门口，他才把她放下，不客气地捻起她的食指，把指纹锁解了，再一路扛着她进屋。

长老听见动静，踩着猫步过来瞧热闹，见自家主人被对方扛沙包似的扛来丢去，半点护主精神都没有，甚至连笑被扔进沙发的下一秒，它就跳上沙发踩在连笑背上，垫高了自己，以更好地仰视站在沙发旁的方迟。

"长老？"方迟依稀记得它应该是叫这个名字。

他前几天发现哈哈哈的异样，带它去看病，竟查出有孕。自家闺女被欺负，他整夜没睡，调出一个月内的监控，誓要查出是哪个混账干的好事。果然发现在一个月黑风高之夜，有只布偶猫翻进了他家院墙。

布偶猫的主人也入了镜，这位女主人惊慌失措的面孔在监控镜头下一闪而过，方迟本没注意，却在镜头一闪而过之后如遭雷殛，倒回去看了一遍。

又一遍。

那晚她那惊慌失措的样子和今晚狼狈不堪的样子，到底有什么好看？方迟在沙发边站着，看了一遍又一遍，也没品出哪里好看来，可就是移不开视线。

不知是长老踩在她背上她嫌重，还是她本身睡相就不好，眼看她一翻身就要往沙发底下钻，方迟赶紧伸手，但还是晚了，她已闷头摔在沙发旁的地毯上，看着都疼。

看来这宽窄不过一人的沙发远不够她折腾，方迟扭头问被吓得蹿到沙发背上的长老："卧室在哪儿？"

长老倒是聪明，蹿下沙发径直朝一个方向走去。

方迟抱起地上这醉鬼，跟上。

跟到一半才发现，自己高估了这只猫，它直接把他带到了它的猫砂旁。

方迟无奈："真怕你会拉低我外孙的智商。"

待方迟终于把连笑成功放在卧室床上，手都酸了。这女人就算瘦，好歹也有一米七的个子，她沉沉地往床垫里一陷，方迟矮身坐在床边，歇口气。

就这么歇口气的工夫，扭头再看，原本还在床中央躺着的她不知何时已经蹭到了床边。看来一米八的床也不够她折腾。

眼看她又要摔到床下，方迟倾身过去强按住她的肩不让她再乱动。

大概下手有些重，她吃痛地一皱眉。

方迟赶紧松手。

她的眉头却不见舒展，反而越锁越深，甚至开始反胃起来。

眼看这女人反胃的样子越来越明显，方迟终于意识到她不是睡相差，而是早就想吐，他赶紧弹开。

弹开的前一瞬，被吐了一身。

一路尾随的长老听着自家主人呕心沥血的干呕声，难为情地捂住了眼。

方迟在洗手间里足足待了一刻钟才勉强把自己清洗干净，长老从门缝里挤进半个脑袋来，跟个小间谍似的盯着他的一举一动。

只见洗手间里的男性人类把脏衬衫往垃圾桶里一扔，就这么光着上半身站在洗手台前。他的目光从镜中的自己慢慢下移至整个洗手台面，检视了一圈之后，再随手打开洗手台边的壁柜，终于，面色回暖。

很好，没有任何男性用品的踪影。

男性人类笑起来的样子如大雪初霁，长老斗胆又跟进了几步，往他脚边一坐，仰头看，只见这男性人类只穿着一条西裤，他低头瞧它："看来你是这个家里唯一的公的。"

长老歪了歪头，显然没听懂，但见这男性人类信步走出洗手间的背影，就犹如猫得意地翘着尾巴一般，似乎又懂了些什么，赶紧悄摸跟上。

刚跟到一半，长老蓦地定住。

只见这男性人类刚走出门，就被门后不知躲藏多长时间的一记闷棍猛地一击，顿时僵立。

方迟就这么狠狠挨了一闷棍，那狠劲儿，吓得长老毛都乍了。

方迟都没来得及回头看，已两眼一抹黑。

最后的意识里，只有个陌生而焦急的女声在似近似远处喊："连总？连总？"

连笑醒来已是隔日中午。

那一排八杯深水炸弹果真厉害，她头痛欲裂地从床上挣扎着爬起时不忘感叹。

又缓了好半天，她才一步三停地进了洗手间。要知道一晚上带妆睡有多毁皮肤，她脑袋都还是蒙的，却已经条件反射地去扯卸妆巾，冰凉的卸妆巾往眼上一敷，才终于感觉活过来了。

不知长老是何时进来的，连笑正闭着眼仰着脖子站在洗手台前，就听长老喵的一声唤她注意。

"干吗？"

"喵……"

"知道啦，知道啦，一会儿就给你放猫粮。"连笑自以为是地领会着。

"喵！"

"对不起，对不起，我知道我起晚了，下次一定不饿着你行了吧。"

"喵！"长老的叫声一次比一次急。

"你还想怎样啦？大不了今天再给你加个猫罐头。"

长老终于不叫了，看来还是猫罐头魅力大。连笑刚松口气，却听哐当一声，似乎是垃圾桶被掀倒了，她摘了卸妆巾低头一瞧，长老真的把垃圾桶弄翻了，还半点儿不知错，接连蹦上洗手台，有恃无恐地看着她。

连笑不得不拿出铲屎官的气势，一边蹲下去收拾垃圾桶，一边低斥："干吗？想造反？以后别想让我再给你买猫罐……"

最后一个字被连笑乍然而起的错愕吞了，她在这堆垃圾里发现了件衬衫。

男式衬衫。

连笑端详衬衫半晌，抬眸望向长老，长老慢条斯理地喵了一声。

所以这才是它大中午造反的真正原因？

可光是一件衬衫能说明什么？连笑从款式到品牌研究了个遍，说来惭愧，她做淘宝这么多年，仿造过的品牌没有两百也有一百，竟不认识这牌子。长老见自家主人的思绪完全跑偏，竟和这牌子较上了劲儿，急得直瘆眼睛。连笑却无暇顾及，满屋子找了半天手机，终于在落在玄关的手包里找着手机，搜索该品牌。

原来是个英国定制西装品牌，内网能搜到的相关信息很少，若不是微信突然响了，职业病突然犯了的连笑定要把这品牌查个究竟。

微信是廖一晗发来的："醒了赶紧联系我。"

廖一晗语气里透着一股气急败坏，莫不是澳洲的行程出了什么岔子？连笑正要回过去，廖一晗的下一条微信接踵而来："我带你去派出所做笔录，一定不让那浑蛋逍遥法外。气死我了，他的律师竟然还想保释他。"

半小时后，连笑狂奔进派出所的大门，没一会儿就看见廖一晗的身影。廖一晗身旁还站着个男人，两人正对峙着，脸色都不太好。至于这男人，连笑偷摸打量半晌，陌生脸孔，一身休闲装，脚上还踩着双拖鞋，看样子也不像律师。

他和廖一晗似乎没对峙出什么结果，从始至终廖一晗一口咬定："保释？想都别想。"

陌生男人之前还嬉皮笑脸地讨饶，眼看协商无望，语气也硬了起来："廖小姐，我已经说了很多遍，我朋友的公司今天有要紧事，必须赶过去，先让我们保释，行不行？"

廖一晗不为所动。

"如果他真对你姐们儿做了什么，调查结果出来之后再把我朋友抓回来不就行了？再说，我可以以人格保证，我朋友绝对不是那样的人，多少女的上赶着求他摸两把，他都没兴趣。你姐们儿是美过林志玲还是性感过舒淇？非一口咬定我朋友乘人之危？"

美过林志玲？

性感过舒淇？

原本疾步走向两人的连笑瞬间脚下一停。

低头瞧瞧自己，她现在还是别过去了，免得人家愿景幻灭。

这男的却屎盆子越扣越高："我现在甚至有点怀疑你们仙人跳。半个月前，不就是你姐们儿在厕所骚扰我朋友吗？怎么半个月后，变成我朋友骚扰你姐们儿，还骚扰进她家了？该不会是为了讹钱吧？那样的话吃相可就有点难看了。"

此人挑眉斜睨廖一晗，高高在上的姿态越发明显。连笑顿时心尖一坠，果然再看廖一晗，她耳根迅速涨红，分明已被激怒。连笑怎会不了解，廖一晗从小被亲戚接济着上了大学，又靠助学金和奖学金磕磕绊绊念到大二，直到开了淘宝店才逐渐宽裕。吃相难看……那些年那些亲戚没少把这四个字挂在嘴边。

"你再说一遍。"廖一晗的声音已无半点儿起伏。

"说什么？"这样互相伤害真的好？当事人自然是拎不清的，"讹钱，还是吃相难看？"

此话一出无疑火上浇油，这男的恐怕还不知道廖一晗气急了可是会动手的。为避免事态更严重，连笑正要张口叫住廖一晗，却被人抢了先。只见一个身影拎着星巴克的袋子从另一个入口跑向廖一晗："廖总！"

是廖一晗的助理。

小助理来得还挺及时，这么一打岔，廖一晗和这陌生男人的目光全都投向小助理。小助理估计还不清楚廖一晗和这男的是敌是友，见二人的目光齐齐投向自己，还挺不好意思的："对不起廖总，咖啡我只买了一杯……"

廖一晗接过咖啡："没事。"这话是对小助理说的。

"我请你喝。"这话是……对她对面这男人说的。

所有人还没弄明白个中含义，廖一晗已启了咖啡盖，一整杯冰美式对着这男人当头浇下，连杯底的冰块都倒了个干干净净。

派出所里就这样又多了一桩需要调解的案子。

一刻钟后，连笑和廖一晗坐在调解桌的左侧，右侧则坐着方迟和谭骁，前者脑袋上包着纱布，后者脸上还有没擦掉的咖啡渍。

片警最后问一遍连笑："你真的确定他昨晚没有对你做任何事？"

连笑点头："确定。"

廖一晗坐在一旁，还是一副怀疑的样子，连笑只得凑到廖一晗耳边低声喃喃："我跟他是高中校友。如果我没记错，他好像是弯的。"

廖一晗瞪大双眼，一副"你确定"的样子，连笑郑重点头。如果时间允许，连笑很乐意当场分享一下当年的那段校园逸事，可惜她现在只想赶紧离开这是非地。

片警让连笑签字确认，第一桩案子就算结了。

连笑飞速签下大名，赶忙拉廖一晗起身："不好意思哦，方迟，你公司不是还有要紧事吗？你赶紧去吧，就不耽误你时间了。"

"不急。"方迟开口就把准备溜之大吉的连笑定住了。

连笑和片警面面相觑，谁都没明白方迟意欲何为。

方迟端坐在另一侧，丝毫没有要起身的意思："我还没去验伤。"

"验……伤？"

"不验伤，怎么告你们故意伤害？"

这是打算……秋后算账？

显然这还没完。

"还有他，"方迟下巴点一点一旁的谭骁，"他被咖啡泼了，也需要验伤。"

这俩男的跟事先商量好了似的，方迟一起头，眼看谭骁就要做出一副浑身难受的模样，被廖一晗当场拆穿："冰咖啡又不是烫的，这也需要验伤？！"

方迟面不改色心不跳，当下改口道："别看我朋友没有外伤，但他内心一向很脆弱，他受到了严重的精神以及人格侮辱，需要心理医生出具报告，我们会据此索赔。"

谭骁相当配合，立即双手蒙脸伏在桌面上，双肩微颤，真的受了什么奇耻大辱似的。

连笑默默看这俩演员一唱一和，这才是教科书级别的仙人跳。

是夜，躺在床上无半点儿睡意的连笑思来想去，一个猛子从床头坐起。睡在一旁的长老眼睛只一抬，又昏昏睡去。

连笑拖鞋都来不及趿上，一路从卧室小跑至厨房，拉开冰箱门抱出一堆自制猫罐头，很快打包好，又折回卧室抱起昏睡的长老，不顾长老那抗议的爪子，把它塞进猫包。

一手猫罐头，一手猫包，连笑就这么出了家门。

五分钟后，方迟家的门铃清脆一响。

此时的方迟随意地穿着一套精心搭配好的居家服，正坐在沙发里百无聊赖地按着电视遥控。已是晚上十一点，狗腿子也该上门求和了，他正这么想着，门铃响起。

方迟放下遥控起身去应门，开门前在穿衣镜里上上下下打量了一下自己，周身无半点儿不妥，只是嘴角不该这样噙着笑意。他抿一抿嘴角敛去笑意，拉开家门，却是一愣。

"方总。"门外的齐楚素着张脸，未施粉黛，穿着很随意，表情却很谨慎。

"你怎么来了？"

"我去定点喂猫，碰到谭骁哥了，他说你受伤了才让他替你去喂流浪猫，我有点儿担心你，所以过来看看。"

"我没事。"方迟头上纱布惨淡，表情却平淡，"不好意思，我在等人。"

齐楚大概是没听懂他的拒客之意，还是那副担忧的表情："……我给你带了粥，我帮你热上就走，不会耽误你谈正事。"

方迟犹豫了一下，不知该不该让她进门。

此时此刻，连笑气喘吁吁地停在拐角，掂量掂量猫包中的长老。

"你是不是又胖了？"连笑一边训斥一边拐过拐角，抬头就见不远处站着的这对男女。竟然被人捷足先登？连笑一时傻了眼。

眼看那女生就要走进方迟的家门，连笑赶紧快步赶过去。万一她今天登门赔罪不成，廖一晗大概真的会吃官司，所以不管那女生是何方神圣，她这电灯泡都当定了。

可就当她的脚步声成功引得那女生扭头看来时，连笑却慌忙把手中的塑料袋一抬，将将挡住自己的脸。

只因那女生扭头看向她的那千钧一发之际，连笑看见了那女生手腕处的一圈文身。

这还得追溯到小半年前，晗一打算签个姑娘进来。那姑娘叫齐楚，从小在国外长大，在Instagram上已小有名气，长得特别清秀，却是个怪怪美少女，一头原谅色短发，看着就很古灵精怪。连笑非常看好她，毕竟现在网红要红，就必须得立人设。晗一旗下的网红几乎涵盖了所有热门人设，从女神到仙女，从高冷到糙汉，从攻到受，似乎就差了个齐楚。

事实证明连笑眼光不错，齐楚确实吸粉。连笑对她也算特别优待，还没签约就动用资源帮她聚来了实打实的三十万粉丝，终于等到她的人气可以变现的那一天，小姑娘却突然撂挑子不干，火速签约了最近新起的某直播平台，气得连笑都想买黑粉黑她。

当然连笑最终没忍心这么干，这半年来她挖空心思，想要找到齐楚的替代品，可那些姑娘比之齐楚，似乎都差了口气。

连笑偷摸着观摩过几次齐楚的直播——打游戏，全程脸都不露，手腕上的文身倒是出镜过不少次。有粉丝刷豪礼求她露半张脸，她直接回怼：遍地都是靠脸吃饭的网红，她就不乐意那么肤浅，怎么的？

那时那刻，连笑觉得这小姑娘把整个晗一甚至整个网红行业都讽刺了个遍，顿时恶向胆边生……

要怪也只能怪这直播平台本身，她简直一投诉一个准：有主播在直播中抽烟，教坏未成年人，投诉；有主播在直播中讲黄色笑话，教坏未成年人，投诉；有主播在直播中毫无底线地炫富，教坏未成年人，投诉……

最高纪录是，连笑一个月内连续发了二十封投诉信给相关监管部门，该直播平台被迫整改数次，连笑觉大仇得报。

至于今时今日，这姑娘为何会出现在方迟家门外……

连笑生怕被齐楚认出，一边小心翼翼地用手中的塑料袋挡脸，一边刻意粗着嗓子问："这里是1102吗？外卖。"

幸而此时此刻的方迟站在门内，以他的视野应该看不见她，齐楚也并未发觉任何异常，真当她是送外卖的："这里是1101，1102在隔壁。"

连笑当即转身疾走，忍不住夸自己一句：机智。

连笑就这么白跑一趟折回家。且让她来理一理这错综复杂的关系，方迟和谭骁是什么关系，和齐楚又是什么关系？如果他和前者是恋人，那他和后者就是……闺密了？

可方迟这么个本地土著，和齐楚这么个ABC又是怎么成闺密的？两人之间还足足差了七岁。

思来想去也没理清个头绪，直到长老疯狂抓挠的声音传来，连笑才意识到她忘了把长老从猫包中放出来。果然她一拉开猫包拉链，长老就一记急蹿而出。

"不好意思啊，今天没让你见到你媳妇。"她点一点长老的鼻子，被长老一爪拍开。

"真生我气了？"连笑随手开了个之前带出门的猫罐头。长老一看猫罐头，乖了，凑过来拱连笑的手，要她喂。

连笑刚挖了一勺往长老嘴边送，手机就响了。

她一看是方迟的来电，就把喂猫的勺子放下了，急得长老在她脚边直打转。

连笑却顾不上管它了，此时距离她从方迟家门外离开才不到一刻钟的工夫，这时候给她来电话……连笑总觉得有事。

"喂？"她装出刚从睡梦中被吵醒的声音，懒洋洋的。

他的声音却十分清冽："我的外卖怎么还没到？"

连笑心尖一悸，再张口时早就忘了要装没睡醒的声音："什么？"

"你不是说你是送外卖的吗？"

一刻钟后，方迟家的门铃再一次响起。

他起身应门，这回没错了，门外站着的连笑，依旧左手猫罐头，右手长老。

连笑一路过来时想的无数开场白看来是派不上用场了。他全身最醒目之处无外乎是头上的纱布，看着真的挺虚弱，连笑决定不浪费时间，赶紧把话题兜到她今晚的真正来意上："你好点儿没？"

这就是谈判的技巧，先假装关心一下，以方迟这种还停留在二十世纪九十年代的耍酷方式，肯定会强撑着说没事。

他摘下鼻梁上那副金属框眼镜，连笑等着他说没事，他却开口就是一句："头晕。"

怎么不按剧本来？这个问题刚从连笑脑海中划过，眼前这位一米八几的大高个真就头晕站不稳，身体一倾，感觉下一秒就要晕倒。连笑可不想被他牵连摔倒，没什么良心地往门边一躲。

哪承想她这么一躲不仅没躲开，他在即将摔倒的那刻一把扶住了门，虽然稳住了身体，却径直栽进了刚躲到门边的连笑怀中。

他的呼吸平缓而温热，正呵在连笑的颈侧。

连笑的目光不知往哪儿看了，四处一打量，竟见哈哈哈不知何时已凑到了长老的猫包旁，正皱着鼻子隔着网兜闻味道。

她也闻到了他的气味，用的是马鞭草味的沐浴乳？味道和气质还挺搭，清冽。

连笑回了神："需不需要去医院？"

他顿了顿，这才直起身子，与她稍稍拉开些距离。可他大概真的还没缓过这劲儿，没什么力气似的微低着头，鼻息依旧萦在她耳边："不用。我还没吃晚饭，估计是饿得犯晕。"

"要不我给你做点儿吃的？"

他抬眸看她。

连笑花了点儿时间才成功挣脱出他眼中的那片深潭，继而心里泛起嘀咕：出于礼貌，他应该会拒绝吧……

"好。"他浅浅丢下一个字。

说完，他竟径直转身往屋内走去，那平稳的脚步，哪有半点儿头晕目眩的样子？敢情她是送上门来做苦力的？

连笑撸起袖子走进厨房时，才有点儿后知后觉自己着了什么道。可事已至此，她也只能拉开冰箱门找食材了。

冰箱里的东西倒是挺多，应有尽有，连笑随便拿出一把蔬菜看看上头的日期，竟然是今天下午买的。

今天下午？他受伤躺在家里的时候，还有人帮他买了一冰箱的菜？

连笑忍不住走到光可鉴人的灶台前，拿起同样光可鉴人的炒菜勺。炒菜勺干净得当镜子用都没问题，连笑果断找好角度，通过炒菜勺去窥伺此时客厅里的情况。

方迟正坐在沙发上，搁着一双长腿看电视。

甚至他兜里手机一响，他就立马掏出来接听，动作一气呵成，哪像随时会晕倒的样子？

这通电话是谭骁打来的。

"在家吗？"谭骁问他。

"干吗？"

"当然是探病啦。"

"不用。"

"我这可是好心。"他的冷淡大概刺伤了谭骁，谭骁的语气里多少带了点儿委屈，"我在你最喜欢的海鲜粥铺打包了一堆吃的，你确定不要？"

"我这是学你。"

"啥？"

"学你见色忘友。"

说完就把电话挂了，把一切疑问都留给谭骁自己去消化。而此时此刻电话那头的谭骁，正坐在一路疾驰向好友家的车中，一头雾水。

他学他见色忘友？什么意思？

"你家有女人？！"

可惜方迟已经把电话挂了，只有听筒里随即传来的忙音，对他的惊呼不置可否。

连笑的厨艺确实不错，但仅限于做猫罐头的时候，如今被赶鸭子上架，只能求助于那些教做菜的App。可当她把食材都洗净备好，准备掏手机查做菜教程时，却傻了眼。她出门竟然忘了带手机？

正恨不得敲自己脑门，就听客厅里的方迟跟神算子似的突然问她："没问题吧？"

连笑也是个好面子的："没问题，当然没问题。"

话已经撂这儿了，连笑只能硬着头皮上。她在脑子里搜罗个遍，还真就只记得猫罐头的做法。反正做熟了一样吃，病人吃糊状的也更易消化不是？连笑就这么自我安慰着，开始把所有食材切成丁。

因是开放式厨房，她在砧板上哐哐哐剁东西的声音，客厅里的方迟听得分明，放眼望去，她还真有几分大厨的架势。方迟正要放下心来专心去逗猫，却越听越觉得不对劲，她怎么不管什么食材都不由分说地一阵乱剁？这到底是在做什么菜？

方迟眉心疑惑地一蹙，把怀中的哈哈哈往沙发旁一放，起身去厨房看看到底是什么情况。

可他人还未走进厨房，就听身后一阵猫爪子凌乱奔跑的声音，方迟回头一瞧，只见他在场时一直装得老实巴交的长老，一见他起身离开，就迫不及待地追着哈哈哈欲行不轨。眼看长老追着哈哈哈进了院子，方迟眸光一暗，立即掉转方向跟了过去……

连笑则全程忙着自己的厨艺大业，丝毫未察觉到那场从客厅绵延至院子的追逐战，满意地把半成品往蒸锅上一放，开小火慢炖。

一会儿再随便清炒个蔬菜，再加个西红柿蛋汤，应该就够了吧，连笑守在蒸锅前盘算完了，才扬声一问："两菜一汤够不够？"

客厅里一派鸦雀无声。

等了半晌也没等到方迟的首肯，连笑回头一瞅才发现客厅里一个人影都没有，两只猫也不见了。

门铃却在这时叮咚一声响。

这方先生大晚上的访客还挺多……连笑连唤了两声"方迟"始终没人应，只好擦干了手去开门。

可当她透过猫眼看清访客是谁时，她这门是誓死也不想打开了。

门外站着谭骁，一副上门捉奸的样子。按了两声门铃都没人应，他竟不由分说，哐当哐当敲起门来："方迟你开门哪，我知道你在家！"

此话一出，吓得连笑赶紧撒开握住门把的手——还真是来捉奸的？！

门外的质问声不停，连笑焦急地来回踱步。

"你藏了谁在家里，死活不开门？到底有什么不能让我看的？"门外质问不止，这个时候的方迟却依旧不见踪影，连笑听着那一声比一声气急败坏的敲门声，只能咬牙撒丫子狂奔而去，满屋子找地方躲。

可在一楼踅摸半天都没找到任何适合藏身的地方，连笑刚沿着楼梯准备逃窜至二楼，终于听见方迟不知从哪儿发出的声音："谁？"

死崽子终于肯现身了？连笑脚下一停，通往二楼的楼梯是全玻璃材质，她一低头就能瞧见方迟拉开院子的落地窗，自院子走进一楼客厅。

他是还不清楚事态的严重性？竟然堂而皇之地朝玄关走去？

连笑刚要发声阻止，方迟已豁然拉开大门，与门外的谭骁大剌剌地四目相对。

成事不足，败事有余！连笑心里暗骂一记，也不管他了，脚底抹油，一路狂奔上二楼，逮着个没开灯的房间就往里一躲。此时此刻的方迟看着不请自来的谭骁，眉一锁。

没记错的话，他之前已经在电话里拒了客："你怎么还是来了？"

"当然是来捉奸啦。"谭骁不怀好意地一笑，一边手抵方迟的肩把他往屋里推，一边将他上下打量个遍。

看方迟这身行头，就猜到今晚果然有情况。方迟平时只有在自己开车或需要大量阅览文件时才会戴眼镜。去年谭骁的生日聚会，方迟在公司开完会直接赶过去，就忘了摘眼镜，当时聚会上有不少女生，其中最"波涛胸涌"的那位一整晚都恨不得挂在方迟身上，说什么方迟之前不戴眼镜的样子看着特"生人勿进"，让人家好怕怕，没想到一戴上眼镜整个人都显得温柔了，人家好喜欢！

方迟虽对那位"波涛胸涌"全程冷淡，但不妨碍他把人家的话记在了心里，更别提此时此刻方迟身上的家居服就像刚在床上打过滚似的凌乱。

方迟一看谭骁盯着他这一身凌乱时那眉飞色舞的小表情，就知道误会大了："我刚在院子里抓猫，才会弄成这样。"

"千万别解释。解释就是掩饰，掩饰就是事实。"谭骁边说边绕过方迟，进门的同时不忘朝着空无一人的客厅扬声恐吓，"我倒要看看到底是哪个小浪蹄子勾引我们家方迟！"

不坏人好事，配叫什么损友？

"我倒要看看到底是哪个小浪蹄子勾引我们家方迟！"

在楼上都能依稀听见这宣示主权的声音，连笑吓得赶紧往衣架后又躲了躲。她闷头蹿进这间房后才发现是衣帽间。衣帽间里全是敞开式的设计，压根不利于藏身，可有什么办法，她现在出去换个地方再躲，太容易被谭骁逮个正着。

她只能像现在这样躲在一排挂着的西装背后，大气都不敢喘。

度秒如年原来是这等滋味，也不知谭骁搜屋搜得怎么样了，连笑只能摸着黑默数时间。她还是很相信方迟的聪明才智的，毕竟他当年可是w市的奥数尖子，搞定一个四体不勤的富二代应该是小菜一碟吧。

偏偏事与愿违，就在这时，衣帽间的灯瞬时大亮。

连笑口中那位"四体不勤"的富二代，就这样开灯走了进来，身后还跟着似乎已忍无可忍的方迟："谭骁，玩够了没？"

"你大大方方把她交出来不就好了？我又不会吃了她。"

还真是一段虐恋情深，全程躲在暗处偷听的连笑默默汗颜。

透过衣服间的缝隙，见谭骁已经开始检查对面的那排衣架，连笑一颗心瞬间提到嗓子眼。

谭骁搜到她这边来是迟早的事，明天的头版头条连笑连开头都想好了：昨夜S市某高端楼盘内，一男子遭同性恋人背叛，失控手刃女小三……

绝不能再这样坐以待毙下去，连笑屏住呼吸，颤抖着手拨开挡在自己面前的衣服，冒死伸长了手，拽了拽方迟。

方迟一惊回头，正对上这女人一张欲哭无泪的脸。

她怎么吓成这样？扭头再看谭骁还在津津有味地翻着对面的衣架，方迟无奈地摇头，决定彻底结束这无聊的游戏，反拉住连笑，就要把她从藏身处拽出来。

连笑自然不肯，拽住方迟的手腕，丝毫不敢松懈，一脸诚惶诚恐的表情仿佛在质问：这是要拉她出去送人头？

就在生死一线间，连笑无意瞥见面前衣架上挂着的一件颜色熟悉的校服，作死一愣。

这……不是当年W中的校服吗？也只有W中的校服能丑得如此惨绝人寰……

还是件女款……

连笑愣怔的目光还没来得及收回，突然感到手腕一松。

片刻前还打算拉她出去送人头的方迟，不知为何突然改了主意，放开拽她的手，默默拉开衣帽间的门，朝她使个眼色，示意她趁现在溜出去。

既然有他打掩护，连笑自然一鼓作气，冲。

眼看连笑闪身出了衣帽间，方迟悄然往门边挪了一步，顺手带上门，一气呵成，毫无破绽。

只要她趁现在赶紧躲回一楼，就能彻底相安无事，毕竟谭骁已经搜过一楼，不可能再搜一遍。

然而透过越掩越细的门缝，方迟竟见她闷头冲进了衣帽间对面的房门。

那一刻，方迟真的很想问问她这些年是不是喝酒喝傻了。

谭骁搜完衣帽间毫无所获，自然转战下一间——正是方才连笑闷头躲进的那间浴室。

谭骁作势推开浴室门的那一刻，方迟不忍直视地蒙住眼。浴室里的所有陈设一目了然，他真的不知道这女人还能往哪儿躲。

却不承想谭骁推开浴室的门，站在门边放眼一扫，里头竟空无一人。

方迟一向自诩处变不惊，都不禁傻了眼，越过谭骁的肩头往浴室里一看，竟真的不见连笑的踪影。

她究竟躲哪儿去了？

此时此刻的连笑沉在浴缸底，憋着气闭着眼，不知浴缸外发生了什么，更听不见那该死的谭骁还在不在。

看来当小三是门技术活，关键她还是个伪小三。

只能自我安慰自己水性强，可……再强的水性也禁不住这么个憋法。到底过了一分钟还是两分钟？连笑脑袋都有些蒙了，等最终被一股力道利落地从浴缸里捞出来时，连笑整个人虽已晕晕乎乎，但意识还不算彻底丧失，只是睁不开眼而已，还是能依稀听到有人唤她的名字的。

半晌，当连笑终于缓过这股劲儿，努力睁开眼的瞬间，却被人吻了。

唇上的触感并不真实，温暖之中带着一丝微凉，连笑睁眼时正对上一双近在咫尺的眸，这才后知后觉地浑身一僵。

眸子的主人却未起身，只稍稍移开了脸，说话时的呼吸热了她的唇尖："没事了？"

连笑哑然地张了张嘴，张口却是一声："嗝——"

她这么一记响亮的打嗝声明显把方迟吓着了，他赶紧扶她起来："是不是呛着水了？"

连笑用力锤了两下胸口试图缓过这劲儿，却又是一记实难自控的打嗝声。

接下来方迟便再也没有插话的机会了，这女人打嗝声断断续续，压根止不住。

莫非是喝了太多洗澡水？方迟真没处理过这种情况，有些手足无措，想了半天只能说："我去给你倒杯水。"

连笑连忙摆手："不……嗝……不用了，我先回……嗝……回家了。"

方迟险些没忍住要伸手拽她回来，僵硬地握了握拳，才压制住。

"菜还在蒸锅里，你记得……嗝……"短短一句话被连笑说得七零八落，到最后她终于放弃不说了，浑身湿透地踩着一路的水印蹿出浴室。

方迟跟下楼时，她已抱着长老蹿出大门，连猫包都不要了。门砰的一声合上，是对他最后的回应。

没事。来日，方长……

方迟下楼没一会儿，谭骁也跟了下来。刚才连笑打着嗝从浴室里落荒而逃时，谭骁就在浴室门外抄着双臂默默做着吃瓜群众。

连笑此番走得太急，压根没发现谭骁跟看大戏似的全程围观，若不是谭骁突然发声，连方迟都快忘了家里还有这么位不速之客："你这可有点儿不地道了，乘人之危偷亲人家？"

方迟无谓地一耸肩："我那是人工呼吸。"

"得了吧，我那时候可是在浴室门口看得一清二楚，你一叫她的名字，她眼皮就在动，分明马上就要睁眼了，你也看见了，知道她根本就没有失去意识，这时候还犯得着做人工呼吸？人工呼吸可不背这锅。"谭骁自二楼走下，指控得十分有理有据。

方迟睨谭骁一眼，虽看不出半点儿心虚，却已不置可否，撇下谭骁转身去了厨房。

连笑临走前打嗝打成那样了，还不忘提醒他蒸锅里有她做的菜，看来她对自己的厨艺十分有自信。可方迟一打开锅盖，面色就僵住了。

谭骁跟条尾巴似的跟过来，朝蒸锅里一瞅，眉头一皱："这什么？猪食？"

"我的晚餐。"方迟面色铁青，正要盖上锅盖眼不见为净，想到某人之前在厨房忙得煞有介事的样子，又忍不住一笑。

这一笑令谭骁不由得双眼狐疑一眯："你跟那个连笑到底是什么关系？"

方迟没回答。看在那个女人忙碌一晚的分儿上，他是不是该硬着头皮尝一口她的手艺？可当他把那碗不知为何物的东西从蒸锅里端出来时，瞬间又后悔了。算了……真是碰都不想碰。就在这时，哈哈哈不知从何处蹿了出来，轻巧地蹦上餐桌，径直走到他的晚餐前，嗅了嗅之后便不客气地大快朵颐起来。

方迟见它吃得这么开心，干脆做个顺水人情："尝尝你婆婆的手艺。"

说到这儿他才想起连笑特意送来的那几罐自制猫罐头，又开始四下寻找起来。

谭骁坐不住了："你这是打算彻底把我当空气？"

方迟回头给以一记"你知道了还问"的眼神，随手拿起料理台上那袋猫罐头，一罐一罐垒进哈哈哈的专用小冰柜。可这一罐一罐的猫食拿在手中，方迟越看越不对劲儿，最终恍然大悟地猛回头瞅向餐桌上的哈哈哈，它面前的碗已被舔得一干二净。

敢情这女人忙乎一整晚，就做了碗猫食给他吃？

被彻底晾在一旁的谭骁终于败下阵来，方迟这种以不变应万变的招数，谭骁实在佩服："算了算了，不跟你绕弯子了，我今晚过来是有件事求你。"

方迟这人一贯以德报德，以怨报怨，谭骁既然服软，他也就顺台阶下了："为钱还是为女人？"

"不愧是我兄弟，真了解我。"谭骁笑嘻嘻地恭维了前半句，立马隐了表情正色道，"女人。"

"连笑的小助理又来求你，让我别告那个廖一晗？"

"这回你只猜对了一半，不是因为小助理。"方迟显然没料到自己会猜错，微微一顿眉毛，谭骁话音一转，"是我想请你别告廖一晗。"

"你是疯了吗？她往你头上浇咖啡你忘了？"

"颜值即正义，我决定原谅她这一回。"

"能把'起了色心'说得这么正义凛然，全S市我就服你。"

谭骁大方地默认不狡辩："你就说你答不答应吧。"

方迟微微一垂眸，还挺爽快："我可以答应你不告她。"

谭骁凝神屏息半晌，终于得到满意的答案，立即掏出手机拨号，也不知这是要向谁邀功，方迟却伸手按住他的手机，还有后话："但我这个决定你必须替我保密，不能告诉任何人，尤其是连笑、廖一晗那帮人。"

谭骁这通电话还真是准备打给廖一晗的，自然纳闷："为什么？"

方迟微微一笑："就准你起色心，不准我起色心？"

谭骁耳朵一竖："什么意思？"

方迟但笑不语，起身去收拾被长老糟蹋得乱七八糟的院子去了，任由谭骁在身后叫嚣："你说话能不能别这么高深，侮辱我智商是不是？"

相比方迟家此刻的闹腾，连笑家却安静得不像话，偌大的公寓内冷冷清清，只有打嗝的声音连绵不止。

所有抑制打嗝的方法连笑都试过了，通通无效。泡澡的时候打嗝，刷牙的时候打嗝，敷脸的时候打嗝，直到最后靠在床头刷微博，还在打嗝。长老睡在床的另一头，被打嗝声惊醒数次，抬头看看她，又闭眼打滚睡去。

看来她今晚是别想睡了。这该死的吻，哦不，这该死的人工呼吸……

连笑不明白，自己怎么就莫名其妙一步步演变成了二十四孝邻居。方迟一天不撤销对廖一晗的控诉，她就得扒着他的大腿一天。

姓方的竟也半点儿不客气，对她极尽差使之能事，她得陪着吃饭，陪着逗猫，陪着散步，陪着看电影。看来他是真被谭骁抛弃了，失恋的时光太难熬，想找个人陪？连笑也不能真的成天随叫随到吧，她去了趟东京拍新品，一周时间简直如脱缰的野马，不用被那方迟拴着绳子走，快活。可一回国，一切再度按部就班，她第一时间就给这位方先生带去了伴手礼，他照收不误不说，还特意提醒她，他后天去医院复查。

这不明摆着要让她陪着去？

连笑有苦不能言："我们公司和容悦有个项目在谈，人家新CEO刚从澳洲回来，约了我们后天，怎么说我也是晗一的头牌……"

"招牌。"他眼都不抬地纠正道。

连笑老脸一红，正正脸色改口道："怎么说我也是晗一的招牌，得跟廖一晗一起去一趟。"

方迟的表情一向让人读不出太多讯息，此番依然。他不接话，倒也不像是在生气。可近期连笑万不敢得罪他，还不等他发言，赶紧补充："我们跟容悦约的是后天下午，上午还是有空的，你复查是上午还是下午？"

"上午。"他几乎脱口而出。

连笑不禁眉梢一扬，这么巧？

可她明明记得他之前的复诊都是下午来着。

但他总归不会记错吧，连笑只能再当一次免费陪同了。

复诊当天上午，连笑如约陪着方迟去了趟医院，方迟的司机再来医院接时已是下午一点，连笑赶紧让司机先送她去容悦和廖一晗会合。

司机倒是神速，一个小时的车程四十多分钟就到了，车子停在路边的临时停车格内，连笑下车正要关车门，方迟却降下车窗，分明还有话要说。

"我约了宠物医院今晚给哈哈哈做孕检。"

连笑真的很想掐着他的脖子逼他给他家猫换个名字。他说要给哈哈哈做孕检，听着倒像是要给她做孕检……

当然不止这次，他说要给哈哈哈洗澡那次，才是最尴尬……

连笑还没能从这拨尴尬中回过神，他又开口道："你不是要咨询给长老绝育的事吗？要不要一起去？”

"好。我应该……"连笑低头看了眼手表，"五点之前能……"

连笑说着说着突然没了声，方迟面带疑惑地抬头一看，只见连笑的目光正定在不知名处。他顺着她的目光看去，只见不远处的写字楼入口，人来人往，并无异样。

方迟作势咳了一声，连笑这才蓦地回神。

她眼神中的慌乱却迟迟没有散去，只是条件反射地避开了他带着询问的目光，继续之前未完的话题："我五点之前应该能完事，到时候再碰面。"连笑未再多作停留，径直朝写字楼走去，可临推动旋转门，却又忍不住定住了脚步，回头瞅向之前的方向。

她刚才分明在此处看见了个熟悉的身影。可当那身影自她面前而过，成功引起她的注意时，她再定睛一细看，却再也看不着了，仅剩下一众陌生面孔，在写字楼下来来往往。

大概真的是她看错了吧。连笑走进旋转门，任身后前尘如烟。容悦算是国内成立得最早的一批专做化妆品的网上商城，目前依旧是国内经营美妆海外购最成功的公司之一。在和晗一搭上线之前，容悦就一直有意涉足网红经济，毕竟目前市场上KOL们的带货能力都很惊人，但是要培养出一个百万粉丝级别的KOL并不容易，容悦为此砸了不少钱也没有什么水花，终于意识到他们并没有足够的精力和经验去经营这一块，这才想到要和专业的MCN（Multi-Channel Network）机构合作。

最初容悦提出的合作模式是没有签约费，五五分成。容悦提出这个条件时，连笑已经很心动地想答应，能和容悦合作，对晗一的意义并不只局限于能挣多少钱，有容悦这么个固定合作伙伴，将来晗一融资上市的估值起码能高三成。但廖一晗始终压着不拍板。廖一晗给出的条件是三千万签约费，外加三七分成，还顺带教育了连笑一番："现在是他们求我们合作，不是我们求他们。硬气点儿，反而能获得对手的尊重。"

事实证明廖一晗的坚持是对的。容悦拿腔拿调了半年一直不肯松口，国家税改政策却突然上线，容悦的化妆品海外购一向以低价取胜，碰上税改几乎是灭顶之灾，发展国货基本上已成大势所趋，容悦已然耽误先机，前CEO也因效益下滑被弹劾，新CEO接手公司，自然也要接手和晗一的扯皮。但这新任CEO一直拖着不交接，美其名曰在澳洲度假，让人猜不透意欲何为。廖一晗好不容易通过容悦的前CEO约了新CEO的时间，打算跑一趟澳洲亲自谈，却因为那晚连笑酒后消失，没去成澳洲。那新CEO挺难对付，廖一晗爽约一次，再约他，他竟不答应了。

不过这怎么难得倒廖一晗？廖一晗又抽空飞了趟澳洲，连笑也不清楚廖一晗最终用什么方法见到了新CEO，但看来这次约见令廖一晗更加胸有成竹，她甚至决定放手让连笑主控："你不是一直想学运营吗？这个合作你要不要接手试试？"

连笑是那种想法很多但执行力很差的人，最早她和廖一晗在大学里还不认识那会儿，她因为花钱大手大脚，很快入不敷出才打算做淘宝店，本想着自己母亲是做外贸的，她完全不缺低价货源；她又长得还算可以，摄影系的学姐学妹们拿她练手拍片拍了那么多次，她也该找学姐学妹们还人情。这么一来货源有了，摄影师有了，模特是她自己，做淘宝岂不是天时地利人和？

结果却出人意料，一路血亏。

恰逢那时她在宿舍楼下的电线杆上看到廖一晗招聘淘宝模特的小广告，她心念一动，上网查了下廖一晗的店铺。廖一晗的店铺比她的还晚成立半年，也没有漂亮模特和各种精修图，全是简简单单的平铺图，销量竟然都比她高很多。她当下决定去应聘模特，本意是为了偷师，但她很快就想到了更投机取巧的方法——提议和廖一晗合作。

那时的她和廖一晗只不过是模特和店主的关系，廖一晗瞧不上她懒惰成性，她也瞧不上廖一晗拼死拼活。廖一晗自然没答应她的提议，连笑也不急，她还有撒手锏。廖一晗的货源全是她自己去四季青的各大小店铺里比价采购的，费时费力还拿不到最低价，连笑找了个双休日带着廖一晗去参观自家的外贸厂子，连笑的价值瞬间凸显，二人的合作就此一拍即合。

如今八年多过去，当年江浙一带叱咤一时的外贸厂早已倒得七七八八，连笑的母亲也早已不做外贸，连笑和廖一晗却搭上了网红风口的头班车。最初从单一网红店向MCN机构转型，也是连笑提出的点子，说白了不过是因为自己太懒，想要签人进来替自己挣钱。

她这么懒的一个人，真能接手和容悦的合作？

连笑对自己可没这自信。

加之在写字楼外一时恍神认错人，连笑一进写字楼就忙不迭给廖一晗打电话。

"五分钟内到。"廖一晗一向守时，连笑掐表等到四分半钟，果然看见廖一晗和运营总监带着两个助理杀进写字楼。

"三版策划案都看完了吗？"廖一晗一见面就问她。

连笑实在心虚，点点头。三版策划案，她只在昨夜抽时间看了最新版的三分之二，就无聊到打游戏去了。

廖一晗急着朝电梯走去，也没细究她的表情。

一行人进了一部电梯，连笑眼看楼层越跳越接近二十二楼，还是决定给自己找条退路，给廖一晗打记预防针："这次开会还是你主控吧。"

廖一晗点点头，也没觉得多意外："那你先听。接下来这一个月肯定会密集开会，你觉得OK了我再让你接手。策划案已经写得天衣无缝，只要你一口咬定分成比例不松口，基本不会出什么错。"

连笑正暗自琢磨着今晚赶紧把三版策划案全看完，电梯叮的一声到了。

容悦的运营总监助理已经在门口恭候多时，见到她们，径直领各位去运营部："周总和肖总一会儿就到，廖总、连总，请稍候。"

肖总是容悦的运营总监，连笑之前见过，那助理口中的周总应该就是新上任的CEO了。连笑倒是不急，她巴不得这周总迟到一两个小时，她好在桌子底下用手机看完三版策划案。

可惜事与愿违，她刚看了两页就听廖一晗突然开口道：

"肖总！"

连笑赶紧揣回手机，从桌底下抬头，正见肖总推门进来。

她刚跟着廖一晗一同起身，又有一身影走进会议室。那身影被肖总挡住大半，连笑只看到对方一个西装革履的侧身。肖总分别和廖一晗、连笑握手，这才侧了侧身，介绍道："这位是我们周总，本月开始正式接任容悦的CEO职位。"

"你好，周……"连笑看向这位姗姗来迟的周总，笑容和声音一同僵住。

周子杉是怎么做到微笑自如，丝毫没表现出半点儿诧异的？连笑缓过神来想这个问题时，众人已重新入座，她斜侧方的主位上，正坐着侃侃而谈的周子杉。

可他的话，连笑一个字都听不进去。

幸而也不需要她发言，廖一晗轻松carry全场。

廖一晗知道连笑曾经有个跨国恋的男友，不过她那时开口闭口就是"我们家周周"，廖一晗一直都不知道她口中的"周周"真名到底是什么。而等她和廖一晗足够熟悉、足够无话不谈时，她和周子杉已经分道扬镳，周子杉在她口中自然成了"那个傻子"。

廖一晗大概不会想到，这位周总就是"那个傻子"吧。

会议中途周子杉还有别的事先行离席，留下肖总继续沟通，三千万的签约费已经板上钉钉，三七分成容悦也松了口，现在唯一的问题卡在是三年期还是五年期上。讨价还价，连笑就更不在行了，况且她有心结在，什么也听不进去。琢磨半晌，她终是借着上洗手间出了会议室内间，确认外间没有其他人在之后，她直接用外间的座机拨通了CEO办公室的内线。

一个女声接的电话，连笑用十分公事公办的口吻说："晗一的廖总突然提了新要求，请周总赶紧下楼一趟。"说完也不等对方询问她的身份，已啪地挂了电话，顺便把电话线也拔了。

接下来就只需要抱着双臂，掐表看时间。

五分钟后，会议室外间的门被人豁然推开，周子杉闪身进来，见到她的那一刻，一愣。

再见她分明是等候多时的样子，他很快便领悟过来："刚才那通电话是你打的？"

"我有话要对你说。"连笑就站在座机旁，这时才重新插好了电话线，抬头看他，"是在这儿说，还是去你办公室说？"

看周子杉的表情，是既不想在这儿说，也不想去办公室说。

那连笑就不耽误时间了，直接开了口："你是不是早就知道今天会见到我？"

周子杉犹豫了下，点了点头。

"你之前一直拖着不回国交接，也是因为不想见到我？"

"正好相反，我这么做，是觉得你可能并不想见到我。"

"放心，我不会跟钱过不去。"

"连笑……"他沉默半晌，突然叫她的名字，连笑还没来得及有任何反应，会议室内间的门已经自内拉开。不多时，与会的一行人已鱼贯走出。

众人见到去而复返的周子杉和去了洗手间之后就再没消息的连笑，均是一阵错愕。

幸好连笑和周子杉之间起码隔了两米远，众人经历了短暂的错愕后，也都恢复了常态，肖总更是很快问道："廖总、连总，晚上要不要一起吃个便饭？"末了不忘补充道，"周总做东。"

周子杉显然已从刚才老情人对谈的氛围中走了出来："没问题。我新发现了一家餐馆，很……"

可惜被连笑微笑打断："不好意思，我有约了。"

廖一晗有点儿没反应过来，她昨晚和连笑打了招呼，准备做东请容悦的人吃饭，让她把时间空出来。

连笑自然记得这事，可她就是要当着所有人的面给拒了："我跟方迟约好了今晚带猫去医院。"

听到猫，周子杉的脸色瞬时一沉。

他终于有点儿反应了。

连笑却不知该愁该笑。

之前她还在会议桌上时，已经给方迟发了条微信："我五点左右完事，能不能来接我？"

方迟回信答应下来之后，她想了想，又特别提醒一句："停在负二层的B区行不？我好找一点儿。"

此刻一看时间正好，一行人就这么出了容悦，到停车场去取车。

容悦的固定停车位就在负二层B区，周子杉和肖总的车都停在那儿，连笑自然一路顺路。廖一晗这时候终于觉察到了连笑的异样，可她俩和周总、肖总乘坐的是同一部电梯，当着外人的面，廖一晗又不能直接开口问，眼看电梯停在了负二层，连笑率先走了出去，廖一晗终于忍不住叫住她："方迟已经到了？"

不等连笑回答，众人耳边已传来两声车喇叭声。

循声看去，方迟的车就停在斜刺里的停车格内。

连笑直接坐进了副驾，特意降下车窗和廖一晗道别："我先走啦。"

全程未看廖一晗身边的周子杉一眼。

她自然也就不知道此刻的周子杉脸色有多难看。连笑认为自己的报复行为小心又周密，嘚瑟地升起车窗，对不明真相的方迟说："走吧。"

车子起初在沉默中启动，连笑还没怎么在意，直到车子驶出地下停车场，来到车水马龙的街道上，车厢内的安静才令她下意识地透过后视镜看了一眼出奇寡言的司机。

此人空有一口让人羡慕的大白牙却很少咧嘴笑，简直暴殄天物，如今更是压着一边眉梢，唇角几乎抿成薄薄的一线，他似乎……

"我怎么觉得你心情不太好？"

他这才透过后视镜看向她，那几乎是审视的目光，令连笑本能地缩了下脖子。

"那人是周子杉？"他毫无征兆地突然提到周子杉，惊得连笑眼睛都不转了，直勾勾似在瞪他。

方迟却不再看她，扭回头去看车窗外，不耐烦地对龟速前行的前车按了两下喇叭。

连笑好歹是被这两声车喇叭惊回了神，语气已有些磕磕绊绊："你……们，认识？"

再看此刻的方迟，他似乎已恢复了常态，周身不再像之前那样裹挟着戾气，只是依旧有点儿不屑："2004年的IMO奥数选拔赛，他把我干掉了。"

十几年前的事还记得这么清楚，不是深爱就是深仇，正当连笑不知该怎么接话时，他却语气一松，继续道："不过后来我听说他交了个不学无术、花枝招展的女朋友，也无心学业了。"

说完不忘意有所指地透过后视镜瞥她。

连笑一听他那两个随意却精准的形容词就火气上头，正与他那意有所指的一瞥失之交臂。

这回换她臭脸沉默。

好半晌他才觉察出异样似的，问她："怎么突然不吭声？"

连笑忍不住叹了口气，抬起头来对着他皮笑肉不笑："鄙人不才，你口中的那个不学无术、花枝招展的女朋友，正是在下。"

"哦？是吗？"方迟扬眉以示惊讶。

连笑点点头，心想怎么着他也得就他刚才那番言论表示下歉意吧，他却突然毫无征兆地话锋一转："所以你之前说不需要我来接你，后来又改口让我来接，还特别嘱咐我一定要停在负二层B区，就是为了硌硬周子杉？"

连笑傻眼，怎么一言不合就揭穿她？

连笑下意识地想要说些场面话替自己圆过去，可在他半专注不专注的注视下，只剩下缴械投降这一条路："对不起。"

他没说没关系。

就跟没发生过上述一切似的，心无旁骛地开着车。

连笑思来想去，只剩下剖白自己以换取谅解这一条路："我这也是没有办法，时隔多年突然碰到甩掉我的前男友，为了争口气，我当然要找个人来气一气他。你看你方先生，开好车，人又帅，一举手一投足那都是精英范儿。"极尽恭维之能事海夸了一番之后，连笑微微一顿，偷偷观察方迟的反应，这位方先生的嘴角不过0.5度角微微一勾，就很快隐去，恢复面无表情，连笑却已经笃信自己马屁拍正了，这才松懈下来继续道，"他看到你，自然自惭形秽，我的面子里子都争回来了，何乐而不为？况且……"

连笑差点儿说漏嘴，赶紧噤了声。

他却抓着她的话尾巴不放："况且什么？"

况且你是弯的啊，肯定不会占我便宜……连笑微微一笑，隐去内心的想法，信口雌黄道："况且你俩没任何交集，我不用担心被揭穿。这样吧，去医院之前我带你去吃顿好的，算赔罪。"

说完不等方迟答应，已火急火燎地打电话去餐厅订位子。

"这家位子特别难订，我是因为在微博给他们做过推广，才有这种特别优待。绝对好吃到你流眼泪。"成功订到位子，满心欢喜邀着功的连笑绝不会想到，还有个词叫"言之尚早"。

她这番话方迟自然是不信的，他总觉得这女人因常年卖货练就了一手大言不惭的好本事，直到他已坐在餐厅中拿着菜单准备点菜时，依旧对这家店的水准持保留态度。

这是一家新开业不久的塞尔维亚餐厅，顾客确实不少，但这种较冷门的菜系，大多顾客都是出于猎奇心理前来光顾，而非出于对菜品的认可。点主厨特推应该是最保险的，三国语言写就的菜单挺像模像样，方迟看着那道主厨特推却有些傻眼。

看着对面的方迟对着菜单犯起了难，连笑的优越感顿时油然而生。

"White kidney？白肾？"

方迟抬眸询问似的看她，连笑立即还以一个鼓励的眼神："点这个，点这个，绝对惊喜！"

在她如此真挚而热烈的眼神下，方迟将信将疑地点了这道主厨特推。

前菜一过，主厨特推也新鲜出炉端上桌来，摆盘倒是讲究，方迟尝了一口，虽齿颊留香，却依旧品不出其中的主料。

他只能询问对面坐着的老顾客："这到底是什么？"

这人真有意思，吃个饭跟做科学研究似的，表情审慎，动作滴水不漏，连笑只露出不置可否的笑："你先吃，吃完了告诉你。"

如此殷勤恳切，其中必有诈，方迟不说话了，刀叉一放，抱着双臂回视她。

"当当当当！"连笑还特意给自己配了个音效，"答案揭晓！那就是……"她伸出餐叉，快准狠地戳起方迟盘中的白肾，举到他面前郑重介绍道，"长老即将被割掉的那玩意儿。"

方迟瞬间僵如顽石，一口气卡在喉间，上也不是，下也不是。

连笑看着都替他难受，为了他能好好地把那口气咽下去，连笑憋着笑补充道："放心，不是猫的蛋，是某种禽类的蛋，他们当地的特色美食。"

方迟这才勉强恢复常色。正方形的餐桌，他拉开她旁边的椅子，从她对面坐到了她身侧，从她手里接过还插着半颗蛋的餐叉，好生端详了一番，用那种教人辨不出意欲何为的语气问她："你之前尝过？"

"当然没有！我哪敢？"连笑矢口否认。

"是吗？"

"当然……呜！"连同她的声音被她一同吞下的，还有方迟手中餐叉上的那半颗鸟蛋。

这人！蓄谋已久！连笑瞪大眼睛要把嘴里的东西吐出来，他却一把捂住她的嘴，顺便把她不老实的手也按住。这一桌在角落，两人凑在一块儿，准备上菜的服务生自二人身后看去，还以为是情侣热吻，笑着把连笑点的主菜放在桌上，默默退下，不打搅客人的雅兴。

连笑眼看服务生的身影来而复返，想叫住对方为自己解围，却只能够发出咿咿呀呀的声音，不仅没能成功唤住服务生，还一不小心把嘴里的东西咽了下去。

方迟终于满意，安然撒手坐回原位，让她自行体会什么叫"自作孽不可活"。

连笑压根没尝出个中滋味，面红耳赤地又是擦嘴又是喝水。

她怒瞪他，正面迎上的却是抻着下巴看她，笑得眉眼弯、眸光乍暖还寒的面孔一张，原来这男人笑起来是这样的，牙是真白。

这个有些跑题的念头刚从连笑脑中闪过，对面的方迟已不知为何瞬间敛去笑意，冷眼冷眸的他可就没那么讨喜了。连笑撇撇嘴刚要收回目光，却发现方迟的目光正越过她的肩头，投向她的身后。

连笑顺着他的目光扭头看去。

首先看见的是一脸哑然的廖一晗。

廖一晗那副见了鬼的样子，连笑都还没来得及好好欣赏一番，目光微偏就看见廖一晗身旁的周子杉。他的表情倒不像是见了鬼，准确来说，他压根就面无表情。

还是连笑先反应过来："这么巧，你们也在这儿吃？"

一旁的肖总见周子杉和廖一晗都没打算回答的样子，便说："对，周总力荐的这家餐厅。既然这么巧，要不我们就一起……"

肖总的建议还未说完，已被周子杉打断："我们还是不打搅连总约会了。"

说着，目光只在连笑的唇上停留了一瞬，他便收回目光朝餐厅深处走去。肖总的目光同样在连笑唇上停留片刻，这才微笑着对她点头致意一下，继而赶紧快步跟上周子杉的脚步。廖一晗比了个电联的手势，也走了。

连笑矮身坐下，已没了嬉闹的心情。方迟递过餐巾示意她擦擦嘴，她也没注意到，直到方迟直接携了餐巾倾身过来，作势要替她擦嘴，连笑才回过神来。

"你口红花了。"

难怪刚才那俩男的都盯着她的嘴看……

连笑刚要接过餐巾自己擦嘴，他却轻声提醒："别动，他在看。"

连笑的身体倒是听话，一动不动地任他悉心替她擦口红。

还真是做戏做全套，等他把餐巾给她，不再装模作样地假装呵护时，连笑意识到可能是周子杉已经不在看了。果然，连笑扭头看向刚才那三人离去的方向，原本走在最前头的周子杉不知为何落在了最后，头也不回，脊背僵硬。

连笑的手机也在这时响起。

是廖一晗发来的微信："你竟然能打啵了？病好了？"

连笑咬着后槽牙，不无愤愤地回："不仅没打到啵，还被逼吃了蛋蛋。"

点完发送仔细一看，她才发现自己这话可以衍生出各种歧义，赶紧点撤回，廖一晗却阴恻恻地秒回："别撤回了，我都看到了。"

"……"

"方迟口味挺重呀，真没看出来。"

"……"

"不对，他不是弯的吗？"

连笑半个字都来不及回，廖一晗已经三句话连番轰炸而来。连笑看一眼正专心吃着她那份主菜的方迟，趁廖一晗发来第四句之前赶紧让她打住："既然你都知道他是弯的了，还瞎猜那么多干吗？"

"那你还跟方迟约什么会？难不成你想跟他做好闺密？"

"好闺密"一词令连笑十分生猛地恶寒了一把。连笑再抬头瞄方迟一眼，她的那盘主菜已经被他吃掉了一半，那可是她在这家餐厅的最爱。可她再看一眼手机屏幕，还是决定先花点儿时间，帮助廖一晗好好理一理这错综复杂的关系。

"一晗，我跟你说件事，你别太惊讶。"先打一剂预防针，免得廖一晗一听她和周子杉是老情人，做出什么太出格的惊讶之举。

可惜她没惊着廖一晗，反倒被廖一晗惊着了。

"你该不会是想告诉我你和周子杉的关系吧？"廖一晗消停半晌，终于回道。

连笑的手机差点儿惊掉在地。

等连笑三魂七魄重新归位时，方迟面前那盘主菜已经成功空了盘。

他用餐巾印一印嘴角，彻底结束用餐，徒留连笑还饿着肚子被强塞满腔惊讶。

"你怎么知道？"连笑几乎是一字一顿地打出这串文字。

"你应该已经忘了你第一次喝醉之后，失去理智地一会儿抱着不放，一会儿狂揍一个当时追你的男孩子……最后你赔了他医药费不说，自那以后他见到你都吓得绕道走。"

此等劣迹往事，连笑还真有点儿印象。

当然，有印象的部分并非是她如何抱人又揍人的，而是她最后赔光的当时刚从淘宝店分到手的那两万块分红。

"那时候你抱着他，嘴里就在喊周子杉的名字。"看来当时的场面对廖一晗的震撼颇深，"我对这个名字也算是印象深刻了。"

真是丢人……偏偏她忘了她丢人的一幕，她周边的所有人却全都记得。

连笑脸上有些挂不住了："所以你在赶去澳洲找周子杉谈判的时候，就已经知道我和他的关系了？"

她还本想给廖一晗来段科普的，哪承想一直是廖一晗在给她科普？

"不过你放心，这些事情我一个字都没透露给周子杉。"

"那就好……"一串有气无力的省略号发送出去之后，连笑将手机一扣，往桌上一放，既没有心情再聊下去，也没有心情再吃饭了。

她准备喝口水缓口气，却在拿起水杯的那一刻又生生一顿。

既然廖一晗早就知道她和周子杉的关系，为什么会主动提议让她接手晗一和容悦的合作？

转眼间这个念头便被连笑挥手拂去。她和廖一晗这么好，廖一晗怎么会舍得借她的疮疤去攻克周子杉？

"想什么呢？又是点头又是摇头的。"

对面略有不满的声音传进耳朵，连笑这才彻底回神。

再看方迟，他似乎有些愤愤于自己被彻底晾在一边，不等连笑回答，他已抬手示意服务生过来。

"买单。"

就买单了？关键她只吃了份都不够塞牙缝的前菜。

连笑有些始料未及，方迟却已经把卡给了上前的服务生，刷完卡便起身走人，压根没给她说"不"的权利。

两人赶在九点前带猫去了社区附近的宠物医院。哈哈哈好吃好玩地被供着安胎，长老则比较惨，做完了术前检查，连笑和医生预约好了月底做绝育，不明真相的长老还在她怀里打滚。

连笑真想让长老打住，它在她怀里乱动，她本就饿瘪的肚子自然咕噜一声发出抗议，连坐在休息椅上的方迟也听见了。

估计他以为是长老发出的声音："它怎么发出这种怪声？"

连笑摇摇头，表示不知，就这样让即将变成太监的长老背了锅。

可当方迟准备帮她把长老放进猫包时，耳边又传来咕噜一声响，方迟这回可算听清了声音的来源，抱着长老看向还想装无辜的连笑。

连笑尴笑一记，两手一摊认罪。

"你饿了？"抢了她的主菜，他竟还有脸诧异。

"你说呢？"肚子又咕噜一叫，发出抗议。

"你们女生不是为了保持身材，晚上都只吃一点儿的吗？"

连笑这记白眼恨不得翻上天。

此人虽非直男，直男的思维方式倒是半点儿没落下。

但半小时后，连笑决定把这番话收回——他竟然亲自下厨给她做了蛋包饭。

坐在餐桌上嗅着弥漫整个厨房的香味，再看看这盘冒着热气的蛋包饭，连笑总觉得还缺点儿什么，仰视面前这位正要返回厨房的大厨，双手托腮道："用番茄酱在上头画个笑脸就更完美了。"

却遭大厨断然回绝："恶不恶心？"

连笑不以为意地撇撇嘴，很快他把餐具送到她手里，连笑接过餐具，见他背着只手站在那儿，想走又不想走的样子，也没空猜他究竟在挣扎些什么，低头就准备开动。

"等一下。"他却叫停她。

连笑带着些许不满刚要抬头，就见一溜番茄酱在她眼前漏了下来。

方迟刚才背在身后的手上竟拿着瓶番茄酱，他就这么面无表情地往她的蛋包饭上加了个笑脸。

加完之后他依旧面无表情，迤迤然而去。

这人的性格可真别扭……连笑看着他的背影忍不住喃喃了一句："做你男朋友可真幸福……"

失口之言竟被听见了，只见他突然驻足，转身回问："什么？"

连笑赶紧改口："我说！做你朋友可——真——幸——福！"刻意咬文嚼字，以掩盖她上一拨的失口之言。

"朋友？"他却微一歪头开始掂量起这个称谓来，教人看不出来是满意还是不满意。

待方迟把夜宵全部准备好，餐盘已摆了小半桌。连笑纵览此番美景，要是再配上半打白啤……

刚想到这儿就被方迟问道："要什么酒？"

真是善解人意，做闺密的好材料，连笑心里默默打着算盘，可她酒瘾刚这么一犯，就不期然想到今晚廖一晗帮她回顾的那点儿酒后的不堪往事，酒瘾瞬间散去，她摆手拒绝。

方迟都有些刮目相看了："你个酒鬼，竟然能对酒精say no？"

连笑看在蛋包饭上那个笑脸的分儿上，懒得回怼。再者，大概方迟也不会相信，她是在和周子杉分手后才渐渐染上爱喝酒的恶习。喝断片之后那个为所欲为的连笑，是变得一点儿也不像她，还是那才是真实的她？这一点连笑自己都说不清楚……

终于，水足饭饱。

坐在对面的方迟在询问她要不要喝酒但遭拒之后，自顾自开了瓶冰酒，连笑腆着肚子往椅背上一靠，看向对面时，方迟正自斟自饮，他手中那倾着的酒杯，简直是无声的诱惑。

连笑咽了口口水。

"你现在在和你前男友做生意?"他就着口酒突然问她。

连笑想了想,也不知是人到深夜防备心下降,还是自己真没出息地被一顿夜宵给拿下了,她口风并不紧:"人家嫌我们狮子大开口,这生意谈到最后八成要黄。"

"此话怎讲?"

方迟一手打造的直播平台早已进入C轮,他的涉猎范围和唅一也没什么利益冲突,稍微一番权衡之后,连笑又多透了点儿底。

把唅一和容悦目前的情况大致介绍完毕,连笑直接把困扰她的问题丢了出去:"来,大师,快帮我分析分析,接下来我该怎么做?"

方迟稍停片刻,理了理思绪:"你有多想拿到和容悦的合同?"

"非常想。禾木资本你接触过吗?现在有融资中介在帮唅一和禾木资本搭桥,成功拿下容悦的合同的话,非常有助于提升唅一的品牌形象,也有利于禾木投我们。毕竟我们是想把唅一真正做到上市那一步的,而不是某一轮圈笔大钱就走。"

连笑的立场已经阐明得很清楚了,方迟的建议也在倾听过程中组织得七七八八:"既然如此,为什么不把融资进度提前?既然你们已经想到可以利用容悦的合同提升你们在禾木资本拿到的估值,怎么就不逆向思考一下?用禾木资本去套容悦的合同,一样可行。"

看她的表情,显然还没想到这个层面上。

"两头忽悠法则,听没听过?"

连笑摇头。

方迟有些诧异:"你是不是学金融的?"

连笑则更诧异:"谁告诉你我是学金融的?我是学中文的好吗!"

她在高中时确实是理科班的,但那是因为理科高考的招生人数比文科多。其实她最不喜欢数学,考大学当然也要考一个不需要学高数的学科——中文自然成了她的不二之选。偏偏她这么个爱投机取巧的人,栽在了学霸周子杉手里。升高三那会儿,周子杉一度撺掇她也报金融专业，她为了和周子杉同校同系，着实勤奋过一阵，但最终周子杉成功申请下斯坦福大学，她也就彻底放弃了她那莫须有的目标，考了个只能勉强看入眼的学校。

不过也算福祸相依，若不是这样，她也不会认识廖一晗，不会有后来的晗一了。现在她能肯定的一点是，周子杉挣得肯定没她多。

当然她没法在方迟面前炫耀这点，毕竟他俩在同一个小区里拥有住房，他的是她的三倍大，从这一点来推断，方迟应该挣得比她多。

技不如人自然虚心受教，她正襟危坐，听方迟娓娓道来："有一则笑话你总听过吧？爹对儿子说，我想给你找个媳妇。儿子说，可我愿意自己找。爹说，这个女孩子是比尔·盖茨的女儿！儿子说，要是这样，可以！

"然后他爹找到比尔·盖茨，说，我给你女儿找了一个老公。比尔·盖茨说，不行，我女儿还小！爹说，这个小伙子是世界银行的副总裁！比尔·盖茨说，这样啊，行！

"最后，爹找到了世界银行的总裁，说，我给你推荐一个副总裁！总裁说，可是我有太多副总裁了，多余了！爹说，这个小伙子是比尔·盖茨的女婿！总裁说，这样，行！"

"这故事我听过，不就是空手套白狼吗？"

方迟摇摇头，这学生有点儿难教："这是典型的通过制造信息不对称来获得商业利益的方式。"

"所以你的意思是……"连笑好好领会了一番，大概是因为脑子连轴转，方迟给她倒上一杯之后，她想也没想就一口饮尽。

酒鬼的自制力，果然不过如此——方迟这么忖度着，又给她倒了一杯。

莫非喝了酒有助于开窍？她竟很快领悟了他的意思："你是说，让我用容悦去忽悠禾木资本，再用禾木资本去忽悠容悦？"

方迟满意地一扬眉，嗯，孺子可教。

"他们不会这么傻吧？容悦和禾木资本稍微互通一下有无，就知道我说的是真是假了。"说话的同时，她又干了第二杯。

桌上那瓶冰酒已经见底，方迟一边朝地下酒窖的入口走去，一边说："这不是在说假话，这只是在打一个时间差。晗一确实能拿到容悦的合同，也确实有实力上市，为什么不大胆地去忽悠一下？"

临下到地下酒窖之前，他不忘探出半个身子补充一句："还有一点就是，千万别把你的对手想得太精明。"

连笑不太信他的话，可是他说的她又挑不出任何毛病，只好静待他拿完酒回来，再用更有力的观点说服她。

方迟很快去而复返，开了第二瓶，给她倒上。

他摒弃了脑中那些她可能会听得云里雾里的例子，只举了个最简单的："你知道谭骁是怎么起家的吗？"

"他不是富二代吗？"

"他是富二代没错，但他创业没花家里一分钱。"

连笑讶异地张了张嘴。这倒是和谭骁一贯给人的纨绔印象有些不符。

"他的第一桶金是在一个体育论坛里赚的。他当时编了个特别美好但其实一拆就穿的故事。他声称自己是个女生，很喜欢一个男孩，那男孩总爱穿双匡威鞋，但她当时很穷，又很羞涩，想买双匡威作为送给男生的生日礼物，结果没凑够钱，也和那个男生失之交臂。她现在想在论坛里卖山寨的匡威，希望能用这个方式，再找到那个男生，对他说一声：'我喜欢你。'"

连笑脑中无语得直摇头："这也有人信？"

"何止是信？"显然这女人高估了直男在爱情里的智商，"谭骁的帖子被一转再转，那个运动论坛里的直男都沸腾了。在他们眼里，有个妹子能那么长情地爱着一个男生，简直是戳G点。谭骁当年就靠这个故事赚到了第一个一百万。所以，在有硬实力的前提下，怎样去包装你的企业故事，这一点也很重要。"

连笑暂时把各种想象抛之脑后，跟上方迟的节奏。

"只要包装得当，容悦、禾木资本……这些都不是问题。"方迟总结陈词道。

廖一晗的战略一向是一步步来,这样风险最可控,也更不容易出纰漏。诚如她之前说的,晗一是打算上市,而非圈钱,谨慎点儿总没错。方迟的建议相比之下,确实有些激进。

"可是……"连笑自然犹豫。

"说句不好听的,网红经济现在已经不是投资风口了,你们的黄金期其实也没剩几年。资本圈说白了就跟青楼一样,不许人间见白头。"

说得这么恐怖?

连笑赶紧再来一杯压压惊。喝完这一杯,脑子果然更活络了,连笑赶紧掏手机把廖一晗发给她的三版策划案找出来:"电脑借我一下。"

方迟下巴抬抬示意楼上:"在书房。"

连笑二话不说地拎着酒杯、酒瓶起身,起得太猛还趔趄了一下。

方迟眼疾手快扶了她一把,这女人离微醺不远了。

眼看连笑趿着拖鞋一路嗒嗒嗒地上了楼,方迟优哉地跟上。

连笑一开机就忙把策划案倒进电脑,不忘嘱咐:"商业机密,别外传。"

"我像那种大嘴巴的人吗?"

连笑上上下下打量他一番,此人面相深藏不露,绝对是能把秘密守几十年再带进棺材的那种人。

她这才放心地打开PPT。

二人本来是一起看的,可连笑才看到一半,这厮就嫌她看得慢,又另开了笔记本电脑,端着笔记本电脑斜倚在办公桌上自顾自地看起了第二版策划案。

等连笑终于快马加鞭地看完第一版,方迟已经三版尽数阅览完毕,把笔记本电脑搁回桌上,优哉地双臂一抄,回过头来嫌弃她:"你怎么看这么慢?"

坐在台式机前的连笑眉梢一挑:"我这叫慢工出细活,你一目十行有什么用,看出什么所以然来了吗?"

方迟还真就看出了什么所以然来："其实策划案里已经写了搞定容悦的方法。"

连笑眉心一皱，不可能。

策划案里真能有搞定容悦的方法，晗一何至于被容悦拖了整整半年？

见她一脸不解地将策划案又来来回回看了一遍，方迟扭头一瞥那半杯被她冷落多时的冰酒，再低头一看电脑上显示的时间。春宵一刻值千金，把时间都浪费在商业教学上，岂不可惜？他当即手指点了点策划案上的"明嘉美妆"四个字，连笑立马瞧见，赶紧琢磨起这组关键词来。

容悦目前最大的竞争对手就是明嘉美妆，明嘉美妆虽是后起之秀，但在几项主营业务上，很有取容悦而代之的势头。明嘉美妆今年和日本的几个本土口碑品牌签订了战略合作协议，准备打开中国市场。

再结合方迟之前教她的通过制造信息不对称来获得商业利益这招，连笑有点儿找着头绪了："制造假象，让容悦误会晗一要转投明嘉美妆？"

看来这女人还是有点儿小聪明的，方迟终于满意："禾木资本、容悦、明嘉美妆，现在可都是你手里的棋子了。祝你成功。"说着不忘把她的酒杯递给她。

连笑接过，眉梢眼角微微牵起笑意，与他清脆碰杯："敬奸商。"

解决了一桩棘手事，拨开云雾的感觉甚好，二人就此在书房里喝开。酒过三巡，连笑窝在转椅上，举着酒杯一圈圈地打着转，已然有些得意忘形。

"你说你那么鸡贼……啊不……聪明，为什么要弄那种直播平台？整个气质就很low啊！跟你的形象也不……"她边说边让椅子打着转，话音未落却被人一把按住椅背，愣是被逼停。

她随即对上一双带着疑问的眸："你怎么知道我在做直播平台？"

连笑被他这么一定，才意识到自己方才口不择言了，托词倒是眼珠一转便信手拈来："去年校庆学校不是邀请你了吗，我也被邀请了，你是做什么的，海报上都写了。"

"真没看出来，你还挺关注我。"

他说得不咸不淡，捏酒杯的手却微微一紧。

"废话呢，谁跟你似的，连我是你校友都不记得。"

"一个校友而已，不记得很合理。"

"我当年可是级花，OK？差一点儿就成校花了，竟然对我一点儿印象都没有，哪儿合理了？"可连笑说完后转念一想，其实这样才更合理吧，毕竟……

连笑灵机一动，探探口风："那你还记得当年的校草是谁吗？"

虽然不清楚她为什么突然这么问，但方迟依旧完全不需要回忆，脱口而出："当然。"

果然，他当年的关注点已经弯了……

连笑悻悻然再饮一杯。

方迟又去酒窖拿了两瓶酒，顺便去院子里看看。很好，哈哈哈睡在笼子里，任笼外的长老如何扒拉，照样求偶无门。

正第无数次不死心地扒拉着笼子的长老，听见脚步声，立马正襟危坐，收了爪子，特别纯良无害地扭头看向方迟，仿佛方才猴急地扒拉笼子的压根不是它。

"你应该改名叫戏精。"

面对指控，长老喵的一声尽显无辜。

方迟看在它即将变成太监的分儿上，也懒得跟它对峙了，转身快步上了楼。

长老目送着这人类离去的背影，一双碧色的猫眼似乎透着鄙夷：到底谁比谁更猴急……

方迟不一会儿已推开书房门，却只有满目空瓶，人已不见踪影。

"连笑？"他朝书房里唤了一声，回应他的却是后背的一沉——她靠在了他背上。

原来心脏一瞬间的骤停是这种感觉，有点儿陌生。

方迟转过身去，这个面色绯红的女人就这么摇摇晃晃地入了他的怀："小伙子，你这衬衣可真白……"

"……"

"来，让姐姐染指一下。"

她把口红蹭上他的衬衣，双手向上一合，剪住他的脖颈。

她仰头看他，意识模糊："你这脸也挺白的……"

片刻之前还被撩得不行的方迟听到这话，忍不住翻了个白眼。她的台词就不能更新一下，永远是这么几句。

说着"你的衬衣好白"，用口红蹭他的领口。

说着"你的脸也挺白"，亲他右边的侧脸。

说着"你的嘴唇真软"，手指慢条斯理地划过他的唇心。

说着"你好高呀"，不由分说地蹦到他身上，捧起他的脸："这样我就比你高了……"

可她刚一低头，方迟就捂住了她的嘴。

她莫名地一皱眉，似乎不太能理解他为什么突然叫停。

"能不能有点儿新意？"方迟平视着她，笑得有些无奈。

她在他掌心下喃喃了句什么，似乎是没听懂。

也无须她听懂，方迟转瞬敛去笑，面色冷峻得分明志在必得，捧牢她，埋首下去。

自制力在这一刻分崩离析，他哪还顾得上她突然的浑身僵硬？

"滚开！"尖叫声突然而起，方迟半点儿没反应过来，耳膜被这锐声刺得生疼，刚因此一皱眉，便被猛地推开。

这女人这么将他一推，连带着把她自己也带倒了，方迟要伸手捞她，却被她狠狠给了一巴掌。

他顿时僵立在原地。什么意思？只准州官放火，不许百姓点灯？

方迟脸颊火辣辣地站在那儿，好半天都没缓过神来。

有生以来第一次挨人巴掌，心情简直无法形容。

再看此时此刻摔靠在墙角的连笑，方迟刚想给自己讨个说法，却见她一动不动地跌坐在墙根，该不会刚才摔下去时磕了脑袋？

方迟心下一紧，赶紧来到她跟前，查看她紧挨着墙壁的后脑勺。

没有伤口，只是磕得有些肿。方迟松口气。

直到这时，还能听见她嘴里的喃喃醉话："滚开……滚……开……"之后便再没声响。

反倒是长老不知何时上的楼，早已在远处观察多时，见这两人都没动静了，各自坐靠在两边墙根，才悄声靠近。

方迟与它对视。他莫名有些烦躁，自然没好气："看什么看？"

长老喵的一声正要往另一边的连笑怀里钻，方迟却快准狠地拽着它的后颈毛，拎到一边。

"连笑？"没人理他。

她也没再嚷嚷着让他滚开。

确认这女人是真的已经酒精上头醉死过去，方迟这才再次靠近，抱她去卧室。

这个夜晚……真不知该如何评价。

"我都已经准备舍生取义了，你就是这么对我的？"

见她合着眼睛，安然入睡，方迟满腔怨言就此打住。

进了卧室把她放在床上，盖好被子，方迟本想就此离去，脑中却总有一部分在叫嚣着心有不甘。他就这么走了两步又停下，再次折回到床边，坐在床角任理智与失控厮杀。脑中的厮杀还未分出胜负，他已手腕一撑，侧卧到她身旁。

他抻着下颌看了看她，任由这心念一动驱使着手指，轻巧地解开她颈下的第一颗纽扣。

她依旧没有任何反应。

说不心动也是假的，正常男人到了这种时候多少都有点儿收不住手。

但大概自己不是什么正常男人吧，手指在第二颗纽扣上停留片刻，内心两股势力均尘埃落定，他终是回到第一颗纽扣上，将第一颗纽扣重新系上。

恰逢此时，耳边突然响起手机铃声。

铃声似乎是从走廊里传来的，方迟连随手按掉它的可能性都没有，眼看这女人在一遍遍的铃声之下眉头越蹙越紧，没准儿她醒来给无辜的自己再来一巴掌，方迟还是翻身下床，去找寻铃声的源头。

最终他在走廊上找到了连笑的手机。

她的手机应该是在刚才两人的对峙中掉在了这儿。

手机铃声还在继续，是个本地的陌生号码。

方迟想了想，接通但未开口。

"这么多年了，你的号码竟然没变。"手机那端也是沉默半晌才开口。

"笑笑你知道吗？其实我真的很怕见到你……"

"咳……"方迟粗着嗓子咳了一声，面色早已冷峻得不像话。

世界安静了。

方迟在挂断手机还是继续下去之间稍做犹豫，终究还是开了口："孙伽文呢？没跟你一起回国？"

"你是……"电话那头沉吟片刻，恍然大悟，"方迟？"

对此方迟并不意外。

"周子杉——"他自然也早就知道对方是谁，"身为一个男人，想要家里红旗不倒，外面彩旗飘飘，我不赞同，但能理解。可同样的戏码玩两次就没意思了。当年你为了孙伽文离开连笑，现在又要反着来一遍？"

他语气平淡之间，却有藏不住的鄙夷："你以为你是谁？"

周子杉直接挂了电话。

Chapter. 2
亲爱的局外人

连笑醒来时，整个房间是昏暗的。

她一向用的是遮光度最好的窗帘，任窗外几时几许，屋内也透不进半点儿光线。

抻脚便触到毛茸茸的一团，看来长老又不经允许上床睡了，她闭着眼睛叫了声："长老？"

长老竟不搭理她。

她这主人也挺恶趣味的，总爱和自己的猫较劲儿，自顾自钻进被子，小心翼翼地在被子的掩护下爬到床尾，在确定了长老的方位后，掀开被子一声狮子吼。换作平常，长老铁定被吓得直夯毛，可连笑今天将同样的方式如法炮制，她对面的这只布偶却只是懒洋洋地仰头看了看她。

那眼睛微眯，仿佛在说：幼稚。

连笑仔细一瞧，傻眼了，她床上的这只布偶压根不是长老，甚至连这张床都不是她的。

她当下所处的，压根是一间全然陌生的房间。连笑环顾这陌生的四周，为了确认自己没看错，三下五除二蹦下床去拉开窗帘，借着外头正午的阳光又确认了一遍，这儿的的确确不是她家。

再看床上那只布偶，分明就是她的儿媳妇哈哈哈，而哈哈哈见她跟猴子似的上床下地，那眼睛微眯的鄙夷样子，像极了它的主人。

还真是说曹操曹操就到，她这么想着时，耳畔便传来一阵脚步声。顺着声音看去，不一会儿那个天生长着张瞧不起人的脸的男人已来到房门外，抄着双臂倚着门廊，将凌乱不堪的她上下一打量："我都下班回来了，你才醒？"

连笑扭头一看床头柜上的闹钟，真的已经中午十二点多……但这不是关键所在，连笑将他上下打量一轮，可没他那么淡定。

"我没对你怎样吧？"连笑一脸惊恐地等待他的答案。

看来这女人酒后犯事已是习惯成自然，方迟突然有些好奇她究竟对多少男人说过这样的话。

他内心波澜起伏，面上却不动声色。不等他回答，连笑已经猛地掀开被子检查床单，吓得哈哈哈尾巴一扫，转眼已溜出卧室。

见米色的床单上没有任何污渍，连笑终于能够大大地松口气。方迟全程看在眼里，莫名眉心一皱。

连笑整个人瘫坐在一旁的老虎椅上，抚着额，顿感力不从心："我以后真的要戒酒了。"

"你这不是戒不戒酒的问题，"方迟直到这时才走上前来，把被她甩到地上的被子捡起来，"你需要个心理医生才是。"

连笑扶额的手一抖，就此僵住。

方迟还在忙着把她弄乱的一切规整好，随口继续道："你内心深处极有可能住着个色魔，恐怕只有心理医生能帮助你纠正行为。"

此话一出，刚才还狠狠僵着的连笑瞬间又恢复一脸没心没肺的表情，笑吟吟地耍无赖："天下不知多少男人排队等着我去色，就你不乐意。"

我倒是乐意，你倒是别中途停止还给我一巴掌……

想到昨夜的盛况，方迟的脸色更臭，放下手上的枕头，径直掉头出了卧室。

"干吗？生气了？"连笑探个脑袋，目光追随他的背影而去。

这人该不会觉得她这话是在暗讽他是gay吧？这也生气？未免心眼太小……

连笑一边不满地暗忖，一边又真担心他被她的口无遮拦伤着，赶紧跟出去探探情况。

直到跟到一楼玄关，连笑才发现他这是听见了门铃声，下楼给人开门来了。

眼看门外的快递小哥又是套鞋套进门，又是直奔餐厅布餐，连笑一脸纳闷。

"不是你昨晚一直嚷嚷要吃海底捞的？"

她昨晚确实提议了点海底捞外送，可……

"不是你说火锅味儿太大，不准的？"

明明是他否了她的提议，选了亲自下厨，如今怎么又朝令夕改？

答案就搁在餐桌旁暂未拆封的那个纸箱里："今早刚送到的空气净化器。"

见方迟蹲下去拆纸箱，连笑可没心思帮忙，上桌、拆筷子、调酱料，动作一气呵成，至此便守在锅前动都不动，一心只等开锅。

待遇可真好……真想以后常来做客……

关在笼子里被自家主人彻底遗忘，禁食禁水一整夜如今已完全瘫着折腾不动的长老，大概并不这么想。只可惜房子的主人只中午回来一趟，下午又要去公司，连笑饱餐一顿之后只能带着长老先回家，洗漱完换身衣服再出门，到了宠物医院，正值约定的手术时间。

饿得前胸贴后背的长老就这么被送进了手术室。

长老被带进手术室前绝望的目光，连笑不忍回想，于是给自己找点儿别的事情来干。

她这一整天没去公司，既不影响公司运作，也压根没公事需要她。前几年她还是很乐意此般逍遥自在，却不知是因为最近和方迟待久了，还是被周子杉那人模狗样的样子刺激了，她那少得可怜的上进心竟被激起了几分。

一想到容悦，连笑终于知道自己可以忙些什么了。

她下了个明嘉美妆的App，销量最差榜里，赫然躺着明嘉美妆刚拿下国内总代理的一款日本美容仪。

既然昨晚方迟已为她指了条明路，接下来要如何举一反三，就只能靠她自己了。

连笑直接下单订了五十个，顺便把链接分享到市场部的群里："让咱们旗下所有的一级网红都在各自的平台上力推这款美容仪。记住，是所有的平台，包括微博和公众号。试用品明天就会寄到公司。"

"连总，这不是明嘉美妆的产品吗？我们和明嘉美妆并没有合作……"

"这次是免费推广。"

"是不是得先请示下廖总？"市场部经理直接@了廖一晗。

连笑看着那扎眼的话，内心没有半点儿硌硬是不可能的。但也确实，市场和运营这一块一向不归她管，没有权限也正常。

廖一晗并没有在群里发声，而是直接一个电话打了过来："你怎么突然帮明嘉美妆做起推广了？该不会是你昨晚喝大了，在哪个局上乱答应了什么人吧……"

"等等！打住！我是那种不负责任的人吗？"连笑哭笑不得。

"你是。"廖一晗回答得特别果断。

连笑简单反思了一下，似乎……好像……她几年前确实因为喝多乱签过合同……

无颜面对自己那浑不懔的过往，连笑干咳一声，删除那段记忆："你先听听我的计划。"

连笑简单阐述了下自己的想法。

利用旗下所有的资源帮明嘉美妆做推广，如此大张旗鼓，自然会引起容悦和明嘉美妆这两家的关注。之所以选择销量最差的美容仪，一来因为销量差，此款产品在淘宝的供应源基本为零。晗一出动旗下所有大网红力推，购买者只能通过明嘉美妆买到这款产品。再者，若明嘉美妆在晗一的助力下，连销量最差的美容仪都能咸鱼翻身，明嘉美妆见识到了晗一的影响力，自然会起心要和晗一合作些什么。

而不论明嘉美妆和晗一的合作内容是什么，最终又到底合不合作得成，晗一都要尽最大可能地夸大和明嘉美妆的亲密程度。一来成功刺激容悦；二来，也让禾木资本看到晗一更多的价值。

听完连笑的分析，廖一晗沉默良久，似乎在分析可行性。这招从连笑口中说出，廖一晗难免觉得有些不真实，声音自然也有些飘忽："老连，你什么时候变得这么鸡贼了？"

连笑当然不能说因为自己有了个更鸡贼的老师，只能随口糊弄过去："我逛明嘉美妆App时突然想到的，你觉得可不可行？"

不一会儿，微信群里的廖一晗发声："一切按连总说的做。"

廖一晗发话，之前还犹犹豫豫的经理立即领命行事。

廖一晗在外人面前一向给足她面子，私底下打电话来沟通，群里当着下属的面则不问缘由地百分百支持她。连笑想到群里那些人此刻大概的表情，顿感大仇得报。

连笑一脸嘚瑟地揣回手机，想到自己的鸡贼老师，又把手机从包里拿出来，准备打个电话向老师邀功。

她刚准备调出方迟的号码，却发现……最近通话栏里显示，今天凌晨一点多，有个陌生号码来了通一分多钟的电话。

凌晨一点……不正是她喝得醉生梦死的时候？

她可不记得自己当时接了谁的电话。

连笑回拨过去，无人接听，她只得纳闷地收回手机。

恰逢这时手术室的门被推开，连笑再顾不上其他，起身迎到门前，从医生手中接过麻药还没散的长老。

长老的关键部位被包扎得严严实实，连笑看着怪心疼的。刚抱着长老坐回椅子上，她的手机就响了。

连笑摸出手机，此刻来电的正是她刚才没打通的那个陌生号码。

连笑一边兜牢长老，一边接听："喂？"

对面沉默半晌。连笑又"喂"了一声，依旧没有回音，难不成是恶作剧？连笑正要愤愤然挂断电话，耳边竟响起一声冷笑："果然是你……"

是个女人的声音，至于那饱含讥讽的语气……

连笑当即火冒三丈："你谁啊！神经病吧！"

这回对面倒是回得挺快："我的声音你都听不出来了？"

连笑眉一皱，突然意识到这该不会是个诈骗电话吧。她懒得跟这种莫名其妙的人扯皮，可就在连笑即将二度挂断电话时，对方的回答却令她瞬时浑身一僵。

"我是孙伽文。我可还记得当年你是怎么站在道德制高点骂我是贱人的，你现在这样，不是更贱吗？"

连笑莫名其妙挨了一顿骂，若不是怀里抱着刚做完手术的长老，真是掀桌子都不解气。

连笑心中默念了一万遍"冷漠才是对敌人最大的蔑视"，才硬憋下这口气，没让周遭人看笑话："孙伽文，你跟周子杉天生一对，配得不能再配，我只有一个心愿，别来烦我。"

电话那头的孙伽文莫非被她感染了？再不见之前咬牙切齿的恨意，语气里是莫名的无力："我刚跟周子杉谈完分手。"

"关我什么事？"连笑可越来越抓不住这对话的走向了，"你和他迈入任何一个人生阶段都必须先通知我不成？我是你爹吗？"

"你怎么还有脸把自己摘这么干净？周子杉的这个手机号是他回国之后新换的，如果你真像你自己说的那样，一点儿也不想插手我跟周子杉之间的事，他的手机里为什么会存你的号码？还好死不死的，你偏偏要在这个时候给他打电话？"

窦娥是怎么冤死的，连笑可算是明白了。她该怎么向孙伽文解释，她根本不知道这个手机号是周子杉的。

"我之前还以为周子杉跟我冷战是因为我跟他之间出了什么问题，原来……是初恋回来挖墙脚了。"

连笑简直有口难辩，凌晨一点的那通电话真是周子杉打来的？可接听的人压根不是她——方迟的面孔在这时突然映入连笑的脑海，该不会是方迟替她接了那通电话吧？

而此时此刻的连笑，在把一切搞清楚之前，恐怕都只有被动挨打的份了："不过我得告诉你个不幸的消息。我跟他在一起四年，他碰都没碰过我，这种无能的男人，我想通了，我不要了，还给你。"孙伽文阴阳怪气的，那声音隔着电波，连笑真听不出她是哭是笑，"哦，不对，我差点儿忘了，你也不正常。你们俩才是天造地设的一对，配，太配了……"

连笑终于忍无可忍，挂了电话。

她气得牙齿发抖，懊悔自己当初怎么会交孙伽文这样的朋友，还羡慕她敢爱敢恨，只遵从自己的内心……此时此刻的孙伽文，坐在偌大的酒店套房中央，听着手机里传来的忙音，竟呵地笑出了声，这满含嘲讽的笑，不知是在笑别人，还是在笑自己。

她一直觉得自己挺狠的，争取自己想要的，本就是件无可厚非的事。谁能想到，周子杉更狠，竟能把她对他的感情都一点儿一点儿磨没了。

他接受了猎头的挖角，换了新工作，从墨尔本回国。孙伽文曾一度以为自己再回国，肯定是因为她和周子杉要回来办婚礼，却不料最终结果，是她追回国内，和他提分手。

早知道他会毫不犹豫地答应，可此情此景真的摆在面前时，她竟然还是会心痛。

孙伽文就这么笑着笑着，把自己给笑哭了。

哭泣时倒是悄无声息，只有源源不断的眼泪，打湿她手中那已暗下去的手机屏幕。

直到门铃声突兀地响起，才打断这无声的一切。

孙伽文擦了眼泪去开门，门外站着去而复返的周子杉。

"我手机是不是落这儿了？"

他不问她泛红的双眼是怎么回事，唯独关心他的手机还在不在这儿。

果然，由她主动提出分手，他整个人生都如释重负了。意识到这一点，孙伽文扯着嘴冷笑，将手中的手机直接抛给他："连笑刚给你打电话了。"

她说得平淡无奇，周子杉却倏忽间拧起了眉，几乎是在瞪她："什么？！"

他的反应越是这样明显，孙伽文越是想要冷笑："我告诉她我和你很好，马上就要结婚，希望她能祝我们幸福。"说完就把门关了，留周子杉一人站在空落落的门外，被坑得无话可说。

接到连笑的来电时，方迟正在开会。

方迟拒接了来电，回了句"会中，待会儿回复"就把手机搁回了桌上，继续跟项目总监汇报手头的项目情况。

去年之前方迟还只做天使轮，最多跟到A轮就退出变现，但今年开始他已经有几个项目一路跟到了C轮，包括被连笑嫌弃太没档次的直播平台。作为一个没什么良知的投资人，方迟一向认为万事没有高低贵贱之分，只要能挣钱，就值得做。

工作的梦想是什么？今早某家新闻网站的记者采访他时还问了这个问题，方迟说了一堆，就是没说实话——工作的梦想当然是不工作。

就好比此刻，方迟听着总监的滔滔不绝，内心却在想，现在这个时间点，长老应该刚做完绝育手术，她打那通电话来莫不是要请他去帮忙？

项目总监大概是发现了他的心不在焉，会议室里六七号人，项目总监不好直接提醒，只能作势咳嗽一声。方迟接茬倒是接得很快，立即若无其事地接着项目总监的话题，仿佛之前压根没走神："那几个社群电商的项目筛选得如何？"

项目总监不由得挑了下眉，之前还以为方总在走神，原来他一直在专心听汇报……

一心二用的方迟直到会议结束，也想好了自己待会儿要以什么身份出现在校友的家门口。

就这样，一个小时后，连笑拉开家门，对上的正是拎着两大袋食材的方迟。就算他能想出一百种方式把一个项目做成又怎样？此时此刻的他，就只能想到以一种身份出现在她家门前——免费厨子。

可今天下午做手术的不是长老吗？怎么这女人也一副没精打采的样子？

方迟拎着食材进门，她连拖鞋都不帮他拿，是不欢迎他还是怎样？

见连笑杵在玄关一动不动似在走神，方迟脸色一沉，直接脱了鞋，赤脚进门直奔厨房。

"长老，看在你变成太监了的分儿上，我今天给你做份营养餐。"

被召唤的长老趴在沙发上，浑身包得严严实实，只动了动耳朵算是答应。连笑听他这么一说，倒是才猛地醒过神来，连忙关了门，一路小跑地跟着方迟进了厨房："你是来给长老做饭，不是来给我做饭的？"

方迟忙着脱外套卷袖子，没搭理她。

连笑见他搁在料理台上的两大袋食材，凑过去刚翻出袋子里的一份新鲜和牛，手就被方迟不客气地拍开。

连笑却已望眼欲穿："咱们今晚吃和牛？"

方迟面无表情地纠正道："哪来的咱们？"

"……"

"我就买了一份——我自己的晚餐。"

这人来做客，好东西就只买一份？

连笑自认有必要教教他为客之道："那你把这两大袋子提到我家来干吗？"

就为了眼馋下她？

"我的晚餐和长老的晚餐，我逛超市的时候顺便一起买了。暂时在你这儿放一放，等喂完长老，这两袋子我会提回家。"

他有份，长老也有份，唯独她没份？连笑岂会同意？

她往那两大袋子里贼眉鼠眼地一阵偷瞄，和牛的包装上可是有大大的"顶级"二字。

连笑当即嘴角一沉，苦从中来："我今天被人狗血淋头地骂了一下午，只有煎完香喷喷油滋滋入口即化的顶级和牛才能治愈我受伤的心灵。"

方迟袖子挽到一半，生生一停："被谁骂了？"

"说来话长，你又不认识……"可转念一想又立即改口，"不对，你应该也认识。"

连笑差点儿忘了他跟孙伽文也颇有渊源，八卦之心一起就有些收不住："孙伽文你还记得吗？"

看他这样子是不记得了。

连笑虽然很想给他的记忆力打个大大的差评，但对此还是挺欣慰的，怎么说她都比孙伽文知名度广，方迟若不记得她却唯独记得孙伽文，她大概会一气之下和他绝交。

"就是高一还是高二那年，向你表白闹得满校风雨的那个。"

这么一说，方迟似乎有印象了。可他的目光刚透出些许对往事的不堪回首便被及时压制住，看来是拒绝回忆当年，只直截了当地问："她为什么骂你？"

连笑真觉得和他聊八卦一点儿劲儿都没有，她是在求安慰，他却反倒像在盘问。连笑两手一摊，颇为无奈："她是周子杉的现女友，他俩正闹分手，她以为是我从中作梗，把我给骂了。"

他终于给了她点儿听八卦时该有的反应，眉心一皱表示怀疑："她和周子杉分手了？"

"重点不是这个，重点是她把我给骂了。"

"那周子杉如果恢复单身回头追你，你还要他吗？"

二人简直驴唇不对马嘴，连笑赶紧重申："大哥！审题好不好？重点不是这个好吗？"这家伙怎么总跟她不在一个频道上？

方迟却坚称："不，这才是整个事件的关键。"

连笑眯眼瞧他，表示怀疑。

他竟还真给她胡诌出了一套理论依据来："这个问题的答案可以帮助我分析你们这段三角关系，在主观能动性上谁对谁错。"

这明明就是个感情问题，他还想用逻辑推演这一套来解题？连笑只能暗叹难怪自己成不了学霸。

既然他要客观分析，那她也来好好分析一下得了："我觉得她跟周子杉压根就没分手，她这么说就是为了试我，顺便警告我别掺和他俩的事。"

他一副"此话怎讲"的表情。

连笑直接上证据："就上个月，孙伽文还在她的Instagram上秀刚收到的Harry Winston大钻戒。"

果然，方迟挑眉便是一副"你怎么会知道？莫非你在视奸她的社交网站"的模样。连笑有苦难言，苦笑都笑不完的苦："别问我为什么会知道，我可没空去视奸这个视奸那个。但我和她高中时期可是啃一根冰棍的闺密，她挖我墙脚也挖得人尽皆知，直到今天，她和周子杉有任何风吹草动，都总有人第一时间把消息往我这边吹。"

鉴于女人对八卦的热衷程度，方迟大概也觉得她这番话可信度很高。连笑就按照这个逻辑继续往下推了："那钻戒的克数，可不就是冲着结婚去的？她压根不可能和周子杉分手，她的话我信百分之一都嫌多。更何况，她还说周子杉那个呢……"险些说漏嘴，连笑连忙改口，"总之她的话不可信。"

见方迟再无异议，连笑终于可以堂而皇之地绕过他，从袋子里捧出那份霜降和牛送到大厨面前——费尽口舌只为得到你："上次廖一晗送我的骨瓷盘终于可以拿出来用了。"

方迟接过，二话不说直接拆包装，连笑两眼紧盯，眼看胜利在望，他包装拆到一半的手突然又停了。

"刚才你的话没说完。"方先生又抓住了一个不该抓的重点，"她说周子杉怎么了？"

连笑顿时一口老血哽在喉间。

为了一块和牛这样出卖自己的前任，连笑总还有些良心不安。

她瞄一眼方迟。他的手停在和牛的包装上，她不开口，他就不动。

　　再瞄一眼包装上写着的"产地：松阪""级别：A5级"，连笑顿时幡然醒悟，周子杉曾对她不仁，她又何必对他有义？

　　"她说周子杉×无能。"四目相望间，方迟扑哧一声差点儿没憋住笑，硬压下笑意，做道貌岸然的同情状："这么惨？"

　　"当然是假的，周子杉怎么可能……"连笑也不知道为何脱口而出的竟是为周子杉辩解的话，说到一半又打住。

　　她那副欲言又止的样子落在方迟眼里，倒不见他的脸色有任何波澜："这么肯定？莫非你试过？"

　　大概他问得太过稀松平常，连笑竟没觉得有什么冒犯，面对这种神不知鬼不觉的提问技巧，也没怎么抗争就被套了话："试倒是没试过。不过我跟他总归也曾经在一起好几年，他那方面明明挺正常的。"

　　"那不一定，年少的时候那方面OK，不代表他现在都快奔三了还OK。你没亲身试过，就没有发言权。"

　　连笑将他从上到下打量一番，他那副老司机的样子看得她忍不住发出啧啧两声。他估计以为她从鼻子里哼出的这两声是对他的质疑，拍拍她的肩膀，语重心长道："相信我，我比你更了解男人。"

　　这话倒是没毛病，连笑也拍拍他的肩，敬他是个前辈："说得也是……你确实比我了解男人……"

　　她说得意味深长，眼神同样饱含深意，两人又挨得近，方迟正要研究她脸上的表情究竟有几层含义，就感觉到她的手若有似无地凑在了他的腰侧，因此断了思路浑身一僵。

　　才讨论过限制话题，所以她这手，是什么意思？

　　喉结微微滚动的同时，她的手顺着他的腰，一点儿一点儿往后伸去。

　　她看他的眼神却那么理所当然，没半点儿心虚。

　　她的手就这么悄无声息地穿过他的腰身与手臂之间，这是要……

拥他个满怀?

一秒,两秒,三秒……

这个拥抱怎能让人等得如此之久?方迟默默呼了口气,正要反手揽这女人入怀,彻底结束这场撩而不拨的折磨……

连笑的手终于穿过他的腰侧,成功拿到搁在他身后料理台上的围裙,抬手就给他套上:"方大厨,辛苦啦!"

方迟一愣。

连笑则已绕到他身后,为他系上围裙后头的系带:"万一你这白衬衣溅上油,我可不赔。"

方迟低头看看自己身上这件突然多出的围裙,只觉得围裙上那再普通不过的条纹,都是对他的嘲笑。

自己怎么会跟个十四岁的小男生一样……紧张。

靠消费前任换得饱餐一顿,享用完顶级和牛之后的连笑,也早忘了要良心不安,只顾品评道:"下次再少煎一分钟就更完美了。"

方迟坐在对面头也不抬:"你说这话看来是不想有下次了。"

连笑翻个白眼表示鄙夷,反正他低头用餐也瞧不见,嘴上甜就行了:"这次就很完美了,下次继续,下次继续。"

对她的狗腿似乎还算满意,方迟放下刀叉改端酒杯,红肉配红酒,解腻刚刚好。连笑眼馋,也端起自己的酒杯喝一口。可惜她酒杯里盛的是水,任她再怎么做作地品,也品不出半点儿回甘。为了配他的牛肉,她兴冲冲地开了瓶家中最贵的藏酒,岂料他竟半点都不让她沾。这样算下来其实是她亏了,她这瓶酒可抵他十份顶级和牛……

连笑徒劳地砸吧砸吧嘴,赶紧把那杯盛水的酒杯放老远,眼不见为净,犹豫片刻还是开了口:"方老师,我问你个问题。"

"说。"

连笑仔细琢磨了一下自己该用怎样的语气问出接下来的问题,才不显得像在质问。她可不想失去这么好的大厨,关键这大厨脾气还不怎么好,怒点难抓:"我昨晚喝醉以后,你是不是帮我接了个电话?"

“对。”他似乎料到她会问，回答得很坦然，反倒衬得她紧张得有些莫名其妙。

“周子杉打来的？”

“对。”

“然后……呢？”

“然后我就按照你给我设定好的角色，告诉他，我女朋友——也就是你，已经睡了。”

“……”

“怎么？有问题？”

他眉梢微微一扬，压迫感顿时朝连笑迎面袭来，连笑条件反射般地赶紧摇头：“没问题。干得好。”

他如此配合她演戏，她应该感谢他才是，可总觉得哪儿有些别扭……

连笑也说不上来到底是哪儿别扭，仔细琢磨一下才有了答案。大概是因为，以方迟这种事不关己高高挂起的性格，应该很不乐意掺和凡人这种陈芝麻烂谷子的破事……

看来方老师不食人间烟火的外表下，隐藏了一颗古道热肠社区大妈心。

为了向方老师那颗隐藏颇深的古道热肠社区大妈心致敬，餐后连笑主动收拾餐具，在洗碗池前忙得不亦乐乎。

方迟喂完了一整晚死气沉沉的长老，回到厨房视察，当即眉一皱。这女人，盘子上的泡沫都没冲干净就要往消毒柜里放。

方迟伸手刚要接过盘子准备重新收拾一遍，手机却响了。

眼看连笑将又一个还带着泡沫的盘子放进了消毒柜，方迟当即拒掉了来电，要顶替连笑：“我来收拾。你去看看你家长老，它有点儿反常。”

连笑倒不觉得有什么，长老的爹当年是被她和周子杉一同送去医院阉了的，她这也算一回生二回熟：“失去了喵生最重要的一样东西，它能不反常吗？”

倒是方迟……

眼看他的手机又响，方迟这回不仅拒接，甚至直接把手机调成静音搁在一旁不顾，只怪连笑视力太好，瞬息之间已看清屏幕上"谭骁"的大名。

比起长老，连笑其实更关心："你和谭骁，没事了吧？"

方迟分明被问住了："我和他之间能有什么事？"

连笑对之前那场惊心动魄的捉奸事件记忆犹新，莫非她这段时间错过了什么好戏？

"你俩和好了？"

她脸上带着疑问，方迟脸上又何尝不是："我和他就没闹过，哪来和好一说？"

连笑松了口气，笑道："上次谭骁来你这儿捉奸，我还以为你俩正闹分手呢。"

方迟瞬间僵化成石。

他再也无心去管她将又一个还带着泡沫的餐盘往消毒柜里放。

终于收拾完所有餐具，连笑将消毒柜门一关，调好消毒功能，这才察觉沉寂多时的异样，周遭安静到连消毒柜运行的声音都听得分明。

再看不知何时突然一言不发的方迟，四目相对间，他突然再度开口，声音都显得有些不真实："你再说一遍。"

连笑想了半天才想起来他们刚才的最后一句对话是什么，虽不知他所问为何，还是依言而行道："上次谭骁来你这儿……"

"我和谭骁闹分手？！"

一向以反应速度为豪的方迟，时隔五分钟后，才终于一脸后知后觉地打断她。连笑被喝住了。

之前她怀疑他随便乱动她的手机，他都没和她翻脸，怎么她无意间说了嘴谭骁的事，他竟这么大反应？

是有多不允许外人随意质疑他和谭骁之间的感情？连笑决定给自己找个台阶下，赔着笑脸道："好好好，大闹伤身，小闹怡情，我可真没盼着你俩分手，闹一闹添情趣嘛……"

添……情……趣？

方迟抚额，头痛。

就在这时，他搁在一旁的手机又亮起了屏。他和连笑同时扭头看见，是物业的来电。

方迟这回不敢拒接了。

万一他这一拒接，她又怀疑他跟物业有一腿……添情趣……那就真的……

方迟当着她的面接听。

接听了不说话，一个字都不想说。

电话那头等了等，没等到他开腔，便直接自报家门道："方先生，这里是物业。"

物业人员喘着粗气，似乎刚跟人干完一仗："很抱歉打扰您，是这样的，有位男子一直在您家门口闹事，已经严重扰民，可他声称是您的……"

物业话音未落，已被另一个哭天抢地的声音彻底淹没。

"方迟！你为什么不接我的电话！方迟！方小迟！"

谭骁的音量大到方迟不得不把手机拿远一些，放耳膜一条生路。连笑站在方迟身旁不过一步远，自然也听得一清二楚。

相比之下，她当年和周子杉分手都没这么歇斯底里过，逊了……

谭骁对方迟这种才配叫作……真爱。

谭骁和物业人员互相争夺着话语权，听筒里传来的声音时而凌乱时而嘈杂，连笑迟迟不见方迟有任何举动，皇帝不急太监急，不由分说地拽起他就走。

方迟面色铁青地反拽住她："等等。"

连笑却不管不顾打断他："还等什么等？你就别再虐他了，我看着都闹心。"

这……到底谁在虐谁？

终于见到谭骁时，连笑才总算见识到一个为爱所伤的男人能有多大的破坏力。

刚才打电话给方迟的物业经理颧骨青了一块，至于是被谁揍的，连笑在这拥挤的走廊里放眼一看就找着了。此时此刻的谭骁正被两名保安模样的彪形大汉押解着，靠墙席地而坐，即便垂着脑袋依旧酒气熏天。

连笑将这一切看在眼里，又增添了几分戒酒的决心。

人生要过好，必须得戒酒……

方迟看看面前这一大摊烂摊子，再看看他身旁这位将这一切脑补成了一出虐恋情深狗血腐剧，被感动得不行的女人，收敛了表情，走向物业经理。谭骁把人揍了，最后还得他掏腰包了事。

钱包里的现金他也没数，直接都给了物业经理。可方迟刚要开口，就被脚边的谭骁一把抱住小腿。

方迟强忍下把谭骁一脚踹飞的冲动，只弯腰试图掰开他的手。

可他越掰，谭骁就抱得越紧：“我失恋了。需要一杯热拿铁，还有一个温暖的怀抱。”

“……”

“方小迟，还是你对我最好了……”

方迟终于忍无可忍，一脚踹开他。

被鞋踹脸的谭骁却浑然不知，只在听到方迟对保安说“把他给我弄走，我不想再看到他”之后，才终于爆发。

“我不走我不走！”

他再度一把抱住方迟的小腿。

方迟正要给保安塞钱，让保安尽快按他说的做，才发现自己的钱包已空——抚额，头痛。

物业经理刚偷摸地准备把收到的这沓钱往兜里藏，就被方迟伸手过来，不由分说地又拿走半沓。到手的钱就这么被转手给了保安，在物业经理充满怨念的眼神下，之前还犹犹豫豫的保安赶紧塞钱进兜，利索地架起谭骁，准备把他弄走。

“你怎么能这么狠心对我……”谭骁还在做最后挣扎。

"对啊，你怎么能这么狠心对他？"连笑的正义路人也是演得有模有样。

方迟抚额，头痛。十家公司亏损等着他去平仓，都没现在这浑不懔的一男一女让他乱了套。

眼看谭骁就要被成功弄走，方迟终是败下阵来："等等。"

保安依言停下。

方迟飞快地解了自家指纹锁，推开家门示意保安："扶他进去吧。"

毁灭世界需要几步？只需要两个猪队友。

连笑今晚可算值回票价了。这出大戏她可是看得荡气回肠、一波三折，眼看谭骁已经被保安弄进方迟家门，方迟也面色铁青地进了屋，她赶紧跟进门去追续集。

方迟还真给谭骁弄了热拿铁，客厅里弥散着可可豆的香气。谭骁瘫在沙发上终于不闹了，急转直下的剧情看得连笑忍不住感叹："我就知道你没这么狠心。"

方迟看她一眼，他已经不想搭理她了。

方迟把谭骁拽起来，刚做好的那杯拿铁往他手里一塞，谭骁说："还是你最好了。"

方迟已经看都不想再看他了。

他给自己来了杯纯的伏特加，躲到离这一男一女最远的吧台自斟自饮。什么时候把自己灌醉什么时候算完。

连笑坐在沙发上，近处是靠着最后一丝清明断断续续喝着拿铁的谭骁，远处是吧台那一人孤影，落寞散尽。

连笑清了清嗓，该她上阵了："按我说，你俩就别闹了，情侣之间床头打架床尾……"

面对她的苦口婆心，方迟只有言简意赅的两个字："闭嘴。"

可他越是这样，连笑这和事佬就越是当定了。眼看谭骁醉醺醺地栽倒在沙发前的地毯上，连笑算是找着了突破口。

"谭骁！谭骁！"

她叫得那么大声，谭骁都被她吵醒了。可他刚懒洋洋地抬头准备看她，就被她不客气地一掌按着脑袋，生生按回了地毯上。

　　见谭骁再不动弹，连笑赶紧做出一脸焦急的样子，直接起身一路小跑至方迟面前，拽起他的手就走："谭骁刚摔下沙发好像磕着脑袋了，我一个人弄不动他，你快……快……"

　　方迟冷眼看着她忙前忙后，给她的评价是：表情太浮夸，演技太差。

　　即便如此，他还是任由她拽着走了几步，这才猛地一施力，直接反手拉得她不得不转过身，迎面对上他的眼睛。

　　"连笑。"他的声音压得很低，像是藏着怒。

　　他举起自己的手，连笑的手正紧紧握着他的那只手。

　　"你再这样随便牵我的手，我可不客气了。"

　　他说这话时还真有几分恐怖，尤其是眼神，因着背光的原因，双眸如一片黑穹，里面有碎的暗光。

　　怎么？他还想揍她不成？连笑显然是不信的。

　　然而在他突然靠近的那一瞬间，连笑几乎是条件反射地撒手退后，手却未能如愿撒开，因那一瞬间已被他一手反制住双腕。

　　脚也未能如愿退后，因那一瞬间他突然揽住她的后腰。

　　他猛地将她拽回怀中，低头吻她。

　　这个吻根本躲不掉，连笑也根本忘了去躲。在这种事情上，她一向不怎么机警，更何况她哪是他对手？

　　这个男人在她唇上浅尝辄止。等连笑反应过来时，他已缓缓抬起了头。近在咫尺的他的双眸里，是一个全然傻眼的她。

　　"我对男人不感兴趣。"方迟的指腹在她唇上摩挲，他的目光在她双唇与双眸间逡巡，"我对……"

　　"嗝！"

　　连笑打的嗝甚至快于她头脑的反应速度，一下子就令方迟噤了声。

　　方迟眉一皱。

上回见她这种反应是什么时候？方迟还记得分明。

直到此时，连笑的脑子才终于跟上节奏，面前这个男人如此堂而皇之地吻她，她："嗝——"

刚三魂七魄归位的连笑转眼又被自己的一记打嗝声扰乱了节奏，她几乎是条件反射地抬手捂住嘴。

却有人先她一步，堵住了她的嘴。

他又一次，不经同意地吻住了她。

酒气氤氲，方迟却似乎比任何时候都清醒。

相比上一次的猝不及防，这一次，他的吻更像是不顾一切。

管她会不会推开他，管她会不会又给他一巴掌，管她打嗝会不会破坏气氛……

可总归是事与愿违，她既没有推开他，更没有给他一巴掌，甚至连打嗝不止这毛病都被他暂时喝住了，可他的吻依旧被残忍地打断。

砰的一声巨响，刚凭一己之力爬回沙发上的谭骁又一次重重地摔了下来。

谭骁的额角不偏不倚，正狠狠磕在茶几角上。

连笑之前谎称谭骁磕着脑袋，谭骁还真就不偏不倚，磕个正着。她这也算是求仁得仁，却半点儿也开心不起来。眼见谭骁闷哼一声重重倒地，之后再不见动弹，方迟这时候还见死不救可就真说不过去了。他看了眼面前这个呆若木鸡的女人，尤其是那绯红的双唇。

只低眸看了这么一眼，方迟便强压下目光，绕过她朝客厅走去。

怕再多看哪怕半眼，都要忍不住再次吻她，又或者……做一些比接吻更有乐趣的事。

方迟试图把谭骁重新弄回沙发，谭骁挣扎着不配合，又狠狠磕了一下。

方迟眼看谭骁的额头裂开一小道口子，并肿起一大片，索性让他在地毯上躺着。

屋里又一次响起止也止不住的打嗝声，方迟却已暂时顾不上这些，他翻箱倒柜地找出医药箱，刚撕开创可贴的包装准备往谭骁额上贴，就被谭骁故技重施，一把抓住手腕："她为什么会拒绝我？"

方迟懒得和他废话，创可贴往他伤口上一拍，半点儿不客气，痛得谭骁当下便龇牙咧嘴地松了手。

就这样以最快速度处理完了碍事的谭骁，方迟正要起身，耳边就传来一阵手机铃声。

循着铃声回头，只见连笑动作迟缓地掏出手机。

一个吻而已，怎么对她的打击这么大？

方迟也不知道自己该为此开心还是无奈。

连笑一边拼命压制住打嗝的冲动，一边接听电话。

方迟光是看她那因打嗝而时不时一抖的背影都替她觉得累，倒了杯水给她送过去。

他满脑子想着该如何为自己方才的情难自禁收场，因此错过了她背影顷刻间僵住的那一瞬。

走到她面前的这短短十几步路，方迟竟有说不上来的紧张，其实他还挺鄙视这样的自己的。

终于走到她面前时，方迟的表情也已恢复了一贯的波澜不惊："我查过治打嗝的方法，大口喝完一整杯试试。"

他将水杯递给她。

连笑抬眸看他，她眼里是方迟看不懂的慌乱。

更确切地说，她压根不是在看他，而只是眼神慌乱之下自他身上一扫而过而已，之后便迅速收回目光，就这么擦撞着他的肩膀朝着玄关狂奔而去。

方迟手中的杯子惨遭碰落，水洒了一地。

水渍溢开一片，倒映着方迟满脸的不解。

至于连笑，早已摔门而去，不见踪迹。

连笑狂奔进地下车库才发现自己压根没带车钥匙，又连忙回家拿了车钥匙，驾车直奔医院。

之前那通电话是医院打来的。

"请问您是周子杉的家属吗？他手机里只有你这个是国内的号

码。他出了交通意外，麻烦您尽快……"

一路而来，脑袋尽是一片空白，直到最终连笑气喘吁吁地直冲进医院的电梯，才在电梯间内的一片死寂之中猛然醒过神来。

周子杉是死是活关她什么事？

相比冲进电梯时的火急火燎，电梯停在外科急诊楼层后，连笑再度走出电梯时，则显得格外死气沉沉。

她停在电梯间外，在最短时间内给自己完成了洗脑，她应该巴不得周子杉死了才好。

一边这么恶狠狠地默念着，一边重新按下电梯外的下行键。

等电梯一到她就走人，这才是她该做的事。

很快电梯叮的一声抵达，连笑刚要迈步朝正匀速开启一道缝隙的电梯门内走去，却被当场叫住。

"连笑？"

连笑一僵，这声音……

连笑没有回头，轮椅移动的声音却渐行渐近，最终停在连笑身后半米处。

连笑咬了咬牙，她其实已经听出了周子杉的声音，可她能怎么办？

只能不情不愿地勾起一点儿笑容，回过头去假装刚发现周子杉的样子："周子杉？这么巧？"

周子杉坐在轮椅上，左脚和右手均打了石膏，脸色有些差，但看样子并无大碍。

看来一场交通意外并没有要掉他半条命，连笑却不知道自己该为此松口气，还是恨老天不够狠。

周子杉只静静看着她，没接话。

连笑也在最短时间内为自己的突然出现找好了说辞："我来这儿探望个朋友，你怎么在这儿，还伤成这样？"

"不好意思，我不知道医院的人翻了我的手机给你打了电话。"

周子杉看似歉疚，实则无情地拆穿了她。

被人当场拆穿的滋味可不好受，连笑也终于意识到局促反而显得她有多在意似的。

她正正脸色，恢复了一贯懒洋洋的慢条斯理："你住哪儿？我送你。"

就当周子杉是个……普通旧相识好了。

周子杉报了个地址。

连笑看他吃力地依靠一条胳膊一条腿上了车后座，全程没帮一下，只在最后替他关了车门。

她将他的轮椅折叠好，不怎么客气地往后备厢里一扔。

车子启动了也无话。

半个多小时的车程，连笑愣是一路紧赶慢赶，不到二十分钟就把周子杉送到。

连笑帮他把轮椅弄下车，重新支好，就此打住："不用我送你上楼吧？"

她已经暗示得这么明显，周子杉也没指望她能动点儿恻隐之心，笑了笑："不用。"

就此告辞。

周子杉坐着轮椅，凭一己之力进了公寓楼，连笑回到车上，靠着方向盘有些百无聊赖地想，若不是周子杉这档子破事突然找上门，她今晚本该……连笑的脑子在这一瞬间突然卡壳，她几乎是下意识地抬手摸了下自己的嘴唇。

她，被方迟，吻了……这个画面在连笑脑中倏忽闪回的下一瞬，她撞开方迟狂奔而去的画面也接踵而至。

无数被她短暂忘却的画面就这么纷至沓来，将连笑彻底淹没在方向盘前。

连笑猛地发动车子的下一秒，搁在后座的那袋药品因惯性撒落而出。

连笑通过后视镜瞥见，赶紧又把车停了，回头瞅一眼，周子杉把医院开的药落她车里了。

连笑心不甘情不愿地掏出手机，准备联系周子杉。

她一边从通话记录里翻他的号码，一边恶狠狠地想，明天赶紧换电话号码。

连笑拨出周子杉号码的下一秒，她的车里却响起了铃声。

不会吧？周子杉把手机也落她车上了？

那一刻连笑撕了周子杉的心都有了，不甘不愿地循着铃声凑到车后座去找周子杉的手机。

原来周子杉的手机和那袋药品放在一块儿。连笑拿起周子杉的手机一看，当场傻眼。

老婆大人——周子杉那碎得不像样的手机屏幕上，清清楚楚显示着这四个大字。

这是他给她的备注。若不是不知自何而来的车喇叭声骤然响起，连笑还不知道要怔怆多久。她被这一记刺耳的喇叭声惊回了神，透过后视镜看见她车后有辆车一直在闪灯，示意要错车。

连笑这才慌忙启动车子，给人腾地方。

看来这一晚注定要在烦事纷扰、辗转难眠中度过了，直到凌晨三点，连笑还在床上辗转反侧，实在受不了了，腾地坐起给廖一晗打电话。

她现在急需一个宣泄的窗口。

直到号码拨出去了她才猛地想起，这个时间点廖一晗应该早就睡了，且廖一晗睡前必将手机调至静音，看来她这通电话是注定打不通了。

却不承想，廖一晗竟然接了。

"喂？"廖一晗的声音甚至十分清明，无半点儿睡意。

连笑呆了半秒，跟抓着救命稻草似的，一股脑蹦下床，跺上拖鞋就要往外跑："你竟然没睡！谢天谢地！赶紧出来喝一杯，我都快烦炸了。"

相较于连笑的火急火燎，廖一晗却出奇地支吾："咳……"廖一晗尴尬地咳了一声，"我现在……不方便。"

连笑被廖一晗这话当场钉在原地："不方便？"

"我和……一个朋友在一起。"

"男的？"

"……嗯。"

"你有新情况了竟然不告诉我？！"得，今晚又一重磅炸弹。

廖一晗不说话，看来是默认了。

"行行行，我今天就不打扰你约会了。明天去公司，你可得一五一十地向我汇报新情况。"

廖一晗大概也自知理亏，讨好道："遵命，遵命。"

连笑就这么落了单，无处可去也无人可说，只能守着郁郁寡欢的长老，窗外天空都开始微微擦亮了，她才在沙发上合着眼睡着了。

感觉也没睡多久，就被那连番炸响的门铃声吵醒，她和长老几乎同时被惊得一跳，好半天她才挣扎着从沙发上站起来，看一眼墙上的挂钟，还不到早上八点……

"谁啊？！"连笑忍不住怒喝道。

怒喝完了才想起来要害怕，该不会是……方迟找上门来了？

一想到这码事连笑就头疼，她单身这几年，不是没有男人喜欢过她，也不乏强势的追求者，她真是用尽了拒绝的方法，到最后实在拒无可拒了，她甚至向其中一位追求者坦白她恐男。当然，当年那位追求者压根就不信，毕竟最初是连笑酒后对他上下其手，他才开始对连笑感兴趣的。

现如今，方迟该不会……也是因为被她酒后轻薄了几次，轻薄出感情来了吧？

毕竟连笑可还深切记得，当年那位被她醉酒后撩了，醒酒后拒了的追求者对她的指控："撩而不上，耍人玩儿呢？"

可当连笑最终勉为其难地拉开家门时，站在门外头的却不是方迟，而是谭骁。

谭骁以一种骚包至极的姿态倚着门框，上下打量一下连笑，有些不怀好意。

连笑可是见识过他抱着方迟的小腿，一把鼻涕一把眼泪的尿包样，哪会怵他？她抱着双臂做傲慢状："谭大少，还嫌昨晚扰民扰得不够？这么早跑我这儿来想干吗？"

看来谭骁还依稀记得他昨晚有多丢脸，终于收起了骚包样，以一副审问的姿态问她："连小姐，我就想问问你，我这人这么爷们儿，到底哪里像弯的？"

"你？爷们儿？"连笑刻意放慢了目光移动的速度，将他仔仔细细上下打量，语气里尽是否定。

谭骁却似乎对"爷们儿"这个词格外在意，当即一副深深受挫的样子："我都追你好姐们儿追了一个多月，你怎么还会怀疑我是弯的？"转头又做一副深思状，神神道道地自言自语起来，"而且你也说我不够爷们儿……难道我真的太娘了？"

连笑却被他这番话问愣住了。

谭骁口中……她的好姐们儿……

待连笑反应过来，几乎是脱口而出："你在追廖一晗？！"

她如此这般一惊一乍，愣是把正忙着神神道道的谭骁给惊回了神："她没跟你说？"

连笑脸上已经有些挂不住了。

谭骁可算逮着机会反将一军："啧啧啧，好一段塑料姐妹情。"

"我当然知道你追她了，但你也可能是双啊！"连笑当即反口，她怎么可能承认廖一晗连这种事都不告诉她？

连笑也顾不上待客之道了，迎着谭骁的面把门狠狠关上，也顾不上去管门外的谭骁突然发出嗷的一嗓子痛呼，是不是因为被门撞了鼻子。

若有所思地慢步挪回沙发上，身边也没个可以说话的人，连笑只能将满腔疑问抛给窝在沙发一角异常安静的长老："你说廖一晗她到底是怎么回事？"

连笑如往常那般，准备把长老抱到自己腿上求个无声的安慰，长老却耷拉着四肢，浑身瘫软，鼻子也特别干，连笑这才发现它的异样。

长老的爸爸酋长当年是她和周子杉一起养的，绝育手术也是她和周子杉带着去做的，连笑在这方面还算有经验。猫绝育之后精神差可以理解，可长老这种奄奄一息的表现实在太过反常，连笑用最快速度洗漱换衣，带着长老出了门。

幸好谭骁已经自讨没趣走了，不然又得被他拉着一通扯皮。

宠物医院离得近，连笑也就没取车，有那开车、停车的工夫，她都能走到宠物医院去。当然，当连笑迎面对上一抹熟悉的身影时，就不这么想了。

早知道会在小区里遇上方迟，她还不如去地下车库取车。

连笑从未那么早出过门，自然是第一次碰见晨跑归来的方迟。

方迟也看见她了，黑发黑衣，黑着张脸。

二人之间隔着五步路，连笑下意识地吞了口唾沫。

昨晚明明是他强吻她在先，怎么此刻局促得不知该绕道走还是该装失忆的，却是她？

反观方迟，面不改色心不跳，只在看见她的那一刻脚下稍稍一停，之后竟跟没事人似的，径直走向她。

"这么早带长老去哪儿？"他自然也发现了她手中的猫包。

当下这状况看来……他应该是对昨晚选择性失忆了……

连笑想了想，决定配合演出："它有点儿反常，我带它去医院看看。"

"我陪你去。"

他说着就要接过她手中的猫包，连笑退后一步躲开，连连拒绝："不用不用不用……"

他扬眉，似乎不解她为何突然表现得如此生分。

连笑演不下去了，她叹口气："我们以后还是……保持点儿距离。"

他脸色狠狠一沉。

这一瞬间，连笑几乎以为他要撕了她。

下一瞬间，他却忽地失笑，面对她，像在面对一个无理取闹的熊孩子："理由呢？"

非得逼她把话说得这么明白？

连笑捋了捋头发，她一紧张就爱捋头发。

她犹犹豫豫地不知该怎么措辞，拒绝人可是门高深的语言艺术，显然她道行还不够。

他见她半天憋不出半个字来，索性替她说了："你以为我喜欢你？"

连笑心下一咯噔。

他说得这么坦荡直白，连笑再这么欲言又止，未免显得太小家子气，她索性也直说了："我之前恨不得天天和你黏在一起，是因为我一直把你当闺密看待。你如果因此产生了什么不必要的误会，我向你道歉。"

"但现在看来，明显是你对我有误会。"他眉心微微蹙着，以表示对此不满。

这男人不做谈判专家都可惜了，悄无声息地反将一军——连笑心里此般暗忖着，不说话了，以免越说越多。

"我昨天亲你，纯粹只是为了向你证明我喜欢女人，没别的意思。"

似乎有点儿不满于她突然的沉默，方迟又走近一步，微微低头，看着她的眼睛说："我说我喜欢女人，并不意味着我就喜欢你。"

此时此刻他和她之间的距离如此微妙，这个男人把握得如此之好，再少一寸，定要逼得她条件反射后退一步；再多一寸，又不足以有如此大的压迫感。

"明白了吗？"他问她。

连笑眼皮微微一跳，愣是陷在他那双距离恰到好处的眼睛里，出不来了。

方迟回到家时，谭骁正在沙发上躺尸，哈哈哈躺在谭骁怀里，任由他挠肚皮。

生无可恋，何以解忧，唯有撸猫。

方迟将哈哈哈从谭骁怀中抱走，就这么惊动了谭骁。

谭骁挺尸一般腾地坐了起来，背脊笔直："我到底哪里不够爷们儿了？"

相比方迟之前离家晨跑时那一脸的沉郁之气，此刻晨跑完回来的他明显心情不错的样子，但这并不意味着他想搭理走火入魔的谭骁。

方迟把哈哈哈放回窝，刚重新在沙发上坐下，手机就响了。

是一条微信。

"那个……早上的事，对不起……我不是故意对你爱答不理的。误会说开了就好……你，千万别往心里去。"

谭骁见他若有所思地盯着手机，凑过来要看他的屏幕。

方迟完美地避开谭骁，起身直接朝楼梯走去，这时的他也想好要怎么回了。

他没有接这茬，只回了句："到医院了吗？"

谭骁赖在沙发上，扬着脖子问："你在干吗？这么神神秘秘的……"

方迟随口回了句："温水煮青蛙。"

"啊？"谭骁明显没听懂。

已经走到楼梯上的方迟低头看了谭骁一眼，无奈地摇摇头，收回目光继续上楼。

他怎么会跟智商这么低的人成为朋友？

方迟冲了个澡，围了条浴巾从淋浴房里出来。

盥洗台上摆着的男士护肤品是连笑上回去东京拍新品时给他带的伴手礼，他刚拿起其中一瓶，想起什么来便是眉心一皱。

他拉开墙边柜，将这组护肤品一股脑全扔里头，眼不见为净。

他之前还挺纳闷她怎么给他挑了一组味道如此……娘……的护肤品，敢情她那时候压根没把他当男人看。

他到底哪儿娘了？

方迟审视镜中的自己，最近忙着给人做厨子，确实有些疏于身材管理，泰拳课也很久没去上了。

如今看来，六块腹肌确实没之前那么明显。

但这样反而更穿衣显瘦，脱衣有肉了，不是吗？

女人都最吃这一套了，不是吗？

此话可是出自辣手摧花谭不挑之口，可信度堪比哲理。

谭骁自然也告诉过他，床上运动才是保持身材最好的运动，方便省事又可身心愉悦。

谭骁也不是没把姑娘往他身边塞过，他拒绝起来却是毫不含糊："不好意思，我挑食。"

"你再这样挑下去，迟早饿死。将就吃两口都不行？"

他也不是没有试着将就过，大一时谈过一个，三个月，对方嫌他太不上心，把他踹了。再经女生之间口口相传，他一跃成为众人眼中不解风情，只爱自己的直男癌。

大三时又谈了一个，依旧是三个月，他依旧是不怎么上心的死样子，但对方思想比他成熟得多，也不在乎他上不上心，就只想把他上了。三个月一到，对方大概觉得时机成熟，上演了一出凌晨喝醉无法回宿舍的戏码。

那一次，他把人送到酒店，接了个谭骁打来探听情况的电话，回头一看，她的衣服已经全脱完了。

对方已经做到这份儿上，给予回馈似乎成了基本礼貌，可他还是走了。

并非因为自己是什么卫道士，而是真的没什么感觉。

那次之后，传闻他喜欢男人的消息不胫而走。

第一回分手，他成了直男癌。第二回分手，他连直男都不再是了。

消息传到谭骁那儿，可把谭骁吓得不轻。

谭骁为此还试探过他几次，甚至找了个长得特别俊俏的"蚊香"学弟，半夜摸上他的床。那是方迟人生之中第一次也是唯一一次，被人吓得连滚带爬地从宿舍床上逃下来。

最终，正和女友在校外租的房里呼呼大睡的谭骁，被方迟二话不说拎下床揍得爬都爬不起来，这事才算彻底了结。

那之后方迟也彻底断了谈恋爱的心思。

恋爱害人又害己，不如单身养只猫。

谭骁作为一个大学时就已经各种不挑食、各种营养过剩的前辈，他记忆中的"尝鲜"，是懵懂的、兴奋的，继而食髓知味、一生难忘。

可方迟如今回想起自己没尝着的那次鲜，依旧没觉得半点儿兴奋，反而还有点儿……尴尬。

大概真的没有很喜欢吧，只能这么解释了。

"所以你到底喜欢什么样的？"

这个问题，光谭骁都问了他不下五十遍。

方迟想了很久，脑中依旧只有模棱两可的概念："长发，黑的，能扎起马尾的那种。不要刘海，别染头发。

"个子别太高，也别太矮。一米六七左右最好，别超过一米七。

"笑起来要好看，有一颗虎牙最好。

"能轻松交流的，别太蠢，也别太精明。"

谭骁总以为他是敷衍随便说说，听了总怼他："你这也太笼统了吧，按你这要求找，就刚才咱路过的淮海路上就一抓一大把，怎么也没见你下车随便逮一个来要微信号？"

可转念一想，谭骁又把自己这番话给否了："不对，以你的尿性，就算这个人就站在你面前，你也要等她先开口。依个闷皮！"

就在这时，浴室门被猛地推开，方迟一惊地回头。

只见连笑站在门外，一副得意的样子："谭骁那厮还骗我说你不在家……"

连笑话音未落，彻底噤了声，只因说话间视线不期然地下移，直到这时才后知后觉地发现，方迟此刻半裸，瞬间哑然失声。

浴室内外均是一片死寂，谭骁这才气喘吁吁地追了上来："我都说了你不夸我一句爷们儿我是不会放你进来的，你现在这叫擅闯民宅你知道吗？"

不明状况的谭骁冲着已然僵化的连笑说完，这才抬头瞧见浴室里半裸的方迟。

面对此二人不加收敛的围观，方迟冷着脸，身上比脸上看着更冷。毕竟浑身上下就只有一匹浴巾，岌岌可危地系在腰间。

他看看谭骁，再看看连笑——栗色短发，因空气刘海过时了而准备蓄长，正值半长不短尴尬期的刘海；整了牙之后一口说整齐亦可，说死板亦可的大白牙。

不是说女生十八岁之后就不长个头了吗？她的身高究竟是怎么蹿到一百七十厘米以上的？

关键是，她真的和"能轻松交流"这一条完全搭不上边，她似乎从来都听不懂他的言外之意。

"这场人体展你俩打算观赏到什么时候？"

他的言下之意如此明显，她竟还杵在那儿纹丝不动，压根没有要关门出去的意思。

连谭骁都反应过来了，抬手默默关上门。

连笑面对着紧闭的浴室门，好一会儿，扭头冲着谭骁啧啧叹道："看不出来他身材这么好，你小子有福了……"

她说完才意识到自己还陷在方迟和谭骁是一对好基友的思维定式里。

如今对爷不爷们儿一事格外在意的谭骁警告似的眉一挑，连笑果断收了声，也收起眉飞色舞，绕开谭骁，自顾自下楼去。

谭骁刻意落后几步，好好地将这女人的背影打量一番，他可深切记得方闷皮找对象的标准。

然而眼下这状况，莫非挑食的方闷皮终于向现实妥协，打算随便来盘菜将就着填饱肚子？

方迟换好衣服下楼时，连笑已在客厅恭候多时，怀里还抱着心情欠佳的长老。

谭骁则坐在连笑正对面，一直若有所思地打量她。

方迟沉默地下楼，沉默地拉过一把凳子来到连笑面前，沉默地坐下，沉默地挡在了连笑与谭骁之间，随后打破沉默："怎么？"

她今早出门碰见他时，还一副打算和他老死不相往来的样子，之后却在微信里道歉，现在又直接找上门来，看来是有事相求。

"长老能不能放你这儿一天？"

果然。哈哈哈卧在方迟脚边，换作平常，长老看见哈哈哈，早就色里色气地跟着哈哈哈屁股后头跑了，如今却一动不动，她又如此焦灼，看来是有事。

"它怎么了？"方迟摸摸长老的脑袋，长老动也不动。

"医生说它没什么大碍，就是太在意它的……男性形象了。我刚才在宠物医院听人说，他朋友的猫就是绝育之后跳楼自杀的。"

方迟嘴角一抽，差点儿没忍住笑。

跳楼？这也有人信？

"我今天得去趟公司，没办法在家看着它……我记得你说过你今天不用上班来着？"

连笑也挺不好意思，早上还准备和他翻脸，现在却有事相求，觍着脸上了门。虽然刚才在微信里铺垫了一段，给自己找了台阶下，但方迟未必会接她这茬。

她那点儿小九九，铁定瞒不过他，连笑却还是要冒死一试："我晚上回来给你做饭吃？"

她加了码，方迟一听，却十分嫌弃地眉头一皱。

连笑当即心底一沉，看来是没戏了。

"还是我给你做吧。"方迟把长老接手过来，忍住了下一句"你做的东西实在太难吃了"。

他的眉心皱起又抚平，落在连笑眼里，倒挺像是勉为其难，连笑赶紧大大地咧嘴一笑，以敬他的不计前嫌。

怎么有人舍得整牙整掉那么有特色的虎牙？

他眉头便又是一皱。

连笑见他不知为何眉头又微微一紧，还以为他要反悔，赶紧一锤定音："那我下班去买菜！"

连笑这一天在公司只有两个任务，跟进明嘉美容仪的推广情况，以及跟进廖一晗的感情状况。

美容仪的推广效果喜人，完全按照方迟为她推演过的方向在走，廖一晗对自己的新恋情却三缄其口，只推托说："等时机成熟了我再昭告天下行不？"

为了赔罪，廖一晗准备晚上请她吃大餐，连笑只能遗憾地告诉她："不好意思，姐姐有约了。"

"周子杉？"廖一晗当即脱口而出。

连笑也闹不明白她怎么会突然扯上周子杉，自然嫌弃得不行："谁跟他有约？别恶心姐姐了好吗？"

既然没能从廖一晗嘴里套出什么新恋情来，连笑索性提前下班，好好去逛个超市，买点儿食材。

连她自己都没发觉，她还挺热衷于讨好方老师的。

下到地下车库，正准备启动车子，连笑才想起自己还有件事要办。她就这么开着车在停车场里绕了一圈，顺利找到垃圾桶，将车往垃圾桶旁一停，随即降下车窗，拎过后座那袋属于周子杉的东西，就要一股脑全塞进垃圾桶。

眼不见为净。

塑料袋里的手机突然响起的那一刻，连笑吓得手一抖，愣了半秒之后赶紧加速把塑料袋往窗外的垃圾桶里塞。

因为太心急，这袋东西又多，垃圾桶的入口又小，连笑硬着头皮塞了两下都没彻底塞进去，狠起来索性撒手不管了。

塑料袋里的手机和部分药品就这么洒落一地。

手机铃声一刻不停，连笑就纳闷了，她可从没见iPhone的质量这么好，经历了车祸碎屏，又被她这么一摔，竟然还没坏？

她升起车窗，一心想着赶紧驶离。

手机铃声却把保安吸引了过来，跟看贼似的看着连笑的一举一动。

手机铃声停了又响，响了又停，连笑终于在保安狐疑的注视下，开了车门把手机又捡了回来。

她烦不可耐地接听。

"周总？"

连笑刚想怒喝一句"去你的周总，我不是"，对方已感激涕零地抢了话："谢天谢地，周总，终于联系上你了！你一整天没来公司，工作号也一直不通，我好不容易打听到你的私人号码，结果打了一整天也没通，我还以为你出事了呢。"

"咳……"连笑只能用这种方式打断他了。果然手机那头的人即刻没了声。

虽然电话那头肯定已经听出这是个女人的干咳声，但连笑还是生硬地补充了一句："我不是你们周总。"

来电的是周子杉的助理，声称周子杉一整天音讯全无，甚至错过了一个重要会议，他的住址也没人知道。

"连小姐，您能联络上周总的话，请第一时间给我个回信好吗？"

连笑一心想着甩锅："这事你能不能联系周总的女朋友，让她帮你找人？"

"女朋友？周总有女朋友？"小助理一头雾水。

连笑又何尝不是一头雾水？

她也只知道周子杉住哪个小区哪栋楼，压根不知道具体楼层。

她正要拒绝，手机那头的小助理却已带着哭腔感激起她来："全靠你了，连小姐！太谢谢你了，连小姐！我真担心周总出什么意外……"

连笑迟了一步拒绝，竟这么成了临危受命的热心肠好人。

还是把这个糟心的任务扔给孙伽文吧……

转瞬这个想法就被连笑否了。

一来她没有孙伽文的联络方式，二来她真要联系上孙伽文，孙伽文更要认定她是心机婊——兜这么大一圈，来彰显她和周子杉关系匪浅？

还是干脆什么都别管？

连笑眼瞅着那保安已经离开，赶紧降下车窗，毫不犹豫地伸手，要把周子杉的手机扔出去。

手就这么定在窗外。

一秒。

两秒。

三秒……

终是把手又缩了回来。

此刻的她，已然脸色僵硬。

周子杉连最重要的会议都缺席了，莫非真的出了什么意外？

她很不争气地，想到了这点。

连笑按照昨晚导航里的历史地址，不难找到周子杉所住的小区。

她的车停在跟昨晚同一个位置的地方，这个时间正是住户进出高峰，时不时就能瞧见住户进出。

不知道门禁密码还好解决，跟着住户混进去就行，可她连周子杉住几楼都不知道……连笑看向窗外的公寓楼。起码二十层，难不成要她一楼一楼地敲门？

连笑正看着眼前的高楼发愁，不知哪儿来的保安突然探出个头来，吓了连笑一跳。

她今天是跟保安杠上了还是怎的？

保安不客气地敲了敲她的车窗，不让她在这儿长时间停车，连笑就这么被赶走，绕了一圈索性把车停在地下车库。

她一边在12-1的门禁那儿等住户进出，一边寻思着，如果这栋是一梯两户还好，若是一梯四户、八户、十二户……那还是让周子杉自生自灭去吧，她可不管了。

就在这时，不远处传来动静，连笑扭头一看，一辆车正在不远处的固定停车位里倒车。

连笑一瞅那车停的是12-1的停车位，就忍不住感叹上天助我，果然不一会儿，车里走下来一对父女，径直朝她这边走来。

她赶紧低头假装在包里翻找门禁卡，准备一会儿紧跟这对父女刷卡进门。

这对父女的对话由远及近。

"都说好了每天晚上让我玩一小时《王者荣耀》的，你们成年人怎么总是出尔反尔？"女孩七八岁的样子，数落起老爸来却毫不含糊。

"你这次数学不及格，没有商量的余地。"

"这可不能怪我，坐我前座的说好了给我抄，结果最后捂着卷子不让我抄，跟你一样不守信用，太过分了。"

"你还有脸怪人家？我这个周末就给你报补习班去……"

"我不去！"小姑娘刚要拒绝，却不知转念想到了什么，立马雀跃着改口道，"好呀好呀！我要去我男神去的那个补习班。"

"你男神？你男神不一直是我吗？"

"让玩《王者荣耀》，你才是男神。不让玩？你就只是我爸爸。"

现在的孩子嘴可真利索，连笑一边默默感叹着，一边斜眼瞄着这对父女到底什么时候过来刷门禁卡。

可就在这对父女自她面前而过的那一刻，连笑却是一愣。小姑娘想到男神时一脸雀跃的样子，落在连笑眼里，怎么竟有几分熟悉？

熟悉到连笑愣在原地，差点儿忘了尾随这对父女进门……

她一度数学不及格，拉着周子杉给她补课。

她记得那一次，隔天就是大考，周子杉大半夜地跑她家来给她押重点。她趁着母亲睡着，搬个小板凳坐在自家门外的楼道里，周子杉一手拿着充电的小台灯，一手帮她圈题，她则是一边吃着周子杉给她带来的麻辣烫，一边唱反调："这题肯定不会考，这么难。"

周子杉凑过来，抢先一口吃掉她刚吹凉的肉丸子："肯定会考。"

"你是出题老师肚子里的虫啊？什么都知道。"

"我只是会算。"周子杉摇头晃脑地做一副神棍样，"掐指一算，这题明天就考。"

连笑看他草稿纸上一通乱飞的解题步骤，看得头都疼，插科打诨地问："那周大仙你快帮我算算，我什么时候能成为第一个数学不及格的w市首富……"

周子杉掐指一算，煞有介事，张口却是："下辈子吧。"

连笑可不这么想："等我以后有了钱，我一定要买一套顶层的大房子，周围全是落地玻璃的那种。到时候你就是我的财务总监，就在我大房子的落地玻璃上，算我一年能挣多少钱。"

那会儿的周子杉最爱拆她的台："顶层，你也不嫌热。"

"你怎么这么老土？好莱坞电影里，大boss哪个不是住顶层，全景玻璃那种，还带个泳池。"

"你觉得哪个数学不及格的人能成大boss？"

连笑翻个白眼，说到底还是嫌弃她……

他却一把把她揽过来："你这资质做不了老板，做老板娘还是勉强可以的。"

他不说话，就这么笑吟吟地看她，直到最终连笑反应过来，他那是在变着法子夸他自己以后会成为大老板。

可惜，周子杉押对了当年的数学题，却唯独没有押对——她都已经成了她自己的老板，还稀罕做什么老板娘？

连笑就这么混进了公寓楼，电梯也需要刷卡，连笑只能跟着这对父女一道在十七楼下了电梯。那早熟的小姑娘大概发现了她的一路跟随，特别警惕地回头看了连笑一眼，连笑回以一个模棱两可的微笑，扭头就去了消防通道，爬楼梯一路上到顶层。

这栋公寓一梯两户，也算减轻了难度，顶楼其中一家门外摆着个鞋柜，连笑打开鞋柜看了眼，关上后径直掉头走向了另一家。

那鞋柜里的男鞋多为浮夸的设计师款，并不像周子杉的风格。

至于另一家，连笑屏住口气，按响门铃。

并没有应答，门内外皆是一片死寂。

她犹豫了一下，开始试着输密码。

这六位数的密码……

123456？密码错误。

他的生日？密码错误。

该不会是……她的生日……吧……

连笑僵硬着手指输入自己的生日，密码错误的提示音响起时，连笑大大松了口气。

可刚松懈下来的那口气，转瞬间又被狠狠一提，密码锁竟然响起了刺耳的警报声。

这小区怎么防谁都跟防贼似的，从地下车库至此，一路重重关卡不说，竟然输错三次密码就触发警报？

连笑急得连连猛按取消键，警报声却一刻不停，轰得连笑都快耳鸣了。

周子杉啊周子杉，你住这种变态小区，活该出事了没人找得到你。

连笑也不打算和这密码锁抗争了，闷头盖脸转身就要走。

却在这时，门内传来清脆的滴的一声开锁声，然而这开锁声转瞬就淹没在了漫天的警报声中。

连笑整个人都还沉浸在持续的耳鸣之中，紧闭的门扉却忽地自她面前拉开。

坐着轮椅的周子杉就在门内，一脸惨白皱着眉，仿佛刚被人从睡梦中吵醒。

门内外的两个人见到彼此皆是一愣。

周子杉赶紧按密码取消警报。

终于，警报解除，世界又恢复了安静。

他按密码的速度很快，可连笑依旧看清了——060214。

2006年的情人节，周子杉向她表白。

她大一时入不敷出，卡账漫天，他给了她一张卡："我打工的钱全往里头存了。密码是060214，你拿着用。"

她大三时去墨尔本看他，之后那张卡就被她剪了，再没用过。

"你怎么来了？"他显然有点儿意外。

连笑敛了敛神志，从包里掏出周子杉的手机，拨通他助理的号码，手机扔他怀里："你助理以为你出事了，联系到我，我怕负什么连带责任，只能来这儿看看你到底是死是活。"

周子杉一副头疼的样子，低头看了看手机，见通话已通，才拿起手机："喂？"

"……"

"我的工作手机应该是落在我的车里了，我的车正在车厂维修，所以没接到你的电话。抱歉。"

"……"

"没事，只是身体有点儿不舒服。"

"……"

"对了，把我所有行程都排开，能延到下周最好。"

连笑见周子杉慢条斯理地挂了电话，报以一记公事公办的微笑："我的任务完成了，那我先撤了。"说完扭头就走。

"连笑……"

连笑假装没听见。

"你是不是还恨我？"

连笑的脚步终究是被他钉住。

本来冷着脸的她，回过头去看他时故意扯起一个满不在乎的笑："我和你的事早就翻篇了，就你还一直念念叨叨，烦不烦？"

"都翻篇了……"周子杉细细咀嚼这几个字，带着丝苦笑，"你真的确定？"

怎么非得问她个究竟，还一副黯然神伤的模样？好似错全在她？

既然他要摆出一副受害者的模样，连笑干脆好好划分下对错：

"咱俩当年分手，确实我的问题更大。我看见孙伽文穿着你的衬衣从你家里出来，就认为你给我戴了绿帽子。我怄不过这口气，火速找了个新男友，是我幼稚，是我没搞清楚真实情况就冲动行事。但你呢？你就觉得你没错，你无辜了是吗？

"就算你最初和孙伽文没发生什么，在跟我分手之后不到一年，还是和她在一起了。你觉得孙伽文和我之间隔了一年，你就问心无愧了？打个比方，以我和廖一晗的关系，就算我以后和她因为什么事闹掰了，我也不会和任何一个跟她有过交集的男人在一起。这是我对自己，对所有人起码的尊重。"

连笑也没料到自己竟滔滔不绝地说了这么多，说完了倒是挺痛快，似乎积压在心底多年的郁结之气也随之弥散。

她包里的手机在这时振了起来，连笑理了理情绪，掏出手机。

是方迟的来电，大概是要嘱咐她今晚买哪些食材。

她刚要接听就被一把拽住。

连笑并未料到周子杉会突然这么狠，猛地扯走她的手机一把扔到墙角，钳住她的手腕将她拉向他。

穿着高跟鞋的连笑险些一趔趄，周子杉咬牙切齿的声音正在她耳畔响起："那你为什么不站在我的角度想想？我当时和孙伽文明明什么事都没有，你却突然玩消失，我怎么也联系不上你，甚至在考试周跑回国找你。结果呢？"

连笑低头一看，自己的手腕被拽得红了一圈。显然提起当年，他比她更愤怒。

记忆里周子杉还从没这么跟她生过气。连笑一向外强中干，这时候已经不说话了，只顾着咬牙拽回自己的手。周子杉却和她较上了劲儿："结果你和你的新男友有说有笑地出现在我面前。"

连笑哪还顾得上听他说什么，他死死拽着她的手不放，那咄咄逼人的声音更是一丝丝裹挟着寒意进入她的耳朵。

和连笑那试图掰开他钳制的手指同样僵硬的，还有她的声音："放开……"

周子杉却充耳不闻，瞪着她，不甘心，后悔，愤怒，交杂成一张令连笑逃脱不出的网："你就没想过当时的我有多难过？"

连笑却一个字都听不进去，终于在那一刻使尽浑身力气抽回了自己的手，脚下本就岌岌可危的高跟鞋也在这时一崴，连笑整个人重重跌在地上。

世界终于静止。

被连笑沉重摔倒的声音成功唤回理智的周子杉看着此情此景，顿时傻了眼。

他悔得深蹙着眉，赶紧滑着轮椅过去要拉她起来。

手刚碰到她，就被她疯了似的躲开："别碰我！"

连笑几乎是连滚带爬地站了起来，什么也不顾地闷头蹿出门，周子杉见她那恨不得缩成一团逃离的背影，这才后知后觉地意识到是怎么回事。

"连笑！"他试图再次叫住她。

可她再不会为他停留了。

连笑……我们重新开始好不好？

正跟抱婴儿似的一手抱着长老的方迟听着手机中传来的提示音，疑惑地一蹙眉。

"对不起，您拨打的用户正在通话中，请稍后再拨。"

什么意思？他在家里当了一整天的猫保姆，把长老这只装可怜的戏精哄得赖在他怀里死活下不去，以至于哈哈哈看着都吃醋躲了起来，她竟挂他的电话？爱拿腔拿调的方先生一向是对方一通电话不接，他即便有再火烧眉毛的急事，也绝不打第二通，必须等对方先回他电话。

如今却是想也没想就又拨出了第二通。

第二通倒是没被挂断，却始终没人接听。

第一通电话她挂断，如果是因为在忙而不方便接电话，第二通电话也该挂断才是，方迟猜不出还能有什么可能性，就又拨了第三通。

107

第三通竟然接通了。

料想中那女人一贯风风火火的声音却并未响起，取而代之的是沉静三秒后，传来的平静而低沉的嗓音："喂？"

片刻前还赖在方迟怀中为所欲为的长老抬头一见方迟的脸色，喵的一声蹦下地溜了。

"周先生，随便乱接别人电话，是不是不太礼貌？"方迟的声音不及他此刻的脸色刻板。

"哦？是吗？可我怎么记得，上次你也替她接过我的电话。"十分客气地回答如此咄咄逼人的话，也就周子杉能办到了。方迟并不想和他多谈："让她听电话。"

周子杉自然也不会让他如愿："不好意思，方先生，她现在在我这儿，不太方便，你要有什么事改天再联系她吧。"

"不方便？"短短三个字，蕴含的深意可就多了，方迟脸色一沉，定了三秒，忽而失笑，"你觉得我会信？"

长老听见方迟这似是而非的笑声，就这么溜到一半又折回来，躲在茶几底下暗中观察，哪还有半点儿早晨时奄奄一息的样子？

不过以它的智商，明显没看懂眼前这人类怎么会突然转怒为笑，那笑里，还明显透着对对手的蔑视。

电话那头，周子杉的声音已经有了一丝紧绷："你就这么无条件信任她不会离你而去？"

"就算她真的离开我也没关系，"这时的方迟已经优哉地跷起二郎腿，"再追回来就好了。"

周子杉苦笑着挂了电话。

是啊……离开也没关系，再追回来就好了。

当年的他如果能有这种觉悟……哪怕是这一半的自信……又怎至于落得如今这般田地？

然而半小时后，任方迟觉悟再高、再自信，也彻底坐不住了。

这连小姐一个电话不回，人也不见踪影，打算把他晾在这儿陪这只小太监到什么时候？

还是真的旧情复燃，烧得她找不着北了？

方迟上楼换下了这身粘得满是猫毛的家居服，随便换了身休闲服就准备出门，路过衣帽间门前的穿衣镜，又面无表情地折回去再换一身休闲西装。平驳领的西装衬着这张面无表情的脸，是无形的压迫感。

他一边下楼一边发微信："你就算跑到嘉兴去买菜也该买完回来了吧。"

"给你十分钟的时间从周子杉家出来，我在离家最近的那家乐福等你。"

不打电话只发微信不过是因为不想再被周子杉隔空喊话，岂料他人到了车里，正准备发动车子时，连笑回了个电话过来，他一接起，响起的竟还是周子杉的声音。

"她还没到家？"

方迟一听是周子杉的声音，脸色自然不好。周子杉随后说出口的话，则令他面色彻底一僵："她早就从我这儿走了……"

方迟赶到的时候周子杉人已经在保安室，保安正在按照周子杉给出的时间范围调12-1楼的监控。

方迟见周子杉坐在轮椅上的背影，那手脚不便的样子，再想到此人之前在电话里的那句"她现在在我这儿，不太方便"，不禁一扬眉。

就他这副惨样子，就算给他一张床和一个予取予求的女人，他也翻不出什么花样来……

方迟咳了一声，周子杉回头见他到了，也没打招呼，转回头去继续紧盯着监控，只随口对方迟说了一句："她的车还在地下停车场，至于她人在哪儿……"

方迟赶来的路上周子杉显然已经找过了一轮，方迟一言不发地走到监视器前。

连笑尾随着一对父女模样的住户进了12-1，并在十七楼尾随这对父女下了电梯，除此之外再没出现在监控画面中。

方迟刚想开口向保安索要其他的影像，周子杉却抢先开了口："就只有这些影像？"

保安表示爱莫能助："对，监视器就只拍到了停车场和电梯内的情况。"

周子杉指示保安将小区大门的监控再调出来看看，看得出来他很烦躁，甚至没有理会保安的抗议："周先生，之前我们已经调了大门的监控，并没有看到她出小区。"

值班经理反倒比较乐意配合，怕保安得罪住户，示意保安赶紧去调大门的监控："说不定之前看漏了呢。"

方迟全程不发一言，只倒回去又看了一遍连笑尾随那对父女进进出出的画面，略一低眉思索，终于对着保安说了进门之后第一句话："把你们保安的门禁卡借我用用。"

保安狐疑地看看方迟，再看看值班经理，作势要从兜里摸出门禁卡，却是要拿不拿的样子，明显在等值班经理的指示。

方迟二话不说，直接将保安插在兜里的那只犹犹豫豫的手扯了出来，成功拿到门禁卡便径直出了保安室。方迟一路刷着门禁卡进了12-1，乘电梯上到顶层，出了电梯，在空无一人的楼道头尾各扫一眼，便直接推门进了消防通道。

他在消防通道内疾步下行，周遭空旷，整个消防通道里都在回响他的脚步声。

很快，脚步声由快至慢，最终彻底停下，消防通道内旋即恢复一片宁静。

方迟松了口气。

半层台阶之下，昏暗的一隅，他要找的人一声不吭地缩在角落，额头贴着曲起的膝盖，教人看不见表情，高跟鞋则凌乱地褪至一边。

刚停下的脚步声慢条斯理地重新响起。

方迟走向她。

她似乎沉浸在自己的世界中，没有发现任何人的靠近，头依旧低埋着，像只与世隔绝的蜗牛。

方迟从未见过她这样，有点儿不知该如何应对。

大概周子杉说了什么让她感动到不行的话……又或者，她发现她还是放不下过去，正内心煎熬……

方迟笑了下，虽然他笑得半点儿不开心："下次要装忧郁，找个容易被人找到的地方装行不行？"

她没有理他。看来他说的话并不搞笑。

方迟收起那连他自己都装不下去的笑容，伸手拉起她："走吧。"

他此举终于唤醒了她。

她却并未顺着他的力道站起来，而是恐慌得一把撇开他的手，转瞬又往角落里躲了躲，头埋得更低，声音也是颤颤巍巍的。

方迟起初都听不清她嘴里自言自语些什么，不解地附身靠近，可又不能靠太近，怕她又发神经似的躲开，终于蹙着眉，听懂了一言半语。

"我错了……求求你……别打我……"

方迟面色凝重地站在她面前。

等她嘴里终于不再支支吾吾说着什么了，他蹲下去平视着她，试图抬起她的脸。

她哪肯？犯人似的双手死抱着头，又要把头埋得更低。

方迟这回没再顺她的意，执意捧起她的脸。

她还躲，却无处可躲，他牢牢捧住她的脸，逼她正视自己："是我！你是不是要吓死我才甘心？"

她终于不躲了。方迟曲着条腿坐在她对面的台阶上，等她彻底整理好情绪，已经是五分钟之后。

连笑估计也记起了自己之前的糗态，抹了把脸，要哭要笑地说："好丢脸……"

"还知道丢脸，看来你恢复正常了。"

"我哪里不正常了？"

"还知道抬杠，看来咱们可以去买菜了。"方迟说着，把她的高跟鞋提到她面前。

她皱起眉看他，一副抱歉的样子："……估计不行。我好像扭到脚了。"

方迟叹了口气，起身走到她面前蹲下。

"干吗？"

"你说这话，不就是为了让我背你吗？"他面无表情地拍拍自己的背。连笑也就没再拒绝，蹦到他背上，任他提着她的鞋背她下楼。

眼见他下了一楼之后径直推开消防通道的门，改乘电梯，连笑要从他背上下来。

方迟扭头瞪了她一眼。她也就没敢再动，只小声抗议："太丢脸了……"

"放心，你今天的脸早就丢光了，丢无可丢了。"

他边说边背着她走进正迎面开启的电梯门。

电梯里确实没外人，连笑松了口气，开始有一搭没一搭地问他。

"你怎么找到这儿来的？"

"你手机落周子杉那儿了，我打电话，他接了。"

一听周子杉的名字，连笑就不想接这话茬，暗自咬牙自言自语了一句："他这人懂不懂礼貌？乱接人电话……"这个话题便略过，她转而又问，"那你又是怎么知道我在消防通道的？"

方迟抬头示意了一下顶头处的监控摄像头。

连笑追随着他的目光，也看了眼那摄像头。

她很快收回目光，方迟却全程以一种连笑参不透的严肃神情盯着摄像头，末了甚至对她说："跟他打个招呼吧。"

"谁？"

方迟下巴点一点摄像头："保安室里那些帮我找到你的人。"

连笑明白了，原来他是调保安室的监控才最终找到她的。

虽然觉得对着一个摄像头打招呼很蠢，但连笑还是抬胳膊对着摄像头挥了挥手，甚至用口型说了句："谢谢。"

做完这一系列蠢动作之后，她才想起要问一句："你确定他们能看到？"

方迟一笑，又是那种连笑参不透的笑："确定。"

此时此刻的保安室，确实清晰且实时地收到了连小姐隔空投来的谢意。

保安和值班经理全都松了口气，唯独周子杉，神情严肃地与镜头里那个男人的目光对峙良久，终是收回目光，一言不发地滑着轮椅出了保安室。

上了车，连小姐可算彻底活过来了。

将这一天发生在自己身上的种种糗事迅速翻篇的她，仗着自己那么点儿微不足道的小扭伤，开始讨价还价："我今天想吃粤菜。"

"可以。"

见开着车的方大厨答应得爽快，连笑顿时嘴如连珠炮："来个红烧鲍鱼，我知道有家超市卖的鲍鱼贼好。还有避风塘炒蟹、煲仔饭、蜜汁叉烧，再来个猪尾骨汤，最好再配上五斤麻辣小龙虾……"

"粤菜哪儿来的麻辣小龙虾？"

连笑一卡壳，声音就弱了："我想吃。"

看他那面无表情的样子，还以为他下一刻就要拒绝："待会儿去超市，想吃什么自己挑。"

这个答案连笑本该很满意的，可她一抬自己扭伤的那只脚："我都这样了，怎么逛超市？"

最终方迟把车停在了超市外的露天停车场，他先下车，不知从哪儿推来了一辆购物车，直接将购物车往连笑靠着的这边车门旁一放："这么逛。"

连笑拒绝："三五岁的小孩因为怕走丢，家长才把他们搁购物车里。我这么大一只，不合适吧。"

借口倒是挺多，其实不过是不想做买菜这种累活。

"再合适不过。"他直接探身进车，轻而易举地打横抱她出来，往购物车里一放，没再给她发表意见的机会，"旁人要是质疑，我就说你只有五岁，长得太着急了而已。"

若要论一脸严肃开玩笑这种本事，连笑就服他。

他推着她这么大一个人逛超市，自然引人侧目，连笑丢不起这人，正试着把脑袋埋低，脑袋却突然一沉，就这么平白无故多了顶渔夫帽。

连笑仰头一看，原来是方迟随手抓过一旁货架上的渔夫帽给她戴上了。

帽檐确实够她挡住小半张脸，可连笑一看这渔夫帽的样式便嫌弃得不行，再一看标价牌……

"十九块九？这也太低档了吧。"

"明明很好看。"

连笑忍着没把渔夫帽扔回货架上，已经很给面子了："直男审美，我服。"

连笑嘴上正抱怨着，突然感觉到购物车停了。连笑刚纳闷地回头至一半，便被他一手托住下颌。

连笑一愣。他的掌心干燥而温暖，将她小巧的下颌嵌在掌心，带着她扭过头去，看向一边的落地镜。

他和她一同看着镜中那个戴着渔夫帽的女人："明明很好看。"

他如此笃定的样子。

连笑的目光有些不受控地，从镜中的自己慢慢看向镜中的他。

虽然明知他夸的是这顶帽子，但依旧有些不受控地咽了口唾沫。

反观方迟，倒是没半点儿不自在，肯定了自己的审美后，心情不错地继续一路推着她前行。

"鲍鱼要几头的？"

"五头的。"

啪——一袋称好的鲍鱼就这么被放进了车里，正与连笑面面相觑。

连笑刚嫌弃地把它拎到一边去，又听他问道："螃蟹要怎么挑？"

见他在生鲜区挑花了眼，连笑得意一笑，原来这个世界上也有他不懂的事情，而她身为一个老饕，此时的价值顿时凸显："就跟你们男人挑女人一样，要手长脚长的，屁股翘的，圆的，这种肉紧。"

方迟闻言一挑眉。

连笑还以为他这是在嫌她形容词用得太污，不承想他挑眉过后紧接着的却是勾唇一笑："不错，终于把我当男人看了。"

找着机会就噬她之前有眼无珠，误识了他的直男本色……

连笑撇撇嘴，不跟他一般计较。

毕竟今晚的大餐还得靠他方大厨。

可即便他真的无所不能，粤菜这种高难度的菜系，连笑也吃不准他手艺如何，他正推着车去找她要的螃蟹，她不客气地往后一伸手："手机借我。"

他也没问她要干吗，已从兜里摸出手机给了她。

"解锁密码。"连笑问他。

"没有密码。"

真的不需要密码就解了锁，连笑用他的手机查避风塘炒蟹的菜谱，不忘怼他："果然单身狗的手机不需要设密码。"

连笑正专心查菜谱，听他突然问道："你自己的手机呢？"

她也就没防备，直言道："摔了。"

"周子杉摔的？"

连笑这才警觉过来，回头瞅他一眼，嘴上虽应道"对"，但已隐隐猜到他究竟拐弯抹角地想问什么。

"你俩是不是起了什么口角？"他大概是回忆起之前在消防通道里她那一系列举动了，不禁眉心稍稍一紧。

方迟见她低着头胡乱地点着手机屏幕，她大概也不知道自己点到哪个菜谱上去了，反正心思一看就不在这上头。

果然，她避重就轻地敷衍了句："就争执了两句，没别的。"紧接着便打岔道，"你螃蟹挑好了没？"

套话失败，方迟也没再追问下去，眼瞅着手边的摊位上有不错的螃蟹,他刚准备拿起其中一只:"这种行不行?"就见一只手斜伸过来,抢先拿走了他看中的那只。

"这不错,膏肥肉厚。"那人说着,已把螃蟹装进了袋子。

方迟晚了人家一步,略觉可惜地抬眼一看对方,却是一愣:"廖小姐?"

和他看中同一只螃蟹的,不是别人正是廖一晗。

廖一晗见到方迟先是一愣,继而客气地笑了笑:"这么巧啊方……"话到一半又被她自己狠狠地掐没了声,只因她这时终于看见了坐在购物车里的连笑。

连笑万万没想到会在超市碰见廖一晗。

更没想到的是,陪廖一晗来逛超市的竟然是个老熟人,还是她最讨厌的老熟人。

连笑的目光从廖一晗身上径直来到廖一晗身侧站着的陈璋身上,脸色明显一沉。

廖一晗倒是反应快,见连笑反应明显不对,抱歉地对方迟说了句:"我们还有事,就先走了。"说完赶紧拽着陈璋掉头就走。

连笑好不容易下了购物车准备追过去,可廖一晗和陈璋早已消失得无影无踪。

方迟看了一出他全程没看懂的戏,见连笑蹬着高跟鞋就要一瘸一拐地去找廖一晗,一把将她拉住:"这到底演的哪一出?"

"我等下再跟你解释。"说着已急急忙忙用方迟的手机拨廖一晗的号码。

廖一晗没接她的电话,去电被直接转到了语音信箱。连笑听着语音信箱的提示音,气不打一处来:"廖一晗,你是不是脑子被驴踢了?陈璋那种垃圾你跟他玩复合?难怪不肯让我知道……"

见她若不是有双高跟鞋牵制着早就暴跳如雷,方迟算是看懂了一部分。见她气不过,又要一瘸一拐地冲着廖一晗离开的方向追去,方迟直接伸胳膊拦腰截下她。

方迟几乎是把她扛回了购物车旁,双手绕过她两侧,撑在购物车扶手上，如今她身前是他，身后是购物车，终于被困得不能动。

直到这时方迟才意识到他离她太近，香水味已丝丝入鼻。

他敛了敛眸："别太过问她感情上的事，即便你们是最好的朋友。"

连笑正在气头上，他已近到说话时呼吸能喷热她的唇，她却丝毫没觉不妥："就是因为我和她是最好的朋友，才更不能让她如意。"

他不发表意见，连笑自然越说越上头："你知不知道当年陈璋劈腿被抓现行，廖一晗和他分手，他不仅动手打人，还有脸求复合。廖一晗吓得躲我寝室来，陈璋还跑我寝室砸东西。我不让她在垃圾堆里找男朋友有什么错？况且还是个二手垃圾……"

在超市碰上廖一晗，方迟从超市回家的路上耳根子注定清净不了，坐在副驾驶座的这个女人好好地演绎了一把话痨，细数那些年廖一晗为那个男人干过的蠢事。

"他和廖一晗交往的四年里，已知的出轨次数是三次，未知的出轨次数也绝对只多不少。他的招数呢，也特别下贱，各种下跪认错，各种指天发誓再也不犯，各种装自虐博同情，也就廖一晗吃他这套。廖一晗呢，平时聪明得要死，就是拿这个陈璋没办法。陈璋也确实，不犯浑的时候看着挺像那么回事，对廖一晗特别好，好到——老话怎么说来着——廖一晗要天上的星星，他都能给人弄下来似的。这么个一物降一物法，我也是服了。"

方迟只负责给她提供发泄的渠道，末了再应和一声："那个陈璋……"稍微回忆一下之前在超市碰见的廖一晗的身边人，"看着确实挺一表人才，像个青年才俊。"

"廖一晗看上的其实也不是他那张脸，怎么说呢……廖一晗是那种谁对她好，她就特死心塌地的人，本来就心软，她这种从小过得苦的孩子，又特别吃陈璋懂得享受生活那套。要不是陈璋总享受生活享受到别的女人床上去，他俩最后也不会彻底闹掰。可怎么……她这回又栽陈璋手里头了？你说我能不气吗？"

"那你能怎么办？绑着廖一晗不让他俩好？"从她的描述中，方迟大概能猜到廖一晗的行事作风，"那样只会让廖一晗更放不下那男的，而你，落个里外不是人的结局。"

连笑刚要反驳，又觉得他说得不无道理，终于悻悻地关了话匣子。

方迟透过后视镜瞥她一眼，看她有些不知所措地垂着脑袋，细腻白皙的颈侧一览无余……她却在这时突然抬起头来。

方迟电光石火间收回视线。

他依旧面无表情，只是握着方向盘的手紧了紧。

"你为什么一直不谈恋爱？"她看着他波澜不惊的侧脸问。

方迟握方向盘的手稍稍一松，眉头却一紧："怎么突然问这个？"

连笑自然有她的一套理论依据："我觉得吧，你真的挺了解女人的。就廖一晗这档子事，我一琢磨，觉得你分析得很对。你都能从我的只言片语里知道廖一晗是个什么样的人，应该没有你吃不定的女人吧？"

"只言片语？"方迟一笑，"你从上车以来一共说了2156个字，相当于两篇半高考作文，这也能叫只言片语？"

连笑脸上一赧。

差点儿就被他糊弄了过去，她正一正脸色，愣是分毫不让："别想岔开话题。你为什么一直不谈恋爱？谭骁说你为他守身如玉，起码空窗五六年了。"

谭骁……还真是看热闹不嫌事大，方迟自然也棋高一着："那谭骁说我为他守身如玉，你怎么不信？偏偏信他那句'五六年'？"

可惜他还想拿老的一套糊弄她，却糊弄不过去了："我有一次准备去你家串门，看见齐楚进了你家门，你跟她……什么关系？"连笑问得小心翼翼。

方迟还挺诧异："你也认识齐楚？"

"那姑娘我本想签进晗一的，但是没签成。"

"谭骁刚攒了家娱乐公司，齐楚签给他了。前期来我公司投的平

118

台做直播攒攒人气，准备等势头好了集中火力推一拨。"

连笑不曾想过还有这层关系，哑然地张了张嘴。

差点儿以为那姑娘不爱名利，放任洒脱才拒了晗一，原来是嫌晗一庙小，不够施展。

连笑还挺会自我安慰："确实，她那么漂亮，不进娱乐圈也可惜。"

"是挺漂亮……"

没想到他竟附和了一句，连笑忍不住凑过来挤眉弄眼："看来你对她有想法？"

方迟虽依旧直视前方一副专心开车的模样，眉梢却悄然一扬："你很关心我对她有没有想法？"

连笑还挺振振有词："你又不让我管廖一晗的事，总得给我点儿你的八卦听听，转移下我的注意力吧？"

正赶上前方十字路口黄灯闪烁，方迟徐徐将把车停下。

他直视着前方交通灯的变化，像是随口一答："我不喜欢她那型。"

既然他随口一答，连笑便也随口一问："那你喜欢哪一型？我看着周围有合适的可以给你介绍介绍。"

"别麻烦了。"他扭头看向她，"把你自己介绍给我好了。"

话音落下的那一刻，他的目光也随之落在她的脸上，神情暧昧。

连笑忍不住头皮一麻。

在她怔松的目光下，他莫可名状地一笑，收回目光，见绿灯又起，便很快启动车子，仿佛前一刻的一切都并非他所作所为，全然推翻道："既然谭骁连我空窗多久都告诉你了，他应该也跟你说了我的择偶标准。"

这人能不回回都猜得这么准吗？

连笑顿时少了兴致，也不知是刚才被他那句话唬住了，还是不满于总被他牵着鼻子带节奏："不就是黑长直、素颜杀、清纯控那一套吗？我觉得按你的描述，只能去高中找了。现在哪个上了大学的姑娘不爱捯饬头发、研究研究化妆品什么的。黑长直、素颜杀、清纯控，在这个社会，一不小心就成了绿茶婊……"

她说得振振有词，方迟忍不住扑哧一笑。

连笑被这么打了岔，不解地睨他："笑什么？"

"没什么。"方迟正了正脸色，专心开车，还连笑一个静若止水的侧脸。

只是在笑你，把你自己也骂了进去……如此而已。

方大厨今晚时间紧，任务重，一回到家就直奔厨房。连笑坐在沙发上逗猫，不一会儿方迟在厨房里喊她："你电话。"

连笑抱着猫进了厨房，接过方迟递过来的手机。

廖一晗听见她在语音信箱里的留言，终于回了电话。

连笑还未开口，就被廖一晗一惊一乍地问住了："你跟方迟现在是个什么情况？你怎么用他的手机给我打电话？"

"别想转移话题。"连笑毫无起伏的一句，把廖一晗的话彻底堵死。

廖一晗沉默半晌，终是坦白从宽："我就知道你会强烈反对，才一直没告诉你。其实去年底……我就又遇见他了。"

"你！"

去年年底？九个月前？

"你竟然瞒了我九个月？"简直天方夜谭，连笑几乎被震慑得语无伦次。

"你先听我说。"廖一晗的声音很清朗，分明很清楚自己在说些什么，做些什么，"现在的他真的成熟了很多，我感觉得出来，他很珍惜我，我想再信他一次。而且说真的，这些年我压根就没放下过他。老天爷让我和他在这时候重逢，不就是最好的安排吗？"

"那老天爷还让我和周子杉重逢了呢，我怎么不觉得是最好的安排？"

连笑刚要劈头盖脸地数落，突然扭头看到两耳不闻窗外事，一心一意做晚饭的方迟，自然不由自主地想到方迟对她说的那番话。

连笑叹了口气，改口道："算了算了。我不插手你的事，但我事先声明，我对陈璋这人依旧持保留意见，我得先观察他对你的表现，再考虑要用什么态度对他。"

"我就知道你会无条件站在我这边的……"廖一晗明显松了口气。

我要是真的无条件站在你这边，就应该找人做了陈璋，一了百了——连笑忍住没说，打落牙齿和血吞。

"还有，我想让陈璋来晗一上班，你怎么看？"廖一晗陡然卸下藏了九个月的重担，终于可以在这时试探问一句。

"什么？！"连笑差点儿手机都拿不稳。

得，又一天方夜谭。

方迟的避风塘炒蟹新鲜出锅，连笑却坐在沙发上全程不为所动，一副若有所思的模样。

方迟本想喊她过来尝尝的，想了想，又没作声，自顾自地端坐进餐椅。银制的开蟹工具一字排开，吃起快有手掌一般大的蟹钳，银器乒乓作响。

连笑被这声响唤回神志，抬头一看，急了："你怎么自己先吃了？都不喊我。"

方迟头也不抬。

蟹钳被他轻松解体，他从蟹钳内拗出那块完整的蟹肉，故意慢条斯理地往嘴边送："你需要空间、时间独自缅怀一下你和廖一晗之间逝去的友情，我不打搅你。"

连笑一路狂奔而来，在他把那块蟹肉送入口中的前一秒将将赶到，凑过去就是一口，就这么在他嘴边成功夺食。

蟹肉鲜美，回甘无穷，连笑砸吧嘴："说得这么冠冕堂皇，不过是为了吃独食。"

似乎早料到她会来抢食，方迟没怎么意外地转而去开另一只蟹钳："我刚才那蟹钳是特意为你剥的。"

"我谢谢你啊！"那语气，分明是不信。

连笑刚喝瑟完，转眼又恢复了之前的愁容满面，一屁股坐下："这家超市的海鲜最早还是廖一晗带我去买的。"

不然她也没可能在超市碰见廖一晗……

方迟低头拆着另一只蟹钳，回得有一搭没一搭："怎么？她真为了爱情抛弃友情？"

"怎么可能？我哪点比不过陈璋那人渣了？"连笑还挺维护廖一晗，"她只是想在晗一给陈璋谋个职位，说陈璋一直在风险市场上鼓捣也不是个事，正好晗一上市需要擅长和资本圈打交道的人。她打算说服陈璋收掉他的私募基金，改做点儿稳当的。"

"她是打算稀释股份给陈璋？"

"那倒没有。"连笑耸耸肩，"如果她真提了这茬，我也不会答应。"

方迟正要把新拆出的那块蟹肉往自己嘴边送，一扭头果然见她一副眼巴巴瞅着的样子，就这么突然来了恶趣味，用食物勾她："来，说句好听的。"

连笑对此嗤之以鼻。

方迟见她不配合，也没说话，只慢条斯理地收回餐叉，重新往自己嘴里送。就这么一个故意放慢了速度的动作，被连笑斜眼瞥见，片刻前的嗤之以鼻瞬间就败给了被勾起的馋虫。

"方老师你最好了！"

他勾勾嘴，停下动作："还不够好听。"

"方老师你最帅了！"

"方老师你最善解人衣……哦不，善解人意了！"

她狐朋狗友多，污话信手拈来："方老师你最……"

方迟却不吃她这套："夸点儿正经的。"

连笑清清嗓子："方老师你最英俊潇洒风流倜傥玉树临风内外兼备才华横溢！我对你的敬仰犹如滔滔不绝延绵不绝的泛滥河水一发不可收拾，你就是那人中之龙……"

方迟赶紧把餐叉上的蟹肉往她嘴里塞，终于堵住她的嘴。

连笑满意地嚼着。

小样儿，跟我斗……

"中学语文学得不错，不愧是语文课代表。"方迟真不想夸她，只能勉强如此评价。

连笑却直接得意扬扬顺竿爬："那是，我刚和廖一晗合伙那会儿，店铺的产品介绍可都是我写的，普通一件小吊带我都能吹个500字小短文出来，哪个顾客看了不想买？"

连笑夸起自己来可比夸那小吊带更不吝辞藻，末了突然眉一皱："你怎么知道我是语文课代表……"

关键是她这语文课代表还只当了半学期，便因为总是以公谋私不交语文作业而被老师开了。

方迟却突然眉心一锁，做思考状："我们刚才说到哪儿来着？"

连笑就这么被成功打了岔，想了想："貌似说到……廖一晗要让陈璋来晗一上班。"

还真是容易被牵着鼻子走……

方迟正一正脸色："你怎么回？"

"我能怎么回？公司运营一向是廖一晗说了算，我本来就没什么发言权，与其说是她在问我的意见，不如说她只是通知我一声罢了。就算我不同意，陈璋也依旧会进晗一。所以……"

她这个时候竟然卖起关子，挑眉问他："你猜我怎么说的？"

方迟想了想："如果我处在你现在这个位置，既然没有大的决策权，那我宁愿把陈璋安排在我自己手底下做事，陈璋能为我所用最好；不能为我所用的话，起码我能看着他，不让他去祸害廖一晗。"

见连笑豁然瞪大眼睛盯着自己，方迟只浅淡一笑，连笑自然立即巴结了上来："方军师，我这么做没错吧？"

"方军师觉得……"

他一卖关子她就提心吊胆，不知为何，方迟还挺爱看她这副虚心受教的样子。

"这很OK。"他终于把话说全。

连笑就这么将陈璋纳入了麾下。

陈璋这人单看还是很拿得出手的，履历漂亮，仪表堂堂，连笑甚至想过给陈璋安排个会来事儿的女助理，指不定哪天陈璋又蠢蠢欲动犯了浑，廖一晗就此对他彻底死心。

但连笑渐渐发现，这陈璋似乎……真的变了很多。晗一里漂亮女员工本就不少，陈璋竟是对个个都视若无物。

连笑因美容仪的免费推广初见成效，终于和明嘉美妆搭上了关系。明嘉美妆的营销总监是个讲排场、好面子的老油子，带的副经理、助理个个都是脸蛋漂亮身段正。陈璋代表晗一和明嘉美妆打过几次交道，那漂亮副经理对陈璋明里暗里具体送了几次秋波——连笑安插在陈璋身边的助理可是向她事无巨细地汇报了，陈璋还真能算是坐怀不乱。

S市的圈子就这么小，明嘉美妆和容悦又是死对头，廖一晗忙着和禾木资本接洽，她忙着和明嘉美妆演大戏，不出半个月，容悦终于按捺不住主动联系晗一。和容悦僵持了半年多的谈判再度被提上日程，连笑就知道，稳了。

和容悦僵持了半年的对峙，以晗一的胜利告终。三千万签约费，后续利润三七分账。

晗一终于可以全力以赴备战"双11"。

晗一将旗下网红分成两块，三个百万量级的大网红，推出各自的自制化妆品。其余量级的网红，则以代理市面上既有品牌的模式涉足化妆品类。而实际上，不管是自制化妆品还是既有品牌化妆品，货源均来自容悦。

这是晗一开创的新一代营销模式。不出意外的话，很快就会有公司跟风，尤其是晗一的死对头扬帆，绝对会以最快速度依葫芦画瓢，有样学样。

当然这并不是廖一晗最忧心的，她更忧心的是，在给旗下网红做量级划分时，才发现她和连笑的Double L前十个月的销售额不仅跌出了前三，甚至已经算是中流偏下的网红店。

"Double L今年的业绩怎么这么难看？"

答案其实已不言而喻。

今年"双11"的Double L新品打样已出，连笑在选款上一看就没费心思，甚至都懒得去太远的地方拍摄新品，直接就近选了北海道。

若不是她早前已夸下海口，成功拿下容悦这笔大单的话，她就和廖一晗一起请高层们出国游，她甚至连北海道都不想去，就打算在S市取景糊弄糊弄。

连"双11"都想糊弄着过去，Double L怎么可能不过气？

连笑倒是看得很开："网红这行当也火不了几年，和容悦的合作就是我转型管理的分水岭。"

廖一晗也就由着她去了。

再者，廖一晗一心扑在和陈璋的重修旧好上，也确实无暇顾及其他。

甚至这回北海道之行，廖一晗都把陈璋带上了。

连笑虽有怨言也忍着没发，毕竟陈璋近来的表现着实可圈可点，只能通过开玩笑的方式表达不满："早知道我把长老也带来好了。不然你陪陈璋了，谁陪我？"

当然只是说说而已，长老出国一趟手续太麻烦，她根本来不及办，只能临走前托付方迟代为照顾两周。

长老都已经是方家的上门女婿了，方迟自然没理由推辞。

连笑就这么两袖清风赶赴机场，和廖一晗等一众人一同上了飞机。

本来她想和廖一晗挨着坐的，可是多了个陈璋出来，连笑只得默默地坐在了廖一晗斜后方。

商务舱就那么几个人，连笑总能一眼就瞅见前座卿卿我我的廖一晗和陈璋。连笑闷声不响戴上眼罩，准备一路睡过去。

眼罩刚戴上没一会儿，就听廖一晗对她说："对了，我还多邀请了个人。"

连笑抬起眼罩一角："谁？"

廖一晗还没来得及回答，就有个身影自远处走近，看见廖一晗的当下便半生不熟地打起了招呼："不好意思，路上有点儿堵车，我值机晚了。"

廖一晗邀请的人到了——周子杉。

Chapter. 3

我在追你

这趟飞行终于如连笑最初规划的那样，她戴着眼罩全程睡了过去。

更准确点儿说，她是一路装睡了过去。躲在眼罩的暗影之下，内心一直骂骂咧咧。

廖一晗自己重修旧好还不够，非得她也和周子杉来个重修旧好？

不仅在飞机上，就连下了飞机之后，由休旅车载着前往下榻的温泉酒店时，连笑都戴着眼罩，两耳不闻窗外事。

而她周围那三个人就真当她两耳不闻窗外事了，聊得还挺欢。

"周总，我去容悦那么多次都没碰上你，听说你那段时间是在家养伤？"

"对，那段时间我出了点儿交通意外，很少去公司。"周子杉和陈璋这种人怎么也聊得起来？

"叫我子杉就可以了。周总这种称呼太见外。"

"我之前还听朋友说，容悦的周子杉挺高冷的，这到底是谁在瞎传，你人明明很好相处嘛！"

也不知发生了什么，周遭突然安静了一会儿，周子杉的音量明显放低道："她……"

这个"她"……连笑分明知道是在问谁。

廖一晗还挺会帮她圆谎："她昨晚收拾行李到凌晨四点，没睡觉就赶来机场了。"后半句连笑就不爱听了，"你也知道她有严重拖延症。"

廖一晗这么说，好似她连笑和这姓周的有多熟似的。

连笑不禁腹诽。

抵达温泉酒店已是一个半小时后。

助理负责办理入住，可助理的中式英文碰上前台的日式英文，简直是场灾难，一行人就这么坐在酒店大堂的一角等着助理。连笑坐在最角落，低头玩手机，谁也不看，等着助理把房卡给到自己手里，就躲房间里再不出来。

扫兴……

助理终于拿到了第一批房卡，分给各位高层后，连笑便眼看着周遭的人一个一个拿着行李离开。

周子杉也走了，离开前和廖一晗、陈璋打了招呼，唯独没理会连笑。

连笑自然也乐得不被搭理。只见周子杉的鞋尖在她面前稍稍一停，终是抬起脚离开。

连笑松了口气。

其他人都住东侧，就她和廖一晗住的是西侧的独立小楼，助理又得再和前台鸡同鸭讲一阵，才能拿到房卡。

廖一晗和陈璋你侬我侬，自然不觉得助理办事效率低下，连笑见周子杉走了，也彻底乐得清闲，耳边是助理和前台磕磕绊绊的交流声，她随便听了两句就低头继续玩手机。

她英语虽好，可前台的日式口音她听着一样费劲儿，只能任由助理在那儿着急忙慌，自己爱莫能助。

却不知为何助理的声音突然停了，接替而起的是另一抹声音，那人操一口流利的日文，和前台交流起来。

掷地有声的尾音……

连笑忍不住抬头准备向前台看去，却被谭骁挡住了视线。是的，没错，谭骁正笑着朝她这边走来，嘴角挂着招牌贱笑。

连笑惊得都站了起来。

还不等连笑有所反应，助理那又惊又喜的声音就又打了她的岔。

"方先生？你怎么在这儿？！"连笑的视线唰地越过谭骁看向前台。

只见方迟和前台用日语交流完毕之后，把到手的房卡交给一旁的连笑的助理："我来度假。"

方迟说完，回头，直直对上连笑的目光。

似乎早就知道她在那儿，方迟随意地抬了抬手，算是和连笑打了招呼。

还是那张平静得不动声色的脸，连笑却切切实实体会到了，何谓悸动。

谭骁来到连笑面前，学着周星驰的经典台词在那儿浪："惊不惊喜！意不意外！"

可越是这么大张旗鼓，越是证明他谭大少不是冲着她来的。

果然，谭骁扭头一瞥一旁的廖一晗和陈璋，脸色非常短暂地一沉。

便是这几乎短于半秒的变化，透了底。

谭骁却已恢复一贯的痞样，作势要搂过连笑，连笑一缩脖子躲开，听谭骁道："我和方小迟的房间在西侧，你们呢？"

"我们也住西侧。"

"这么巧？！"

谭骁演得有些过了头。

连笑虽不知道谭大少是如何神通广大打听到廖一晗订的是哪家酒店甚至哪一区，但谭大少如此用心良苦，连笑自然配合演出视而不见："我们房间有私汤，晚上没事来我们房间，喝酒、泡汤、打牌？"

连笑故意说得慢条斯理，顺便朝陈璋的方向带了一眼。

陈璋脸色并不好，看来知道谭骁是何许人也。

廖一晗朝连笑递个眼色，意思她和陈璋先走，不蹚这趟浑水。连笑本不想配合，可见廖一晗那可怜巴巴的样子，又不忍心，只能配合着缠住谭骁："你俩打算在这儿待多久？"

"这个嘛，看心情。"

还真是谭大少式的任性。

谭骁的心思自然也不在连笑身上，见廖一晗拉着陈璋准备走，谭骁绕过连笑就要过去硌硬两句，连笑赶紧往旁边挪了一步，成功挡住谭骁，没话找话："那俩猫怎么办？谁照顾？"

谭骁可是看出她的意图了，低头凑到连笑耳边："你到底站在哪一边？你不是也讨厌那个陈璋吗？"

"我？"连笑笑了，谭骁和陈璋，就非得非此即彼？

"谁更适合廖一晗，我就站谁那边。陈璋是黑历史多，但你谭大少……"连笑刻意放慢速度上下打量谭骁。

"我怎么了？"谭骁猜到她嘴里没好话。

果然连笑看得还挺清："黑历史也不少。只不过陈璋爱偷摸着来，你呢，喜欢明目张胆着来。"

谭骁对此十分不认可："我这叫坦荡。我就从不脚踩两条船。"

"你是从不脚踩两条船，但你更狠，远远瞧见一艘新船，直接把旧船踩沉了，绝不会念及那艘旧船你也一度爱得死去活来。"

谭骁脸色一沉，不说话了。

连笑和谭骁这么一阵你来我往，再抬眼看向通往西侧的长廊，廖一晗和陈璋已成功脱身得无影无踪。

连笑安慰似的拍拍瞬间情绪低落的谭骁："谭大少，别灰心，说不定你这次度假又能碰上一艘能让你心驰神往的新船。廖一晗那艘，你就随她去吧。"

谭骁被她这话猛地点醒，一抬头就见她正偷摸朝着西侧长廊望过去，立马明白自己着了她的道："你说这么多，就是为了帮你好姐妹和那臭男人脱身？"

连笑被拆穿，还挺坦荡，跟着方老师混了这么久，精明了多少这不好说，脸皮厚了挺多倒是真的，转眼就起了新话题打岔道："帮我提下行李吧，谭大少。"

连笑的行李最多，两个摄影师、一个摄影助理，再加上她的助理，四个人手忙脚乱地帮着服务生了满满一行李车。一车还不够，多出仨行李箱必须她自个儿推。

谭骁不客气地双臂一环："数落我一大通，还有脸让我帮你推行李？你这女人，行！"

被这么直白地拒绝还是头一遭，连笑撇撇嘴不和他犟："那我待会儿让方迟帮我提。"

方迟还在忙着办理他和谭骁的入住手续，只在刚才和她打了个照面，还没说上一句话。可连笑看着他的背影，总觉得说不上来地安心。

谭骁看看背对着他们的方迟，再看看身边这个一提到方迟就有恃无恐的女人，莫名被秀了一脸，自然没好气："你不就仗着我家方迟喜……"

然而话音未落便被打断。

只见连笑的目光不知被什么吸引，突然看向了另一边。

只见去而复返的周子杉正从楼梯上下来。

周子杉的目光全程盯着连笑的方向，并未发现前台那儿还站着个熟人。

周子杉下了楼梯径直朝连笑走来，自然也发现了连笑身旁站着的谭骁。大概周子杉把谭骁误认成了不怀好意上前搭讪的路人甲，稍冷的目光在谭骁身上浅浅扫过，便转头对连笑说："这是你的行李？"

连笑没点头，但显然搁在她脚边的三个行李箱都是她的。周子杉也没等她答话，这就要接过俩行李，顺便把连笑领走。

谭骁一看，急了，不自觉地望向前台的方向。

这时的方迟刚办完手续，正转身准备朝这边走来，可刚迈开步子便旋即一停，他看见周子杉了。

周子杉推着俩行李，掉头准备朝着通往西侧的走廊而去时，正与方迟打了个照面。

连笑难免有些慌，尤其对上方迟那张不动声色间变得格外冷峻的脸。她生怕方迟觉得她前脚还在数落廖一晗吃回头草，后脚就约周子杉共赴北海道。

谭骁拼命朝方迟使眼色，示意方迟赶紧把箱子和女人都带走。

唯独周子杉，初见方迟时的意外被迅速掩盖在了一片淡然之下，脚步很快停而又起，继续推着行李前行。

令人意外的是，方迟竟未阻止。

眼看着周子杉离开，连笑顿时左右为难起来，走也不是，留也不是。她人总得跟着行李走吧，可她又实在不想和周子杉在那幽静漫长的走廊上独处。

反观方迟，竟也不救她，只顾着将原本放在他脚边的那只手提行李，亲手放道行李车的最上方。

那只被区别对待的手提行李被这么一颠簸，里头竟发出了喵的一声抗议。

连笑当即一愣。

周子杉分明也听见了，脚步蓦地又是一停。

而方迟自始至终什么话也没说，就这么让服务生推着行李车跟在后头，走了。

谭骁很快心领神会，笑容顿时奸邪堪比古时佞臣。

"整个温泉酒店就我们一个房间可以带宠物。"谭骁分别从连笑与周子杉身侧信步踱过，"随时欢迎来我们房间撸猫。"

"……"

"对了，我们的房间号是04A。"撂下此话，迤迤然去也。

搬行李这种粗活，周先生既然乐得为之，便交给周先生去做吧……

果然方迟到了房间刚把行李放下，门铃就响了。

刚一开门连笑就闪了进来，连声问："长老呢？"

方迟一笑，指指搁在茶几上的那个手提箱。

连笑快步过去，打开手提箱外的外包，才发现里头是个宠物航空箱。

长老正安然置于其中，等着她放它出去。

"你家那只呢？"

"旅行太颠簸，没带它来。"

"对哦。"连笑一边揉着长老软乎的背毛，一边算着，"等我们回国，哈哈哈差不多要生了。那这段时间谁帮你照顾它？"

"齐楚。"

连笑听了登时一眯眼，扯起一抹不怀好意的笑："关系不一般哪，猫主子都留给人家小姑娘照顾。"

方迟也不急着否认："你出门前把长老交给我照顾，看来咱俩关系也不一般。"

片刻前还得意扬扬的连笑顿时被噎得无话可说。

她抱着猫起身在屋子里溜达起来。

这和她们订的房间房型差不多，都是独栋的二层小楼，带花园和露天风吕。私汤隐在风林间，取潺潺流水之意。

因酒店在半山上，落地窗外一片清幽。十月，窗上已凝结出一片寒雾。可惜还没到雪季，届时景致恐怕更美。

连笑半天没找着谭骁，不由得问："谭大少该不会去廖一晗那儿爬墙头了吧？"

还真被她说中了。

"这个房间的庭院和廖一晗房间的庭院应该是互通的，只是中间被山石隔开了，他说要翻进廖一晗的院子去搞破坏。"

连笑有点儿无法理解："这也太幼稚了吧？"

"大概因为他人生之中头一遭被女人拒绝，有点儿接受不了。"方迟遥遥一指窗外，"那道山石两米多高，你真以为他翻得过去？"

连笑顺着他所指看向落地窗外，果然极目处有一道山石，石壁光洁，长老都不一定翻得过去，也难怪谭骁此刻站在山石下，背影都透着无能为力。

再被那幽静的环境一衬，倒真有几分可怜的滋味。

连笑可万万没想过，谭骁竟也能成痴情人设。

怀抱着长老坐回榻榻米上，她忍不住吁短叹起来："如果谭骁能和你一样，感情史干净点儿，我绝对全力助他拿下廖一晗。"

本是随口一说，连笑却仿佛被自己点醒了似的，突然若有所思地打量起方迟来。

方迟哪会不懂她的意思？当即恐吓地一扬眉："这茬你想都不要想。"

连笑却压根顾不上他的反对，已自言自语起来："对啊，我之前怎么没想过把你介绍给廖一晗。你俩明明各方面都很配……"

他要找的"黑长直"，廖一晗不正好符合吗？

连笑蓦地抬头看向方迟，此时已是两眼放光："你觉得怎么样？"

方迟的面色可比此时落地窗上的寒雾还更刺骨一些："我觉得不行。"

"为什么不行？你看看，你俩年龄相仿，气质互补，一冷一热，简直绝配。你难道就不想救廖一晗出陈璋的魔爪？"

"并不想。"

"别这么死脑筋嘛。你和廖一晗真的很配，而且廖一晗超级欣赏你的，她很容易对欣赏的人产生感情，当年对陈璋就是这样。"

"不行。"

他怎么说来说去都是这两个字？连笑都听腻了，怀中的长老都被她的突然起意吓跑了，只留连笑坐在榻榻米上："你就知道说不行不行，那到底为什么不行？你又不说……你说啊，怎么就不行了？"

方迟被这女人拷问得抚着额头在榻榻米上来回踱步。什么叫被人逼得跳脚，他算是领教了。

"你要清纯的，廖一晗这一辈子可就谈过一场恋爱，够清纯吧？你要聪明的，晗一是她一手打造的，够聪明吧？现在想想，你的择偶标准说的不就是廖一晗吗？怎么就不行了？"

方迟脚下猛地一定。

"你是不是真的想知道为什么不行？"他突然沉声问她。

"废话呢，我都问你这么多遍了。"

方迟一矮身也坐在了榻榻米上，二人之间隔着一个木茶几。他笔直端坐，表情不明："好，我告诉你。"

他勾勾手示意她倾身过来听。

突然这么正经，犹如双边会谈，连笑不明就里地屈膝跪起，往茶几边靠了靠。

往他面前，靠了靠……

原本坐在榻榻米上的方迟突然起身，二人之间的距离猛地拉近。连笑被逼得下意识地往后躲，却被他一把箍住后颈。

他当即吻了一下。

吻是浅啄即止，手却未曾放开。

她依旧退无可退，他的鼻息依旧近在咫尺，他的目光，自她双眸移到她唇上。

"我这样亲过你，不止一次。所以你觉得把这样一个男人介绍给你好姐妹，行？"

连笑愣了足有五秒。

果然，她又打嗝了。

方迟这么想着，不期然便被她猛地推开。

连笑慌忙起身，捞起长老就要走。

可她刚抱起长老，步子刚迈出去，便被方迟伸手一把拽住。他早就瞅准了她会来抱长老，早就瞅准了她走不掉了……

连笑被这么狠地一拽，径直摔到他怀里，长老尾巴一夹，嗖地溜得无影无踪。

这男人力气那么大，眼睛里却有无尽的解不开的柔情。

"嗝——"

她一打嗝，他便低头吻住，再抬头看她的眼睛。

她喉间忍不住一滚动，他又低头吻她，他再抬头看她。

看着她的眼睛，他一字一句地说："我会亲到你不打嗝为止。如果你还继续打嗝，就是在故意诱惑我。"

如果这都能算诱惑的话……那她大概是诱惑上瘾了。

第二次比第一次长了几秒。

第三次又比第二次长了几秒。

……

终于，已辨不出这是他第几次落下的吻，早已绵长至唇齿不分。

他的舌尖第一次试图抵进那温软的唇瓣……落地窗哗啦一声被推开。

被陡然刮进的凉风吹散的，不只是这一室暧昧的暖意。

被吹得浑身一僵的，又何止是那被吻得气若游丝，毫无还手之力的连笑？

此情此景在前，刚闷头蹿进屋来的谭骁傻眼半秒，赶紧背过身去。

"你们继续……继续……"

可……这……还怎么继续？

谭骁始终背着身站，听着身后一阵乒零乓啷，完全能想象发生了些什么。

最终，一切回归宁静。

自己回来得可真不是时候，谭骁一声叹息。

想叹气的又何止是谭骁？

"你再晚五分钟回来会死？"

方迟的声音带着一丝暗哑，一丝不满，以及一丝……未及的餍足。

显然谭骁并不这么认为："我觉得吧……以你憋了这么多年的劲

儿,我起码得晚一小时再回来,才够。"

连笑走得急,她闷头冲回自己房间,砰地把门一关,背靠着门调整呼吸良久才想起来,自己忘了把长老带回来。

她正恼得直拍脑门,思绪又蓦地被几道惊疑的目光打断。

疑惑地抬眼一看,她的房间里竟齐刷刷杵着四个人。

两个助理在忙着搭配明天拍照用的新品,摄影师则带着摄影助理怀抱电脑选择明天的取景地。

此时此刻,四双眼睛齐刷刷看着一个魂不守舍的她。

"你们怎么在这儿?"

小助理被问得一慌:"连总,不是你让我们过来准备明天去小樽拍新品的事宜吗?"

连笑顿时哑然。

被人亲得脑袋缺氧大概就是这样了……这个念头一过脑,连笑几乎下意识地掩了掩嘴。

唇上那不足半寸皮肤仿佛有着存储记忆的功能,片刻前被某人付诸其上的温软与粗粝,辗转与试探,突然毫无征兆地刺激起末梢神经来,连笑什么也没干便已面红耳赤,务必找些别的事情来转移下注意力:"廖总呢?"

"她和陈经理一起出去了。"

也对,廖一晗和陈璋正是如胶似漆的时候。虽然这间房里有三个各自独立的卧室,但怎么说也是人多眼杂,廖一晗和陈璋大概也待不住,肯定躲哪儿开小脏会去了。

连笑身为孤家寡人,只能和助理一起搭配衣服打发时间,让自己沉浸在工作的海洋里。

房间里的座机突然响了,连笑离得最近,随手接听道:"莫西莫西!"

对方明显心情不错:"转什么日文?我。"

连笑反应半天,登时一愣:"谭骁?"

"不错嘛，竟然一下子就听出了我的声音。"

这个世界，永远不缺看热闹不嫌事大的人……

"不好意思，我没工夫和你扯闲篇。"

连笑一副义正词严的样子，周围四个人看着，还以为她是接了什么骚扰电话，目光里不免都透着好奇。

谭骁这通来电的性质和骚扰电话也差不了多少："不就是因为我不小心坏了你的好事吗，至于用这种态度对我？"

该死的，皮肤的记忆力又被唤醒了……

连笑神经末梢一抽，终于忍无可忍不得不挂断。

谭骁早料到似的，赶紧阻止。

"你猫不要啦？"

连笑准备挂机的动作一停。

谭骁得逞，一副逗闷子的口吻："我让方迟把猫给你送过去？"

连笑抓着听筒的手本能地收紧。

谭骁此时的口吻，已与神棍无异："他应该已经到你房间门口了……"

就在这时，门铃叮咚一声，突然响起。

连笑跟猫似的瞬间乍毛而起，差点儿摔了手中的电脑。

连笑的助理赶紧扶牢电脑，连笑则是连喊一句"别开门"的时间都没有，摄影助理已眼疾手快地起身跑去开了门。

开门的瞬间，连笑跟猴子似的想也没想，一跃翻过沙发椅背，整个人闷头栽进了搁在沙发背后的那堆新品衣服里。

她可不想见到方迟，起码现在不想。

虽有一堆衣服垫着，连笑依旧摔得骨头疼。她正龇牙咧嘴地揉着后腰，偏还不敢发出半点儿声音，听筒和门外便同时传来谭骁肆无忌惮的笑声。

"哈哈哈哈哈哈哈！"

连笑一愣。

助理带着一脸不解，把连笑从沙发背后捞出来，连笑撑着后腰站

138

直，直直对上拿着手机站在门外的谭骁。

"谭骁！你要我？"

谭骁道貌岸然地做一副惊讶状，转而又皱眉做无辜状："怎么办？你这么一吼我，我一不小心就把刚才拍下的你翻沙发那段，发给……方迟了。"

"你！"

连笑冲过去一副要撕了他的样子，谭骁一笑，顺手就把门带上。这才在走廊里一边走着，一边优哉游哉地保存好刚录下的那段"猴子翻沙发"，顺便抄送给方迟。

这就是用新船旧船那套歪理去诋毁他的坦荡爱情观的代价……

连笑越是在员工面前出了糗，越要摆出一副正襟危坐的架势。助理隐隐觉得不对劲儿，连总还没哪次像这次似的，如此尽心尽责地准备拍摄工作。可也不好拆穿，只能默默配合。

幸而很快日落西山，晚餐是酒店内提供的怀石料理，这也是连笑钦点这家温泉酒店的原因，可……

一行人停了手头的活准备一同前去餐厅，连笑作势翻看摄影助理刚备份好的新品平铺图，头也不抬："你们先去，我一会儿再过去。"

众人见她难得醉心于工作，便不再打扰。

等众人离开门一关，连笑立马原形毕露丢开电脑，径直跑到座机前，打电话给餐厅，点了怀石料理让送到房间来。

她可不想和方迟在餐厅里遇见……

当然还有周子杉。好好的度假变成如今这般凄惨的模样，唯有美食能聊以慰藉。

菜单上除了些平假字、片假字看不懂外，她也算阅读无碍，研究半天干脆按价位最贵的点，准没错。

果然，光是上菜那架势，都值这个价了，怀石料理十一道菜，服务员分了三批才全部上齐。连笑数了数，餐桌上近六十个器皿，场面尤为壮观。

她享用起来自然也是毫不客气。

终于，酒足饭饱。

连笑沐浴更衣，有模有样地找了个小托盘盛清酒与杯子，就这么穿着日式浴袍，披着毛巾端着托盘，进庭院里泡私汤。

小托盘浮在水面上，连笑坐在岸边，背靠顽石，眼上盖着湿毛巾，不一会儿就热得浑身瘫软。

原本一想到方迟收到的那段"猴子翻沙发"就忍不住烦躁，如今也泡得浑浑噩噩，早把烦躁抛诸脑后。

真是，惬意。

就在这时，连笑耳边竟突然响起了熟悉至极的叫骂声。

"谭骁！你耍我？"

连笑一惊，　把扯了眼睛上敷着的热毛巾，扭过头去找声音的源头。

这声音……似乎是从她背靠着的顽石后方传来的。还没等连笑确切分辨出声音源头……

"怎么办？你这么一吼我，我一不小心就把刚才拍下的你翻沙发那段，发给……方迟了。"

那令她一下午都恨得牙痒痒的谭骁的声音，传了过来。

连笑躲在私汤的这一边，听着顽石背后的另一边，不知何人一遍又一遍地回放她下午的糗状。

"谭骁！你耍我？"

"谭骁！你耍我？"

"谭骁！你耍我？"

"谭骁！你耍我？"

"谭骁！你耍我？"

连笑终于忍无可忍，摔了毛巾站起来："你都看六遍了！能不看了吗？"

终于清净。

连笑可算是明白了，这个私汤占地不小，背对背挨着的两栋独栋日式小屋，其实是私汤共用，只不过中间隔了道石头。

至于此刻，与她一石之隔的对面究竟是谁……

"连笑？"

正无限次循环谭骁发来的小视频的方迟，听对面突然传来的这么一声怒喝，也愣了。

"你也……在泡汤？"

连笑几乎条件反射地扯过浴巾裹住自己，裹得里三层外三层那叫一个严实，才想起来有这么大块石头挡着，他压根瞧不见她。

她这才松口气坐回温泉水中。

"对。"她的回答可不止慢了半拍。

"赶紧把谭骁发你的那视频删了。"她想了想，又补充道。

方迟那边没了声。

"删了没？"连笑又扯着脖子催了一遍。

"要删你自己过来删。"

一语毙命，连笑再不催他了。

莫非泡得太久？连笑只觉两颊滚烫，头脑发热，赶紧上了岸，裹好浴袍："你慢慢泡，我先回屋了。"

不等他回答，连笑已踩着一双湿漉漉的脚丫子往屋里跑去。

彼端的方迟，在这一片晚间风声中，听着那渐行渐远的脚步声，平静无澜的面孔下不知是何心情，大概也觉烦躁，围了浴巾起身进屋。

至于此端的连笑，却没能成功进屋。

她刚要推开落地窗，就看见玄关门开了，廖一晗和陈璋二人进了房间。

她这衣衫不整的样子，被陈璋看见不像话。连笑一边在心里骂骂咧咧——早知道自己单开一间房，不做这电灯泡，一边往墙后躲了躲。

此时的廖一晗和陈璋却不如几个小时前所见的那样你侬我侬，似乎在闹脾气，廖一晗一脸愠怒地进屋，陈璋则着急万分地跟了上来。

　　眼看廖一晗一路径直往庭院这儿走，放眼望去，庭院宽阔毫无遮挡，连笑无处可躲，急得只能往水里藏。

　　40℃的温泉水，连笑这脑袋一下去，简直顿时血逆上头，晕得她赶紧又冒了头。

　　就是这么一冒头，岸上廖一晗和陈璋的对话便蹚进了她的耳朵。

　　"不行，这事不能让连笑知道！"

　　相比廖一晗的斩钉截铁，陈璋反得不像样子："可我……"

　　眼看陈璋的目光无意识地往这边扫了过来，连笑赶紧又闷头进了水。

　　水波动荡中，连笑的视野里，岸上两人的身影已经变了形。

　　至于他们是什么时候离开的……

　　连笑挣扎着要从水里出来，却不知为何全身无力，脑袋昏胀。

　　就这么一时不察呛了口温泉水，她整个人晕晕乎乎的，两眼一抹黑，就这么彻底沉了下去。

　　窒息，昏胀，不知过了多久，连笑脑袋还是一团糨糊，感知神经却先一步复苏了似的。感觉到空气再度失而复得的那一刻，她几乎是本能地贪婪呼吸起来，完全顾不上自己被呛得满嘴都是温泉水特有的硫黄味。

　　按在她胸口上做心肺复苏的手，在这时，终于一停。

　　浑身湿透的方迟终于大松口气，跌坐到一旁。

　　连笑终于睁开眼的下一刻，还未曾看清面前人的脸，已先行听见了他的声音。

　　"你是命里缺水还是怎么？就这么次次都想淹死自己？"

　　"方……迟？"因那满嘴的硫黄味，连笑说了短短两个字都直辣嗓子眼。

　　方迟无奈地摇着头，之前还一副不管不顾的样子，此刻又依着心中那丝不忍，扶着她的肩让她坐起。

　　连笑就这么终于看清了他，也看清了自己。是的，没穿衣服的，她自己。连笑明明记得自己之前身上还穿着浴袍的，可如今……

浴袍早已不知所终，就一条浴巾岌岌可危地系着。

眼看浴巾的结也快散了，连笑赶紧一把拢紧，脑子都吓得活络了，抬头怒视他。

"你救人就救人，脱我衣服干吗？"

方迟见她如此在乎自身形象，刚要转过身去给她时间整理，便被她这突如其来的指控瞬间钉在耻辱柱上。

"我救你上来的时候，你身上连块布都没有。"他的目光意有所指，慢慢扫过她身上那条被她视作救命稻草的浴巾，"这浴巾还是我帮你披上的。"

"不可能！我明明穿着浴……"连笑正义愤填膺，却被他此时目光一带，扭头看向身后的私汤，只见那波光潋滟的池底，真就静静躺着她那件花色鲜艳的浴袍，顿时音量都小了，"……袍。"

大概她之前躲在池底直至短暂失去意识的那段时间里，身上那件浴袍被冲散却不自知……

"那你……你怎么会在这儿？"

还不是故意偷窥她泡汤？就和谭骁对廖一晗动的那些歪脑筋是一样一样的……

果然是物以类聚，人以群分，一样的朋友自然一样龌龊。

连笑正这么暗自腹诽，突然神情一定。

她刚才躲在池底所见的廖一晗和陈璋的身影，就这么再度浮现眼前。

廖一晗那张义正词严的脸，以及那句……

"不行，这事不能让连笑知道！"

见她一副眉目紧锁的模样，乘人之危这罪名方迟自认是择不清了。

总觉得解释有些徒劳，她已视他如色中饿鬼，但不解释也不行，信不信只能由她："长老翻石头过来了两回，我也不知道你这边是什么情况，听见长老一直在嘶叫，只能过来看看。"

长老？

喵的一声，将连笑从怔忪中扯了回来。

她扭头一看，长老竟就趴在一旁，正梳理着它那湿透的爪毛。

它那副护主心切的小模样看得连笑心中陡生一丝暖意，刚要伸手过去捞它，才想起自己此刻衣不蔽体，顿时暖意尽散。

"你……把我浴袍捞上来，赶紧地。"连笑语气生硬，心里寒意阵阵地暗叫着糟糕，脸却热得不行。

她正忙着整个人水里来火里去，方迟见状，却是一笑，继而又迅速地板起面孔："对我这么凶，还指望我帮你捞浴袍？"

"我都被你……"被你看光了，能不凶吗？

连笑委屈，他竟更委屈："我都受伤了，也听不见你一句软话？"

哪儿受伤了？

连笑斜睨他，此人上身是件不合季节的短袖T恤，下身一条休闲长裤，唯一能勉强算是伤痕的，便是手上和颈侧的那几道抓痕。

"长老听见你这边有异常动静之后，过来这边看了看情况，回去就一直抓我。"

这抓痕，不知道的还以为是女人在那什么的时候……给抓的……可……

这也能算受伤？连笑满脸不屑，正要反唇相讥，却意外陷落在一派美好景色之中。

他的T恤湿透，贴在身上，身材反被勾勒得线条分明。

他的头发滴水，水珠自耳后滑落，带着他的体温，啪地滴在她手背上。

不行不行……乱套了乱套了！

连笑赶忙打住，推他起身："回你自己房间去，赶紧地。"方迟被她推得不得不站起来，正要反握住她抵在他胸前的手，却在这时，双双一愣。

只因此时，钥匙开门的声音清晰传至二人耳边。面面相觑的片

144

刻，方迟当即脱下身上的T恤，准备往她头上套。此番风景他一个人独赏便可，并不想与任何人分享。

连笑却是眼看玄关门被缓缓推开，想也没想就拽着方迟往后躲。

就这么一踩空，彼此都跌进了水中。

"你……"方迟刚来得及说一个字，便被连笑一把捂住嘴。

眼看玄关处有个身影走了进来，连笑摁着方迟的脑袋就让他往水底藏，自己也不由分说潜了下去。

又来？

方迟满眼不解地看着她，只等她给出一个合理的解释，连笑却只顾一手捂住他的嘴，一手对他比嘘声的手势。

除了她，也就只有廖一晗有这间房的房卡，此刻开门进屋的肯定是廖一晗，而她并不想被廖一晗发现她一直都在房间里。

起码她得先弄明白，廖一晗和陈璋方才到底在争执些什么……

可她那点儿可怜的肺活量，哪撑得住这二度入水？

不一会儿方迟便感受到，捂在他嘴上的那只手渐渐失了力，他正好趁势掰开她的手，要把她拉上岸。却不知她突然又哪儿来的力气，反拉住他，死活不肯。

就这么相互掣肘着，连笑没一会儿就缺氧了。完全不明就里的方迟这回真的怒了，这女的非得淹死自己才算？

她不是拽着他不让他走吗？

那他不走了，而是吻住她，死死地捧住她的脸，将之前未完成的深吻，完成个彻底。

她这回再想推开他，抱歉，推不开了。

连笑从未体会过如此腹背受敌的紧迫感，一上岸就会被廖一晗发现，可一直待在水里的话……迟早被这男人鲸吞蚕食殆尽。

那哪是吻？分明是掠夺。

掠夺她的空气，掠夺她的神志。被吻得七荤八素，也不过如此……

她意识凄迷，软在他的怀中，由他撑着，体验着从未有过的身体与意识的同时溺毙……

直到岸上突然传来一声……日语？

连笑一僵，廖一晗压根不会说日语。所以，岸上的人……不是廖一晗？

连笑瞬间就醒了。

片刻前还死活不准他上岸，任凭他吻得她几近窒息照样死拽着他不放的连笑，此刻却不由分说地一把推开他，挣扎着要出水。

方迟虽意犹未尽，也不得不冒头。

只是她始终都在他怀中，再无法逃脱。

连笑就这么躲在他怀中，听着他用清冽无比的声音——好似之前在水底那迷乱的吻非他所为——和岸上站着的酒店服务生用日语对话。

连笑一个字没听懂，服务生已抱歉地连连鞠躬退了出去。

玄关门被悄声合上，方迟才对她解释起这一切："隔壁的住客投诉你房间里有猫在惨叫，服务生敲门没人应，只能自行开门进来看看情况。"

原来如此。

连笑兀自点点头，突然想到什么，猛地抬头瞪他。

方迟默默退后半步，看来是看懂了她眼里的控诉。

连笑得了空隙，一把拽过他之前脱在岸上的T恤，套上。

他一米八四的身高，T恤正遮到她大腿的一半，连笑连滚带爬上了岸，再没有多余的力气，只能跪在池边大口喘气。

方迟手一撑，也坐到了池边。

两个衣衫不整的人，一只半死不活的猫。

一室安静，天昏地暗，直到连笑因喘得太急，忍不住咳嗽起来。

欲盖弥彰的一室安宁顷刻粉碎，方迟抬手拍拍她的背，帮她顺气。

手却还未挨上，已被她躲开。

连笑最早放在水面上的盛清酒的托盘，这时正漂至岸边，连笑拿起酒盏，倒上，仰头猛灌一口。

"你这到底几个意思？吃豆腐吃得没完没了了？你再碰我，我真的翻脸了！"

他没说话，连笑也没回头去看他是什么表情。

她又给自己倒了一杯，一口饮尽，缓了缓气，终于有力气起身。她径直朝落地窗走去，一秒也不想多待。

"真不明白还是假不明白？"

方迟突然开口，听声音，辨不出情绪。

连笑的脚步却为之一定。

"给你做饭，帮你养猫，做你的军师，当你的情感顾问。"

他的声音徐徐渐进，没有起伏，仿佛在说一件事不关己的事情。

"连笑，你真当我做这一切是因为闲得慌？"因为一个人改变养成多年的习惯，她却问他，这到底是几个意思。

把晨跑改成夜跑，只因她一喝蒙就大半夜遛猫，在花园里醒酒醒到睡着。

她多少次喝醉回家，出门遛猫，继而断片，醒来时人已在自家床上，安然无恙。

她当然不明白，她还向他吹嘘来着，吹嘘她前一晚是如何凭借着超强的意志力，喝断片了还自己走回家。

他最讨厌做饭，却突然钻研起菜谱。

她当然不明白，她真以为他天生厨艺了得。

他最初甚至不喜欢猫。与人交流，他都容易嫌对方蠢笨……

直到去年，见她的微博小号上成天上传一只叫作长老的布偶，他横鼻子竖眼地看，才终于发现了那么点儿可爱之处。

她当然不明白，她甚至一度当他是个爱猫如命的娘炮。

夜风起，红枫飒飒，连笑站在那里冻得一哆嗦。

方迟起身，拿着干净的浴巾自她身侧走过，手一松，浴巾落在她肩头，连笑顿时被暖意包裹。

他却已径直从她身边走过，径直拉开落地窗，径直离开。

周遭恢复一片安宁，仿佛他未曾来过。连笑也不知道自己是以何种心情披着方迟给她的浴巾，一路抱着冻得够呛的长老上楼的。

二楼桑拿房连着浴室，原木的墙体和地板，连笑蹲在浴缸里给长老洗了个澡，用吹风机把它吹干。

看着长老那双碧色的眼珠，连笑总觉得它把她看穿了。

她终是忍不住捧起长老那张刚恢复蓬松的大脸："你是不是也觉得我很婊？"

长老吸了吸鼻子，没吱声，也不知是肯定还是否定。

连笑一屁股坐在浴缸边缘。

谁都当她傻，但她好歹也被不少人追求过，装傻充愣永远是逼退追求者最有效又最温和的方式。

大概她错就错在，用对付一般男人的方式对付了方迟。

早在他最初用一个吻证明他喜欢女人时，她就隐隐猜到了。身体是不会骗人的，他在吻她时，心跳会加速。连笑还记得那一次，她的手抵在他胸口却推不开，他的心跳仿佛就在她的手心。

女人在这方面的直觉大概永远不会错。

她知道自己应该怎么做，既然不想谈恋爱，就好好地划清界限。

可她又总给自己找借口，方迟又没明说，万一她猜错了，万一方迟和她一样，也只是缺一个好友，而不是想找个恋人？

嗯，他是需要她这么个朋友的……

但与其说是他需要她，不如说是，她需要他。

一有好东西就想和他分享，哪怕只是她在微博上看见的一个搞笑段子。

一出国就想给他挑礼物，总觉得他会缺这个喜欢那个。

狐朋狗友的各种局都不爱去了，成天也不愿在家待着，只想去他家撸猫。她那点儿心思，也就和廖一晗聊过。廖一晗的反应大概就是大多数正常人的反应："你这是把他……当备胎了？"

看吧，连廖一晗都觉得她在养备胎。

备胎？这词和方迟在她心目中的形象多么不配。

连笑却不知该如何反驳。

她希望他陪着他，这点毋庸置疑。

可这种陪伴，既不是小时候非得结伴上厕所的那种习以为常，也不是一到周末就呼朋引伴只因不想一个人待着的心安理得，更不是和廖一晗之间那种坦诚相见的问心无愧。更何况现在她和廖一晗之间……似乎并不如她曾以为的那般坦诚相见。

因为怕，她做不到直截了当地去问廖一晗究竟瞒了她什么。

因为怕，方迟问她是真不明白还是假不明白时，她依旧选择装傻。

因为她不想失去。

看似不知天高地厚的连笑，其实是个尿蛋。

连笑第二天要早起赶去小樽拍照，早早地搂着长老睡下。

可怎么睡得着？

长老早睡得四仰八叉，连笑关着灯睁着眼，把自己旗下网红的大小号都逛了个遍，她们都和她一样，在筹备"双11"。

就这么爆肝到凌晨四点，才被隔壁卧室传来的推门声打断。房间是木质结构，木门厚重，推门声听得一清二楚，看来是廖一晗和陈璋回来了。

也不知道这俩人吵完架后去了哪儿，现在才回来。

连笑正竖着耳朵听别的动静，突然，她的房门被人敲响，连笑一惊，赶紧把手机屏幕关了。

"连笑？睡了没？"门外是廖一晗试探的声音。

凌晨四点，她找她干吗？

连笑紧握手机没回答。

之后门外便再没动静，看来廖一晗以为她睡了。

早上七点，助理担心连笑睡过头，亲自赶过来叫起。殊不知连笑是一夜没睡，黑眼圈用最厚的遮瑕都遮不住。

她忙着化妆，助理二人则帮着把昨天搭配好的服装收纳好，准备一会儿装车。

租的保姆车八点半来酒店接人，她们还有一个小时可以去餐厅用餐。本可以应付一下要个定食，连笑却可怜自己一晚没睡，硬是点了个全餐，唯有美食不可辜负。

心情不好也不妨碍她胃口大开，反正每张餐桌都相对独立，与邻桌之间有屏风相隔，连笑和助理两个人对面而坐，时间只有一小时，这一大桌子全餐，二人相对无言只是埋头苦干。

连笑正吃着玉子烧，她身后的屏风那端，却突然传来熟悉的声音。

"听说你俩打野战被服务生撞个正着？"那声音，带着三分神秘莫测和七分恶趣味。

连笑手一抖，差点儿被整个玉子烧噎死。连笑被噎得直干呕，忙不迭喝口茶缓一缓。

重磅炸弹却一个接一个地来："要不要这么刺激？"

"……"

"我就说你憋不住了吧，可你这也……太猛了！"

谭骁女人缘一向很好，和连笑小助理的关系也不错，小助理自然听出那是谭骁的声音。

一早就有如此劲爆的话题袭来，小助理顿时眉飞色舞，挤眉弄眼地示意一向也爱极了八卦的连笑赶紧听听。

连笑却出奇地毫无反应，小助理不由得纳闷起来。

但很快，小助理就被屏风那端传来的另一当事人的声音引走了注意力。

"胡说八道些什么？"是方迟那清清冷冷的声音。

方迟昨天帮小助理和前台用日语沟通，小助理这种声控外加颜控，自然对这位方先生的音色记忆犹新。

惊闻如此豪放的当事人竟是昨天在前台帮过自己的那位，压根来不及感叹这方先生说中文比说日语还动听，小助理已愕然地瞪大眼睛张开嘴，生生定格。

连笑见对面的小助理已然震惊成此等模样，不忍直视，别过脸去。

刚才那个玉子烧怎么不索性把自己噎死?

"我昨晚去酒店的居酒屋准备喝两杯,正好碰见了02A的住客。她可告诉我,因为03A总有猫在叫,服务生接到她的投诉,去03A了解情况,竟然撞见两个人在温泉里……咳咳。"谭骁描述得绘声绘色,仿佛亲临过现场。

原来,更劲爆的还在后头。助理的表情,彻底僵住。

03A……

助理那僵直的目光,慢悠悠、慢悠悠、慢悠悠来到连笑身上,直盯得连笑的脸色由红转白,最终铁青。

屏风那端的声音却还在煽风点火:"温泉里……啧啧,我都没试过,快说说,操作难度大不大?"

谭骁这独角戏还真唱上瘾了,无须回答,已能自行想象:"方老师,在下实在是……佩服!佩服!"

"误会。"方迟如是说,云淡风轻的两个字。

连笑紧握筷子,内心的愤恨就快喷涌而出——你的反驳就不能给力点儿吗!

谭骁的证据却一拨接一拨:"误会?那你身上这些被女人挠的,怎么解释?"

方迟的声音和此刻窗外的天气一样,风云寡淡:"猫挠的。"

谭骁竟也配合着改口:"小母猫挺给劲儿啊!"

这描述……小助理耳根一红。

连笑终于忍无可忍,啪地撂下筷子,起身准备走人。

几乎是同时,方迟默默用餐巾印了印嘴角,起身准备走人。

香艳故事的两位当事人,就这么打了个照面。面面相觑间,谁也走不了了。

见二人突然不动,谭骁和小助理也各自纳闷着站了起来。

小助理正脑筋飞快地琢磨着该说些什么场面话缓解下气氛,谭骁却已将连笑打量了个底儿透,连笑那呼之欲出的黑眼圈终令谭骁啧啧两声，感叹道："好一张纵欲过度的脸……"

谭骁的脸皮厚到什么程度？

小助理只是客气一句："我们叫了车去小樽拍照，要不要捎上你们？"

他竟毫不迟疑地应道："好啊！"

连笑则是冷眼看着，冷言拒绝："不好意思，我们还有三箱行李外加俩摄影师，车子可能坐不下。"说完就这么拉着助理走人。

连笑一路风风火火，之前执意要吃全餐时半点儿不觉得浪费时间，如今却急得连半秒都不想多耽搁似的。

保姆车就停在酒店大堂外，早早吃完定食的摄影师带着助理，已在车上等候多时。

另一位助理本以为连笑用完早餐还得好一会儿，不料连笑竟提前到了，赶紧招呼人把三大箱行李搬上车。

果然一辆保姆车被挤得满满当当，连笑都没地方坐，她站在车旁看着车厢内拥挤不堪的光景，正苦于该把自己往哪儿塞，突然听见嘀嘀两声车喇叭。

喇叭声仿佛自带挑衅气场，连笑紧着眉循声望去。

只见保姆车身后不远，径直驶来一辆古董车，在她眼前一停。

是一辆摩根，三轮的古董车，配俩身型笔挺却风格迥异的男士，只在大堂外这么打眼而过，已引足了目光。

驾驶座里明明坐的是面无表情的方迟，谭骁却在一旁笑吟吟的，故意在连笑眼皮子底下再一次把手伸向方向盘，按了两声喇叭。

"要不要捎你一程？"

那嘚瑟样儿……

连笑借着鼻梁上架着的那副墨镜，目光悄然而堂皇地踱到古董车里那面无表情、对一切不置可否的司机身上。

"好啊！"

一直采取躲避战略的连笑，此刻竟欣然答应下来，甚至嘴角扬起一丝不可名状的笑容，慢慢踱向那辆摩根。

助理真以为她要搭这两人的顺风车，赶紧提着连笑的包跟过来，要把包和手机一同给她。

连笑从助理手中接过包和手机，再径直把助理摁进车里，砰的一声，替还没反应过来却已坐进后座的助理关上车门。

动作一气呵成，连笑把墨镜往下拉了拉，自墨镜上方露出双眼睛来，对谭骁摆摆手指："那就恭敬不如从命了。"

小母猫？老虎不发威而已。

说完，她扭头就走，回到自己的保姆车前，再无须顾及形象，死活挤上去，关车门："出发！"敞篷的摩根就这么被保姆车抛诸其后。

谭骁吃了一嘴尾气，挥挥手赶紧让那尾气散尽。

小助理尴尬地看看这个，再看看那个。

方迟默默发动车子，将喜怒不形于色贯彻到底。

谭骁和连笑抬杠惯了，正横头低脑地琢磨待会儿要怎么报复回来。

车子发动时一颠，助理终于找回声音。

"方先生……"

方迟正转着方向盘驶出大堂前的环岛，手上未停，只透过后视镜看一眼欲言又止的小助理。

"我老板其实人挺好的，就是脾气有点儿差……"

小助理有些紧张，谭骁顺嘴就回了句："那不叫脾气差，那叫作。"

小助理差点儿被带跑偏，撇撇嘴不理会，继续道："而且，我早就听说过方先生你。上回我跟老板出来拍新品，她满东京给你挑礼物来着。要知道她平时很懒的，不拍照的时候可以在酒店宅一周。"

听到此处，方迟那始终不动声色的脸，嘴角一勾。

他非常了解她有多懒。

小助理透过后视镜，清晰地捕捉到这一幕，看来她这个说客当得不错："祝你和我老板幸福！"方迟还没接腔，谭骁已色气满满地咬文嚼字起来："此幸福，彼性福，都福都福。"说完不忘拍拍方迟的肩。

这个任务，任重而道远啊……

Chapter. 4
白骑士

相比普通游客的悠闲，连笑一组人就跟赶集似的连轴转。之前确定取景的几个地方，八音盒堂、童话十字路口、玻璃工坊，五个小时全部跑完，基本上是下车拍照，上车换衣，下车再拍，然后换地方。

众人忙完上车，司机告诉大家下一站是船见坂时，其他人都在忙着打趣今天拍的两千张照片打包传回国内后，美工要修到吐血，连笑却一路无话，助理当她拍照拍累了，也就没邀她入话题。

连笑扭头看着窗外，确实累。

但她不想说话不仅是因为累。

昨天定行程时特意把船见坂留在最后一站，那是《情书》的取景地，她最爱的电影。

可是如果不是因为这次拍摄，她一辈子都不想来这儿。

她这人跟文艺真搭不上边，看过的文艺电影倒是不少。当年为了在周子杉面前装文艺，她也曾费过一番劲儿。

她的文艺少女人设勉强撑了小半年，周子杉便总投其所好，送了她不少影碟。那时周遭的同学早就学会了上网找资源，周子杉却像个老顽固，一直坚持送她影碟。要知道二〇〇几年那会儿，还是在W这种小城市，要找到一张正版影碟并不算件易事。

那些电影大多晦涩到她看个开头就犯困，可也都硬撑着看完了。她总不能在最初就明火执仗地告诉周子杉，老娘只爱钱吧？那样的话，当年的周学霸还怎么看得上她？

而那部《情书》，就是当年周子杉送给她的……情书。

如今回想起来，自己为了那段初恋，简直用完了一生的心机，导致如今压根不想再谈恋爱，觉得恋爱这儿哪儿都麻烦。

最终车子停在离船见坂不远的停车场，云山雾罩之下，正是《情书》里邮差送信经过的街道。

不想缅怀初恋，就当是在缅怀自己的……青春吧。不过下了车，连笑才发现自己想多了。

得赶在天黑前再拍六套搭配，她连喝口水的工夫都没有，哪儿有多余的时间缅怀青春？刚拍完四套，天色已渐暗，一看乌云压境，摄影师连忙让助理查实时天气，果然一会儿有雨。

"昨儿查今天还晴天呢。"

这回不仅得赶光，还得赶晴，全组人紧赶慢赶地拍完第五套，摄影师迅速检查抢拍的那些照片，拍摄时特意又加了一块反光板，可成片依旧不显质感。

见士气低落，小助理一边给连笑补妆，一边建议："老板，一会儿要不要去居酒屋喝两杯？"

"行。"连笑咬牙，"挑家最贵的。"

"好嘞！"

连笑扭头见摄影师正忙着调光，终于得了空档，装作不经意地问："对了，早上送你去了八音盒堂之后，他们去哪儿了？"

正弯腰收拾化妆箱的小助理一愣。

抬头见连笑一副无所谓的样子，小助理憋住笑："不知道啊，方先生说不想影响我们拍摄，把我送到地方就走了。"

"哦……"连笑还以为自己那副心不在焉的样子装得挺像，还给自己关心某人的行踪找了个自认为毫无破绽的理由，"本来还想借他们的老爷车拍拍照装一下的。"

助理险些忍不住笑："要不一会儿约他们去居酒屋喝酒？"

"不不不不。"连笑赶忙摆手拒绝，"外人在的话，我怕你们放不开。"

连笑倒也没说谎。她招人，业务能力是其次，酒量那可是个顶个地好，毕竟她一不小心就会喝挂，一不小心就欠情债，团队里必须得有个千杯不醉镇场子，不然后果不堪设想。

完全可以想象万一有方迟那个大闷皮在，气氛得有多尴尬。

方先生周身散发的那种生人勿进的气场，小助理也是领教过的，也就没再尝试吹耳边风。

连笑也没工夫管这些了，山雨欲来风满楼，心心念念的酒还没喝上，避之唯恐不及的雨却先下了。

拍摄地和停车场之间还有一段距离，大雨倾盆而下，裹挟着寒意，毫不给人喘息的时间。

所有人都着急忙慌地收拾东西，连笑也没得空，帮忙提了两大袋子冒雨往停车场的方向赶。

她穿着高跟鞋，船见坂又是整段的下坡，连笑偶尔瞥见沿街店铺橱窗里倒映出的自己，就像个狼狈的鹌鹑。

幸好这狼狈的一幕没任何人瞧见。

谁说没人瞧见？

连笑被劈头盖脸地淋得路都看不清了，只顾往前冲，一辆打眼的摩根急停在她斜刺里的临时停车位中，她也没注意。

那车里不疾不徐下来一个人，她也没瞧见。

那抹身型高大的身影迎面站定在离她不到三米的地方时，她也没顾上，甚至与对方错肩而过时，也没来得及停，只顾嘴上说了声sorry，这就要绕过对方继续赶路。

直到被一把拽住胳膊。

连笑一惊，以为自己撞了人还不好好道歉，惹怒了对方，正要装个可怜，抬头却是一愣。

方迟撑着伞站在她面前。

他从头到脚，连发型都一丝不乱，连笑却刘海黏在额头，假睫毛都被冲飞一段。真是印证了那句，精心打扮无新欢，邋里邋遢遇前任。

小助理惊喜的声音自身后传来："方先生？！"

方迟的目光暂时放过了她，越过连笑的肩膀和小助理打了声招呼。连笑赶紧别过头去把刘海拨好。

方迟另一手里还攒着几柄雨伞，一一给了自连笑身后赶来的其他人。

不等连笑开口，得了方迟惠泽的这几人已经拿她做起了顺水人情。

"方先生，我们一会儿去居酒屋，一起呗。"

"连总请客。"

"对，连总请客。"

"连总太贪杯了，你得替我们看着她。"

"对对对，方先生你得替我们看着她。"

连笑窘得只想赶紧甩下这帮猪队友，冒雨也认了。

可抬眸一看伞外的雨势，又心有戚戚地收回了刚迈出的步子，看这儿看那儿，就是不看方迟。

连笑的冷淡，方迟全然无视。

团队的热情，方迟则欣然接受。

"放心，我会看着她的。"方迟说着，只是看着她。

那眼神，冷冽间分明还带着点儿……宠溺？

连笑心里一咯噔，不说话了。这顿大酒，连笑注定是放不开了。

居酒屋里，多的是一喝多就抛下矜持大声喧哗的当地人，这帮人也入乡随俗，怼起老板来，半点儿不手软。

"哟哟哟，连总装矜持。"

"连总连总，之前和我们喝酒，你可不这样呀！"

"请露出你的真面目好吗？"

连笑一一白眼过去，均被无视。

反观方迟，这人吧……无意多交流的时候，一个眼神都能让人退避三舍；有意融入集体的时候，一抹浅笑都能收买人心。

此时的他不就是这样吗？

他笑着接过众人替连笑满上的酒杯，一饮而尽："她喝醉回去折腾的还不是我？"

他说得平淡无奇，可众人不眼瞎，他卷起的衬衫下露着的半截胳膊，领口里若隐若现的颈侧，可都是道道红痕。

小助理最深谙其道，一个眼神扫过方迟身上那点儿证据，再一个眼神扫过众人。所有人都齐齐恍悟过来，方先生所谓的折腾，究竟是怎么个折腾法。

连笑被他连续替着喝了三杯，终于不干了，再给她倒酒，她绝对不再让。

可她这么想着，其他人竟都十分识相地不给她倒酒。

酒全倒进了方迟杯中，劝酒的说辞也是一套接一套：

"方先生，我们灌你也是为你好，等你喝醉了，回去也好好折腾一下咱们连总。"

"还叫什么方先生，直接改叫姐夫好吗！真不会说话……"

"来来来，姐夫，快跟我们喝一个。"

连笑还真不清楚方迟的酒量，毕竟每一次都是她先喝醉。

不过见他这么个来者不拒法，连笑估摸他的酒量应该不会差。

却不料，方迟竟喝挂了。

没了方迟这么个攻击对象，众人自相残杀一阵也觉得没意思。连笑见方迟伏在桌上一动不动，还真不知该如何处置。

毕竟她向来是醉得最早，撒手不管的那个。

如今她却成了唯一一个滴酒没沾的，自然一切得由她善后。

俩摄影师把方迟搀上车之后，各自回保姆车上蔫儿着去了。连笑则成了这最贵的免费司机，开着摩根回酒店。

向来只开自动挡的连笑，还真玩不转这古董车，半路熄火三次，每次猛地一刹车，她就忍不住赶紧去看副驾驶座上那位。

他喝醉还挺乖，闭着眼一动不动，看着……很好蹂躏的样子。

最终也是俩摄影师帮着把方迟从车里搀回酒店房间的。

连笑本想把人交给谭骁，自己也就大功告成可以撤了，岂料谭骁竟然不在。

她可没力气把他弄上二楼，喘着粗气把他往榻榻米上一撂，她自个儿也累得瘫在榻榻米上。

缓了一阵再扭头看他，依旧那副甚好蹂躏的样子。

连笑心念一动，摸过手边的化妆箱，鼓捣了好一阵，化妆品一字排开，决定恶作剧一下，以解心头之恨。

"姐夫？"连笑咬牙切齿地咀嚼这两个字眼，"你们这么喊你，挺美的啊你。"

先给他画个口红好了。

连笑拿着口红在他唇上要描不描："那摄影师比我年纪还大，还好意思喊你姐夫？你是他姐夫，我不成他姐了？我有那么老吗？"

她一边说着一边准备下手，手腕就这么被狠狠攥住。

连笑一惊，抬眸看他。

他眼睛分明还闭着，手却一直紧攥着她不放。

这到底是醉了，还是没醉？

连笑自然慌了，她试着一根一根掰开他钳在她腕上的手指。

就差最后一根手指，她就能彻底脱离。可就在那一刹那，他的手再度猛地收紧。

这回不仅再度攥住了她的手腕，甚至反向一拉，径直将她拉进自己怀中。

眼对着眼，鼻尖抵着鼻尖，胸口撞着胸口。

他在她瞳孔的闪烁中，缓缓睁开眼睛："想给我涂口红，我只接受一种方式。"

他的声音里哪有半分醉意？

连笑还沉浸在此人装醉竟能装得毫无破绽的念头里，他已稍一抬头，吻了吻她的唇。

她嘴上残存的口红，也隐隐印红了他的唇。

连笑终于听懂他刚才那句话是什么意思："耍我很好玩吗？"

她却不知该不该生气。

"我不是在耍你。"

方迟一副理所应当的模样，眼底蒙眬尽散，独剩她的剪影："我是在追你，而且……"

方迟的目光悠悠然踱到她唇上。

那欲言又止的模样，唬得连笑赶紧捂住嘴，生怕他又要变着法儿蹭她的口红。

他却一笑，并未如她所愿，只隔着这一个眼睫的距离，低声说："你没发现吗？你不打嗝了。"

连笑一愣。眨巴眨巴眼睛，她好像，真的不打嗝了……

因不可置信，她甚至缓缓放下了捂在嘴上的手。

连笑全程沉浸在震惊中，丝毫没意识到就这么又被他钻了空子，他稍一抬头，又吻了吻她。

简直是，蓄谋已久。

那一瞬间，连笑依旧还有些想打嗝的冲动，却不似从前那般压也压制不住，反而她紧张得一咽唾沫，便轻松克制住。

她哑然地张了张嘴，却无语。

连她自己都不习惯自己这么平静的反应，几乎是弹坐起来，避过他的目光。

他起身给自己倒了杯水，甚至还递了杯给她，脚步半点儿不飘，这一整晚把他扛上扛下累得够呛的连笑，俨然被此幕衬成了笑话。

彼此隔着茶几而坐，他的气势隔得远了，不再紧迫压人，连笑不免松口气，一口气就喝完了他给她倒的那杯水。

他又帮她把杯续上。

眼见他轻车熟路地做着这些，连笑终于意识到她压根不是他的对手，他看似不着力道，却全程掌握着节奏。

161

片刻前还令她喘不过气来恨不得赶紧逃出这屋子，此刻她却还能心平气和地坐在他对面。

此人大概真没拿不下的对手，只看他肯不肯用心。

她不就是其中之一？被卖了还帮数钱……

"你看，你已经渐渐接受我了。"他不再动她哪怕一根手指头，却依旧牢牢将她困于半清朗半暧昧的目光下，"这叫暴露疗法。以后我得多亲你，为了你好。"

连笑一听，笑了，终于被她逮着漏洞："屁啦！这你可唬不了我，心理医生说这叫过敏性牵连，适用的是系统脱敏疗法……"

"你还去看过心理医生？"他为表惊讶一扬眉，却似乎并不怎么意外。

此时此刻，连笑只想掌自己的嘴。以为抓着了他的漏洞，暴露的却是自己的死穴。

斗不过斗不过……

再看对面，他一副等着她剖白内心的样子，在暖色的灯光下，真让人有了几分想袒露心声的冲动。

连笑在起身走人还是留下应战之间犹豫良久，终是叹气："追我你会后悔的。"

他眉微微一皱，却不急着证明自己，只静静看她，等她继续："我看心理医生不是因为打嗝，而是……"

连笑琢磨了一下措辞。有些事情，她不想说，如今这状况，又不得不说。

"你知道我当年为什么和周子杉分手吗？"

他大概真没料到她会突然提到这个人，连笑却无暇顾及他的反应，她要强压下自己闭嘴走人的冲动，已耗尽心力。

"因为我不能……"连笑咬了咬唇，终是烦躁地抓了抓头发，豁出去了，"因为我不能啪。"

方迟的脸生生一定格，这大概是他今晚唯一不加掩饰的反应。

很真实，也真的，很意外。

可他的反应和平常人比，依旧显淡，连笑担心他没懂，又特地多了一嘴："我说我不能啪，不是因为我信什么教，不允许啪。而是我……我完全接受不了，完全排斥这档子事。"

一切和盘托出，终于浑身轻松，她甚至有心情调侃起自己来："虽然我也曾编出过我是基督徒，我把自己献给主了这种蹩脚的理由，拒绝过一两个追求者。"

以往的经验中，被她的蹩脚理由拒绝掉的男人，不外乎几种反应：要么就以为她在试探，恨不能指天发誓，向她证明他要的是爱而不是性；要么就觉得她在侮辱人的智商，对她好感全无。

方迟会是哪一种？连笑心里没底。

"所以我潜意识里一直很担心他会忍不住找别人，这种担心时刻笼罩着我和他的关系，就算他最后没找别人，我和他的关系也迟早玩完。"

男女关系迟早会走到那一步，她走不了，他迟早会换人去走。

所以其实连笑早就看开了，就算没有孙伽文，她和周子杉的最终结局也不会有所改变。

连笑该说的都说完了，可她等了等，并未等来方迟的任何一种反应。

大概他需要一点儿时间消化，连笑却不想再等了。

她昨晚一宿没睡，如今得趁着这股身心俱疲的劲儿，赶紧回房间睡个好觉。

包袱都丢给他了，她今晚铁定不会再失眠。

连笑起身："希望我们明天早上再见面时，还是朋友。"

毕竟她都如此坦白了，没随便找理由糊弄他，更是为他好。他应该会满足她不想失去他的这个愿望……吧。

朋友这个称谓多好，可以有一辈子。

她自他身边走过。

方迟没再伸手拦她，却在她与他错身那刻，开了口："你对我坦白这些，而不是像对其他人那样，用你是基督徒，你把自己献给主这种蹩脚的理由，那我可不可以认为……"他的音色和这间木质结构的房间一样，沉而稳，"起码现在，我在你心中的地位是特别的？"

连笑想了想，没回答，径直走向玄关拉开门。

怎么次次都在最关键的时候撞见谭骁？

连笑拉开门的瞬间，门外的谭骁也正要掏出卡开门。

谭骁一愣，掏卡的动作定格半秒又生生往回收，都不敢往连笑脸部以下瞄半眼，已嚯地蒙住眼。他一边嘴里念念有词："我什么都没看见，什么都没看见……"一边砰地关上连笑刚拉开的门。

谭骁的一系列举动快到连笑不仅压根来不及阻止，甚至一时之间被唬得自我怀疑起来，低头看了一眼自己完好在身的衣服，才猛地醒过神来。

"老子明明穿了衣服！你蒙什么眼啊？！"

打断她的暴怒的，是身后悄然响起的脚步声。大概方迟听见了门这边的对话，过来看看情况。

连笑转身，果然见方迟正迎面朝她走来。

她忍不住抱怨了一句："你能不能让谭骁把他那满脑子的龌龊思想洗洗干净？"说着便要重新拉开门。

谭骁应该没走远，她现在追出去还来得及抓住谭骁，证明自己的清白。

可门刚被连笑拉开一道缝，便被一股力量反方向抵住。

连笑侧眼一看，方迟伸手抵住了门。

那道门缝就这么在连笑眼前又慢慢合上，紧随着关门声而起的，是反锁的声音。

这清脆的反锁声引得连笑不解地低头，此刻搭在门锁上的修长手指，确实属于方迟。

她再抬头看向他的脸时，已经有些慌了。他逆光而来，挡了光线也迷了连笑的眼。

"我现在只想知道，你究竟进展到哪一步才会接受不了，我好有个心理准备。"

心理准备？可他都没给她心理准备，就把门给反锁了。

她这么想着的时候，他低头吻吻她，还不是没给她任何心理准备？

等她想起要拒绝这个吻时，他已离了她的唇，抬眸看她："看来这个你是OK的。"

连笑刚要回答，他又轻轻将她鬓发拨至耳后，毫无征兆地吻她的耳垂。

那一刻简直有电流自她耳侧顷刻蔓延四肢百骸，连笑赶紧捂住耳朵。

看他得意转场，连笑意识到自己又慢了他半拍，几乎气绝。

攫住她四肢百骸的电流感却还未消散，她只能死死捂住耳朵，大气不敢喘。

"看来这个你也不是不能接受。"他几乎是在她耳边呵出这句话。

连笑死捂在耳朵上的手背感受着他说话时的温度，不能反驳，因为不敢松懈。

直到这时，她终于追上他的节奏，抵住他的肩："不行……"

他抬眸看她，一向居高临下的他换了这么个角度再看，连笑太阳穴突然地一跳。

"不试试你怎么知道不行？"

他的一字一句，清浅，却掷地有声，仿佛有摄人心魄的力量。

他把她抵在他肩头的手拿开，她却慌不择路，下一秒又握着拳头抵回来。

他一笑，温润的气息呵在她动脉处，令她心跳一滞。

"连笑，承认吧，其实你并不排斥我。"

她咬紧牙齿。

"我不知道你是怎么发现这毛病的，但说不定，你这毛病压根没你想的那么严重。"

她摇头不认。

"到你实在不能接受的时候，我允许你推开我。"

他再次拿开她抵在他肩上的拳头。

这一次，连笑只稍稍抗争了一下，便随他去了。只是依旧紧咬着牙齿，拳头紧握得不像话。

信任是个好东西，是他这段时间以来一点一滴累积而成的。

说出此话的那一刻，其实方迟也不确定，自己会不会辜负她对他的信任，等她真的受不了要推开他的那一刻，他究竟收不收得住。

这件背后系带的针织衫，是她今年"双11"要上的新品。方迟还记得，不久前在居酒屋里，她还在对着众人吹嘘她文案里用的"软糯"二字，如何如何精准地描述了这件新品的手感。

如今，方迟又想到了这个词。

软糯……针织衫的质感着实软糯。只是再软糯，也软糯不过系带被一点儿一点儿解开，指尖偶然划过皮肤时的触感……

那才是真正的软糯。

教人如何能停下？方迟指尖微凉，碰到她的腰时，她明显抖了一下。

能让一个女人在自己手底下细碎地发抖，竟能让他那一向自诩无坚不摧的自制力瞬间溃不成军。方迟眸光一暗，在自己即将被快要按捺不住的冲动淹没时，缓慢而僵硬地重新站直。

他恢复身高上的优势，居高临下看她："我后悔了。"

他的声音竟有一丝哑，连笑仰头正对上他不知何时阴郁一片的眸。因他的话，她内心刚生出一丝恐慌，他的手心已猛地托起她的背，迫使她迎向他，紧贴。

她能感觉到他的僵硬。

所以他在后悔什么？后悔承诺了她，她随时可以推开他？

连笑下意识地要往后躲，身后却是门，退无可退。而面前的他，甚至比她身后那道门更加难以撼动。她只勉强在彼此间拉开微毫的距离，又被他一手带回怀中。

他离她那么近，那一瞬，连笑几乎以为他就要在这儿，当场把她就地正法了。下一瞬，他却唇抵耳畔，用更低沉的嗓音，如大提琴的琴弓，在弦上厮磨："你现在推开我还来得及……"

天知道他有多想背弃自己之前的承诺，就在此时，此地，当场办了她。

趁他还有最后一点儿自制力强撑。

连笑被他带得呼吸都有些不稳，她有些不确定地推他的肩膀，可他看似只是轻松地站在那儿，却那么沉。

她推开他的力道不由得又重了几分，可这一切落到他身上，简直是越慢条斯理越磨人，他再忍无可忍，一把攥紧她的手腕。

"你再不推开我可就没机会了……"他咬牙切齿地看她，语气几乎是警告了。

连笑手腕被他攥得发疼，内心深处某些灰色地带的记忆如乌云压境，一点儿一点儿向她袭来，眼前的他却先行一步俯身而来，狂乱地吻住她。

仿佛两股势力对冲，连笑顷刻间被灭顶，连她自己都不知道自己突然哪儿来那么大的力气，等她自己清醒过来时，方迟已被她狠狠推倒在地。

玄关的饰物柜上，插着造型雅致的樱花的花瓶，被顺手带倒。

砰的一声，一切尘埃落定。

连笑如濒死的鱼一般，呼吸时胸腔剧烈起伏，半晌才缓过来。

此时，被推倒在地的方迟随意地坐在榻榻米上，拇指划过被咬破的嘴唇，抹去血迹，换上一抹无奈的笑。

终于，如他所愿，她推开了他。只是这过程有点儿出乎他意料地激烈。

连笑也很快意识到自己反应有些过激了。她下意识地上前要扶起他，却又在碰到他胳膊的前一刻蓦地一停，缩回手去。

见她那畏畏缩缩的样子，方迟一笑："放心，我现在应该没办法对你怎么样了。"说着举起自己撑在榻榻米上的那只手，手心被花瓶碎片划了一道。

连笑干杵在原地半天，才急匆匆绕过他和一地狼藉，用座机打电话给前台，想让服务生送止血用品过来。

然而和前台鸡同鸭讲了半天，连笑舌头打结都快觉得自己不会说英语了，电话那头的前台依旧满嘴："Pardon？Pardon？"非逼她再重复一遍。

连笑着急上火地在座机前来回踱步，忍不住骂了句，听筒便被人顺手接了过去。

连笑扭头一看，方迟就这么站在她身侧，言简意赅地用日语交代了几句，挂机，随意地往茶几上一坐，借着此处稍亮一些的光，检查自己手心的伤口里还有没有花瓶碎片，头也不抬地说："以后你就把哈哈哈那个外号让给我家猫吧，我给你取个新外号。"

他整个人看起来，还挺惬意，仿佛之前发生的一切只是连笑神经紧绷产生的幻觉，甚至他说话的语气也恢复了慵懒："浩克。"

连笑一皱眉，浩克？绿巨……人？

绿巨人的形象顿时在脑内形成，连笑都忘了问他怎么知道她外号叫哈哈哈。

方迟检查完了伤口，抬眸看她。

他越发觉得这新外号适合她："一旦预感到危险就会大变身，这点多像你。"

连笑忍不住翻了个白眼。

她想了想，也矮身坐在了茶几上。之前订这家酒店就是看中这儿仿明治时期的建筑和装修风格，如今却甚是嫌弃房间里连个沙发都没有。

彼此均坐在茶几上，中间隔一道安全距离，连笑终是没忍住问："你怎么一点儿都不生气？"

"大概因为……"方迟想了想，再看她时，目光真挚到连笑都有些不忍直视，气氛却随着他的后半段话瞬间急转直下，"……贪图你的美色。"

连笑终于被他逗笑了。

门铃声突然响起，打断了连笑的笑。应该是服务生送医药箱来了，连笑正要起身，却被方迟伸手按住肩。

方迟用眼神稍稍示意了一下她身上，便起身而去替她应门。

连笑后知后觉地低头瞧一眼自己，衣衫不整……半个肩都露在外边，肩带也不知是什么时候滑落的。

若不是自己之前突然变身浩克，大概……已经……

连笑赶忙摇摇头，将某些旖旎的画面抛诸脑后，收拾好自己这一身的不整衣衫，起身跟上。

此时的方迟已站在门边，刚要接过服务生手中的医药箱，却在无意瞥向隔壁03A的房门时，稍稍一怔。

令他回神的则是自他身后传来的由远及近的脚步声。

方迟很快收回目光恢复常态，扭过头去，果然见连笑向他走来。

连笑很快来到门边，替方迟接过服务生手中的医药箱。

她正要对服务生致谢，随手关门，余光却瞥见走廊不远处似乎有个身影，她刚要顺带着再看一眼，却听耳边传来嘶的一声倒抽凉气的声音。

连笑循着这声音看去，只见方迟正低头看着自己掌心的伤口，眉心吃痛地皱着。

大概他刚才开门时不小心又划到了伤口。

连笑再也管不了其他，问了方迟一句"没事吧"，方迟已顺手关上门，将刚走到隔壁03A房门外的周子杉的身影，彻底被隔绝在外。

连笑重新坐在茶几上，帮方迟处理伤口时，周子杉失力地跌坐在03A的房门外。

周子杉是真的喝多了。

他其实今天也去了船见坂，甚至早在廖一晗邀他加入这次晗一的高层团建时，在知道这次的目的地是连笑钦点的北海道时，他就想多了。

他以为她还记得《情书》里，邮差送信必经的那截长坡。

那部片子还是他和她一起看的，翘了一节课，趁他爸妈还没回家时，回他家看的。

周子杉还记得，当时看到一半，他妈突然提前回家，吓得连笑躲进衣柜里，大气都不敢出。

这导致即便时隔多年，他再看到这部电影，能想起的，除了北海道的皑皑白雪，船见坂的长坡单车，就只剩下那个衣柜逼仄的一角，她躲在里头，他站在外头。他的窃笑，她的羞赧。

可惜周子杉到船见坂不久就下起了雨，他随便进了家沿街的店铺躲雨。那家店里卖的，都是和《情书》有关的纪念品。

小镇的惬意，如过往的恋情，均令人心生念想。

他随手拿起那个和电影中一模一样的信封时，正见一抹熟悉的身影从窗外狂奔而过。甚至他追出去时，她都还没跑远。

他喊了声她的名字，她几乎立刻就停下了脚步。

周子杉还以为她听见了他的声音。

原来，她是被那个横亘在她道路前方的撑着伞的身影逼停。

周子杉就这么晚了一步，看着曾经属于他的那个人，和别人一道撑伞离开。

而他自己，只能在属于他和她的回忆里的船见坂的坡道上，独自一人，被雨淋个通透。

此时此刻，满身酒气的周子杉按响了03A的门铃。等了许久也无人应门，他终是失去重心，沿墙滑落在地，手中攥着的信封也掉在地上。

那是他在船见坂买的信封。

藤井树给藤井树的信里写了什么，周子杉早已印象模糊。于他，最深刻的，只有那个躲在衣柜里大气不敢喘的女生。

而他给她写的信里，只有几个字——重新开始好不好？

借着醉意想要不顾一切一次却惨吃闭门羹的周子杉，未曾想到，当年躲在衣柜里的女生，此刻正坐在04A茶室的茶几上，用碘酒棉签给她身旁这个男人的手心消毒。

碘酒涂得有些多，顺着他掌心的纹路要往他手腕上流，连笑见茶几上的纸巾盒已经用空，赶紧伸手就要帮他摘下腕上的那只手表。

他手上这块江诗丹顿的表带万一被碘酒染了色，她可不赔。

方迟眉目一凛，就要缩手，手心的伤口正撞在连笑的指甲上，方迟当即倒抽口凉气，这回是真疼了。也因此未能阻止她把他的手表摘下来，并用他的衣角去擦表带内侧刚染上的碘酒。

"幸好幸好……"连笑一边感叹着，一边把手表还给他，却在这时一愣。

方迟虽以最快速度由原本的手心朝上改而手背朝上，连笑依旧依稀看见了他手腕上的那几道伤痕。

他却跟没事人似的接过手表，重新戴上，阻断了连笑的视线。

他也丝毫不避她的目光，见她凝视自己，有些不解地反问："怎么了？"

这人淡定到连笑下意识地以为自己看错了，若有所思地摇摇头："……没什么。"

只是再往他手心上贴创可贴时，目光总忍不住往他重新系上的表带那儿瞅。

可最终也没瞅出什么究竟来，她只能暗暗收回目光，整理好医药箱："那我就先回去了。我得验收下今天拍的照片。"

摄影师会把今天拍好的照片简单调光，发给她筛选，再发回国内给美工精修。

可连笑刚起身就被他喊停："再陪我坐一会儿。"

她扭头看他，微微皱着眉，似乎在等他给她一个留下的理由。

"我把谭骁叫回来，你不是要和他说清楚吗？免得他明天又把咱俩做的事添油加醋一番，到处乱传。"

方迟边说边摸出手机，发了条微信给谭骁。

连笑也觉得他说得甚有道理。谭骁那个大嘴巴，她真恨不得把它缝上。

她便又坐回来等。

不一会儿，连笑就听见他的手机振了，赶紧问："谭骁回你了？"

方迟却迅速看完了自己刚收到的那条微信，删掉聊天记录，手机揣回兜里："还没。是条垃圾短信。"

被方迟称为"垃圾短信"的，正是谭骁的回复："没问题，包在我身上。"

而片刻前方迟发给谭骁的微信，则并非催谭骁回来，而是："周子杉在03A门口，想办法把他弄走。"

谭骁办正事拖拉，干坏事却最积极，没一会儿就撇下在水吧刚勾搭上的日本软妹，回来了。

果然见03A门外，周子杉曲着一条腿沿墙根而坐。

周子杉其人，耷拉着脑袋，不见表情。谭骁也审时度势，迅速装起一副惆怅的模样走近。越挨得近，越能闻见周子杉浑身散发的酒气。

他没打招呼，只深深地叹口气，径直坐在了周子杉身旁，却全然无视了周子杉。

周子杉慢悠悠地抬起头来，还不是太醉，眯着眼看了会儿谭骁便认出对方，却记不全名字，半天只想到一个姓："谭……"

"谭骁。"谭骁自报家门道。

周子杉记得这谭先生是和方迟一起入住的，可如今四下一看，走廊上就他俩，再无第三人："你怎么……"

谭骁惆怅地抬抬下巴，点了点隔壁04A的门："我哥们儿和女朋友在房里欢乐呢，我只能出来晾一晾。"

哥们儿？周子杉想了想，很快明白指的是谁。

至于女朋友，周子杉顿时脸色惨白，不敢往下想了。

"周先生，你这是……"谭骁将周子杉上下打量一番，又看看他身后门上写着的03A，全然一副不知不解的样子，"走错房间了？"

周子杉稍愣，他苦笑，喃喃重复起谭骁的话来："对，走错房间了……"

说着就要起身，却脚下一踉跄差点儿摔倒。

谭骁也没打算伸手扶他，任由他挨着墙站稳了，才慢条斯理地跟着站了起来："要不要喝两杯去？咱俩孤家寡人，也算有个伴。"

谭骁这头一回说真话，周子杉反倒不信了："谭先生，我这两天在酒店里碰见过你几次，你可是次次都有不同的女士相伴。"

这也能算孤家寡人？

"我那是伤心之下，必须找点儿事做，调剂调剂心情。你知道我为谁来的吗？可惜，我又一次被她拒绝了。她这回拒绝得比之前任何一次都狠，直接给我亮了她的订婚钻戒……"

谭骁说这话时的表情，假作真时真亦假。周子杉也没心情细究，摆摆手："走吧，喝两杯去。"

谭骁、周子杉二人相伴离去时，隔壁04A中的连笑，还在百无聊赖地等着谭大忽悠回来。

连笑为了缓解二人独处的尴尬，游戏都打两盘了，输得底儿掉。方迟也没打搅她，端着笔记本电脑，正批注着今天刚收到的C轮商业计划。

连笑在游戏里再度被灭，愤愤地把手机一丢，挂机不玩了，扭头见他端着电脑，时而低头沉思，时而指尖飞快地打字，有点儿不敢打搅。她正要收回目光，他却将将抬头，正与她四目相对。

如今一被他的目光捕捉，她就心尖一紧是怎么回事？连笑作势一咳："谭大少还没回复？"

方迟耸耸肩，他瞄一眼被她丢到一边的手机："怎么？等得无聊了？"

连笑说不上来，也不是无聊，就是有些……闷。

想当初她一天到晚没事就跑他家里去蹭吃蹭喝，她也没觉得闷，能把他家当自己家，半点儿不见外。可如今，他敲键盘的声音，他喝水的声音，甚至他的呼吸声，都能引得她走神去听，难怪游戏总输。

闷。

"你会不会玩《王者荣耀》？"连笑打岔道，将自己的手机屏幕举到他面前，她的角色即将复活，似乎是想让他接手。

方迟却耸耸肩表示爱莫能助。

"这你都不会玩，还是不是现代人？"

"我只是嫌这游戏低幼。"

连笑刚要反驳，她的游戏角色正巧复活，她赶紧低头忙活起来。然而不出五秒，她又惨叫着把手机摔到了一旁，她这队输了，游戏结束。

输得如此难看，关键还被人讽刺低幼，连笑这回是彻底坐不住了，起身站定在方迟面前，伸手讨要他的手机："我来给谭骁打电话。"

方迟犹豫了一下，还是掏出手机拨通谭骁的号码，特意开了语音递给她。

连笑拿着手机来回踱步，电话通了。

方迟低着头看着电脑屏幕，看似全心全意地低头处理计划书，却将连笑的声音一字不落地接收了："你在哪儿呢？什么时候回来？"

那边有些嘈杂，谭骁的声音倒是很清楚，他几乎是在嚷："请关爱我这个失恋人士，别逼我回去看你俩撒狗粮好吗！"

连笑刚质疑了一句："什么跟什么啊？"去电就被谭骁无情地挂了。

连笑听着听筒里传来的忙音，一时没反应过来，方迟嘴角不经意一勾，又隐去，从她手中拿回自己的手机："谭骁估计喝多了。"

连笑点点头，深表大有可能。

方迟正要把手机揣回，手机却一振。是条微信，来自刚挂了他电话的谭骁。

"谭骁发来的？"连笑问。

方迟点开微信，正要摇头否认，却在看清谭骁发来的照片后，不动声色地敛了表情，二度将手机给了连笑："看来他真的喝多了。"

连笑一看照片，顿感辣眼睛。

谭骁所在地应该就是传说中的日式GTV，照片中的谭骁，左拥右抱着两个学生妹打扮的卖酒女，好不快活。

连笑手一抖正要把手机屏幕关了，脸却一僵。

照片上的昏暗一角，周子杉半醉半醒的样子恰在这时映入她的眼帘。

周子杉身边还黏着个身材凹凸有致的年轻女人，周子杉那半仰的身姿，教人辨不清被拍下的那一瞬间，他究竟是在躲还是在迎。

隔日中午，睡到日上三竿才醒的连笑被廖一晗告知，周子杉乘一早的航班回国了。

连笑听到这个消息时，正刷着牙，她随口"哦"了一句，表示自己听见了。

"连笑，你对他就真的……"

廖一晗欲言又止的声音转瞬便被连笑电动牙刷的嗡声淹没，连笑也就顺水推舟，彻底装作没听见。

为期一周的北海道之行结束，一切仿佛又回到了正轨。

谭骁还是那个谭骁，回程的飞机上，只有他要到了全航班最美空姐的电话，下机那刻正式开撩。

廖一晗还是那个廖一晗，一边顾及着连笑的心情，坐在连笑旁座一副懒得去管陈璋的模样，一边又总忍不住偷瞄斜刺里的陈璋，看陈璋有没有多看那最美空姐半眼。

方迟还是那个方迟，航班全程对着笔记本电脑，为落下了一周的工作赶着进度。最美空姐二度前来要往他杯里加水，他头也不抬，摆手拒掉。

头等舱的另外一位男客人酒杯也空了，按了呼叫铃，来加酒的却不是之前那位空姐。

廖一晗全程围观，掩嘴憋笑。

连笑看一眼廖一晗面前正播放着电影的屏幕，还以为是什么有趣剧情把她逗笑："你看的哪一部？这么搞笑？"

连笑选的电影实在乏善可陈，看得直打瞌睡，正寻思着换一部。

廖一晗却遥遥一指刚给客人倒完酒准备离开的空姐："这可比电影精彩。"

连笑也看了眼，可惜没看出任何门道。

廖一晗幽幽指点道："咱们舱负责倒酒水的，是刚才我指给你看的这个空姐。但你没发现吗？每次为你们家方迟服务的，都不是这位指定的空姐，而是最漂亮的那个。"

显然连笑放错了重点，当即一皱眉："什么叫'你们家方迟'？"

"你助理可全都告诉我了。也怪我没弄清楚形势，一心担心你会孤独终老，想再撮合你和周子杉一回，没想到你竟然自己开了窍。也好也好，我终于不用担心你没人陪了。"

连笑沉着张脸，不说话了。

有谭骁这么个传话精还不够，她那可爱单纯的小助理怎么也走上了八卦这条不归路？

廖一晗见她丝毫不担心，甚至还优哉游哉地换了部电影继续看，不由得曲肘撞她："你们家方迟被大美女惦记上了，你怎么一点儿都不紧张？"

可连笑分明记得，最美空姐给了谭骁电话号码，谭骁还美滋滋地隔空对着她这边炫耀了一番："她的目标明明是谭骁吧。"

廖一晗却很笃定："不信你试试去按方迟座位上的呼叫铃，看那个最美空姐会不会特意跑来为方迟服务。"

连笑将信将疑，悄然回头，顺着座位间的缝隙朝方迟的方向瞄。

廖一晗却已经替连笑解开了安全带，推她起身。不等连笑反应，廖一晗已扬声一招呼："方先生，连笑找你。"

方迟就坐在她们斜后方，自然听见了，停了手头的工作，等连笑过去找他。

连笑瞪了廖一晗一眼。

其实她大可以对方迟说句"没事"重新坐下的，可……她其实也有点儿好奇，他的魅力能大到一言不发就会有女人想倒贴？

她走向方迟的座位时，已想好了蹩脚的说辞："我有点儿晕机，你是不是有止晕药？"

"晕机？"他一皱眉，飞行都快过半了，她在这时候突然晕机？

连笑也不管这其中有多错漏百出，她只需走到方迟座位边，假装犯晕，抬手撑住机顶时顺便按下呼叫铃不就行了？

反正他肯定会说自己没有止晕药，她到时候只需要两袖清风地回到自己座位上去即可，就这么神不知鬼不觉地完成任务。

连笑是这么想，也是这么做的。

可当她假装犯晕，抬手撑住机顶，成功按下呼叫铃时，飞机却一阵颠簸，她身体一晃，就这么跌坐在了方迟身上。

这么重重地一跌，连笑都能听见方迟藏在嗓子眼里的一声闷哼。

连笑一愣，她赶紧试图站起，飞机却又是一颠。连笑就这么还未起身，又摔坐回去。

这回方迟有准备了，直接环搂住她的腰。

坐在方迟旁座的谭骁，默默扭头看向窗外，低着声咬牙切齿："请……停止……你们的……虐狗行为……"

果然如廖一晗所说，方迟呼叫铃一响，赶来服务的真的是那最美空姐。

只不过那空姐满心欢喜前来，却见方迟身上莫名多出了这么个女人。空姐远远地站定片刻，才继续走上前来，只是嘴角那抹训练有素的微笑，多少有些僵。

"请问有什么能为您服务？"

"我女朋友有些晕机，有没有止晕药？"方迟回道。

空姐嘴角微微一僵，但很快又恢复笑意，道了句："请稍等，一会儿为您送来。"迤迤然扭头走了。

这回飞机终于不颠簸了，连笑赶紧站起来，居高临下地睨他："谁是你女朋友？"

"你特意按我的铃把她叫来，不就是为了让我这么说？"

连笑面色一定："我……"

我按你的铃只是为了证实廖一晗猜得准不准而已，谁让你瞎给我扣女朋友这顶帽子的……

话到嘴边，却在他瓮中捉鳖的目光以及好整以暇的微笑夹攻之下，不得不生生咽下。

连笑清了清嗓，灰头土脸地回到自己座位上，扣好安全带，扭头垂向一边，死也想不明白，自己究竟哪里露了破绽。

还没思考出个所以然来，空姐已将晕机药送至连笑处，只不过来者已然不是刚才那位最美空姐。

不仅如此，至整个行程结束时，那位最美空姐都没再出现过。下了机，所有人都跟商量好了似的，一出关，连笑身旁就剩方迟一人，其他人都十分默契地没了踪影，甚至把车都开走了。

方迟的车存在停车场，她本可以搭他的车一起回家，岂料他说："正好，和我一起去齐楚那儿接哈哈哈。"

连笑刚抱着长老坐进副驾驶座，听他这么一说，她立马又想下车了。

她是很想见哈哈哈，想必长老也是。可她并不想见齐楚。

谭骁是明明白白告诉过她的，齐楚那姑娘对方迟有那么点儿意思，方迟却丝毫没察觉。

若要说方迟丝毫没察觉，连笑是半点儿不信的。方迟那种人精，一个女人对他有没有意思，他靠嗅都能嗅出来。

方迟铁定是假装没察觉到齐楚对他的好感，知而不宣而已。至于他为什么要这么做，只有他自己知道了。

如果换作平常人，连笑肯定要觉得他把齐楚当备胎了。可养备胎这种事，以方迟的个性，应该很不屑于这么做才是……

连笑就这么脑子一团糨糊地坐在车里，一言不发。方迟透过后视镜看了她几次，她都没发现。

直到他开口，才成功将她唤回："是不是有点儿紧张？"

"啊？"连笑转头看他。

这张禁欲的脸，看着哪像有半点儿养备胎的嗜好……

这个念头刚从连笑脑中闪过，方迟已无奈笑道："你不是因为齐楚放弃晗一而转投我旗下的直播平台，给监管部门写了不下二十封投诉信投诉我平台直播违规？"

连笑当即一愣，足足静止了五秒。

"胡说八道些什么！"连笑断然否认。

见她那孬毛样，方迟失笑抚了抚额头，就没再说下去，只专心开车。

他是缄默不语了，连笑却手心隐隐开始冒汗，怀中的长老忍不住舔了舔她的手心，舌尖上的倒刺刮得连笑又生生警醒过来。

她偷瞄他，他毫无异状。

这种既好奇又紧张，既想死不承认又想套出点儿话的滋味，着实不好受。终于在各番权衡后，连笑败下阵来："你怎么知道写投诉信的是我？"

她之前向监管部门投诉时，用的可是某中年女子的身份，号称自己未成年的儿子沉迷于看直播，而主播们在直播时抽烟、衣着暴露等行为，严重影响了她儿子的身心健康成长。

后来因为她投诉了太多次，直播平台的客服都找上了她，求她放过。

连笑则始终贯彻着自己的难缠中年女子形象，联系她的客服接连换了几拨人，依旧没能拿下她。

最后换上的那个客服倒是挺厉害，开始打温情牌，关心起她的饮食起居不说，甚至关心起她那个莫须有的儿子来。

连笑只能硬着头皮往下编，说自己儿子出生没多久就没了爹……

长老确实是出生没多久就没了爹，她自己一个人把儿子拉扯长大……

可不是吗，长老不就是被她一个人拉扯长大的？

孤儿寡母的难处谁能懂？她一个单亲妈妈为了这个家，欠了一屁股债不说，儿子还丝毫不让她省心，一天到晚偷她的钱去打赏那些主播……

她房贷确实没还完，可不是欠银行一屁股债？偏偏儿子还长得丑，连个女朋友都没有……

她编这话时可没想到，没过多久长老不仅有了女朋友，连孩子也顺带有了。

对方客服就这么你来我往地和她邮件往来了很久，突然有一天，对方声称已经根据她的IP地址查到了她儿子在直播软件上的账号，会对她儿子进行封号处理。

她得到此番回复时，本想继续发难，却遭对方一招致命："这个处理结果您还满意吗？连太太。"她和客服沟通时用的是新注册的邮箱小号，没有半点儿个人信息，IP地址也披了马甲，明明万无一失，怎么就能查到她姓连了？

连笑彻底尿了，至此再无后续。

而此时此刻，方迟面对她一张惊疑的脸，但笑不语。

连笑却坐不住了，掏出手机，好不容易才找到她当时和客服沟通时用的邮箱小号，登录，翻出那封她一直未回复的邮件。

"这个处理结果您还满意吗？连太太。"

连笑看一眼邮件，看一眼方迟。

再看一眼邮件，再看一眼方迟。

终于硬着头皮在回复栏随便打了几个字，点击发送。

一秒过后，连笑耳边传来叮的一声。

那是方迟的手机响起的接收邮件的提示音。他的手机此刻正连着车载屏，车载屏清清楚楚地横亘着一条提示——您有一封来自小骗子的邮件。

小骗子……三个字，字字戳心，连笑侧身扭头，紧缩于车门一角，目前只想跳车。

方迟却一脸泰然自若，伸手把邮件滑成忽略，把车载屏切回到导航画面，继续开车。直到方迟的车驶进了齐楚所住的小区，连笑才勉强从此番重大打击中回过神来。

这是栋青年公寓，小区环境、地理位置俱佳，租价卖价都不低，看来小姑娘挣得不少。

方迟停车时给齐楚打了电话，挂了之后对连笑说："她今天去上外语课了，正在赶回来的路上，让我们等几分钟。"

连笑把长老放进后座的猫包，留好天窗方便长老透气，跟着下了车。

齐楚本身是ABC，英语就相当于母语，看来这是又去学了第二外语。连笑反观自己，从小到大一向秉承及格线飘过，得过且过的人生哲理，旁边已经站了一学霸，不一会儿又远远迎来一学霸，哪能没有半点儿心理负担？

连笑就这么和方迟站在楼道外的门禁处等了一会儿，看见齐楚从出租车上下来，快步走向这边。齐楚看见方迟的那一刻，眉眼间的喜悦有多明显，在转瞬看见方迟身边的连笑的那一刻，眼神间的陡然一暗就有多昭然。

看着齐楚脸上这番变化，连笑脑袋不动，只斜眼过去看了看身旁的方迟。

一小时前的最美空姐，一小时后的最美主播，此人在此等险象环生，美女夹击的氛围下，究竟是如何独善其身至今的？

论样貌，连笑虽觉得自己也挺美，但不得不承认，爱喝酒、爱熬夜这两点实在毁脸，她又已经二十七岁，单论脸蛋，她既拼不过之前那位一身志在必得的空姐，也拼不过如今这位满脸胶原蛋白的齐楚。

论才华，连笑也不是故意看轻自己，才华这个词对她来说，是不存在的。

当年她的那些小聪明和好眼光，若不是经由执行力超群的廖一晗发扬光大，一切都是白搭。

思来想去，她唯一拼得过这些莺莺燕燕的，大概就剩下她比较有钱这一点了。

等等……她怎么突然拿自己和这些人比起高低来了？连笑脑子顿时卡壳。

齐楚也在这时来到了他们面前："等很久了吧？"说着便刷开门禁，领二人进楼。

齐楚似乎没认出连笑。她们之前只正式见过一面，齐楚最终也没能签给晗一，二人本该再无交集的，哪承想，如今因为一个男人，又见了面。

连笑也就没攀亲，一路进了电梯来到齐楚的公寓。

开门的那一刻，齐楚还在和方迟汇报："我今早出门的时候它还在我怀里撒娇不让我走……"

方迟微微一笑作为回应。

这待遇，比之前那空姐可高多了，连笑忍不住在心底碎碎念。

至于他究竟是被哈哈哈的行为逗笑，还是被眼前这小姑娘逗笑，连笑在一旁看着，就不得而知了。

也没有多余的时间容连笑多观察，房门打开的那一刻，方迟的笑意瞬间敛去。

放眼望去，屋子里乱得不行，哈哈哈的玩具被刨得细碎不堪，哈哈哈也不在窝里，连笑慌忙放眼一扫，才在门边那盒被撕咬得不成样子的快递纸箱一角，发现了正难受得直蹭的哈哈哈。

方迟紧锁着眉进屋，长腿三两步跨过去便矮身蹲在了哈哈哈跟前："它破水了。"

连笑养的都是公猫，可没这经验："是不是要生了？"

"赶……赶紧送医院！"连笑慌忙脱了外套，快步过去准备把哈哈哈用外套裹着抱走。

可还没碰着哈哈哈，外套就被人一把夺了扔到一旁。

连笑还没反应过来，扔了她外套的齐楚已经从柜子里捧出一个纸箱，对连笑说了句："让让。"

连笑也没来得及让开，齐楚已霍地将纸箱往连笑站的地方一放，连笑被砸了下鞋尖，下意识往后退了一步，空出的位置刚够齐楚蹲下。

"去医院来不及了。"齐楚将接生用品一一自纸箱内取出，"我给流浪猫接生过，东西都齐全，交给我吧。"

纸箱里果然应有尽有：纸垫、酒精、碘附、粗棉线、专用剪刀……

齐楚将棉线剪开，和剪刀一起浸泡在酒精内消毒备用。方迟则负责铺开纸垫，把哈哈哈放上去。连笑唯一能做的，只是站在那儿，看他俩忙。

直到三只小布偶顺利出生，直到齐楚顾不上擦掉手上的血迹，已先行兴奋地给了方迟一个大大的拥抱……

自己就这么成了局外人，这滋味之于连笑，并不好受。

此情此景在前，连笑突然想起很久之前看过的某条社会新闻，孙子刚出生，产房外的奶奶和外婆就为了谁能第一个抱孙子大打出手。之前觉得新闻简直滑稽，如今却隐隐体会到，争不到这个所谓的第一，真的是会让人抓心挠肝地不舒服。

关键是，齐楚左手拥抱方迟，右手托着小奶猫，两边全占了，连笑内心叫嚣着：起码分只小奶猫给我撸撸啊！

可转念一想，自己确实在接生全程中半点儿忙都没帮上，哪儿来的立场宣誓主权？

连笑正犹豫着到底要不要开口，忽听方迟低着嗓子咳了一声，连笑再抬眼看时，齐楚已因方迟这声意有所指的咳嗽声，放开了方迟，赶紧退后一步："不好意思，我太开心了……"

齐楚说这话时才看见方迟身上那件开衫被她手上的血浸染了一片，赶紧抽了纸巾帮他擦，方迟接过纸巾，却避开了齐楚的手："没事，我自己来。"

方迟用纸巾擦了擦手，随后脱下开衫，径直铺进纸箱里。如此柔软的羊绒开衫铺在纸箱里，再把穿着尿不湿的哈哈哈和三只小奶猫抱进去，一家齐活。

方迟用指尖小心翼翼地拨了拨那软乎乎的猫爪："连笑，你过来。"

声音沉沉，颇有些划分势力范围的味道。

终于等到他这句话，连笑顿时跟有了主的狗子似的，屁颠屁颠地凑过去。

轮也该轮到她撸猫了……可她的手还未碰到纸箱边缘，肩头便是

183

一沉。

抬头一看，原来是方迟捡起了她那件被齐楚扔在地上的外套，重新披在了她肩上。

方迟知道她眼神里陡生的不满是几个意思，不就是嫌他妨碍她撸猫了吗？他却视而不见，只顺手帮她理了理外套的衣领："回家再撸吧，别打搅人家齐小姐了。"

他一边再自然不过地理着连笑的衣领，一边当着齐楚的面吩咐连笑道："你一会儿叫个家政上门，帮齐小姐打扫下屋子。"

连笑就不懂了，他要帮齐楚打扫屋子，凭什么让她花钱？脸上自然不乐意。

齐楚就在一旁，连笑是什么反应，齐楚自然尽收眼底。相比连笑紧着钱的那副嘴脸，齐楚无奈地笑笑，显得知情识趣多了："没关系的，我自己打扫就好了。"

方迟没接齐楚的话茬，依旧继续着与连笑的对谈："你孙子出生，把人家的家弄这么乱，你说你该不该……"

这人表面上像在教训她，可仔细一品，他这么个教训法，分明是把她当成了不懂事的小娇妻……

连笑当即被这个念头恶寒到了，赶紧出声让他打住："该该该！"

说着已摸出手机点开她常用的那家家政的App，并很快把自己的手机递给齐楚，示意齐楚在家政上门的地址栏内输入地址。

方迟见连笑乖乖就范，转身小心翼翼地抱起纸箱，对齐楚说了句："不好意思，给你添麻烦了。"这就要告辞。

连笑分明看见齐楚正输入着地址的手，生生一僵。

见齐楚又不动声色地恢复了手速，连笑的目光不由得一抬，偷瞄方迟一眼。方迟就跟没事人似的，抱着纸箱走了。

这可真是给连笑好好上了一课。

果然人精是不能光看表面的。就好比齐楚，表面上守礼守矩，实际上以退为进。更好比方迟，让她叫家政公司，表面上是在教她做人，实际上却是在展现和她关系匪浅；表面上对齐楚礼数周全，实际上却是借着客气之名，将她拒于千里之外……

相比之下，连笑陡然觉得自己简直又蠢又坏。她更不禁怀疑起来，方迟究竟看上了她什么？

坐在回程的车里，连笑又一次忍不住偷瞄方迟。

此刻的方迟似乎也在走神，不知想到了什么，甚至眉心微微一蹙。

"嘿，想什么呢？"连笑忍不住打断他。

方迟被问得一怔，却又很快一笑，透过后视镜看她："你不是一路都在走神吗？什么时候观察起我来了？"

连笑心下暗暗一惊，一扭脖子摆出强词夺理的架势："我先问你的，你先说。"这方面她还是挺鸡贼的。

"我在想……"方迟又透过后视镜看她一眼，似乎在权衡该不该说实话。

连笑抱起双臂等后续。

"你究竟什么时候能为我吃一次醋？"他甚至，苦笑了一下。

连笑心下一慌，这又是哪一招？装可怜？

他却很快敛了笑，继续开车。真是搅乱一池春水，却又拂袖而去。

连笑咬着唇，帕拉梅拉车厢内如此宽敞，她的目光却已然不知能往哪儿看。

兜了这么大一圈，就是为了看她会不会吃醋？

连笑心里骂了句心机男，脑海中浮现的却是齐楚笑容灿烂地抱住他的画面。

现在回想起来，她那时心里咯噔一下，大概……是有那么一点点吃醋的吧……

"双11"临近，连笑前所未有地忙碌起来。

这次她不仅要负责Double L的店铺上新，还要负责和容悦合作的美

185

妆版块。去年这个时候，连笑只顾Double L的店铺上新，就已经撑不过三天便嚷嚷着要休假。廖一晗实在担心她今年又这样三天打渔两天晒网，打算让陈璋接手一部分美妆版块的工作。却不知连笑这次是打了什么鸡血，自己店铺的上新和美妆版块的推广都打算亲自抓，陈璋则被连笑下放去盯产品线。

这实在是让众人大跌眼镜。

Double L的上新连笑自然驾轻就熟，她之前本想着偷点儿懒，这次"双11"只选了三十多个新款。要知道晗一今年销量最好的网红林亚Lia，光这次"双11"就要上近一百个款，连笑与之相比，简直是懒出了一定境界。

不过如今看来，连笑这偷懒行为竟有了点未卜先知的意思。Double L今年"双11"的新款如此之少，正好方便连笑空出时间来盯美妆版块。

晗一和容悦的合作分工明确，容悦负责生产加工、包装运输，晗一则负责利用旗下的网红渠道吸引客源。大网红开新店卖自己的美妆品牌，小网红开新店卖既有品牌。

不过很快连笑就发现，自己太贪心了，主抓晗一旗下四大网红的新店，就已经忙得她每天工作十几个小时，不得不把小网红让给陈璋负责，她自己只负责包括林亚Lia在内的四位当家网红。

四大网红的全新美妆店均在一周内搭建好，并根据各自的粉丝购买力划分。粉丝购买力最高的林亚Lia，上新的则包括口红、补水面膜、卸妆膏、化妆刷等品类在内的六款产品，均价在二百元左右。

连笑甚至为林亚Lia的突然跨界编了个自认为无比励志的故事——幼时家贫却爱美，果汁抹嘴当口红，如今有了百万粉丝的信任，又找到了靠谱的供应链和生产线，决定一圆儿时的梦想，一定会用最天然的成分、最平价的价格回馈粉丝。

化妆品行业一向暴利，即便市面上最贵的口红，Tom Ford、CPB之流，刨去最耗钱的包材，成本都不超个位数。靠故事吸引粉丝只是开头，廖一晗下血本给林亚Lia的服装大店买微博开屏页，连笑则砸钱买热门，推林亚Lia的美妆小号。晗一旗下大小网红也都如法炮制，效果显而易见，包括林亚Lia在内的各大网红美妆店，收藏量和加购量都十分喜人。

最终成果如何，"双11"当天见分晓。

11月10日当夜，晗一的各大办公室、会议室全部灯火通明，连廖一晗和连笑的办公室都被旗下的网红借用来做直播场地。

连笑也给自己的Double L店铺找了四个模特，轮番直播即将开抢的新品。

廖一晗和连笑则在运营部的工位上，盯着后台已经清零的销售数据，就等零点一到，数据翻滚。

老板亲自监工，运营部更是上到总监，下到分析员，全部严阵以待。

这是晗一成立以来，连笑头一次这么全力以赴。要知道去年，她可是懒成了少数几个连上新直播都懒得做的网红之一。

"双11"正式吹响号角，一晃一个多小时过去了。廖一晗主盯的服装版块看势头绝对稳超去年，她自然松了口气，开始让助理订外卖，决定今晚好好犒劳加班的诸位。

"外卖"倒是到得飞快，廖一晗热情招呼了一阵"外卖小哥"，扭头见连笑依旧坐在电脑前，眼都不眨地守着数据。

"你最近是不是吃错药了？"廖一晗实在好奇。

连笑头也不抬，只说："外卖到了是吗？赶紧帮我拿杯喝的。"

"那不是外卖……"

得，连总又两耳不闻窗外事，一心只顾看数据了。

廖一晗收了声，默默走去外间给她拿咖啡。连笑则继续守在电脑前，眼中布满血丝，嘴上默念："19998，19999……20000！"

凌晨两点，林亚Lia美妆店两万支口红全部销售一空，销售额超百万，连笑完全不顾自己老板的身份，当即尖叫着蹦起，转身就给了迎上前来的廖一晗一记大大的拥抱："售罄了！售！罄！了！哈哈哈！"

上一秒笑声还肆无忌惮，下一秒笑声已猛地卡住。

气氛瞬间急转直下，她抱住的不是廖一晗，而是方迟——今晚的外卖小哥。连总就这么当着所有人的面，将外卖小哥拥个满怀。

在场那些之前一起去了北海道的人，尽是一张张暧昧的笑脸："谢谢方先生大晚上来给我们送夜宵。"

直看得其他人云里雾里，他们既好奇又审慎地打量着连总和这位被她突然紧拥却面不改色的先生。

这打扮，这面相，要真是外卖小哥，平常前台那几个负责代收各种快递、外卖的小姑娘不得乐疯？

连笑干咳一声，心有戚戚焉地放开手，凝起一脸严肃，将那张张暧昧的笑脸一一瞪过去。

不得不说，如果换作廖一晗，这帮人绝不敢这么没大没小，连笑也不知该庆幸自己富有亲和力，还是该惋惜自己威慑力不够。

显然她一向自我安慰自己是前者，她威慑无效，作势接过方迟手中的那杯咖啡，低头喝了两口。

廖一晗见状，替她解围，口吻稍显严肃地问副总裁："最新的销量排行出来了吗？"

其实这点儿小事完全可以交给总监去做，廖一晗却一问就问到了官大很多级的副总裁头上，众人也就知道"双11"这场仗还没打完，还不是开玩笑的时候。

"双11"女装类店铺的销量排行一小时一翻新，头一个小时，晗一旗下的网红占第九、第十七和第三十三。而死对头扬帆旗下的网红，占了第十三、第十九。如今第二个小时过去，晗一的大头牌林亚Lia虽然冲到了第五，但另两个却掉到了二十名开外。扬帆家的三大网红，则全部顺利挤进前二十名。

此消息一出，大家可是开心不起来了，除了连笑。

连笑见所有人又各忙各的去了，赶紧招呼方迟来到自己的电脑前："看看，这数据，漂亮吧。"

虽然化妆品的实时销售额还不及服装的零头，连笑从中获得的成就感，却丝毫不亚于创业的头一年，看着Double L从钻石一路做到皇冠。

方迟看一眼连笑电脑上的化妆品销售额，再瞄她隔壁电脑上的服装销售额，违心地夸了句："不错。"

连笑一听，他这夸赞有多违心，扭头便是一哂："你这夸得也太敷衍了吧。"

此时的方迟一手撑在桌沿，一手撑在她背后的座椅上，连笑坐着，他站着，他无奈地一笑一低头，轻轻松松就给了她一记侧颜吻："这样夸得就不敷衍了吧？"

周遭一众人等，虽有老板盯场，他们必须时刻紧盯电脑忙工作，但这不妨碍他们用余光兴奋地交流。

亲上了亲上了！

亲哪儿了亲哪儿了？

位置不佳没看见！

位置极佳俨然现场直播！

连笑被他这记响亮的吻钉在座位上瞬间僵硬，他却已抬起头来，手心覆上她那放在鼠标上的手，借用她已然不听使唤的手指滑着鼠标，若无其事地下拉着数据页面。

销售数据虽然不能和专业的化妆品公司比，但晗一涉足化妆品领域满打满算也才一个多月的时间，这变现能力已经很惊人。

这人，摸手都能摸得如此自然，心怀坦荡……连笑僵硬地把手从他的手心和鼠标之间抽回。

"你不是说你最近严重缺觉吗？赶紧回去睡吧。我这儿怎么着也得四五点能结束。"连笑准备赶人了。

他在这儿，让她怎么能安心工作？

虽然他此时的样子看着神采奕奕，连笑也确实从没见过他无精打采的样子，体力令人羡慕，但再好的体力，也会败在刚出生没多久的混世魔王三姐弟手里。

"香主、堂主、帮主都睡了。我得出来透透气，要被这三只不听话的气死了。"

显然方先生现在还不打算离开。

香主、堂主、帮主，都是连笑给取的名，莫非名字没取好？这三只，但凡醒着，真是没一刻消停。

连笑在这方面的小算盘打得挺好，先让三只小祖宗在方迟家养大点儿，养得脾性好了，她再挑一只最乖的带回家自己养。在此之前，她就借口"双11"忙得不可开交，跟方迟打马虎眼，这架势，俨然把方迟当免费猫保姆使。

养猫其实就跟养小孩似的，累死累活的亲妈嫌，没事逗一逗，有事不用管的干妈爱，连笑对这三只混世魔王自然爱得不行："你确定你不困？那等我完事咱们一起撤？我正好去你家撸会儿猫。"

方迟挑眉看她："你还有精神撸猫？"

她今天素颜，戴了副框架眼镜也遮不住黑眼圈，皮肤倒是真白，有种说不上来的质感。他刚才在她的产品页上看到的那个宣传词叫什么来着？哦，对，奶油肌……

如果能再把头发留长些，扎个马尾……

方迟的目光正随着她的发丝往下移，她却在这时目光再度离开电脑，扭头看他。

方迟收回目光，毫无破绽。

"你要不要去我办公室先睡会儿？她们之前借用我办公室做预热直播，现在应该都结束了。"

连笑总觉得他在这儿影响她的工作情绪。

他虽未出言打扰，但他浅淡的呼吸，他若有似无落在她身上的目光，他撑在她桌沿的修长手指……

这一切总是被无限倍放大，撩拨她的神经。

撩得越漫不经心，越让人承受不起。这回，连笑不等他回绝，已经招呼助理道："带方先生去我办公室。"

助理原本也坐在一旁和假装投入工作的同事们用余光交流得正欢，被突然一唤，惊而站起，小跑过来："姐夫，办公室在那边，我领你过去吧。"

同一时间，工位四处，接连传来被呛到的声音。

姐……夫……

要不是连笑手里那杯咖啡刚拿起还没来得及送到嘴边，她也会是被生生呛到的其中一员。

连笑还保持着手拿咖啡的姿势僵在那儿，方迟已被助理领走。

随意却挺拔的身影从众人难掩惊愕的余光中穿梭而过，只留下"姐夫"的传说，这注定将成为未来近一个月内，茶水间、女厕所内的第一谈资。

晗一的"双11"战场终于在四点结束，销售额增长趋缓，预售三十个工作日的款式也都已售罄，爆款已出，美工忙着更换喜报页面，老总们则终于可以回家洗洗睡了。

廖一晗困得不行，几乎是被陈璋搀上了车。

连笑却精神得不行，首战告捷，又有外卖小哥贡献的那一杯杯咖啡，要她自己开车都没问题。

但既然有方先生当免费司机，连笑自然也乐得坐在副驾驶座，抱着方迟的手机看他拍的视频。

看着视频里的香主、堂主、帮主把方迟家搅得一团乱，最终被哈哈哈叼回窝里一同教训，连笑眼睛不抬，嘴上已忍不住催："能不能再开快点儿？"

方迟沉默加速，她的要求，他一向办到。

等连笑终于把香主、堂主、帮主一并拥入怀中，那迎面袭来的软乎劲儿，才一点儿一点儿勾出她的睡意。

方迟见她坐在地毯上逗猫逗得不亦乐乎，忍不住掏出手机拍视频。

收回手机时，屏幕上倒映出他自己，微笑而不自知。

这令方迟有一瞬间的走神。

他敛了眸，正准备过去把正在啃地毯的香主从地毯里捞出来，脚下却是一顿，连笑逗着这三只小祖宗，逗着逗着竟睡着了。

方迟把三只小祖宗一只一只捡回窝里安顿好，这才转而抱起大祖宗上楼。

"我好歹是个有正常需求的男人，你怎么能在我家说睡着就睡着？"

她只在他怀里蹭了蹭口水，如果这也能算是对他的回应的话。

方迟在客房睡了不到四个小时，就被门铃声吵醒。

他本欲不管不顾地继续睡，但想到隔壁主卧，又第一时间起了床，愠着脸下楼应门。

下楼前路过主卧，他往里看了一眼，床上那人睡得无知无觉，并未被搅乱清梦。

方迟这才带上主卧的门，继续前行。这一大早，谭骁竟带着一纸箱文件登门拜访。

谭骁的影视公司做得并不顺，想找人合作，正好有一家之前做艺人经纪如今想全面进军影视制作的公司找到他，可惜对方要价有点儿高，谭骁吃不准，来找方大仙算算。

方大仙这两年投的项目大大小小都没失败过，谭骁信他的运气，也信他的眼光。

方大仙却不是掐指一算就真能帮他做决定，该公司给到谭骁手里的计划书确实做得漂亮，可如今光靠一张嘴忽悠的人依旧海量。方迟打电话给一直合作的背景调查公司，先把这公司的底摸清楚。

谭骁看他忙，闲来无事突然想到他快过生日了："攒拨人去马尔代夫玩一趟？你23号生日，现在订行程应该还来得及。"

"家里三只祖宗，走不开。"

"那我在K歌之王给你办个大聚会？"

"我约了连笑。"

得，方大仙这起床气，全撒他头上了。

"那等你和连笑约完会，我再给你办？"谭骁可是处处为他着想，兄弟之情感天动地，"反正你和连笑约会十点肯定结束，你又上不了人家的床，顶多就吃个饭。"

简直字字戳心窝。方迟扭头看谭骁，沉默不语。

谭骁都以为他这是要拳头伺候了，他却很平淡地掉转目光，继续看谭骁带来的文件："当天正好我家三只猫满月。庆祝完我的生日，还得给猫过满月。"末了不忘补充道，"和连笑。"

"还真把那三个小崽子当孩子在养啊？"

真是一个比一个清心寡欲，谭骁一拱手一作揖，服！

谭骁扭头看一眼不知从哪儿冒出来的小猫崽，见这小猫崽忘我地啃着他脚边的地毯，谭骁忍不住把脚伸过去，看它啃不啃。

小猫崽一闻，鼻子一抽，嫌弃地走了。

备受打击的谭骁抬起头来，换个话题："对了，你想要什么礼物？"

方迟一早的起床气再加上不知因何而来的欲求不满，语气自然不怎么好："我想要的礼物你给不了，又何必问？"

谭骁一愣，顿时恍悟，贱笑凑近："要不我帮你说说她，让她把自己送你当生日礼物？"

"滚。"

谭骁哪会滚，恨不得凑到他眼前笑脸如花："或者我帮你去打听下她到底打算送你什么？"

其实连笑直到23号当天，都还没想好自己要送他什么。

她一直有两份生日礼物备选，一份就在她早上出门前手里拿着的橘色纸袋里，是一对H家的领针。

另一份……

"要不……我们在一起试试？"连笑拎着纸袋出门前，对着门边的穿衣镜练习。

她成功被自己在镜中的嘴脸恶心到了，赶紧摇摇头，换了更酷的语气："反正你也知道我什么毛病，你不怕后悔，那就试一试呗。"

连笑说完不忘仔细品品，感觉比上一句好很多。

可转念一想，万一他到时候说他怕后悔，她可怎么下得了台？

简直话到用时方恨少，连笑烦躁地蹬掉拖鞋换上高跟鞋，开门离去，彻底结束了这一大早的自言自语。

其实去公司也没什么事，但连笑也不知为何，最近特爱往公司跑。

就好似当年读书时，她有一段时间特别爱去学校上晚自习，就为了能让周子杉来接她下晚自习。晚自习时，同学看的都是《五年高考，三年模拟》，她看的却净是些杂书。但这完全不妨碍周子杉一度以为她真多热爱学习似的……

当然，如今的她可比当年实诚，她在办公室里待得太无聊，还会找几本企业经营类书籍看看。

或许她真的是一个被埋没了的女强人坯子呢？

而她也俨然把和容悦的合作当成了迈向女强人的第一步。

晗一旗下网红的带货能力显然吓到了容悦，容悦为此单开了一条生产线，专门负责晗一旗下四大网红的贴牌代工。容悦从之前砸大价钱也推不出去的自主研发产品中选择了两款——黄金棒、补水喷雾，全部换上林亚Lia的品牌，在接踵而来的"双12"上架。

和喜人的销量成正比的，是层出不穷的黑帖。尤其林亚Lia"双11"上的那几款美妆品，已经有营销帖扒出不过是容悦找的代销渠道而已，压根就不是林亚Lia所宣传的自主研发。

这分明就是对手公司放出去的消息，看来扬帆"双11"这一仗输得并不服气。

可扬帆一边买营销号扒皮林亚Lia，一边跟风为旗下网红开美妆店，连笑直接用林亚的微博小号发了条："似我者俗，学我者死。"

忠粉自然纷纷冒泡以实际行动支持林亚——进店消费。林亚Lia的美妆店，就这么在"双11"过后的平淡期又创了一个销量小高峰。

"她们的微博你都可以随便登？"当连笑滔滔不绝地讲述着自己最近和扬帆的爱恨情仇时，方迟忍不住问。

此时正值傍晚，方迟接她下班，在去她订的餐厅的路上。一路堵，连笑也就从自己要的那瓶龙泉吟酿她求了多久老板才舍得卖给她，一路说到扬帆最近的吃相有多难看。

"当然。"他终于也有向她请教的时候了，连笑做出一副诲人不倦的模样，正襟危坐道，"所有签约的网红，社交平台的账号密码都得归公司管。不然她哪天毁约跟别的公司跑了，我们损失的可就不止这个人了，而是几百万粉丝。"

"原来如此。"他开着车，依旧状似无意地问，"那这事闹得这么轰动，容悦那边都没什么质询？"

"应该是有质询的吧，但和容悦的对接，我都交给陈璋去做了。"

"你不是不信陈璋吗？怎么还让他去对接这么大一甲方？"

"还不是因为我不想跟周子杉打交道，要不我才不用陈璋呢。"连笑语气挺硬，看来对陈璋的看法依旧没有改观，不过转念她就换了一副轻松的口吻，"陈璋周边全是我安插的眼线，他再怎么滑头也翻不出我的手掌心。"

"那就好。"方迟感叹了一句。

他此番语气明显比之前惬意了很多。

"你真担心我被陈璋坑啊？"连笑有些不满，脑袋凑过去兴师问罪，"我有那么蠢吗？"

方迟一愣，继而一笑。

他摸摸眉心有些无奈："我是担心你和周子杉见面次数太多。"伸出一指把兴师问罪的她往一旁一推，免得被她挡住他看向车外反光镜的目光，"笨。"

直到脑袋被推开了，连笑才反应过来，自己刚才这是，被套话了？

这人压根不关心她的龙泉吟酿加了多少价才买到，更不关心网红的微博密码到底归谁管，兜那么一大圈，不过是想问……

连笑尴咳一声，窝坐回去，这种被人吃得死死的感觉……

连笑是很喜欢仪式感的那类人，之前问他生日打算怎么过，他也没什么要求，就问她想吃什么。

连笑这种自己过生日恨不得过一个月的人，自然不乐意他这么马

195

虎，嘴上说："既然你这么随意，那我随便订家餐厅好了，你到时候可不准说三道四。"

嘴上虽说随便订，却托了多重关系，插队订到了这家日料店。这家店的特色还真就是"随意"，没有现成的菜单，想要什么食材都得提前半个月打招呼，从国外进。

鲅鳒鱼肝、蓝旗金枪鱼……这些可都是插队订到的。看他动筷，连笑就跟等着老师批改作业似的："怎么样？不错吧？"

方迟点点头，却面无表情。

虽然深谙他大部分时候都是这张毫无起伏的脸，连笑还是忍不住问："是不是不好吃？"

"很好吃。"

"可你怎么都没半点儿……没半点儿觉得好吃的反应？"连笑总归还是不满意。

方迟这才放下筷子。相比她吃一顿他做的家常菜就成天"方大厨""方大厨"地叫他，他对待美食的反应确实平淡了些，他不免笑道："好吃到我倒是想抱着你狠狠亲，可你乐意吗？"

站在他们餐桌前给海胆鲑鱼子摆盘的厨师忍不住别过头去偷笑。

连笑咽一口唾沫，尴尬地低下头去。

他竟真的把她此番尴尬视作默许，慢条斯理地靠了过来，连笑赶紧伸手挡住："大庭广众的，你你你……"

其实哪儿来的大庭广众？包厢里就厨师和他俩一共仨人。方迟本意不过是为了逗她，当下做出一副兴阑珊的样子端坐了回去："好吧。那先欠着，等回家了补上。"

连笑明知道他这是在开玩笑，可真等吃完饭上了回家的路，离家越近，车外的街景变得越来越眼熟，她还真有点儿紧张。

车厢内也安静得不像话，直到他把车子停进了地下车库，见他跟没事人似的下了车，连笑自然也只能跟了下去。

锁车的声音响起，连笑才想起来："开下后备厢。我给它们仨买的礼物还在后备厢呢。"

被他晚饭时的一句话给搅得，她差点儿连今晚的重头戏都忘了。今晚的重头戏可不是给方迟庆生，而是给方迟家那三只小祖宗过满月。

方迟经她这么一说，才想起来她确实放了几袋东西在后备厢。

他重新解了车锁："我还以为那是我的生日礼物，原来是它们的？"

连笑动作一滞，这才打开后备厢，把东西拿出来："你的礼物……待会儿到你家再给你。"

关上后备厢的前一刻，连笑又变了主意，把原本没有拿上的那个橘黄色的纸袋又拿上了，混在其他纸袋中，这才关上后备厢："我拿好了，走吧。"

从车库一路来到方迟家门口，短短五分钟，连笑却跟走了两万五千里长征路似的，心累。

这些问题让她纠结了一路：到底该送哪个礼物，还是两个一起送？不不不，还是只送一个好了……

所以，究竟该送哪个？

方迟解了指纹锁，正要推门进去，扭头却见她皱着眉一副想要赖在门外不动的样子，一笑："放心，未经你允许，我绝不会动你一下。"

他知道她这一路担心的什么，不就是把他晚餐的那番话当了真？

为了表示自己心无旁骛，方迟甚至退后一步，背挨着门对她做了个"请"的手势。

连笑却没有进屋，只是上前一步，径直来到他跟前："那个，我有话要对你说。"

她的脸还挺严肃，绷着一股劲儿似的，直看得方迟也敛去所有表情，等她的后话。

屋内昏暗，走廊明亮，两个人各执明暗一边，她眼底幽幽，仿佛还在作最后的挣扎。

"要不……"她终于开口，可又断了。

方迟疑惑地一扬眉，却没有开口催促，只等她重试自己的声音。

"要不……"

我们在一起，试试吧……

却在此时，砰的一声闷响，瞬间打断了连笑刚起头的话。

连笑惊得肩头一抖，都还没来得及循声看去，不知谁已按亮了屋内的灯。乍亮时，灯光晃得连笑都有些视物不清，缓了几秒才看清，她与方迟身侧的屋子里，洋洋洒洒一堆人，而为首的谭骁，手里是刚打开的一大瓶香槟。

刚才那声打断她话的闷响，看来是开香槟的声音。

不只香槟，整个房间堆了气球，挂了彩带，是连笑最推崇的仪式感。可多年之后的连笑再回忆起来这一幕时，只觉得俗！俗不可耐！

此时此刻的连笑却始终傻着眼，压根不知道做什么反应才是正确的，直到屋内一众人等，经由谭骁起个头，齐声道："生日快乐！"

此情此景在前，连笑的脑子里却只有这么一个念头——我能骂脏话吗？

显然方迟也十分意外，愣了愣之后笑道："下次再这样我可告你们擅闯民宅了。"

虽是警告，但面上半点儿责怪之意都没有，看来是欣然接受了这份惊喜。连笑还能说什么？只能扯出合宜的笑容，跟着方迟进了屋。

她一直以为方迟挺孤僻没什么朋友，没想到面前这洋洋洒洒的一堆人竟然都和他关系不错的样子。连笑在这一张张陌生面孔中粗略扫了几眼，才发现齐楚也在。

那头绿色头发已经染回了黑色，连笑险些没认出。齐楚倒是自连笑进门那刻起就发现她了。

可惜连笑刚来得及对齐楚隔空点个头致个意，就被方迟带着和这一圈人打起了招呼。

今晚在场的竟还有方迟的几个发小。从发小的嘴里连笑才得知，方迟是S市本地人，这连笑可闹不明白了，方迟一S市土著，当年为什么会跑到完全没有高考福利的W市去上高中？

但这疑问只来得及在连笑脑中一闪而过，就被打断。

"你就这么闷声不响地交了女朋友，都不在朋友圈秀一下？我家那位可是规定我一个星期起码要在朋友圈里发一张合照的。"他转头便对连笑提点道，"嫂子你也得让他发！天天发！"

连笑刚要给面子地应和着笑笑，方迟却纠正道："瞎叫什么嫂子？朋友而已。"

前段时间在人家空姐面前都一口一个"女朋友"了，如今在发小面前却又成了"朋友而已"？

连笑可猜不透他是怎么想的，脸上一僵，但很快恢复笑容，甚至笑得比之前更欢："对啊，你们别瞎说。人家方迟好端端一钻石王老五，被人瞎传有了女朋友，这不是挡他的桃花吗！"

真是应了那句嘴上笑嘻嘻，心里……

谭骁不愧是顽主，筹备的这生日聚会还挺像那么回事。自助餐是五星级酒店做好送来的，洋气得不行，院子里支着小煤炉，把烤串摊的小老板请了来，烤串随时供着，腰子配啤酒，土得够地道。

本来是两个人平平淡淡地给三只猫祖宗过满月，如今却成了一大帮子人的游乐场，女士们逮着猫各种自拍，男士们聊车聊女人，聊新投的公司，聊亏损的股票。

这其实是连笑最擅长的领域，狐朋狗友，能装者有之，诉苦者亦有之。但突然之间，连笑有些乏了。

哈哈哈不知躲哪儿图清静去了，连笑借着找它的名义上了楼。没想到哈哈哈竟真的在二楼衣帽间外的地毯上趴着。

连笑蹲在它跟前，挠了挠它的下巴，没想到它竟然嫌弃地躲开了。

"当妈了以后脾气见长了嘿？"

连笑作势要凶它，架势刚搭起来，就被人一声厉喝："你干吗？！"

连笑一惊，起身回眸的当下就看见齐楚从楼梯拐角走上来，警惕地看着她。

齐楚这是真当她在揍猫？

连笑刚要解释，脚边的哈哈哈见着齐楚就跟见着亲人似的，嗖地蹿了过去，钻进齐楚的怀里。

连笑面前俨然成了一幅舐犊情深的画面，而连笑也俨然成了揍猫未遂的宵小之辈。

"哈哈哈现在虽然是方迟的，但它最初是我捡的流浪猫，是方迟从我那儿领养走的。"从齐楚的语气里不难读出警告，意思不就是，谁都不能欺负它呗。

"我刚那只是……"连笑刚开口，齐楚已经抱着哈哈哈转身下了楼，留连笑站在原地，空有一腔解释的欲望无处发泄。

楼下不知发生了什么事，突然爆发出一阵欢呼声，才把连笑从怔忪中扯了回来。

若不是因为一会儿还要给三只猫祖宗切蛋糕吹蜡烛，她现在就想撂挑子走人。可她刚整理好情绪准备下楼，楼梯处又传来脚步声。有了之前的教训，连笑这回索性按兵不动，站在原地看着上楼的是谁。

齐楚前脚刚走，方迟后脚就上了楼。连笑难免要联想，该不是方迟得了齐楚告的状，上楼来了解情况的吧？

虽然笃信方迟是绝不会信那番话的，可看着他一步步走近，连笑还是心尖渐紧。方迟提了提手里的东西："这是你的吧？藏在装猫咪蛋糕的袋子里。"

连笑这才一凝眸，看他手里的黄色纸袋。

不是来兴师问罪的？连笑那口郁结之气却不是说散就能散的。她闷声不吭地劈手就要夺过纸袋，一门心思只想绕过他就走。

方迟一抬手，轻松躲了过去："这不是送我的礼物？"

"这是我给别人的。"连笑蹦着去夺他手中的纸袋，"今晚那顿饭就是我送你的生日礼物。一份礼物就可以了，难不成你还想要两份？"

眼看手中的纸袋就要被她夺了去，方迟迅速背过手去，纸袋转眼被他藏在了身后，她还想抢的话，只能拥他个满怀。

连笑自然戚戚然地收了手，她并不想碰他，却被他摁住了肩："怎么火气这么大？"

连笑被他问住了，她不知道该怎么说。她没有他的套话技巧，不可能在他神不知鬼不觉的情况下，问出他为什么要在他发小面前把和她的关系撇那么清。

她转念一想，又重新起了个头："我问你，你怎么知道我在二楼？是不是齐楚告诉你的？"

方迟还没来得及回答，连笑已经语如连珠炮地打断他："她是不是跟你告状，说我揍了哈哈哈？"

方迟一怔，继而一皱眉："她什么也没说。"

连笑顿时哑然。她现在除了莫名其妙发脾气这一宗罪，又多了以小人之心度君子之腹这一宗罪，无话可说，满腔憋闷。

"而且你是不是气糊涂了，晚上那顿饭是我刷的卡，怎么也成了你送我的礼物？"方迟失笑。

连笑一晃眼间，傻了，这才想起来晚饭后她本来要结账的，服务生却告诉她，方先生已经结完了。

他是借口去洗手间的时候结的，以至于连笑此刻怒气冲头，就这么给忘得一干二净。

得，如今连笑又多了一宗罪——给人庆生不仅不准备礼物，还连吃带拿，脸皮贼厚。

丢人，丢死人了。

"所以，连小姐，你可欠我一份生日礼物。"方迟脸上，也现出了些许不满。

"你手里拿着的就是我给你买的礼物。"

"可你不是说这是买给别人的？"方迟这回再把纸袋提到二人面前，几乎是带着嫌弃了，"买给别人的我可不收。"

还真是……规矩多，连笑心里暗忖着，嘴上应付道："我承认我忘了给你买礼物行了吧？那你想要什么？我回头补给你……"

他还真的低眸想了想。

这连笑可不担心，一副"老娘有的是钱，别担心老娘送不起，尽管提"的模样。

"我想要你。"

"什么？！"

连笑心中还在默念着老娘多么多么有钱，他这突然低声开口，连笑以为自己听错。

他却并未重复，向前半步，便与她紧紧相贴，眼中那忽闪忽闪的，是欲望："我来检查一下，看看你的打嗝是不是治好了……"

他慢条斯理低下头来，速度把握得极好，让她明白，她完全可以躲开；却又将她蛊惑，让人本能地放松警惕，任他采撷。

连笑这次没有躲开，却抵住了他的肩头。她施加在他肩头的力道其实半点儿不足以阻止他，方迟却依旧停下了。

他微微一皱眉，不明白这是欲拒还迎，抑或其他意思。

其实方迟心里很清楚，他如果稍微强势些，她说不定就半推半就了。可他不要她的半推半就，他要她的心甘情愿。半推半就是坚持不了一辈子的，而他要的是一辈子。

"你为什么对陌生空姐都谎称我是你女朋友，对你发小却说只是朋友？"

她终于还是没忍住问了。

方迟食指抵唇一笑，他显然没有料到她会问这个。可他很快敛了笑，沉下表情看她。

"你这个时候问这个，是不是意味着……"他语气稍一停顿，她心头就收紧半分，"我只要回答，你就让我随便'检查'？"

检查……这么中性的一个词，从这么一张显得禁欲的嘴里说出来，怎么就能令人耳根发烫？

连笑没回答，他便当她是默许了。

"我那发小，从小就爱抢我的心头好。"他眼里忽闪忽闪的光，裹挟着她的倒影，"你可不能被他抢了去。"

这个原因……连笑还真是万万想不到。

她忍不住翻个白眼："幼不幼稚？"

方迟想了想，也被自己的行为逗得自嘲一笑："也对……"低眉做一副沉思状，"谁把我变这么幼稚的？"又抬眉，似在看她又似在思考，语气却已莫名低迷了下去，"……该罚。"

连笑心情好了，不免取笑："你自己这么幼稚还好意思怪别……"

最后一个字却被他倾身而来，吞咽……这就是他的惩罚。

被他吻住的那一刻，连笑虽然惊讶，却也不是全然在意料之外。他不早就给她打过预防针，说要"检查"的吗？

令她真正意外的，是他这次的吻。

她还以为他会像之前几次那样浅尝辄止，那她确实错了。

她以为他浅尝辄止之后，会退开一丝距离观察她的反应，就像他之前做的那样。他却在吻住她的下一秒，撬开她的齿间，深吻。

没有半点儿循序渐进，直吻得连笑七荤八素，神思恍惚，哪肯给她半点儿打嗝的机会？就连呼吸都被他半点儿不剩地撄走……

可呼吸明明被他撄走了，那敲击着耳膜的喘息声又从何而来？

一声一声，伴着心跳。

他解她的扣子，她已顾不上阻拦。

这么精明的一个男人，已经知道只要不拨动她的痛觉神经，就不会引发她的抗拒。以吻迷惑，以手解构。

直到上楼的脚步声由远及近，那指尖才稍稍一停。

那脚步声声，犹如注入滚烫岩浆中的一记清冽，连笑一激灵，五迷三道中清醒了几分。

见她眼中的沉溺迅速地被这脚步声驱散，料想到那抹沉溺彻底散尽的那一刻就是她推开他的那一刻，方迟只轻巧地顺手一带，已将她带进身后的衣帽间。

脚步声踏上二楼的那一刻，亦是方迟反手带上门的那一刻。

脚步声毫无察觉地径直走向了洗手间，路过紧闭的衣帽间的门时，压根不知一墙之隔的门后，方迟的唇只稍稍离了连笑的唇半秒，便更加沉缓地再度吻住。

衣帽间里一片黑暗。

连笑被抵在门上，意识再一次被这个别有用心的男人焚烧殆尽。这时候她兜里的手机突然振动起来，却不足以打断这一切了。

电话一个一个进来，停了又振，连笑摸出手机，都还分不清自己是要接听还是要挂断，手却已经一抖，手机掉落在地。

"喂？"

"喂？连总？"掉落在地的手机竟依稀传来小助理的声音，二人都低头看去。

手机竟然通了，眼看屏幕上亮着的通话时长在一秒一秒地跳，方迟弯腰捡起她的手机。

以为他要挂机，他却接了起来，甚至把手机贴到了她一边耳侧。

他的唇，则贴在她的另一边耳侧，以呼吸慰藉："没事，你忙你的……"

"……我忙，我的。"

他想……忙什么？

连笑对着手机"喂"了一声的那一刻，他的手伸进了……

连笑当即呼吸一窒，险些连电话那头小助理的声音都错过："连总！你快上微博，微博上都炸了！"

仿佛有两股力量正撕扯着连笑的注意力，一边是无声却狠狠撩拨人神经的他，一边是说急了眼的小助理。

自己还能在这两股力量的撕扯中保持声音不抖，连笑想想还挺佩服自己："扬帆的人又放什么黑料了？"

真是心疼扬帆最近花的那些钱，连笑真想建议扬帆换一支公关团队，成天在网上黑唔一，唔一却越黑越红。

伴随连笑话音落下的，是她内衣搭扣啪地松开的声音。

连笑没想到自己说了一句话的工夫，他已……攻城略地的速度如此之快，连笑在黑暗中看他，借着窗外投进的那点儿光，有些难以置信地看他。

他依旧是那张面无表情的脸，呼吸声却重了。

连笑要疯了，她终于明白过来他让她接电话的意图——转移她的注意力。

电话那头的小助理又说了些什么，这回连笑是一个字都没听进去："什……什么？"

声音是紧绷的，身体却化成了水。任由他撩拨，不止。

小助理大概以为连总是听了自己的一番话后太过震惊，以至于没反应过来又问了一遍。

如此火烧眉毛的事，小助理也只能耐着性子重复了一遍："通过我们的渠道卖出去的三款护肤品出了严重质量问题，现在网上到处在说我们卖假货。我们之前一直以为是扬帆在故意抹黑，也就跟原来一样照常花钱删帖，可是……"

这一室迷情，终是断送在了小助理的一句"可是"下。

"可是什么？"连笑此时的声音已焦灼得不像话。

他贴她那么近，又怎会没发现状况不对？

之前看是小助理打来的电话，他才没挂断让她接的，一心想着一个助理的电话而已，怎么着也翻不出天来。

哪知一语成谶，这一通电话，竟真翻了天。

前一秒还是温香软玉在怀，下一秒却已收了手，敛了欲，开了灯。

墙边就是灯的开关，他的手从她衣服底下抽出，摁下开关，衣帽间骤然亮起的同时，他用口型对她说了句：开免提。

连笑有些不确定地看看他，手上却照做。

免提一开，小助理的声音随即扩散至四处："有买家贴出了她购买的产品的质检报告，和她去医院看皮肤科的检查报告，我们再对照着她贴出来的批次一查，不仅发现那确实是从我们这儿卖出去的货，还发现……"

小助理说到这里，再一次欲言又止。

连笑慌忙抬眸和方迟交换了个眼神，在他眼神的安抚下，才没冲着这一句话硬要拆成三截说的助理发火，只是音色依旧吃紧："还发现什么？"

"还发现，"大概也知道事态严重，小助理咬着牙终于把话说全，"我们这批产品的批次有问题，确实是假货。"

连笑脑中轰的一声。

原以为是扬帆故意黑人的那些老路数，却原来真的是晗一的产品出了问题。

她只顾抓晗一旗下四大网红的自主品牌，却遗漏了基数更大的一众小网红。小网红们虽然单个的带货能力远远不及林亚Lia这一级别的网红，但加起来的销量也很惊人。

电话那头的小助理还在等吩咐，半晌未听连笑吭声，不由得唤了句："连总？"

"……"

"连总？"

连笑在危机公关方面的经验基本空白，小助理等她想办法，她哪来的办法？思来想去只能问："廖总呢？她怎么说？"

晗一从成立以来大大小小的危机，都是廖一晗摆平的，这次廖一晗肯定也能……

小助理却给了想缩在龟壳里的连笑当头一棒："廖总一整晚都联系不上，我们只能先找您了。"

说得也是，如果他们联系上了廖一晗，廖一晗应该早部署好应对策略了，电话压根不会打到她这个"晗一二世祖"这儿。

指望她这种二世祖？

连笑绞尽脑汁也没有半点儿思路，咬着指甲正不知如何作答，斜刺里伸来一只手拿走她的手机。

方迟的声音随即响起："先稳住那个把质检报告和检查报告贴上网的买家，避免她再发表更多言论。有问题的批次全部紧急召回，库存下架。——排查进货渠道，看究竟是哪个环节出了问题，让假货流了进来。"说到此处，方迟莫可名状地抬眸看了连笑一眼，才收了视线，语气不变地继续道，"联系容悦。他们是你们的供货商，自己的公关团队不行，不妨借用他们的。你们现在是一根绳上的蚂蚱，容悦是不会拒绝的。"

"还有，廖一晗是失联了一整晚吗？那行，那你们先联系陈璋……不过你们这会儿应该也联系不上他。"方迟沉吟片刻，改口道，"那廖一晗和陈璋这边你先别管，把晗一的其他高层全部召回公司开会，立刻。"

他说完便挂了电话，一一捡起连笑掉落在地的衣服，连同手机一道递过来。

连笑这才发现自己早在不知不觉间被他剥得只剩一件衬衫裙，衬衫裙的扣子更是仅系着两颗，露着内衣的边线。

再看他，一身衣服一丝不乱，只有衬衫解开了一颗纽扣，还是他自己嫌呼吸不畅解开的。

要不是助理的电话突然打来，自己恐怕连这身衬衫裙都不保……

意识到这一点的同时，连笑还突然意识到。自己内衣的搭扣早被解开，当即脸色一白，赶紧转过身去，手背到背后去试图重新扣上搭扣。

却是忙中出乱，怎么扣都扣不准。

方迟在一旁看着，无奈地笑着上前一步，把她的手从衣服底下拿出来，自己的手正要取而代之，她却背脊一僵，捧牢自己，缩在角落，一脸慌张却只回过半张脸来："你，你干吗？"

"帮你扣。"

"那你……隔着衣服扣。"

刚才是刚才，现在是现在。刚才毫无察觉地被他伸进衣服里解了搭扣，不意味着她现在乐意再被他伸进衣服里系上搭扣。

他嘴角噙着的笑，教人辨不出几分揶揄，几分无奈："你真当我技术超群，隔着衣服也能扣上？"

连笑不信，此人一秒解内衣都如此在行，隔着衣服扣内衣能有多难？

可连笑见他丝毫没有打算要按她说的去做，反倒抱着双臂在旁，等着她什么时候妥协。

连笑心里一悴，自己又试了半天，依旧没能扣上。她还要赶回公司开会，急得都开始冒汗，最终只能两手一摊，放弃抵抗："帮我一下……"

早料到是这个结果，方迟一笑，转眼已帮她扣好搭扣。

只不过收手时，不知有意还是无意，指尖若有似无地一路划过她的背，引得她一记细颤，咬牙忍住。

二人以最快速度下了楼。楼下气氛正酣，眼见他俩神情严肃地从楼梯上下来，一道道目光齐刷刷投过去。

连笑往方迟身后躲了躲，权当自己没被看见。

"你们嗨着，我俩出门办点儿事。"方迟说完，转头要走，又想起要多嘱咐一句，脚步一停，"刚才哪几个说我家猫可爱，想要顺走的？其他的你们自便，猫可得给我留下。"

能把别人一句玩笑话如此认真对待的，大概也就方迟了。

方迟却未觉有何不妥，说完径直就朝玄关走去。连笑赶紧跟上。

门砰的一声关上，屋内所有人面面相觑多时，寿星公这是要出门办点儿……什么事？

还这么急？一刻都不想等？

对此，就连派对的组织者谭骁都一脸茫然，直到不知被哪位神人出言点醒："大概是……嫌我们太吵，他俩出去开房……了？"

众人一听，顿时恍然大悟。

难怪要出去办事了。

难怪这么急了。

难怪一刻都不想等了……

顿时一个个脸上坏笑，嘴上感叹："原来如此！原来如此！"

除了前一刻还抱着哈哈哈好生哄着的齐楚，一言不发，一脸郁色。

还除了谭骁，他当即一愣，赶紧摸出手机发微信给刚出门的方迟："我送你的生日礼物你带上没啊？"

那可是谭不挑好不容易弄到的，芥末味的安全……套。

此时此刻，刚走进电梯的连笑狠狠打了个喷嚏。

Chapter. 5
一步错

　　方迟带着连笑赶往晗一，途中连笑一直在拨廖一晗的电话，始终没人接听。

　　"怎么回事？她的工作电话从来都是二十四小时不关机的……"

　　若不是廖一晗有这种工作狂属性，晗一也不可能发展到如今这样的规模。

　　连笑纳闷地挂断去电，准备再拨一通，方迟伸手将她的手机挡了下去："别打了，纯属浪费电。她不想接而已。"

　　连笑见他已一副了然于心的样子，不由蹙眉："什么意思？"

　　"我问过你助理了，廖一晗和陈璋同时失联，你不觉得奇怪吗？"

　　因为事情出得太急，连笑都没工夫静下心来好好理一理整个脉络。出了问题的那些美妆店，陈璋是运营负责人，网上刚出黑料那会儿，也是陈璋一口咬定绝对是扬帆捏造的消息。

　　鉴于往年扬帆一贯用这些伎俩给晗一泼脏水，连笑也就没细究，按老方法公关删帖。粗暴的删帖行为反倒引发了受害买家的心态逆反，导致如今越闹越大。

不知怎的，连笑突然想到之前的北海道之行，她偷听到的廖一晗和陈璋的对话。

她心头一凉，却矢口否认："不可能，廖一晗绝不可能会允许陈璋这么毁公司。"

连笑这种只对公司付出百分之二十心血的人如今都已是热锅上的蚂蚁，急得直跳脚，廖一晗可是一直对公司倾注着百分百的心血，连笑完全无法想象廖一晗会和陈璋合伙整出这么一出。

方迟在工作上绝对欣赏廖一晗，如今也只是推测，无法断言。

"我觉得廖一晗应该事先并不知情，但她现在肯定已经知道陈璋干了什么好事。或许她在想办法，怎样不通过公司就把这件事解决，既平息了网络流言，又保住了陈璋。"

这个说法，连笑还稍微能接受些。可她依旧死咬着唇愠着张脸，不想发表任何意见。

方迟哪能看不出她那点儿担忧？

"当然这是建立在假设这一切都是陈璋搞事的前提下。如果这一切和陈璋无关，那……"他这时候还有心情开玩笑，"大概他们两个出门约会，各自的手机都落在了家里，没带在身上，也不是没可能。"

连笑依旧没吭声。

没有哪一次如这次一般，连笑如此希望廖一晗和陈璋纯粹是因为顾着你侬我侬而漏接了电话。到了晗一之后，车子越接近B3的晗一固定停车位，连笑脑子里绷着的那根弦就越是吃紧。

进停车场之前，助理给她来了电话，告诉她容悦的人已在赶来晗一的路上。

两方齐聚晗一，会议由她主控，连笑心里一点儿底都没有。眼看方迟没有要下车的意思，反倒沉默不语地翻着储物格，不知在找些什么。

连笑磨蹭了一会儿，没下车。

"你，陪我上去？"她终是忍不住扭头看向驾驶座，"假扮我的助理好了。"

连笑话音刚落，方迟便把找出来的蓝牙耳机往她耳侧一挂。

"我就不跟你上去了。"方迟一边整理着她的鬓发，以遮住蓝牙耳机，一边嘱咐她，"你开会途中不知该怎么说的时候，叩两下蓝牙耳机，我教你说。"

方迟开启蓝牙，连上她的手机，再用她的手机拨通他的号码。

"好了，下车吧。"

他的声音，自她身旁也自蓝牙耳机双双传进她的耳朵，她仿佛真的因此生出了些许勇气，深吸口气，开门下车。

方迟一路目送她进了不远处的电梯间。

他一边等着她的信号，一边搜索网上的相关新闻。

相关搜索已经上了微博热搜。这一点倒是挺奇怪，买家们就算再有能耐，也不可能把这次的假货消息宣扬得全网飞。连笑也说过，之前几天零零散散曝出晗一黑料的那几家营销号，都是扬帆养的号。

看来这次假货传言是真，但扬帆也确实在趁火打劫，不惜一切代价扩大负面影响。

就在这时，一直与连笑手机保持接通的通话里，突然传来叩叩两声。

方迟瞄一眼车载屏上的时间，她下车不过几分钟，应该还在电梯里。

即便如此，他还是回了句："我在。"

"如果今天没你在，我可怎么办？"

此刻连笑站在只有她一人的电梯里，电梯稳步上行，她的心里没底。

只听蓝牙耳机里传出他一声轻笑，继而才说："放心，你以后只会更离不开我。"

连笑心里那根一直紧绷着的弦，就这么被狠狠撩了一下。

连笑却未能开口回答，只因这时电梯叮的一声，到了二十一楼。

电梯门应声开启，小助理就在电梯口等着："连总！"

连笑见小助理急得都跑到电梯口等着了，快步走出电梯，问道："大家都到了？"

小助理欲言又止地看着她，看得连笑都难解其意了，才怯声开口："廖总刚到。"

廖一晗终于肯现身了……

听到这话之初，连笑着实松了口气。虽然她信方迟的应变能力，但方迟总归不是晗一的内部人员，对晗一仅有的了解，也是通过她一次次的吐槽或炫耀而得知的。

有廖一晗坐镇，总比她这个半桶水带着个军师强。

可连笑正要加快步伐朝第一会议室走去时，她以为廖一晗人已到了会议室，小助理却补充道："她……在你的办公室等你。"

放着一会议室的高层不管，却在她的办公室里等她？连笑生生顿住脚步，满脸不解。

小助理也没闹明白这究竟是怎么回事，她也是奉命行事。廖总一到公司就让人把她喊了过去，既不问网络流言的任何相关情况，也不问会议室里高层们究竟到了几人，只说连总到公司的第一时间，就让连总赶紧回一趟办公室。

廖一晗是公司的最大股东，并且代持着其他几位联合创始人所拥有股份的投票权，连笑作为第二大股东，大概要私下先通好气，商量好对策，再面见一众高层？连笑只能掉转脚步，去自己的办公室。

助理在她身后紧紧跟着。

连笑一边疾步走，一边掏出兜里的手机，她和方迟的通话还在继续。她犹豫着要不要挂断时，人已到了办公室门口。

推门而入的前一刻，连笑想了想，终是没挂断通话，重新把手机揣回兜里，推开门。

小助理刚要跟进去，就被同样杵在门外的廖一晗的助理拉住了。显然两位老总的私人谈话，不希望有第三人在场。

连笑进门当下就见一脸惨白的廖一晗坐在沙发上，绞着手指。

"你这一晚上人去哪儿了？一直不接电话。"

"对不起……"廖一晗的声音有些哑，顿了顿，语气越发低落了，"我刚从医院赶过来。"

连笑一阵愕然，被廖一晗这话逼停的脚步又起，她很快坐在了廖一晗对面的沙发上，这才彻底看清廖一晗的脸色。

所谓的一脸惨白，并不像是被这突发事件吓着了，倒像是病态的惨白，连嘴唇都没什么血色。

"到底怎么了？！"连笑快被这帮人搞疯了。

连笑终于知道廖一晗为何一晚不接电话。

廖一晗当时人在医院，紧急保胎。

假货的来源确实是陈璋，廖一晗事先也确实不知情。今晚陈璋见事情严重，兜不住了，才向她坦白，气得她险些流产。廖一晗一晚上都待在医院，身体情况稍微稳定了，直接从医院赶来公司。

"连笑，我向你保证，这件事情我能摆平。我只求你，和我一起保下陈璋。"

廖一晗抓着她的手，用力到颤抖。

连笑试图把手抽回，一挣，廖一晗那欲哭无泪的样子便映入眼帘，生生断了连笑抽回手的念头。

对陈璋，连笑恨不得他去死。

对廖一晗，她却做不到见死不救。正值连笑方寸大乱之际，蓝牙耳机里突然传来方迟一贯处变不惊的声音："先问清楚，陈璋利用职务之便调包走的真货总价多少。"

连笑一惊，差点儿忘了方迟还和她连着线。

连笑扶了扶耳机，掩去那一丝突然收到指示的惊讶："陈璋利用职务之便调包走的真货总价多少？"

显然廖一晗没料到连笑会突然这么问，原本戚戚的目光一闪，有些复杂地看了连笑一眼，给了个模棱两可的答案："目前还在清点。"

方迟也在同一时间收到了廖一晗的答案。

蓝牙耳机那端的方迟，一条一条帮连笑分析："职务侵占罪的量刑和涉及的金额直接相关，这个你务必问清楚，不能让她有一丝隐瞒。还有，这件事情她想怎么掩盖？陈璋调包真货，涉及的相关人员肯定不少，可不是那么容易说过就过的。更何况，就算你同意帮忙，容悦呢？容悦可是一向以无假货的好口碑著称，如此有损企业形象的事情，能随便糊弄？"

方迟估计是被陈璋和廖一晗这种一个做坏事一个打掩护的架势闹的，一口气说了这么一大通，忘了要给连笑留点儿时间组织语言。

连笑也压根没来得及再开口，已被廖一晗打断："我知道陈璋已经涉嫌职务侵占罪，但我不能让孩子的爸爸留这么个案底……"果然廖一晗一听她问涉事金额，就知道她在暗示陈璋这是职务侵占，并不是随随便便就能遮掩的。

大概廖一晗也惊讶于她会第一时间直指问题的关键所在，便不敢再提陈璋，只说："求你了，连笑，我从没求过你，就这唯一一次，你一定要帮我。"

短暂的相顾无言中，门外响起敲门声。

廖一晗大概也知道自己此刻形象落魄，抚着额头敛去眉眼，说了句："进。"

廖一晗的助理随即推开门："廖总、连总，人都到齐了。"

"我们马上过去。"

助理退下带上门，廖一晗才把抚在额上的手拿下来。

她看向连笑，连笑已成她救命稻草。

"我也不需要你做别的，一切我来搞定，你站在我这边，什么都别做，什么都别声张就行。"廖一晗挺直了背，理了理有些凌乱的鬓发，仿佛这样能重新赋予自己勇气，"我们俩在晗一的占股加起来绝对说一不二，我希望我们能一致对外。"

廖一晗收拾好自己，起身开门。

见连笑依旧坐在沙发上半点儿没有要跟上的意思，廖一晗短暂地在门边一停："你不想参会的话，可以在这儿等我。"

就算美妆版块是连笑在负责，可连笑不出席此次紧急会议的话，旁人大概也不会觉得太意外。

毕竟在所有人看来，晗一的连总一向是两耳不闻窗外事，只顾躺在自己的股权上享清福的。廖一晗就这么走了，留连笑一人干坐在自己的办公室内，她被今晚这一出又一出的意外打击得体无完肤。

廖一晗就这么一路疾行来到了会议室，路上补了个口红，脸上终于不再血色全无。

她在会议室外推门而入的那一刻，最先看过来的是一脸紧绷地坐在会议桌边的陈璋。

那一刻，廖一晗心中一绞，下一秒却装作毫不知情，进了会议室："大家久等了。"

除了陈璋，会议室里还坐着晗一的一众高层，以及几位容悦的代表。周子杉人在国外出差，收到消息后已第一时间买了机票，正往回赶。

连笑的助理一直在会议室门边踱着步等着连笑，此刻却只见廖一晗一人现身，小声问了句："连总呢？"

这话本是对着廖一晗的助理问的，却被廖一晗听见，直接由廖一晗回道："不用等连总了，这件事上她也帮不上什么忙。会议现在开始吧。"

这话是对连笑的助理说的，也是对在座的诸位说的。

在座各位也没发表异议，毕竟连总一向只会和稀泥的性子，晗一上上下下都十分清楚。

也确实如廖一晗所说，即便出事故的美妆版块是连总在负责，但连总此刻就算在场，大概也帮不上任何忙。廖一晗话不多说，先向容悦的人道明："我先说一下目前的进展，陈总已第一时间召回问题批次的产品，并且下架了库存。"说这话时，廖一晗毫无异状地看了眼陈璋。

能在第一时间就召回数目颇多的问题批次产品，这位陈总的办事效率着实可以。

廖一晗则掉转目光，看了眼晗一的品牌总监方总，继续道："我

216

们的品牌运营部正在试图说服受害人私下调解。我们的人加进了受害者的七个维权群，已经有一部分人同意删帖。"

容悦的副总听到这里，虽然还挺欣慰于晗一的危机处理速度，但也不得不打断廖一晗："不好意思，廖总，我得插句话，问题批次的产品到底是怎么混进来的，查到什么了吗？这才是我们容悦这边最关心的问题。"

容悦是晗一美妆版块的唯一供货商，这点可以瞒过粉丝们，但瞒不过业内一双双等着看好戏的眼。

容悦一向树大招风，这次假货事件之所以短短时间内在网络上造成如此大的风波，和容悦的对头公司的推波助澜不无关联，以至于网络上的热搜，也从"网红假货"渐渐演变成了"容悦假货"，这也是容悦上市以来，第一次陷入如此大的舆论危机。

廖一晗被问得喉间生生一卡，坐在对角处的陈璋捏着笔的手也蓦地一僵。

廖一晗清了清嗓，才找回听似平静的嗓音："这个问题，我们还在……"

就在这时，会议室的门再度被人推开，众人齐刷刷看去。

姗姗来迟的连笑就这么迎着众人的目光走了进来："不好意思，我迟到了。"

陈璋手里捏紧的那只笔蓦地掉落在桌上，他的目光迅速地往廖一晗的方向一带。

连笑自然没错过这一幕。

陈璋把廖一晗逼到如此进退维谷的境地，还指望廖一晗护着他？

廖一晗愿意，连笑可不愿意。

显然廖一晗没有料到她会突然出现，而在连笑此时的视角下，只能看见坐在主位上的廖一晗那垂着眸的侧脸，不知正压抑着什么。

连笑来到会议桌前，会议开始前给她留了位置，但她并未入座，正站在陈璋的斜对角，对与会众人道："我是晗一美妆版块的总负责人，关于假货的来源，还在调查中。"

这才是容悦目前最关心的问题，既然廖一晗迟迟不肯讨论相关问题，而连笑一进门就直切要害，容悦众人自然更乐意听后者说。

"货品从容悦出库时算起，所有流程的相关责任人，包括我，也包括陈总，都将接受调查。"

连笑说完，抬眼一看斜对角，在那儿坐着的陈璋早已压低了头。

连笑压抑着冷笑的冲动，目光扫向其他人，继续道："包括进出库在内的所有监控和进出库记录，我已经让人冻结，廖总签字之后，所有记录都会调取出来，一一接受筛查。我建议容悦也设立专门的督查岗，负责全程跟进。"

连笑的小助理躲在角落围观，脸上终于不再是之前那番恨铁不成钢的表情。

自己的老板终于上道了一回，总算没辜负她刚才一直偷偷开着视频聊天，为连总全程直播会议室里的进程。

廖一晗如今已是骑虎难下，陈璋今晚向她坦白时，虽声称相关的货品进出库记录已被销毁，不会留下任何指向他的证据，可万一有遗漏呢？

她签字的话，所有记录都会被调取出来；可她不签字的话，如今容悦的人都在场，她又该如何自圆其说？

现在只等容悦的副总发话了。

只见副总沉思片刻，转头看向一旁正拿着手机的助手，准确来说，是看向助手的手机屏幕。

该助手和连笑的助理一样，全程用手机录下会议进程。而此刻他的手机屏幕上，正是一脸严肃地坐在机舱里的周子杉。连笑这才发现周子杉也在围观全程。今晚的意外太多，以至于连笑突然在手机屏幕上对上周子杉的那张脸时，心中已毫无波澜。

所有人都在等着周子杉发话，包括连笑。

"就按连总说的办。"周子杉在视频里说道。

会议结束已是凌晨两点，容悦的副总和廖一晗还打算继续谈，连笑就先告辞了，回到自己的办公室，准备拿了包就走，不料办公室里竟坐着个人——方迟。

连笑见是他，全副武装顷刻间卸下似的，肩头都感觉轻了，把自己往沙发上一丢。方迟把桌上那杯给她买好的咖啡往她面前一推。

"半包糖半盒奶。"方迟说，她的最爱。

连笑却无心顾及这些，语气不确定地问："我这么做到底对不对？"

这个问题对于方迟这个纯粹的旁观者来说并不难："这对晗一来说，绝对是好事；但对廖一晗来说，不一定。"

还以为会得到百分百肯定的连笑腾地坐直，为自己据理力争："可我怕我再任由廖一晗这么护着陈璋，迟早有一天廖一晗成了彻彻底底的斯德哥尔摩综合征，被陈璋害得倾家荡产。"

方迟这才了然一笑："你心里其实已经想得很明白了，又何必再问我做得对不对？"

他用简单的一句话，就让连笑认清了自己的内心。这一点，连笑是服气的。可这只能令她更加气馁，她又哀叹一声瘫了回去："廖一晗会恨我的。我明明答应了帮她掩盖，却出尔反尔。"

"她总有一天会知道你是对的。"

"总有一天是哪一天？"连笑戚戚然地问。

"等她不再被爱情蒙蔽双眼的那一天。"

说了等于没说。

连笑把手一抬，方迟已了然地把桌上那杯咖啡拿给她。

连笑保持着瘫坐的姿势，正准备喝一口，身后的办公室门却被豁然推开。

门背撞在墙上的声音，预示着来者不善。只不过，该来者似乎并未料到办公室里会有第三人。

见到方迟的那一刻，廖一晗一愣。方迟扫一眼廖一晗的脸色，大概知道来者何意，对廖一晗颔了颔首，便对连笑说："我在外面等你。"

办公室的门就这么被悄然关上。

明显廖一晗是来兴师问罪的。若不是方迟刚才在这儿已经为她打好了预防针，连笑怕是要溺毙在此刻廖一晗仇视的目光中。

"为什么？"廖一晗短短三个字，已是咬牙切齿。

相比之下，连笑反倒平静很多："我不能让陈璋再祸害公司，更不能让他再祸害你。"

廖一晗却并不吃这一套："我都说了我能摆平这一切，你就不能像原来一样，拿着你的分红什么也别管吗？"

"……"

"说到底是你不相信我，怕我连累公司，连累到你。"

连笑被她训斥得当即愣住，冲喉而来的不是愤怒，而是苦涩。

她把廖一晗当作最亲密的朋友和合作伙伴，廖一晗却从始至终，只把她当作拖后腿的。

苦涩到连笑一个字都不想再多说。

廖一晗大概也意识到自己失言，咬了咬牙，没再针锋相对下去。

连笑的眼睛比一般人显大，眼里的落寞自然也显得更落寞。廖一晗虽然总教训她，但之前不外乎是劝她少喝点儿，劝她收收玩心这类无关痛痒的话。如今这样直指人要害，还是第一次。

廖一晗努力平复了一下心情，语气好歹缓和了一些："算了。相关记录陈璋已经清理掉了，要查也查不出什么问题来。你做得也没错，如果不让容悦的人插手，肯定会引起他们的怀疑。"

此话一出，也算给了连笑台阶下。连笑看她一眼，已经无话可说，僵硬地拎起自己的包，转身开门走了。

她以为方迟会在门外等她，出门却发现办公室外空空如也。那一刻，她不免连心都有些空。

她重拾了步伐，加快脚步离开晗一，这个只属于廖一晗的晗一。

有些事情或许真是一早就注定好的。最初她和廖一晗合开淘宝店，因彼此的姓氏均以"L"打头，淘宝店便取了"Double L"这个名，当年的老粉爱管她们的店叫"DL"，甚至叫"大龙"。DL最风光的那几年，也确实衬得起这么个俗气但霸气的外号，是连年称霸淘宝

220

网红店的龙头老大。

最初成立晗一时，本也想把二人的名字一同融进去，可怎么取名都不顺，连笑也想名字想烦了，直说："干脆叫一晗好了？"

廖一晗当时还不同意："那岂不是成了我一个人的公司了？不行不行，绝对不行。"

最后找风水大师算了算，才把"一晗"倒过来用，成了如今的"晗一"。当年的廖一晗，生怕公司成了她一个人的公司。

如今呢？大概也和所有人一样，觉得她连笑多余吧……

短短一路从公司下到地下停车场，连笑仿佛也从DL成立一路走到了晗一的今天。

谁说喝多了酒记性差？她们挣到第一个十万时，全部换成现金，只为能体验数着钱撒欢的感觉；到她们挣到第一个一千万时，她们花重金租下如今的写字楼整层，既心疼又自豪的滋味，全都记忆犹新。

出了电梯右拐没一会儿，连笑就看见了方迟的车。

方迟坐在车里等她，还是那张平静的脸。

之前她觉得他不动声色是老谋深算，令人佩服得不行，如今却觉得这人缺失同理心，都不能显得稍微担心她一些吗？

车中的方迟见她突然停下不动，等了片刻，她依旧没有要过来上车的意思，方迟不禁一蹙眉，不得不下车朝她走来。

待他站定在她面前，连笑终于找着了撒气的地方："你怎么不在办公室外头等我？"语气几乎是质问的。

方迟的眉心不由得蹙得更紧，除此之外，依旧是张风平浪静的脸，依旧是那静若止水的声："我以为你并不希望我听见你和廖一晗的对话。"

连笑当即没了声。

也确实，她并不想被任何人听见廖一晗用那样的语气质问她。可是抬眸看他，她依旧忍不住一脸埋怨。

方迟无奈地摇了摇头，知道她郁结在心，得借这番无理取闹发泄。但她既然需要发泄，那方迟显然更希望是这样——他朝她张开双臂。

面对连笑蹙眉看他的样子，方迟相顾无言，只点了点头。连笑犹豫了一下，张开双臂环抱住他的那一刻，他也双臂一合，轻拥住她。

那一刻，连笑终于找到了靠山一般："在廖一晗眼里我就是多余的。"哭也哭不出来，笑更笑不出来，只是闷。她一方面怨及廖一晗竟然这么看她，一方面又不得不承认廖一晗说得对。

她确实从没为晗一付出过什么，自然就陷入自我否定之中，无法自拔。

方迟紧了紧怀抱，她现在需要的不是什么"在我眼里你永远不多余"这种俏皮话。

他知道她有多坚强，很早很早很早之前，他就已见识过。

她坚强到，甚至能带他走出阴霾……

"回家吧，好好睡一觉。"

连笑脑袋埋在他肩头，马鞭草的味道，清冽，一如他此人。

连笑用力点了点头，因人在他怀中，就仿佛猫儿在蹭他的肩膀："对，明天会好起来的。"

但显然，明天并没有变得更好。

清晨在自家床上醒来时，连笑人还没起，已第一时间摸过床头柜上的手机，点开微博。

"容悦假货"的热搜虽然已经撤了，但相关话题的讨论量一直在飙升。

晗一和容悦都低估了自媒体的影响力，假货事件经过一整晚的发酵，加之晗一和容悦各自在业界树敌颇多，两家的公关速度压根比不上丑闻的传播速度。

按盈利和规模来论资排辈，晗一在本地企业里排不上什么号，无奈名声大，传统媒体也开始追踪报道此事。

可连笑原本以为顶多是众多门户网站有兴趣追一追这消息，却不料，地方台的早间新闻也报道了此事。

连笑一刷新话题，就实时出现了一条来自S市地方台的早间新闻截图。她傻看了两秒，腾地坐了起来。

翻来覆去地看，确定了不是PS的图片，连笑下了床，都顾不上穿拖鞋，已赤脚往客厅去。

她准备开电视看看。可她人刚来到客厅，脚下又生生一顿。

方迟正端坐在她家客厅中，看着电视。

他神情严肃。连笑这才想起来，凌晨方迟送她回家没一会儿，又按响了她家的门铃。

一群人在方迟家喝得五迷三道，客厅、客房、主卧全被占了，他无处可去，问能不能来她家借宿。

看在他还带着哈哈哈和三只小祖宗的分儿上，连笑也就勉强收留他了。

方迟真就只是乖乖借宿，住在客房一宿没动静，以至于连笑一觉醒来，差点儿忘了他还在她家。

此刻的连笑也没多余时间纠结于这个男人的登堂入室。

她正站在电视屏幕的斜后方，看不见屏幕，但能听见主持人字正腔圆地说道："据悉，晗一控股股份有限公司的货源来自……"

方迟一抬眸，也发现了她，表情并未见任何变化："你醒了？"

方迟下巴点一点电视屏幕，目光又回到她身上："我正犹豫要不要叫你起床看新闻。"

这么自来熟的样子，真像是同居已久的……情侣。

这两个字刚从连笑脑中飘过，她的神思就再度被电视机里传出的女主持的声音吸引走了。

连笑都来不及坐到沙发上，径直走了两步来到电视机正前方杵着。

确实是地方台的早间新闻，截了一些微博上的新闻稿，在说晗一涉嫌售假一事。

这么大的消息，晗一内部不可能没收到消息，却没有一个人打电话给她。

电视机中，女主播已经开始播下一条新闻，连笑才得空摸出手机查来电记录。

确实没有任何人打电话给她，工作群里也安静得不像话。

"消息都已经上新闻了，晗一怎么都没一个人来通知我？"连笑顶着满头问号，颓然地来到沙发前，一屁股坐下。

再看一眼晗一的高层微信群，依旧安静得异常。

连笑赶紧回到微博页面，刚要把自己起床时刷出来的那则新闻截图转到微信群里，方迟却伸手挡在了她手机屏幕上方。

方迟看了她一眼，见她如此焦急，他犹豫片刻，还是说了："晗一肯定得知自己上新闻了，只是不想让你知道而已。"

"你是说……"连笑喉间一涩，没再说下去。

不过方迟看她此刻陡然僵硬的脸色，就知道她已经猜到了他的话里有话。

应该是廖一晗下达了命令，这件事不再让她插手。

哪是什么风平浪静？只是一切都再与她无关而已。

"呵……"连笑忍不住自嘲出声，"照这架势下去，她是不是过两天就要回购我的股份，让我彻底滚出晗一了？"

"别冲动。"方迟虽然不认同廖一晗的做法，但也能理解，"她不希望你掺和这件事，这点很明确。但并不意味着她会为了陈璋和你彻底撕破脸。"

他这话连笑越听越不对，忍不住扭头瞪他："你怎么一直帮廖一晗说话？你喜欢她啊？"

方迟真没想过她会这样质问自己，不免失笑："你这可就有点儿胡搅蛮缠了。"

这男人就是有这样的本事，浅浅一笑，就把她的迁怒化成了绕指柔。

静下心来想想，也确实如方迟所说，廖一晗不至于为了陈璋和她彻底翻脸，但这一切都建立在她必须乖乖听话的前提下。

连笑俨然一摊烂泥，又瘫坐了回去："那你说我该怎么办？"

"遵从自己的内心。"

得！又是说了等于没说。

连笑就这么沉默了许久，直到她脚边那只怎么蹦也蹦不上沙发的香主张牙舞爪地第无数次栽倒在地，连笑依旧毫无头绪，索性把香主抱过来蹂躏，如果万事都能如这只猫崽子似的任她摆布可多好。

"我不想失去廖一晗这个朋友，可我也不想让陈璋逍遥法外。"

方迟见她揉着香主毛茸茸的脑袋，垂着的眼眸、挺翘的鼻尖、微抿的唇，落在地上是一道落寞的剪影。她敢这样不刷牙不洗脸，以如此素面朝天的面貌面对的异性，估计也就只有他了。

他突然有那么一丝冲动，想要揉一揉她睡得参毛的脑袋，千忍万忍才勉强忍住，正色道："那就借刀杀人吧。"

连笑耳尖一凛，猛然抬头，连猫都顾不上撸了："什么意思？"

方迟回视她，张了张嘴。

连笑见状，恨不得凑过来听。

"亲下我就告诉你。"他说得还挺认真。

本来绷紧了弦的连笑顿时如泄气的皮球："能不能正经点儿？"

方迟却直接把脸往她面前一放，一副好整以暇的模样。

连笑被他眼对眼、鼻对鼻地直视着，忍不住咽口唾沫："我……没刷牙。"

"我不介意。"他答得飞快，并勾着笑补充，"我刷了。"

连笑刚想以他没刷牙为由把他推一边去，就这么被他一语断了后路。

"亲……哪儿？"

这还用说吗？方迟用食指点点自己的唇。

见他如此肯定，连笑只能硬着头皮，一点儿一点儿靠近。

靠近到一半，却又停了。只因突然意识到，万一他不只是亲一亲，而是深吻……那可怎么办？

就算她已在他面前毫无形象可言了，但这点儿底线，还是要坚守的吧。

可一个直男，哪能读懂一个女人心里的这点儿小算盘，见她欲近不近，他狠狠一挫眉："真是磨人……"

话音落下的同时，拽过她来，吓得原本坐在二人之间舔爪子的香主矫捷地蹦下沙发。

他当即对着她的唇落下半天求而未得的吻。

却在这时，方迟搁在茶几上的手机突然振了。方迟压根就没听见，满心满眼都在描绘这近在咫尺的唇形。连笑却比方才蹦下沙发的香主还要矫捷，一把抓过手机拍到他脸上。

手机莫名贴脸，方迟动作一滞。

连笑则已经趁机连连退后，嘴上还假模假样地抱怨着："谁这么讨厌，偏偏这个时候打电话来……"

方迟看一眼来电的是谭骁，想想还是接了。余光瞄见连笑默默起身，一副准备朝卧室逃窜而去的架势，他也并未阻止。

孤男寡女共处一室，他接个电话而已，她能逃哪儿去？

连笑只是想趁他接电话的工夫，回去刷个牙而已。

她不是不想亲……刷完牙再亲不行吗？这可是身为一个女人的底线！

她却在起身欲逃的那一刻，被他手机里突然传出的那饱含惊恐的声音生生钉住原地。

"不好了！"谭骁的声音刚炸出这么三个字来，方迟就迅速而不容人察觉地把手机侧边的音量键按下去，以至于连笑再也听不见谭骁的后话。

只是从方迟的脸色判断，肯定不是什么好事。方迟神情紧绷地说了句："我马上过去。"就把电话挂了。

他起身对连笑道："我有急事先走了，猫先放你这儿。"

连笑哪还顾得上偷溜去刷牙？一路跟到玄关，帮他拿鞋开门。

他穿好鞋出了门，连笑刚要带上门，他却又一闪身回来了，神情急中有序："差点儿忘了……"

连笑还以为他落了什么东西，刚要扭过头去看看沙发上有什么被他遗漏的，他却猛地环搂住她的肩颈，凑过来响亮地吻了吻她的唇。

这就是他遗漏的……东西？

"借刀杀人，借容悦的刀，让陈璋滚蛋。你装作全不知情就好。"方迟迅速说完，放开她，这回是真的彻底走了。

眼前的门已被他自外边关上，连笑杵在门边呆了片刻，心脏这才后知后觉地漏跳半拍。

方迟急忙赶回了自己家。

谭骁在电话里吓得不轻，语无伦次地说着自己上个厕所，命都快被吓没了，洗手间里一片血迹，走廊也是，一路延绵至次卧，齐楚则躺在次卧的地板上，受了伤，还有气息但不见醒来。

谭骁还以为昨夜有人喝醉了行凶，可昨晚来参加派对的全是熟人，谭骁自己都还是宿醉状态，自然不敢报警，只能急呼方迟回来收拾乱局。

实际情况虽然没有谭骁在电话里描述的那么夸张，洗手间和走廊上的血迹均是星星点点，方迟的脸色却做不到缓和半分。

他进了次卧，关上门，把谭骁锁在门外。

齐楚也已经醒了，靠墙坐着，低着头，尽量把刀片往身后藏。方迟猜都不用猜，直接把她的手从背后拽向前，掰开她的手心，拿走刀片。

他用两指夹着那刀片，点到齐楚面前。齐楚地无奈低头。

"你明明跟你的心理医生说你已经不再自残了。"他说得有多平静，内心就有多恨铁不成钢。

齐楚说得轻描淡写，内心也确实没把它当回事："我昨天喝得有点儿多，没忍住……放心，我早就不往要害上割了，都是痛一痛就好的地方。"

在这方面她的确是老手了。

手背、大腿外侧，钝一点儿的刀片，疼是真疼，但不至于要了她的命。方迟知道她是怎么想的，多年前的他不也是这样，希望借由身体的疼痛带来心理的解脱？

方迟把自己的外套脱了下来，披在齐楚身上，带着齐楚站起来：

227

"我送你去医院。"齐楚倚着他站了起来，感受着他的温度。

有了酒精的麻痹，那点儿痛算不了什么，若能换来这点儿温暖，值。

可方迟下一句说的却是："把你心理医生的电话号码给我，你需要去复诊。"

因他此话，骤然而来的那点儿温暖，顷刻间又冷了。

齐楚对心理医生一向抗拒，甚至推开了方迟，宁愿自己倚着墙壁："你当年不也没去看心理医生？"

"谁告诉你我没去看心理医生？"方迟气急了，也不过是冷笑。

大概她的思绪还有些混乱吧，齐楚仔细想了想，终于笃定："但你说过，你的病根本就不是心理医生治好的。对，你肯定说过……"

方迟脸色一沉，没再吭声。

如果他能预料到，有一天她会拿他曾安慰她的那些话，作为她不肯去看心理医生的挡箭牌，他绝对死也不说。可惜，他说过的话齐楚一直记得："你说你爱上了一个人，是她帮你走出抑郁的……"

齐楚看着他，看着他那张没有情绪的脸，总觉得委屈："你为什么就不能也这样帮我……"

方迟捏了捏眉心，却是化不去的紧绷。这个年轻姑娘，轴得连他都无话可说。

"你对我的这种感情不是爱，你只是把我当成了同类和救命稻草。"

可他的话，显然不足以点醒齐楚："这么说的话，你对治好你病的那个人，不也是把她当成了同类，当成了救命稻草？那你又何必为了她拒绝我？甚至搬出那个连笑来，连笑连笑，人和名字一样可笑……"

她突然恶狠狠地提到连笑的名字，方迟一愣，无语得都笑了，脸上甚至因此有了片刻的乍暖还寒。

她怎么会误以为他在用连笑当挡箭牌？连笑要是知道自己被说成了人和名字一样可笑，大概会直接提刀来砍了齐楚。

"在我病好了之后，发现自己依旧离不开她。"方迟也无法靠三言两语解释清楚，但大致上总没错，"那就是爱。"

"那……"齐楚还想据理力争，方迟打断她。

"不要跟我说什么等你病好了之后，也会依旧离不开我这种话，这一切都得建立在你病好了的前提下。所以……"方迟拿出手机，从通讯录里找到自己好几年没联系的主治医师，一边拨号一边说，"你现在需要的是心理医生，不是我。"

方迟的态度很明确，他只想在最短时间内把这棘手事处理完。此刻的他，归心似箭，只想，回到她身边……

连笑这一早上就待在家里，思考方迟的那句"借刀杀人"。

借容悦的刀，让陈璋滚蛋？

那她必须得把陈璋以假换真的证据交给容悦才有足够的说服力。可廖一晗如今肯定在紧锣密鼓地销毁证据，连笑但凡把手伸长一点儿，都会被廖一晗发觉，根本做不到让自己完全置身事外。

那这么说来，自己还得再借一刀才够……连笑就这么一边展开头脑风暴，一边刷着始终风平浪静的微信群。

大概廖一晗和群里的其他高层已经组了新群交流，彻底把她排除出了决策层。

她正刷着高层们的历史聊天记录一通不忿，却忽地灵光一闪，除了她以外，肯定还有人看陈璋不顺眼。

晗一有五个副总，人力、产品、运营、技术、公关，连笑这个联合创始人对他们来说就是个摆设；但陈璋不一样，陈璋突然空降，虽然目前只是个部门经理，但从长远来看，陈璋的目标肯定是总监以上，届时利益受损最严重的其实是产品和运营的两位副总。

这几个副总，一个比一个人精，明眼人都看得出来她和廖一晗之间出现了严重的分歧，她完全可以制造廖一晗为了陈璋和她彻底闹掰，廖一晗有意把她赶出公司的假象，届时副总们肯定人人自危。

为了个男人，连联合创始人都说踢就踢，更何况是区区副总？

产品副总陈振然又是这次假货事件的间接责任人，但凡漏点儿消息给陈振然，那么查到陈璋的漏洞是迟早的事。再由陈振然把证据交给容悦……

连笑被自己突然迸发的聪明才智惊艳到直接在沙发上站了起来，吓得三只原本在地毯上打着滚的奶猫全都动作定格，仰头瞧她。

连笑可顾不上这些，当即掏出手机给方迟打电话。

电话隔了很久才接通，连笑不等那边开口，已忍不住炫耀："我想到该怎么借刀杀人了！天哪，我怎么这么聪明？"俨然教学相长的好学生，等待老师的夸奖。

电话那边的方迟顿了顿，听语气，仿佛正压抑着笑意："看来我回去得好好奖励你一——"

可方迟话音未落，听筒里就传出一阵嘈杂的声音，似乎是突然变道的声音，又似乎是急刹车的声音。

连笑一愣，还没反应过来，又听方迟饱含震惊却似乎刻意压低的声音道："你不想活了？"

一抹女声则随即回道："我早就不想活了，难道你不知……"

电话在这时被挂断，剩连笑一人干杵在手机的这端，愣了半晌才抽丝般一点点回过神来。

电话里那女声，分明是……齐楚？

而刚挂断的电话那一头，方迟猛地把方向盘向右打死，冲上马路牙子的车在最后关头猛地刹住，方迟喉间悬着的那口气才猛地一松。

这时他扭头看向刚才突然发疯似的扑过来抢方向盘的齐楚，已经仅剩最后半点儿耐性。

"你自己不想活可以，你不想让我活也可以，但你别拉上这一路无辜的路人。"

车头前方不远就是人行道，来来往往的行人正穿梭其上，若不是方迟及时冲上马路牙子，指不定会撞到几个路人。

齐楚拒绝去看挡风玻璃外的那些行人，只认死理不放："你明明就不喜欢她，为什么和她讲电话还要装得这么温柔？"

方迟看一眼被挂断的手机，他刚才紧急把电话挂了，也不知连笑听到了多少。

"那我现在告诉你，我喜欢她。"方迟皱着眉，一字一顿，严肃而认真，"很喜欢……"

却遭齐楚不置信地打断："你爱的明明是当年那个和你一同住院的病友，你说是她帮你走出来的，你不会爱上别人的。你别想骗我。"

方迟无奈地抚额，此刻只想把她扔下车。

他当时怎么就没想到要让谭骁带她去医院？此时此刻的谭骁正坐在方迟家中，面对一屋子的人去楼空和满地狼藉。

他叫了保洁，说是一小时内上门服务，他只能守在这儿等。

母子四只布偶猫全被方迟不知藏哪儿去了，谭骁真有点儿独守空闺的惆怅滋味。

他组织的派对，却只有出力的份儿，一点儿好处没捞着，反而还一大早受到来自齐楚的惊吓。

其实也不能说是一点儿好处没捞着。昨晚有个朋友带来的妹子和他看对了眼，谭骁本想着把自己送给方迟的生日礼物先拿来用用，改天再给方迟另补个礼物，反正方迟家客房那么多，他借用一间，隔天再找保洁打扫干净不就行了？

然而当那妹子用嘴把保险套撕开，被冲鼻而来的芥末味惊得脸上媚态尽失，只剩蹙眉的那一刻，谭骁却陡然醒了，只因那妹子蹙眉嫌弃的样子特别像一个人——廖一晗。

艳遇至此戛然而止，谭骁却依旧得在所有人离开后负责善后。真是，自讨苦吃。

门铃声突然炸响的那一刻，谭骁还以为是保洁到了，腾地从沙发上站起，直奔玄关而去，却在开门的刹那傻眼。

门外站着的是连笑。

想来也是，保洁员哪有胆子把雇主家的门铃按得连连炸响？和那不耐烦的门铃声相匹配的，是连笑那张阴恻恻的脸。

分明来者不善，谭骁条件反射地后退半步，脑中迅速闪回自己昨晚做了什么得罪人的事。还不等他想出个所以然来，连笑已经开了口："方迟和那个齐楚到底是什么关系？"

谭骁迅速嗅到了八卦的味道，顿时讳莫如深起来："你问这个干吗？"

连笑绷着脸："是我先问你的。"

谭骁耸耸肩，并不打算妥协。

连笑还怕没法子治他？当即双臂一抄："你不说是吧？那我以后就天天缠着方迟，让他没时间再陪你花天酒地。"

谭骁眯眼觑她，这女的还挺懂怎么威胁人。

仔细掂量一下自己和这女的分别在方迟心中的地位，他虽有不甘，还是无可奈何地开了口："据我所知，他俩就是普通朋友。"

谭骁说的是大实话，她反倒不信了，狐疑地将谭骁一阵打量："你是不是在帮他俩的奸情打掩护？"

"奸情？"谭骁明显没跟上她的脑回路。

方迟和齐楚这俩人，连笑越在心里描摹，面上越显憋屈："今早你是不是打了电话给方迟？"

谭骁眼珠左转想了想，点头。

"方迟接完电话之后就离开我家，直接来找你了。可他为什么现在会和齐楚在一起？"

思来想去也只有一种可能性——方迟和齐楚之间有奸情，谭骁负责掩护。

这么一来，一切就都说得通了。连笑的脸色因此又阴几分。

对面的谭骁却截然相反，顿时双眼放光："他昨晚住你家？！哎呀，我们家方小迟终于破……"

最后一个字卡在嗓子眼里，被谭骁生生咽了下去。毕竟二十好几岁才初尝滋味，对男人来说是件极其丢人的事。

身为好友，谭骁自认为有义务为对方保留一下这方面的尊严。

谭骁顿了顿，也学她的姿势，抱起双臂觑她一眼，改口道："我把方迟叫回来，是因为齐楚受伤了，我不知道该怎么办，找他救场。"

连笑明显不信，如此蹩脚的理由……

谭骁瞄一眼连笑露在衣服外的皮肤，竟没发现什么暧昧的痕迹。

还以为某人忍了这么多年，一朝出闸肯定如洪水猛兽，收也收不住。可现在看来，某人还是很克制的嘛。

"你不信可以自己上楼看，血迹还在。"谭骁收回目光，回身做了个"请"的姿势。

连笑也没客气，直接进了门右拐上楼梯，直奔二楼。谭骁带上门紧随其后，到了二楼领她一路从洗手间参观到客卧。

"这儿——"谭骁手指点点洗手台上的血迹。

"这儿——"谭骁下巴点点走廊上的血迹。

"还有这儿——"谭骁推开客卧的门，连笑走进一看，客卧的地板上确实也有血迹。

"她……真受伤了？"连笑也不知自己该不该为此松口气，毕竟别人都受伤了，她还为此庆幸，显得太不人道。

谭骁看着她僵立的背影，她的声音也有一丝紧绷，这和他一大早尿急推开洗手间的门，却看见一堆血迹那一刻的反应还挺像。

谭骁无谓地耸耸肩："方迟说齐楚喝醉以后磕破了膝盖而已，没什么大问题。"

连笑差点儿也信了这番说辞，直到她弯腰捡起角落地板上的刀片。

谭骁见连笑捡起什么东西之后再也没动弹过，探个脑袋过来，才发现连笑手里的刀片。

连笑抬眸，二人面面相觑一阵。

谭骁惊得不得了："这妞在别人家里玩自残？！"

"方迟怎么会认识这么重口味的姑娘？"转念一想，谭骁又摇着头改口道，"不对，我早上见到齐楚的时候，也没见她有什么自残的伤口……"

这谭大少怎么那么单纯？连笑无奈道："不是所有人一自残就割

233

腕这么明显的好吗！"

说到这里，连笑愣是把自己给说愣了。她突然想到自己在北海道偶然撞见的，某人手腕上那两道用手表掩盖住的疤痕。

归心似箭的方迟折腾到傍晚才把齐楚从心理诊所送回家，总算舒了口气。

他回到家换了身衣服，才去连笑家按门铃。

他把齐楚押送进心理诊所时，齐楚的口红沾到了他衬衣的领口，位置太明显，以至于他按响连笑家的门铃时，还下意识地整理了一下领口，即便这件是自己特意新换上的。

门开了。已是傍晚，房间里没开灯，一片昏暗。

方迟先闻见了门缝里传出的酒味，之后才后知后觉地看见靠着门边表现异常的连笑，她跟小白痴似的看着他笑。

方迟当即眉一皱："你喝酒了？"

眉心的刻痕还来不及平缓，人已被连笑一把拽进了屋，狠狠推在门背上。

门就这么在二人身后砰地合上。整个过程，方迟甚至连连笑的眼睛都没看清，就在一片昏暗之中，迎来了她抵在他的颈边轻蹭。

方迟试着推开些距离，她这才抬起原本埋着的脑袋，冲着他嘻嘻一笑，直看得他脸上的表情生生僵住。

见他表情僵住，连笑心尖一紧，还以为自己穿帮了。

她哪能知道自己真喝多之后到底是怎么发浪的？只能勉强依照见识过她酒后糗态的朋友们的描述，有样学样地演。

而方迟，一愣之后又狠狠一挫眉，再次试图推开她："你真喝多了……"

有他这句话，连笑总算放心。

他这样推拒也不是办法，连笑索性心里一横。

"我好热……"施展演技的时刻到了。

如此妖孽的声音，连笑自己听着，都差点儿没忍住打个冷战，他怎能没半点儿反应？

果然他再度一愣，连笑趁机伸手去解他的领子。她倒要看看，这个从来只脱她衣服，自己衣服从不离身的男人，衣服底下到底藏了什么秘密。

　　方迟迅速整理了一下思绪。她一早就在为晗一的事发愁，稍后则打了通电话给他，表示自己想到了该如何借刀杀人，当时她的语气是开心的。

　　可惜电话因为齐楚突然来抢他的方向盘被迫挂断，他担心她在电话里听到了齐楚的声音，之后又特意回了通电话给她，当时她语气无异样地问他之前为何莫名其妙地挂她电话，证明她那会儿应该没听见齐楚的声音……

　　所以，她现在借酒浇愁，到底是因为晗一，还是她其实听见了齐楚的声音，表面毫不介怀，实则心中硌硬？

　　她扑面而来的气息却容不得方迟往下细想，这女人虽不似前几次喝醉那样一个劲儿仰着头向他索吻，手倒是利索了不少，额头枕在他肩膀上。他看不见她的表情，但分明感觉到相比他这个人，她似乎更执着于他的衬衣纽扣，眼看她就要解开第三颗纽扣，方迟一把抓住她的手腕。

　　动作再一次受阻的连笑可没打算就这样偃旗息鼓，嘴上喃喃着"好热好热"，却只想脱他的衣服。

　　方迟一不留神，就被她挣脱了去。

　　连笑已经有些急了，他这衬衣的纽扣未免也太难解，连笑索性一咬牙，直接拽着衬衣两侧前襟，猛地一扯。

　　她以为起码能崩开三两颗纽扣，哪知道这衬衣质量如此之好，她可是使出了浑身的劲儿，纽扣却全部安然无恙……

　　连笑顿时有些泄气了，就这么枕在他肩头不见动弹的这半秒间，已被他抬起下巴。

　　他的眼神跟雷达探测器似的在她脸上一过，连笑便是一愣，下意识地就要避开，又怕自己这番躲避的动作太明显，便顺势往他颈侧一栽。

刚才她就发现了，这人耳朵往下半寸的地方似乎特别敏感，果然她贴在那儿一吮，他整个人都僵了。

看来他也不是没有弱点嘛！

可连笑刚得意不到两秒，便遭到反噬。

方迟眼底一挫，猛地将她拦腰抱起。

双脚瞬间离地的不安全感还来不及往脑袋里窜，连笑已条件反射地手脚齐齐抱紧他。竟然还有这招？

她俨然成了只傍树而生的考拉，完全没办法再对他发起任何攻势，接下来她该怎么演？

连笑瞬间没了底气，正犹豫着是要劈头盖脸地照着面前这张毫无表情的面孔吻下去，还是索性就这么抱着他先按兵不动，看他接下来会怎么做，自己再见招拆招。

他却先一步，照着她的唇吻了下来。

他可不似她那般毫无章法，从浅啄过渡到深吻只需一秒，连笑感觉到他在加深这个吻的瞬间，正要下意识地咬紧牙关，却无意间撞进他的眸光里。

他的眼里似有一丝不解，连笑当即心下一慌。

莫非她之前每次醉后和他接吻，都会主动回应？她现在咬紧牙关，反而是破绽？

那么……好吧……

连笑刚迟疑着松了牙关，他的吻便长驱直入，那种五迷三道的滋味又来了，她却只能硬着头皮回吻，任这迷惘的滋味将自己淹没。

她清醒时可从没这么回应过他，未曾知道这种双方都尽情投入的吻原来真的能让人缺氧，可脑袋越是迷糊，唇齿间的厮磨就越是明晰。

不得不承认，他的吻技是高的，她就像个笨拙的学生，由他引领，却又忍不住好奇，他究竟经手过多少任这样的"学生"，才能取得如今这般教学相长的成果？

直到被丢进沙发，这场唇舌纠缠的较量才暂时停止，连笑看见他往满是空啤酒罐的茶几上带了一眼，那一刻她无比庆幸自己准备充分，特意放空了一堆啤酒罐摆在显眼处。

她甚至提前用啤酒漱了口，他大概也吃到了她的满嘴酒气。

准备如此周全，任他再精明，也翻不出她的手掌心。一会儿等她脱完他的衣服，看他身上到底有没有伤痕，她再装作彻底醉死过去，一切就大功告成。

连笑忍不住为自己的机智点赞。

她早上杀到方迟家时，不仅发现了刀片，还在洗手间一隅发现了一瓶阿米替林。她上网一查，果然是抗抑郁类药物。

连笑虽不清楚这瓶药究竟是齐楚落下的还是方迟藏着的，但她对抑郁症其实并不陌生。多年前她曾长期住院，隔壁床的孩子就是因抑郁症自残进的医院。

那都是十几年前的事了，那段晦暗的日子，连笑也从没告诉过任何人。她整个初二都没念，出院后母亲就托关系为她转了学，再没有人知道她曾有个动辄对她拳打脚踢的父亲。

就像她并不想告诉任何人她从小生活在家暴阴影下，那个有抑郁症的孩子也从来一副冷冷淡淡的样子。

只有身在隔壁床的她，才知道夜深人静时，那个孩子会偷隔壁病房的老人家藏着的烟，点燃了往自己身上烫。

但凡锋利一点儿的物品，都被那孩子的监护人收走了，他只能这么做。

连笑小时候的视力一向很差，总被照着脑袋揍，以至于视物不清，甚至会有重影。母亲把她从父亲那儿接走之前，父亲也带她去配过眼镜，但她不敢说配眼镜压根没用——凤，怕再挨打。

幸好她那时个子小，总坐教室第一排，即使看不太清黑板倒也还能应付。

而她第一次发现邻床那男孩用烟头自残，也是因为嗅着了他身上的焦味和烟草味。最初还以为他在偷偷抽烟，直到有一次发现他半夜起床，她就一路跟踪他到了老住院楼的一隅，才发现究竟是怎么回事。

连笑还记得，第一次跟踪他去了老住院楼之后，她回自己病房的路上还迷了路。

那家医院是当时S市最好的医院，母亲特地把她从W市接到S市来看伤，为此花了不少钱。偌大的医院在深夜的苍穹笼罩下越显空阔，她又看不清路，兜兜转转半天都没找对方向。

她急得慌了神，转头却发现那个男孩就在不远处等着她。

那一刻，连笑觉得他简直就是她的救世主。

但很快连笑就不这么觉得了。他大概只是碰巧遇见了她，连笑紧紧跟着他回病房的全程，他都没有搭理她半句。

连笑还记得自己当时紧赶慢赶地跟在他身后，问了他一个问题："你看我，都被揍成这样了，却一点儿都不想死，你为什么就不能好好活着？"

他并没有回答。

但当他再一次试图去隔壁病房偷烟时，却被那老人家逮个正着。老人家的脾气特别差，辛辛苦苦一根一根藏起的烟，却被个小毛孩成包成包地偷，老人家气急了就要动手。

只有连笑知道，是她向老人家告了密。

也只有连笑知道，当她看见那老人家抄起拐杖就要往那男孩身上揍时，她有多恐惧。

挨打这件事是她一生的阴影，以至于如今她都快奔三的人了，但凡被男人弄疼一点儿，都要炸。

可她那时依旧硬着头皮扮演了一回救世主，从拐杖底下拽走那男孩，拉着他在医院的各层走廊一路狂奔，终于甩掉了那老人家。

可她也因此摔了个大跟头。

她还记得，她跑得太急被绊倒时，那个男孩就在旁边看着，连扶都不扶她。

想来也是，他自己都不想活了，怎么还会在乎她的死活？

那时她的伤本就还没养好，又好死不死地摔破了脸，丑得不想见人，就天天待在病房里看漫画书。

漫画书都看完了，脸还没好，连笑想到自己大概是破相了，彻底好不了了。

她当时照着镜子哭，隔壁床的男孩却说："没事，以后可以整容。"

在那个年代，"整容"是多么陌生的词，连笑一听也觉得他说的不是什么好话，她看不清他的脸，自然也不确定他是在取笑她，还是在安慰她。

只不过那副浅浅淡淡的语气，大概，是在取笑她吧……回忆却在这一刻戛然而止，只因方迟收回了看向茶几上那堆啤酒罐的目光之后，浅浅淡淡地往她脸上带了一眼，便欺身而来，他的气息再度将她笼罩。

他之前只是治好了她的打嗝，这次却让她第一次体会到，原来接吻的滋味可以这么好，这么令人……食髓知味。

连笑一边神思快要涣散地回应着，一边提醒自己别忘了任务在身，双手试图挤进紧紧挨着的彼此之间，解他的扣子。

他却跟她作对似的，她刚要成功解开一颗，就被他再度一把抓住手腕。再不容她有半点儿挣扎，他已一手控住她双腕，拉到头顶。

连笑瞬间没了还手之力，心里顿时戚戚，不过幸好她穿了件特别难脱的套头衫，他的扣子难解，她的套头衫只会更难脱。

正得意着，下一秒，他竟然不和之前那样，试图脱她的衣服，而是一手依旧拽着她的双腕，一手直接去解她的……裤子。

连笑顿时如遭雷击，浑身僵住。

这这这……这是要直奔主题了？

他他他……原来她每次喝醉，他都是这么对她的？

连笑一个激灵，就跟砧板上被抽筋扒皮的鱼似的，整个人差点儿弹起来。

他跪坐在她腰身两侧，自然没让她逃了去，手腕却被她挣脱了。连笑挣脱出手腕的当下，立即就去护自己的裤腰。

如此矫捷，哪有半点儿醉鬼的样？果然，她动作一起，下一秒便引来方迟狐疑地一抬头。

　　连笑正对上他的视线，心里一虚，生怕被他瞧出来什么，赶紧闭眼来了句："重……"

　　她随即扭捏着侧过身去，尽量把自己缩成一团，还不忘把自己的裤子重新系好，看他还能把自己怎样。以方迟平时那怜香惜玉的劲儿，她都已经缩成一团假装醉死过去了，他肯定得打住，甚至会把她抱进卧室，帮她盖好被子让她好好睡。

　　反正色诱这招肯定是不行了，她连他衣服都没脱成，却差点儿把自己的裤子搭了进去，更进一步的话，那可不是偷鸡不成蚀把米？

　　看来她得另寻他法。比如，灌醉他？

　　可她酒量那么差，他还脸不红心不跳的，她就已经开始撒酒疯了可还行？

　　再比如，趁他睡着……连笑脑子里刚生出这么个念头，就被狠狠打断。

　　方迟突然自后紧贴，也侧卧在了沙发上。

　　他把她的头发拨到另一侧，在她颈侧、耳垂细细密密地吻，直吻得连笑虽紧闭着眼，睫毛却忍不住细颤。

　　他的手也绕了过来。她的衣服不好脱，他似乎也没打算要脱，手直接探向下。

　　连笑死抓着自己的裤头不放，整个人早已无心恋战，可还是被他一点儿一点儿扯开了手。

　　连笑惊得直睁开眼，回头看他。方迟仿佛早料到了似的，默默迎上她愕然的目光。

　　连笑顿时心头一沉。

　　可还来不及有任何反应，他已双唇一开："为什么装醉？"

　　什么是功亏一篑，连笑可算是亲身体会了一遍。她心底却还存着份侥幸，慢悠悠地又把眼睛给闭上了，缩回去，索性不给半点儿反应。

死鸭子嘴硬？方迟也不恼，指尖在她裤头打着圈："不说我可继续了……"

她依旧不说话。

那他的手也就不客气了，牛仔裤的质感很快从指尖掠过，继而是滑手的蕾丝，再接下来则是更滑手的肌肤。

连笑终于忍不住一蹦三尺高，面红耳赤心跳加速地厉声低吼："原来我每次喝醉你都是这么对我的？你个伪君子！你个衣冠禽兽！你个……"

词到用时方恨少，连笑骂到嘴都打磕巴了才停下，胸腔却还在剧烈起伏着，深感信错了人。

相比她的暴跳如雷，方迟只是慢条斯理地嗅了嗅自己指尖沾染上的香气。

虽说这一切早在意料之中，但就这么戛然而止了，终究还是觉得有点儿可惜。

末了他才抬头看向连笑，眉心微蹙嘴边却带笑："说吧，为什么装醉？"

连笑也就没必要再借着暴跳如雷蒙混过关了，却不敢再在他身旁坐下，而是一脚跨到了一旁的单人沙发上，矮身往下一滑，扯过抱枕抱在胸前，顺便开了沙发旁立着的灯，才找回点儿平静："你什么时候看出来的？"

方迟下巴点一点玄关的方向。

连笑顺着他的示意看向此刻风平浪静的玄关，脸唰地一白。

他进门没多久就看出她是在装醉？！那他为何还要一路陪着她演？连笑的脑子是彻底转不过这道弯了。

"你真喝醉不那样。"她真喝醉的话，他也不会这样对她，方迟心中默默补上后半句。

连笑沉默了半晌，才重新找回自己的声音："我真喝醉会哪样？"

方迟当即一皱眉。似乎那不是什么好记忆，他挑眉反问："你确定你要听？"

连笑点点头，很笃定。

方迟不由得呼了口气，仔细回想了一下她几次醉后轻薄他的场景，怕真的细细描述起来会吓到她，他只模棱两可地总结："总之就是到处亲，不让亲就到处摸。"

看看她的脸色是否承受得住之后，他又补充道："而且只准你碰我，不准我碰你。"

原来如此……看来自己刚才表现得太矜持，不够浪，才被他瞧出了异样。连笑忍不住反思。

"况且，"方迟又扫了眼茶几上的啤酒罐，"是谁说喝啤酒长肚子，从来不喝啤的？"

对她这拙劣的演技与排兵布阵，方迟只能笑笑以表安慰了。难怪他发现一茶几的啤酒罐后，会多看了那么一眼……

处处是破绽却还以为一切天衣无缝的连笑，如今只剩无地自容。

可转念一想，她又忍不住横挑鼻子竖挑眼地斥他："你既然都发现我是装的，为什么还要……还要……"还要对她一路亲亲抱抱举高高……

"因为太好亲了。"他回答得倒是坦荡，"我有点儿忍不住。"

连笑不禁斜眼哂他："真忍不住的话最后关头还能喊停？"

方迟低眉一思忖，才想起她说的最后关头，是他的手探进她裤……敛了眸，才挥去那点儿遐思，他恢复正色道："最后关头喊停，是我怕自己会彻底忍不住。"

有点儿忍不住……彻底忍不住……这人还真会咬文嚼字，连笑抚着额，却压不住耳根发烫地想，如果他在最后关头彻底没忍住，是不是就……

幸而他也没给她时间再胡思乱想："你呢？装醉不会只是为了吃我豆腐吧？"

连笑当即一瞪眼："谁要吃你豆腐？！"

虽然他脸蛋俊，身材好，但连笑也是见过大世面的，会觊觎这点儿男色？

"那是为什么？"他的语气虽还是那样淡然，半点儿不咄咄逼人，但显然不给他个满意答案的话，他也不打算放过她。

连笑十分犯愁，总不能大张旗鼓地告诉他，她怀疑他自残吧……

这种秘密太沉重，有些人宁愿压在心底一辈子也不愿为外人道，就和十几年前她隔壁床的那个男孩似的，也一如时至今日的她自己似的……

"我能不能不说？"连笑思来想去，决定耍赖到底。

方迟低着眉思忖片刻，又抬头看她。

他的眼神，平静之中似乎又正算计着什么，连笑一缩脖子，总觉得他不会有什么好话。

果然他说："可以，但是有交换条件。"

一听"但是"连笑就暗叫不好，商人无利不起早，她哪能从这个臭奸商手里讨半点儿好处？

心里虽骂，但她嘴上还是小心翼翼地问："什么交换条件？"

"做我女朋友。"

Chapter. 6

嗨！女朋友

连笑近期的目标可也是成为一个合格的臭奸商，怎么能容他如此钻空子："这两码子事怎么能扯一块儿算？！"

方迟却不这么认为："你对我多次又亲又摸，我难道不应该要求你对我负责？"

绕来绕去，怎么绕成她一个黄花大闺女必须对他这么个臭男人负全责？

连笑还没从这连环套里解出点儿思路来，反观方迟，已然是一副成竹在胸的模样："一个名号而已，都舍不得给？"

怎么成竹在胸的语气里，似乎还藏了那么一丝……可怜的意味？

连笑最受不了这招。

就跟长老似的，平时作威作福，犯了错就装可怜，连笑拿它半点儿办法都没有。

这三五年间，连笑被表白的次数也不少，可每一次，她都能找到无数个拒绝的理由，偏偏这一次，连笑思来想去反而难住了自己。

对啊，有什么好拒绝的？

就如他所说，确实只是个名号而已，答应做他女朋友又怎样？他还能把她吃干抹净了不成？

一向爱看热闹的长老自然不肯错过这一历史时刻，之前它悄无声息地不知从哪儿钻了出来，就坐在两组沙发的斜对角，巴巴地看着分坐于两组沙发一端的两人。那双猫眼，真跟在催她答应似的。

那时那刻的连笑未曾发觉，别人表白她能想到一万种拒绝的理由，而他表白，她却只能看到一万种答应的理由，这究竟意味着什么。可她嘴上依旧有那么一丝不甘不愿："好吧！但是……"

她也学他，来个"但是"。

方迟一挑眉，表示洗耳恭听。

"得有试用期。"连笑还打算讨价还价一下，哪料到方迟眉都不抬，看来早有准备："多久？"

连笑又忙不迭一阵苦想。

"三个月。"刚说出口就觉得三个月太短，正要改口说"半年"，却遭方迟堪堪打断："好，成交。"

就这么一锤定音，哪还肯给她机会提反对？

他甚至起身，伸出一只手来，真跟双边会谈达成合作意向了似的，一副要和她握手的样子。

连笑被这架势唬住，迟疑着起了身，递过去自己的手，才觉得哪儿不对，缩回手去："等等！我刚刚想说的是半……"可惜连笑刚抢说了这么一句，正欲缩回的手就遭方迟精准无误地握住，他顺势把她往怀中一拉，拥她个满怀。

连笑惊而抬头一看，跌进的不只是他的眸光，还有他那低沉却柔如春风拂面的声音："我可以行使男友的权利了吗？"

前脚连笑还自我安慰着答应他又怎样，难不成他还能把她吃干抹净？转眼却心中一紧。

眼看他一点儿一点儿凑近，眸光或明或暗，连笑压根吃不准他是要吻她，还是要……继续之前的未尽之事。

连笑心底正敲着鼓，他的脸却已近在咫尺，似有重量的目光在她脸上逡巡一轮，连笑不由得屏住气。

她是那么紧张，他却勾勾嘴角："笑笑。"

"啊？"

连笑都还没闹明白他是在叫她的名字，还是觉得她表情太紧绷让她笑一笑。

而她刚这么疑惑地张嘴"啊"了一句，就听咔嚓一声，方迟用手机捕捉下了这一幕，就这么一声不吭地来了张合照。

他甚至还想一声不吭地把照片往朋友圈发？

眼看方迟点开朋友圈，连笑脑中不禁响起他发小那句："你就这么闷声不响地交了女朋友，都不在朋友圈秀一下？我家那位可是规定我一个星期起码要在朋友圈里发一张合照的。"连笑赶紧伸手制止："等等！"

她突然叫停，方迟指间一顿。

连笑二话不说把他的手机夺了过去，方迟不禁一锁眉心。

这是要……反悔？

眼见她特别利索地把他还没来得及发出去的那条朋友圈删了，方迟的脸色可不怎么好看。

可连笑哪顾得上他？她特别严肃认真地把他刚拍的照片传到她自己的手机里，嘴上煞有介事地念叨着："修一修再发。"

事件的走向已然超出所料，方迟不由得一愣。

只见她把他的手机扔到一边，转而拿起自己的手机，接收到照片后第一时间打开修图软件，全程头都顾不上抬。

她的修图技术应该还能挽救一下照片中那个一脸惊恐地张着嘴，如痴如傻的她自己……

毕竟是第一张合照，一个修图软件不够？不怕，她有二十多个修图软件做后盾。

朋友圈发出去不出五分钟，谭骁的电话杀到："合照那女的是谁是谁是谁？快说快说快说。"

就一张合照，没有配任何文字，谭骁刷到时已惊恐得连话都快说不利索。他也不管自己此刻还在有意入股的经纪公司年会上，一个个明星看得眼花缭乱，更顾不上方迟此刻是否在和新欢共度良宵，非得打通电话问个明白才行。

"还能有谁？"方迟都被谭骁问糊涂了，"连笑。"

"连笑？！"谭骁半晌没吱声，大概又把那照片放大了查看了几遍，语气终于不再是震惊，而是感叹，"这修得也太不像了吧。"

方迟赶紧把音量调小，可惜连笑就坐在一旁，分明竖着耳朵偷听。

谭骁刚兴味索然道："我都没认出来是她，还以为你一天之内又找到了别的新欢呢，没劲儿！"就被连笑扯着嗓子隔空一吼："没修！原图！你才见过我几次？我侧脸就长这样！"说完不忘瞪一眼方迟。

方迟面色不变，当下附和道："对，没修，原图。"

这俩人一唱一和，可以想见谭骁此刻的白眼肯定翻上了天。

谭骁啧啧两声表示不信，奈何孤军奋战，一张嘴斗不过他俩，啐了句："你个老婆奴，没救了。"就把电话挂了。

连笑这人，虽对着谭骁能睁眼说瞎话，但毕竟心虚，抱着手机琢磨了半天他朋友圈的那张合照。

他朋友圈唯一的一张照片，甚至是他发的唯一一条动态。

"要不……把合照删了？"连笑试探着问了一句。

"我觉得挺好看的。"言下之意是没必要删。

连笑也就没再问。

反倒是方迟，托着下巴看着她，研究了好一会儿，竟改口道："要删也行。"

连笑一听，刚才还偃旗息鼓，立马正襟危坐，听他道："搬去我那儿住。"

连笑差点儿被自己的口水噎着。把她诓成了女朋友还不知足，还想把她诓去同居？

她的答案自然是"不"，但也再不敢提删照片的事。

只是见方迟那张但笑不语的脸，连笑怎么恍惚间觉得，这正是他要的效果？

知道她不可能会答应同居，这么逗她一句，就能保住这张照片？

男友如此猴精，连笑顿时有点儿担心接下来这三个月的试用期里自己的安危。

这张照片就这么成了方迟朋友圈很久以来的唯一一条动态，直到某天被他自己亲手删掉。连笑的生活似乎并没有因为多了个试用期男友而发生什么天翻地覆的变化，每天依旧要么他来她家串门，要么她去他家遛猫，最亲密的行为也不过是接吻。以连笑对男人的了解，自己这位试用期男友，似乎……那方面的欲望很淡？

男人对喜欢的女人动手动脚才是常理吧？

他却真的，异常地，尊重她，尤其是在谭骁的衬托下。

谭骁近来女伴换得尤其勤，又特别爱撺掇什么四人约会，连笑几乎每次见谭大少带来的女生都是新面孔。

她不禁要怀疑谭骁还记不记得廖一晗这么一号人的存在。要知道，谭骁一个多月前还在对廖一晗穷追猛打，一副非廖一晗不娶的架势。

或许，方迟本身就很清心寡欲？所以才显得和平常男人如此不一样？

加之谭骁之前透露的那些信息，方迟多年不交女友，或许真的因为没那方面的需求？

连笑真不知道自己是该为自己庆幸，还是该为方迟担心。

可惜她和廖一晗如今陷入冷战，她连个说闺中话的人都没有，只能每次一见面就和谭骁掐："谭大少，怎么又换女伴？"

谭骁也不客气："方小迟，怎么还不换女伴？"

这么揶揄方迟还不够，总还要顺带揶揄连笑一嘴："'双12'你们不该忙翻天吗？怎么一天到晚都能见着你，我都看烦了。"

被戳着痛处的连笑破天荒地没有反唇相讥。

晗一的这个"双12"过得并不好，美妆版块全面下架，四大网红的自主品牌美妆也被扒皮扒了个底掉。晗一和容悦签了保底协议，保底出货量没到，晗一可是要往里倒贴钱的。

服装版块也受到波及，晗一上下都有些无心恋战。这些消息连笑都是从各方眼线那儿得知的。

她早就按照自己的计划，想出借刀杀人这招的隔天，趁着周一例会所有高层都在公司，和廖一晗大吵一架。

连笑之所以看着闲，也是因为和廖一晗大吵一通之后再也没去过公司。

连笑不妨把事情闹得更大些，她找林亚出来吃了一顿饭，林亚Lia的小号还发了她们聚餐的照片。晗一内部立马炸了，消息传到最后就成了廖一晗和连笑闹掰，连笑有意挖林亚出走晗一。

林亚和晗一的合同本就还有一年到期，因为合同签得早，当年林亚还只是个小菜鸟，违约金签得不高。

当年若不是连笑一手挖掘，林亚可能现在还只是个跑场子的嫩模。连笑作为林亚的伯乐，这挖角的消息自然越传越真。

在外人看来，廖一晗和连笑绝对是彻底撕破脸了。

廖一晗打过电话给她，却没提一句林亚的事，只问她："什么时候消气，回来上班？"

连笑其实很想回廖一晗一句："陈璋和我，只能留一个。"

可她接廖一晗的电话时，方迟就在旁边。方迟似乎猜到她想这么说，只默默冲她摇了摇头。

连笑这才忍下了冲动，只模棱两可地说了句："等我想好该怎么面对你，我自然会回去。"

正如方迟提点的，现在不是她冲锋陷阵的时候，她唯一需要做的，就是坐山观虎斗。因连笑单方面罢工，陈璋不得不负责和容悦对接，这也意味着他基本揽去了产品总监的实权，身为产品副总的陈振然坐不住了。产品总监本就是陈振然的心腹，这么一来，陈璋等于架空了陈振然的部分权力。

陈璋、陈振然又都姓陈，万一哪天陈璋取后者而代之，下属们连称谓都无须改，反正都是"陈总"。

陈振然怕不是没想到过这茬，他这种人精，怎会放过陈璋？

陈振然突然语焉不详地约连笑吃顿便饭，连笑就知道好戏来了。

她终于有正事要办，不用再和谭大少来什么四人约会，而是如期赴了陈振然的约。

陈振然饭局前半段还在和连笑打马虎眼，以和事佬的身份在连笑面前为廖一晗说好话，连笑自然配合演出。

她可不怕自己行差踏错，毕竟她的军师就在她背后那桌，和她连着麦。

"放心，这位陈总撑不过十分钟，肯定忍不住进正题。"方迟在耳机里如是说，"还有，这家店太难吃了，待会儿我们换一家。"

连笑敲了敲蓝牙耳机，表示同意。

还真不出十分钟，陈振然默默地从公事包里拿出个文件夹。

连笑早已激动得风起云涌，却还得慢悠悠地放下筷子，做疑惑状，皱眉看陈振然。

陈振然只说："连总，希望这个能帮到你。"

连笑一脸茫然地翻开文件夹，翻到第三页，她的手已忍不住开始抖，内心呐喊着终于等到今天，却依旧蹙眉以示不解："什么意思？"

陈振然一向知道这连总是扶不起的阿斗，内心肯定是瞧不上的，却也只能耐心解释。

"那批从晗一流出去的假货，虽然晗一这边没有查到任何记录，但我找人查到了这批假货最初来自哪些制假工厂。您看，这些制假工厂所用的包材，产品批号和晗一的那批假货，是不是一致？"

连笑点头。

"这批假货的预定商，全部是这家名叫善清的贸易公司，而它的法人……"陈振然一边说着，一边将她手中的文件又往后翻了一页。

新的一页上，是善清贸易公司的注册信息，法人代表一栏写的是陈善清。

"陈善清……我怎么记得陈璋他爸就叫这名？"

连总的演技已达炉火纯青的地步，这副茅塞顿开的模样直看得餐桌对面的陈振然大松口气。

陈璋和廖一晗大学谈恋爱那会儿，家境特别好，经常带着廖一晗出入高端场所，用的都是陈璋他爸的卡。

连笑作为蹭吃蹭玩的，自然也对陈善清这名字记忆深刻。

"连总，显然晗一方面查不出任何纰漏，是因为有人销毁了证据，我就不说这人是谁了。"陈振然点到即止，给了连笑一记你我都心里有数的眼神。连笑默默受下，等陈振然阐明真正的来意。

陈振然手指点了点文件夹，一副讳莫如深的脸："只要把这个交给容悦，不仅晗一的危机解决了，连总您的危机也解决了。"

陈振然分明希望她来当这个出头鸟。

可惜在连笑赴约前，方迟早料到会是如此。连笑也早早排练过了一遍，当下失笑反问："我？我能有什么危机？我现在特别快活，不用去公司，照样拿分红，世界各地飞，泡泡小鲜肉。我是联合创始人，陈璋就算做了CEO也威胁不了我。"

言下之意，陈璋做了CEO，威胁的可是他陈振然。

陈振然当即脸色一变，连笑装没看见。反正陈振然也会觉得以她的智商，这话绝对是无心一说。

陈振然还不死心，张了张嘴却欲言又止，连笑作势低头看手表，打断道："不好意思，陈总，我还有约就先撤了，这顿我请。"说着已抬手示意服务生过来买单。

连笑就这么在陈振然的目送下买单，起身，离开，直到出了餐厅正门，才首次回头一看。

方迟正晚她一步出餐厅，二人就这么迎面对上，连笑当即卸下一脸的道貌岸然，笑吟吟地挽住方迟的胳膊往前走："怎么样？我表现得可以吧？"

方迟笑笑："一百分。"却又突然敛了笑，脚下也不动了，只眯眼瞧她，"不过那句泡泡小鲜肉……看来连总没少泡小鲜肉？"

那本就是句玩笑话，连笑也没放在心上，随口就来了句："都是

251

小鲜肉泡我好吗？"

她还以为方迟听听笑笑就过，不料他当即脸色一沉，没等连笑反应，他已径直朝一边走去，头也不回。

这是……真生气了？连笑人还没反应过来，脚已经追了过去。

"这有什么好生气的？上次谭骁还问你，古力娜扎和迪丽热巴让你任选一个，你会选谁，我都没生气！"

玩笑嘛！谁会当真？

"那是因为谭骁当时让你在陈伟霆和杨洋之间选一个，你还在犹豫两个都想选，压根没空管我。"

他的声音倒是挺平静，听不出生气，可脚步依旧不停——那看来还是生气了。

连笑不知不觉都快追到死角，还是没明白他哪儿来这么大火："真生气啦？"

下一秒她却被他猛地一拉，直接逼停在角落。

他看着她的眼睛，哪儿有半点儿生气？全是成功将她引到这既无摄像头又无路人的死角的得意。

只不过连这点儿得意，都带着此人特有的清隽浅淡。

"以后还得委屈连总一下，不能泡小鲜肉，只能泡我。"

他骄矜地说着，放肆地吻下来。

世界上怎么会有此等蔫坏之人？算计她一个吻都算计得如此小心翼翼，却又堂而皇之。

只可惜此时的连笑已沉溺进了他赐予的唇舌交缠中，再无暇抱怨这些。

一周后，周子杉的问责电话亲自打到了晗一。

看来陈振然即使不求助于连笑，照样能把证据交给容悦而保证自己身份不败露。

陈璋遭开除已是板上钉钉的事，就是不知道廖一晗还会不会为保陈璋在业内的名声，而做最后的尝试。

但恐怕廖一晗是保不住了，容悦大概很快就会公示调查结果，届时陈璋是名誉扫地还是接受调查，都不是廖一晗能左右的了。

连笑和廖一晗友谊生涯的第一次冷战期，就这么以廖一晗深夜打来的一通电话作为结束。

电话自接通起，廖一晗就一个字都没说。连笑也没催她，静等她开口，等来的却是廖一晗一声低过一声的啜泣。

连笑赶到廖一晗家，开门那一刻，相顾两无言，连笑只给了她一个大大的拥抱。

廖一晗额头伤了，她虽自称是在和陈璋推搡间不小心自己磕伤的，可连笑怎么会信？

但是连笑相信，自己能陪着廖一晗走过当年的失恋期，就同样能帮助她度过如今的低谷。

"没事，一切都会好起来的。"连笑这么说的时候，并不知道前路会有多少坎坷正等着她。

隔天连笑还陪着廖一晗去做了产检。医生发现廖一晗额头上的伤，随口问了句："这怎么回事？"

廖一晗也就随口一答："不小心磕伤的。"

连笑当时在一旁听着就坐不住了，起身出了诊室，倚着墙边咬手指。

等廖一晗也出了诊室，连笑见她那张平静的脸，终于忍不住问："陈璋昨晚是不是对你动手了？"

廖一晗那张欲言又止的脸，已经是答案。

"那他现在人呢？"连笑已经刻意压抑，可语气依旧冷硬。

廖一晗摇了摇头："不知道。"

"那这孩子呢？！"面对这样的廖一晗，连笑多少有些咄咄逼人。

廖一晗苦笑："难不成你想让我打掉？"语气虽弱，但也是质问。

连笑被噎得一时接不上话。她心里确实是这么想的，廖一晗这孩子，要来有何意义？孩子摊上那么一个爹，还不如不出生。这方面她应该最有发言权，毕竟她幼时也无数次怨恨过父母把自己带到这世上来。

可真要她当着廖一晗的面说出口，她又不忍心。

陈璋这两个字俨然成了这两个女人间的死结，一时间也争不出什么结果来，廖一晗索性转移话题："明天容悦的人会来晗一开会，你来主控？"

"我这副样子，不太适合露面……"廖一晗嘴角漾出丝苦意，俨然是求饶了。

连笑虽依旧一脸闷愤，却也不想再谈论陈璋，敛了敛神情点了点头。

这一切俨然又恢复到了晗一成立之初她俩并肩作战的模式，陈璋那厮，就让他自生自灭吧。

容悦需要晗一就整个假货事件给出一个满意的处理结果，廖一晗把自己的想法很明白地告诉了连笑——开除陈璋，但不打算对陈璋提告。

连笑哪能同意？

不过之前种种也让连笑学乖了，做个沉得住气的好闺密，不再像之前那样仗着关系好就劈头盖脸地试图把她骂清醒。被爱冲昏头脑的人，能被三言两语骂清醒？

她憋到回家想和自家军师好好商量一下，可惜方迟这几天人在纽约。

他参投的直播软件即将在纳斯达克上市。虽然方迟自己笑称上市只是为了圈钱退市，虽然连笑也没脸没皮地宣称晗一迟早会在她的带领下进驻比纳斯达克牛百倍的道琼斯，但不妨碍连笑佩服他佩服得五体投地。方先生每天看着无所事事，能赚的钱倒是一分都没落下。

这些技能，恐怕是她这种学渣一辈子都学不来的。

时差十三个小时，连笑只能连线求教。

方迟那边正值早晨。如此惬意的morning call，方迟接起时，脸色和煦，一扫酒店窗外这一片曼哈顿的阴天。

哪怕她这通morning call打来，只是为了说些烦心事。

方迟一边打领带一边听她絮絮叨叨半天，FaceTime里她的脸近在眼前，他过眼就能看见。

这才叫生活……

领带打完了，她的陈述也结束了。

方迟看一眼手表。今早他将出席敲钟仪式，此刻他已是三件套西装上身，一刻钟后就得出酒店。

他还有一刻钟的时间用早餐，手机就这么又被他搁到了餐桌上。

其实方迟并不擅长处理女人间那点儿事，女人可不就是"麻烦"的代名词？可惜女友在上，他也只能硬着头皮把廖一晗当个难哄的甲方来分析："别把她逼得太紧。"

"我不逼她，怕她到时候又被陈璋哄得晕头转向。"

"现在这状况，你是乙方，廖一晗就是甲方，你得哄着她。"

连笑都这么说，连笑自然气馁得不行，将三只小祖宗轮番拎来一阵蹂躏，都不足以平复心情："好好好，甲方最大行了吧！"

方迟见她这么垂头丧气的样，一笑，放下了手中的餐叉。

他藏着的那嘴峰回路转其实就为看她这般抓心挠肝的样子，这也算是他别样的恶趣味了。

等看够了，他也就不卖关子了："甲方爸爸可不是最大的。"

连笑一听有戏，嘴脸顿时变了。

她立马把被揉乱了新造型的堂主脑袋上那撮毛撸好，用脚勾了沙发旁的小板凳过来，就这么怀抱着堂主往方迟面前一坐，悉心听讲。

"别忘了还有容悦。"方老师如是说。

"你不逼她，自有容悦会逼她。见人说人话，见鬼说鬼话，会不会？"方老师又说。

方迟这人，说话从来只说半句，后半句都得她自己琢磨才行。大概这就是传说中的授之以鱼不如授之以渔？

以连笑这种算盘珠子不拨不动的性格，她还真就吃他这招，总是被推着自己动脑筋思考。就比如此刻，她听了这番话，不禁琢磨起来，他的意思是……既要帮容悦整治陈璋提供便捷，又要在廖一晗面前表现得对陈璋既往不咎？

既然已经知道该怎么办了，连笑立马一改虚心求教的学生样，懒洋洋地一叹："唉，职场堪比宫斗。"说着便摆起一副太后样，把怀中堂主的尾巴当那珐琅指套，在那儿捋来捋去，"若没有你方嬷嬷在旁辅佐，本宫怕是已经凉了。"

方迟没搭理她这茬，继续用早餐。

酒店的餐厅挂了米其林两星，但他对前几日吃的东西都甚觉一般，吃得自然不多。今天却不知为何别有胃口，抬眼一瞧竖在一旁的手机，明白了。

因为他眼前正端坐着他那可口的女朋友。

而此刻他那可口的女朋友不知正想着什么坏主意，思忖半天突然冲他挤眉弄眼道："要不你来做晗一的战略顾问吧？"

方迟一蹙眉："战略顾问？"

连总这是要学廖一晗，把家属都挖进自家公司？

连笑还以为他是嫌弃这职位，张口就来："你开个价。"

说来也是，堂堂一投资人，给一家民营企业做战略顾问，着实纡尊降贵。可他总得卖他自己女朋友一个面子吧？女朋友是他自己选的，怪得了谁？

果然方迟没拒绝，只说："我很贵的。"

"多贵？"

他还真的垂眸思考起这个问题来，再抬头已是一副公事公办的严肃模样了："要我做晗一的战略顾问，现金不行。"

"难不成你还想要股份？"连笑顿时眉眼一横，"过分了啊！"

这守财奴的样儿。

方迟食指关节抵了抵唇，掩去笑意。怎么回事，最近自己的高冷形象怎么那么容易破功？

"现金不行，得晗一家的小老板亲自——"

亲自什么？连笑竖耳倾听。

"陪睡。"

连笑的脸，大概离镜头比较近，此刻放大了呈现在屏幕上，被他一句话吓得白。

方迟嘴角一勾，笑得似真似假："怎样？成交吗？小老板……"他那样看着她，带点儿坏，又带点儿……期待？

连笑瞬间表情尽失，太阳穴一跳。幸好这是通越洋电话，他也就在电话里调戏她一下，连笑就当句玩笑话一听。

可每每想起，又总觉得浑身不怎么对劲儿，却不知究竟自己是哪儿不对劲儿。

只是隔日起床，洗漱完准备换衣服出门前，连笑拉开衣柜，看着衣柜里清一色的舒适款内衣，有那么一秒的走神。

她……是不是该……换点儿款式性感的内衣……

这个念头一经过脑，就被她惊恐地挥走。

她赶紧换了衣服出门。容悦的人今天来晗一开会，现在不是想那些乱七八糟的事情的时候。

会上该怎么说连笑都想好了，却不料，容悦放了她鸽子。

到了约定的时间，容悦的人一个都没出现，晗一一众高层坐在会议室里，面面相觑半天，连笑赶紧让助理打电话去问。

周子杉的助理随便扯了个特别扯的理由取消了会议，以至于晗一上下一整天都惴惴不安。

和容悦的合同签署得特别严密，容悦要解约的话，违约金的金额完全取决于容悦如何定性此次假货事件。

容悦真要置晗一于死地的话，六千万的违约金一分不少，晗一这一年等于白干。

当晚，谜底终于揭晓。

看来容悦并不是要和晗一撕破脸，但晗一上下并不能因此雀跃半分。

容悦上了新闻，这回上的是省台的节目。

晗一售假事件作为导火索，记者暗访了容悦的工厂，发现容悦本就真假掺卖，只不过做得比较隐秘，混进去的假货比例很低，而且一般采用的是注水、稀释等不容易让买家察觉的方式制假。

连笑是在廖一晗家看的新闻，新闻播完，室内陷入长久的宁静。

廖一晗把电视关了，遥控器却一直紧握在双手中，抵在下巴处。

显然廖一晗也蒙了。

容悦是上市公司，并且一直以无假货著称，之前但凡有一点儿质疑容悦售假的消息传上网，容悦都会第一时间公关处理掉，外界也均以为这是对手公司放出去的假消息。

容悦不仅有自己独立的生产线，还代理着韩、日众多品牌，是国内目前做得最大的全品类化妆品网站。

连廖一晗都蒙了，连笑更是满脑子一片空白。

连笑想给方迟打个电话，手机都已经掏出来了，一想到纽约此时是凌晨，又悻悻然作罢。直到廖一晗缓过了这阵，跟没事人似的整理好了表情起身，连笑以为她有主意了，连忙问："怎么办？"

廖一晗摇摇头，此刻唯一能说的，只有一句："现在就看容悦会让谁出来背锅了。"

廖一晗遵医嘱早睡，连笑也陪着早早地上了床，但已然注定，此夜无眠。连笑辗转到半夜依旧毫无睡意，又没有猫祖宗们任她蹂躏以疏解心情，索性起了身。

她看一眼转到另一侧去睡的廖一晗，大概廖一晗是睡了，孕妇嗜睡也正常。

连笑轻手轻脚地起床，去了洗手间。洗手间里还放着男士护肤品——应该是陈璋的。

看来廖一晗还没下定决心和陈璋断了。

连笑却破天荒无心关心这些，她掏出手机，换算一下时差，估摸着方迟应该早起了，这才去拨他的号码。

不知为何，即便方迟也没办法给她支什么招，但就算听听他的声音也好，她觉得安心。

可连笑刚要拨通方迟的电话，手机却先行振了，在周遭安静至极的氛围下，唐突到连笑手一抖，险些没拿稳手机。

看一眼来电显示上的陌生号码，连笑刚要接起，又蓦地一僵。

这串号码，其实也并不完全陌生，是周子杉的来电。

手机振了许久，连笑僵着脸，始终没接听，直到电话断了。

周子杉没再打来。

在这凌晨零点零三分，容悦自身不保，根本顾不上晗一。

隔周，容悦出了消息，周子杉决定引咎辞职。

谁能想到廖一晗会一语成谶，容悦的祸端，周子杉背了锅。连笑收到周子杉辞职的消息时，人正在机场。

方迟乘今天的航班回来，她瞒着他来接机。

本想着给方迟个惊喜，结果却成了她在国际港的出口处站着走神，方迟从她面前经过，她都没瞧见。

刚出感应门的方迟也是归心似箭，助理在旁边推着行李车，方迟也不顾，只自顾自地看着手表朝出口走去。

若不是方迟自那一排接机的陌生面孔前走过时顺带着余光一扫，他恐怕就要这么从连笑的眼皮子底下错过。

但方迟好歹是余光一扫，脚步一停，继而眉头一皱，扭头看去，栏杆外那眼熟的人影还真是连笑。只是此时的连笑正低眉思考着什么，压根没发现他。

方迟顿时有些哭笑不得。

他回国前向她报备自己的航班号时，她还做出一副抱歉的口吻，说自己今天有事，没办法接机。

所以，她这是来……给他个惊喜？

但这么个惊喜法，方迟还是头一遭见识。他都站定在她面前了，她都没发现，还在自顾自走神。

方迟无奈，以拳抵唇："咳！"

他虚咳了这么一声，连笑才蓦地一抬头，见到他的当下，生生一愣。显然她的惊喜没能惊着方迟，反倒惊着了她自己。

方迟趁她错愕，微一低头，吻了她个措手不及。

连笑身旁那领着孩子来接机的中年妇女，赶紧把自家孩子别过来看热闹的脑袋又给别了回去，非礼勿视。

连笑这才算是彻底回过神来。

她尽量把周子杉引咎辞职带给她的冲击抛诸脑后，尽量用嘴角的笑意掩盖一脸的紧绷："怎么样？有这么漂亮的女友来接机，是不是倍儿有面子？"

连笑说着，越过方迟的肩膀看向他身后。除了方迟的助理，并没有看见其他人。

按道理说，方迟和一众合伙人一同去的纽约，也该一同回来才是。

方迟前几天还提了嘴，几个合伙人在纽约时轮番给他介绍女朋友，都知道他多年空窗，他说自己已经有女友了，也没人信。

为此，连笑今早出门前还特意化了个全妆，就是要让这帮人看看。

可惜没嘚瑟成，方迟身后就一小助理跟着。

小助理这才言笑晏晏地解释道："其他人都顺便在纽约过完圣诞才回，就方总提前回来了。"

连笑随口"哦"了一句，心想今早这两层假睫毛算是白粘了。

上了车，连笑就把两层假睫毛全摘了。睫毛胶太厚，糊眼睛。

方迟的助理开着方迟存在机场的车走了，方迟则上了连笑的车。

他眼看她龇牙咧嘴地撕着睫毛胶，怎么她做什么他都忍不住笑？方迟不得不绷紧唇角："你不粘这玩意儿，眼睛也已经够大了，放过你自己，好吗？"

他话音一落，连笑的睫毛胶也扯完了，总算松了口气。

她煞有介事瞥他一眼："女人永远不会嫌自己太美，你们直男……"连笑发动车子，"……不懂。"

起初方迟还以为她状态不对，是因为假睫毛粘得不舒服，但很快他意识到，她今天，真的有些反常。

平时明明是个话篓子，什么都能说上两嘴，但此时此刻，车内总归是有些过于安静了。

方迟伸手把她故意调大音量以掩盖些什么似的车载音响给关了："唔——又出什么事了？"

连笑一愣，既不明白他怎么突然把音乐关了，也不明白他为何这么问，只能随口一答："没有啊。"

"那你在愁些什么？"

连笑心下一咯噔，这人脑袋上是装了雷达？怎么半点儿蛛丝马迹都不放过？

"我哪有在愁？"连笑下意识地反驳，可话一出口，又恍悟到自己似乎也没必要刻意避讳，就这么咬了咬唇，她又开始给自己铺起了台阶，"我只是……刚接了个电话，有点儿意外而已。"

连笑还等着他一点儿一点儿发问，自己再一点儿一点儿回答。却不料他脸色稍稍一凛，张口就是一句："你知道周子杉辞职的事了。"

半点儿没给连笑缓冲的机会，方迟就这么说出了口。甚至不是个疑问句，而是个肯定句。不怪连笑顿时卡了壳。

她本也没想粉饰些什么，可方迟突然这么当头棒喝下来，连笑多少反应不过来："呃……对。"

方迟透过后视镜看了她一眼。

她本身睫毛已经够长了，此刻稍稍垂着眸，已教他看不清她的眼神。他也就无法分辨此刻她心里究竟在想些什么。

"这不正好吗？"方迟自后视镜上收回目光，直视前方的路况，"他离开国内，从此以后和你再无交集。"

此话一出，竟引出了她惊愕的表情："他会离开国内？"

她的尾音甚至已有些尖刻，方迟挑眉觑她。

连笑当下也意识到了她对这件事的态度，已然超脱了一个普通吃瓜群众该有的反应，不禁咽口唾沫，声线刻意放缓了道："你怎么知道？"

方迟也不知道自己是以什么心态解释这一切的，当下却是语气无虞，仿佛真的事不关己："周子杉的人脉和根基本就不在国内，背上这么大一个黑点，没有大公司会再用他。如果我是他，不会再选择留在国内。除非……"

除非什么，方迟没说下去。

连笑听得云里雾里，又不好再追问，只能生生咽下开口的冲动。

偷瞄方迟的脸色，倒也看不出他生气了，连笑总算放下心来。

也不能说是做贼心虚，而是彼此都不说话，音乐又被他关了，连笑总得找点儿别的话题填补下空白，总不能还聊周子杉吧？

"我一会儿先去廖一晗家，拿完了东西我们再回家。"

连笑这几天都住在廖一晗家，行李没少带。

相比他个大男人出差这么久也不过俩箱子，她光是带去廖一晗家的护肤品就一手提箱了。

果然，这成功转移了方先生的注意力，只见他神情放缓道："廖一晗真和陈璋掰了？"

连笑最恨对女人动手的男人，当下也是全情寄于对陈璋的愤慨之中，彻底将前一个话题翻篇："陈璋都对她动手了，丝毫没顾忌她是个孕妇，还能不掰？"

只不过一个小时后，连笑切身体会到了何谓打脸。

连笑的车刚要驶进廖一晗家楼下的车库，另一方向就有一辆甚是眼熟的车先一步下了车库入口，那是廖一晗的车。

廖一晗今天去医院复检。胎儿很不稳定，廖一晗三天两头就要往医院跑，不承想这么巧，此刻竟在车库碰见了。

连笑其实还挺担心自己这边双入对，廖一晗那边却孤家寡人，想了想，扭头问方迟："那是廖一晗的车。正好她也回来了，要不待会儿咱们仨一起吃个饭？"

方迟撇撇嘴："我比较倾向二人世界。"

连笑白了他一眼。

"女朋友最大，女朋友说了算。"方迟改口。连笑这才满意地收了视线，驶进了车库入口。

廖家的停车位就一个，连笑一路跟着廖一晗的车拐下了B3，眼看她的车在停车位上稳稳一停，驾驶座的门随即被推开，连笑得让廖一晗等等自己，正要按下车喇叭，方迟却蓦地伸手制止了她。

连笑一纳闷，先扭头看了眼方迟，才在方迟的示意下再次看向了不远处廖一晗的车。

此时此刻，从刚推开的驾驶座门内走出的，并不是廖一晗，而是陈璋，早被廖一晗翻脸不认的陈璋。

之前还信誓旦旦说着廖一晗和陈璋早掰了的连笑，此刻只听见啪啪打脸的声音。那边厢陈璋下了车后，很快绕到副驾驶座拉开车门，廖一晗这才走下来，二人有说有笑朝电梯间走去。

是的，有说有笑。连笑还记得就在昨晚，她试探性地问了廖一晗一句，既然胎儿这么不稳定，万一真保不住了，要不要……

廖一晗压根就没让连笑说下去，只说，等公司的麻烦彻底平息了，她才有时间想别的。

只是此刻，连笑看着陈璋谨慎地抵着电梯间外的门禁，小心翼翼地让小腹微见隆起的廖一晗先进门，突然有些怀疑，廖一晗究竟是在等公司的麻烦彻底平息，还是在等陈璋的麻烦彻底平息……

连笑独自下了车，她来到电梯间时，陈璋和廖一晗乘坐的那部电梯刚上到B1。连笑按开了另一部电梯，后一步乘坐电梯上楼。

可以想见，待会儿廖一晗见到她该有多诧异。

最终，连笑的电梯后一步到达十七楼，眼前的电梯门缓缓开启的那刻，诧异地僵在电梯里动也动不了的，却是连笑自己。

廖一晗的家门正对着电梯门，廖一晗和陈璋走近他俩面前的家门，对话却传向了他们身后的电梯。

"你说你，那个连笑对你来说到底有多重要？为了和她重归于好，你把脑袋都磕了。你知不知道我有多心疼？偏偏这段时间你还不让我回家……"

相比陈璋的满腹委屈，廖一晗理智得多："她是唯一一个我能彻

263

底交心的朋友，我不想失去她。况且她还有公司近三成的股份，她真要狠心把你往死里整，我一点儿办法都没有。好在她心软……"

陈璋却不这么认为："她那不是心软，她那是无能为力了。她有什么本事？除了懂得怎么靠别人以外。以前她靠你，拿下容悦的项目是靠了人家周子杉，现在傍上了那个方迟，你和周子杉，她也不必放在眼里了。要不是容悦自身难保，周子杉也不知道哪根筋搭错了跑出来扛责，我也没办法捡了这么个大便宜，全身而退……"

廖一晗笑一笑，并未赞同，但也，并未反驳。

所以，彻底交心……廖一晗就是这么和她"彻底交心"的……

连笑呆立在电梯中，一直按着开门键的指节泛着白。

那两人开了家门正准备进屋时，电梯门因长时间无法正常关闭而陡然发出刺耳的提示音。

这蜂鸣般的提示音不仅逼得连笑收回了原本按在开门键上的手，也惊来了刚进屋准备关门的廖一晗。

两个女人的目光就这么隔着一道走廊相汇，廖一晗终于也是满脸愕然，醒过神来之后赶紧掉头追来。

无奈电梯门恰好在此时闭合，一道门缝内外，已然是再也回不到最初的友谊。连笑人还在下行的电梯里，廖一晗的电话已经打了过来。

连笑并没有拒接，仿佛能借由廖一晗说的每一个字，提醒她自己有多蠢。

"连笑，我知道我不该给你下套，博你同情。可我既不想失去你，也不想失去陈璋，我只能这么做。"

"对，我记得你说了，不想失去我这个朋友。"

连笑机械地应着，嘴上却冷笑。只因她更记得，廖一晗当时的后半句——况且她还有公司近三成的股份。若不是她还有这三成股份……

廖一晗开头还是循循善诱的语气，此刻却已然有些慌了："你也没有什么损失对不对？我们现在不是还和以前一样，是最好的朋友，最好的搭档？"

"你真觉得一切都还和以前一样？"这句话，连笑问廖一晗，也问自己。

"唯……唯一受点儿影响的不过就是那个周子杉而已。可是以周子杉的能力，容悦挖他那会儿，还有很多家比容悦更好的公司抢着挖他。他现在离开容悦，换家公司继续做，只会比在容悦的前景更好。本来周子杉最初也没打算接手容悦，是我亲自飞到澳洲说服了他，他觉得能有机会和你复合，才最终答应的……"

连笑彻底没了声。廖一晗也猛然意识到自己说了太多不该说的，赶紧打住，平复呼吸道："这些都不重要，你现在已经有方迟了，周子杉再怎么跌到谷底，也与你无关不是？"连笑挂了电话，整理好了情绪，才回到车里。

方迟等她很久。

他仔仔细细瞧她，竟破天荒瞧不出任何破绽来，以至于他都纳闷了："没吵架？"

连笑看看他，终究是把想说的话咽了回去，只苦笑着耸耸肩，拣了最无关痛痒的说："果然和你说的一样，廖一晗和陈璋之间什么问题都没有，故意演了出戏给我看而已。"

这下方迟更看不懂了。以她的个性，这件事不可能就这么平静地了结。

只可惜刚才她不让他跟上楼，她如今不说，他也猜不透这段时间究竟发生了些什么。连笑却已经扭头系好了安全带，重展笑颜道："走，咱们过二人世界去。"

方迟虽还有疑问，却也只能发动车子。连笑被车子启动时的颠簸一震，不受控地一时抽了神。

廖一晗的声音就在这短暂的抽神间，再度飘向连笑的耳畔："本来周子杉最初也没打算接手容悦，是我亲自飞到澳洲说服了他，他觉得能有机会和你复合，才最终答应的……"

265

所谓的二人世界，也不过是和大多数情侣那样，吃个饭看个电影。

连笑订了九点的电影，把行李放回家，在家做顿饭，吃完正好散着步去附近的电影院。

连笑最近学了几个菜，今天正好派上了用场，自告奋勇进了厨房，一通锅碗瓢盆地忙。

"交给我，你坐那儿等开饭就行了。"

连笑把话撂这儿了，可方大厨哪敢真把一切交给她？在客厅坐了不到五分钟，他就忍不住来厨房巡视。不出所料，五分钟而已，料理台已被她得一片凌乱。

"确定不用帮忙？"方迟站在门边围观，很不确定。

连笑却信心满满："不用！"说着就把刚切好的牛肉下了锅。

为了防止溅油，连笑还特地举个锅盖挡在脸上。

这下肯定万无一失了吧。却不知是火开太大，还是油温太高，牛肉一下锅，火焰就噌地腾了起来，连笑凑得近，立马慌了，接了碗水就要往锅里倒。

这一碗水下去可好，火势噌地一下蹿得更高。眼前火光弥漫，生生惊掉了连笑手上的锅盖。

眼看锅盖掉落在地，方迟皱了皱鼻子。

想要补救为时已晚，玻璃锅盖转眼碎了满地，生怕她还要继续往锅里倒水，方迟赶紧拦下她。

他用最快的速度拿走她那碗水，拿起了另一边蒸锅的锅盖往火势上一压。

见火灭了，方迟一手向上开了抽油烟机，一手接过她手里的锅铲，把锅里的牛肉稍微翻炒一下免得焦了。

不出十秒，一切已恢复得井然有序。

连笑刚懊恼地咬紧牙关，她怎么会连抽油烟机都忘了开，任由烟雾呛得眼辣喉涩，方迟已经把一地的玻璃碎片扫走。

"以后还是交给我吧。"方迟无心一说，顺便把她往厨房外推推。

连笑却僵着没动。

方迟很快发现了她的反常，看来这顿饭是吃不上了。

他把火关了，扳过她的肩，果然对上的是她那张垂头丧气的脸。

"怎么了？"

连笑抬头看看他，刚要摇摇头说没事，却又生生打住。

这个男人的目光总有一种平静的力量，起码在他面前，她似乎没什么不能说的。

"你是不是也觉得我什么都得靠别人？靠自己就完全不行……"

他那么聪明，怎会猜不到她这莫名的沮丧因何而来。

见他无言以对，再见他身后的一桌狼藉，连笑对自己刚问出的这个问题已经有了答案。

她鸵鸟似的耷拉下脑袋，方迟却用食指勾起她的下巴，迫使她再度正视。

连笑猜到他想说些什么，无非是些无关痛痒的安慰话，自然有些抗拒："你就别安慰我了，我知道我……"

"你确实没什么实力。"他很平静地打断她。

啪啪打脸，连笑差点儿鼻子一酸，却又因他的后半句而生生打住："但你绝对有潜力。"

连笑此刻的心境，就和真坐了趟过山车没什么区别。

"从潜力到实力，这需要一个漫长的过程，什么都得一步步来，总不能第一次下厨就期待着自己做一桌满汉全席出来吧，你说是不是？"

连笑想了想，点点头。可是她该怎么做？

方迟回答了她内心的疑问："不妨先给自己定个小目标。"

"比如。"方迟转身去开冰箱，不一会儿就两手各端着一碗方便面回到她跟前，"先煮两碗色香味俱全的泡面出来。"

连笑煮的泡面果然一绝，方迟把汤都喝完了。

见他放下的碗里只剩最后一点儿汤渣，连笑终于笑了。

敛去笑容的同时，连笑也想好了，自己接下来该怎么做。她得靠自己举一反三，不然都对不起她面前这位这么好的老师。

看完电影已是晚上十一点多。

12月，又碰上阴雨绵绵，夜幕压得极低，蕴着层寒气，这两个人还有闲情雅致撑着伞散步回家，匆匆路人看着，都不免投来异样的眼光。

连笑倒不觉得冷，有他挡风遮雨，有他手心紧握。

回到家就更不冷了，地暖一直开着没关，一进家门就必须脱得只剩件单衣，不然热得慌。

连笑把他脱下的大衣挂到门边的衣柱上，摸到大衣一侧的袖子全是湿的，才想起来回家的路上他撑着伞，三分之二的伞却全在她这边。

她心里不由得一暖，脚下热烘烘的地暖都不及。

他在试他刚从纽约带回来的咖啡豆。连笑听着从厨房传来的咖啡机的碾磨声，鼻尖沁着咖啡豆的香气，忍不住拄着头看他。

要不……今晚让他留下来？别走了？可她性感内衣还没买呢……

"咳——"直到一声低咳声响起，连笑才从乱七八糟的思绪中猛地回神。

只见此时的方迟已抬眸回视她，目光相接，他却说："别这么看我。"

连笑不解地一皱眉："干吗？"

问出口的当下，她顿时面露惊恐，他不会看出她内心的想法了吧？

连笑正做贼心虚，方迟却道："我怕我会忍不住赖着不走。"

僵住半秒，连笑赶紧收回视线。非礼勿视……非礼勿视！

她的脑子倒是拎得很清，嗓子却不受控："那就……"声音低低哑哑的，方迟正把做好的咖啡端过来给她，也没顾上细听。

在连笑欲言又止的这段时间里，方迟已经连人带咖啡，一同来到了连笑面前。

268

连笑一仰头，就是他那张脸。明明还是两只眼睛一张嘴，怎么却越看越好看？脸部线条冷冽，眼睛却是暖的。

"……别走了。"连笑听见自己声音紧绷地终于把话说全。方迟的脸连同咖啡一同陷入静止。

反应过来之后，方迟才将那杯咖啡推到她面前，自己那杯他也尝了一口，借此隐藏着某些紧张似的，面上是半开玩笑半认真的表情："又让我睡沙发？"

他握着杯柄的手指却用力到指节隐隐泛白。相比之下，连笑也好不到哪儿去，甚至更糟。

她拿起咖啡就是一口猛灌，烫得她恨不能赶紧冲去厨房灌两口凉水，却愣是生生忍住。

她脸都憋红了，还故作不经意："睡房间好了，客厅里晚上太冷。"

在这个铺着地暖，室内温度超20℃的家里，连笑如是说。

客厅里晚上有多冷，方迟不知道；主卧里晚上有多热，方迟倒是领教了。

他上回来这儿住客厅，带来的洗漱用品还在，牙刷、洗脸巾——不，这回不用洗脸，直接改洗澡了。

连笑把浴巾什么的一股脑全塞给了他，留下一句："你用外头的浴室。"就砰地把门一关，把她自己锁在了主卧自带的浴室里，彻底没了声，留方迟一人抱着浴巾站在门外，该有的、不该有的想法通通在脑子里过了一遍，才面色僵硬地出了卧室，朝外间的洗手间走去。

其实洗澡只用了十分钟，可方迟站在镜子面前，又足足站了五分钟。

他最近不是忙女友就是忙工作，许久不去健身房，泰拳也没练，如今看着镜中的自己，自然哪儿哪儿不顺眼。

人鱼线的线条不够明显，可还行？

腹肌的线条不够流线型，可还行？

临时来两组俯卧撑，应该还能稍微挽救下。方迟当即扯过浴巾往

269

腰上一围，刚要伏地，却是一怔。

她给他准备的浴巾，尺寸也忒小了吧。

顶多算是匹大毛巾，系在腰上，都没有富余打个死结，一动就要掉。

若不是深知她的脾性，方迟都要忍不住怀疑她这是故意的了。

皱着眉换回自己的西裤，抓紧时间来了两组俯卧撑，此时方迟的头发都已晾至半干无须再擦，这才开了门出去。

他在浴室里浪费了这么长时间，想必她已经等很久了。

方迟穿过客厅时，难免下意识加快脚步。香主、堂主、帮主大概是被他的脚步声惊醒，方迟听见猫爪噼里啪啦地一路尾随的声音，扭头一看，三只小祖宗排成一溜长队，正准备跟着他一块儿进卧室。

"大人要办正事，你们回窝睡觉。"低低沉沉的声音在客厅里回荡开来。

见三小只面面相觑，方迟的心思早就不在这儿，权当它们这是听懂了，也就没管它们，自顾自地继续朝卧室走去。

叵方迟刚要推开卧室门，耳边再度传来猫爪子的声音。他立即一锁眉心，定住脚步，回头一瞧，三小只竟还跟着。

他停了，它们也停了。

方迟只能一咬牙，弯腰拎起三只，疾走至猫笼，把它们放进去，锁好。

他在卧室外折腾这么久，卧室里那人该不会……等睡着了吧？

却不料他闷着头推门而入的那刻，卧室自带的浴室门也刚被拉开，连笑闷着头走了出来，正与他迎面对上。

面面相觑，她尴尬地别过脸去，他却笑了。

此时连笑站在他面前，身上是件明显大了几个尺码的浴袍，浴袍下摆都遮过了脚面，上身效果哪是浴袍？简直是道袍。

这本是要拿给他穿的，哪知道急中生乱，她把自己的浴巾给了他。

"有什么好笑的？"

连笑心里打着鼓，难不成他发现她洗完澡还顺便化了个妆？可这明明是个很容易蒙骗过直男的心机裸妆……

虽然他早见过她的素颜，甚至更糟糕更狼狈的样子，但刚才洗完澡之后，连笑站在镜子前看着自己，总觉得哪儿哪儿都不顺眼。

嫌眼睛不够亮，又把美瞳给戴上了。

脸上也没什么血色，粉底腮红高光自然一个都不能少。

就这样拼命地往脸上抹东抹西，若不是怕他等太久，她甚至想热一热电睫毛棒，把睫毛电翘一些。

连笑下意识地用手拨了拨睫毛。

而对面的方迟，明明嘴角已经敛去了笑，眼底的笑意却半点儿未散："你怎么还化了个妆？"

"谁？谁睡觉还化妆？脑子有泡吧……"

连笑骂起自己来倒也半点儿不含糊，却半点儿不敢直视面前的方迟，掉头就要往房间深处走。

步子太大，浴袍又太长，刚走一步就要绊倒。

连笑本就糗得不行，这下再摔倒，她还怎么面对……好在方迟眼疾手快，捞住她顺便打横抱起。

方迟心里其实也庆幸，好在他没系着她给他的浴巾，而是穿了自己的西裤，不然他这样抱着她，怕是还没走到床边，浴巾就已经散落在地。

连笑刚被放到床上，就下意识侧过身去，既怕自己的伪素颜曝光，又怕……

他却没有立即贴过来，而是仰面躺在一旁，正正地躺着，枕着胳膊看了会儿天花板，也不知正思考些什么。

周遭越是安静，连笑越能清晰听见自己的心跳声。就在她终于忍不住捂住胸口命令它跳慢一些时，他一记侧身就贴了过来。

那一刻连笑的心跳终于如她所愿地慢了，更准确来说，是生生滞了一拍。

连连笑自己都分明感觉到心跳狠狠一滞，他却贴在她耳侧，一

271

笑："心跳好快。"

"我哪有？"连笑条件反射地否认，扭过头去看他的同时却是一愣。

触目可及的是他自眼底慢慢弥漫上来的，一星一点几乎肉眼可见的欲念。

他按着她的肩，将她慢慢放平。而他，笼罩在她视线上方，将她的手牵至他的胸口。

"好吧，我说的是我自己，心跳太快。"

相比她的骄矜，他倒是坦荡。连笑的掌心分明能感觉到他的心跳，强而有力的跳动。

男人——这个词突然从连笑脑中冒出，她忍不住咽了口唾沫。

强而有力的，更不仅仅是他的心跳。连笑的手最终被他牵引着，碰触到……的那一刻，瞬间吓得缩了手。

今晚究竟意味着什么，看来他打算用身体力行的方式，告诉她……

感觉到一丝痛意的那一刻，连笑瞬间脑袋一片空白。

也不知过了多久，思绪纷至沓来重回她脑中的那一刻，方迟已经捂着流血的脑袋。

连笑脑袋是蒙的，看看自己手里拿着的造型锋利的金属摆件——那是她搁在床头柜上的装饰品——她才醒悟过来，自己大概干了些什么。

她连滚带爬地下了床，跌坐在他面前，正要捧起他的脸。

方迟一看她手里还拿着的金属摆件，条件反射地避了下。连笑这才记起手里还拿着这玩意儿，赶紧扔了，却也不敢再碰他。

"对不起，对不起……"她也只会说这两句了。

方迟从医院急诊室出来时，额头上的伤已经包扎好。坐在外头的连笑见他出来，立马起身。

明晃晃的日光灯下，方迟脸色无恙地朝她走来。

连笑张了张嘴，却不知道还能说些什么，终究是把脑袋低下了："对不起……"

他在这种时候竟还笑得出来："你啊，这叫谋杀亲夫。"当然这笑也没能维持多久。

她砸的这一下还挺狠的，他一笑，就扯着了伤口，自然瞬间疼没了表情。

"确实该说对不起。"他说着，朝她展了展臂，连笑下意识地缩了下脖子。

明知道他不可能会揍她，却依旧抵不住身体本能的反应。

方迟将她的反应看在眼里，只展臂往她肩上一搁，继而一揽："浩克，请扶着我。"

浩克——连笑还记得这个称呼的由来。

这回她的应激反应，是他给揍下了床……深深浅浅的脚步声，就这么沿着走廊尽头而去。

二人说话的声音，也在这个凌晨时分渐行渐远。

"跨年一起去香港吧。"

"……"

"我到时候过海办点儿事，咱俩顺便玩一周。欧美那边圣诞假期都特别冷清，估计你也不爱去。"

"就……咱俩？"连笑的声音不免有些卡壳。

今晚的事，还不够他吸取教训？还敢和"浩克"共处一室……一整周？

"对，就咱俩。"方先生没怕。

猜到她在担忧什么，方迟又补了句："放心，我扛揍。大不了这次是床头摆件，下次是酒店的烟灰缸。"

可连笑不敢保证，这次是床头摆件，下次会不会是酒店的餐刀……

"你下次绑着我的手好了……"连笑已然说话似叹气。

她只顾着情绪低落，都不知道自己随口答了些什么。

方迟却作势思考起来，末了竟兀自点头道："这主意不错。"说着不忘扭头，严肃认真地看她一眼，"你不介意的话。"

光荣负伤的方迟这段时间过上了两点一线的生活，不是去公司就是回家。谭骁这个耐不住寂寞的，看在方迟最近正热恋的分儿上，消停了一个星期，终究没忍住打电话来约一下。

"圣诞节都没打算去哪儿嗨一下？"

遥想去年圣诞节，这俩孤家寡人还结伴去了趟大溪地，方迟搞定了潜水执照，谭骁则搞定了混血女潜水教练。

可惜一年时间，方迟已名草有主。谭骁早料到他会拒绝，不料他拒绝的借口竟是："嗨不动，受伤了。"

"受伤？"谭骁表示怀疑，可转念一想，方迟拒绝起人来从不屑于找借口，这才换了副关心的口吻，"怎么伤的？"

方迟明显不想说。

谭骁估计也不是什么重伤，只能安慰一句："最近水逆，你可小心点儿。"方迟倒不认为自己水逆。这应该叫作，塞翁失马，焉知非福。

毕竟他受伤的隔天，待遇就升级了——他和连笑正式开始了同居生活。

即便同睡一张床却什么也不能做。

但他之前安慰连笑的那番话，同样适用于他此刻的自我安慰。什么都得一步步来，床都上了，人，还远吗？

连笑最近赋闲在家，索性报个班精进下厨艺。晗一的各种小道消息源源不断地传来，连笑也只是一听。

她算是想通了，她为晗一干着急有什么用？还不是廖一晗一个人说了算？

"连总，廖总和容悦就违约赔偿已经达成一致。"

"连总，禾木资本已经完成了对晗一的尽职调查。"

"连总，禾木资本已经正式确定从A轮接手，您确定不出席签约？"

"连总，听说廖总打算让陈经理复职……"

连笑收到这则劲爆的消息时，刚下了料理课，正在商场里闲逛。她本还在内衣店里挑得起劲儿，准备为香港行准备两件战袍。

柜姐刚为连笑找出海报款，电话这么一打来，连笑哪还有心思试穿？

顾不上干杵在一旁的柜姐，她眉头紧锁地问电话那端的小助理："闹出这么大的事来，陈璋还能复职？"

"廖总正在一个个攻破董事们，看现在这架势，董事们点头是迟早的事。"

果然不是他陈璋有多强，而是廖一晗在为他力挽狂澜。

连笑转念想想又觉不对："就算董事会同意，禾木资本会同意？陈璋干的那些好事，圈里都知道，陈璋对晗一来说就是个定时炸弹，陈璋又不持有股份，禾木资本需要顾忌他？"

连笑反问出口的当下，反倒把自己问愣住了。

廖一晗该不会蠢到把自己的部分股权让渡给陈璋吧？在马上就要进A轮的节骨眼上。

小助理倒没想那么深，只说："因为容悦没有对陈总进行行内问责，陈总干的那些好事，也就只在晗一内部传透了而已。陈总公示在外的履历还是很干净的。"

连笑挂了小助理电话，早已是愁容满面。

在柜姐热切的目光下，她又不好意思不试，带了两套海报款进了试衣间，却只把那俩衣架往一旁一挂，就低头摸出手机，准备给方迟打个电话。

融资过程中股权变更的各种可能性，方迟肯定最了解。陈璋真的中途掺和进来，对她又有什么影响……

电话差点儿就拨出去了，又被连笑生生挂断。如果还像原来那样，什么事都靠别人，她永远做不出一桌满汉全席。

连笑就这么买了一堆都没试的内衣回家。

今天料理课程教了些什么，早被连笑抛到脑后。她朋友圈里的人五花八门，很久之前她加过一个据说在投行做保代的人，连笑当初加完人家之后，连点赞都从没给对方点过，今天却逮着对方一个劲儿地聊。

连笑也知道自己这么做不地道，但也实在没法子，只能在聊完之后补一句："你哪天有空？我请你吃饭。"

还算愉快地结束了对话后，连笑暗自发誓，以后对方的每条朋友圈她都要点赞。

方迟已经向她报备过，说今晚大概会加班到很晚，太晚的话他就直接回他自己家睡，怕吵醒她。

连笑正好得了空，好好整理一下思绪。

就算廖一晗把部分股权转让给了陈璋，陈璋一样要遵循等额稀释的原则，廖一晗在股东大会的话语权也会因此降低，这对她没有任何好处。

就怕廖一晗为了陈璋，连自己的利益都不顾了。

若廖一晗真要一意孤行，也得获得股东大会超过三分之二的赞同票才行。

不过陈璋凭一己之力把和容悦的千万合同搞砸，应该很难重获股东们的青睐吧？

虽说可能性极小，但连笑以防万一，犹豫到最后，还是给周子杉发了条短信。

前段时间深夜周子杉来电，她没有接。如今她发短信过去，其实也不确定他会不会回。她发过去的短信只有三个字："有空吗？"

发出去的同时也想好了各种可能性，周子杉压根不回，或者隔很久才回。

果然周子杉隔了很久才回，连笑却只料其一，未料其二。

他回的是"我在你家小区外"。连笑傻愣了半晌，手指有些僵，一连打错了几个字，索性不打了，直接回了通电话过去："我得和你见面谈点儿事。"

这虽是她早就想好的台词，如今真说出口，却莫名涩了喉咙。

"你出西门，左拐二三十米，就能看见我的车。"周子杉顿了半晌说，声音倒听不出任何异样来。

连笑也没收拾，披了件长到脚踝的大衣就出了门。到了露天的地方才发现又是绵绵细雨。这阵子一到夜里就下雨，天阴阴的，连笑脸上也是阴阴的，但懒得回去拿伞了，反正离西门不远，冒雨不过三五分钟。

出了西门，还未左拐，连笑已经在绵密如蚕丝的雨势下看见了不远处车灯大亮的那辆车。

雨夜，车灯亮，坐在驾驶座里那人的轮廓，依稀地落了个剪影在连笑眼里。

那一刻连笑内心深处还是有些紧张的。

她脚步停了片刻，才朝那辆车走去。

副驾驶那侧的车门啪嗒一声解了锁，连笑被这声响震得凛了凛神，拉开车门坐进去。

车内开了暖气，内外温差颇大，连笑还没坐稳就忍不住打了个喷嚏。这在安静的车厢中听来特别响亮，自然也特别丢人。

周子杉递了盒纸巾给她，连笑接过，抽了一张出来擦擦鼻子。

两个人的目光自始至终没有正式交汇过。

直到周子杉看到她头发上的水珠，下意识地要扯两张纸巾帮她擦，却因差点儿碰到她抱着纸巾盒的手而生生打住。

他终究是收了手也收了目光，语气里压抑着什么："怎么还跟以前一样，出门不撑伞？"

连笑刚抽了张纸巾出来准备擦擦头发，动作稍一定格又恢复，脸上跟没事人似的，心里却苦笑。

真当她懒到出门连伞都不带？当年她总不带伞，只是为了给他个来接她下课的理由……

往事心头过，似不着一物，连笑没回答他这个问题，反倒不知从哪儿凝了一股气，终于扭过头去，平平淡淡地看他："你真的打算辞职？"

"你消息还挺灵通。"周子杉笑笑，又发觉笑容有些不合时宜，便敛了笑，"正在办交接。"

"能不能帮我个忙？"她问得很坦荡，大概打心底里她还是认同他们之间是无须客套的。

思及此，周子杉却突然不知该笑还是该叹了，最终只能敛了一切该有的不该有的情绪："你说。"

"对陈璋进行行业问责。"

连笑话一出口，周子杉眉心便是一蹙。

周子杉早猜到她找他不是为了叙什么旧情，但也绝没想到是为了这档子事："你知不知道廖一晗一直在力保陈璋？"

"我知道。"

"我以为，你和廖一晗是一个阵营的。"

这话连笑没接。

周子杉大概也猜到这是什么意思了，面色不由得严峻起来："那你应该也清楚，一旦进行行业问责，陈璋很可能会坐牢。"

"这是陈璋理应承担的后果，有什么不对？"

周子杉陷入沉思，许久。

"好，我答应你。"周子杉看着她的眼睛，说道。

答应她的一切无理要求，不问缘由，不问后果，一如当年。只不过她不会再像当年那样，笑容灿烂地给他个大大的拥抱作为奖励。

如今的她，只是轻巧地避开了他的目光，客套地说了句："谢谢。"

"那我先走了。"

看，她连离开都不需要找任何借口，说走就走。大概，于她，往事真的已彻底翻篇。

周子杉目送着她打开车门，心里不知是何滋味。

他其实也知道该怎么做一个合格的前任——不侵扰，不打搅。可终究是没忍住，在她即将下车那一刻，又叫住了她："能不能也答应我件事？"

278

连笑那握在门把上的手僵住，却没回头，只留给周子杉一个背影。

也好在只有个背影，不然周子杉怕自己做不到如此淡然地把接下来的话说出口："我月底就要离开了，回墨尔本，应该不会再回来。我希望……那天你能来送送我。"

当年他出国留学，整个航站楼仿佛都是她哭天喊地的声音。可他还是走了。

他当时想得多开，哪有什么别离之苦？想她了，就飞回来看看她。他信的是自己，就算所有人都会变，可他不会变。

只不过那之后的一切，都事与愿违罢了。

至于如今，他知道自己不想走，但他更知道，她不会挽留。

"好。"连笑答应道。

周子杉帮了她这么大一个忙，这么个小要求而已，她有什么拒绝的理由？就当作一个纯粹的等价交换好了。

连笑说完就下了车，不再作任何停留。

周子杉看着她冲进雨里，很快消失在车灯光的尽头。

当年他就读的高中离她的学校足有两站路，他每次都查好了隔天会下雨，提醒她务必带伞，隔天果真下雨，她也果真没带伞。临近放学，他总忍不住发短信问她是不是又忘了带伞。

她呢，从不正面回答，总顾左右而言他："没事，这雨肯定一会儿就停了。我戴了帽子，下了课直接冲到公交站，淋不了多少。"

说得好似压根不在乎，其实绕来绕去，不过是为了听他斩钉截铁的一句："你下课别走，我去接你。"

那些年，但凡雨天，放学之后他都会坐两站公交车，先到她学校接她，再一起回家。

公交车的最后两个座位就这么成了他们的御用座位。她坐在窗边看漫画书，他则帮她做数学卷子的最后一道大题。

这么难的题，没几个学生解得出来，免得她隔天被老师叫起来一问三不知，他还得把解题思路在草稿纸上一步步列好，供她明天对付老师。

然而此时此刻，在她头也不回地消失在雨夜尽头的这一刻，周子杉终究是满腔苦涩露出一抹苦笑。

她再不需要他的伞了，也再不需要他了……

连笑是故意的，故意头也不回，故意跑得很快。

她知道周子杉的车一直没走，知道他在看她，那两道明晃晃的车灯仿佛就是他的目光，她知道他想把她钉在原地。

但连笑不乐意，她不想让他误会自己对过去还有任何留恋。

她已经有方迟了……

【未完待续】

图书在版编目（CIP）数据

致姗姗来迟的你：全2册 / 蓝白色著 . —— 南京：
江苏凤凰文艺出版社，2019.5（2023.5重印）
ISBN 978-7-5594-3442-5

Ⅰ . ①致… Ⅱ . ①蓝… Ⅲ . ①长篇小说 – 中国 – 当代
Ⅳ . ① I247.5

中国版本图书馆 CIP 数据核字 (2019) 第 048389 号

致姗姗来迟的你：全2册

蓝白色　著

选题策划	北京记忆坊文化
特约策划	暖　暖
特约编辑	单诗杰　莫桃桃
营销编辑	杨　迎
责任编辑	白　涵　刘洲原
封面绘图	酥元棠
封面设计	80 零 · 小贾
版式设计	天　缈
出版发行	江苏凤凰文艺出版社
	南京市中央路 165 号，邮编：210009
网　　址	http://www.jswenyi.com
印　　刷	环球东方（北京）印务有限公司
开　　本	880 毫米 × 1230 毫米 1/32
印　　张	17
字　　数	470 千字
版　　次	2019 年 5 月第 1 版　2023 年 5 月第 2 次印刷
书　　号	ISBN 978-7-5594-3442-5
定　　价	68.00 元（全二册）

江苏凤凰文艺版图书凡印刷、装订错误可随时向承印厂调换

MEMORY
HOUSE

MEMORY HOUSE

记忆坊文化

蓝白色 著

致
姗
姗
来
迟
的
你

下

To
My Dearest

江苏凤凰文艺出版社
JIANGSU PHOENIX LITERATURE AND
ART PUBLISHING, LTD

目录

Chapter.7
你就是我的礼物

连笑这一来一回，雨势虽不大，却也足够她淋了个透心凉。开了家门的当下她就扒在门边狂按地暖的控制面板，一连调到27℃才罢休。

刚要换拖鞋，却是一愣，方迟的鞋就摆在一旁。

担心家里三小只怕黑，她出门也没关灯，进家门发现屋内灯火通明，她也没觉得意外。这下发现了方迟的鞋，却不见他人影，连笑才扬着声唤了一句："方迟？"

回答她的，却只有从屋子里狂奔而出，尾巴后还尾随着三只小祖宗的长老："喵！"

连笑就这么一手抱仨，身后还跟着只长老进了门。

方迟的外套就搁在沙发扶手上，连笑准备把它挂到衣帽间里去，触手却是冰凉一片。

这件外套的外层都湿透了，难不成方迟也是淋着回来的？

转念一想又觉得不对，方迟今天开车出的门，就算晚上下雨，他开车回来直接下到车库，也压根淋不着半点儿。

至于他现在人在哪儿？

此刻浴室门紧闭，门缝底下透着光，连笑偷摸着过去，附耳贴在门上听里头的动静。长老跟过来看热闹，连笑和那双碧色眼珠一对上，就心虚地直了身。

这明明是她自己家，怎么反倒她做贼心虚？这才堂而皇之敲了敲门："方迟？"

门那边没动静。连笑又忍不住贴到门上去听动静，依旧什么也听不见。

她又往门上贴了贴，全神贯注再听，门却在此刻吱呀一声开了，原本贴在门上的连笑就这么栽了进去。

好在没摔倒，而是被一面坚韧的胸膛牢牢地承接住。

贴着他胸膛的那侧脸颊迅速热了，连笑腾地站直，有点儿愤懑："你怎么又不穿衣服？"

面前的方迟腰上围着浴巾，上半身不着一物，脸上毫无表情："你不是说让我把这儿当自己家的？"

连笑一琢磨，自己确实说过这番话。

他恰在这时向前一步，连笑没退，他的气息便裹挟着身后浴室里传来的温热，齐齐将她包裹。

连笑呼吸间全是他的味道，好在他忙着擦头发，没看她。

连笑借此缓一缓面红耳赤："你不是说今晚不过来了吗？"

"我一说我今晚不过来了，你就大晚上偷溜出去干什么坏事了？"他的声音闷闷地从擦头发的毛巾下传来，连笑听不出情绪。

情侣之间一些无伤大雅的小谎言还是有必要的："我……我落了点儿东西在车里，刚刚下去拿了。"

他的停车位和连笑的停车位不在同一楼层，连笑信口胡诌起来也没什么心理负担。

他也没提出异议，只问："东西呢？"

"放……卧室里了。"

方迟没再问下去，径直朝卧室深处走去。床尾上果然放着个纸袋，连笑一看，自己却先慌了，那是她逛商场时买的内衣。

连笑立马拦在方迟面前，不让他再往里走："你怎么不吹头发？"

方迟这才把擦头发的毛巾从头上拿下，头发凌乱的样子十分减龄，连笑却无暇欣赏，只因他特别不解地看她一眼，稍一侧身就绕过了她，一边走向床尾一边说："我头发这么短，洗完从来不吹，你不知道？"

连笑还在试图把他往浴室的方向拽："不吹容易感冒！快！跟我回去，我帮你吹……"

话没说完就被他抱着腰提起，她还想阻拦？他索性把她抱到床边才撒手。

他拿起那纸袋就反着倒了倒："买了什么？"眼看轻飘飘的几块布料从袋子里滑出，连笑绝望地闭上眼。

她闭上眼的那一刻，方迟也彻底没了声。

许久……

"这是……什么？"此时方迟的声音已是三分迟疑，三分笑意，三分莫可名状。

心虚的人果然嗓门大，连笑就是这般，几乎扯着嗓子反问："内衣呗，还能是什么？"

他竟还读起了标价牌："六千四百元……就这四片布？"

连笑撇撇嘴："四片布怎么了？纯手工。"

她还以为他嫌她花钱大手大脚，不料他沉默片刻后，竟说："没怎么，我巴不得再少两片布。"嗓音低沉，还带着些许思考。

连笑听着，不禁起开一条眼缝。

他竟一手挑着内衣肩带，另一手拄着下巴，研究到底哪两片布多余。

那认真的模样，哪像是在想象该去掉哪两片布？分明是在想象某人穿上它的模样。

连笑终于忍不住一把夺过内衣，扔回纸袋，拉开床头柜就把它往里塞。

再一抬头，方迟的目光已回到了她身上，眼眸里暧昧不明。

"什么时候穿给我看？"

明明是一贯平静无澜的语气，明明是一贯面无表情的脸，却因眼睛里沾染着那么点儿暧昧，竟隐约显得色气满满。

连笑被他的眼神勾着，不禁头皮发麻，嘴唇发干，弱弱地蹦出俩字："跨年……"又蓦地提高了嗓门，"快去吹头发！！"

他可真听话，立马掉头朝浴室走去。突然这么配合，连笑一时都还没恍过神来。

她就这么一直站在原地，直到许久没听见吹风机的声音，这才皱起眉，折回浴室门外往里一瞧。

他哪是在吹头发？分明在玩手机。

他的手机之前一直放在他的裤子口袋里，而他的裤子洗澡前刚换下来，就搁在干衣区的架子上，所以他才会急急忙忙回浴室。

"你干吗？"连笑一脸不解。

这时的他也已打好一串字发送了出去，末了收起手机，才转身对她道："让我助理赶紧订去香港的机票。"

方迟说完不忘补充，眼里一片意有所指："还有酒店。"

连笑的脸唰地就红了。

所有人都在抱怨着水逆影响运势的这个年末，谁也没想到，周子杉离开容悦前办的最后一件事，竟是对陈璋进行行业问责。

容悦的法务部可忙坏了，一旦进行行业问责，容悦和晗一以及陈璋之间的三方关系，可不仅仅是民事诉讼这么简单了，直接升级成了刑事附带民事案件。

法务部将相关涉案线索都交由公安机关处理，公安把搜查令拍在廖一晗办公桌的那一刻，廖一晗都傻了。

廖一晗忙着应付这突如其来的兵荒马乱时，并不知道公安直接上她家，把陈璋拿了。

公司上下如何乱成一锅粥，廖一晗如何在容悦与公安局之间两头跑，连笑的小助理几乎是同声传译：

"公司上下人心惶惶的，廖总白天一整天没来公司，大晚上的却突然现身，一连开了几个会，现在还没散会。"

"股东们都炸了，禾木资本那边也在积极跟进陈璋的案子。"

"连总，明天的股东大会你出席吗？连交由廖总代持股份的几个股东都会赶回来参会。"

连笑想了想："当然。"她说完就挂了电话，回到影厅去看电影。

放映中途她出去打了那么久的电话，回来接着看，竟还能秒懂剧情，被剧情带得前仰后合地笑。一旁的方迟看着，三分无奈，七分佩服。

他算是看明白了，她哪像她自诩的那样爱看文艺片？这种无须动脑的片子才是她的菜。

连笑回到家了还在念叨自己也想养一只嗜钱如命的神奇动物，再看自家三只会打架以及咬地毯的小祖宗，一边数落着"赔钱玩意儿"，一边却又忍不住抱到怀里，轮番顺着毛："哎，这地毯才换，又被它们咬烂了。"

也不知她从换地毯这件事上联想到了什么，突然眉头紧锁瞪向方迟。

方迟正抱着笔记本电脑，忽感耳边凉风嗖嗖，一抬头，就准确接收到了她的不满。

"行，明晚咱们就去买新地毯。"方迟当然以为她是把地毯的事迁怒于他了，当即夸下海口，"买它十几二十条备着。"

她的脸色却没有因此而转危为安。

既然她不是生气于地毯的事，那……

"跨年我们去香港，猫你打算放哪儿呀？"连笑挑眉一觑。

最后那个"呀"字的尾音娇俏又婉转，却暗藏杀机。

原来她的思维跳到了这儿，方迟顿时心下了然，慢悠悠地把笔记本电脑放至一旁，伸个懒腰，顺便拧拧看电脑看得僵硬的脖子。

她家五室两厅三卫，光衣帽间就有两个，一间放衣服，一间放包包鞋子，却半点儿不舍得分个房间出来做书房，他在她家办公都得在客厅里。

方迟就这么一边舒展着腰身，一边随口答道："当然放齐楚那儿……"

他话说到一半堪堪一停，他就算不这么一停，闻风立马跨坐过来掐他脖子的连笑也绝不会允许他继续说下去。

"你再说一遍？！"连笑眯着眼睛，自上而下地瞪他，掐在他颈上的手作势一用力。

方迟轻巧地把手往她腰上一扣，这才慢条斯理地把话说全："……是绝对不可能的。"

连笑自然以为他是屈服于她的淫威才改的口，满脸得意地正要跨回自己原本的位置，他的手却稍稍一施力度，扣在她的腰上。

他上下扫她一眼："这姿势我喜欢。"

连笑起初还没反应过来，顺着他的目光低头，扫了眼此刻二人的姿势，这才恍然大悟。

她的脑袋是死活抬不起来了，任由着羞赧沿着耳后向四处蔓延。

"再配上你新买的那四片布……"

嗯，即视感来了。

方迟勉强打住，捞着她了起来。连笑就这么双脚离了地，双臂紧揽着他免得掉下去，声音也是岌岌可危的："干……干吗？"

"睡觉。"掷地有声的两个字。

连笑不由得把脑袋往他颈窝里又埋了埋。

见她缩成鹌鹑似的，方迟终于失笑，故意揉乱她的头发，借此发泄些什么似的："想什么呢？纯睡觉。"

隔天连笑如期出席股东大会。

陈璋和廖一晗是什么关系，晗一上下都门儿清。廖一晗之前一度以为和容悦的纠纷已尘埃落定，一直起心要给陈璋复职，对此，股东们也都睁一只眼闭一只眼，岂料容悦突然追责。

陈璋的罪责已是板上钉钉的事，晗一现在唯一能做的，就是一切秉公处理，廖一晗却想借由晗一的名义和容悦谈判，保下陈璋。

已经不指望陈璋能复职了，但廖一晗也绝不想看到陈璋坐牢。

可惜廖一晗过不了股东大会这一关。廖一晗要做这么大的决定，必须获得超过二分之二的支持。廖　　晗本身占股加上代持的股票，占60%，说起来虽然只差6%，但看来并没有任何一个股东打算站出来。

会议僵持到中途，廖一晗见形势不对，提议暂时休会。股东们一个个愁容满面，有的出了会议室，准备去吸烟区待会儿。

眼看会议室里的人越来越少，廖一晗正怀着孕戒着烟，连笑作为少数几个不抽烟的人之一，正担心着最后会议室该不会走得只剩下她和廖一晗吧，会议室里所剩无几的几位，也逐一在廖一晗助理的眼色下，识相地走了。

廖一晗的助理最后一个离开，并悉心地关上门。

看来廖一晗早打算这样支走其他人，和连笑单独说两句。

异常安静的会议室中，廖一晗沉默了一会儿，起身朝连笑走过来，并最终倚在了连笑桌边："连笑，你帮帮我。"

廖一晗的股份加上连笑的股份，稳超三分之二。

陈璋出现以前，廖一晗就算昏了头提了个荒谬无比的提案，或许连笑都会无条件站在她这边。

但今时不同往日，连笑上下扫了廖一晗一眼，有些一言难尽。

廖一晗今天穿了件黑色的羊绒连衣裙，腹部的隆起看着格外明显。

孩子不能没有父亲，可陈璋那种人，哪配做父亲？

连笑逼自己收回目光，起身不看廖一晗："我去外面抽根烟。"

廖一晗知道连笑不抽烟。这话究竟是什么意思，廖一晗怎会不知？

连笑朝会议室门外走去时，分明能感觉到廖一晗的目光剜在她背上，可是她终究一刻没停，开门出去。

从此以后，她对廖一晗、对晗一来说，大概只是个普通股东而已，再也不是能和廖一晗共患难的创始人了。

连笑回到家时，方迟已经回来了，正处理着工作。他在偌大的客厅里圈了一小块地做他的书房，此刻正席地而坐。

这儿和他自家的书房，甚至和他的办公室相比，都简陋得不成样子，但与其在公司加班面对一帮大老爷们儿，不如在她家坐地板。

此次去香港，他得见两个项目的合伙人，手头的事其实还挺多，听见开门声，只抬头招呼了句："回来了？"

连笑一身无形的重担，蹬掉高跟鞋，连拖鞋都懒得换上，赤着脚就朝他的自制书房走了过来。

她也往地上一坐，一侧头就靠在了他肩上。

方迟一转脸就能嗅到她的鼻息，当即眉一皱："怎么抽烟了？"

连笑烦躁地抓了抓头发，没回答。

她在股东大会间隙忍不住抽了两根，不是说尼古丁能让人放松？怎么搁她身上一点儿用都没有？除了呛鼻，没任何感觉。

方迟大概能猜到是怎么回事。

谭骁的朋友遍天下，陈璋出了事，他就差放烟花庆祝，打电话来向方迟报喜，宣称："哥们儿要去接盘了。"

谭骁指望接谁的盘，方迟自然知道，可他不得不打破谭骁的美好念想："廖一晗都怀孕好几个月了，你还打算接盘？"

"……"

"就算你愿意接，人家廖一晗能乐意？"

谭骁的美梦，一朝破碎。

至于本来逃过一劫的陈璋为何又突然遭到容悦问责……

方迟的脸色微微一沉，却又很快恢复。

连笑还在他肩上埋着脑袋默默悼念自己支离破碎的友情，方迟低头瞧她："我们下周二走，你这两天什么也别想，收拾收拾行李，跟我散心去。"

她一出门就动辄好几大箱子的衣服包包，他这也算是提前让她做好准备了。

连笑正要点点头，却是一愣："下周二？"

她猛然抬头，看样子似乎不怎么乐意。

下周二才23号。

"不是说29号走吗？"

方迟看着她的眼睛，似带着一份深究，但这份深究很快被他嘴角牵起的笑容掩盖："提前开启度假模式不好吗？"

连笑想了想，他说得也在理，就没再多说，重新懒洋洋地枕回他肩头，恢复常色道："那正好圣诞也在香港过了。"只是内心暗自琢磨着，周子杉定了月底离开，但具体哪天还没通知她。

如果周子杉23号之后才走，那她应该没办法履行约定了……

也不知该说太巧，还是该说太不凑巧，周子杉22号晚上发短信告诉她，他乘23号的航班离境。

连笑收到短信时，正在为到底是要多带个包还是要多带顶帽子而犯愁。

她的四个箱子都满了，所剩的空间只够她多带一样东西。

果然方迟了解她，她出趟门最麻烦的就是决定要带哪些衣服，还得成套成套搭配好。

这则短信的到来终于打断了连笑选择困难症的发作。

她看着短信迟疑了片刻，蹑着脚走到衣帽间门口，探个脑袋出去张望了片刻。

方迟正在忙着打电话给谭骁，嘱咐谭骁隔多久得来帮忙铲一次猫砂，换一次水。

连笑顺手带上门，这才又蹑着脚回到衣帽间正中央的中岛柜前。倚着中岛柜一阵琢磨，她索性直说了："我也乘23号的航班走。"

短信页面上，很快显示消息已读，周子杉却半晌未回。

大概以为她在找借口，不想见他最后一面？足足又等了五分钟，才等来周子杉的回信："我本来有样东西要交给你，实在见不上也没关系，我把东西寄给你。"

他这样一推辞，连笑反倒觉得有些对不住他。

她在中岛柜前来回踱步，终于想好能怎么办了："你几点飞？哪个航站楼？如果来得及，我可以去你的航站楼找你。"

叮的一声，手机响起，是周子杉回的消息。

连笑正要点开查看，身后却传来轻微的推门声。连笑当即吓了一跳，手机都没拿稳，直接掉到了中岛柜的台面上。

她惊而回头，推门而入的却不是方迟。

连笑的视线就这么沿着这道被推开的门缝缓慢下移，才发现门脚下刚用爪子推开门的长老。

"喵！"

"吓死我得了！"连笑冲无辜的长老一阵长吁短叹。

"谁吓你了？"回答她的却是……方迟的声音。

连笑顿时心跳提到嗓子眼。

方迟则是声先到，人后至，随后才跟在长老的身后，出现在了衣帽间门外。

连笑还挺佩服自己的应急能力的，伸手就把掉在中岛台上的手机一顺，顺回兜里藏着，继而转身拿起之前令她陷入选择困难的两样东西："你说我是带这顶帽子还是带这个包走？哪个跟我的连衣裙更配？"方迟在帽子和包包之间短暂逡巡，果断选了帽子。

连笑一扬眉："你确定？"

"你到香港肯定会忍不住买包，带多带少有什么区别？"方迟道。

这解释连笑给满分，当下就把帽子扔进箱子。

封箱，大功告成。隐隐的心虚也因此被驱散殆尽。

之前每次出远门，连笑都是临行前一天急急忙忙收拾行李到凌晨，这回却是早早地完事入睡——全靠家中这位把她的时间规划得井井有条。

连笑睡到一半突然一睁眼，她记起自己忘了看周子杉最后的回信。内心挣扎了片刻，她终是小心翼翼地扭过头去，看看身旁已熟睡的那位。

为了确保万无一失，连笑又伸出手去在他眼前晃了晃。见他依旧毫无反应，她才侧过身去，摸过床头柜上的手机。

她和方迟明天中午在T1起飞，周子杉则在T2，航班也比她的早两个小时。

连笑用自己贫瘠的数学知识算了算，T1距离T2不到一千米，她应该来得及……身后的方迟突然侧过身来自她身后抱住，连笑顿时浑身僵直。

方迟似乎是无意识地紧了紧搂在她腰上的胳膊，吓得连笑顿时魂飞魄散。

　　她就这么在方迟的臂弯里挺尸，大气都不敢喘。半晌，见身后再没动静，她才鼓足了勇气一点儿一点儿转头看她，正对上的是方迟一张人畜无害的睡颜。

　　连笑终于默默地长舒一口气，把手机往枕头底下一塞，这才闭眼重新入眠。

　　隔天连笑醒得不算晚，迷迷糊糊睁眼看看床头的闹钟，心想着还能再睡一小时，这就要合眼继续睡去，却是猛地一愣神，腾地就坐了起来。

　　既要见上周子杉，又要不误自己的航班，她就必须再提前一个小时去机场。

　　她这起身的动静颇大，方迟都被她吵醒了，他设定的闹钟还没响，便下意识地伸臂要捞她回来，手臂却扑了个空。

　　不仅如此，连笑还急切地拍了拍他的脸，让他也醒醒："赶紧赶紧，要出发了！"

　　方迟只来得及嗫嚅一声："还早……"

　　连笑人已跳下床趿上拖鞋，直奔洗手间，不一会儿方迟耳边便传来她的刷牙声。

　　方迟虽晚她一步起床，但连笑还得化妆，等她化完妆，方迟已经三件套上身，把行李都推到了玄关。

　　连笑一边抹着口红，一边急急忙忙奔向玄关。方迟一手拿过大衣外套帮她披上，一手开门："没落东西吧？"

　　连笑检查好了随身证件再一摸兜，神色一凛："手机忘带了！"

　　幸好他提醒了这么一嘴，连笑赶忙回屋找手机。

　　然而能找的地方都找遍了，就是没有她的手机，连笑一看墙上的挂钟，指针正一分一秒地往前跳，顿时更慌。

　　她手机设了静音，方迟拨她手机也帮不上什么忙，只能也折回来帮忙找。

连笑明明记得自己昨晚把手机放回床头柜上了，不死心又回了趟卧室，可她连床头柜的边缝都找了，就是不见手机的踪影。

方迟就站在她身后，见她慌不择路地连床头柜底下都查看了一遍，无奈地摇摇头，走过去就把她的枕头掀了，手机正静静地躺在枕头底下。

连笑一看，顿时松了口气。这才记起昨晚差点被抓现行，随手就把手机塞到枕头底下。

她把手机揣进兜里，转头对一旁没什么表情的方迟笑："你怎么知道我的手机在……"话到一半，又生生卡住，笑容也僵了。

见她一副夜路走多终撞鬼的样子，方迟抚了抚额头，有些无奈："你说我怎么知道？"

此刻的连笑，已然石化。

方迟却压根没打算揪着不放，揽过她的肩膀就往门外走："你不是赶时间吗？走吧。"

在去机场的路上，连笑已经第十次瞟向开着车的方迟，又第十次什么也没说，默默收回目光。

她在考虑要不要坦白，又怕方迟其实压根什么都没发现，不过是她虚惊一场。

就在连笑第十一次扭头看向驾驶座时，方迟薄唇一张："再看我，我可要收费了。"

连笑不禁缩缩脖子。她正要装作没事人似的再次收回目光，却又歪脑筋一动，觉得自己不妨试探一下："我……有个朋友正好也今天的飞机，我待会儿先去T2找下他，行不行？"

连笑心想，他肯定会问是什么朋友，却不料他斩钉截铁地回绝道："不行。"

毫无征兆地被怼，连笑当即哑然地张了张嘴，随后才挽足了立场怼回去："我都没说他是谁，找我是不是有要紧事，你凭什么就说不行？"

"你去找周子杉，就是不行。"方迟轻描淡写的一句话，眉都没抬一下，却令连笑顿时僵了脸色。

连笑沉默半晌，终于恍然大悟："你偷看我手机？"

"没有。"方迟回答得很坦荡。

连笑可不信："那你怎么会知道……知道……"

"你在衣帽间里关着门偷摸发短信，大半夜地又在被窝里拿着手机鬼鬼祟祟，你觉得我会猜不出对方是谁？"

连笑张了张嘴正要反驳，却是生生一卡壳，最终什么也没说，赌气似的扭头看向窗外，再不理他。

心思深沉如他，连笑已经放弃抵抗了。

直到下了车进了航站楼，连笑依旧闷闷不乐。行李也全都自己推，方迟要帮把手，被无情拒绝。

方迟的助理比他们还晚到一会儿，忙不迭地帮连笑推行李车。

不过很快助理也发现了这两人之间有些不对劲儿，尤其是方迟的脸色，平静之下藏着多少汹涌，助理生怕伤及无辜，识相地排队办托运去了。

连笑则二话不说，推着登机箱就去找地方吃早餐。

她被方迟一把拽住，一脸不乐意，视线从他抓在她腕上的手，来到他的脸上："我又不是去找他！"

女人若把自己的无理取闹归咎于对方的不信任，发起脾气来自然也就理所当然。

方迟仔细瞧了瞧她的脸，眉头蹙起又松开，钳在她腕上的手也随之松开了："去吧。"

连笑一时没反应过来，脸上的怒气半僵，又混杂上了一层诧异，就这么瞪着他，不知能接什么话。

方迟稍稍凑近，点点自己的唇："亲亲我，原谅你。"

连笑看看他的脸，十分不确定。她真猜不透他："真的可以去？"

方迟眼里那点儿笑，大概是无奈了吧："仗着我爱你，你就大胆地对我为所欲为吧。"

连笑彻底怔住，他说……她这是仗着……

她怔住的脸上，刚来得及后知后觉爬上一丝热度，方迟一看显示屏上的时间，推了推她的肩："快去。不然误了去香港的航班，我可不等你。"

连笑这才醒过神来，她被推着走了两步，又猛地定住，回头捧住他的脸，踮起脚尖，照着他的唇狠狠亲了一口。

啵的一声，格外响亮。

路人因这声响刚三三两两地驻足，连笑却已放开他，扭头朝出口狂奔而去，只留下一句："我马上回来！"

方迟看着她飞奔而去的身影，虽明知她这是去见另一个男人，却依旧忍不住嘴角一勾，又气又好笑。

这个女人啊……

连笑赶到T2时已是气喘吁吁，她给周子杉打了通电话，没一会儿周子杉就推着个登机箱来到了她跟前。

彼此之间如此平静地见面，还是首次。

无论是极早之前，她接机时，一见面就忍不住拥抱他的热切，还是她在容悦再一次见到他时，满腹心思的剑拔弩张，都不似这一次，平静到周子杉的心口隐隐抽痛了一下。

"还以为你不来了。"

"我和方迟就在T1，晚你两个小时飞。"连笑发现他正皱着眉盯着她的脸，"怎么了？"

"你口红花了。"周子杉很平静地指出。

大概是她刚才亲方迟亲得太用力。

连笑擦了擦嘴："你是不是到时间过安检了？"她说了这么一句，周子杉才收回目光，看一眼手表，确实时间不多了。

二人一同走向安检口，彼此无言。想象中离别的场景并不是这样的，只不过究竟该怎样，周子杉也说不上来。

最终周子杉在安检口外的长队后停下了脚步，她也只能送到这里了。

大概她正等着他说一句"再见"，她便可彻底地摆摆手离开。

想到这一幕，想到这过往的所有轰轰烈烈都抵不过终场落下帷幕的那一句"再见"，周子杉嘴角一勾，笑了，眼中却是连这笑也掩不去的沉重。

"对了，这个给你。"周子杉从西装的口袋里摸出一样东西，是张拍立得照片。

连笑伸手准备接过："这是？"

"这是我和孙伽文分手之后，我在她扔掉没带走的行李里发现的。"

连笑伸出去的手又生生一定，孙伽文的东西，为什么要给她？

连笑难免抗拒，低头匆匆一瞥那张照片，看见照片上笑容灿烂的孙伽文，自然而然地避开了周子杉递过来的手，却在即将成功避开的那刻，目光连同动作一同僵住。

照片上不止孙伽文那一张熟悉的面孔。

就在连笑僵住忘了收回手时，这张照片成功地落在了她手里。

连笑来不及收回的目光中，除了照片里孙伽文那辗然而笑的脸，还有与之形成强烈反差的，方迟的那张一贯面无表情的脸。

周子杉则坐在孙伽文的另一边，疏离但不失礼貌地微笑。

拍立得一角打着时间，是他们大一结束那年的夏天。

"还记不记得大一暑假你说好了来看我，结果你不仅没来，还让我给孙伽文做导游？"

想到那时那刻的场景，周子杉不禁从喉间哼出一声笑。

此时此刻的连笑，手握着照片，头皮隐隐发着麻，脑筋彻底转不过弯来。

那年暑假，连笑本和孙伽文约好了一起去墨尔本过，可她那会儿刚开始和廖一晗一起创业，最后没走成。国际机票对当时的她们来说，简直天价，孙伽文舍不得退票，只能独自去了墨尔本。

连笑当时还对周子杉千叮咛万嘱咐，要他好好关照下孙伽文。毕竟她放孙伽文鸽子在先，怕孙伽文一个人在墨尔本玩得不尽兴。

连笑的目光，始终情不自禁地盯着照片中的方迟，这个本该和周子杉他们毫无瓜葛的人。

周子杉顺着她此番目光看去，自然知道她眸中那不可置信的神色源于谁。

周子杉的声音，不由得低沉着泛起了冷："当时我也是听孙伽文说的，那会儿方迟刚来墨尔本做交换生，孙伽文一直关注他的校内，还是发的校内短信问的方迟，说她和你要一起去墨尔本，问方迟能不能做你俩的导游。她原本以为消息发出去会石沉大海，毕竟方迟在校内里从没理过她，没想到方迟竟然答应了。本该你和我还有孙伽文一起去的演唱会，最后也变成了我、方迟，还有孙伽文三个人。"

连笑记得，演唱会的票还是她让周子杉买的。她临时爽约没去成墨尔本，本还在可惜浪费掉的那张票，想让周子杉把那张票转了，孙伽文却把票要了去，说自己正好有个朋友在墨尔本。

连笑那时还纳闷了下，她和孙伽文从高一那会儿就一直要好，怎么从没听孙伽文提过有个朋友在墨尔本？

不过那时的连笑一直忙着操持和廖一晗刚合伙的淘宝店，哪顾得了这些？

"这张照片就是演唱会之后拍的。我喝多了只能住酒店，原本是我和方迟一个房间，孙伽文自己一个房间，可等我隔天醒来，却是孙伽文在我的房间里。孙伽文说我把她睡了，方迟没有站出来说任何一句话，导致我也以为这是真的。孙伽文借着这件事缠上了我，我没有任何办法，后来你又撞见孙伽文在我家，一切就更洗不清了。我看到这张照片的时候，才想起当年我们之间的那些纠葛里，竟还有方迟这么个人的存在。前阵子我去找了孙伽文，你知道她告诉我什么吗？"

周子杉欲言又止的目光投向连笑。

连笑不得不从漫长的愣怔中抽回神志，抬头看他："说这些干吗？"

前尘往事最好的归宿不应该是随风飘散？为什么偏要来叨扰当下？

周子杉苦笑："我不甘心。"转瞬又沉了脸色，把被连笑打断的话说完，"她告诉我，演唱会那天晚上，我和她什么也没做，她气急败坏地跑出房间，方迟其实是看见了她的。可当她告诉我她被我……"周子杉面色挣扎着顿了顿，隐去了某些他无法启齿的词，"……那时候，方迟没有站出来说实话。或许我该以为，这是方迟的性格使然，不喜欢瞎掺和别人的事；或许我也该以为，方迟现在和你在一起，也只不过是巧合。"

连笑用力到发白的手指，捏皱了照片一角。

"或许你可以把照片撕了，当作什么都没发生；或许你会拿着照片去质问方迟，看他能编出什么说辞，好让你相信；又或许你压根不信我的话，认为我是出于不甘心从中作梗。总之，你和方迟在一起，我真的做不到祝福。"

方迟在航站楼的座椅上一等就是四十分钟。

说是会马上回来的那人，始终不见踪影，电话也不通。助理跑了趟T2，同样没找着人。

"方总，广播已经在喊人了。"

"方总，闸口都快关了。"

"方总，要不……改签下一班吧？"

方迟却始终坐在座椅上，不为所动，直到高跟鞋的声音，缓慢地由远及近。

方迟一抬头，遍寻踪影不至的连笑，此刻正停在他五米开外。

助理可算松了口气，也无须过问方迟了，直接去柜台改签下一班。

路过连笑身边时，助理不禁长吁短叹："连小姐你这失踪玩得，可吓死我了……"

连笑只是静静地看了看助理，什么也没说，助理却不知从她眼神里读出了些什么，吓得缩缩脖子赶紧走了。

方迟这才起身朝连笑走来，脚步不疾不徐，丝毫不像一个干等了近一个小时的人。

他在连笑面前站定："你不是说马上回来的吗？"

"你不是说如果我误了航班，你不会等我的吗？"

还知道抬杠，看来没什么事。方迟终究没再多说，也终究一字不问，只搂过她的肩："走吧，吃个午餐去。"

连笑却拧住了肩膀，脚下没动。方迟终于忍不住皱眉看她。

连笑看他那张即便气急了也只是稍稍皱眉的脸，周子杉的声音，如紧箍的魔咒，顷刻间死抓住她不放："或许你可以把照片撕了，当作什么都没发生；或许你会拿着照片去质问方迟，看他能编出什么说辞，好让你相信；又或许你压根不信我的话，认为我是出于不甘心从中作梗。"

人来人往的航站楼，来去匆匆的脚步声此起彼伏，终是唤回了连笑的神思。

连笑松开不自觉紧握多时的拳头，当着方迟的面竟笑了："你都不好奇周子杉对我说了些什么吗？"

方迟真的仔细思考了下这个问题。

不可能不好奇，甚至在等待的这近一个小时里，一颗心都为此而悬着。但是……

"既然你选择了回来，那他对你说了什么，你有没有那么一刻被他说动，这些都不要紧。"

比起过程，他更注重结果。

结果就是，此时此刻他实实在在地握着她的手。而周子杉，已独自一人随航班远走。

连笑却把手从他掌心里一点儿一点儿抽了出来，嘴角依旧扬着笑，却多少显得刻意了："他给了我这个，作为离别礼物。"

连笑说着，这才从兜里摸出早已被她捏得皱巴巴的照片。

把照片递给方迟的那一刻，她终究是绷不住了，脸上的假笑碎了一地，只直勾勾地看他，等待他看清照片时的反应。

等着他或吃惊，或不解，或……

可最终等来的，只是他的眸光稍稍一定，脸上依旧平静到不可捉摸——这番教她看不懂也猜不透的反应。

连笑强压下被他此番反应激起的怒意，尽量心平气和地问："你就没有什么想说的吗？"

"我想说什么不重要，重要的是你现在心里怎么想。"他收回落在照片上的目光，只看她的眼睛。

连笑只觉被他的眼神拷问，而本该是她拷问他的，不是吗？

连笑避开他的目光，绕过他一屁股坐在了休息椅上，垂下脑袋双手箍着额头："我不知道。"

她垂着的目光里，方迟的那双鞋走近，欲言又止般驻足片刻，随即在她身旁入座："好，既然你想听我说……"

连笑没抬头，他的声音平静得像是在讲述别人的故事："那时候我刚到墨尔本交换半年，你和孙伽文还好到穿一条裤子。她加我校内，我回加，因为我能在她的动态里看见你。"

连笑豁然抬头，大概以为自己听错了，眼里闪过一丝不可思议。方迟无谓地耸耸肩："我注册校内本来也就为了看看你。"

这回倒是彻底坦诚了，她却突然跟看神经病似的看他。

方迟敛了敛眸，仔细回想，免得记忆有任何偏差，她又要怪他欺瞒："孙伽文说她暑假会和你一起来墨尔本，我想见见你，就答应做导游。可后来你没出现，我反倒见着了她和周子杉。我们三个人一起去看演唱会，之后一起喝酒。孙伽文对周子杉的那点儿心思，我不知道你们为什么都看不出来，反正我看得一清二楚。"

"你……"连笑真是怨气无处撒，"你看得一清二楚，你还不拦着？"

方迟回答得倒是坦荡："我为什么要拦着？客观上，别人的事我一向不爱插手；主观上……"

方迟没说下去，只意有所指地看了连笑一眼。

"所以周子杉喝醉以后，孙伽文提议和你换房间，你也就和她换了？"

"那倒没有。周子杉喝得有点儿多，孙伽文去买醒酒药，英语不太好，买错了药，只能换我去。"

连笑当年英语好，数学差，孙伽文则正好相反，她们的友谊最初也是始于无私地给彼此抄作业。

孙伽文最后和周子杉一起定居墨尔本，她大概为了周子杉，没少恶补英文。只是现在想来，无比讽刺。

"等我买了药回来，孙伽文已经不打算再让我进屋，直接让我换去她原本的房间。"

连笑的目光在他脸上一扫，继而又瞥开了视线，大概是不想被他看见她眼底的狐疑。

可这哪能逃过他的眼睛？方迟虽依旧面无表情，心里却是一沉。

看来她并不信他这番话，起码是将信将疑。

周子杉对她说起这段往事时，她可曾也用这将信将疑的态度对周子杉？

没有这厢对比，方迟心中的落差感也不会有这么强。

只不过他早已习惯将情绪隐藏，面上依旧无波无澜："我以为他们当晚总会发生点儿什么，半夜我也确实听见了动静，可惜不是什么暧昧的声音，而是摔东西的声音。我出门去看，孙伽文刚哭着跑出隔壁房间。孙伽文当时问了我一个问题：为什么你们都不喜欢我？那一刻我猜到他们俩应该没成。当时透过半掩的门缝看进去，周子杉睡在床上，床很凌乱，他身上的衣服倒也都还在。"

连笑双手抱着头，连她自己都分辨不了她此刻内心的纠结，到底是在抗拒听到这个结果，还是在庆幸，周子杉当年真的没有背叛自己。

"那之后周子杉和孙伽文之间的气氛变得很怪异，我们得租车赶回市区，他们俩因为一件小事吵了一架。我看得出来孙伽文是在找借口吵架，不然周子杉打算一直对那一晚避而不谈。周子杉私下里问我，那一晚究竟发生了什么，我只说了前半段，没说后半段。"

连笑的呼吸就这么短暂地哽在了他话音落下的这一刻。她既做不到把照片撕了，当作什么都没发生，也做不到压根不信周子杉的话，对周子杉的那番话一笑了之。

她相信方迟如果有心编织谎言，肯定能编得天衣无缝，毫无破绽，她甚至心底里有些希望方迟会这么做。

可方迟竟如此坦荡地承认了。

连笑陡然不知该苦笑，还是该冷笑。如果不是因为他是方迟，这种行为，说白了不就是联合孙伽文一起给周子杉下套？

"没多久就听说你和周子杉分手了。我去你学校找过你，不过你火速交了新男友，还挺登对。我就这么做成了一件损人不利己的事，够蠢的。"

方迟勾了一边嘴角，勉强算作笑意吧。

最蠢的是她吧，那么多不知道的事……她现在宁愿自己依旧什么也不知道……

方迟呼了口气，摒弃前尘往事仿佛只用了这一秒："香港还去吗？"

只不过他的眼神里没有了期待，也没有了挽留，只是平静地等待她的一个答案。

连笑长呼了口气，没有看他，大概是不想再多看他一眼了吧。

"我需要时间冷静一下。"她说。

方迟了然地点点头，摸出了车钥匙给她："开我的车回去。"

连笑却避过了他的手，自顾自起身，推过他手边的她的登机箱，独自一人掉头走了。

方迟愣愣地看着手中的车钥匙，半晌，面无表情地收回。

此时，那高跟鞋的声音已渐行渐远，远到即将微不可闻，方迟强忍着没回过头去看，呼了口气，摸出手机给助理打电话。

助理很快接听："方总？"

助理大概以为老板这是在催自己，赶忙道："最近的飞香港的航班头等舱只剩一个座位了，我在让他们查再晚一些的航班。还有，连小姐的托运行李已经……"

"不必了。"方迟冷言打断，"就这趟航班吧，连小姐不去了。"

方迟说完就把电话挂了，罔顾助理此刻该是何等一头雾水。

方迟握着手机坐在原位，沉默间，终是狠狠将手机一摔。手机屏幕瞬间分崩离析，方迟看着，面无表情。

连笑打车回了家。司机特别热情，看她提着行李箱的样子像是刚落地本市，一路便有一搭没一搭地问她刚从哪儿回，是去工作还是去旅游。

连笑始终和游魂似的，也不知道自己答非所问了些什么，就这么到了家。

一天就这么在机场和家之间来回折腾着度过，等她想起要去把长老接回来时，已经是日暮西山。

猫全放在方迟家，嘱咐好了谭骁一天过来换次水，铲次猫砂。

到了方迟家，连笑直接用指纹锁进的门。方迟早录入了她的指纹，就是为了方便她随时串门。

却不承想，她第一次用指纹锁进门，是这般光景。

房子里空荡而冷清，连笑一开灯，大小五只猫就一股脑全跑了过来。

连笑真的很想把它们全带走，可仔细掂量一下，她唯一有资格带走的，或许就只有长老了。

连笑抱起长老，又一一给哈哈哈和三小只顺了顺毛，逼着自己不回头，转身就走了。

直到关门前，连笑才首次停下，犹豫了片刻，手指飞快地在指纹锁的面板上操作，很快就把自己的指纹从锁库里删了。

生怕自己哪一刻后悔，连笑砰地关上门就走。她始终咬着牙齿。

一个小时后，刚入住半岛酒店的方迟接到谭骁惊慌失措的电话。

"你家猫怎么少一只？"方迟的手机摔了，这通电话还是打到方迟的助理这儿，再由助理转交。

方迟今天有些不在状态，手机那头的谭骁已经着急忙慌半天，方迟才敛了敛神，沉声问："哪只？"

"那只小太监！该不会翻墙出去了吧？我记得你之前说过它就是翻墙进你家院子，才做了你的女婿……"谭骁没头没脑地分析着。

方迟听他絮絮叨叨半天，眉心蹙得更紧。

他不由得捏一捏眉心，踱步到窗边，窗外的维多利亚港平静之下，暗藏波澜。

"会不会躲二楼去了？你开个猫罐头引它下来。"

谭骁却堪堪打断他："你早告诉过我这招，我进你家门，一没看见它就已经开了猫罐头。现在猫罐头都被三小只吃完了，那小太监还不见踪影……你今天好奇怪，怎么一点儿都不急？"

方迟可是个十足的猫奴，况且现在不见的，还是方迟家的宝贝疙瘩，连大小姐养的那只，谭骁自然纳闷："对了，我进你家门的时候，客厅的灯就开着。你家不会遭偷猫贼了吧……"

方迟这回是真急了，难道三只小祖宗在家里造反？方迟家的监控一直开着，他从行李里拿出笔记本电脑，连上远程监控。

谭骁的电话也没断："你家那位要是知道你把她的猫弄丢了，得砍死你吧？"

方迟没工夫搭理他，一直快速地倒放着监控画面，谭骁进门时，客厅的灯确实亮着。

画面迅速闪过，一刻不停，再继续往前倒。

直到连笑的脸从画面上一闪即过，方迟才猛地点击暂停键。连笑从进门到离开，全程不到五分钟的画面，方迟来来回回看了五遍。

最后她离开前，在门边低头鼓捣了半天，画质并不是高清，换作寻常人，根本就看不清她到底在门锁上鼓捣了些什么，方迟却是脸色一点儿一点儿沉到最底。

直到画面里她最后关门消失的那刻，才尘埃落定。

她把她的指纹删了，看来以后都没打算再进他家门。

电话那头的谭骁半天没得到回应，猜到事态严重，试探性地问了句："真遭贼了？"

方迟直接把电话挂了。

连笑原本以为今年年末就要这么平平淡淡地度过了。

往年，她都早和一帮狐朋狗友约好了无数的局，欢乐到清晨，还次次都得拉上廖一晗。去年的圣诞节，玩腻了的一众人还特意组个三亚的游艇聚会，廖一晗却因为生理期突然提前，不得不放了连笑鸽子。

如今想来，那时候的廖一晗哪是生理期提前？正忙着和失而复得的陈璋搞地下情才是。

今年，谁都知道连小姐要和新对象一起过圣诞，连笑也为此把所有局都推了。理所当然见色忘友的那一刻，连笑哪能想到，平安夜的最后时刻，她竟是独自一人，在家里煮泡面度过。

如今她煮泡面功夫一流，面上再卧个黄金蛋。

她之前就是这么做给方迟吃的。连笑还记得当时的方迟就跟解数学方程式似的，严肃认真地夹了一筷子，不说话也不给表情，在她紧张地忍不住双手合十时，他才终于慢条斯理地竖起大拇指。

他舔了舔唇角，紧接着又来了一筷子。全程沉默，却默默地把最后那点儿汤都喝完了。

在当时看来如此稀松平常的画面，连笑此时此刻猛然想起，却觉十分扎眼，食之无味地吃到一半，终于忍不住摸过手机。

平安夜，朋友圈里各种刷屏，也有不少朋友在香港，等着维多利亚港的烟花会演。

她本该也在那儿的。

连笑想了很久，放弃了临时约个局的想法，所有人都当她这会儿在香港，万一知道她压根没走，肯定要问东问西。

非逼她再回忆一遍自己是如何和方迟闹掰的？连笑怕是会当场翻脸。

连笑在联系人栏里胡乱翻着，手一顿，就这么定格在了方迟的头像上。方迟的头像是哈哈哈，貌美却懒洋洋的布偶，眼神丧丧的。

连笑的头像则是四仰八叉地躺在地板上的长老，关键部位打了马赛克。晃眼一看，还挺像情侣头像。

至于如今的长老，就在连笑正对面的窗前坐着，背对着她，面对着落地窗，背影颇为落寞，不知在思念谁。

连笑犹豫半天，手机放下又拿起，最终一咬牙，复制了刚收到的一条群发的祝福微信，单独给方迟发了过去。

这男人怎么如此沉得住气？至今一个电话、一则信息都没给她发过。

连笑心里正愤愤不平，再看自己发出去的那条微信，又当即懊恼地恨不得给自己一嘴巴。

那条群发的祝福微信，落款的署名她都没改，就这么直接全部复制粘贴，发给了方迟。要撤回也已来不及。

方迟一直没回。

难道不是该方迟缠着她谢罪才是？怎么这一切反倒成了她犯错在先似的？

这么干等着他的回信也不是办法，连笑索性把手机往沙发上一扔，给自己找点儿别的事做，分散下注意力。

谁说平安夜嗨不成？她自己一个人照样嗨，当即给自己来了首嗨曲，音量调到最大，把家里大灯关了，换上闪灯，家里的存酒，每样倒一杯。

在震耳欲聋的音乐中，她毫无形象地跳着，闹着，自己敬自己：

"Merry Chri……"

话还没说完，就被敲门声打断。准确来说，应该是砸门声。

之前不论是门铃声还是敲门声，均被这四周的环绕立体音响声盖过，半分都没传到连笑耳中。直到砸门的声音越来越大，才终于惊扰到连笑。

连笑也不知自己是晃太久晃蒙了，还是混酒喝多喝蒙了，走去开门时脚下直发飘。

她蹦得头发都乱了，一边开门一边整理头发，头发还没整理好，便已先行从发丝的掩映下，看清了门外站着的那几个神情严肃的片警。连笑音乐声开太大，邻居嫌吵，找物业协调，物业敲门始终没人应，邻居愤而报警，才有了如今这么一出。

之前还热闹堪比夜店的家里，瞬间安静如荒芜。

片警口头警告了几句，离开了。挨了训的连笑悻悻然回屋，把自己往沙发上一扔。

闪灯依旧开着，斑斓的光线从连笑眼前一遍遍打马而过，晃得她眼前灼热。

手机就在一旁，连笑随手摸过。

平安夜就这么过了，方迟始终没回信息。

这个年末过得堪忧的，自然也不止连笑一人。某一线卫视的开年大戏提前上演，男主角是个流量小生，令连笑惊讶的却是，她竟在第一集里看见了齐楚的身影，看戏份应该算女四号。

连笑之前听谭骁提一嘴，齐楚拿到了人生之中的第一个角色，是个非常不错的班底，男主角多么多么红，播出平台多么多么好。

可惜齐楚进组没多久就用酒瓶子把副导演开了瓢。

谭骁的新公司面临赔偿不说，公司好不容易帮齐楚争取到的戏份，肯定也是"一剪没"。

连笑可没时间把戏都追完，齐楚的戏份究竟被剪得还剩多少，自然也就无从得知。

连笑真正关心的事情也不在此——陈璋的案子立案了。

陈璋目前是处于取保候审阶段，被限制出境。廖一晗原本想趁着年底去趟美国，考察下那边的赴美生子中心，这下也走不成了。

廖一晗和陈璋演着闹崩戏码的那段时间，连笑住在廖一晗家，听廖一晗聊起过这事。

陈璋一直希望孩子拿到美国身份，廖一晗虽一点儿也不热衷于什么美国身份，却也觉得那边医疗条件好，很是心动。

只是如今事与愿违，廖一晗不仅要忙着帮陈璋找最好的律师团，还要忙着晗一A轮融资的事。

廖一晗大概是想在她生产前，把融资进程推进得更快些。

连笑起初是这么以为的，只是很快，她意识到自己想得太简单。

A轮增资后，连笑的股份被稀释到了12%。

虽然廖一晗个人所持股票也被大幅稀释，但加上她代持的股份，以及禾木资本一直特别看好她这点，她依旧掌握着股东大会的实际控制权。

晗一的董事会恰逢三年换届的关口，廖一晗就这么联合其他大股东，解除了连笑的董事职务……

廖一晗没能用她所能调动的这超三分之二的股权，把陈璋留在晗一，她只是用这超三分之二的股权，赶走了连笑。

股东大会至此一锤定音。

连笑坐在座位上，看着廖一晗微笑着与晗一的新任董事会成员一一握手祝贺，心中不知是何滋味。

廖一晗与他们一一握过手之后，最终也平静地对上了连笑的目光。

廖一晗始终平静，连笑从最初的无措到最终的了然，一番对视，彼此都懂了，廖一晗并不会因她今天所做的这一切而感到任何抱歉。

廖一晗之所以加快推进A轮进程，根本不是所谓的想赶在生孩子前，把公司的事情都安排好，只是为了把连笑这个联合创始人，彻底踢出公司。

连笑终是僵硬地起身，脚步飞快，离开会议室，任身后新人笑，旧人嘲。

事情却还没完。

廖一晗的助理在会议室门外拦住了连笑："连总，请您留步。"

"连总？"连笑冷笑着咀嚼这个词。这个称谓，她如今怕是担不起了。

助理也挺尴尬，连笑永远是和下属打成一片的那个，但公归公，连笑今时不同往日，助理正了正脸色："廖总还有事要和您说。"

"我和她还有什么好说的？"连笑皱眉反问。

但连笑的这个疑问，只能由廖一晗亲自解答了。

廖一晗表示愿意比市价高两成，回购连笑手中仅剩的12%股权。连笑坐在廖一晗的办公室里，短暂地环顾四周，这个她常年进出无阻的地方，怕是以后再也不会踏进半步了。

比市价高两成，乍听之下还挺诱人，但对一个上市前景良好的公司来说，这么早就变现无异于杀鸡取卵，得不偿失。

"廖一晗，我们认识十年，你就是这么赶尽杀绝的？"连笑终是没忍住，说出了口。

在这一刻之前，连笑还始终不愿相信，廖一晗会这么绞尽脑汁地对付她。

问出口的这个当下，其实也就意味着，就算连笑能想出无数种自欺欺人的理由，但她终究还是不得不接受这个事实。

"这句话我原封不动地还给你。"廖一晗冷笑，"我们认识十年，你知道我有多爱陈璋，你却要送他去坐牢。"

连笑顿时一脸愕然。这一幕落在廖一晗眼里，引得她嘴角那抹冷笑更甚。

廖一晗在手机里不知找了些什么，把手机往办公桌上一丢，正在连笑面前。

连笑拿起手机，看清页面上是廖一晗和谁的聊天记录，有如芒刺在背，手一抖，脸却僵住了。

孙伽文把周子杉近来和连笑的往来记录，全部打包发给了廖一晗。

廖一晗见她始终垂着眸一言不发，这无异于浪费大家的时间，也无须再顾及她的脸面了，当即道："怎么？难不成你还想说，你和周子杉的这些短信往来记录，是孙伽文伪造的？"

连笑豁然抬头。

廖一晗此刻看她的样子，俨然在看一个跳梁小丑。而连笑唯一能做的，似乎也只剩下任廖一晗奚落："你决定借容悦之手送陈璋去坐牢的时候，就该想到会有败露的一天。"

可陈璋做出这些事来，本就该去坐牢——连笑压着嗓子没说。

就算说了又能怎样？廖一晗照样会把一切归咎于她。

廖一晗起身，绕到连笑身旁，从连笑手中抽回手机。

"我给你三天时间考虑，你不接受也没关系，我大不了定向增资，一步步稀释掉你的股份。相信我，你是撑不到IPO（首次公开募股）阶段的。"

丢下这话，廖一晗走了。

办公室的门砰地关上，留连笑一人，坐在这不属于她的地界，进，无可进；退，无可退。也不知过了多久，窗外天色渐暗，没有开灯的办公室一片暗寂，百叶窗外，工位上的人也一一走空，却唯独没有人催促连笑离开，仿佛已将她遗忘。

连笑即便消化得了这周遭的昏暗，也无力抵抗如今充溢着的满腔无望。

仿佛一场蝴蝶效应。

若不是陈璋监守自盗，连笑或许还能容得下他。

若不是连笑容不下陈璋，廖一晗不会和她闹翻。

若不是廖一晗和她闹翻，她也不会去求周子杉以容悦的名义对陈璋问责到底。

若不是周子杉插手，也就不会有孙伽文的这么一出……

结果呢？周子杉引咎辞职，陈璋面临牢狱之灾，而她，被赶出晗一。

这场蝴蝶效应里，没有胜利者。

有那么一刻，连笑觉得自己或许是活该。可下一刻，又恍惚觉得自己才是被无辜连累的那个。

各种情绪杂糅着，连笑哭也哭不出来。那一刻，连笑突然很想听听方迟的声音，哪怕只是听他说一句："没关系……"

电话打过去，回答她的，却只是疏离而客气的提示音："对不起，您拨打的电话已关机。"

听着随后响起的忙音，连笑不信邪，马不停蹄地点开微信，拨视频电话。

他们的聊天界面，还停留在她平安夜发的那条落款署名都不对的祝福微信上。

视频通话依旧无人接，再拨，依旧……

连笑看着满屏全是自己这边发出去的绿底消息，终于把自己气哭了。这个时候，哪还意识得到自己的问题也不小？

方迟关机，小气……

方迟关机，都是周子杉害的……

要不是周子杉的那张照片，她现在应该还在开开心心地等跨年……

要不是周子杉惹来了孙伽文，她现在还是晗一的董事……

想要拨通的电话，被无情地告知对方已关机。

以为肯定拨不通的电话，却很平静地被接通。

连笑莫名打通周子杉电话的那一刻，对他离开国内却不注销国内号码这一点而生出的那点儿错愕，转瞬就败给了她满腔无处发泄的迁怒："周子杉，我谢谢你啊！"连笑几乎是咬牙切齿，生生逼退了周子杉接到她电话的诧异。

周子杉还未说半个字，连笑已经劈头盖脸地骂了起来："你和孙伽文能不能好好过日子，别来祸害我！"

其实连笑也记不清自己究竟骂了些什么，却是彻彻底底口无遮拦了一回，几乎把多年来的一切恩怨通通交代了。

周子杉全程一言不发，连笑几乎以为他已经挂了电话，自己其实是在对着空气说话。

终于，骂不动了。

终于，也清醒了。

终于，给了周子杉首次开口的机会："你怎么了？"

他被这么莫名其妙骂了一通，语气里却只有对她的担忧。

"我怎么了？"连笑冷哼，"我没怎么，我好得很！"说完就把电话挂了。

哭也哭过了，气也撒过了，再陷在自怨自艾里不打起精神来，连笑都要瞧不起自己了。

连笑深呼吸几口，起了身，拢了拢略显凌乱的头发，强打起精神，头也不回地离开了这间她永远不会再来的办公室。

脚步声一路穿过走廊，路过工位，走进电梯，冷着眼，阅览过这片她和廖一晗一同打下的江山。

这片再也不属于她的江山。

事实已然如此，她现在唯一能做的，是最大限度地保护自己的利益。

连笑通过朋友圈里的那位保代，联系上了最擅长做兼容并购和股权重组的专家。禾木资看好廖一晗的前提下，除非连笑有足够的资金反稀释，不然廖一晗刻意定向增发，她只有被动挨打的份。

可连笑既拿不出这么多钱，又没有资本助力，专家也无力回天："我建议你谈个好价钱，把股权变现了。"

连笑是真的绝望了。

回到家已是隔天早晨。连笑一夜没睡，却依旧被逼在死胡同里，看不见任何一条出路。

在电梯里碰上的都是正准备出门上班的邻居，互相打个照面，他们有他们的朝气勃勃，连笑有连笑的心如死灰。

一夜没合眼，却依旧了无睡意，连笑随便放了张CD，把音量调到最大。

她不能让自己陷在安静之中，不然，想到什么都想哭。

想到廖一晗，想到孙伽文，想到周子杉……想到，方迟……

耳朵被震得发麻，也好过眼睛动不动就发酸，可终究还是被敲门声打断。

邻居都去上班了，谁又来告她扰民？

连笑也不管以自己现在这一点就炸的劲儿，会不会一言不合跟片警都能杠上，听着那一声响过一声的敲门声，腾地从沙发上站起，直奔玄关。

"过了九点都能装修施工了，我放点儿音乐怎么了我！"话音一落，门一开，连笑面前站着的却并非片警，而是她再熟悉不过的那张面孔。

连笑就这么莫名瞪着面前站着的那清隽的身影，彻底没了声。

周子杉行李都没带，飞行十个小时，穿着身单衣单裤就从墨尔本的盛夏飞回了此处的寒冬。他下了飞机马不停蹄地赶过来，满腔的孤勇却在陡然面对她的这一瞬间，荡然无存，甚至没想好开口第一句话能对她说些什么。

相比他的一脸空白，连笑却是当即拧了眉："你怎么……"

他怎么突然回国……他怎么知道她住哪儿……他怎么……太多的疑问全卡在喉间，反而一时之间什么也问不出口。

周子杉既然一时之间不知道能说些什么，但好歹是看出了她的疑问，便借此打开了话匣子："我刚回国那会儿，廖一晗推荐过我住这个小区，还特别提了嘴你隔壁的单位，说是正在挂牌出售。我猜到她是什么意思，可惜晚了一步，我准备下手之前，你隔壁的单位卖了。"

隔壁……不就是投诉她扰民的那家吗？

至于廖一晗，连笑无力地摇摇头，将思绪收回："别提了，都别提了……"继而看向他，"你走吧，我不想看到你。"

连笑已无力再迁怒于任何人，只是单纯地想静一静。

可她这般心如死灰，落在周子杉眼里，多少还带着点儿责怪的意味。

他真的宁愿她像昨天电话里那样，风风火火地骂他一顿，也好过如今，看他的眼神都毫无温度。

为此，周子杉懊恼不已："对不起，我从没想过孙伽文会偷截下我和你之间的短信记录……"

话音未落就遭连笑狠狠打断："你能不能别说了！"

她刚平静下来没一会儿，他又旧事重提，无异于火上浇油，连笑盛怒之下甩手就要关上门，周子杉却伸手格住门。

连笑不仅没能让他吃成闭门羹，反而被反弹回来的门板磕着了脑袋，当即磕得头晕目眩。

连自家房门都站在他这边，同她作对，连笑哪还忍得住？她低头就照着他格住门的那只胳膊，张嘴就是一口。

连笑这嘴咬得特别狠，他胳膊上那道牙印都渗血了，她也没收嘴。周子杉强忍着倒吸一口凉气，身体因本能的趋利避害正准备甩开她时，头脑却先行一步，使唤着双臂将她紧紧一揽，揽进怀里。

连笑当时就炸了。

可无论她如何踢蹬，如何挣扎，都半分推不开他，一气之下照着他肩膀就是一口。

他身上就一件衬衫，连笑这一口下去，直接嵌着肉硌着骨。

连笑能感觉到他痛得浑身一僵，周子杉的双臂却不松反紧，就这么死死搂住她，用极了力，似要将她糅入骨血。

若不是她埋着脑袋还死死咬着他的肩，此情此状在外人看来，怕是要以为一对久别重逢的小情侣，还没进家门呢，就急得搂作一团……

方迟就这么站在电梯门外，直面着眼前这一幕，沉着脸不知做何感想。

他本该早就到了。香港昨夜大雨，赤腊角机场航班大面积延误，他等到凌晨三点，过关回深圳，改从深圳坐飞机，终于一大早赶了回来。

从未想过迎接他的会是这一幕。

当然，如果他昨晚就顺利回来，那时又会撞见哪一幕，就不得而知了。

僵立的这一分钟，方迟身后的电梯门都应声合上了，身前的这对男女却还没分开。

方迟在转身坐电梯下楼还是直接上前二者之间犹豫片刻，终是脚下未动，只微启薄唇："不好意思打搅了。"

这声音……哪含着半分抱歉？冷冽至冰点罢了。

连笑当即就僵住了，松开牙齿的同时，她牙关已用力到发麻。

周子杉原本紧箍的双臂也在同一时间，因突如其来的愣怔而一松，下一秒便被连笑一把推开。

发麻的又何止是被连笑快要咬透了的肩头？

周子杉循声看去，撞上方迟目光的那一刻，心尖一怵。

方迟面无表情，目光只在周子杉身上短暂停留，转瞬直勾勾地盯着连笑，一步步朝连笑走来。

连笑哑然地张了张嘴。她咬太狠，颌关节发麻，脑袋之前又被门撞了，见到方迟的那一刻，顿时委屈得不行。

他这般面无表情的样子，教人看不出喜怒。或许连笑打心底里不觉得这是个解不开的误会，心里刚泛起的担忧，转瞬就败给了见到他时心里泛起的委屈，眼见他站定在她面前，连笑鼻腔一酸。

"你……"

你怎么才回来……你听我解释……

连笑也不知道自己脱口而出的会是哪句话。

方迟也压根没给她机会说完这句话，已先行打断道："我来拿我的行李。"说完，甚至不再看连笑半眼，绕过她直接进了屋。

看着他径直走向卧室的背影，连笑当即傻了眼。

方迟则始终，头也不回。

方迟留在这儿的物品说多不多，卧室洗手间里一个电动牙刷，衣帽间里两套家居服、两套西装，一个登机箱正好够装。

他当初是怎么把这些衣物装箱带来的，如今就怎么装箱带走。

衣帽间特别乱，她没去成香港，几大箱行李空飞了一趟，最后还是方迟让助理把她的行李又寄了回来。她之前小心翼翼叠进箱子的那一堆衣服，如今全胡乱地扔在衣帽间的各个隔层里。

可以想见她当时收拾行李箱收拾得多烦躁。

方迟从一堆凌乱中找到自己的衣服，拆下了衣架，正准备一股脑全扔进行李箱，动作却是一滞。

他险些把她特意为香港行买的那套新内衣一起收进了行李箱。

方迟把这件轻飘飘的内衣从自己的箱子里拣出来，握在手里。同样一件内衣，带给他的感受却天差地别。

方迟冷着脸，正要把这件内衣扔回身后那堆衣山衣海中，衣帽间外却传来急切的脚步声。

脚步声越来越近，看来她已经把周子杉打发走了，要赶过来再打发他。

很快，连笑停在了衣帽间门边。

她不动，方迟却动了。他把那件内衣扔回去，合上行李箱，扣锁，提起拉杆，就这么推着行李箱从连笑身侧路过。全程不发一言，也丝毫没打算再有片刻的停留。

他真当她和周子杉之间有暧昧？在此之前，连笑还压根不信以他的智商会解不开这么浅显的误会。

可他确确实实就要从她的余光里走过了。连笑在这一片错愕之下，好歹是伸手拽住了他的行李箱拉杆："是周子杉抱着我不放，不是我主动投怀送抱！"

她的解释是有多无力？他听后，怎会只平静地看她一眼，冷淡地反问："那又怎样？"

连笑这就不懂了，既然他没误会，那……

"那你为什么还要走？"连笑七分荒唐，三分委屈。

"那你为什么要把指纹从我家门锁上删掉？"方迟却只平静地反问。

连笑终于无话可说，他什么都知道……可她连他究竟为什么会生气都摸不清头绪。

方迟扯开她紧抓着行李箱拉杆的手，抬眸再看她，眼里又冷了几分："看来我的三个月实习期要就此打住了。"

晃眼的工夫，连笑刚明白过来三个月实习期指的是什么，方迟已推着行李箱离开，只留下一个背影，以及一句："再见。"

连笑从未想过自己会一路走到如今这般田地。

一夜之间，所有人都离她而去。没了朋友，没了恋人，只有一只猫陪着，不离不弃。

2016年的最后几分钟，所有人都在忙着跨年倒数的最后时刻，连笑却是和她朋友圈里那位保代肖楠，以及他的诸位高人朋友一起在她家的客厅中度过的。

数不尽的咖啡，提不完的神。

谁能想到吃喝不愁的二世祖连笑，如今会沦落到连个像样的办公地点都没有，只能在自家客厅里办公？

连笑自己都未曾想过。

但事已至此，连笑再不甘心，也只能默默消受。

肖大保代热心到连笑都不好意思了，她给的这点儿劳务费，估计都不及他手头任何一个案子百分之一的抽成，肖楠却一样毫不懈怠，拿出了多种方案供连笑选择。

三天时间就能力挽狂澜，起死回生，那大概是电视剧里才会有的桥段，现下一帮高人，也只能尽量助她把损失减到最低。

和廖一晗约定的三天时间很快就到了。连笑并未现身晗一，而是全权由肖楠代表。

"廖总，您的提议连小姐仔细考虑过了。她可以答应您，但她个条件，DL的淘宝店得归她。"肖楠把话带到。

DL早已落寞，一个过气网红店而已，廖一晗死抓着不放没有任何意义，对连笑却意义非常，起码给她留了个可以东山再起的毛坯。八千万，外加一个DL，连笑同样给了廖一晗三天时间考虑。

不到三天，一天后，廖一晗就点头同意了，双方法务开始走合同程序。肖楠离开晗一之后，立即给连笑打了个电话，传达了廖一晗的意思。

电话那头的连笑沉默许久，终是让人听不出情绪地一笑："一笔勾销，挺好……"

前尘往事，也只能这样一笔勾销了。挂了连笑的电话后，肖楠紧接着又打了一通电话。

电话一接通，肖楠无须说明来意，对方已了然："怎么样，肖大保代？"肖楠笑笑："方总，你就别取笑我了，要不是当年你手头的两个大项目让我站稳了脚跟……什么保代不保代的？那都是虚名而已。你一口一句大保代地叫我，那我不得一口一句恩公地叫你？"

"别，我还是叫你老肖吧。"电话那头的声音，一贯地浅淡，却似乎隐隐藏着某种关切，"谈得怎么样？"

肖楠这才道："八千万，外加一个DL，廖一晗答应了。"

突然之间小一亿在手，生活该过得多有滋有味？连笑起初也是这么认为的，然而实际情况压根不是如此。

即日起DL店铺正式脱离晗一，DL的官方微博下以及连笑的微博大小号下，差评开始纷纷涌现。

所有顾客都当店铺的快递业务出现了问题，所以才会导致80%以上的新订单都无故拖延发货。

实际情况却是，因为DL和晗一拆伙，晗一第一时间将所有运营、产品和技术人员通通撤走，还给了连笑一个空壳。

清除了所有库存和旧款后，工厂和仓库也将终止和DL的合作，这也就意味着，连笑必须靠自己寻找新的产品线。

还真是天道好轮回，苍天饶过谁。连笑想到自己当初一周七天，只需要上一天班，每天晚上喝到凌晨三四点，第二天十一二点起床的日子，只觉得如今这一切都是报应。她现在只能庆幸店铺"双12"没有上新，光是"双11"订单的售后问题，都已经够她忙得头疼。

连笑临时租了办公室，招了些人应付，也真的只能勉强应付。

晗一用了四五年的时间才形成如今的系统化运营体系，无论多大规模的上新都没崩过盘，这也是晗一能逐年拉大与同行之间的差距的重要原因所在。

从选款到打样生产，再到运输、售后，晗一越是处处兼顾，就越显得如今连笑的这个临时草台班子水准有多差。

DL店铺的好评率直线下跌，新招的客服也完全没有晗一的客服班底那样老到，连笑自己都亲身上阵，披着客服的马甲和难缠的客人沟通，沟通到她连摔电脑的心都有了。

好在还有长老陪着，撸猫发泄一下，她才强忍下了怒意，没有隔着屏幕与那难缠的客人开战。

再不关电脑缓缓，她怕是心脏病都要被气出。

终于不用受顾客的虐了，连笑却偏偏还要找自虐。

趴在笔记本上静了会儿，千忍万忍，她终是没忍住，摸过手机打开微信，熟练地找到那个已经被众多新消息挤到最底的对话框。

对话框的最后一条信息，还是连笑半个月前打过去却未被接听的视频聊天请求。如今再看对方头像上的那只猫，只觉得那双碧色的眼睛，就和猫的主人一样，孤高冷傲，薄情寡幸。

如果只是这样，连笑还不至于突然爆发，毕竟她这半个月来无数次点进过这个对话框，无数次看着自己发出去的那条视频请求，无数次点开对方的朋友圈，却在第一次刷进对方的朋友圈时，直接惊得站了起来，甚至忘了手上还抱着长老。

长老险些被摔着，幸好它虽胖，身手却无比矫健，喵的一声跳出连笑的怀抱，稳稳地落在了茶几上，分毫未损。

连笑却没这么幸运了，看着手机上那空空如也的朋友圈，满腹神思都被击碎了，片瓦不留。

方迟把那张合照删了，还是把她这个人删了？

然而无论是哪种可能性，连笑都拒绝接受。

她就这么紧握着手机，在茶几前来回踱着步，终于忍无可忍，直奔玄关而去。

走到一半又蓦地折回来，抱起还在状况外一脸蒙的长老，一同出了门。

去年盛夏，她这乖儿子翻进了人家的院子，为她这当妈的招来了一堆麻烦，如今的连笑抱着长老来到那道院墙外，却决定主动制造点儿麻烦。

她的双手举着十几斤的长老与自己的目光齐平，就这么神情严肃地与长老对视，耳提面命道："儿子，妈妈的幸福，全靠你了！"

长老一脸蒙，似懂非懂。连笑却已经把长老高举过头顶，往阶梯式的院墙上送。长老竟真不负她的希望，转眼就上了一级阶梯，随即却又停了下来，低头张望连笑，似乎还是不太理解主人的这一系列举动。

连笑便只能仰着脖子，对着上头的长老喊话："你老婆孩子在里头等你，加油！加油！加油！"

也不知因为连笑学的志玲姐姐的声音太有感染力，还是长老听懂了"老婆孩子"到底指的是什么，它再也不那样犹犹豫豫，而是猫着腰，立马又往上蹿了一级阶梯。不一会儿，长老的英姿就出现在了院墙的最顶端。

连笑看着长老那敦实的背影，深感自家儿子比自己争气得多。

就这么且忐忑且欢喜地目送长老一跃而入，接下来，连笑只需要去找尽职尽责的物业大哥们，谎报自己的猫进了邻居的院子。

她倒是要看看，方迟还怎么对她避而不见？连小姐的大智慧未见得有多少，小聪明倒是一样没落下，在院墙外扳着指头数够了时间之后，立马拨通物业的电话。

接下来，她只需要站在方迟家所在的单元门外，等着物业代她敲响方迟家的房门。

不一会儿，连笑就在单元楼外与急忙赶来的物业人员会合了。

物业再三问她，确定她的猫进的是这家的院子？连笑一边尽职尽责地扮演着寻猫心切、欲哭无泪的主人，一边确定地点了点头。

有条件要上，没有条件创造条件也要上——这可是方迟教她的。

如今连笑如法炮制，跟着物业大哥来到了方迟家门前，物业大哥按响了门铃。

等待应门的这段时间里，连笑不能说不忐忑。

跨年那次，方迟撞见她和周子杉之后就人间蒸发了。连笑本还憋着一股劲儿，想着自己都这么惨了，他不可能收不到消息，更不可能会无动于衷，就一心等着他像之前无数次那样，跟没事人似的重新出现在她面前，替她收拾残局。

她呢，该生气生气，该推辞推辞，该欲拒还迎，那就再欲拒还迎几下，这不是皆大欢喜？

可惜事与愿违。连笑为DL找临时办公室时，还特意找了谭骁经纪公司的对街，可惜租金太昂贵。

当然了，若不是方迟公司所在的写字楼租金更昂贵，连笑其实更乐意让DL和方迟的公司做邻居。

连笑就这么借着去看办公室的工夫，与谭骁来了场偶遇。

既然偶遇，谭骁自然邀请她参观了一下自己的新公司。

连笑意不在此，走马观花了一圈之后，甚至没问谭骁为什么挂在墙上的艺人照片里，没有出现谭骁一直扬言要力捧的齐楚，一门心思就想把话题往方迟身上拐。

却不知谭骁受了谁的差使，无论连笑如何套话，他都不接话，讳莫如深成这样，真的不像谭骁的风格，连笑只能猜想到一种可能性：方迟提前和谭骁打过招呼，让谭骁别瞎掺和。

连笑即将铩羽而归时，谭骁才终于忍不住提了一嘴："你和周子杉现在到底是个什么情况？"

看来谭骁知道得还真不少。连笑也希望谭骁能帮她向方迟传句话，当即对着谭骁，就差指天发誓："什么情况都没有。"

"不是吧……"谭骁狐疑地睨她，明显不信。

见她依旧一副坦荡荡的样子，谭骁循循善诱："周子杉引咎辞职，你真的一点儿也不内疚？内疚完了呢，会不会有那么点儿感动？感动完了呢，知道他为了你从墨尔本又飞了回来，会不会有点儿……想以身相许？"

谭骁还真的是个诱供的专家，连笑差点儿被他绕昏了头，听到"以身相许"这个词才终于炸了，拍着桌子就站了起来："以身相许你个大头鬼！"

公司水吧区，二人的桌前正放着秘书刚送来的咖啡，谭骁看她那架势，完全有理由担心她会拿咖啡泼他，这才缩缩脖子，妥协道："好好好！你说什么就是什么，行了吧，姑奶奶？"

插科打诨，循循善诱，可就是只字不提方迟。

连笑如今则悔不当初，早知道就不删掉指纹了，自己还能半夜潜进方家，把正在熟睡的方迟从床上提溜起来，问个清楚。

方某人杳无音信的这半个月来，连笑除了忙，就是各种胡思乱想，各种脑补自己再见到他时的场景。

可惜方某人就这么人间蒸发了，就像他最初横空出世，搅乱她的世界一般，让人措手不及。

所以……方迟究竟是真的太沉得住气，还是真的对她已彻底死心？又或者，他最初看上的，真的是她的无所事事却钱有势？她现在落魄了，他便弃她而去？

最不可能的可能性，连笑都往方迟身上套过了，只等此刻物业敲开方迟的家门，让他亲口给她个解释。

连笑也是实在没了办法，才会动用长老出此下策。

她不是没试过亲自找上门，但整个小区新的一年都换了新的门禁系统。之前的门禁既可以用门禁卡刷开，又可以用全小区统一的四位密码打开，然而新的门禁系统一上线，每家每户都加装了视频对讲。方迟大概一看是她在楼下按铃，就假装不在。

连笑这回学乖了，全程躲在物业大哥身后，最终成功进了楼道，成功来到方家门外，成功看着方家的门应声而开，成功听到门里那人操一口吴侬软语对之前已经在视频对讲里自报过来意的物业大哥道："哎呀，谢谢侬啊！真的有只猫跑我们家来了！"

连笑一愣，方迟家怎么会有女人？而且还是个听声音就特别软萌的妹子……

原本躲在物业大哥身后的连笑立马就蹿了出来，她看着眼前的软妹，扬着眉厉着声："你是谁？"

连笑分明来者不善，软妹自然也不客气，问道："你又是谁？"

连笑却已顾不上回答她了，心中只有"呵呵"两声嘲讽，难道这就是方迟消失半个月的理由？

五分钟后，连笑开始庆幸自己见到软妹的当下，没有冲动到上去就扯对方头发。方迟把这儿租出去了，租给了这对新婚夫妻。

至于房东此刻身在何处？软妹只能把从天而降的不速之客长老抱还给连笑，却无法替连笑答疑解惑。

难不成要逼她去派出所报失踪人口？

连笑就这么开始了一边给新招进DL的员工进行上岗培训，一边围堵谭骁的日子。

可惜她在谭骁公司楼下再装偶遇，谭骁可不吃她这套了。

他坐上新买的超跑，载着新认识的妞，挥挥手再见，油门轰到底，连笑吃一嘴尾气。

连笑索性不装偶遇了，改装可怜。

可惜她这边越是一哭二闹三上吊，谭骁越是跟看大戏似的，看完了，坐上刚改装完的超跑，载着新认识的妞，挥挥手再见，油门轰到底，尾气比改装前还要销魂多少分。

一脸尾气的连笑最有发言权。连笑算是看明白了，谭骁这是在报去年的北海道之仇。谁让她当时不帮他追廖一晗，反而还拆台？

连笑不是什么省油的灯，谭骁也不是什么让人省心的货，不出一个星期，连笑就把他同时交往俩妞的照片，拍到了他光可鉴人的办公桌上。

这下，谭骁厾了。

"谭大少真是艳福不浅呀，前脚在2011约完，后脚就进2013继续……你说，要是她们知道你劈腿，是会撕了你呢，还是撕了你呢，还是撕了你呢？"

谭骁拿起手机，一一翻看照片，甚至还有视频。希尔顿酒店的2011房间和2013房间互为隔壁，视频里清清楚楚，他是如何出了此门进彼门的。

谭骁一边恬不知耻地笑着安抚大白天找上门来威胁勒索的连笑："姑奶奶，冤冤相报何时了啊！"一边偷摸把照片删掉。

他还以为自己这小伎俩耍得天衣无缝？连笑当即双臂一抄："你就删吧，我早备份了。"

谭骁一愣，原本飞速点击删除的手指一僵，就这么生生静止了三秒，他随即翻脸如翻书，不客气地把手机扔回给她："你想怎样？"

连笑稳稳接住手机，这回换她笑得恬不知耻了："谭大少，我想怎样，你还不清楚吗？"

当晚方迟就接到谭骁的电话，谭大少声称自己失恋了。

方迟有点儿不信："你不是才说过，你希尔顿两头跑到快肾虚？"

回答方迟的，是谭大少在电话那头的哀号。

一切尽在不言中，方迟不得不赴约。

当然，在方迟赴约前，谭骁还得办一件事——对连笑雇来的小鲜肉严正声明："待会儿连小姐装醉，你把她带走，万一有人出来阻止你，你一定不要硬扛，随便撂两句狠话就跑。"

小鲜肉随意地点点头。

谭骁见小鲜肉不当回事，忍不住又说："那人练过泰拳，千万别和他硬来，不然连小姐付给你的就不是劳务费，而是医药费了。切记！

切记!"

谭骁的样子不像在开玩笑,小鲜肉隐隐认识到了此次任务的难度,面露难色地看向一旁的连笑:"连小姐,我事前不知道这份工作原来这么危险,我能不能……加个价?"

小鲜肉指望着今晚捞笔大的,管它是劳务费还是医药费。

正巧连老板现在唯一不缺的就是钱,当即大手一挥:"只要事办成了,钱不是问题。"

三人一拍即合,现在只需守株待兔,瓮中捉鳖……

零点过后,夜幕渐沉,各大小夜店热闹起来,方迟泊好了车,一路刷脸进了谭骁的御用卡座。一般来说,周五这种最好的位置都需要竞拍,谭骁却仗着在这家夜店有股份,一人独占。

面前一大桌酒,谭骁一人独饮。方迟没打招呼就坐下了,拍拍他的肩:"谭大少,怎么看着这么惨?"

谭骁头也不抬,尽职尽责地扮演着落魄醉汉:"一天痛失俩睡友,我不惨谁惨?"

"怎讲?"

"还能怎讲?她俩发现了彼此的存在呗,一起把我踹了。"

"那应该祝福你才是。"方迟给自己倒了一杯,敬他,"祝福你,摆脱了肾亏的日子。"

至于此时此刻的连笑,正坐在斜对角的吧台位置,时刻关注着卡座那边的一举一动。

见谭骁那一杯接一杯的架势,连笑忍不住提醒一句:"谭大少,谭大少,请注意你今晚的走位。"

她和谭骁都戴着蓝牙耳机。按照规划好的路线,时机成熟之后,谭骁就装作想吐,让方迟带他去洗手间。

吧台就在通往洗手间的必经之路上,她和小鲜肉在吧台这儿,早已准备就绪。

谭骁收到连笑的消息,遥遥一抬手,作势是叫服务生过去,实则是对着连笑的方向比了个"OK"。

十分钟过后。

连小鲜肉都看不懂了，凑到连笑耳边问："连小姐，他俩这是要聊到什么时候……"

连笑在吧台这儿喝巴黎水都快喝饱了，扭头一张望，那边厢，谭骁竟然拉着方迟聊上了。

她酒杯里装着的是巴黎水，谭骁的酒杯里装着的可是如假包换的纯酒，连笑估摸着方迟进场的这十分钟里，谭骁已经喝了两杯威士忌，赶紧喊话："谭大少，你可别真喝醉了！"

谭骁竟不理她？！不知正和方迟交头接耳些什么。

连笑还以为是场内音乐声太大，谭骁没听见，不由得扶紧蓝牙耳机，音量也加大了："谭大少？谭！大！少！"

那边厢，谭骁终于有反应了，却是猛地一把扯掉耳机，不耐烦地扔到酒桌上。

准确来说，还不是扔在了酒桌上，而是直接扔进了酒杯里，再往酒杯里倒上半杯威士忌。

谭骁这是要……破坏统一战线？

真的是成事不足，败事有余，连笑气得也一把摘了耳机，烦躁地扔到一旁。

实际上，谭骁是真的有点儿喝醉了，拉着方迟，话题说着说着就跑偏了："我得让自己忙起来，工作不够女人凑，女人一个不够就来俩，不然我真不知道该怎么办了……老方你知不知道，我前几天车子开着开着，又开到晗—去了……你说，一个大肚婆而已，有什么好看的？我车上载着的妞都看不懂我为什么要看窗外一个孕妇看那么久……"

方迟一向不擅长安慰，谭骁为了一个女人都魔怔了，这也算是闻所未闻见所未见，大概真应了那句："你伤过这么多女人的心，总要栽一次还回来。"

谭骁端着酒杯陷入沉默，酒过三巡，哪还记得自己今晚还有任务？突然就抓住方迟的胳膊："你教教我，你到底是怎么做到及时止损的？"

"我？止损？"

投资项目的止损，方迟倒是经历不少，但显然谭骁问的不是这个。可要论感情上的止损……

"这个我没发言权。"

谭骁这就不懂了："你还没发言权？那个连笑，你那么喜欢，还不是说甩就甩？说真的，哥们儿佩服。"

谭骁冲方迟作了个揖，头埋下去，却差一点儿顺势栽倒。

看来谭骁是真的喝醉了，方迟急忙一扶谭骁的肩，谭骁才没有一股脑栽到沙发底下去。

酒桌上半瓶威士忌已空，方迟就只喝了三分之一杯，剩下的全是谭骁喝的。

方迟仔细一琢磨谭骁对他说的这番话，心中不免升起一丝疑惑："谁告诉你是我甩了她？"

谭骁呵呵一笑："还能有谁？还不是那个……"话音未落，谭骁便止不住一阵作呕。本意是假装要吐，如今却差点儿真的吐在方迟身上。

方迟都来不及叫服务生过来，赶紧拎起谭骁，径直朝洗手间走去。

此时的连笑还在因谭骁的不配合而恨得咬牙切齿，丝毫没有发现卡座那边有了变数。还是一旁的小鲜肉赶紧拍拍她的肩，提醒她："连小姐，连小姐！他们来了！"

连笑才猛地一凝神，正要回头看去，却险些和正朝他们这边走来的方迟目光相撞。

连笑赶紧又撇回脸来，顺势就栽倒在吧台上。

小鲜肉训练有素地拿起一晚上都没有动过的那杯酒，一手揽住连笑，一手作势在灌她："小姐姐，酒量也太差了吧……"

小鲜肉做一副纨绔子弟状，十分有模有样，连笑一看这架势，就知道今晚这钱没白花。

当然，连笑也不是只一味地趴在吧台上就行，她动作夸张地推开小鲜肉的手，小鲜肉因此退后半步，正好撞在路过的方迟身上。

这一切都和之前预想的程序一模一样，连笑听着小鲜肉对某人说了一句"不好意思"，她自己呢，则只需要撑着下巴斜倚在吧台旁，给出一个朦胧又美丽的侧脸即可。

完美！

连笑那自认朦胧又美丽的侧脸就这么保持了十秒……

二十秒……

三十秒……

直至一分钟后，连笑撑着下巴的手都酸了，却依旧没有等来任何后续。

连笑疑惑地一皱眉，正准备挑开一条眼缝看看现在到底是什么情况，某人却不轻不重地拍了一下她的肩——方迟终于发现她了！

连笑开心得都快哭了，却时刻谨记着自己现在扮演的是什么样的角色，正要悄无声息地闭上眼，继续做一个处境危险的女醉鬼，耳边突然响起的声音，却突然叫停了她："连小姐……"

怎么会是小鲜肉的声音？按照剧情，这个时候的小鲜肉不是应该已经迫于方迟的淫威，戚戚然逃走了吗？

连笑噌地一睁眼，此时此刻，哪儿还有方迟和谭骁的身影？

只有一个小鲜肉，眼巴巴地站在她面前，面露难色。

连笑赶忙环顾四周："他们人呢？"

小鲜肉下巴点点卫生间的方向："他们走了……"

方迟究竟是没看见她，还是见到了也视若未见？连笑总不能冲进男厕所里问个清楚吧，虽然她真的很想这么干……

连笑不信邪，肯定是刚才方迟因为急着要带谭骁去厕所，压根没有分神注意到周遭的情况，自然也就没有发现她。

一定是这样，没错！

等方迟从洗手间里再出来，就不是小鲜肉勾搭连笑，而是连笑缠着小鲜肉不放了。

如此热情的小姐姐，若不是小鲜肉谨记着"拿人钱财替人消灾"，恐怕也要把持不住。

连笑就这么一边和小鲜肉上演着借位，一边余光瞄着远处，方迟正搂着谭骁远远朝她这边走来。

眼看方迟离得越来越近，连笑的动作不由得夸张起来。

这回小鲜肉不再是扮演被吃豆腐了，是真的开始担心自己拿着今晚这点儿钱，要被逼出卖色相，推拒起连笑来，也分明动了真格。

两个人演得这般投入，周遭男男女女全都看了过来，方迟搂着谭骁路过时，却一眼都没往这儿瞥，甚至脚步都没停，就这么事不关己地离开。

连笑顿时心都寒了。事情没办成，小鲜肉显然十分担忧："连小姐，那今晚的酬劳……该怎么算？"

连笑拿出钱包，爽快地把结了账。小鲜肉开开心心拿钱走人。

连老板凄凄惨惨地坐回吧台，给自己要了杯酒，仰头一灌，火辣冲喉。连笑当即拍桌而起，演什么演？不演了，直接大大方方杀入敌阵。

连笑正要蹦下高脚椅，却被拦住了，面前是不怀好意的油腻脸孔。

"小姐，刚才看你，玩得挺嗨……"油腻男用冰凉的酒杯蹭连笑的胳膊。

连笑上上下下打量这不速之客，眼里是止不住的嫌弃。这人刚才见她对小鲜肉上下其手，也想来沾沾光？

连笑皮笑肉不笑地回："不好意思，我只吃嫩的，不吃老的。"说完就要绕过对方离开。

这回蹭上连笑胳膊的，就不是冰凉的酒杯，而是这个人的手了。

他抓住连笑："别这样嘛，我请你喝一杯。"

连笑今晚本就憋闷得不行，当下就要武力反抗，挣脱开对方的同时也把对方推倒在了吧台旁。油腻男被他自己手中的酒泼了一身，当下横眉冷目起来："你他妈的！"

连笑深深沉了口气，才忍住没骂回去，把钱包里剩下的现金全拿了出来，准备放他旁边的吧台上，手腕却被人一把攥住。

连笑吓了一跳，定睛一看，油腻男还在低头整理被酒泼到的衣服，嘴上忙着骂骂咧咧。

那……这个突然攥住她手腕的人……

连笑扭头一看，方迟就站在她身侧。方迟并未看她，只是牵引着她的手，把她手里的现金照着油腻男的脸，甩了过去。

现金转眼洒落一地，油腻男莫名其妙被羞辱一脸，当即抬头瞪向连笑，这才发现这女人身边不知何时多了一尊黑面神。

黑面神扭头看向身旁的女人时，脸色才稍微没那么冷："他羞辱你，你就得羞辱回来。"

教学相长的好老师……这是又回来了？

连笑还在惊讶于他究竟是什么时候来到她身边的，方迟又道："他骂你，你就得揍回来。"

话音一落，方迟当即给了那油腻男一拳。果然是练过泰拳，一拳过去，油腻男的嘴角当即咧了道口子。

油腻男傻了，连笑也傻了。

油腻男的朋友们洋洋洒洒坐满了隔壁的大卡座，原本都坏笑着看好戏。一个对着小鲜肉上下其手的欲女，所有人都以为很好拿下。

如今他不仅没能拿下欲女，还挨了揍，大卡座里的人见状，全都凶神恶煞地走了过来。

挨女人揍那是情趣，挨男人揍，那就是面子问题了。

连笑顿时吓得脸都僵了，慌乱地看一眼方迟："叫叫叫……叫保安！"

这个时候还想着叫保安？方迟无奈地一摇头，旋即恢复面无表情，拉起她的手就跑。

他个高腿长，健步如飞，连笑穿着高跟鞋，没一会儿就已上气不接下气，脚腕震得生疼，不免抱怨道："你不是练泰拳的吗，怕什么？"

方迟依旧脚下生风，头也不回，他的声音却裹挟着风声，一同刮至连笑耳旁："看来谭骁把我的底都透给你了。"

连笑心里一咯噔，脚步就这么停了，惊疑地看他。

方迟只来得及回视一眼，便越过连笑的肩头，看见那帮人虎视眈眈地快要追近。

他二话不说，继续拉着连笑逃窜，都这时候了还有工夫揶揄她：

"你当是拍功夫片，学个泰拳就能一对六？"

连笑正要反驳，脚下却是一绊，一只鞋就这么被她自己踹飞了出去。

连笑暗叫不好，正要弯腰捡起那只鞋，却突然变了主意，索性把另一只鞋也脱了。方迟见她一双鞋全提在手里，眉头刚来得及一皱，连笑便反拉住他，一鼓作气跑出了酒吧大门。

连笑这个夜店老油条对这一区域的构造别提多熟，转眼就拉着方迟躲进了巷角。

连笑气喘吁吁地从巷角的阴影中探出半张脸，眼看着追他们的那帮人出了酒吧之后朝反方向的停车场追踪而去，终于能趴在墙边大大地松口气。

连笑就这么趴在墙边喘了半天，终于意识到周遭气氛不对。明明是两个人一起躲进了巷角，为什么就只听见她一个人的喘气声？

连笑疑惑地回头，确定了巷角的半明半暗处还站着个方迟，这才松口气。

可刚松下的那口气，又因为方迟抱着双臂冷冷看她的样子，猛地提了起来。

连笑迎上他目光的下一秒，脑子便飞快地运转起来，转眼竟笑着打起了招呼："嗨！这么巧？"

方迟自上而下打量她一轮。从凌乱的头发到绯红的两颊，到提着鞋的手，到她脚上那双踩脏了的袜子……旋即目光重回她脸上，短暂停留片刻，掉头就走。

连笑赶紧问："你去哪儿？"

"找谭骁。"方迟头也不回，脚下更是不停。

连笑顿时慌了："那我怎么办？"

方迟闻言，脚下稍一定，回过头来。

连笑顿觉有戏，做可怜状，低头看着自己脚尖："人家袜子都跑脏了……"

方迟一笑，笑容旋即淡去："袜子跑脏，又不是鞋跟跑断。"说完便不再作任何停留，双手插着裤兜，决然离去。

这人不讲情面起来，真是让人半点儿好处都讨不到，连笑看着他的背影，心中暗骂。

方迟脚步不停，却心系身后任何可能的动静。

一秒，两秒，三秒，身后突然传来哐当一声，是鞋跟砸在墙上的声音。

"现在鞋跟断啦！"

连笑提着刚被她自己敲断的鞋跟，冲着他的背影耀武扬威起来。方迟面无表情地背着这个脚上只有一双袜子的女人走进停车场，停在自己车旁，把这女人往引擎盖上一放，才终于得以脱手。

连笑心情好，双手撑着引擎盖，晃着两条腿，就差哼歌了。

见他摸口袋，连笑以为他这是要拿出手机，便应和道："快叫代驾。"

不承想他摸出的并非手机，而是车钥匙。

"叫什么代驾？你又没喝，你开车。"

他怎么知道她没喝？这个疑问刚在连笑脑中形成，方迟已解了车锁，把车钥匙往她怀里一抛。

连笑刚险险接住车钥匙，方迟已拉开副驾驶的门，坐了进去。

连笑坐在引擎盖上，方迟坐在副驾驶座中，二人隔着挡风玻璃对视片刻，看来他是真打算把她当作免费代驾使了。

连笑心里狠啐了一口，自行爬下引擎盖，走到驾驶座，穿着那双脏透了的袜子，拉开车门坐进去，开始热车，全程无话。

穿着袜子开车，脚感略诡异，副驾驶那人又始终闷不作声，连笑忍不住透过后视镜瞄他。足足瞄了三次，按照他之前警觉的劲儿，这么看他，他不可能毫无察觉，看来他是真不打算搭理她了。

连笑食指无意识地敲着方向盘，非得她先开口是不是？那就如他所愿。

"你住哪儿？"

方迟头也不抬："你没必要知道。"

"你这话说得……"连笑忽略他冷硬的语气，"我不知道你住哪儿，怎么送你回家？"

方迟随口一答："把车开回你家。"

连笑心尖一紧。

"我再叫代驾，把我送回自己家。"

连笑心头一沉，也对，怎么她还会以为他会在她家住下？

连笑收敛了一下神色，决定换个愉快点儿的话题："你在酒吧什么时候发现我的？"

这厮肯定是一直暗中观察，准备随时英雄救美……

"在你雇来的小鲜肉故意踩我脚的时候。"他回答得很平静。

连笑一记急刹，若不是安全带拦着，她估计已一头栽到挡风玻璃上去了。安全带拦住她的人，却拦不住的声音栽进满腔诧异里："什……什么小鲜肉？"

方迟终于笑了："你难道不知道谭骁喝醉之后，外号叫谭大嘴吗？"

谭……大嘴？连笑不禁琢磨起这个外号的深意来。

难不成……意识到某种可能性的连笑，不禁瞪着眼看向后视镜中的方迟。

方迟耸耸肩，肯定了她的猜测。

连笑不禁握紧方向盘，谭骁，我要撕烂你的嘴！

但显然在方先生眼里，谭骁和身旁这女人无异于半斤八两，谁也怨不得谁。

"他一喝醉就管不住嘴。"方迟意有所指地睨她一眼，"就像某人，一喝醉就管不住手。"

这回连笑可是立马就管住了自己的手，吱的一声急刹车，就这么毫无征兆地把车刹在了斑马线前，在对面的黄灯跳转至红灯前，已稳稳停下。

"既然谭骁什么都对你说了，那你应该知道我这段时间都在找你。"

方迟沉默。

"你不觉得你欠我个解释吗？"连笑不跟他兜弯子了，坦坦荡荡索要一个答案。

这回方迟并没有沉默太久。

"因为我发现我错了。"他的声音，在安静的车厢内清冽地溢开，"之前一直是我步步紧逼，你半推半就。但其实我这么做，你并不能爱上我，而只是习惯了我。所以我给你空间，也给我自己空间，反思一下还要不要再这样继续下去。"

方迟说完，静静地看向她。他目光平静，却直看得人心下发慌。

"不是……"连笑下意识地想说些什么，却压根没组织好语言，十足地语无伦次，"我……"

方迟笑笑，笑容里却不见任何情绪。

"其实你现在应该说的标准答案是，你已经爱上我了，而不只是习惯我。不过看来……"方迟稍稍一顿，收敛了笑容的那刻，才流露出了一丝能被人看出的苦涩，"这话你说不出口。"

连笑咽一口唾沫，她心底里那点儿自己都还没理清的想法就这么被他一举戳破。

连连笑自己都不清楚，自己对他究竟是哪种感情。他莫名其妙地闯入她的世界，不被察觉地渗透她的生活，没有给过她停下来思考的时间。

现在，却又要用这种方式逼她思考？

"我已经走了九十九步，剩下那一步，我不能再替你走了。"

若不是车后突然响起刺耳的喇叭声，连笑还未发现前方的交通灯早已跳转至绿灯。

连笑忙抽回神，透过后视镜看一眼被她堵在后头，不耐烦地又按了下喇叭催促的后车，这才慌忙发动车子，驶过十字路口。

谭骁还算有点儿良心，知道自己最后大嘴巴破坏了连小姐的计划，破例把方迟的新住址给了连笑，当作补偿。

之前千方百计想要弄到的新住址，如今真落在连笑手里，却恍然间失去了任何意义。

从来都是方迟主动，她只需要被动接受就好，连笑自然也以为，她这次服个软，撒个娇就能一切照旧。

可方迟那天说完那番话之后，连笑瞬间不知道自己还能做些什么了。

接踵而来的一系列工作，也压根不给她静下来反思的时间。

春节过后，DL店铺独立之后首次上新，连笑遭遇滑铁卢。

选款市场不认可，新工厂需要磨合期，发货以及售后问题依旧惨遭诟病，一座座大山压下来，连笑如履薄冰，哪还有工夫惦记别的？

连笑做了DL七年的模特，对顾客来说也早已没了新鲜感，连笑买推广、买广告位……这些钱一分没少地往里投，却依旧砸不出什么水花。

连笑本还想DL稍见起色后，就把自己在晗一的旧部下挖过来，但显然，这个目标离她越来越远。

惨淡的一天又这么过去了，连笑开车离开公司，却没回家，实在不想待在那么个空空荡荡的家里。

可连笑没想到的是，自己的车开着开着，就开到了一个她之前从未来过的小区。

方迟在这儿有一套置产，谭骁告诉过她，方迟现在就住这儿。她虽然没来过，但无数次搜索过来这儿的路线。

今儿第一次开车来，竟已是轻车熟路。

可连笑坐在车里，看着小区外头那低调奢华的招牌，以及森严的门卫，手在方向盘上僵了许久，终于还是一咬牙，发动车子走了。

就算见到方迟又能怎样？讨一点儿安慰？求一个拥抱？

他到时候又该说她只是习惯了他的安慰云云……连笑心烦意乱，倒起霉来还真是毫不含糊，车子行驶过小区外的大马路，刚拐上斜刺里的小路没一会儿，就追尾了。

准确来说，是她前方的车突然倒车，撞了她的车。

只听哐当一声，连笑在车里猛地一震。

这都能追尾？连笑当即就降下车窗，一边疯狂地按喇叭，一边探出个脑袋对前车大骂："怎么开车的你！"

她把脑袋探出车窗，才看见前头停着不止一辆车，而是两辆，为首的那辆突然倒车，夹在中间那辆才跟着紧急倒车，最终撞了连笑的车。

三辆车就这么在小巷里来了个连环撞，

连笑刚停止按喇叭，最前头那辆车里突然走下一人，直接快跑着路过了中间那辆车，朝连笑的车走来。因是傍晚，又是狭窄的小路，连笑在几道车灯交错的明晃光影中，始终没看清下车那人的面貌，直到对方即将从她降下的车窗边跑过时，她才一愣，那人竟是齐楚。

齐楚也在这时看见了她。

面面相觑片刻，眼看中间那辆车里鱼贯追下来几个手拿相机的人，齐楚突然掉转方向，试图直接拉开连笑车子的后门。

连笑虽不明其意，但听齐楚在车外把她的车门拉得哐当直响，只能解了车门锁，让齐楚上了车。

齐楚钻进车里的当下，就低喝道："开车！"

这架势真挺唬人，连笑明明是抗拒她这番颐指气使的，手却已本能地把着方向盘，迅速倒车，甩尾，转眼就拐上了另一条道，绝尘而去。齐楚看了眼车窗外被甩脱的那帮人，松了口气。

连笑看看齐楚，再看看已经被甩得不见人影的那帮人，又掉转回目光看齐楚："怎么回事？"

"有狗仔在追我。"齐楚因之前跑得太快，说话还带喘。

"追你？！"

齐楚把人家副导演用酒瓶开瓢之后，不是被封杀了吗？

谭骁也和她解约了，这么一个前落魄十八线小艺人，还能享受被狗仔追踪的待遇？

连笑的疑问很快有了答案——齐楚和她演过的唯一一部戏的男主角传出了绯闻。准确来说，是当红小生宋然在追齐楚，齐楚还给拒了。

三天后，连笑首次按响了方迟新家的对讲。

对讲机里，二人时隔多日再次打照面，面对方迟那微微蹙眉的影像，连笑尽力忽略掉心底的那点点失落，很快便调整到公事公办的口吻："我这回不是来找你的，我是来请你带我去见齐楚的。"

连笑用了三天时间，做了个决定。

齐楚虽把人家大明星拒了，但绯闻还在热炒，连笑决定趁着这拨东风，把齐楚挖来DL做模特。

当然，以她和齐楚交恶的关系，她只能出动方先生了……

可视对讲机那头的方迟听她如是说，眉心稍稍一蹙。

就这么顿了片刻，连笑耳边蓦地响起滴的一声，门禁解锁了。连笑生怕他后悔似的，拉开门，闷头就往里蹿。

一路上到顶层。连笑之前站在门外等他开门的那一刻，心里还是有些紧张的，可当她踏进这间全然陌生的公寓，瞧见哈哈哈懒洋洋地趴在电子壁炉旁，三小只则还是老样子，丧心病狂地撕咬着名贵绿毯，心里那点儿陌生感顿时消失殆尽。

可转眼对上方迟那张不见情绪的脸时，好不容易消失的陌生感又瞬间攫住了她。

方迟的新家，空阔的大平层，透过落地窗，可俯瞰远处夜幕下的斑斓街景。顶楼泳池，波光潋滟，但也透着寒意，一如连笑此刻所面对的，他的脸。

这个她本该最熟悉的男人，如今却成了屋子里最令她感到陌生的那个。

此等落差，连笑实在消受不起，顿了半晌才找回自己的声音："我去了齐楚的住处。"就是上回她与方迟从北海道回来，去接猫的地方，"可是齐楚已经搬家了。你应该能联系上她吧？"

方迟的目光带着狐疑，自她脸上一扫而过，去厨房接了杯直饮水过来，递给连笑，也算是待客了："你找她干吗？"

连笑接过他递来的这杯水，手指紧握着杯子，好不容易调试好的落差感又回来了。她之前可是非他亲手研磨的咖啡不喝的待遇，如今却沦落到一杯直饮水就打发了？

"我上回在你家附近碰见齐楚，她当时正被狗仔追踪。"连笑把水杯放在了茶几上，没动，"那天……她应该是来找你的吧？"

"她一直在这附近喂流浪猫。"方迟这明显是回答了她的后半句话——齐楚那次不是来找他的。

至于连笑的前半句话……

"你知道她被狗仔追踪？"

连笑点点头。

"那你也应该知道她被狗仔追踪的原因了。"

连笑点点头。

"所以，你现在找她……"

方迟循循善诱，点到即止。连笑觉得他应该已经猜到了，她也没什么好瞒他的，直接说："我想让齐楚给我的店铺当模特。"

"你觉得齐楚能答应？"

显然，这不是一个疑问句，而是一个反问句。

其实连笑也认为齐楚不会答应，但是……

连笑意味深长地、一眨不眨地看向方迟，显然她打算请他出面说服齐楚。

"一段时间不见，你可真是学精了。"方迟的表情教人看不出是喜是忧。

连笑笑笑，就当他这是夸奖了。

晗一之前有专门的新人发展部，负责在网上物色各种有潜力的小姑娘，晗一能给到的最优厚的条件，连笑如今也很乐意给齐楚："我可以专门给齐楚成立一个独立的工作室，她占股权，享受到的资源也绝对是顶级的。"

方迟没有拒绝，当然也没有一口应承下来，只低眉思考了半天，突然问她："那万一齐楚提出什么更非分的条件，比如……"

方迟的目光在连笑脸上稍稍一定，看来他隐去的后半句不是什么好话。

"比如什么？难不成她还会要你肉偿？"

连笑本是开玩笑的口吻，说完之后却真的隐隐担忧起来，紧着神思瞟一眼方迟，方迟却只是回以轻微的一耸肩，仿佛在说：万一呢？

万一齐楚真提出这么个条件呢？

连笑还沉浸在诚惶诚恐中时，方迟却已经敛去了眼底那点儿戏谑，摸出手机，截屏了齐楚的号码，发给连笑。

连笑微信铃声一响，这才回了神，解锁一看方迟发给她的截图，顿时有些心凉："你就不能出面帮我说服齐楚吗？"

非得让她自行和齐楚联络？连笑还记得齐楚被狗仔围追堵截，被迫上了她的车那天，她们两个人在车里待着要多尴尬有多尴尬。

齐楚对她有敌意，她对齐楚也没什么好感，最终齐楚在半路上下了车，宁愿自己打车走，也不愿意再和她多独处一秒。

方迟怎会看不出她满脸的不情愿？可他似乎已铁了心："连小姐，你都二十八岁的人了，该独立起来了。"

他这话翻译得再难听点儿，就是别总想着自己不出力，别人能帮忙帮到底。

连笑暗暗咬了咬牙，一边拨出齐楚的号码，一边恶狠狠纠正道："二十七岁半！"

半岁之差，对女人来说也是极其严重的谬误。

电话很快通了，可那头的齐楚一听连笑在这头自报家门，便没了声。

连笑本想约她晚上吃个饭，见对面没了动静，嘴上也是一卡壳，她和齐楚之间，还真不是什么能随便约饭的交情。

连笑脑子飞快运转，不多时已改口道："听说你的流浪动物救助站资金链出问题了，我想投点儿钱让救助站继续运营，不知道你感不感兴趣。"

连笑前段时间总缠着谭骁，虽没能从他口中打探到半点儿方迟的消息，其他旁枝末节倒是听了不少。

谭骁当初签下齐楚的签约费，全被齐楚投进了这个救助站，可惜如今齐楚连违约金都拿不出来，又哪儿来的钱继续运营救助站？

其实连笑没有十足的把握。谭骁告诉过她，齐楚的违约金最后是公司和方迟一家一半给垫付了的。方迟既然连违约金都能帮忙掏，救助站的那点儿运营费，该不会也一并解决了吧？

"我们要不要……见面聊聊这事？"齐楚那边依旧没吭声，连笑只能继续试探。

终于……

"约在哪儿？"齐楚突然说。

那边回答得平平淡淡，连笑却顿觉有戏，手舞足蹈地嘚瑟了半天，嘴上却保持道貌岸然，轻描淡写地报了个就近的餐厅名。

等连笑挂了电话，那股嘚瑟劲儿也无须再压抑了，扭捏着站了起来。

她和齐楚约在一小时后，她现在可以出发了。路过方迟身边时，不忘故意一甩发："你不出面，我一样行。"

见她那嘚瑟的背影消失在自家门外，砰的关门声响起的同时，方迟终是失笑着摇摇头。

齐楚和宋然的绯闻发酵了都快半个月，这女人现在才出动，效率着实是低了。好在她也并非完全不开窍，起码想到可以利用救助站和齐楚提条件。

没枉费他暂时按兵不动，没替齐楚出那笔救助站的运营资金，也制止谭骁掏腰包，并借谭骁之口把这个消息透露给她……

连笑真的十分庆幸自己出现在了齐楚最走投无路的时刻，虽然这个想法挺卑鄙。

齐楚的违约金，方迟负担了一大部分，如今刚成立没多久的救助站资金链出了问题，方迟不主动开口，齐楚压根不好意思向他开口借钱。

宋然倒是热脸一张一张地贴过去，齐楚却只是越发避之唯恐不及，更不可能开口求他帮忙。

连笑如今带着票子上门求合作，齐楚不可能不心动。

齐楚建立的救助站负责给每一只收容进来的流浪猫做绝育，建领养网站，做推广，流浪猫数量庞大，每天都在烧钱。要不是连笑大方出手，怕是已离关张不远。

但等合同真的签成了，连笑反倒疑神疑鬼起来，好歹是借着和齐楚一起参与救助活动的空档，终于旁敲侧击地问了句："真的没人替我来你这儿当过说客？"

齐楚当下就听出了言外之意，一边把刚逮着的流浪猫放进面包车尾的一堆特制收容箱中，一边说："其实我也觉得很奇怪，方迟竟然不帮你。"

齐楚的试探之意，连笑也听得分明。虽然合作了，但她们俩终究还是情敌，连笑撇撇嘴："告诉你件你听了大概会很开心的事，方迟和我分手了。"

齐楚一愣，好好将连笑的表情审读了一遍，笑了。

连笑见她这笑，顿觉瘆得慌。

齐楚却又定睛将她细看了一遍，突然模棱两可丢来一句："你知不知道方迟有过一个喜欢了十几年的女生？"

这回换连笑愣住了，半晌才道："啊？"

难得见齐楚笑得这么开心，即便嘴角只是微微一扬："方迟读初中的时候就认识她了。"说完，好整以暇地等连笑的反应。

"真看不出来，这姓方的竟然还是个情种……"听似在夸赞，连笑说这话时，实则咬牙切齿，目露凶光。

显然这个话题还没完。

"我也是最近才知道那个女生到底是谁。"齐楚又说。

连笑站在打开着后备厢门的面包车后，往一个个收容箱里加水。

今天的救助活动中，救下了四只猫、一条狗。比上次的活动好些，起码今天的这几只小家伙身上，看着都没伤没病，等会儿就要送它们去体检、美容。

可连笑此刻的心情，却和之前那次活动上见到明显被虐打过的流浪狗时一样，说不出地低落："你最近见过那女的？"

"那女的"三个字，带着一丝克制不住的鄙夷。

仔细盘算一下，方迟初中时就有了喜欢的人，所以高中期间才会对女生都不假以辞色，也因此拒绝了孙伽文的示好。孙伽文为了面子，谎称方迟是基佬，方迟也就顺水推舟，借着这个挡箭牌独善其身……方迟和那女的最终没能走到一起，才有了方迟和她连笑的后续？

但是那女的，最近又出现了？所以方迟才找理由和她分手？

还美其名曰什么他走了九十九步，他累了……连笑顿时一口老血上心头。

齐楚砰地合上面包车的后备厢，拍拍已然石化的连笑的肩："走吧。"

连笑今夜注定无眠。

方迟竟然有一个喜欢了十几年的女人，此等秘密深埋心底，竟还能道貌岸然地和她谈情说爱，一想到这点，连笑哪还睡得着？

她腾地从床上坐起，思来想去，给自己的助理发了个微信，问她们现在在哪儿。

齐楚正在请今天去救助站帮忙的朋友们吃夜宵。都是一二十岁的热血少男少女，齐楚本也邀了连笑，但连笑碍于自己大他们半轮，索性拿出老板的派头，让助理留下来负责最后结账，自己先撤。

如今听助理说齐楚已经醉醺醺趴桌上半天没动了，连笑当即双眼冒光，嘴上假意斥责道："齐楚现在可是我们的重点保护对象，狗仔跟她跟那么紧，你们还由着她喝醉，形象还要不要了？"

人却已经以最快速度换好衣服准备出门："等着，我去把她接走。"

助理被老板这么一糊弄，吓得连声说："我绝不让她再喝了，您赶紧过来吧。"

宋然的"毒唯粉"特别多，明明是男追女，齐楚却被骂得十分不堪。连笑花了大价钱请了公关公司，出动了水军在齐楚的微博下洗白，好不容易让她的形象扭转了一些，确实不能让她再出任何差池。

经历了上一次上新的滑铁卢之后，连笑将公司的设计部门大换血，确保下一次上新的撞款率为零，这可都是她花大价钱砸出来的。公司账面目前还是入不敷出的状态，连笑自掏腰包一直往里垫，下个星期她还要带齐楚去巴黎拍新品。连笑自己当店铺的模特时，都懒得跑那么远，如今突然这么拼，也是为了尽快重建店铺的口碑。

助理当然以为自己的老板是用心良苦，务必维护齐楚的形象——当然这只是连笑连夜赶去接齐楚的原因之一。

更重要的原因则是，每个人醉后的表现都不尽相同，就好比连笑，是"迎男而上"；又好比据谭骁所说，齐楚喝醉后嘴巴特别老实，问什么说什么。

同样据谭骁所说，之前齐楚用酒瓶子给副导演开了瓢，经纪人追问原因，齐楚死活不说，那副导演也拒不接受道歉，摆了酒镇对付齐楚，分明是为难人。不承想齐楚真的喝完了一桌的酒，那副导演才不得不和解。

谭骁那晚送齐楚回家，齐楚醉醺醺地就彻底交代了前因后果。

那副导演喝醉了对她动手动脚，这和谭骁猜测得八九不离十，可接下来的走向谭骁就万万没想到了，那酒瓶根本就不是齐楚砸的，而是宋然。

宋然当时和齐楚一个组里，也算英雄救美了。齐楚也开始明白以她的个性，根本就混不了娱乐圈，索性替宋然打了掩护。

可齐楚哪会料到这一来二去，宋然竟看上她了，甚至托关系帮齐楚保留了全部戏份，没让她那一个月的拍摄被"一剪没"。

真是孽缘躲躲也躲不掉。

宋然童星出身，齐楚可是记得如今这位流量小生当年穿开裆裤的荧幕经典形象，实在是对他提不起兴趣……

如今连笑如法炮制，接了齐楚上车，见她醉得差不多了，正好验证一下所谓的酒后吐真言是真是假。

因狗仔骚扰，齐楚搬了家，连笑果然一问就问出了齐楚的新家地址，车子启动后，连笑就开始琢磨着接下来还要问些什么，扭头看一眼副驾驶座上醉得无知无觉的齐楚。

"那女的，现在人在哪儿？"

齐楚闭着眼睛皱着眉头，嗫嚅着反问："那女的？"

出师不利，连笑不免一撇嘴，可还是把话补全了："就是方迟喜欢了十几年的那女的。"

齐楚竖着手指，悠悠往车底一指。

这么说来……那女的现在就在本市？

这消息可是极糟的，她最近这么忙，那女的趁着近水楼台，一举拿下方迟可怎么办？连笑紧接着又问："漂亮吗？"

女人关心的无外乎这几个问题，肤浅倒也直白。

齐楚又悠悠晃了晃手指："没我漂亮。"

连笑心里总算平衡了些。可转念一想，没准那女的别的方面很出彩？

她不禁又愠起了脸："那你觉得她配得上方迟吗？"

"不配。"齐楚回答得很是干脆，尾音还带着那么点儿不甘心，"一点儿都不配……"

这下连笑彻底放心了。看来方迟心中的那抹白月光要才没才，要貌没貌。

可转念一想，她还是觉得不对："那方迟凭什么喜欢她喜欢了十几年？"

这个问题显然也难倒了齐楚，她晕晕乎乎地皱了皱鼻子，半天没吱声。

连笑都以为她这是睡着了，透过后视镜看她一眼，才见她双唇一启："大概……是因为她帮方迟……"

齐楚一句话恨不得拆成三段说，可急坏了连笑，握着方向盘的手都紧了，竖着耳朵，就怕错过齐楚那细若蚊鸣的声音："帮他什么了？"

"帮他克服了……"齐楚缓缓将头靠在了车门上，声音越发低迷了，"……心理障碍吧。"

最后几个字，连笑压根没听清，琢磨了半天齐楚说的究竟是不是"心理障碍"。

"那女的是心理医生？"这是连笑唯一能想到的可能性了。

连笑看向一旁的齐楚，齐楚正靠着车门，似乎没听见她的这个问题。

算了，这也不是什么关键的问题，最关键的问题应该是："既然方迟那么喜欢她，为什么一直没在一起？"

为了这个醉鬼不漏听，连笑刻意说得一字一顿。

齐楚应该是听见了，不然也不会突然笑起来，笑得还挺讽刺："因为啊……"连笑屏着呼吸等答案，"方、迟、单、相、思……"

看来齐楚真醉了，一字一字地回，就跟小朋友学念字似的，说完还咯咯一笑："真、可、怜……"

单相思怎么了？你对方迟不也是单相思？

可连笑话到嘴边终究什么也没说，只因心里突然莫名地抽了一下。那一抽，诚然是说不出来的滋味。

大概是原本以为方迟对她已经是极好的了，事实却告诉她，他对那个女人只会更好……

是的，她吃醋了。

连笑开始后悔送齐楚回家了。她打听到的那点儿消息让人心里发闷，半点儿不好受，简直庸人自扰。她一个人还得负责把齐楚弄下车，再弄上楼，对她这种白长了一米七几的大高个弱鸡来说，简直是世纪难题。

最终连笑把齐楚半扛半扶弄进了电梯，已经气喘吁吁，要掉半条命似的。

手机的振动声突然开始在电梯里回荡，连笑起初还以为是自己的手机，摸了口袋半天，才想起自己的手机放在包里，而包在车里，她压根没带下车。

那只能是齐楚的手机在振。

连笑双手岌岌可危地搂着齐楚，压根没多余的手去掏她的手机，只能任由那振动声自行停歇。

哪承想电梯刚升到一半，振动声又响，连笑又累又喘，听着这片刻不停的振动声。从她进电梯到出电梯，对方起码打了三通电话进来。

连笑好不容易把齐楚弄到了公寓门口，终于能把她往墙边一扔。

齐楚靠着墙慢慢滑坐在地，连笑蹲下去，好不容易从她口袋里摸出钥匙，自然也摸出了她的手机。

齐楚的手机终于不振了，屏幕上显示着同一个陌生号码的五通来电。

这大晚上的，还嫌不给她添乱？

连笑不客气地把那手机塞回齐楚兜里，开了门后，双手绕过她的腋下架着，就这么半拖着她，把她生生拖进了家门。

齐楚被这么一路拖着，兜里的手机又滑落在了地上。

连笑也终于彻底没了力气，把齐楚往沙发上一放，这才长长舒了口气。

如此阴冷的天气，连笑生生热出了一身的汗，脱了外套坐在沙发边缘，正给自己扇着风，睡在沙发上的齐楚一个翻身，就把连笑从沙发上踹到了地上。

连笑摔得嗷了一嗓子，回头怒瞪齐楚。

齐楚眼睛都没睁，分明就是无意的。

连笑不跟她一般见识，人已送到，连笑的任务也算完成，理一理被汗打湿的头发，起身就走。

她顺便捡起了掉落在地的齐楚的手机，正要搁在茶几上，手机又是一振。

所幸这次不是电话，而是条短信："为什么不接你老子的电话？"

这条短信，来自之前打了好几通电话的那串陌生号码。

那是……齐楚的父亲？

连笑可不想再多管闲事，很快独自一人又进了电梯，细数着今晚收获的信息。

长相一般，身材应该也一般，但职业不错，是心理医生，加上方迟公开的那套择偶标准——黑长直，身高一米六七，带虎牙，清纯挂，情敌的形象开始在连笑的脑中清晰起来。

连笑双手插兜，开始审视起电梯壁中倒映出的自己。她好像除了能比那女的漂亮、身材好之外，没什么能赢过对方……

这么想着，她却忽地一愣，只因她突然摸到了自己兜里的那把钥匙。

她竟把齐楚家的钥匙给带了出来？

此时的电梯正叮的一声停在一楼，眼见电梯门就要开了，连笑赶紧重按十七楼。

电梯就这么闹着玩似的下下上上，连笑将这把钥匙悬在眼前晃了晃，特别不甘心地承认，那女的肯定比她聪明。

连笑就这么再次来到了齐楚家门外，开了门，原本打算把钥匙搁在门边的鞋柜上就走，正准备往鞋柜上放，脚步却生生停了。此时放眼望去，沙发上空空如也，哪儿有齐楚的身影？

连笑还没从眼前的空空如也中反应过来，就听不知哪处传来哐当一声，似乎是摔倒的声音。

这齐楚喝醉以后，怎么比她喝醉还要麻烦？当然，只有连笑这么以为。

虽然觉得麻烦，但连笑还是循着声音进了屋，很快依着那潺潺水声来到了浴室门外。

浴室里没亮灯，齐楚这是打算摸黑洗澡，结果摔了？

连笑透过客厅里透来的光线，依稀勾勒出了一个摔倒在浴缸边的身影，不免叹着气开灯。

灯光乍亮的那一刻，连笑生生吓掉了手中的钥匙。齐楚半趴在浴缸边上，手上割了几道，伤口就这么泡在正蓄着水的浴缸里。连笑惊立在原地不知多久，被吓没了的思绪才一点点回来。

谭骁只说过齐楚喝醉后会吐真言，可压根没提过她喝醉后还爱自残……

连笑蓦地醒过神来，冲过去就把齐楚的胳膊从水里捞了出来。幸好齐楚划伤的只是手背，而不是割腕。

连笑拍拍齐楚的脸。齐楚那半醉半醒的样子，教连笑分辨不出齐楚听不听得清她的话："喂？"

"……"

"喂？！"

齐楚睁开眼睛，神思凄迷对不了焦似的，但好歹是睁眼了。连笑长舒一口气，却忍不住骂："你疯啦你？"

齐楚却分明和连笑不在一个频道上，啜泣着，让人辨不清她到底在说些什么。

"没人懂我……没有人……我难受……"

连笑凑近了，好歹是听清了这最后一句，既无奈又可气："你往自己身上划口子，能不难受吗？"为了打听点儿情敌的消息，忙活了一晚上，连笑总觉得有些得不偿失。

只是她嘴上虽骂骂咧咧，人却依旧满屋子翻箱倒柜地找医药箱。连笑好容易在茶几底下的抽屉里找到了医药箱，正要抱着医药箱往卧室走，搁在茶几上的齐楚的手机又振了。

依旧是之前那个陌生号码，连笑犹像片刻，这回终于接了。

眼下这烂摊子就交给齐楚的父亲去管吧，这都凌晨三点了，她一早还得去公司，确定下期新品的最后一组样衣，赶着下周飞往巴黎拍摄。

连笑接起电话，毕恭毕敬地说了句："伯父，您好。"

那边半晌没回音，连笑又试探着问候了句："伯父？"

"你谁啊？"回答她的，竟是个年轻男人的声音……

连笑傻眼，之前的短信里，这人……明明……自称是齐楚的老子……

连笑不禁厉声反问："你又是谁？"

一周后。

在飞往巴黎的航班上，连笑什么都没提，反倒是齐楚，率先提到了她醉酒的那晚。

齐楚从当晚一起吃夜宵的人嘴里得知了是连笑送她回的家，自然也就猜到，连笑那晚看见她在浴室里干的那些好事了。毕竟齐楚之后醒来，发现自己的手已被包扎完好。

只是齐楚未曾想过，会是连笑帮她包扎的。

"谢谢。"齐楚对着的邻座连笑说。

连笑微微一蹙眉，似乎不太明白她为何莫名其妙地致谢。

齐楚当着连笑的面，抬了抬那还贴着创可贴的手背。连笑这才恍悟，只回以一笑，一切尽在不言中。

其实连笑笑而不答，另有其因。那晚替齐楚包扎的，并不是她，而是宋然。

那晚自称是齐楚老子的人，也正是宋然。

如今的连笑，只是在如法炮制着廖一晗曾经对她做的那些事。廖一晗当时为了晗一，撮合她和周子杉，如今她为了DL，也不得不为宋然大开方便之门。

连笑借着空姐开始派餐的空档，不禁偷瞄一眼一旁的齐楚。

若是齐楚知道连笑已为她安排好了一场与宋然的巴黎偶遇……甚至为了制造齐楚与宋然独处的机会，会在齐楚随团队离开巴黎之前，故意"弄丢"她的护照……

DL的客户群体一直被定位为大学至轻熟这一年龄段的青年女性，虽然连笑一直不认老，但显然如今的齐楚更具有这个年龄的代表性。

同类型的店铺一向以价格和款式取胜，质量说白了就是穿一两季的质量，DL之前也是如此。但这次，连笑决定来一场实实在在的口碑营销，价格、款式和质量一起抓，同时备足现货，缩短预售期。

这种做法简直与所有网红店的经营模式背道而驰，毕竟网红店遵循的一向是质量不好不差只够穿一季，不然会影响下一期新品的销量。同样预售期是必须有的，毕竟网红店的质量常会导致极高的退货率，延长预售期其实就是把库存压力转嫁给买家。

连笑新请的产品总监并不赞成，直指："这一期我们估计会赔本。"并尽责地丢给连笑一堆数据表格，佐证他的说法。

但连笑决定搏一把。她既没有数据佐证，也没有成功前例可借鉴，只凭一句："我就当白捡了八千万，亏完再说。"

所有人都知道她退出晗一时得了八千万，但以她这任性的架势，这八千万恐怕真撑不了多久。产品总监虽然照连笑说的办了，私底下却开始叫连笑昏君。

连笑当然也没有表面上表现得那么无所谓，不然也不会亲自带着齐楚来了巴黎拍摄，她甚至还暗搓搓地把齐楚"卖"了……

她们会在巴黎待一个星期，拍五十套春装新品，宋然正好会来巴黎拍写真。

哪是正好？不过是知道了齐楚的行程之后，宋然把他原本推掉的写真又接了，还指定要到巴黎旅拍。反正宋然也不担心被人诟病要大牌，要求随便提。

连笑早已为齐楚留好了与宋然偶遇的时机，交换条件则是，齐楚发到微博上的拍摄花絮，宋然会"不小心"手滑点赞。

宋然的微博两千多万粉丝，他这手滑一点赞，就算五分钟后取消，也够齐楚免费上个头条了。

到巴黎的第二天，时差还没倒过来，连笑就带着一车人，来到香街取景。这几年欧洲挺乱的，替她们开车的是租车行的本地人，一直提醒她们小心财物，香街一带很多吉卜赛小偷专挑中国人下手。她们这一行人为了拍照，一身行头招摇得不行，拿来配衣服的大牌包就一箱，还得专门留个摄影助理看包。

一行人一路去了香街几个招牌取景地，连笑坐在车里，透过车窗看着对街正在定点摆姿势的齐楚，不得不承认，齐楚那身段，只是站在街边斜倚着墙，已是一道风景，天生带着点儿冷色调。

这张老天爷赏饭吃的脸，别人羡慕都羡慕不来，何至于要自残？

不知为何，连笑脑中突然冒出方迟的模样。

齐楚喝醉那晚，宋然赶到齐楚家之前，连笑一直没走，怕这醉鬼又趁人不在玩自残。

连笑当时简单给齐楚包扎了一下伤口之后，就在齐楚的一居室里瞎晃。照片墙上，都是齐楚拍的风景照，有时是昏暗一隅的一道光，有时是一只猫，甚至哈哈哈都有入镜。连笑当时很好奇，齐楚怎么就能把哈哈哈的那双猫眼拍得如此忧郁？

照片墙中唯一的人像，则是个背影。

是一个西装笔挺的男人，脚边跟着一只瘦骨嶙峋的小流浪猫，那男人稍稍低头，正看着脚边那只小家伙。

若不是那只流浪猫的断尾位置和哈哈哈一模一样，连笑压根就认不出照片中如此瘦骨嶙峋的小家伙，会是如今重达十几斤的胖子……

连笑记得自己当时忍不住跟齐楚说："如果我和你一样大，绝对选宋然不选方迟。小狼狗不要，非要喜欢个得不到的……"

齐楚依旧醉醺醺，压根没听出这女人字里行间那点儿醋意："只有他懂我……"

这囡子还真是认死理，连笑和她杠上了："那你怎么就确定宋然不懂？"

齐楚却摇头，幽幽看着手背上的伤口，像哭又像笑："你们这些没经历过的人，不会知道我们有多痛苦……"

所以……方迟也经历过这些？

所以……齐楚才觉得只有方迟能懂她？

连笑不敢想象，索性逼自己忘掉不愉快的一切，凛了凛神，再度看向窗外。

这时的齐楚已经拍完了一组照片，正准备过马路回到车里，转场去下一个地方。

可惜下一个场地竟被人抢先占了。对方的阵仗可比连笑这边大多了，似乎也是来取景拍照的，还专门在一旁搭了棚，跟妆师、服装师都在棚底下候着。

拍摄区外则围了一圈看热闹的人。能在巴黎见到这么多亚洲面孔，连笑这边的人却没有惊喜只有诧异。如此人满为患，齐楚压根拍不了照，急得齐楚这边的摄影师在夹缝中试拍，效果却不理想。周围的无关人员太多了，拍出来的画面根本不能用。

轮到连笑出场了，下车直奔齐楚："什么情况？"

齐楚扭头看了眼不远处那一圈围观群众，耸了耸肩。

这时却听那群围观群众里，突然爆发出一声声此起彼伏的尖叫："宋然！"

齐楚顿时傻眼。连笑也配合地傻了眼，心里却在暗自感叹，她只是把齐楚今天的行程告诉了宋然，宋然就整出这么大一阵仗，会玩……

　　不等连笑收起傻眼的表情，那群围观群众里又起了骚动。

　　宋然拍摄结束准备转场，在助理和保镖的簇拥下试图走向另一边的停车区，粉丝一路尖叫尾随，不仅吓得不明真相的当地人绕道走，宋然也顿时举步维艰。

　　齐楚站的位置最先被殃及，粉丝们争先恐后地追随偶像，齐楚想往后躲，连笑哪肯？直接把齐楚往前挤，一边挤一边冲着那些无辜的粉丝嚷嚷："别挤啊！别挤！"

　　其实挤得最欢的就属嘴里一直喊着"别挤"的连笑。

　　连笑的身高在这一帮小粉丝里格外有优势，可依旧费了九牛二虎之力才终于把齐楚从最边缘挤到了最中心。

　　成败就在此一举了，连笑一鼓作气，使尽全身力气，把齐楚猛地一推。

　　齐楚险些被推倒在地，却突然被一有力的臂弯牢牢一揽，她直接摔进宋然怀中。

　　这就是宋然研究了好几天研究出的桥段。果真是一流流量，三流演技，以及不入流的编剧能力，恶俗。连笑心中虽暗忖，但不妨碍她依旧看得津津有味。

　　不过随即连笑就决定收回"三流演技"这一评价。宋然在对上齐楚目光的当下，脸上闪过的那丝诧异，简直是殿堂级演技。

　　连笑不禁要感叹，如果宋然能把这等演技用在工作中，也不会被群嘲演技差了……为避免齐楚被粉丝认出，宋然不由分说地脱下风衣披在她身上，冲破人群上了保姆车，绝尘而去，压根没给齐楚拒绝的时间。

　　摄影师全程看得一头雾水："连总，这……什么情况？"

　　连笑的反应却令摄影师更加一头雾水，店铺模特就这么被劫走，这位老板却半点儿不急，反而跟看戏似的目送着那辆保姆车自眼前驶过，笑吟吟地对摄影师说："收工！"

　　一周时间，拍摄任务圆满达成，团队里所有人的休息时间则基本都耗在了八卦上，相比之下，连笑却出奇地沉得住气。

"宋然竟然住在隔壁酒店！他的粉丝竟然一直在酒店楼下守着。"

她还知道他就住在0501，正对齐楚的窗户……

当然连笑只是心里想想，实则当即一个冷眼过去，就让刚跃跃欲试地八卦起来的摄影助理兼美工默默收了声，继续埋首修图去了。

"齐楚今天拍摄结束之后回了酒店就再没出过房间，会不会是……"晚餐时不见齐楚踪影的化妆师，说到一半便意有所指地一顿，以至于一桌人都暧昧地笑了起来。

你们就别多想了，宋然离爬上齐楚的床还有两万五千里长征路要走……连笑很遗憾地在心里默默回道。

齐楚这回不和团队一起吃饭，只是故意落单出去拍夜景罢了。不过齐楚事先可是用团队的电脑查的路线，齐楚前脚刚查完，连笑后脚就把她查的路线全部截了下来，转手就发给了宋然。

至于今晚会发生些什么旖旎情事，就不在连笑的可控范围内了。

看来这一晚还真的发生了点儿什么，不然宋然手滑点赞了齐楚的微博后，也不会没有按照之前和连笑商量好的，过五分钟就取消赞，而是一直留到了第二天。

小小一个赞，微博彻底炸了。齐楚就这么上了热搜第一，粉丝激增。

连笑突然觉得自己万一哪天真破产了，还可以去"拉皮条"，她在这方面真是有天分……

回国前夜，当助理神情慌张地告知大家齐楚的护照丢了时，正在收拾行李的连笑第一个惊得站起："什么？！"表演之浮夸，吓得助理直接一愣。

好在大伙都没时间觉察出异常来，赶紧帮忙找齐楚的护照。

可所有行李都翻了一遍，齐楚更是就差把自己的行李箱砸开检查了，却依旧不见护照的踪影。看来是真丢了。

隔天的飞机，齐楚是注定赶不上了。

报案，需要半天。去领事馆办旅行证，预约又需要两天。国内双休日不办公，和国内取得联系，申请确认身份，得再等两天。巴黎周一不办公，得再等一天。国内接到申请后再处理，又需要两天。

这么算下来，齐楚补办旅行证，最快都需要一周，更别提效率极慢的欧洲人会在哪个环节再拖个一两天。

所有人都赶着回国准备下一期的上新，连笑只能把团队多出的现金和自己的信用卡留给了齐楚。虽然明知有宋然在，齐楚哪会需要这些，连笑依旧演戏演到底："有事随时打电话给我。"

她看似有多不放心齐楚一个人待在巴黎，隔天搬行李离开酒店赶赴机场时就有多火急火燎——中午的航班，恨不得清晨就走。

连笑走得如此之急，美其名曰要早点儿去机场办退税，可她这回在巴黎买的东西，明明不及她之前出国时买的一半多。

之前连笑每次出国拍新品，都是主职玩乐顺便工作，如今却正好相反，她这次实在到得太早，早到距离可以办理退税还有足足两个小时的时间。

一行人正好在机场补吃个早餐。

摄影师对齐楚似乎有那么点儿意思，吃早餐时还在叹："她一个人应该没事吧？要不是我回国还有工作，就改签留下来陪她了。"

就摄影师这三分长相，齐楚估计宁愿自己待着，连笑趁早让他断了念头："放心吧，宋然会……"

"什么？"

连笑忙说："我去个洗手间。"说完起身就走，一边走一边顺着胸脯庆幸，差点儿说漏嘴……

连笑去了个洗手间回来，一行人差不多也吃完了。

她看看手表，时间正好："走吧，办退税去。"

一行人依言起身，纷纷开始推各自的行李车。连笑方才去洗手间时，行李车就留在原地，此刻正要推着往前走，脚步却突然一停。

跟在她身后推车的摄影师就这么撞着了她的脚后跟。

连笑当即嗷了一声，摄影师顿时一慌，眼看连笑皱着眉回过头来看他，摄影师还以为她要责备，刚要抱歉，却听她语气慌乱地问："我手包呢？！"

她的手包原本搁在行李车的前框中，如今前框却空空如也。半小时后，助理陪着连笑在监控室里调监控，这才清楚了前因后果。

所有人边吃早餐边聊天时，她的手包被一个白人男子顺手牵羊摸走了。

报案，需要半天。去领事馆办旅行证，预约又需要两天。国内双休日不办公，和国内取得联系、申请确认身份，得再等两天。巴黎周一不办公，得再等一天。国内接到申请后再处理，又需要两天……

这些信息，原本是连笑替齐楚查的，如今反倒成替她自己查的了。

众人和连笑在安检外道别时，助理见连笑一脸苦相，便安慰道："幸好我们把所有现金都留给了齐楚，那些现金应该够你们俩花了。"

连笑强颜欢笑，心在滴血。

她怎么可能去找齐楚？她肯，宋然也不会肯……

真是自作孽不可活。怎样才能既不打搅齐楚与宋然的二人世界，又让自己好好度过这七天？在自己身上没护照、没现金、没信用卡的前提下。

团队的人大概都以为连笑回了小巴黎之后会立即去找齐楚，齐楚身上有现金也有信用卡，二人正好可以共用。

连笑怎么敢让齐楚知道自己没走成？宋然不得杀了她这电灯泡？

连笑就这么想到了宋然，自然也想到了法子，顿时一扫脸上的阴霾，推着行李箱赶紧从航站楼出来，一边四下张望着寻找出租车，一边给宋然发微信。

宋然一来不会亏待她这个红娘，二来更不希望她落魄到要去找齐楚，当即差使了助理，要来给连笑送钱。

连笑就这么心安理得地坐着霸王车，让宋然的助理先去克利翁酒店开好房等自己。

上周没舍得住这家克利翁，这周她必须得好好醉生梦死一下，不然都不足以慰藉如此凄惨的自己。

宋然的助理帮连笑开了间套房，连笑直接拎包入住，环顾一下奢华的内饰，接下来的一周就算天天让她宅在这儿，她也乐意。

可当晚连笑就不这么想了。

一个人实在太无聊，看电视又听不懂法语，想找人聊聊天打发时间又和国内有时差，叫瓶好酒打算灌醉自己，又怕自己喝醉以后没人看着，会去骚扰其他住户，她可不想背上什么跨国骚扰的案底。

这个深夜，连笑躺在天鹅绒沙发上，百无聊赖地刷着手机，看着已经回到国内的同事在朋友圈发的照片，以及照片下各种共同好友热情的回复，凄楚的滋味瞬间又回来了。

连笑腾地从沙发上坐起，很快凹好造型，准备拍张照片发朋友圈，不刷拨存在感都对不起这么贵的酒店。

按惯例拍好照开始修图，一张让人羡慕嫉妒恨的照片即将新鲜出炉的那刻，连笑正推着瘦脸键的手却是一顿。

愣了片刻后，连笑突然改了主意，从沙发上站起来，开始赤着脚在房间里到处转，到处试拍，只为拍出一张看着很惨的照片。

她已经想好要往朋友圈里发什么了——"异国流浪的丢护照少女"卖惨照。

她长得不够少女这点还能靠修图挽救，但在这奢华得不像话的套房里，实在是找不出任何足以表现少女惨境的背景，连笑试拍半天，没一张满意。

逼她出绝招是不是？连笑一咬牙，索性换了身单衣，直接推着行李箱出了门。

在大堂里遇到的服务生还以为这位女士要半夜退房，走上前来打算帮连笑把行李推到前台。

连笑却嗖地从服务生面前飞驰而过，着急忙慌地朝大门走去。

她哪是要退房？一路推着行李箱径直出了酒店，很快来到街边，萧索的夜风一吹，终于有了那么点儿异国流浪的味道。

连笑坐在行李箱上，凹好造型，找好角度，咔嚓一张，异国街头流浪的少女照当即速成。

寒风当道，终于发完朋友圈的连笑飒飒而归，当着全程没摸出头绪的服务生的面，得意扬扬地推着行李箱回房间。

连笑这张照片特意屏蔽了同事，如果可以，她其实更想直接@方迟，让他知道她现在过得有多惨。

方迟之前能为了她特地从香港飞回上海，虽然结果不太理想，如今应该也能为了她飞一趟巴黎吧？

她和方迟没闹掰那会儿，除了计划跨年的香港行，还计划了春节来欧洲玩。那会儿她和方迟的申根签证就提前办好了，虽然最后计划成了泡影，现在想想，也不是什么坏事，起码方迟现在有现成的签证飞巴黎。

果然朋友圈一发出去，回复多到连笑都看不过来，就连宋然都回了条："你不是住克利翁吗？怎么流落街头了？"

连笑没回，抱着手机等，就不信某人看不到。

等啊等，等来了谭骁幸灾乐祸的语音："哈哈哈，你也太倒霉了吧。"

嘴挺损，发给她的安慰红包倒挺大。

连笑收了红包，消息没回，继续抱着手机等。来电铃声突然响起，连笑一惊。

一看是来自国内的陌生号码，连笑立即一蹦三尺高，赶紧接听，却在成功接通的前一瞬猛地打住，一个箭步冲到窗边，一边开窗任由夜风刮进，一边接通："喂？"

果然，电话那头听见了风声裹挟下她那欲哭无泪的嗓音，颇为担心："你还在大街上？"

连笑一愣，愣了三秒，悻悻然关上窗，垂头丧气坐回沙发："妈……"

"你怎么换电话号码了？"是母亲的越洋电话。

"我电话号码都换半年了，你也没存……"

连笑和母亲基本每年只在过春节时见一次，母女之间其实没有任何矛盾，可就是不怎么亲近。

连笑的母亲一向是女强人，两任丈夫和她都是女强男弱的组合，只不过第一任丈夫靠揍孩子发泄，第二任丈夫则看开得多，心安理得地靠老婆。

这就是连笑的生父和继父。

连笑呢，偏偏谁也不像，既不像母亲那样要强，也不像生父那样扭曲。真要论像谁，连笑还挺像自己继父的，心安理得地靠别人。

"你现在在哪儿？连建平就住在巴黎，我让他开车接你去。"母亲说。

自从连建平移民再婚，连笑跟这个爸爸就再没直接联络过。她这个爸爸在外人眼里的形象一向很好，亲戚朋友听说他一度把孩子揍到住院，时至今日还有人不相信。

亲戚要么不信，要么就统一口径，说她这爸爸其实也是身不由己，移民后去看了心理医生，臭毛病再没犯过，让她别再记恨。

连笑表面应着，刚过去不久的春节，亲戚们和连建平视频时还非得拉上她，父女俩隔着屏幕逢场作戏，亲戚还直夸连笑长大了，懂事了。

若不是她这些亲戚常年做外贸，能帮她搭上那几个做国际品牌贴牌生意的大厂，连笑这个春节都没打算要回老家。

拳脚不曾落到他们身上，他们自然不疼。连母亲现在都觉得她已经不计前嫌了？

连笑连忙说："不用了。"

母亲估计觉得她只是在客气："我已经跟你爸说好了，他也很想见见你，正好趁着这个机会……"

连笑暗自发誓以后再也不撒谎了。一张精心设计好的照片，想引的人没引来，最不想见的人却见着了。

直到坐进连建平的车里，连笑都还没调试出合适的表情，来面对这个她十几年未见过面的至亲。

连笑坐在后座，腰杆挺得直，看似两耳不闻窗外事，实则一直透过后视镜看着连建平把她的行李搬进休旅车的后备厢后，绕回驾驶座。

她下意识握着拳。

连建平坐进驾驶座的那刻，连笑嗖地收了视线，低头玩手机。

连建平看一眼这个宁愿坐后座也不坐副驾驶座的女儿，什么也没说，发动车子。

大概母亲也和那些亲戚一样，觉得能帮着修复父女关系是善事一桩。连建平似乎也挺乐意，却没人问连笑乐不乐意。

似乎为了让她放心，连建平突然莫名说了一句："你许阿姨也在家，做好饭等我们了。"

连笑撇撇嘴，没应。她才不关心连建平的续弦姓什么，她现在只关心最快几天她能拿到旅行证回国。

回连家前，连建平陪着连笑跑了趟领事馆。

同天下午宋然会陪齐楚去领事馆报失护照，连笑只能错开时间，早上去。

领事馆内，基本都是中国脸孔，连笑再三重申需要加急，可惜全世界的公务人员大概都是一样的办事效率。连笑心急火燎，对方却只会说："这个我们不能保证，要视国内的处理进度而定。"

连笑憋了一肚子火气。

连建平住在紧挨着小巴黎的第92省，离开领事馆回到家，正好赶上吃午饭。连笑怄了一肚子气，到了这个全然陌生的家，见到全然陌生的许阿姨，僵硬地点了点头，就跟着帮她把行李提上楼的连建平上楼去了。

连建平把行李放进客房，一边出房间一边说："下楼吃午饭吧。"

回答他的，却只是砰的关门声。连建平一脚刚踏出客房，连笑就反手关了门，落了锁。

连笑靠在门上，脑子有短暂的空白。门内外皆沉寂片刻，随即才传来连建平下楼的声音。

看来连建平在门外待了片刻，大概想对门内的连笑说些什么，但终究欲言又止，只能离开。

保养得再好的老房子，上下楼梯时发出的吱呀声依旧暴露了它的年代。

连建平也老了，两鬓虽不见发白，提行李上楼时却不那么利索，和连笑记忆里令她恐慌的父亲形象早已大相径庭。

许阿姨也全然不似自己的母亲，是个居家过日子的小女人。

掰着指头算算，还有六天，连笑真不知道自己接下来的六天里，要如何与屋子里的人相处。既然想不出相处之道，连笑索性躲着，每天一早就回小巴黎，去领事馆报到。

她删除了朋友圈里的那张照片，不再幻想什么英雄救美，一切靠自己。

可除了再一次切身体验了公务人员那令人发指的效率之外，一切照旧。母亲则破天荒按照一天三通的频率打来电话，问她的情况。

所有人都觉得时间能够抚平隔阂，都在期待大团圆结局。连笑终是厌了，既然表面上的安稳能令所有人开心，那她就演吧。

反正只需要再演几天，她就能拍拍屁股走人了。除了每天一早跑领事馆，连笑其余时间基本宅在客房里，和国内连线处理工作。

上新在即，齐楚捆绑着宋然，这颗炸弹是会一炮打响还是一炮炸沉，结果很快就能揭晓。

以微博为主的社交平台的宣传铺得很大，一边顾宣传还得一边清理"黑粉"，DL公关部的员工基本一个抵两个使。

连笑还得远程把控产品和运营，统计加购量和收藏量，以调整下给工厂的订单量。

DL如今合作的工厂虽然是业内数得上号的大厂，但第一次合作，连笑也丝毫不敢马虎。大工厂技术好，产能大，但一笔订单就是三千件起跳，不接受低于三千件的追单，如前期加购量和最后的成交量差距太大，连笑要么压货太多，要么提前售罄不够卖，无论哪种可能性，都是致命的打击。而这些又全是不可控的，只能看她的运气了……

但显然，连笑近来的运气并不怎么好。

第三天，连笑照常一早出门，叫车去领事馆，上车都一刻钟了，宋然却突然打电话给她，说齐楚一早也去了领事馆，让她务必避开。

齐楚的救助站被人恶意找碴，齐楚认定是宋然的"毒唯粉"干的，待不住了，急着回国。

"你不是说你三天就能搞定一个女人吗？怎么既搞不定齐楚，也搞不定粉丝？"

连笑原本打算上午去完领事馆，下午赶回来盯国内的上新，这下计划全打乱，可惜还得巴结宋然，连抱怨都得抱怨得像句玩笑话。

如果虚伪也算是一种成长的话，那连笑是真的成长了。

宋然一"90后"偏还故作老成，老干部似的长吁短叹："现在的女人，一个比一个虎，力不从心啊……"

以连笑领教过的办公效率，今天去领事馆大概依旧办不成事，连笑索性让司机掉头回去。

一来一回折腾了半小时有余，连笑换算一下国内时间，琢磨着应该还来得及开个视频会议，自行开门进屋，直奔二楼。回到客房正要关门，却听哐当一声，重物砸在地板上的声音。

连笑惊住，还未来得及分辨声音的方向，瓷器砸碎在地的声音便纷至沓来。

唯一有那么多瓷器的房间，除了楼下的厨房，还能是哪儿？

连笑刚要拉开房门，却被女人的一声惨叫狠狠钉在原地，手也僵在了门把上，整个人如遭雷击。

直到纷乱的脚步声由远及近，连笑才猛地回神。

家中的楼梯，即便是有人轻手轻脚地上下楼，都能发出细微的吱呀声，如今却哐当作响……

那一记一记似乎能踩塌楼梯的脚步声意味着什么……脚步声突然消失，紧接着响起的重物狠砸在地的声音又意味着什么……

连笑在老家的房子同样是复式，当年连建平追着她揍，她想要跑上楼却被踹倒，整个人倒在楼梯上再摔下去，就是这样的声音……

连笑自己都没发现自己握在门把上的手在抖。那源于恐惧的战栗，一如当年她摔下楼梯，连滚带爬地缩在墙角发着抖。

门外的声音还在继续，连笑脸色惨白，手早已离了门把，虚抵在唇边，咬着指甲，双唇、双手……甚至整个身体都在细碎地发抖。

许阿姨大概也和曾经的她一样，正抱着连建平的腿，气息奄奄地求："别打了……"

当年的她如此瘦小，除了求，就只能哭。可连建平发起怒来，压根什么都听不进去。

当年的她，多么希望有个人能站出来帮她。然而……没有。

有的只有绝望……

此刻的许阿姨是否也和当年的她一样，知道不会有人来救她，只能在绝望中瑟瑟发抖……

连笑反应过来的时候，人已冲出了房间。路过壁炉架时，她抄起上头放着的黄铜摆件直奔楼梯而去。明明吓得唇色惨白，脚下却越走越快，过了拐角顿时视野全清，楼梯下的情景尽收眼底，连笑几乎是在尖叫："别打了！"

连建平愣住，他原本正拽着许阿姨的头发把许阿姨半提起来，此刻一松手，许阿姨又重重摔倒在台阶上。

许阿姨连滚带爬挪向一边，早已气若游丝，仿佛只剩最后一丝力气："我要……跟你……离婚……"

原本停下的连建平闻言，顿时又狠了起来，追着许阿姨过去，眼看又是一拳。

连笑一手将黄铜摆件藏在身后，一手掏出手机开始录像："你打啊！我都录下来了！"连笑三步两步赶下楼梯，自己都不知道自己是太害怕还是太急急忙忙，就这么在半截台阶上摔倒了。

连笑赶紧爬起来，以最快速度来到许阿姨身边，扶起她。

连建平就站在一旁。

连笑一直在默默对自己喊话，别抖……别抖……可那颤抖几乎源于本能的恐惧，压根抑制不住。越是恐惧，声音偏是越大："你再动一下，我就报警！"

连建平愠着脸过来抢连笑的手机，顿时扭打作一团。

连笑用尽全身的力气，终于不再抖了，因为她突然发现，自己竟能扛住连建平的拳头。她再也不是那个曾重复无数遍的噩梦中只能惨叫挨打的孩子……

连建平抓不到手机，气急了便拎着她往墙上撞，连笑顿时头晕目眩，骨头跟散架似的，手机和黄铜摆件全都掉在了地上。连建平弯腰捡起手机，准备删掉还在录着的视频。

连笑见状，用力地晃了晃脑袋，晃掉眼前的重影，最后一点儿体力全用来撑起自己，她拿起那沉沉的黄铜摆件，直接照着连建平的脑袋砸过去。

连建平重重摔倒在地，用尽了力气的连笑也沿着墙根栽倒在地。

终于，安静了。

连笑的脑袋越来越晕，眼前的重影也层层叠着，一点儿一点儿将她吞噬。

耳边依稀传来砸门的声音，可那声音只在她耳膜上挣扎了几下，就被耳中越来越响的嗡鸣声彻底淹没。就在这一片模糊中，连笑依稀见到连建平扶着墙站了起来，朝她走来。

连建平此时的身影，终于和连笑噩梦中无数次出现过的对她拳打脚踢的身影，重合了起来。

那一刻，连笑眼前是漫天而来的昏暗，心里则是散不去的一片凉意。她反抗了……可是结果……依旧没有改变……

还是没有人来救她……她也救不了别人……

连笑是在医院醒的。

她没有想到自己昏迷之后并没有再挨揍，当然也没有想到，许阿姨站在了连建平那一边，做了伪证，全然否定了自己被家暴的事实。警方为连笑找了个翻译，双方各执一词。

连笑没有护照，身份成谜，没有证人佐证她的说辞，连建平伤得甚至比她还重。事情又发生在连建平的房子里，连笑涉嫌擅闯民宅，袭击户主，连建平的施暴却成了他口中的自卫。连笑虽然没有被手铐铐住，但她住的病房里有警察看着，俨然她才是罪犯。

许阿姨来病房看了连笑。

翻译在病房外和另一名看守病房的警察交涉，病房里则留了另一个本地警察，连笑看看这一脸警戒的警察，又看看一脸麻木的许阿姨，用中文问:"为什么?"

她救了许阿姨,许阿姨却替伤害她的人做伪证。

"我靠他养的,我能怎么办?"许阿姨还是那张麻木的脸。

连笑算是看明白了,这对夫妻,一个卖惨,一个则装大度——连建平"不计前嫌",打算保释她。

翻译把这个消息带到连笑病房时,连笑当场拒绝:"我不需要他保释。"

"那还有谁能保释你?"

连笑想了想:"我打电话找人。"

可真等电话给到她手里,连笑瞬时又陷入了茫然。与其问问自己能打电话让谁来保释,不如问问自己该打电话把谁臭骂一顿。

父母?连笑冷笑着摇摇头否定掉。

亲戚?打电话问问他们,和事佬是不是做得特别有成就感?

而所谓的成就感,不过是为难了别人,感动了自己……

可转念一想,连笑的冷笑里,顿时又多了几分自嘲。明明是她自己为了DL的代工业务而去刻意讨好他们,既然是利益交换,她又有什么资格玻璃心?那她这通电话,还能打给谁?

方迟?打电话问问他,指责他为什么知道她护照丢了,还不第一时间飞来?

可是,她又有什么资格要他随叫随到?

这时却有警官推门进来。警官和翻译用法语交流了几句之后,翻译对连笑说:"有人来保释你了。"

连建平还不死心?还来这一套?连笑冷冷将头一撇:"我都说了不要他保释。"

一抹身影却在这时不请自来,推门而入。

连笑垂着脑袋听着那脚步声,太阳穴紧绷。连建平还能走路,看来伤得还不够重,她当时怎么就没狠狠心直接把他砸死?

那脚步声就在这时停在了病床旁。连笑低着头,恨得咬牙切齿。

她不说话,对方也不说话。

反正没手铐铐着，连笑索性心一横，直接拔了手背上正输液的针管，从一旁的挂架上抄起输液瓶，直接照着床边那人的脑袋砸去。

　　没能砸下手，连笑自己却先愣了。

　　站在她面前的，不是连建平。

　　是方迟。

Chapter. 8
有我在

　　连笑抄起输液瓶砸过去的速度太快，翻译全程看傻了眼，还是警察反应快，冲上来就要擒住刚因眼前场面愣住的连笑。在警察成功擒拿住连笑的前一瞬，方迟一背身，顺手将连笑护在身后，自己则挡在了警察面前。

　　连笑只听方迟对着警察说了句法语，不知何意，当然她也没心思去管他说了什么话，她还没能从他突然的出现所带来的震惊中回过神来。

　　翻译虚惊一场，半天才记起要向连笑阐述一下如今的状况："这位先生刚做完笔录。他也是目击证人之一，但是他赶到的时候，你已经晕了，连建平也已经受伤了，他并没能看到全部的前因后果。所以究竟是你擅闯民宅伤害户主在先，还是户主先对你施暴而你只是反击，目前警方还没有下定论。"

　　目击证人？连笑混沌的脑袋里只记下了这四个字。

　　半晌才依稀记起，她晕过去的前一刻，似乎……确实听见了砸门的声音……

　　连笑在此刻的角度，只能看见护在她身前的他的小半个侧脸。

　　可不用看，她也能猜到他此刻的表情，应该还是一如既往的平静。

只是这平静之下究竟藏着什么？

连笑缓慢地顺着他的背影往下看去，终是看见他反护在她身侧的手。

他的手背，关节位置裂了好几道口子。大概只有把人往死里揍的时候，才会把自己的手也弄得如此伤痕累累……

"你的手……怎么了？"连笑的声音全哑了，哑到都不确定他听不听得见。

他却侧过头来，食指抵唇，对她比了个噤声的手势："嘘！"

这个男人，在用消防斧砸开房门之后究竟做了些什么……他并不想被在场的警察和翻译知道。连笑忽然就觉得委屈极了，头一低就咬在他肩膀上。

她能感觉到他肩膀蓦地一僵。这男人骨头硬得可真硌牙，硌得连笑眼泪都下来了，可她就是不松口，眼泪竟也源源不绝。

打这架太疼了。但是……她应该算胜利了吧，战胜了自己的噩梦。

方迟硬生生受下这一口，直到其他人都出了病房，就余他和她。

不知是哪件事先发生，是她先松开牙关，跌坐回病床上嗷嗷哭，还是他先转过身，将她轻拥进怀。

连笑真觉得自己这一辈子都没哭得这么毫无形象过。哭到最后都闭住了气，哽咽着哽咽着，鼻涕都下来了。

眼看她鼻涕都快流进嘴里，方迟正愁手头没有纸巾，准备拿袖子给她擦，她却猛地一吸鼻子，鼻涕又被她吸了回去，直看得原本一脸隐忍着心疼的方迟当即哭笑不得起来。

他的心疼，她没瞧见；他的哭笑不得，她却一抬眼就发现，这下更是委屈得不行："我都破相了，你还笑……"

她如今鼻青脸肿的样子，大概丑得至极，连笑当即就要埋下头去，却被他双手捧住脸。

他仔细瞧她，眉微微蹙着，眼里克制着什么。

如果可以，方迟宁愿这些伤全落在他身上……连笑看着他因压抑着太多情绪而微微闪烁的瞳孔，还以为他起码会安慰下她还是很美，他却无比实在："是挺丑的……"

连哄都不屑于哄她了吗……连笑顿时心灰意懒，这就要挥开他的手，躲回去蒙住被子。

他却稍稍施了力，依旧捧着她的脸。力度掌握得很巧妙，既不会弄疼她，也教她躲不开。

他的眸光，明明灭灭；他的音色，沉郁顿挫："以后只有我肯要你了。"

她身上的伤，似乎，也没那么疼了……

连笑成功获得保释，在医院里待了三天就已经待不住，各项体征一正常，就嚷嚷着要出院。

病人最大，方迟只能照办。

连小姐总算扬眉吐气了一回，上下车都由方迟替她开门，她还觉得不够，一脚刚踩下车就抚额做头晕状，转眼又跌坐回去。

"还晕？"

连笑期期艾艾地点点头。

方迟当即半个身体探进车来，抱她下车，在周遭人异样的目光中，一路抱着她往酒店大门走去。

连笑双臂环抱着方迟的颈项，一边继续做头晕状，一边得意地想，如果能有人拍下这幕发给方迟的白月光看看该多好，气死她。

可惜，气死别人之前，连笑已经被自己此刻抬眼所见吓得半死，眼前竟是她之前住的那家克利翁酒店。

熟悉的大门，熟悉的门童……连笑惊诧的目光刚来得及从酒店大门来到方迟脸上，人已经被抱进了酒店。

他压根未低头，按理说应该瞧不见她那心惊胆战的样，可他嘴角为何又扬起一丝了然的笑？

他笑得一派了然，却问得不明就里："不想住这家？"

"没……没有。"连笑掩饰着心虚，假笑着环顾四周，"这家……看着……挺贵啊。"

方迟抱着她一路进了电梯，看来是提前开好了房。

替他们按开电梯门的那个服务生，连笑打眼一看便认出，正是她住这儿的那晚要帮她提行李的服务生。那服务生帮他们按开了电梯，又微笑着对着他们点头致意，吓得连笑赶紧把脑袋往方迟怀里埋。

可下一秒连笑就意识到自己干了件蠢事，在欧洲人眼里亚洲人都长一个样，她如今又鼻青脸肿的，怎么可能会被认出来？

连笑没来得及从方迟怀中抬起头来，就感受到他胸腔微微一颤。

分明是因为笑了才引得胸腔一颤，可连笑猛然抬头，见到的却依旧是方迟那张毫无表情的脸。

他怎么也选了这家酒店？只是巧合？

连笑最终被他抱进了一间套房。和她之前住过的套房几乎一致的内饰，只不过这间套房有两个卧室，方迟将她抱进其中一间卧室，她的行李竟然都在。

他是怎么把她的行李从连建平家带出来的？太多疑问涌上心头，连笑正要开口，方迟的手机就响了。

连笑还没来得及看清来电显示上的名字，方迟已接听了电话："喂？"不知对方说了些什么，方迟将手机自耳边拿开一些，转而对连笑说，"你先休息，有事随时叫我，我就住隔壁卧室。"说完便一边朝卧室门走去，一边继续听电话。

连笑听他对着手机那端的人说了句："我还在巴黎……"

这是在给谁报平安？连笑竖着耳朵打算再听几句，刚走到门口的方迟却已顺手带上门，彻底将一切声音隔绝在了门外。

连笑盘算着，这个时间国内都已凌晨了，该是多亲密的人才会在这个时间联系他？

她瞬间就想到了方迟的那抹白月光，画面感顿时来了。

"你怎么突然跑巴黎去了？人家好想你……"

"有要紧事必须跑一趟，不然我一秒钟也不想离开你。"

"我也是，我都睡不着……"

"那我陪你聊天，聊到你睡着，好吗？"

"嗯……"

啊，呸！连笑当即大叫："方迟！方迟！方……"

连笑正要喊第三声，卧室门已被砰地撞开，方迟深锁着眉冲了进来，转眼来到她床边："怎么了？"

连笑紧抓着床单："我……我做噩梦了……"又松了床单转而紧紧抱住方迟，"我……我害怕……"

她这么一抱，方迟手一滑，还保持着通话的手机就这么掉在了床边，连笑紧抱着方迟不撒手："我害怕！"

她声音都这么大了，就不信手机那头的白月光还听不见……

听齐楚的叙述，方迟和他那白月光应该还是友达以上恋人未满的状态，既然还不是情侣，连笑自然不觉得自己现在这么做有什么错。

争取自己想要的，无可厚非……她经历的这些，也足够她患上创伤后应激障碍了吧，做噩梦也绝对合情合理，再配上她的神演技，只能用四个字形容——天衣无缝。

至于方迟的反应，也可以用四个字形容，那就是——全然不信。

"我才出去一分钟，你就能睡着还能做梦？"

连笑僵住，千算万算，怎么就没算到这么大的漏洞？连笑只能感慨自己大概是被连建平打傻了。

方迟却没有推开她。一手搂着她，一手重新拿起手机，继续接听。

"对，是她。她做噩梦了。"方迟回答对方道。

连笑当即眉头一皱，白月光竟然认识她？太过不可思议，以至于当即一把夺过方迟的手机。

手机屏幕上的来电姓名分明是……宋然？

她这又是假装做噩梦，又是夺过他手机，看来这通电话是彻底打不成了，方迟只能和宋然交代一声，草草结束通话。

"你怎么认识宋然？"连笑眼角本就开裂，如今这么一瞪，伤口泛起的疼意转眼就被扑腾而来的满腔震惊淹没。

"是他告诉我，你的护照真丢了，天天跑领事馆等消息。不然我也没办法从领事馆的登记信息里知道连建平的住址。"连笑记得她在领事馆的登记信息里，填了连建平家作为临时住址。

可连笑刚想到此处，就被另一个巨大的震惊瞬间吞噬到骨头都不剩。

他认识宋然？那他应该也有宋然的微信了……那他应该也能看见宋然给她照片的留言……所以，他也看见了……

她假装无家可归发朋友圈卖惨时，宋然可是回了她一句："你不是住克利翁吗？怎么流落街头了？"

他连这条也看见了？所以……她每一次撒谎，撒了什么谎，他都一清二楚？难怪他之前一直不出现了……

连笑的脸白一阵、红一阵，声音都飘忽得不似自己的了："我还以为你在和你的白月光……"

"白月光？"可算轮到方迟不明就里了。

撒谎的代价，连笑领教得透透的了，哪还敢隐瞒？她索性都说了。

这个男人大概是测谎仪转世？连笑正腹诽着，只见方迟无奈地摇摇头："齐楚的话你也信？"

他这话，深意可就多了。连笑琢磨来琢磨去，顿时眸光一亮，所谓的白月光是假的？压根就没这么一号人物？

可连笑刚以为自己猜对了，都还来不及暗自窃喜，方迟却又说："她明明很漂亮。"

连笑顿时又偃旗息鼓下去，此刻的心情，和坐过山车没什么两样了。

"我也不是什么单相思，她应该也有那么点儿喜欢我。"

连笑的心情不由得又低落三分，她压着牙齿没说话。

"她……"

他那笑而不自知的模样落在连笑眼里，简直刺眼，赶紧挥手让他打住："别说了。"她不想再听下去了。

方迟看看她此番模样，笑得太过轻浅，陷入谷底的连笑哪看得见？

"我正好有一张和她的合照，要不要看？"

连笑这回倒没拒绝。反正她已打定主意只相信齐楚的话而不相信他的话，他觉得他的白月光漂亮，肯定不过是情人眼里出西施。齐楚的话才是正解，这白月光肯定不怎么样。

方迟就这么当着连笑的面摸出手机，很快把屏幕送到连笑面前。连笑深呼了口气，才做好心理建设抬眸看去。

"漂亮吧？"方迟问她。

连笑就这么愣了半天，突然猛地抬头看向方迟。在眼里那点儿不可思议就快要满溢而出时，她又忍不住低头看向那张照片，终于，木然地点了点头。

她能说她自己不漂亮吗？况且还是她精心修过的照片……

方迟这才从他的朋友圈相册里退出。他们的这张合照，没删，只是被他锁了起来。

领事馆的旅行证终于办下来了，连笑却还是走不了，她现在是保释在外的嫌疑人。

她一边在酒店住着养伤，一边远程监督国内的上新，一边还得等待警察的下一次传唤，想想就生气。

连建平暂且不提，许阿姨的倒打一耙可真是打得连笑怀疑人生。

怎么也咽不下这口气，连笑几乎一天一个报复的想法。

连建平虽人在巴黎，却依旧在国内挣钱。他手底下有大买手，国内有客户，代购生意还是挺挣钱的。巴黎不是连笑的地盘，国内可不一样，连笑总有一千种方法搞臭他的名声，让他无钱可挣。

"怎么样？是不是很绝？"连笑正式行动前，总要问问方迟的想法。

还以为方迟会为她这绝妙的点子拍手叫好，岂料他竟摇摇头："不怎么样。"

"那有本事你想一个？"

"我已经想到了。"

"什么？"

方迟却讳莫如深，只一副胸有成竹的样子。连笑可猜不透他葫芦里卖的什么药。

她也万万没想到，警方再一次传唤她，已不再是因为她和连建平的纠纷，而是因为许阿姨突然起诉离婚，以常年遭受家暴为由。

她自己的案子还没翻案，这桩离婚案却突然传唤她做证——这天怎么说变就变？

之前还替连建平做伪证的许阿姨，突然亲身上阵，甚至还偷录下了连建平家暴的证据。连笑自然也就从前一个案子的嫌疑人摇身一变，成了这个案子的证人。

连笑再一次见到许阿姨时，许阿姨还是那副死气沉沉的样子，只不过麻木了多年的眼睛里，总算有了一星半点的神采。至于这点儿失而复得的神采究竟源于何处……

"替我谢谢方先生。"许阿姨说。

连笑顿时目瞪口呆："方先生？"她认识的姓方的，可只有那么几个……

在连笑愕然的目光下，许阿姨却已胸有成竹。连笑犹记得方迟否掉她毁了连建平代购生意的想法时，说的那番话。

而此时此刻许阿姨那副胸有成竹的样子，简直深得方先生的真传："谢谢他教我录下证据，还帮我请最好的律师。等我拿到赡养费，连建平就算挣再多的钱，也是为我打工。"

离婚案比连笑的案子先开庭。

开庭前夜，本该和律师做最后沟通，可等律师走了，连笑却紧张得睡不着。恰逢她刚获医生解禁，可以喝点儿小酒。

可惜，就算她再软磨硬泡，方迟也只允许她喝两杯。

两杯就两杯，连笑小口啄饮，滴滴如命。方迟则坐在吧台另一侧，帮她梳理隔天要在庭上说的话。

"明天就要上庭了，你教我几句法语吧。"

方迟头也不抬，正忙着把她届时要说的证词手写成小抄："想学什么？"

连笑问："法官阁下怎么说？"

方迟答："Cher juge."

连笑依葫芦画瓢学了一遍，方迟这才放下笔，抬眸看着她摇摇头："和英语发音不同，法语的发音得更优雅些。"

优雅？连笑深感受教，点点头。

"那该如何优雅地说出，我无罪？"

"Je suis innocent."

"那该如何优雅地说出……"

方迟教了她一晚上，也一心二用了一晚上，终于把小抄都做好了。

见时间不早，明天还要上庭，不宜熬夜，方迟决定提前结束教学："你学点儿基础的，其余的交给翻译和律师就行。"连笑见他要走，赶紧叫住他："等等！最后一个问题。"方迟只得重新坐下，静待下文。

连笑却莫名地紧张起来，垂下眸，深思熟虑着什么似的，转眼又蓦地抬起头来，看他的脸，看他的眼睛。

"最后一个问题。"连笑咽了口唾沫，"如何优雅地说出……我想啪你……"

"什么？"方迟眉头一皱，还以为自己听错了。

连笑深呼吸一口，挺直了背，豁出去了："如何优雅地说出我想啪你。"

方迟深深地看她。

许久，久到仿佛要分析出她的太阳穴究竟急跳了多少下。

他终于开口了，神色却有点儿紧绷："Mademoiselle, je peux te protéger tout la vie. Je t'aime.（小姐，我会保护你一辈子。我爱你。）"

"这么长？中文是什么意思？"

他一不问她为什么突然问这个，二来面色平静到教人丝毫猜不透心中所想，连笑严重怀疑他这个翻译是在糊弄自己。

方迟清了清嗓，道："我有一笔几亿的生意想和你谈谈，不知你有没有兴趣。"

这答案绝了。连笑却早已没心思拍手称快，又深呼吸一口，站起来走向他，终是停在了他旁边，捧起他的脸，当着他的面张了张嘴，却不是鹦鹉学舌，而是回答他："嗯……有的。"

方迟一扬眉。

显然，这个女人脸上孤注一掷的表情，是对他此番疑问的最好回答……

他的指尖，慢慢拂过她的脸；他的眸光，一如既往地清浅；他的心跳……却分明快了。

"明天要出庭。"

"我知道。"

"现在已经凌晨一点了。"

"我知道。"

"你就不怕……"

连笑低头吻住他的唇，阻止他说话，再抬眸看着他，前所未有地确定。

"我不怕。"连笑说。

这个男人能替她遮风避雨，能帮她力挽狂澜，能为她保驾护航，无论对手是谁。从没有哪一刻，她这般无畏过。

所以当他终于神色一凛，突然将她抱起径直向卧室走去时，连笑什么也没想，只紧紧环住他的脖颈，将一切交给他。

转眼连笑已被放在了床上，他坐在床边看看她，眼里晦暗不明。

连笑莫名嗓子有些干，终于见他慢条斯理地朝自己伸过手来。连笑有些紧张，慌忙闭上眼睛。衣扣却并未如想象中一般被解开，反而是身上微微一重，连笑不解地睁开眼。

原来他伸手过来不是为了解她的衣服，而是为了帮她盖上被子。他眼里原本柔柔荡漾着的那点儿欲望，此时已然消散。

"等官司胜了，再来和我谈这几亿的生意。"他说。

怎么回事？角色倒置？他成了欲拒还迎的"大姑娘"，她反倒猴急得不行，当即就要坐起来。

她好不容易鼓足勇气，只想一鼓作气："现在才一点，我两点睡就够了，不会影响上庭……"

他却按住她的肩，没让她坐起来。

他一笑："你觉得一个小时，够吗？"

连笑也不知道自己此刻的脸是涨红还是惨白，对他这个答案是满意还是不满意。

他却只是俯身吻了吻她的额头，再拉开一些距离看她。闪烁的瞳孔，迷人的眼眸，他用低沉的嗓音说道："晚安。"

原本一直囔囔睡不着的连笑，这一晚竟睡了个好觉。

第一次庭审，连笑作为证人出席。

许阿姨验了伤，法医以及心理医生分别出具了许阿姨的验伤报告以及心理评估报告，她不仅身上有多处陈旧伤，还患上了PTSD（创伤后应激障碍），这都是她常年遭受家暴的铁证。

而许阿姨最后一次挨打，是因为连建平发现了她在家里安装的针孔摄像头。

连建平以为许阿姨被连笑买通，要录下证据帮连笑翻案，却不知她只是在为自己的离婚案找证据。

连建平对许阿姨动手的那一刻，警察将将赶到，连建平被逮个正着。

是方迟报的警，也是方迟出的主意，用针孔摄像头诱使连建平动手。连笑上庭做证，自然见到了连建平。

想到自己之前挨的那些揍，正在愈合的伤口不知怎的竟隐隐作痛起来，连笑不由自主地握拳，甚至快要不由自主地颤抖起来，直到余光带到旁听席上的方迟。

他朝着她的方向，镇定地点点头。

连笑见状，调整好呼吸，往证人席上一坐。

前一晚方迟教她的那些法语，如今早被忘得精光，全程由翻译替她翻译。

连建平的律师则辩解说连建平确实曾患狂躁症，但如今已经治愈，并在盘问连笑时，一直试图引导她说出，是因为她幼年时曾遭受连建平家暴，才会怀恨在心，连建平和许阿姨就算只是普通的争执，她也会故意扭曲成是连建平对许阿姨进行家暴。而许阿姨指控连建平家暴，只不过是为了高额赡养费。

"像我的当事人这种已经改过自新的人，应该得到宽恕，而不是大众的偏见。"

翻译将连建平律师说的话逐一翻译给连笑听。连笑直接炸了，站起来就是一句："你放屁！"

旁听席上的方迟当即一扬眉。翻译倒是见怪不怪，眼都不抬，直接翻译成了"你胡说"。

许阿姨的律师冲她摇摇头，那一刻，连笑总算找回了点儿理智。上庭前，方迟和许阿姨的律师都提醒过她，连建平的律师很会诡辩，她不能中招。她忍不住瞄一眼旁听席上的方迟，果然他在用口型对她说：冷静。

前一晚方迟不仅帮她准备了小抄，还陪她排演了各种上庭时可能会出现的状况，其中就包括对方律师试图激怒她这一项。

这个男人永远猜得这么准，她这都能表现砸了的话，真是既辜负了他的聪明头脑，更辜负了他的良苦用心。

连笑环顾一下四周，幸好她的举动并没有引起陪审团的反感，连笑迅速整理好情绪，重新坐下。

她如今唯一需要做的，就是按照前一晚方迟帮她排练好的，开始有理有据地阐述。隔周的第二次庭审，连笑无须再上庭，只需和方迟一同坐在旁听席旁听。

许阿姨是二代移民，能流利地用法语交流，现场没有了翻译。

为了保持庭审的肃静，方迟也没办法翻译给连笑听。可连笑看着许阿姨被盘问时，从最初麻木到极致地问一句答一句，到渐渐地开始忍不住发抖，即便连笑听不懂一个词，也仿佛能猜到她都说了些什么。

甚至到了最后，许阿姨哽咽到一度无法发声，那痛苦的、犹如哀鸣的呜咽声……大概全场只有连笑能真的懂。

被揍的时候，邻居又何尝听不见她的惨叫？老师发现她身上有伤的时候，她又何尝不是哽咽得说不出话？

她也曾以为这些人能救她，可结果呢？邻居只是背地里说两句，至多再偶尔找个机会劝连建平别动不动就揍孩子。

老师只是把连建平叫到学校教育两句。

打骂孩子在他们这些大人看来，大概真的只是教育两句就行的事……连笑冷着眼看向连建平，好在这次，他不会被轻易放过……

两次庭审过后，当庭宣布结果。陪审团支持了许阿姨的离婚和赡养费诉求，并对连建平签发禁止令。

许阿姨的伤情诊断直接把连建平送进了下一桩官司里，离婚案结束后，连建平紧接着还会被公诉。这回连建平面临的可不是赡养费了，而是漫漫的刑期。

连笑在酒店套房里给许阿姨办了场庆功宴。

美其名曰庆功宴，实际上也不过是吃顿晚餐，出席的也只有连笑、方迟、律师、许阿姨以及许阿姨的女儿。

可这一点儿也不妨碍连笑开心得和参加颁奖典礼似的。

"祝贺你，许阿姨，以后连建平就是在为你打工了。"连笑这杯敬许阿姨。

连建平每月都要向许阿姨支付赡养费，还受禁止令所限，没法再对许阿姨造成任何威胁，赡养费也足够让许阿姨和她女儿过上好日子。

这杯又何尝不是敬她自己？

之前她觉得在巴黎发生的这一切是倒霉至极，却原来是柳暗花明。她终于能彻底摆脱过去的阴霾了……

连笑开心得都有些忘乎所以，方迟估计也觉得再不准她放肆一下会扫她的兴，竟也由着她喝到微醺。

连笑跌跌撞撞地起身去洗手间，方迟见许阿姨的女儿陪着她，自己也就不陪着了。

连笑在洗手间里洗了把脸，醒了醒酒，拉开洗手间的门却是一愣。

她才进洗手间三五分钟吧，怎么原本在洗手间外等着她的小许妹子竟然不见了？

连笑扶着墙环顾四周，没瞧见小许，反倒瞧见方迟正朝她走来。

连笑笑吟吟地迎上他，还来不及和他打招呼，目光已越过他的肩膀，扫见了已经空无一人的起居室。

竟然一个人都没有了？只剩一桌一地的狼藉。

连笑不禁一皱眉："人呢？"

"走了。"

"都走了？"连笑又四处瞅了瞅。

她去一趟洗手间的工夫，人怎么都走光了？

连笑还探着脑袋四处张望，全然没反应过来，人却突然脚下一轻，整个人就这么被方迟抱起。

连笑只觉一阵天旋地转："干吗？！"酒又被吓醒了几分。

"谈生意。"他已抱着她，直接掉头朝卧室走去。

谈生意？连笑晕晕乎乎地在心里默念了一遍，突然就不蹬不闹了。不仅不蹬不闹，甚至本能地咽了一口唾沫。

官司赢了，她开心到得意忘形，竟忘了他还欠她一笔几亿的生意……

他是要在今晚，把这几亿都还上？所以才提前把其他人都请走了？

连笑正胡思乱想，突然又不配合了，连说："等等！"

方迟锁着眉低头看她，脚步不停："现在说不可以，晚了……"那低沉紧绷的语气……

连笑晃眼间觉得，此时此刻自己眼前的似乎是一个全然陌生的男人。而这个男人，即将对她做的一切，也会是她全然陌生的……

连笑不禁缩了缩脖子，声音低低的，似一汪春水，在方迟的耳膜上柔柔荡漾："我……我得先洗个澡……"

站在花洒下的连笑一边仰头迎接着漫天而下的氤氲水雾，一边任由脑袋放空。

可这脑袋怎么轻易放空得了？一会儿想着，要不要提醒他把床周围的尖锐物品全部收走；一会儿想着，干脆让他把她的手绑在床头；一会儿又想着……

连笑想不下去了，浴室门突然被人轻声推开。

浴室里的蒸汽氲得连笑眼前一片模糊，可越是视物不清，听力就越是灵敏，就这么听着那脚步从水雾的尽头朝她走来。

脚步声越来越近。连笑的神经一点儿一点儿地抽紧，紧绷欲断的那一瞬间，她几乎是条件反射地扯过搁在一旁手架上的浴巾，遮住自己。

她正低头瞧着浴巾有没有遮全，动作便瞬间僵住，只因这时他已来到她面前。

连笑垂着的视线里是他的西裤。视线稍往上一抬，则是他赤着的上半身，肌肉淬出的流线型线条，正随着他的呼吸一点儿一点儿起伏。他在呼吸，沉而缓。

他的目光又是否一如往常？

连笑抓在浴巾上的手下意识地收紧。她没法抬头，她听见自己的呼吸乱了节奏。

又何止是呼吸？心跳也是乱七八糟的。

他却在这时伸手，似乎要扯掉她的浴巾。他也因此感受到了她的心跳，何止是跳得乱七八糟？快到他都担心她马上就要缺氧。

花洒下，热气洋溢，他深深地吻住她，一边吻她，一边扯掉她的浴巾。

连笑只稍稍挣扎了一下，就被他的吻抽掉了所有力气，只能任由他去了。浴巾掉落在地，再也没人顾得上去捡……

一个人能有多克制，就能有多放肆——连笑终于切身体验到了这句话。

"喜欢吗？"他问她，嗓音低沉。

眸光里，柔情之下似又藏着某股急于破坏的狠意，隐忍不发，又或者在伺机而动。

连笑哪还顾得了这些？如今的她早已是神思恍惚，下意识地摇摇头；又咬着牙，不确定地点了点头。

连笑很快被扔到床上。

他的头发还滴着水，滴在她身上，冰凉。他的目光却灼热，虽依旧没有表情，却将她困于一片冰火之中，让她难耐，以至于她都没发现他突然拉开床头柜，从里头取出一瓶她藏了很久的lubricating oil（润滑油）。

他用牙撕开外包装的那刻，嘶啦一声，连笑彻底醒了。

落在床边的外包装格外眼熟，连笑顿时紧张得话都不会说了："你……"

这玩意儿，她买回来的当下就藏好了，他怎么会知道……

床头柜中又何止这一瓶？方迟扭头一瞥柜中她的珍藏，各种品牌，各种功效，应有尽有，不禁笑着蹙眉："你是有多怕疼？"

这种时候竟还有心情揶揄她，若不是连笑如今脑袋晕乎，无处着力，绝对要把他踢下床。

她一应激就会变身浩克，若他再被她伤着，万一以后彻底不举……连笑可担不起这责任。

"我又不知道哪个牌子好用，就……都买了……"

她也不是特意去买的，只是这段时间一直在巴黎待着，DL的上新在她的远程调控下已准备就绪，就等检验成果了。突然闲下来，每次她无所事事地逛超市，发现了就偷摸买一瓶，想着总能派上用场……

结果越买越多，却一次用场都没派上。他能忍这么久，这等自控力，连笑是佩服的。

方迟贴在她耳边，似乎在安慰，又似乎在取笑："没关系，全都试一遍就知道哪个牌子最好用了……"

连笑愕然地看他。她可买了七八瓶呢，全都……试一遍？

这个男人终于用实践证明他无须再忍了，连笑却突然有些后悔。她闭着眼睛，拳头握得死紧，几乎条件反射地想要推开他。

一片黑暗之中，她拼命地告诉自己，他不是在伤害她，是在爱她……

不是在伤害她，是在……爱她……

连笑猛地睁开眼，迎接她的，是他正隐忍流汗的模样。

她就这么直勾勾地看他，用眼睛记录他此时的模样，终于，一点儿一点儿地松开了拳头。

连笑死咬着牙齿，也不知是他的汗还是自己的，濡湿了枕头。她看着他，眼里是无措的，但只要眼前是他，似乎，这一切也不是那么不能忍受……

简直是场战役，撑到最后的连笑何止浑身瘫软？连神志都是涣散的。

也不知他怎么还能如此神清气爽，甚至帮她放了缸水，抱她去洗澡。

浴缸够大，他也跨了进来，水波荡漾中，连笑见他身上那些被她或咬或抓的痕迹，总算心理平衡了些。

他将她揽过去，让她背对他坐着，眸光温柔。

他现在倒是知道温柔了，可刚才，他分明只温柔了半程就原形毕露。连笑完全有理由怀疑，那时的他才是真实的他，不再克制，不再隐忍，放肆到都有些残忍了。

连笑赌气："以后再也不做了。"

他一愣，继而失笑。可别怪他没事先提醒她："等你食髓知味了，到时候可别求我。"

那种被人钉在砧板上予取予求的感觉……她还能食髓知味？

连笑坚定地摇摇头。

当时当刻的连笑并未想过，自己没过多久就后悔曾如此坚定地摇过头了。

随着许阿姨和连建平官司的尘埃落定，连笑自己的案子也随之翻案。但她没有再对连建平追诉，因为她的案子和许阿姨的案子并罚的话，连建平大概就没有缓刑那么好的待遇了，很可能需要服刑。

她终究是放了他一马。方迟知道她心软了，不忍拆穿她，只能顺着她的意："你做得很对，连建平真去服刑的话，外头的生意黄了，许阿姨的赡养费又会出问题。"

做出不追诉的决定后，左思右想许久都没想出个合理借口的连笑一听，当即应道："对……对嘛！所以我经过一番深思熟虑之后，才做出了这个决定。"

至此，连笑终于可以用这个理由给自己洗脑，自己做的这个决定有多正确。

这点儿小心思哪能逃过方迟的眼睛？看穿不说穿，只揉揉她得意扬起的脑袋。

德行……

二人终于踏上了回程的航班。

连笑回国当天家都没回，直接从机场去了公司。

她那么多行李全交给方迟，还挺不好意思："我给你发红包，一个行李发……十块！"

"十块？"他自然嫌少，低眉一思考，"要不这样？一个行李十分钟。"

连笑起初还没懂他什么意思，可一对上方迟面无表情地挑眉，眼里色气满满的样子，她想不懂都难。

巴黎的最后一晚，十几分钟她就受不了不肯配合了，看来方先生没尽兴，一直心里默默念叨着，眼下她有五个行李，一个行李十分钟，那不得五十分钟……

会死人……吧？

连笑想着想着脸都红了，赶紧打住："助理催我了这事回头再说我先走了！"一句话不带一个标点符号，连笑急吼吼说完，直接走了。

助理就在停车场等她，连笑上了车直奔公司。

助理和她有一搭没一搭地聊着："连总，你脸怎么这么红？"

能不红吗？张口就来五十分钟，他当他是种马文男主？连笑撇撇嘴："刚才跑得太急了，热得。"

"连总，你一个人在巴黎待着都瘦了。"

可不嘛，每晚被逼做剧烈运动，能不瘦吗？连笑耸耸肩："法餐吃不惯，饿的。"

助理再这么问下去，连笑可招架不住，赶紧问："直播准备得怎么样了？"

"十点开始。"助理看一眼油压表上的时间，"不堵车的话，我们八点半就能到公司。"

连笑点点头，看向窗外。

冬末春初，七点不到的高架桥上车辆稀少，估摸一下，她们应该不会碰上早高峰，能按时到公司。不然万一上新直播乱了套，在上新前的最后关头惹火买家，那是真的得不偿失。

此刻车窗外晨雾稀薄，连笑突然就这么莫名地，想到了廖一晗。

廖一晗常年如此奔波，晗一才能越做越大。如果自己早年能跟廖一晗多学点儿，或许现在能更游刃有余些。

DL的店庆日就在今日，八年前DL就是在这一天成立的。筹划已久的新品也会在今晚八点上新，上新直播会从早上十点开始，到晚上十二点结束，总共要不间断直播十四个小时。这次会有六十六套新品，连笑和齐楚会接替出镜，给在线的买家分享搭配。

DL和微淘、微博都有战略协议，直播会同时抄送到两大平台。齐楚因和宋然的绯闻愈演愈烈，关注度一直居高不下，甚至有人在机场拍到他们一起从欧洲"度假"回来。黑红也是一种红法，自然不愁没人关注。

宋然的经纪公司力证宋然是单身，给宋然和齐楚恋情盖章的各大营销号都收到了经纪公司的律师函。但这完全不妨碍齐楚的热度，经纪公司越澄清，齐楚的受关注度反而越高。

连笑和宋然说好了，在齐楚直播上新时，宋然会悄悄进直播间刷礼物。

他这么一刷礼物，网红直播惊现当红流量的新闻上个实时热搜，简直易如反掌。

果然，连笑设想的一切都如期发生了，直播最高值时，同时在线人数突破三百万人。虽然骂声不少，但晚八点一上新，和噌噌直上的喜人销量比，那点儿骂声压根不算什么。

连笑本还担心齐楚会因为负面评论太多而情绪低落，不承想她全程一副无所谓的态度，压根没放在心里。

连笑身为老板，自然也要拍胸脯保证："放心，继续让公关公司出动水军洗评，没几天这些黑子就蹦不动了。"

关键是齐楚年纪轻轻，又是海归，着实没什么黑点。宋然那些"毒唯粉"唯一能黑的，也不过是说齐楚长得丑，心机重。

连笑实在不懂那些"毒唯粉"的脑回路，齐楚若真长得丑，人家宋然能千里迢迢追到巴黎去？

这一次上新，连笑终于扬眉吐气了一回。

十款新品售罄，销量榜第一的套装销量破万，十多款销量破三千件，比上一次上新时整整多卖出了三万件。

这些数据可都是所有人一点一滴的心血换来的。

后续发货和售后都能跟上的话，这一次就稳了。连笑终于可以给自己放几天假。

她和廖一晗还是不一样，廖一晗能一年三百六十五天不休假，她可做不到，起码还是想偶尔偷个懒的。

DL和晗一旗下的大网红林亚Lia前后脚上新，林亚Lia依旧是稳霸女装品类销量前五。说实在的，连笑还是会眼红，但她也想明白了，DL想要达到晗一的高度，怕是一辈子都不可能。但看着DL一步步稳扎稳打，重回淘宝女装前三十，也算没有辜负她这几个月的努力。

果然，连笑给自己放假，廖一晗也没闲着——晗一和扬帆干起来了。

晗一如今的声望水涨船高，加之上市前景良好，扬帆就算无所不用其极，也依旧无法望其项背，晗一便趁势高价挖走了扬帆的三名当家网红。

廖一晗预产期都快到了，战斗力还如此惊人，连笑收到消息，只能是佩服。

扬帆剩下的那几十个网红，店铺销量加起来再翻个番儿，都不及这三个当家网红的一半。

这大概是扬帆成立以来受到的最大一次重创。连笑作为吃瓜群众，本想躲着看好戏，却不料扬帆把歪脑筋动到了她身上。

起初扬帆是想挖走齐楚，发现压根挖不动，又转变了策略，提议和

DL合作。和自己曾经的死对头一起，对付自己曾经的闺密？

这个问题突然摆在连笑面前，她还真不知道该怎么选。

连笑最近都是自己家和方迟家两头住，本说好今晚住自己家的她突然冲进方迟家，很快就在衣帽间里逮着了刚回家不久正准备换家居服的方迟。

方迟见她气喘吁吁的样子，分明是一路跑着过来的，不禁扬眉："不是说今晚不过来了？"

女朋友嫌他需索无度，规定了每周她必须回自己家住三天。今天周一，正是她规定的一周三天的"法定假日"之一。

经历了上周末连续两天撕坏她三件内衣的频率，周一，她可不得休息休息？

如今她却是不请自来，这就不能怪方先生想歪了。

方迟扯着领带，藏着笑走近，慢条斯理的步伐很是惬意："你这是给我送睡前甜点来了？"

他已经做好准备，要好好享用了……

"什么睡前甜点？"连笑当即不解地眉一皱。

回答她的，是他突然双手在她两边腰侧一抄，将她凌空抱起，让她的腿夹他腰上。连笑当即反应过来，大喊："我找你有正经事！"

他一扬下巴就吻住她的嘴，阻止她再说话，一路抱着她往外走。对眼下的方先生来说，还能有比这更正经的正经事？连笑就这么主动送上门，完成了男友的五十分钟夙愿。

她累得连手指头都没力气再动一下，仰面躺在浴缸里，头枕着浴缸边缘，气若游丝地喘着。

这时候男友的精力充沛总算派上了连笑满意的用场——帮她洗头。

既然是他折腾得她出了一脑袋的汗，当然也该由他帮她洗头。

他从淋浴间扯了花洒过来，帮她打湿头发。连笑动动嘴皮子的力气还是有的，一会儿说："水温太高了。"

一会儿又说："泡沫都流我耳朵里了。"

一会儿说："挠轻点儿，头皮都被你挠破了。"

一会儿又说："挑重点儿，别跟没吃饱饭似的行不行？"

"你真当我这儿是美发店？"连笑自下往上瞧他，见他说出此话时眉眼配合地一横，当即没心没肺地笑起来："那我是该叫你Tony老师，还是Kelvin老师？"

他直接把花洒关了，伸手就要把她从浴缸里捞出来。

真生气了？不会吧？这么开不起玩笑？

连笑揽住他的肩胛，任由他把她从浴缸里弄出来。

也不知道她的头发冲没冲干净……连笑还在想着这等无关紧要之事，方迟已将她抱至洗手台上。

他站着，她坐着，视线齐平。

他扯过一条浴巾帮她擦头发，却又扯下他身上围着的浴巾……抵住她。

他怎么帮她洗个头都能有反应？连笑低头瞄一眼，赶紧又抬起头来，非礼勿视，心跳如雷。

不过很快她就沉溺在了他赐予的濡湿吻里，辨不清是自己的心跳，还是他的了。

"可以吗……"他咬着她的耳朵问。

连笑低头瞧瞧自己，又抬眸看看他，都已然这样了……连笑下意识咽口唾沫，红着脸点了点头。

嗯……等到连笑终于可以谈正事，已经是午夜时分。

她明明晚上十点不到就到他家了，所以这么长的时间究竟是怎么一闪即逝的……连笑陈述完了，自然也把问题丢给了他："我该怎么办？"

他却是想也不想，随口就答："加入扬帆。"

连笑一听，愣了愣，理由张口就来："我虽然和廖一晗闹掰了，但仔细想想，她其实也没亏待我，八千万说给就给了，比市价还高。再说了，扬帆其实看中的根本不是我，而是突然爆红的齐楚。扬帆那个CEO是什么尿性，大家都很清楚，急功近利，肯定利用完我就会一脚踢开。还有还有……"

连笑躺在他怀里，枕着他的手臂，方迟被她枕着的手半曲在她脸侧，正用手指卷着她的一缕头发玩。

他压根没有仔细听她说什么，却适时地打断她："那就继续单干，不蹚浑水。"

"可是……"连笑"可是"了半天都没能"可是"出半点儿理由来。

相比之前他让她加入扬帆，她张口就来一百种拒绝的理由，她心里的答案其实已经很明朗。

方迟没让她再为难下去，一锤定音道："不加入，就这样。"

"你确定？"连笑的眉头依旧紧锁。

方迟笑笑，将她揽过来，指尖点一点她的心口："它已经替你做出决定了。"

隔天，连笑把扬帆的人力总监约在了两家公司之间距离折中的一家酒店。

不去彼此公司谈事情，也是担心有什么流言蜚语传到晗一那儿去，让人误以为她准备和扬帆联手搞事情。

这家酒店的咖啡吧下午茶不错，就在一楼大堂，连笑借着喝下午茶的工夫，直接拒绝了扬帆。

连笑很坚决，人力总监只能表示遗憾。连笑起身告辞，提了包正准备朝外走，却猛地定住脚步。

视线的尽头，一个熟悉的身影正揽着一个年轻女生从电梯里走出来。

连笑愣住半天，眼看那对男女朝她这边走来，一记回身就又坐回了沙发上。

扬帆的人力总监突然被杀个回马枪，生生一怔。他还没明白过来她此番去而复返是什么意思，连笑已小心翼翼地回头一瞧。

此时的陈璋和那年轻女生已经路过了她所在的咖啡吧，朝旋转门走去。

连笑当即松了口气，转念一想却又觉得不对。陈璋都和年轻女生堂而皇之地出入酒店了，她有什么好躲的？

一头雾水的人力总监就这么再一次目送连笑离开。这回连笑走得非常急，离得很远了，高跟鞋的嗒嗒声依旧能清晰地传到人力总监耳朵里。

连笑进旋转门时，正瞧见泊车的服务生把陈璋的车停在了大门外，随后下车，为客人开车门。

连笑紧赶慢赶地追出去，当即喊道："陈璋！"

陈璋闻声回头，见面前站着连笑，明显吓了一跳。

正准备上陈璋的车的那个年轻女孩子刚来得及回头匆匆一瞥，就被他手忙脚乱地塞进车里关上车门。

连笑快步走到陈璋跟前，目光扫过他，继而看向被陈璋身体挡着的车窗，想透过车窗往里瞧："我怎么看到一女的上了你的车？"

陈璋皮笑肉不笑："你看错了吧。"

"我看错？"连笑狐疑地瞧他。

陈璋严严实实地挡在车身一侧，不让连笑看。

可连笑一米七几的个子加上高跟鞋，就算陈璋再怎么遮挡，她探头探脑地还是看见了车里那女生。见他俩在车外僵持，那女生特别聪明地从另一侧偷溜下了车。陈璋回头一瞄车里没人了，明显松了口气，之前还拼命拦住连笑，如今却突然特别大大方方地往旁边一让："你不信自己看，车里哪有人？"

连笑撇撇嘴，那女生早从另一侧车门溜了。可惜那女生聪明，连笑也不傻，直接开了车门，探身进去。

陈璋见连笑恨不得钻下座位底下搜查一遍，不禁嗤笑："车底就那么点儿空间，你真当能藏个大活人？"

连笑没搭腔，幸好她今天带了两部手机，陈璋取笑她时，她已偷摸着用其中一部拨通了另一部，再把这另一部塞到车座底下的隐秘处。

大功告成，她这才探出车厢："好吧，我大概真的看错了。"

陈璋冷瞥她一眼，不屑地啐了一句，俯身坐进驾驶座，很快绝尘而去。

连笑目送着陈璋的车消失在酒店前的环岛，这才重新从口袋里摸出手机，看着屏幕上正在一秒一秒往上跳的通话时长，不禁咬了咬牙。

连笑一边开车回公司，一边开着扩音，不错过通话那头的任何动静。

她的另一部手机就藏在陈璋车子的副驾驶座底下，能清晰地听见陈璋的车子启动又停下的声音——没一会儿车就停了，那女孩又上了陈璋的车。

小三气喘吁吁的，看来刚才溜得还挺狼狈："那女的是谁？"

"我老婆的闺密。哦，不，前闺密。"

一个"前"字，听得真是刺耳。

显然小三的关注点在另一个词上："你老婆你老婆……叫得可真亲。"

"我错了，我错了！亲一个，别生气。"

连笑忍不住恶寒了一下。陈璋哄人的那副嘴脸，听着恶心。

那女生依旧在赌气："我下午不想上班了。"

"那你去哪儿？"

不得不说，陈璋温柔起来确实挺迷惑人的，年轻女生涉世未深，大概真的会被迷得神魂颠倒。

"反正我不想回晗一见到那大肚婆。你把我送到我爸公司楼下就行。"

那女生在晗一上班？连笑握方向盘的手不由得收紧，转眼已在路口处猛地拐弯，上了反向车道。

她决定不去公司了，改道回方迟家。回到家第一件事就是开电脑，她现在两部手机都占着线，只能用电脑登录微信，拨语音给她在晗一时的助理，让对方帮忙找个人。

把那个小三揪出来，能不能派上用场还是其次，她现在满腹心思都在替廖一晗忍不下这口气。廖一晗为了陈璋，朋友不要了，原则不要了，操守不要了，陈璋却在她眼皮子底下出轨。连笑对那小三的印象并不深，毕竟只是匆匆几瞥，只能绞尽脑汁回忆："年纪二十二三岁，头发过肩，眼睛很大，皮肤很白……"

小助理颇为难："连总，符合这些条件的女生，晗一里一抓一大把。"小助理说得很对，晗一的员工里，漂亮年轻的比比皆是。连笑皱着眉瞥一眼此时正搁在她手边的依旧在保持通话的手机，越发烦闷。

那女生已经下车了，陈璋独自开着车不知还要去哪儿，除了偶尔刹车的动静，听筒里再无其他。

连笑敛了敛神，尽力回想。

"背个喜马拉雅……"连笑说完就后悔了，那小三背的可是爱马仕顶级款，她一个做老总的都不舍得买，更何况是一个在晗一打工的小姑娘？

包肯定是假的，那女生也肯定不会背去公司炫耀，这特征自然没什么参考价值。

小助理却突然噤了声。半晌，小助理声音飘忽不定地唤了句："连总……"

"你说。"

"我大概知道你要找的人是谁了。"

连笑当即屏住了气："谁？"

"禾嘉佳。"

"哪个部门的？"

"严格来说，她哪个部门的都不是，她是……"

小助理又来欲言又止这一套，连笑急得紧揪着耳机线，终于等到小助理后半截话："禾木资本禾总的女儿……"

连笑塞着耳机呆坐在书桌前。和小助理的通话已结束，世界陷入了彻底的安静。

她也不知道自己呆坐了多久，长老早已进出书房数次，甚至三小只都进来了，她也毫无察觉。

方迟怕三小只在书房里捣乱毁他文件，从来不允许它们进书房。家里没人时，书房门也必须关着。

如今三小只喵生中第一次进书房，简直像入了无人之境，香主堂而皇之爬上书架，堂主和帮主也正跃跃欲试，却被随后赶到的哈哈哈叼走。

香主蹦得太高，哈哈哈也拿它没办法，正愁得守在书架底下喵喵叫时，一双手突然斜刺里伸来，快准狠地逮住香主，果断地把它从书架上弄下来，交给哈哈哈处置。

片刻后，同样是那双手，悄然摘掉了连笑的耳机。

连笑这才猛地一惊，醒过神来回头看，方迟竟回来了。方迟看看她，明显状态不对："你不是应该在公司吗？"

再看看她眼前的电脑，和她手边的手机。手机正在通话中，并且开着扩音，听筒里却什么动静也没有，方迟不由得一蹙眉，拿起手机要挂断。

连笑赶紧夺过手机。方迟看看她，又看看她跟宝贝似的紧紧攥在手里的手机，眉心不由得蹙得更深。

连笑还来不及解释，一片安静的手机那端突然又有了动静——是车子刹车的声音。

陈璋把车停了。车子停下不久，开关车门的声音随之响起。

连笑还不确定这声音是不是意味着陈璋下车了，听筒里却陡然传出连笑熟悉无比的廖一晗的声音。

"你怎么才来？"廖一晗的语气里带点儿抱怨。

"堵车嘛。产检约的是三点，现在还早着呢。"陈璋的借口还真是信手拈来。

也确实，谁能想到自己的丈夫会大中午溜去开房？方迟自然也听出了手机里传出的是廖一晗和陈璋的声音，当即向连笑投来无声的疑问：什么情况？

连笑却只对他做了个噤声的手势，专心致志地继续听。

"老婆，你猜我今天碰见谁了？"

"谁？"

"连笑。DL最近经营得不错，扬帆不是想挖DL的新模特没挖着吗，看来你这闺密真的长本事了。"陈璋的声音，听不出是不是在酸她。

但廖一晗随即而起的那声冷哼，连笑却听得一清二楚："用脚趾头想都知道是方迟在帮她，她这人没什么本事，但命好，不缺贵人。"

"是不缺冤大头吧。"陈璋笑得挺鄙视。

连笑攥着手机的手，用力到指节发白。

"反正这冤大头我是当够了，谁愿意接盘谁接盘去。"廖一晗回答得满不在意。

陈璋对此却挺紧张："上杆子要去当冤大头的人还不少。听说扬帆挖不着DL的模特，就改口想要把DL一起接手，不知道扬帆能给连笑提供什么职位。"

"扬帆只是想要DL和DL那个突然爆红的模特。连笑？扬帆怕是看不上她。"廖一晗的声音充满不屑。

相比连笑一脸的空白，方迟倒是一反常态地狠狠挫了挫眉，听不下去了，掰开她紧攥着的手，要拿走她的手机挂断。连笑却躲开了。

廖一晗胸有成竹的声音随之传来："等我把扬帆的CEO也挖来晗一，扬帆再折腾也不迟。反正折腾到最后，都是一个下场。"

"宝宝又踢我了……"廖一晗的声音终于欢愉起来。

方迟也终于成功地挂断了电话，转手把手机搁在了桌上。连笑手中没了东西攥着，只能用指甲无意识地抠着掌心，用力到几乎要抠破皮肤。

方迟拿过她的手，一点儿一点儿地松开她的拳头。

连笑仰头看他。如果廖一晗和陈璋的那段对话，她是一个人听的，或许还不至于如此失措。可如今，廖一晗和陈璋却当着她最在乎的人的面，把她说得如此不值一文。

方迟最终也没能成功掰开她的拳头，反倒是她沉默半晌，突然又拿起手机拨电话，听筒里很快传来等候音。

方迟见她去电上存的是"扬帆人力汪总"这一备注名，当机立断地抽走她的手机。

"你干吗？"连笑的声音几乎是尖锐的。

他大概不懂她想做什么，才会又一次阻止。但显然，连笑想错了。

"我知道你已经决定和扬帆合作了。但这通电话不应该现在打，再等等。"方迟这回直接把她的手机揣进了裤兜。

连笑没再试图抢回手机，只是看着他的眼睛，迎着他从容不迫的目光问："等什么？"

方迟双手按住她的双肩，稍稍用力，一点儿一点儿让她沉住气："等廖一晗把扬帆的CEO挖走，等扬帆跌入谷底，你再伸出援手。"

"准确来说，是我们——"他语速一顿，杀伐决断，"一起伸出援手。"

不出一个月，廖一晗声称自己预产期马上就要到了，没办法再兼任CEO一职，直接把扬帆的CEO挖了去。

扬帆的CEO不顾竞业协议的约束跳槽到了对家公司，一时之间，看衰扬帆的消息层出不穷，再没间断过。

扬帆向来是东施效颦，晗一上市成功在即，扬帆也开始铆足劲儿准备上市，和几家投资公司都在密切洽谈中。却不料晗一突然赶尽杀绝，前脚挖走了扬帆的当家网红，后脚挖走了扬帆的CEO。

CEO带走一众得力部下，对扬帆来说，无异于双重重创。连笑终于明白了方迟那句"我们一起伸出援手"是什么意思了。

方迟的方俞资本决定参与融资，接手扬帆的A轮，并向扬帆推荐了新的CEO人选——连笑。

连笑的大名，扬帆的人怎会没听过？廖一晗的老搭档，过气网红，出了名的寄生虫，惨遭廖一晗一脚踢出晗一，却又走了狗屎运签了齐楚。结果齐楚突然爆红，DL和连笑也随之鸡犬升天。

扬帆看中了齐楚极强的变现能力，试图把连笑的整个团队一起挖过来，却遭连笑拒绝。

连笑一副只想好好经营DL店铺的架势，似乎并没有做大的打算，也难怪扬帆的人力总监挖人不成，打心底里取笑连笑格局太小。

原来兜了这么一大圈，不是这位连小姐格局太小，而是胃口太大，开口就是CEO，莫非所有人都低估了这位连小姐的智商？

毕竟在扬帆如今腹背受敌的情况下，她这手趁火打劫玩得如此溜，可不是一般人能办到的。既然是做生意，谁心里还没杆秤？连笑能带给扬帆的，无非是一个变现能力超强的网红和方俞资本的A轮融资。

拿CEO的职位去换连笑手中的这些资源，到底划不划算？

网红行业向来短期成名容易，长期维系太难，且不说齐楚的爆红能持续多久，方俞资本就算投了A轮，如果扬帆业绩不达标，到了B轮会不会继续追投，这些都还是问号。

又何止是扬帆心里没底？连笑自己都不信自己能胜任。

连笑今天来方迟的公司，原本是为了等他下班，准备去吃个饭看场电影的，结果他却和她谈起了正事。

他侃侃而谈，连笑却越听越眉头紧锁，方迟为她铺的这些路在连笑看来，简直是拿三家公司开玩笑——方俞资本、扬帆、DL。

连笑简直听了场天方夜谭。

方迟却俨然来真的，早就开始研究方案，今天下午刚筛选出一套他这边一致通过的最佳方案，正好她来等他下班，他便直接把方案交给了她。

连笑看完计划书，却连连摇头。

傻子都能看出来，计划书严重向她这方倾斜，她以DL折现的形式入股扬帆，还要占个CEO的职位，扬帆肯定不乐意。所以方迟只能以牺牲方俞资本的部分权益为条件，以表诚意。

连笑不得不把计划书推还给他："经营DL已经是我的极限了，扬帆那么大的公司，我真不行。"

她原本以为方迟让她等，只是为了等扬帆走投无路了，她再携DL救场，能和扬帆谈个好价钱，以及一套完全利于她这方的退出机制。

现在想想，他的野心可比她大得多。

相比她此刻恨不得眉头打结的模样，他却全程一副气定神闲的样子，一边坐在电脑后处理文件，一边随口答道："你有潜力，只是没激发出来而已。"

连笑一挑眉："你确定？"

原本正看着电脑的方迟一抬头，就对上她那张全无自信的脸。方迟只得放下鼠标，起身绕过办公桌，走向坐在会客沙发上的她。

若论私心，方迟其实很乐意让她做个除了花钱什么都不用做的阔太太，没事学学插花，做做烘焙，无聊了就世界各地血拼去。

但方迟总觉得，她不应该仅止于此。

她其实是有上进心的，只不过所有人都觉得她不行，久而久之，她自己也被洗脑了，终是把自己活成了众人眼中的模样。

真正的她，明明应该是在巴黎时，使着小心机将齐楚和宋然凑成对，为了帮许阿姨而和对方律师有理有据地抗辩，因为店铺上新而凌晨三四点起床和国内开视频会议的她……那般鲜活，而不是此刻这般愁眉苦脸，全然不自信。

方迟坐到沙发扶手上，捧起她的脸，吻一吻她的眉心。但显然她紧蹙的眉头，一个浅淡的吻是化不开的。

方迟却已经打定主意。他必须推她一把："最初你和廖一晗合伙成立DL，是你的主意；从一家淘宝店转型成网红孵化公司，也是你的主意；晗一旗下前三的网红，都是你发掘的。除非你觉得你的好眼光和你占的那些先机，全都只是因为运气好。不然，那就是潜力。"

他一字一句，说得有理有据。

连笑被他捧着脸，直视着他的眼睛。不知是他太会洗脑，还是真的说得在理，连笑竟然无法反驳。

"没有你的话，廖一晗不会有今天的成就。明明是你们互相成就的一件事，到头来在她眼里——不，应该是在所有人眼里，倒成了你在拖她的后腿。"

方迟一向站在她这边，自然看得见她的作用。但也不难理解其他人的想法，只能说所有人都只会站在自己的立场考虑问题。

晗一早度过了创业期，形成了一套成熟的运营机制，连笑派不上用场，自然在廖一晗眼里显得多余。

而其他人，都只和廖一晗产生利害关系，自然也就只看得见廖一晗对公司的重要性。连笑有点儿抗拒他提到廖一晗，咬了咬唇，把话题扯回当下："我只是怕你亏钱。"

"我都不怕，你怕什么？"

可他越是说得云淡风轻，连笑越是觉得重负在身。

方迟其实还挺怀念她之前那种没心没肺的样子的，可惜她在廖一晗手上吃且吃的亏，让她开始变得瞻前顾后，方迟姑且美其名曰——成长。

那他唯一能做的，或许就是为她的成长保驾护航："放心，我不会让自己亏。我会跟到B轮，到时如果扬帆的业绩过不了评估，我会找好下家择机退出，一分钱也不会亏。"

精明如他，连笑相信他能有一千种全身而退的手段，她只是不太敢信自己……

"所以……你还有什么顾虑？"

方迟仔仔细细瞧她眼睛，她被他说动了。

方迟微微一笑，起了身也拉她起来："走，吃饭去。"

方俞资本和扬帆签约的当天，连笑正式成为扬帆控股的CEO。

消息一出，跌破一众外人的眼镜。所有人都当扬帆这是病急乱投医，结果投了个疯医。

且不说扬帆的董事长是个传统服装行业转型的大佬，怎么会允许决策层这样乱来，方俞资本一向以毒辣的投资眼光著称，会允许自己投的公司聘用个淘宝店主做CEO？

外界雾里看花，当事双方倒是一个个跟明镜似的，博弈到最后，最终的合作条件自然双方都满意。

方俞资本作为投资方，原本享有签署的相关投资协议中存在随售权、回购权、连带并购权、优先清算权、反稀释权、重大事项一票否决权等投资人特殊权利安排，最终的招股书里则去掉了方俞资本的部分权利，并且严格限定了方俞资本的退出机制。

目前阶段来看，双方都还是乐见其成的。当然，这一切建立在新CEO不给公司捅娄子的基础上。

连笑何止不敢捅娄子？她从出生到现在都没压力这么大过。

白天在公司连轴转，晚上回家还得恶补管理课程，连笑趁着自己新官上任热情满满，还报了个交大的CEO研修班，正式开班前，学习资料就已经一大摞。

连笑自己家里原本的书房早改成了衣帽间。书？如果时尚杂志也算书的话，她家里倒是有那么几本。

可谁能想到，如今的她却成了个书不离手的老学究。好在方迟家的书房够大，她想看的书，八成书架上都能找到。

连笑原本一周里有三天会回自己家住，如今却是满满七天都待在方迟家。见面的时间明显比以前多了，男友的福利却不增反减，自然有人不满了。

连笑戴着副眼镜挑灯夜读，全然未觉有人进了书房。

连笑看得眼睛发酸，这几天经常这样，抽屉里备了眼药水，她摘了眼镜正准备滴两滴，才发现这瓶早用完了。

她只能揉揉眼睛，重新戴上眼镜，却有人把一瓶新的眼药水往办公桌上轻巧一放。

连笑顺着对方的手臂看向斜后方，方迟就站在那儿。她赶紧仰头滴两滴眼药水，眨巴眨巴眼睛，好多了。

"还没睡？"

"是谁说十一点会看完书，让我等着别睡？"方迟微微不满的样子。

连笑在他因犯困而削弱了凌厉感的注视下，恍然记起自己确实说了这话，赶紧讨好似的双臂一合，抱住他的腰，拿脸蹭："忘了……"

方迟却伸出一指，推开她的额头。

连笑刚对上他面无表情的脸，还以为他是因生气才推开她，他却突然俯身，将她从椅子上抱起。

连笑只来得及说一句："我还没看完呢……"

"理论知识永远学不完，睡吧。"

说实话，方迟有点儿后悔推荐她看这本书了。傅列特管理理论900

多页，哪看得完？

连笑一听睡觉，想起今晚是某人的福利时间，所以她才让他等到十一点。可眼下都凌晨一点多了，她白天还得去公司，让人瞧见她一副纵欲过度的样子哪能行？

连笑抱着他肩颈的手不由得紧了紧："不要了吧……"

他似乎没明白她的意思，停下脚步低头瞧她一眼："嗯？"

"我都这么累了……"连笑撇撇嘴，做可怜状。

方迟这下总算明白了，失笑着摇头，重新迈起了步伐："放心，睡素的。"

"确定？"连笑扬眉表示怀疑。

方迟也不希望是真的，可是……

"现在和你做爱，你脑子里想的肯定不是我，而是你的傅列特管理理论。"

那画面……方迟摇摇头，拒绝。

大概扬帆上上下下都希望这位饱受争议的连总能在她的任期内安安分分，不求有大变革，但求不出错。中庸之道，向来就是保命良策，偏偏这位连总却要反其道行之，没安分几天就整出了大动静——裁员。

裁的还不是一般员工，而是扬帆旗下的半数网红。将那些孵化推广两年以上却一直没有起色的网红全部解约，已达到重新整合公司资源的目的。资源整合之后，一方面集中火力力推齐楚以弥补扬帆目前大网红的空缺，一方面重新物色新人。

物色的新人也将更有针对性，和大数据公司合作，通过和不同类型的红人签约，探索更多的商业可能性。

通过大数据分析粉丝类别与购物偏好，尤其利用淘宝和其他几大流量平台的千人千面技术，针对性地打造几大新品类，包括美妆、配饰、鞋包。除此之外，还会为每个网红设计广告代言、游戏、综艺等泛娱乐领域的整体营销方案，尝试更多的盈利渠道。

连笑的新方案动了公司里不少人的既得利益，她叫来产品总监和营销总监开会讨论完整的落实计划时，两大总监的反应，连笑其实早就猜到了——均对她的想法持保留意见。

只不过连笑没想到，方案都还没提交董事会，就已经惊动了董事长，董事长差了秘书来，约连笑面谈。

扬帆和晗一不同，是传统服装领域转行做网红孵化的公司，服装是公司的强项。扬帆最初开始签网红，也是因为网购开始兴起，服装的实体销售渠道受了打压。

董事长年长连笑二十多岁，行事作风比较保守，连笑可没自信能说服他。面见董事长的前夜，连笑习惯性地向军师求教。

军师加班晚归，累得不行，回家洗完澡也没得睡，还得被她拉着继续头脑风暴，思考半天，锁起眉："这个有点儿难度。"

连笑抱着抱枕盘腿坐在沙发上，顿时一脸愁色。她可等了他一晚上，就等来他这么一句话？连他都觉得有难度，看来自己明天是凶多吉少了。

可连笑转念一想，偏不信邪，腾地屈膝坐起，扳过他的肩，让他背对她坐："你太累了才想不出来对策，我给你按按，放松放松。"

不等他反对，连笑已像模像样地帮他按摩起来。他肩膀绷得很紧，看来这一整天累得够呛。

连笑帮他按完肩膀，又去揉他的太阳穴，能感觉到他在她指腹轻柔而持续的动作下渐渐松缓。连笑凑到他耳边吹风："怎么样？想出对策了吗？"

方迟稍稍一偏视线，就见她一副求知若渴的模样。

她真当他是百晓生？方迟无奈一笑，转瞬又敛了笑，作势思考起来。

莫非他有灵感了？连笑立即正襟危坐，屏息等他的答案。

他的目光在她脸上流连一轮，一本正经地说："你该给我点儿刺激，说不定我就能有灵感。"

"刺激？"

方迟点点头。

连笑抬眸再看他，他此时的眸光已渐渐暗了下去。连笑似乎……

懂了。

方迟的目光一动不动地看着她，手则牵起了她的手，引领而去。这对连笑来说可是全然陌生的体验，之前总是她被他折腾得气若游丝，压根分不清此时彼境。如今他却在她掌控之中，连笑也说不出是何滋味，只觉头皮隐隐发麻。

他原本还引领着她，却不知何时放开了，任由她为所欲为。他自己则仰头靠着沙发，闭着眼睛，呼吸缓慢而沉重。

这哪是放松？他太阳穴跳动的频率分明比之前还快了。

连笑咽一口唾沫，不敢低头看。

她的动作毫无章法，在这方面，她显然不是个好学生。他面上始终平静，以至于连笑不确定他是不是压根没什么感觉，便稍稍加了几分力，却突然一下没控制住，当即听见他倒吸一口凉气的声音。

连笑吓得手一抖。方迟登时睁开眼，他颈部青筋微微暴起的样子，连笑看着心虚："该不会是……折了吧……"

方迟眉眼狠狠一挫，把早吓得退到沙发一角的她又逮了回来，抱着她起身："待会儿你就知道折没折了。"

连笑还是更习惯像现在这样由他主导，安心地由他抱进卧室。

直到他也跟她一起挤进淋浴间，连笑却突然不配合起来，赶紧回身抵住他的肩，不让他进："鸳鸯浴，拒绝！"

早已有了不少前车之鉴的连笑深知鸳鸯浴没个一小时都搞不定，她还想着速战速决，他再继续跟她谈工作……

反正他刚回家时已经洗过澡了，连笑说什么也不让。方迟耸耸肩，只能放她一马。

见他出了浴室还顺手带上浴室门，连笑赶紧开花洒，全程争分夺秒，却又突然一定，浴室门又被人推开了。

连笑扭头看一眼，果然是方迟去而复返。

他这是打算杀她个回马枪？连笑下意识拉住淋浴间的门把手，却不料他压根就没有要进淋浴间的意思，直接放件衣服在洗手台上，说了句："待会儿换上它。"就走了。

连笑洗完澡，擦着头发踱到洗手台前，还以为他买了件性感睡衣给她，作为他扯坏她两件 La Perla 的补偿。

可眼前放着的分明是件……校服？

还不是那种带点儿情趣的，而是纯正的样式特别老土的，每个中学生都曾人手一件的校服。

连笑再一定睛细看，怎么这校服看着……如此眼熟？这不就是她的高中校服？还只有上衣，没有裤子……连笑站在镜前，将校服展开，拎在自己身前比一比，始终满脸狐疑。

恰逢此时，门外响起敲门声，以及方迟那一贯波澜不惊的声音："换好没？"

连笑犹豫半天，终究是硬着头皮穿着……咳……校服，出了浴室。

豁然拉开浴室门，方迟就倚在对面墙上等着。他盯着她，目光移动的速度特别缓慢，从她的脸上慢慢下移。他的眼光似有力度，连笑忍不住扯了扯校服下摆。

高中时所有人都嫌校服太大，没有腰身；如今她却只嫌校服太小，下摆刚遮到大腿。

他的目光真的有力度，连笑低着头，都俨然能感觉他目光在她身上逡巡的轨迹。

连笑不由得长呼了口气。

他却犹如蛰伏的猎豹，嗅到了她气息里的纷乱，突然就动了，猛地欺近，就在这墙边狠狠衔去她的唇。连笑原来只知道鸳鸯浴会导致一个小时，却不知原来校服的功效是同样的，甚至更甚……

好在校服比较禁折腾，都这样了还半点儿不见坏，连笑依旧穿在身上，只不过早已皱得不成样子。

连笑低头将它捋平，看着校服胸口位置 S 中的标志，一顿，又抬头看他："这校服哪儿来的？"

两米的大床，一大半都是空着的，方迟搂着她，彼此身体紧贴到只占一隅就够。

他闻言，低头瞧了眼她身上的校服，也不知在回味些什么，眸光闪烁，半晌，回看她的眼睛："毕业典礼那天，你在你们班带头撕书又扔校服，你忘了？"

还真是她的校服……她扔校服撕书那会儿，可没想过会有隔壁班的小偷把它偷走……不对，既然是她扔掉不要的校服，他这也不能算偷……

连笑晃晃脑袋，驱逐出一切胡思乱想。校服的事，她以后再找他清算，她累得都快睡着了，得赶紧趁睡着前把正事办了。

她赶紧往上挪挪，不再枕着他的胸膛，正对上他的脸："你现在清醒了吧？"

"非常。"这么大的刺激，让他现在清醒到再来一个小时都没问题。

"想出对策了吧？"连笑满眼期待。他薄唇微启，真的给了她答案："只要你的方案足够好，不需要多说一个字，你们董事长看了方案就能点头；但万一你的方案不好，就算吹得天上有地下无，你们董事长依旧不会点头。"

只是这个答案，让连笑当即眉眼一挫："这算哪门子对策？"

方迟耸耸肩。

"方先生，你这可有骗炮嫌疑！"若她还有力气，是真的要跳起来揍他了。

方迟却是稍一施力，就把她又摁回了怀里，且听他细说："扬帆的董事长是个聪明人。起码他敢用你，就绝对不是一般人……"

这是在夸她还是在损她？连笑撇撇嘴。

但显然方迟这话并不是玩笑，眼里是一派正经："你要相信你自己是千里马，敢用你的人，自然就会是伯乐。"

隔天见了董事长之后，连笑决定上淘宝给方先生买一面锦旗，上书三个大字：神算子。

就连董事长说的话都和他的话异曲同工。

"我敢用你，就担得起你胡来的后果。更何况你这计划书写得不错，放手去干吧。"果然是大浪淘沙的年代白手起家的老前辈，和那些拒绝冒进的高管不在一个层次。

连笑的短期目标也随之定下了，去年扬帆亏掉的三千万，她会替公司挣回来。

这大概是她能回报对方给予她信任的最直接方式。有了董事长撑腰，连笑的提案董事会一致通过。公司的资源开始大幅度向齐楚倾斜，自然引来不少诟病。齐楚和DL都是连笑的势力，连笑这么做，自然有公器私用的嫌疑。

连笑可不管外界如何风言风语，她只要保证接下来的每一步都不走错，没人能抓到她的任何把柄。

一年一度的超级网红节又开始了，对网红行业来说，这是一年里曝光率最高的机会，连笑自然为齐楚争取到了最优的参加条件。

而这回她自己，则是以企业代表的身份参加。

这是连笑带着齐楚第一次直面媒体和粉丝，连笑十分看中这次头炮能不能打响。齐楚的容貌，连笑是放心的，三百六十度无死角。连笑还请了专人替齐楚写了发言稿，齐楚学霸人设炒不炒得起来，就看这一次了。

所以，有些东西，是可以被忽略不计的。比如，她会不会在网红节上碰到廖一晗……只是当她在网红节上真的碰到廖一晗时，她的内心，没有任何波澜自然是不可能的。

去年此刻，她们还在并肩作战；今年此时，在会场上见到，却连打个招呼的立场都没了。

主办方却不知是何用心，晚宴上竟把她和廖一晗安排在了同一桌。连笑坐在廖一晗右侧，廖一晗左侧的座位则一直空着。空座位是陈璋的，陈璋的名牌就放在桌上，但陈璋全程未出现。

晚宴过半，同桌的所有人都能三三两两聊上两句，除了连笑和廖一晗。

桌上其他人分明都在看好戏，气氛真这样延续下去就彻底尴尬了，连笑只能选个不痛不痒的问题问："陈璋没陪你来？"她随口一问，廖一晗的眸光却一定。

廖一晗垂着颈子，并未看向连笑。从连笑的角度看去，不知是场内的灯光原因，还是廖一晗的侧脸真有些僵硬："我们之间出了点儿问题。"

连笑心中咯噔一声。

"是吗？"连笑准备做一副惊讶状之后便一笔带过。

廖一晗却慢慢放下了手中的餐具，抬眸看向连笑："至于这么惊讶吗？"她冷笑，"陈璋出轨的事，你不是早就知道？"

连笑面色有一刻的僵硬，落在廖一晗眼里，无疑坐实了她此番话。

连笑这时候才想起来要掩饰一下，已经晚了。

"你这指控未免也太莫名其妙了吧。"

"要不是你找你原来的助理查证陈璋和禾嘉佳究竟是什么关系，他俩的事还不会闹到全公司都知道。"

廖一晗此话一出，连笑脸上顿时一片空白，却并非因为被拆穿，而是陡然而起的震惊瞬间淹没了一切表情。

她是向前助理问过禾嘉佳的情况，但她压根没有明说禾嘉佳和陈璋有关系。

她和前助理在那之后也再没联系过，禾嘉佳和陈璋的婚外情究竟发展到什么程度，连笑也一概不知，怎么突然就欲加之罪了？

"不过大嘴巴是要付出代价的，你那助理我已经炒了。"廖一晗看看连笑，似乎在替连笑的奸计未得逞而感到遗憾。

同桌的其他人都看出了她俩之间的对谈似乎不太愉快，目光总若有若无地朝这边瞟。廖一晗只得恢复一派云淡风轻，可面上虽和煦了，刻意压低嗓音说出口的话，却依旧将连笑钉在了莫须有的耻辱柱上，让她毫无抗辩的机会。

"虽然我不知道你还留了多少眼线在晗一，但你放心，我迟早把他们一个一个都揪出来。"

连笑冷笑，她已经没什么可说的了。反正事实究竟是怎样，廖一晗也不会在意。廖一晗永远只相信自己的判断，这令她在商界无往不利，也令她和连笑之间无论走哪一条路，最终都逃不脱分道扬镳的结局。

台上正进行到行业代表发言的环节，主持人开始叫廖一晗的名字，廖一晗和连笑之间的僵局也因此打破。

"我只希望扬帆和晗一以后能井水不犯河水。"这是廖一晗起身离桌时的最后一句话，"你我之间，也一样。"

连笑眼看着廖一晗的背影消失在候场处的阴影下，脑中反复回荡着廖一晗临走时留下的那句"井水不犯河水"。

她们俩之间，怎么可能做到井水不犯河水？晗一是网红孵化行业的老大，扬帆迎头赶上，注定要动到原本属于晗一的奶酪，除非连笑主动放弃。

但连笑很清楚，如今的自己，说什么都不会放弃了。

廖一晗在台上的发言，连笑没有细听。连笑起身离席时，匆匆几眼望向台上，虽心中硌硬，但也不得不赞一下廖一晗，这番行业领头人的姿态拿捏得特别好。

场下无论是个人KOL，还是电商企业，对廖一晗或多或少都是嫉妒的吧。

晗一俨然已经成了众矢之的，大概每个人心中都在暗自琢磨，明年的超级网红节晗一会继续风光无限，还是会被彻底取代。

大概谁都希望取代晗一的会是自己。

今晚之前，连笑从没这么想过，但今晚之后，连笑也成了这群人中的一员。

连笑收回目光离开会场，躲在洗手间给前助理打了个电话。

小助理压根就没告诉连笑她被廖一晗辞退的事，连笑突然打电话来问这件事，小助理的语气顿时就不对劲儿了。

听出了连笑并没有怪罪她的意思，小助理才断断续续把前因后果说了个大概。

连笑向小助理打听了禾嘉佳之后，小助理便格外关注起禾嘉佳的动向来，很快就发现禾嘉佳与陈璋之间不对劲儿。小助理留了个心眼，拍下了禾嘉佳与陈璋在办公室里幽会的照片，反被陈璋逮个正着。

陈璋分明就想两头都占着，压根没打算和廖一晗摊牌，准备给小助理一笔封口费。小助理并非圣人，自然心动，收了陈璋的钱，还把前因后果都告诉陈璋。

陈璋因此得知连笑也牵扯其中，为避免被更多人知道，一时之间收敛很多，在公司里尽量和禾嘉佳保持距离。这事本该就此了结的，却不料廖一晗最终还是收到了禾嘉佳和陈璋偷情的证据。

陈璋以为是小助理干的。而只有小助理知道，这是禾嘉佳干的。

陈璋一直向禾嘉佳保证会尽快和廖一晗摊牌，却迟迟拖着不行动，直至他开始刻意和禾嘉佳保持距离，禾嘉佳才发觉不对劲儿。

尤其在发现陈璋不惜花钱买通小助理后，禾嘉佳出离愤怒，直接把她和陈璋的亲密照发给了廖一晗。

小助理莫名其妙背了锅，她又曾是连笑的助理。整个事件的起因也确实是连笑在酒店撞见陈璋和禾嘉佳，于是一切的矛头又都指向了连笑。小助理的确收过陈璋的封口费，有理也说不清，被炒了自然不敢和连笑提。

若不是今天廖一晗亲自和连笑摊牌，连笑怕是一辈子都不会知道，自己无缘无故卷进了纠纷之中。

"对不起，连总……我不该收那笔封口费。"小助理那端几乎带着哭腔。

"别和我说对不起，我应该感谢你。"连笑站在洗手台前，看着镜中的自己，面色一点儿一点儿变得冷峻，"看来这位禾木资本的千金不是什么省油的灯，我倒要看看，廖一晗和禾木资本接下来还怎么合作下去。"连笑算是想明白了，既然所有人都以为是她从中作梗，那她不从中为自己谋点儿利，都对不起这些看客。

小助理大概被连笑语气中前所未有的阴鸷唬住了，半晌没再吱声。连笑却已恢复了常色："对了，你明天就来扬帆报到，我给你安排职位。"

在小助理慌忙不迭的感激声中，连笑挂了电话，补了个口红正要出洗手间，洗手间的门却被猛然推开，一个顶多六七岁的小女孩匆匆忙忙闯了进来。

连笑手中来不及收回手包中的口红就这么被撞掉在地，她来不及去捡，险险闪身一避，才没被那小女孩撞倒。

她们的视线在对方脸上匆匆一瞥，表情都挺诧异。

连笑脸上的诧异来源于没闹明白网红节的会场里怎么会出现个小孩，而那小女孩脸上的诧异来源于什么，她还来不及细究，那小女孩就已经匆匆收回视线，转眼就躲进了隔间中，啪地落了锁。

连笑一头雾水地看看那门扉紧闭的隔间，掉头出了洗手间。出门时正与一个探头探脑不知在寻找什么的保安擦肩而过。

那保安举着对讲机边走边说："那小赤佬溜得太快了……"

小赤佬？连笑自然联想到了那鬼鬼祟祟躲进洗手间里的小女孩，不由得脚步一停。

保安下意识地抬眼瞅瞅连笑，又低头看看连笑挂在胸前的嘉宾牌，彼此擦肩而过时，客气地朝她颔首。

连笑犹豫片刻，正准备叫住那保安，告诉他洗手间里有个小女孩，保安手中的对讲机却传来一句略带不屑的话："现在这世道，破网红也有脑残粉了？快找到她，把她赶出去。"

破网红……冲这三个字，连笑改了主意，什么也没说，走了。

直到走过拐角，连笑才想起自己的口红落在洗手间里了，不得不又折回去。

可连笑还没走到洗手间门前，就又见到了那小女孩。刚从洗手间里出来的小女孩转头也看见了连笑，小女孩脚下稍稍一顿，径直朝连笑走来。

连笑也没在意，以为彼此会打个照面即过，却不料小女孩竟最终停在了她面前，直勾勾地看她。

连笑被这小女孩盯得发怵，心底正十分莫名，那小女孩竟朝她摊开手，手中正是她的口红。

连笑一愣，笑着接过："谢谢。"

可那小女孩似乎并不打算就此别过，依旧审视般地看着连笑。

连笑脑中不由得回响起片刻前从保安的对讲机里听到的那句："现

在这世道，破网红也有脑残粉了……"

这小女孩……该不会是她这个"破网红"的脑残粉吧？

连笑试探性地指指自己："你找我？"

那小女孩竟十分坦荡地点了点头。

连笑第一次被人这么追，心里有点儿没底。大概这小女孩下一秒就要掏出纸笔请她签名？

这小女孩却什么也没掏，而是突然小脸一扬，自报家门道："我叫周青柠。"

显然，连笑已被这小女孩说蒙了。这小女孩却比连笑自如得多："我知道你不认识我，但你肯定认识我老爸，周子杉。"

连笑曾以为自己和廖一晗的争执已经是今晚最大的震撼了，但和如今这小女孩脱口而出的三个字相比，之前的一切，简直都是小菜一碟。

连笑被这番五雷轰顶轰得神志全无，半晌才找回自己的声音："你是……周子杉的女儿？"

小女孩点点头，继而撇撇嘴："你本人和微博上的照片差得也太多了吧，我刚才在洗手间里差点儿没认出你。"

方迟晚上回家时，见客厅的地毯上坐着个全然陌生的小女孩，一愣。

小女孩正逗着猫，抬头看了眼玄关，还挺有礼貌，也挺自来熟："你好。"

方迟狐疑地回了句："你好。"这才换鞋进屋。

可他刚进屋不到一分钟，就被不知从哪儿冲出来的连笑迎面堵上，一把拽走，一路拽进就近的房间。一关上门，连笑就忙不迭地问："你能不能联系上周子杉？"

"周子杉？"这可是个很久没出现在他生活中的名字，以至于方迟眉梢狠狠一扬，大概以为自己听错了。

"对，我得让他把他女儿接回去。"

连笑自顾自地说着，全然不顾此刻已石化的方迟："我早把周子杉

127

的联系方式全删了，现在压根找不着他。我想你应该能联系上……"话刚说到一半，就被蓦然惊醒的方迟猛地摁住双肩："等等。"

方迟的思绪早已乱得不行，哪听得到她需要联系周子杉这一诉求？满脑子尽是那两个字："女儿？！你是说，客厅里那个，是周子杉的……"

方迟此刻的反应，和连笑初次听到那女孩自报身份时如出一辙。

只不过连笑已度过了最初的震惊，随口就把他迟迟说不出口的那两个字补全了："女儿。"

这……勉强消化了最初的震惊后，方迟表示爱莫能助："我没有周子杉的联系方式。"

连笑一听，急得都开始咬手指："那怎么办？"她连自己最初的微博账号都翻出来了，从几百个粉丝列表里找到周子杉，发现他的微博早就弃用了。

她给周子杉发了条私信，虽明知周子杉看见的可能性微乎其微，但也只能死马当活马医。

方迟思忖片刻，拍拍她的肩，示意她跟他出去。

方迟出门便径直走向那小女孩。

小女孩正在逗猫，脸上时而现出一丁点儿笑意，但这笑意再抬头瞧见方迟时，又浅浅地隐去了。显然，这小女孩并不太喜欢方迟。

虽然小女孩作势继续低头玩猫，但抗拒沟通的意味很明显。方迟依旧在她对面坐下了，思考该如何开头："你叫什么名字？"

"你们俩躲在房间里讨论了我这么久，竟然还不知道我的名字？"小女孩头也不抬。

方迟大概第一次被这么小的孩子揶揄得一句话都说不出来。

而这孩子揶揄归揶揄，家教倒也不错，没让他难堪太久："周青柠。"

连笑趴在墙边听着，总感觉方迟不是这小孩的对手，却也只能全程咬着牙齿听。

"你爸是周子杉？"

周青柠点头。

"那你妈……"

"孙伽文。"

"你多大了？"

"再过一个月六岁。"小女孩对答如流。

连笑掰着手指头算，那岂不是她和周子杉分手没多久，孙伽文就怀孕了？

"那你为什么会来找她？"方迟抬抬下巴点了点正要把脑袋缩回墙后的连笑。

周青柠见状，也扭头看了过来，就这么将连笑逮个正着。

连笑终于不能再假装只是路过，不怎么甘心地从墙后走了出来。

方迟算是问出了她最想问的问题。这孩子费尽千辛万苦，在她的微博上研究出了她的行程，还得避开众多保安潜进网红节会场。一个仅仅六岁的孩子能做到这地步，真挺令连笑诧异的，诧异程度仅次于得知周子杉和孙伽文竟有个这么大孩子的那一刻。

周青柠很快给出答案："她不是我爸的女朋友吗？"

"谁告诉你的？！"连笑惊得声音都变了。

方迟脸色不怎么好地纠正道："是前女友。"

周青柠撇撇嘴没答，继续低头玩猫去了。

这样下去还不知道会出什么幺蛾子，连笑有些慌乱地摸出手机："孙伽文的联系方式我应该能找到。"

她和孙伽文怎么说也是同班同学，多找两个老同学打听打听，想联系上孙伽文应该不难。不到万不得已，她真不想见孙伽文。

却不料不想见孙伽文的不止她一个。

"别打给她！"一直淡定得不像个六岁孩子的周青柠竟突然有些失措，脱口而出，站了起来。

方迟当即一皱眉。

这孩子的心思还挺深，大概意识到自己表现不对，很快恢复一脸淡定，显得毫不在意："我妈根本不管我。我也不想她管。"

此情此景在前，连笑莫名地心尖一揪。方迟倒没管这孩子是不是在装可怜，瞅准时机谈条件："那你把你爸的联系方式告诉我。"

周青柠不吃他这套，瞅了眼连笑，显然已认定连笑是家里的老大。老大还没发话，这孩子便有些有恃无恐："你联系我爸，我爸也只会把我交还给我妈。他们离婚的时候，我的监护权给我妈了。"

方迟和连笑的脸几乎同时僵住，这孩子就这么无意间又透露了一重磅消息。

离婚？周子杉和孙伽文那次不是闹分手，而是闹离婚？

这孩子显然没把这俩大人的震惊放在眼里，玩了一会儿猫，抬头见这俩大人还是一副面面相觑的样子，只能用肚子咕噜一叫提醒他们回神了。

连笑当即被惊回了神，周青柠还怪不好意思的，揉揉肚子："我一整天没吃饭了。"

显然这孩子以为自己可怜巴巴地看向连笑，连笑就能进厨房为她做顿饭似的。却不料她扁起嘴看向连笑的下一秒，连笑就扁起嘴看向了方迟。

方迟无奈地看着这动作如出一辙的一大一小，无奈地叹口气，起身朝厨房走去。

孩子算是明白了，这个家里原来是男主内，女主外？当即对着方迟的背影补充道："我不吃香菜和葱。"

孩子这话也不知方迟听没听见，连笑倒是听得一清二楚。周子杉不吃香菜，孙伽文不吃葱，这孩子简直齐活了……

方迟简单做了几道菜，每道菜皆是香菜、小葱样样齐全，也不知是真没听见这小女孩的诉求，还是在故意治她。

不怪连笑更倾向于后者，一碗蒸蛋半碗葱？未免故意得太明显。幼稚鬼……

小女孩吃饭的全程，有半程都耗在了挑葱挑香菜上。

连笑在饭桌上一直朝方迟递眼色，想让方迟给这孩子做思想工作，毕竟方迟给人洗脑的功力一流，他却只默默一摊手，并不想插手。

嘴皮子功夫能有什么用？直接把这孩子扔给警察最有效，可他这女友能乐意？绝对吃力不讨好。

既然方先生选择非暴力不合作，连笑只能自己出马了。

在这孩子终于成功挑掉所有的葱，尝上第一口蒸蛋时，连笑也想到了突破点，清清嗓子问："你不用上学吗？你住我这儿，课本都没有，怎么上学？你学校里的小伙伴会想你的。"

"我被退学了。"

退学对孩子来说该是件天大的事了，这位周青柠小朋友却答得满不在意："有个鬼佬骂我黄皮猪，我花钱找高年级的混混儿揍他。学校知道以后，我就被退学了。我妈打算让我回国念书，但还没找好新学校。"

这操作……连笑只能默默敬周姐一句"社会"。看来学校的小伙伴没什么吸引力，连笑很快转换思维，继续循循善诱："那你不见了，你妈不着急吗？你就算不想见她，也该和她报个平安吧？"

这孩子真是饿了，挑完了葱，一碗蒸蛋转眼吃得精光，咂咂嘴，这才抬头看向连笑："放心，她以为我在我爸那儿。"

这一天可够折腾的，网红节的晚宴刚开始没多久，她就碰见了这孩子。晚宴事小，借着晚宴拓展下交际圈才是正事，可惜因为这孩子的突然搅局，连笑不得不提早走了，留下扬帆的副总带着齐楚，希望不会出什么娄子。

连笑把这孩子带回家时已经晚上九点多，再吃个饭，墙上的时钟更是直奔十一点而去，连笑没办法了，只能等这孩子睡着之后，让孙伽文来把孩子接走。

好在这孩子没多久就困了，连笑拿了件自己衣柜里最小码的T恤给这孩子当睡衣穿，孩子套着试了试，大得不行。

"脱了吧，我再给你找件更小尺码的。"连笑边说边帮她脱。

孩子配合着举起双臂，因这动作正好露出一截胳膊，连笑刚要将T恤从这孩子身上套头脱下，却是一滞，这孩子胳膊上有伤。

这孩子很快就发现连笑在看她胳膊上的伤，下意识遮了遮。

连笑的表情却就此凝在了脸上，彻底撸起了她的袖子。自己并没看错，这孩子身上确实有伤，像是磕碰造成的伤痕。

可一个六岁的孩子，又不会自己走不稳摔倒，那么这些伤……

"谁打的？"连笑只能联想到这一个可能性了。

孩子支支吾吾没答。这俨然又坐实了连笑的某种猜测，连笑的声音都莫名有些不稳："你妈？"

这孩子却摇头："她不打我，她只是不理我。"

"那你身上这些伤……"连笑并不信这孩子的说辞。

"我故意把自己弄伤，我妈才会花时间陪我。"这孩子苦笑的模样，哪像一个只有六岁的孩子？

连笑回到主卧时，方迟正倚在床头，只留了一盏床头灯，正拿着连笑CEO课程的书，帮她画重点。

听见脚步声，方迟抬眸，见她脚步沉重，走了几步就心事重重地倚在墙边不动了，低眉似在思考些什么，全程咬着手指。

方迟放下书，摘下眼镜，起身朝她走来。

"孙伽文的联系方式你问到了吗？那孩子应该很快就能睡着。"

连笑在去客房给那孩子送睡衣前，已经和方迟通过气，等孩子一睡着，就让孙伽文来接。

但此刻的连笑俨然反悔了。

她终于不再为难地咬手指，而是为难地抬眸迎向方迟的目光："我们暂时不能把她交还给孙伽文。"

方迟眉心一紧："原因。"

听得出来，他并不想被任何与周子杉有关的人、事、物打搅。

可连笑一想到方才在客房看见的种种，只能更坚定自己的想法："那孩子为了引起孙伽文的注意，总故意弄伤自己。"

方迟眸色一凛。身后那盏台灯是整间卧室的唯一光源，他本就背光而站，连笑也短暂地陷进往事之中，看不见他的表情。

"我小时候就认识这么一个人，因为父母常年不和，他妈就把恨意逐渐转嫁到孩子身上，虽然从不动手打他，但长期的冷暴力其实比拳脚相加更能完完全全摧毁一个人。"

其实连笑也挺惊讶，时隔多年，一个只有过短暂交集的人的故事，她还以为自己会记不清楚，却没想到，记忆的闸门只是暂时关上了。

而闸门那边，那男孩因为受不了她的软磨硬泡，最终和说一个事不关己的故事似的，把他经历过的那些说给她听时，那种无边无垠的淡然嗓音，连笑都记得清楚。

"他妈要么把他一个人关在家里，一关就是十几天；要么就是连他离家出走都没发现，他最后露宿街头被警察带回派出所，他妈也能拖很久才来接他，接到他的第一句话竟然是对他说：'你怎么不干脆再走远点儿？'"

周青柠现在才六岁，就算影响还不明显，但长此以往下去……

"我曾经认识的那个人，后来有一段时间没见，我再想去找他，他却已经不在了。听人说，他最后还是因为抗不过抑郁症自杀了。那段时间我总忍不住想，如果我能一直陪着他，让他知道这个世界还是有人在乎他的，结局会不会不一样……"连笑摇摇头，拒绝再联想下去，"从小生活在冷暴力之下，我真怕这孩子也会觉得自己是多余的，也会十几岁就厌世。"

或许……她更应该让这孩子暂时先在她家待着。

连笑抬头看向方迟，虽然已自行做出了决定，但还是希望能得到他的首肯。

此时此刻，方迟的脸虽逆着光，但连笑依旧看清了他的面无表情："看来你从小到大都挺爱多管闲事。"

这是……在嘲讽她？

虽知道方迟一向不爱多管闲事，但他此番的嗓音，连笑听着难免有些心凉，总会下意识地往不该想的方向想——或许因为那孩子是周子杉的孩子，他才这么冷血？

连笑已经做好要吵架的准备了："我就爱多管闲事怎么了？"

曾经自杀的那个男孩，就怪她没有多管闲事管到底……如今……

连笑扬起下巴，硬气到底，大不了吵一架。

都已经做好准备了，方迟却突然一把托住她的后脑勺。

她的下巴，仿佛就是为了迎接他突如其来的难以自持的吻而扬起的。这种吻法，狂乱到都不似他了。

连笑顷刻间已招架不住，心里想着，他吻得她嘴里都快有血腥味了，也总比真的和她大吵一架来得好……吧……唇齿已不自禁地迎合起来。

可……怎么一吻之下便彻底一发不可收拾了？

他……突然脱她衣服干吗？这是不吵架，直接上床打一架的节奏？

连笑顿时有些慌，下意识地要抓住他灵活的手指，却根本跟不上他的节奏。

若不是门外突然传来敲门声，连笑怕是已被他扛起往床上扔了。

可偏偏就在这时，咚咚两声，生生将方迟的动作定格。

一切就这么戛然而止，连笑开门时已整理好了身上的衣服，只是头发还有些乱。

周青柠站在门外，可怜巴巴的："我睡不着，你能不能陪陪我？"

连笑哪敢回头看？来自主卧的那两道目光，分明盯得她背脊发凉。连笑当机立断，直接牵着周青柠朝客房走去。连笑是一心想要赶紧离开来自主卧的那两道目光的势力范围，脚下片刻不停，全然未觉走到一半时，周青柠竟突然悄悄回头瞅了一眼。

正站在主卧与走廊的分界线上的方迟，就这么对上了这孩子的目光。

方迟一扬眉，仿佛在问：你故意的？周青柠微微一笑，分明在答：我就是故意的……

哄小孩子睡觉，是不是该讲些童话故事？作为一个育儿经验为零的人，连笑只能有样学样，在网上找了篇童话故事，可惜照本念了不到两句，就被周青柠打断。

"《安徒生童话》《格林童话》这些是给三岁小孩准备的吧？有没有成熟点儿的，适合我这个年龄段的故事？"

连笑明明坐在床头，周青柠明明躺在床上，是仰视的角度，连笑却隐隐觉得自己被这孩子鄙视了。

连笑咂咂嘴，将手机放到一旁："那你想听什么故事？"

"我想听……"周青柠略作思考，忽地眼波一转，"……你和我爸之间的故事。"连笑当即被她问得一噎。

相比之前听童话故事时的百无聊赖，周青柠此刻的眼睛里简直冒着求知若渴的光。

连笑这才意识到自己差点儿被这小囡囡套路了，狐疑地一眯眼："你压根不是睡不着需要人陪，而是想从我这儿套点儿话吧？"孩子终究是孩子，就算再早熟，小心思突然被拆穿的那一刻，表情控制还是不怎么到位，小脸瞬间窘得不行："哪……哪有？"

被个孩子牵着鼻子走也不是办法，连笑稍一思忖，不怀好意地微笑起来，朝她挑挑眉："你想套我的话可以，但我回答你一个问题，你也得回答我一个问题，这才公平，你说是不？"

周青柠想了想，点点头。连笑两手一摊，示意开始。

得来不易的提问机会，周青柠自然得好好斟酌一番，沉默半晌，小心翼翼问出第一题："你和我爸是怎么认识的？"

连笑回答得倒是很快："我们上同一个奥数补习班的时候认识的。"

"奥数是什么？"周青柠随口一问。

连笑这回回答得更快："奥林匹克数学竞赛。"末了得意一笑，"这可是第二个问题。所以我现在也能问你两个问题。"

周青柠一愣，反应过来之后立即哀号着从床上坐起来："这怎么也能算两个问题？！你赖皮！"

连笑耸耸肩，无赖到底。

不顾周青柠小脸鼓得跟河豚似的以表对她的抗议，连笑很快恢复正色道："既然你妈对你不好，你为什么不选择跟你爸一起生活？"

据连笑所知，孙伽文一直是靠周子杉养着，他们若离婚，明明应该是经济条件优越的周子杉更有抚养孩子的优势。

而以她对周子杉的了解，周子杉应该会是个好爸爸。可显然，这一切并没有连笑想得这么简单，不然周青柠的神情也不会因她的话而蓦地一沉。

眼看一秒前还光彩熠熠的小脸就这么染上了阴霾，连笑顿时觉得自己问错话了，她戳到了这孩子的痛处。可这孩子依旧遵循游戏规则，回答了她："是我爸不要我的。"

这回终于轮到连笑瞬时目瞪口呆。

她皱着眉连问："为什么？"以她对周子杉的了解，他绝做不出这种事来。

且不说周子杉算不算得上是烂好人，但他怎么忍心这样对自己的孩子？

可这孩子的回答，分明是在复述周子杉曾经说过的话："他说他想自私一回，放下一切去追求他真正想要的。"

真想不到，周子杉竟然成了这样的人……

大概真的是周子杉的冷漠，才导致孙伽文对孩子的感情都扭曲了……

连笑冷笑也不是，苦笑也不是，周子杉的形象算是彻底在她这儿崩了。他决定放下一切去追求他真正想要的……

如今的连笑只希望周子杉真正想要的，与她无关。她担负不起这等破坏别人家庭的罪名，即便是这般被动担负。

这孩子却俨然已坦然接受了这一切，或者说，是不得不接受这一切。

"我妈也想过把我送回孤儿院去，可我不想再回去了。我妈送走我的话，我爸也就不会给她像现在这么多的赡养费。"

孩子的语气几乎是平静的，连笑却瞬间失了声。

短短一句话里的信息量早已超过了连笑的负荷能力，以至于她脑袋死机般空白了好一阵，脱口而出的几乎是没过脑的机械性反问："孤儿院？"

"我妈说，我爸害她出了意外生不了宝宝，才领养的我。他们离婚吵架的时候说的。"

连笑俨然已跟不上这孩子的节奏了。她还在艰难地消化着这些，这孩子却已经回到了正轨："你多问了我一个问题，我是不是也可以再多问你一个问题？"

连笑看看她。这孩子自我调节的能力，简直令连笑瞠目结舌。

若这一切落在连笑身上，二十七岁的她都绝对做不到这么淡定。连笑迟迟不回答，这孩子就当她是默认了。

只见这孩子默默挺直了腰板，看着连笑，十分郑重。

看来这孩子有一个准备了很久的问题，如今终于能问出口。

"你能不能和我爸爸在一起？那样的话，我就可以和你们生活在一起，不用再回我妈那儿了。"孩子带点儿胆怯，又带点儿期待地问。

此话一出，连笑失了神。这孩子大概也知道这个问题有多难回答，又或许她怕听到否定的答案，一片安静之中，她又躺了回去，双手攥着被角遮到下巴处，只露着双眼睛，特别真挚地看着连笑："我不急，你想好了再回答我。"

这话说得，真跟小大人似的。

可孩子终究是孩子，前一秒还是与年龄不符的成熟，下一秒就又露了馅儿："我和我爸爸都会对你很好的，不像那个人，超级凶。"

周青柠大概是想到了什么画面，不甘地撇撇嘴。

那个人？指的是方迟吧……

连笑也没打算说服这孩子对方迟改观。毕竟她自己，第一次因为长老的事和方迟见上面，也觉得这男人冰冰冷冷，很不好惹。既然这孩子忌惮方迟，连笑不妨抬出方迟来镇场，正色道："你呢，在我面前提你爸无所谓，但是不准在方迟面前提到你爸。成交？"

连笑朝周青柠勾出小拇指。周青柠双手将被角攥得更紧，拒绝的意味明显。

"你也看得出来他脾气不好，如果他生气把你赶出去，我只能让你妈妈来接你回家了。"

果然还是个孩子嘛，一听就慌了："这不是你家吗？他凭什么赶我出去？"

"谁告诉你这是我家了？这是方迟家，我和你一样……"连笑点点自己，又点点她，耸肩表示无奈，"寄人篱下。"

周青柠原本攥住被角的手，悄然松了。

连笑瞅准时机伸手过去，瞬间就成功勾住周青柠的小拇指："成交！"

这孩子还挺会给自己找台阶下，刚拉完钩，就默默把手收回了被子底下，瓮声瓮气道："好了，我要睡了。"

这孩子，听声音分明已困得不行，却还拉着她说了这么久的话……

果然，说什么睡不着想让她陪，只是为了套她话而已，知道再套不出别的话来了，就又摆出一副闭门谢客的架势。

连笑帮她掖好被角，轻手轻脚起身，正准备关台灯走人，却听她困顿得不行了还不忘提醒："我晚上得开着灯睡觉。"

连笑按在开关上的手一顿，收回："好吧，有事叫我。"就这么留着灯走了，刚走了两步却又顿住，"对了……"连笑边说边回头，正对上周青柠的目光，这孩子一直在目送她出门，大概是因为缺乏安全感，才必须亮灯睡觉，必须目送她离开才安心，"方迟睡觉也不喜欢关灯。"

孩子一皱眉，大概没想到她突然停下是为了说这个。

"你和他应该会有不少共同点，我相信你们会相处愉快的。"

那张小脸上的表情，分明是不信。

其实连笑也不怎么信，她见过方迟和不少人相处，总觉得他不爱和任何人交心。若问她到底了解他多少？连笑都答不上来。

但她还是希望这孩子能在这个暂时的家里多少找到点儿安全感："晚安。"

周青柠在得知连笑和她一样都是寄人篱下之后，对方迟的态度明显好了不少。但方迟依旧拒绝接受这突如其来的未婚养娃生活，尤其是在被完全剥夺二人世界这一点上。

忙了一天之后回到家，不最该是放松放松的好时机？连笑却因为家里多了个孩子，暂时还过不了自己这关。

方迟都再三声明了："放心，我家隔音效果很好。"却依旧抗议无效。

孙伽文也是够可以的，都一个星期了，还没发现孩子丢了。

好不容易周末逛个超市，还得带着个小电灯泡。连笑在给小电灯泡买洗漱用品什么的，冷不丁见方迟拿了盒冈本往购物车里扔，吓得她赶紧拿起购物车里的儿童拖鞋遮住那盒冈本。

她抬头看向他的眼神，仿佛在看一个变态。

小电灯泡看热闹不嫌事大，仰着小脸问连笑："那是什么？"分明是看见了连笑鬼鬼祟祟把一盒东西往她的儿童拖鞋下藏。

连笑假笑着："一盒糖而已。"说完嗖地就把那盒冈本又扔给了方迟，自顾自推着购物车，带着小灯泡走了。

方迟不免为自己的未来担心起来，如果他们以后有了自己的孩子，她岂不是要逼他直接出家？

最终结账时，连笑带着小灯泡排一队，方迟则只能独自拿着这盒冈本，去了另一个队结账。

终于排到他时，方迟很快读懂了收银员异样的目光，他也希望收银员能读懂他的目光——你以为我愿意大周末排那么长一队，就为买盒套？

隔周周末，连笑带着小灯泡去了迪士尼。方迟自诩都没资格再叫这孩子小电灯泡了，作为陪同的他，俨然才是那个电灯泡。看着连笑带着小电灯泡玩各种项目，他却只有一手拿一个冰激凌等在场外的份儿。

当然，他对这些幼稚项目压根没兴趣。

他陪这俩人来这儿的唯一动力，是他在迪士尼的酒店里订了两间房，一间儿童童话房，给小电灯泡的；一间大床房，是他和连笑的。

小电灯泡玩了一天，累得早早睡了。等连笑从童话房回到自己房间时，方迟已经洗漱完毕，穿着浴袍靠坐在床头。

终于，清心寡欲的日子可以就此打住了。不一会儿二人已滚作一团，在这间白雪公主与七个小矮人的主题房内。

助理竟敢给他订这种房间，若不是他此刻一门心思急于求成，连某人抗议"我还没洗澡"他都不顾,助理肯定没好果子吃。

跳脱常规不失为一个好选择。

洗澡不是必需的……当着白雪公主和七个小矮人的面,也是可以的……尤其是,就算有那个小灯泡在,他也是可以有正常需求的!

就当这是他教她如何跳脱常规的第一课了,不一会儿连笑已被吻得七荤八素,哪还顾得上洗没洗澡?

可惜,方先生挨过了一整天的陪游,熬过了墙上的白雪公主与七个小矮人的死亡凝视,最终却没能躲过连笑的手机突然欢快地响起。来电铃声停了又响,几番打扰,兴致都快被搅没了。连原本不打算管这通来电的连笑都已按捺不住,推了推他的肩。方迟终是狠狠一挫眉,起了身,自我安慰着:两个星期都等了,也不差这一通电话的工夫……

虽满心满眼都是对此番戛然而止的不满,他也只能强忍着把她拽回来的欲望,目送她笼着半敞开的衣领去床底下摸手机。

可这通电话,一讲竟讲了近十分钟。连笑最终挂断电话时,气氛已明显不太对。

她自窗边走回,看着方迟,语气僵硬:"廖一晗生了。"
这倒不是什么令人意外的消息,令人意外的是连笑的反应。
方迟不免揣测:"出意外了?"
"那倒没有。"
那她何至于这种表情?果然这通电话带来的不是什么好消息。

晗一进入IPO阶段后,陈璋把禾木资本大老板的女儿睡了的消息不胫而走。

陈璋这回终于知道避嫌了,另一当事人禾嘉佳却不嫌事大,依旧朝九晚五地在晗一上着班。这档子桃色纠纷也因此愈演愈烈,最后闹得晗一上下无人不知。

廖一晗终于被气到早产。连笑的纠结映在眉梢眼角,落在方迟眼里,看来自己今晚又开不着荤了。

方迟拍拍自己身旁的位置,连笑按照他的示意坐了过去,一歪头就靠在了他肩上。

"你想去看她？"

连笑点点头，转瞬却又否定道："但我不会去，她都这样对我了，我也犯不着去她那儿兜售我的同情心。再说了，她也不稀罕。"

她和廖一晗的关系闹到如今这个地步，根本就回不去了。

她去看望廖一晗，廖一晗大概只会觉得她是在落井下石。

她的纠结，方迟一语道破："你这是既不想露面却又忍不住担心廖一晗的安危。"

连笑耸耸肩，谁说不是呢？

方迟低眉略一思忖，已然有了主意："有个人肯定很乐意替你去医院探望廖一晗。"

连笑嗖地抬头："谁？"

"谭骁。"

连笑还真是很久没见过谭大少了。

宋然和原经纪公司合约到期，直接签给了谭骁的公司。谭骁自那之后就一直撺掇齐楚重回演艺圈，大概是想把CP炒到底。一来连笑坚决不肯放人，二来齐楚曾遭遇的潜规则也令她对这个圈子失望透顶。齐楚的救助站如今也不缺钱，谭骁开出的条件对她也就没了诱惑力。

虽然久未见到谭大少，但以连笑对谭大少的了解，他惨遭廖一晗拒绝后，换的女友没有一打也有半打了，应该早忘了廖一晗——他撩妹生涯里唯一的一次滑铁卢。

可见方迟如此笃定，看来谭骁对廖一晗真还有想法？连笑虽迟疑，但依旧点了点头。方迟当即拨出谭骁的号码，开好扩音等接通。

没一会儿手机那头就响起了谭骁的声音："喂？"

背景音里分明是谭骁喘着粗气的声音，莫不是在健身房健身？

连笑还在琢磨该如何开启这个话题，方迟却已抢先一步单刀直入道："廖一晗早产了，你知道吗？"

"老子能不知道吗？"谭骁一改历来的骚劲儿，几乎是气急败坏的。

他还真时刻关注着廖一晗？连笑正惊疑地耸着眉，又听谭骁道：

"老子现在就在医院。"

连笑惊悚的眉毛生生定格。就连方迟，都是眸中一丝诧异迅速闪过："医院？"

手机那头的谭骁缓了口气，才没那么喘了，可音色依旧不平静："我想让廖一晗把她旗下那些大网红的综艺约打包给我公司运作，本来约好今天去她公司和她谈这事的，结果，我车都开半道上了，她却突然让她秘书打电话给我改期。就这么放了我鸽子，我当然不乐意了，直接杀到她公司去找她，结果……"

谭大少话说到重中之重时，突然一个大喘气，连笑忙不迭问："结果什么？"

手机那头的谭骁这才发现这端不止方迟一人，忽地声音一沉："连笑？"

方迟看着她，无奈地摇摇头。连笑识趣地作势闭上自己的嘴。

男人之间的私房话被个女人听去了，谭大少当然有些不乐意，一时半会儿也没再继续说下去。还是方迟打圆场才奏效："她也是关心廖一晗。"

谭骁这才悻悻然接着说："算了，你们两口子看过我不少笑话了，也不差这一回……"

连笑这才得知，不满被放鸽子的谭骁开着车进了晗一所在的写字楼的地下车库没多久，就被一辆逆行向着出口而去的车追了尾。

谭骁当即骂骂咧咧下了车，本就一肚子火，却在走到肇事车辆一侧，看见驾驶座里坐的竟是廖一晗时，彻底一惊。

廖一晗挺个大肚子，一动不动地坐在驾驶座里，当下谭骁还以为她撞车动了胎气，手足无措下狂敲车窗，车窗嗡的一声降下，他才惊魂稍定。

廖一晗的车熄火了，怎么也打不着。她直接上了谭骁的车，报了个别墅区的名字之后，再不说半个字。甚至她的车她都不要了，就那么熄着火敞着车门停在停车场的逆行线上。

果然这种种异常预示的不是什么好事——廖一晗是去酒店捉奸的。

再三保证会和禾嘉佳断干净的陈璋，此时此刻应该在北京出差的陈璋，被廖一晗在禾嘉佳的床上逮个正着。

谭骁还以为廖一晗会和泼妇一样撕了那两个人。然而没有，廖一晗全程没动过一下手。

廖一晗还以为陈璋会和之前一样，下跪认错求原谅。然而没有，陈璋要和廖一晗离婚。

那是谭骁第一次意识到，原来沉默才是最痛的悲鸣。廖一晗眼睛被逼得通红，嘴唇咬得发紫，终是只轻描淡写地说了一句："你一定会后悔。"几乎是潇洒地走了。

以至于原本都已揪起陈璋的衣领，准备挥拳相向的谭骁，一时都摸不清头绪。廖一晗作为当事人都这么淡定，他激动个什么劲儿？

谭骁只得狠狠甩开陈璋，跟着廖一晗的脚步离开。

谭骁回到自己车旁时，廖一晗早痛苦地贴着车身滑落在地，谭骁赶紧跑过去扶起她。

大概谭骁一辈子都会记得，彼时的廖一晗一手捂着肚子，一手紧抓着他的胳膊。廖一晗牙齿打着战，几乎是颤不成声："送我去医院……"原来早在陈璋提离婚时，她就已腹痛难忍了，却不顾自己早已疼得满身是汗，忍到彻底离开陈璋的视线，才终于崩溃。

谭骁赶紧送她去医院。孩子出生了，被送进保温箱，没什么大碍。陈璋这回倒是一副负罪的样子，出现了。

谭骁也终于如愿给了他一拳。可惜这一拳依旧改变不了任何事，陈璋依旧要离婚，这孩子依旧一出生就要面对单亲家庭。

廖一晗依旧死守着她的自尊，不哭不笑。

"她就这么放过那姓陈的了？"手机那端的谭骁到底还是意难平。

连笑答不上来，廖一晗其实是个报复心很强的人。

多年前廖一晗和陈璋分手，陈璋纠缠恐吓，闹得她不敢回学校。所有人都担心廖一晗会因此耽误毕业时，她却安然无恙地回了校，陈璋则被开除了。甚少有人知道，那是因为廖一晗把陈璋倒卖四六级答案的证据上交到了系里，陈璋才不得不以肄业的身份提前离校。

在这方面连笑应该最有发言权，她既见证了陈璋是如何被赶出学校的，更见证了她自己是如何被赶出晗一。

廖一晗和陈璋离婚财产分割，注定要惊动晗一。

所有人都在纳闷廖一晗竟如此能忍，却不料，出了月子后，她直接来了场大清洗，决定终止上市。果然这才是廖一晗的风格。

就好比之前对付连笑时，也是前期一点儿征兆都没有，表面看似平静，最后却杀了连笑个措手不及。

一路畅行无阻地挺进IPO阶段的晗一，因廖一晗突然终止上市的决定，各番厮杀正式浮出水面。廖一晗之前和禾木资本一起，同C轮时新加入的投资机构致连资本签有对赌协议，她一旦退出，相当于对赌失败，廖一晗和禾木资本将同时招致连资本索偿。

明眼人都看得出来，廖一晗采取这种两败俱伤的方式退出上市，既是为了报复禾嘉佳，更是为了报复陈璋。

陈璋和廖一晗是在对赌协议签订前结的婚，廖一晗这么一闹，陈璋也将成为对赌协议的债务人。

陈璋和廖一晗的财富，多为廖一晗个人的婚前财产；而廖一晗的负债，却需要陈璋和她一起承担。

谭骁在得知方迟家来了个小电灯泡后，买了一盒足有两万块的超大型拼图来方迟家做客，顺便把廖一晗的消息带到，连方迟都不得不赞一句："这女的够狠。"

连笑听完，却全程不发一言。

一看就是反了，谭骁历来不吝于怼她："你现在是不是很庆幸廖一晗当时对付你没对付得这么狠？"

连笑连白谭骁一眼的心情都没有，直接摸出手机，把自己前几天收到的短信拿给方迟看——是个无备注名的手机号码发来约连笑见面的短信。

方迟一挑眉，无声地问她：廖一晗？连笑沉重地点了点头。方迟眉一皱：她这个时候约你干吗？

其实这也是连笑最想问的问题。谭骁坐不住了，这两口子全程眼神

144

交流不带他，逼得他不得不凑过来看连笑的手机屏幕上到底有什么。

方迟眼疾手快，一掌就把谭骁推远了。下一秒连笑已迅速地收回手机。

任谭骁狐疑的目光在他俩之间游荡，这两人却愣是一个字都不说，气得谭骁当即拍案而起。真的是，人不够狠，地位不稳。

谭骁径直起身朝客厅里走去，一边走一边故意提高音量："拼图拼完吗？"这话分明是对正在客厅里与那两万块拼图为伍的周青柠说的。

果然周青柠的声音传来："我才拼了一百块不到……"

两万块拼图可是愁坏了小电灯泡，她的语气郁闷得不行。谭骁很快就消失在了书房门口，看来是嫌书房里无他的容身之所，索性去陪小电灯泡拼拼图。

但显然连笑把谭大少想得太简单了，不一会儿客厅里就传来谭骁刻意拔高的嗓音："你可以让方迟帮你！他可是拼图高手！"

这话哪是对周青柠说的？分明是对书房里的方迟和连笑说的。

方迟无奈地摇头，暗忖好友幼稚的当下，哪能想到他会因为这该死的足足两万块拼图，又将连续一周没有性生活……只因谭骁故意对周青柠说了一句："一定要在一个星期内拼好哦，下个星期我会来验收。"

廖一晗约连笑见面的短信，连笑隔了三天才回。廖一晗在这个节骨眼上突然找她，连笑不得不谨慎。

廖一晗订了地点，她们曾经经常光顾的一家饭店。

熟悉的环境，熟悉的菜色，可连笑看着餐桌对面的廖一晗，却只觉得陌生。

廖一晗要了瓶茅台，连喝三杯。准备喝第四杯时，连笑终于忍不住用手遮住了她的杯口，没让她再继续。

廖一晗失笑着拂开连笑的手："让我喝吧，不然我说不出那句'对不起'。"

连笑没接话，但她相信自己很快就能知道廖一晗约她见面的真实目的了。

"我现在一个人真的很无力。陈璋这么多年根本就没变，还是那么忘恩负义。都怪我之前没听你的话，信他会为了我改变。"

连笑听不下去了，不得不打断她："有话直说吧。"

突然被打断的廖一晗多少有些难堪，她又给自己灌了一杯。这回连笑没阻止她。

廖一晗终于可以说正题了："我想和你继续合作。我们这么多年的友情在那儿，我现在只敢相信你了。"

连笑并未给她任何反馈，从表情到声音都是静止的。

廖一晗只能硬着头皮说下去："林亚她们都是签给我个人的，我退出晗一，可以把她们全部带出来。现在再加上你手头的齐楚，我们重新办公司，肯定不比晗一差。一个企业最重要的就是人，晗一没了这些当家网红，根本就是一空壳。"

廖一晗没再继续，看来是陈述结束了。

"你说得都对。"连笑终于开了口。

廖一晗眼中不由得闪现一丝希冀，连笑不得不亲手打破她眼里这一切："但我的回答是——不。"连笑拒绝得如此斩钉截铁，廖一晗瞬时哑然。

半晌，廖一晗才终于勉强挤出一点儿笑意："我还以为你起码会犹豫一下……"

廖一晗出了月子，人却半点儿没见胖，反倒憔悴了不少，再加上她眉梢眼角那点儿极其勉强的笑意，连笑真没见她如此凄惨过。

可连笑自知已失去无条件站在她这边的勇气。

连笑又何尝不想苦笑？人生的际遇该说是巧妙还是残忍？曾不遗余力黑她的扬帆，如今却成了她的伯乐；曾经并肩作战的廖一晗，她却不得不与之划清界限。

生怕自己下一秒又要反悔，连笑没有再任由廖一晗那一脸苦相鞭策她的无情，径直起了身："我有事先走了，你……好好照顾自己。"说完头也不回地走了。

连笑已尽量让自己决绝离去的脚步声盖过周围的所有，去依旧听清了廖一晗喃喃地重复了一句她刚才说的话："好好照顾自己……"

廖一晗说完，忍不住轻声笑了一下。

连笑脚步一刻不停，终究没能听清廖一晗最后那声轻笑，究竟是在讽刺她，还是在自嘲。

连笑虽猜不透廖一晗究竟会怎样处理这场危机，但明眼人都看得出来，晗一的危机成了扬帆的良机。

扬帆的资源大幅度向DL倾斜后，加之DL前几次上新的质量和口碑都持续走高，DL的上季度销量飙升120%，不良库存率仅为2%。DL的业务能力已稳稳超过了被晗一挖走的前当家头牌，扬帆上季度的总销量也增长了27%。

根据大数据反映出的粉丝喜好，扬帆新签下了内网上知名的韩国美妆博主，成功拓展了美妆领域；并根据不同年龄层粉丝的需求，新签了妈妈级网红。

这无异于打破了网红界追求年轻化的常规。事实证明，妈妈级网红的带货能力同样不容小觑，也更容易在粉丝心中建立好感度，变现甚至比一般网红还要快。

连笑还捡了个漏。廖一晗想要把旗下网红的综艺业务打包给谭骁，却因如今晗一内部的厮杀而计划搁浅。谭骁为此铺好的路眼看就要打了水漂，连笑索性做个顺水人情，把旗下网红的综艺业务全打包给谭骁。

网红价低还自带流量，更自带槽点，符合不少综艺节目的需求，连笑和谭骁也算是互利互惠。

如此多的利好消息一出，扬帆B轮估值成功增长至三亿一千万，引入新的投资机构后，方迟的方俞资本成功实现B轮的部分套现。

连笑终于松了口气。方迟若被她连累亏掉几千万，虽然他开玩笑说过允许她肉偿，但她总归会过意不去。

合同签署当天，连笑当着众人的面，对着方迟一口一个"方总"地叫，傍晚回到家刚一进门，鞋都没来得及换，就被方总压在墙上狂吻。

"方……"连笑刚来得及喘口气说出一个字，就再度被他吻住。

一想到她那张嘴曾公事公办地叫他"方总"，方迟心里就有一团火。这团火烧着烧着就往腹下烧去，他抵着她："还叫不叫方总了？"

"不叫了不叫了，你放开我，我还没脱鞋呢……"话没说完，就又被他衔去了唇。

管她想说什么，他都得这样堵住她的嘴才行，谁让他锱铢必较……

连笑转眼就被吻得气都不够喘了，只剩最后一个推开他的理由："周青柠在呢……"

她以为方迟又要闷闷不乐地停下了，不料他却只是稍稍分开一丝距离："我给她报了兴趣班。一周七天课，不带重样。"

这男人啊……连笑来不及感叹完，脚下已一轻，被连人带鞋掳走了。

憋了足有一个月的方先生终于如愿以偿。终于结束的时候，他们躺在地毯上彼此依偎着，连笑连喘气的力气都没有，连方迟都喘着粗气缓了许久，才准备起身。

动作却瞬间僵住，就这么保持着半撑半坐的姿势半晌没动。

连笑见状，不由得一皱眉，忍着浑身的酸软撑起自己，循着方迟已定格多时的目光看向一旁的茶几，周青柠放在地毯上的已经拼好的一万多块拼图如今正七零八落地散着。

此情此景在眼前，难怪连方迟都不禁愣住。

这可是周青柠在方迟和连笑的轮流帮忙之下，花了两个星期的时间才拼好的，如今俨然功亏一篑。

等周青柠下课回家，该如何向她解释？

总不能告诉她，是这俩大人猴急得连卧室都不进，直接在客厅里办事，一不小心把拼图弄碎了吧……

果然，下了课的周青柠由方迟的助理接回家时，一看到茶几上自己毁于一旦的心血，就脸色一白。

"你们……"周青柠瞪着一双满含不可思议的眼睛，抬头看向一旁沉默不语的连笑和方迟。

方迟抱着双臂一副有恃无恐的样子。周青柠和方迟之间向来有种微妙的关系，看孩子如今那委屈得不行的眼神，大概她觉得方迟是故意这么做的。

方迟甚至低头玩起了手机，似乎全然不把孩子的情绪当一回事。周青柠忽地体会到了寄人篱下的痛楚似的，鼻子一皱，眼看就要哭了。

这时的方迟恰好刚打开微信的视频聊天界面，一抬眸，发现小电灯泡莫名其妙就要被惹哭了，不由得一愣。

连笑急得撞撞方迟的肩，示意他别玩手机了，赶紧想办法稳住这孩子才是正经事，一低头却看见方迟的手机屏幕上出现了一张熟悉的脸，不由得也愣住了。

连笑还来不及纳闷，方迟已一把将自己的手机塞到了周青柠手里。

周青柠陡然看见屏幕对面出现的那张脸，瞬间傻了。屏幕那边是刚下戏的宋然，头上还戴着古装头套，见到这边差点儿哭鼻子的周青柠，当即来了一句：“哭了可就不漂亮咯！”

周青柠一听，赶紧用胳膊擦眼泪。

“这样才对嘛，周青柠小朋友……”

“你知道我的名字？”周青柠小心翼翼地捧着手机，满脸惊讶。

周青柠最近在追那部让宋然和齐楚结缘的戏，连笑毁了她的拼图，一直愁着该怎么弥补，完全没想到方迟竟然一下子就抓到了这孩子的点。眼看宋然随口几句就哄得周青柠破涕为笑，连笑不由得偷眼瞧方迟。

明明还是那副不苟言笑的脸，不同年龄层真看不出来他这么会哄孩子。连笑突然有些不着边际地想，方迟自己的孩子，未来应该会很幸福……

拼图问题终因宋然的解围而成功化解。自从得知方迟和宋然是朋友之后，周青柠对方迟的态度简直有了质的飞跃，每次见到方迟都笑吟吟地来一句：“方叔叔！”

方迟虽谈不上受宠若惊，但也挺受用，全然不知这都是连笑交换来的。

连笑告诉周青柠，宋然回S市之后会抽时间来家里看她，这可全是看在方迟的面子上。

连笑准备等宋然回了S市之后，请齐楚和宋然一起来家里做客，正巧那天将是周青柠的生日，这个生日礼物周青柠肯定满意。

计划却赶不上变化，齐楚突然被人在网上曝了诸多黑料。一组聊天记录曝出了让齐楚和宋然结缘的那部戏，是齐楚答应了该戏副导演的潜规则换来的；后来她却翻脸不认人，甚至打伤了副导演。

齐楚的名校背景也遭到扒皮，宋然的粉丝言之凿凿地列出证据，证明齐楚根本就没毕业。传说中的学霸，不过是个因为学习成绩太差而肄业的骗子。

刚因流浪动物救助站而获得宋然的部分粉丝好感的齐楚，这次却因人品遭到质疑，再一次惹怒了宋然的粉丝们。

宋然每天都收到成千上万的粉丝们的私信以及@，粉丝们求他看清齐楚的真面目。谭骁的公司刚接手宋然的经纪业务，本就来不及反应，宋然的旧东家倒是没闲着，搅局搅得不亦乐乎。

齐楚的黑料越扒越多，扬帆根本招架不住，发了律师函也镇不住网上的风波。

真要告到法院，开庭流程都得拖三五周，判决又得等三五周。以如今网上这架势，这样一路等下来，还没等到齐楚胜诉，她就已经被网上铺天盖地的言论淹死了。这种泼脏水的行为，一向是扬帆的拿手好戏，可齐楚如今已然是扬帆的支柱，谁会学扬帆黑人的伎俩来黑她？

连笑绞尽脑汁也想不出躲在暗处放冷箭的到底是谁，难道真是宋然的粉丝自发地在挖齐楚的黑料？事业刚回暖的扬帆就这么又陷入了被动挨打的局面，但压根不会有人同情扬帆，毕竟扬帆之前黑过不少对家，如今反被人黑，只能说是活该……

虽然齐楚一向不在意网上的风评，但这次被黑的力度这么大，甚至有人做了齐楚的遗照大肆转发，她的微博评论一时之间难堪得让人不忍直视，她不可能不受影响。

连笑怕影响到齐楚，自掏腰包让她出国玩一趟。

齐楚的微博，连笑也不让她登录了。热评里不是骂她"绿茶婊"

的，就是她的遗像，谁受得了？连笑以为这已经是极致了，却忘了还有一句话叫作"屋漏偏逢连夜雨"。

知名"周三见"的狗仔团队拍到宋然拍完戏回S市之后，和一个姐姐级的女明星幽会。不仅深夜全副武装吃夜宵，甚至被拍到了二人喝多后搂搂抱抱的照片。

即便没有进一步的实锤，被拍到如此亲昵的姿态，也足够看客浮想联翩了。

这下可好，齐楚瞬间又成众矢之的。

宋然的粉丝和女明星的粉丝撕得不亦乐乎的同时，更不会放过齐楚。

一时之间网上众说纷纭，有人表示大快人心，宋然终于看清了齐楚的真面目，和她分手另寻新欢；有人则表示女明星是小三，三了齐楚。

女明星的粉丝哪会容许偶像背负小三骂名？齐楚瞬间又多了一群黑粉，一时之间黑齐楚的帖子多到删都删不完。完全没料到如此阵仗，扬帆雇水军的公关费很快就涨破了预算，连笑气得直接打电话给宋然，破口大骂："你要死啊？这个时候搞出这么个绯闻来？"

宋然迟迟不说话。大概男人都不觉得喜新厌旧是什么大罪？

连笑无法苟同："幸好齐楚现在不在国内，要是……"

连笑也不知自己这句话里哪个词刺激到了宋然，一直沉默的宋然突然冷笑了一声。连笑为此神经一紧。

"齐楚都明白告诉我她不可能喜欢我了，说她从头到尾只爱方迟一个，我还死皮赖脸缠着她干吗？"宋然说完就把电话挂了。

当晚，方迟回到家，给了连笑一份营销号名单。两页纸的名单上，全是网上一些臭名昭著但粉丝众多的营销号。

连笑只看了其中一页就忍不住神色紧绷地抬眸看向方迟。列出的这些，全是近期放了齐楚黑料的营销号。

"你不是一直好奇是谁在黑齐楚吗？"

"……"

"晗一。"方迟浅淡吐出的这两个字，将连笑钉在原地半天没法动弹。

连笑猛地醒过神来，本能地就要否认："廖一晗都自顾不暇了，是不是晗一里的其他人在……"话未说完，连笑就已自行噤了声。

头脑中的一个声音冷冷地点醒了她：别再为廖一晗找借口了。

哪怕廖一晗还在晗一待一天，晗一里的其他任何人都不可能有这么大的决策权……

三人成虎，她努力这么久，真的要被这帮拿钱办事的营销号毁了？连笑不能接受。

扬帆的动荡也直接影响了方迟的方俞资本，毕竟方迟不是独资，他有一帮董事需要交代。

B轮入伙扬帆的投资机构也是由方迟牵线搭桥进的项目，方迟连夜和对方开视频会议。连笑也没闲着，回了趟公司开会，把方迟给她的那批营销号名单给了扬帆的公关部门，公关部加班加点想办法应对。

连笑从公司回到家时已近凌晨，方迟还在书房里对着电脑开视频会议，她在书房门口对着门缝瞧了两眼，没进去，直接去客房看看周青柠睡了没。

周青柠竟然还没睡，抱着方迟的手机等宋然的回信。

周青柠生日当天，连笑没能请来宋然。孩子一直惦记着这事，连笑挺对不住这孩子的，说到没能做到。

但眼下这情况，宋然和齐楚掰了，她又把宋然臭骂了一顿，哪还请得动宋然做任何事？周青柠的生日也压根就没好好过，扬帆里太多事等着连笑处理。周青柠生日当天，连笑忙到晚上十一点才到家，想起来要买个蛋糕的时候，已经过了十二点。

连笑只能把周青柠哄睡了，才从她手中抽走手机，轻手轻脚地出了房门。还没走回书房门口，方迟的手机就振了。

方迟虽没存这个号，但连笑认得，这是齐楚的号码。她代为接听也不是很方便，只得加快脚步朝书房走去。

可刚走到书房门口，来电就停了。连笑一顿，正要推门进书房，手机却又是一振。齐楚打不通电话，改发了条短信过来。

"我想见你……"

连笑握在门把上的手，由此僵住。她的手还未能从门把手上挪开，齐楚的电话又打了进来。

连笑目光僵直地看着来电显示上的号码，不知怎的，脑中竟泛起宋然的声音："她从头到尾只爱方迟一个，我还死皮赖脸缠着她干吗？"

只爱方迟一个……从头……到尾……

连笑的手缓慢地自门把手上移开，来到挂断键上。不再犹豫，挂断。

再被手机振动声吵醒时，已是隔天早上。连笑睡得睡眼惺忪，摸过手机一看，来电刚断。而手机屏幕上，齐楚的助理已打了三通电话过来。

连笑赶紧回拨过去。一接通，齐楚的助理没像往常那样毕恭毕敬地唤她句"连总"，开口即是支离破碎的颤音——齐楚自杀了。

连笑的手机砰地掉在了地板上。仿佛被手机那头的声音狠狠锁住了喉，别说是说话了，连呼吸都窒住。

方迟被这一声吵醒，睡意蒙眬间伸手过来搂她。

连笑扭头即见他那张满含睡意的脸，十分突然地就想到了昨晚，齐楚打给他的电话，被她挂了……那一刻，连笑的手忍不住颤抖起来。

方迟稍微凛了凛神看她的脸，很快察觉到异样："怎么了？"

连笑无法回答他，用尽了克制力才弯腰捡起手机，嘴唇打着战："你们现在在哪家医院？"

医院？方迟闻言，彻底醒了。

Chapter. 9
回到陌生人

　　连笑和方迟一同赶往医院，没一会儿就堵在了早高峰的车流中动弹不得。

　　前方是一眼望不到头的车河，方迟明知无济于事，还是频频按响喇叭。

　　一路上谁也没说话，只有这断断续续的堵车，以及烦躁不堪的车喇叭声填补空白。

　　终于抵达医院时，齐楚正在经历二次抢救，她的助理正在走廊上焦急地等着，听见此起彼伏的脚步声，才扭头看向迎面朝她走来的方迟和连笑。

　　齐楚的助理简单说明了现在的情况，齐楚一氧化碳中毒引发心肌损害，这已经是第二次抢救了。

　　连笑完全失了主心骨，只觉得眼前发生的这一切无比不真实："你不是应该陪着齐楚在普吉岛散心的吗？你前两天还和我说一切安好……"

　　齐楚的助理顿时没了声，脸色比之前还惨白。

　　连笑烦躁得不行，这种源于恐慌的烦躁正一点点将她吞噬，她抚着额几乎是在吼："到底是怎么回事？"

齐楚的助理被这么猛地一呵斥，竟吓哭了，这才支支吾吾地说了实话。

齐楚这段时间根本就没去普吉岛，一直待在国内。

连笑特地为齐楚安排这次行程，就是为了让她远离铺天盖地的流言蜚语，普吉岛又是落地签，说走就能走。

她让齐楚的助理跟着齐楚一块儿去，也是希望能有个人看着齐楚，有什么不对劲儿的话，她在国内也能随时得到消息。

齐楚的助理完全不清楚齐楚的心理状况，她对这一切流言蜚语表现得满不在乎，助理也就当了真。齐楚说是只想在国内待着，助理以为她是在等宋然拍完戏回来，两个人要过二人世界，也就心安理得地捡了这个便宜，带着男朋友去了普吉岛，享受公费之旅去了。

只是没想到，助理和男友到了普吉岛没多久，国内就曝出了宋然和别的女人的绯闻。连笑又总时不时地询问齐楚的近况，助理心虚得不行，还在犹豫着该不该提前结束旅程赶回国，就接到了宋然十万火急的电话。

宋然向助理要齐楚家门锁的密码。

等宋然成功破门而入，眼前的一幕是齐楚烧炭自杀，昏迷不醒。助理连忙订了最近的航班赶回国，好在第一次抢救后齐楚脱离了生命危险。助理原本还心存侥幸，打算瞒着连笑，等齐楚的情况彻底好转后再告诉她，毕竟自己有失职之嫌。

可助理的如意算盘打得太早了，齐楚的病情突因并发症而迅速恶化，不得不进行第二次抢救。助理自知再也瞒不住了，只能给连笑打了电话。

助理追悔莫及地哭着，连笑的愤怒却早已散尽。

她又有什么资格责怪助理？她还不是挂了齐楚的电话？

蝴蝶效应的恐怖或许就在于，所有人都以为自己只是出于私心做了件无伤大雅的小事，最终掀起的巨大旋涡，却足以吞噬掉一切。

助理还有勇气向大家坦白，她呢？她都不知该如何开口忏悔……

方迟神情紧张，却依旧温柔地搂过连笑的肩，安慰她，也在安慰他自己："齐楚会没事的。"连笑抬眸看向方迟，那一刻，她心中有个声音阴恻恻地响起：别说……

别说……他不会原谅你的……连笑终是咬紧牙关，沉默地低下了头，对昨晚那通电话只字不提。

却在这时，低着头不发一言坐在角落的长椅中，被所有人忽略掉的那个人，突然站了起来，径直朝这边走来。

那连脚步声都透着怒不可遏的人，方迟一抬眼就对上。虽然对方戴着口罩压着帽子，方迟依旧很快就认出了对方，刚要开口，就被对方给了一拳。

连笑只顾低着头任由自己被种种自私的想法吞噬，连那带着无端愤怒的脚步声都未能察觉，直到这记闷重的拳头声在耳畔突然响起，才猛地抬头。

眼前这人，分明是宋然。

宋然一把摘了帽子，口罩也掀了，原来之前隐在口罩下的面容，已是这般慌乱无措："我翻她手机发现她自杀前给你打了好几通电话，你为什么不接？"宋然几乎是咬牙切齿，眼看就要抬手再给方迟一拳。

方迟错愕之下犹存几分机警，转眼已架住宋然的拳头："你说什么？"

宋然的经纪人原本躲在角落不敢插手，眼看周遭有人频频往争执的这一隅瞅，吓得赶紧跑过来捡起宋然丢掉的帽子，准备帮他戴上，就怕路人认出宋然，拍下这段传上网。

可宋然哪顾得上这些？方迟的反应落在早已失去理智的宋然眼里，和道貌岸然的伪君子并无两样："如果你接了她的电话，她或许就不会自杀！"

宋然掀开方迟格住他拳头的胳膊就要揍方迟，他的经纪人这时候正凑过来帮他戴帽子，就这么被无端牵连挨了一拳。

场面全乱了，连笑神情迷茫地看着周遭这些人——痛呼出声的经纪人、剑拔弩张的宋然、一脸不解的方迟、悔不当初的助理，以及一个乱了阵脚的她。

顷刻间，连笑被这突然袭来的无力感吞没。

"不是他不接……是我把电话挂了……"连笑的声音低如蚊鸣，却令所有人都僵住了。

宋然一脸愕然地看着连笑，脸上的不可置信终是在她那追悔莫及的目光之中消失殆尽。他一把揪起连笑的衣领，转眼间连笑已被揪得脖颈红了一圈。

连笑宁愿他能如对待方迟那般揍她一拳，也不愿他像现在这样，猛地将她甩到墙边，看着她，犹如在看一个杀人犯："如果齐楚死了，你欠她一条命……"

此时的宋然，恨到几乎目眦尽裂，破碎着声音宣判她的罪名。

而此时的方迟……连笑不知道此时的方迟面对这样的她是何种表情，全程她都不敢看他哪怕一眼。

"够了。"方迟终于开口，一锤定音，嗓音竟是平静的，"人还没死，谁也没资格站在道德制高点去审判谁。"

宋然一脸空白地看向方迟，不明白这人怎么能把生死看得这么淡，或许只能用极端的自私来解释了。宋然不由得一点儿一点儿握紧了拳头。

方迟无意解释太多，绕过宋然来到墙边，伸手要拉起连笑。

原本一脸失神的连笑抬眼看看他，只看了半眼便避开了，既避开了他的目光，也避开了他的手，就这么自行撑着墙站了起来。

方迟手心一落空，眸色也随之一黯。他没怪她，她却自己将自己画地为牢。

齐楚进了加护病房。医生对齐楚病情的描述比齐楚的助理说的还严重，除了心肌损害，还有肺水肿和脑水肿，病情极易反复，随时都有可能需要抢救。

齐楚后半夜醒了一次，很快又陷入昏迷。

宋然一直守在医院，鉴于宋然如今对连笑很有意见，方迟只能让助理送连笑先回家。连笑没有拒绝。

看着连笑离去的背影，方迟不由得叹气，希望她不是抱着"一个罪人，哪还有什么拒绝的权利"这类想法走的。他目送连笑离去的眼神，显然又刺激到了现在精神极端紧绷的宋然。

宋然冷笑："齐楚都这样了，你还只想着你女朋友……"突然又收了笑，眼里透着质问般的寒光，"你们难道一点儿都不内疚？"

方迟收回视线。思忖片刻后，方迟还是说了："齐楚一直有抑郁症。"

宋然蓦地僵住。

"她自杀不是单纯被拒了一个电话造成的。"方迟又说。

显然宋然并不知道齐楚有抑郁症。也难怪他会一时难以消化，整个人处于定格的状态。齐楚视这病为奇耻大辱，从来不对外人道，甚至在面对网络暴力时都刻意表现得那么云淡风轻，连方迟都信了。

毕竟他强塞给齐楚的心理医生出具了最权威的报告，证明齐楚的情况好转非常多。

之前的宋然或许只觉得齐楚这个女生很特别，特别古怪，那么不合群，却又那么渴望融入……这种特别，对追求者来说是有难度的，是让他有挑战欲的。宋然也是这么陷进去的。

原来这不是特别，而是一种病症？宋然哑然地张了张嘴，却忘了自己还能说些什么。

"如果你不想把连笑也逼到走投无路，步齐楚的后尘，希望你能克制下。"

宋然这才醒过神来，不得不说，这个男人的语言逻辑堪称完美，找不到任何破绽，自己差点儿就被他洗脑了。

"她？"宋然恢复一脸不屑，"她那么没心没肺……"

"你不了解她。"方迟却斩钉截铁，"她现在已经把这些全归到她自己头上了。她请的助理坏了事，她拒接了齐楚的电话，还有齐楚遭受的网络暴力，是她曾经的好友廖一晗操的盘。"

竟有这么多不为人知的隐情……宋然本还是将信将疑，却在仔细审读了方迟的表情后，一时陷入迟疑。

细细咀嚼，方迟这番话似乎还有层言外之意——如果自己只凭一面之词就全盘否定一个人，和那些逮着齐楚不放的网络暴民又有什么区别？宋然不由得陷入沉默。

另一个质疑的声音却陡然穿插了进来："你说什么？"这个声音响起得太过突兀，二人几乎同时扭头看去，只见谭骁正一脸错愕地僵在不远处。

今天下午宋然有个蓝血品牌的新店剪彩要参加，却突然玩起了消失。谭骁一直有心让宋然拿下该品牌眼镜系列的形象大使，该蓝血品牌的中国区高层是谭骁的私交，谭骁刷了不少人情，公关费也拨了一大笔。这么重要的剪彩，宋然却说不见就不见，谭骁就快把宋然经纪人的电话打爆了，经纪人也拿宋然没办法，气得谭骁直接押着经纪人来医院找谭骁。

只是没想到，他兴师问罪不成，反倒撞见了这一幕。

方迟一见谭骁便扬起了半边眉，这是他表达疑惑的一贯方式。谭骁却没心思解释自己为何会出现在这儿，只顾盯着方迟："你说……齐楚的那些黑料……都是廖一晗放的？"

显然宋然并不知道廖一晗是谁，也并不关心。但方迟一看谭骁有些过激的反应，大概有什么不好的预感，眉心倏忽一紧，怎么这一个个的都这么不让人省心？

方迟起身说着："我去买几杯咖啡。"就示意谭骁跟他一块儿去。这分明是要借一步说话，谭骁早把自己来医院是为了逮宋然这点忘得一干二净，随方迟离开。

医院附近就有24小时便利店，车程不到十分钟。方迟的车被连笑开回家了，他进了停车场就直接朝场内最骚包的那辆走去。谭骁的车一向好认，最骚包最惹眼的，绝对就是。

二人上了车，脸色都不太好，还是方迟先开了口："说吧，真打算喜当爹了？"问得如此直白，连谭骁都有点儿招架不住，下意识摇了摇头："没有。"

方迟一扬眉，显然不信。

谭骁脑子一乱，心里就藏不住事，犹豫半天还是说了："但我答应给她的对赌协议托底了……"

方迟摇头："你疯了。"

谭骁只能拿当初说服自己的那套来说服方迟："廖一晗手里的那几个一线网红才是晗一最值钱的资源，她有这些资源在手，很容易东山再起。我用一个亿换50%的原始股，不亏……你还不是为了连笑，透了扬帆？"

"扬帆没出过晗一那样的幺蛾子，融资市场上履历又够干净。晗一前得罪容悦，后得罪禾木资本，你的退出机制是什么？靠融资？晗一在融资市场的名声已经臭了。"除了对连笑，方迟对谁说话都不怎么客气，"光靠一个晗一，一年利润最多六七千万，你还要和廖一晗平分，你那一个亿什么时候收得回来？"

谭骁被问得哑口无言，磨叽半天只剩最后一句："她的处境太可怜了，我不忍心见死不救。"

"她制造舆论害齐楚自杀，齐楚不可怜？"看来方迟对廖一晗这个人已经没任何好印象。可谭骁虽纠结，还是忍不住替廖一晗说了一句："你也说了齐楚自杀不是单纯一个人导致的，怎么能全怪在廖一晗头上？"

一个人一旦钻起牛角尖来，谁说都没用。方迟索性什么也不说了："开车。"只是方迟没想到，钻牛角尖的不止谭骁一个人。

连笑推开家门的那一刻就定住了。面前是一片黑暗的玄关，像望不见底的黑洞，仿佛她只要往前踏一步，就会被吞噬。

连笑终是一步都不敢再往前，鞋都没脱，就这么倚着门，一点儿一点儿蹲了下去。

她抱着自己缩成一团，也不知过了多久，哈哈哈无声地朝她走了过来，瞪着一双碧色的眼珠瞅她，眼里是一如既往的好奇，当然也是一如既往的警惕。

即便如此，连笑凉成一片的心底还是有了那么一丝回暖，这个家里终于不至于冷清到令她害怕了。

连笑伸手要摸摸哈哈哈，哈哈哈却警惕地退后一步，躲开了她的手。

连笑突然就想到，哈哈哈最初就是齐楚救助的，哈哈哈对齐楚甚至比对方迟更亲。哈哈哈此刻警惕的眼神，和齐楚最初看她时的眼神那么相像……

"你是不是也在怪我？"连笑忍不住问它。哈哈哈没回答她，翘着尾巴掉头回屋里，不理这个大半夜发神经的人。

连笑就这么又被丢弃在了一片黑暗之中，任由自责将自己吞没。

如果当年和她一起住院的那个男孩自杀时，她还只是个旁观者，那种无力感顶多是源于自己终究没能帮那男孩渡过难关。那么如今，她俨然已经成了加害者。

这样的夜，她还怎么睡得着？

连笑一夜没睡，一大早又赶去了医院。但凡齐楚能有一点儿好消息，她的负罪感都不至于这么重。可惜齐楚依旧昏迷。

方迟还得去公司，连笑就当自己是来接班的了。

宋然也必须得离开，他昨天和方迟以及连笑争执时，被路人拍到了传上了网，虽然没拍清楚脸，但他的粉丝一眼就能认出。

宋然起初还不乐意走，经纪人都想把他打晕扛走了，还是方迟一句话管用："你的粉丝和媒体很快就会扒出这是哪家医院，你在这儿待着，一点儿忙帮不上，反而会引起混乱。你不为自己考虑，也该为齐楚考虑。你还嫌你的那些脑残粉闹得不够大？"

此言一出，宋然无话可说了，最终只能任由经纪人拽走。

方迟始终有点儿不放心连笑。宋然昨天指责连笑的那些话，她分明听进心里去了，即便方迟见识过曾经的她是何等的内心强大，还是免不了担心。

可扬帆如今的危机导致方俞资本内部也出现了分歧，方迟定在今天开会，必须得赶回公司，只能临走前揉揉连笑的头发："我中午过来陪你。"

连笑平静地点了点头，方迟才安心走了。

果然没多久就有媒体鬼鬼祟祟地找到了住院部外，幸好宋然走了，不然肯定被媒体逮个正着。连笑对媒体来说就没那么大吸引力了，最早赶到的那些记者基本上都没注意到连笑，记者也进不了加护病房，等于空跑一趟。齐楚的助理比连笑晚到一个小时，这一个小时里起码来了两拨记者，全都无功而返。助理帮连笑买了早餐，连笑摆摆手，没胃口。

　　助理大概以为连笑还在生她的气，大气都不敢喘，只能一言不发地陪着。

　　连笑一早一个字都没说，只在见到巡房的医生时，拦住医生问齐楚的情况："她到底什么时候能醒？"

　　医生却只能给个笼统的时间："快则今天下午，但是不排除又会很快陷入昏迷的可能性。"连笑只得又耷拉着脑袋坐回去。

　　周遭人影来来往往，脚步声三三两两，连笑本就静不下心来，偏偏对面加护病房里的一位年迈老人突然心搏骤停，陪护的家属直接就崩溃了。医生护士纷纷赶来忙着抢救，这一幕幕全都透过加护病房外的玻璃墙落在她眼里。

　　连笑看不下去了，直接起身问齐楚的助理："有没有烟？"这还是连笑第一次搭理她，助理受宠若惊地掏包找烟和打火机。

　　连笑去了室外抽烟，第一口尼古丁吸进肺里时，呛得她连连咳嗽。

　　吸第二口时，连笑才发现尼古丁的美妙，原本浑身紧绷的她，终于能深深地换口气。

　　等连笑抽完一根烟回到监护病房外，齐楚的助理正神情紧绷地翻看着手机。

　　听见连笑的脚步声时，助理慌忙一抬头，见到连笑的那一刻，助理瞬间心虚地把手机往身后藏，可惜还是晚了一步。

　　连笑本就神情紧张，自然没有错过助理脸上那一闪而过的慌张，忍着愠怒径直上前，伸手示意助理把手机拿出来。连笑也知道自己这样动不动就迁怒于别人是不对的，可她压根控制不住自己。助理之前就是瞒着齐楚骗她，才导致齐楚没人看护，烧炭自杀没被第一时间发现，病情才会这么严重。

助理惨白着脸交出手机。手机屏幕还亮着，连笑接过手机的下一秒，助理之前浏览过的微博页面即刻映入眼帘。

这回换作连笑瞬时惨白了脸。

齐楚……自杀……扬帆……压迫……这些词触目皆是，字字戳心。

现在网友都知道了，疑似宋然的人之所以和别人在医院发生肢体冲突，是因为齐楚自杀了。

齐楚本就患有抑郁症，需要休息和安静，扬帆的老板却尽最大可能压榨她，利用她炒作和宋然的绯闻，以扩大扬帆的知名度，最终导致宋然的粉丝反击，齐楚也崩溃自杀。

扬帆老板的大名也被曝了出来——连笑。

连笑的照片网上比比皆是，有心人一对比就发现，被宋然揪住衣领责问的那个女人，正是连笑。

宋然对连笑的责问，顿时让她和齐楚的自杀脱不了干系。

最初的震惊过后，连笑突然很好奇，现在在网上讨伐她、可怜齐楚的那些人，和当初讨伐齐楚的人，究竟是不是同一拨人？连那嘲讽的语气和感人的逻辑都那么如出一辙。

"看来网红也不好混啊，表面光鲜亮丽，背后还不是被老板拼命吸血？"

"商人就是这样，哪管员工死活？"

"现在好了吧，把员工弄死了。"

"太恶心了，这人利用完齐楚利用宋然，就为了公司那点儿利益？这种人，就应该人肉出她，法律判不了她，我们来判……"

鳄鱼的眼泪。

方迟是在开会中途接到谭骁的电话的。

方迟犹记得谭骁对廖一晗那心慈手软的样，就有些不想接，恰巧他也正忙着，就默默地把电话挂了，却不料没一会儿谭骁又用微信联系他了。

谭骁发来的是几张微博截图。方迟随手点开，顿时眉色狠狠一冷，不顾还在发言的投资二部经理，径直站了起来，撂下句："会议暂

163

停。"匆匆离去。

与会众人顿时面面相觑，最后全都看向了方迟的助理。方迟的助理也一脸茫然，只能赶紧跟出去。可此时的方迟早已走得不见踪影。

方迟开车直奔医院，中途接到连笑的电话。

一想到网上那铺天盖地的言论，方迟赶紧打开扩音接听。连笑惊喜到微微发抖的声音随即响彻整个车厢："你快过来！齐楚醒了！"

方迟压着嗓音："我已经在路上了。"

连笑大概一门心思全系在齐楚身上，还不知道网上的舆论已经开始讨伐到她头上。方迟好歹松了口气，却依旧是油门越踩越用力，一路疾驰赶往医院。

宋然应该也是第一时间就收到了齐楚醒来的消息，方迟前脚刚进了加护病房外的看护室，宋然也猛地推门而入。

连笑则早守在那儿了，显然她比他俩还焦急，原本正煎熬地咬着指甲一直盯着加护病房里的情况，见到他俩的那一刻才把手从嘴边拿开，告诉他们："医生正在给齐楚做检查，我们还不能进去。"

透过加护病房外的玻璃视窗，可见医生就站在齐楚的病床边。医生弯着腰，挡住了齐楚的脸，教外头这三人无法瞧见她现在到底是个什么情况。

好在医生很快结束检查，朝守在外头的这三个人招了招手，示意他们可以进去了。宋然当下就要往加护病房冲，自然被护士拦下了，提醒他必须穿上无菌服才能入内。

宋然又不得不折回来。方迟现在更熟悉医院的操作，已经开始套鞋套了。宋然自然更加不甘人后，三下五除二地套上鞋套，穿上无菌服。

方迟随后也一套全齐了，抬头瞧见杵在一旁一动不动的连笑，不禁问："你不进去？"

连笑干笑一记，摇了摇头。齐楚应该不会想见到她，即便她和齐楚最近的关系缓和了很多。

宋然见这俩人在这磨叽，可不等他们了，直接冲进了加护病房。

方迟见连笑似有顾虑，也就没勉强，想要拍拍连笑的肩无声地安慰一下，却也碍于手已经消过毒了，只能硬生生地收回，跟在宋然后头进了加护病房。

却不料他刚进病房就听到了齐楚近乎失控的一句："滚开！"

这声不仅令方迟惊了，就连站在加护病房玻璃视窗外的连笑都听见了，她顿时哑然失色。

齐楚这声显然是对刚冲到病床边的宋然吼的。

宋然本想给齐楚一个拥抱的，却不料齐楚当下就激动得一把推开他，连手上的滞留针管都移位了。吓得宋然再不敢动了，回头想要求助医生，医生却不在他的视线范围内。处于他视线范围内的，也就只有半远不近的方迟了。

方迟赶紧走近，不确定是不是宋然动作太鲁莽弄疼了齐楚。方迟一走到病床边，第一件事就是将宋然拨到自己身后，免得他冒失之下又引起齐楚的过激反应。

方迟一边对宋然说着："你赶紧把医生叫回来。"一边弯下身去问齐楚，"是不是哪儿不舒服？"

方迟此时离齐楚只半臂的距离，齐楚失措之下，一倚就倚进了他怀中。

此时的齐楚忍不住瑟瑟发抖，埋着头什么也不说。除了方迟，其他人等，她也一概不想理会似的。

此情此景在前，宋然僵站了不知多久，终是失去了所有力气，转头离去。踏出的每一步，仿佛都能牵起一点儿他不愿回想的记忆。

他追了她那么久，都无法越过她的心防，这让一个从来没被拒绝过的人有多难以接受？不然他也不会借着酒劲儿，想把她办了。

那时的她，就像刚才一样，惊慌失措地尖叫着："滚开！"

那一刻，他酒醒了。

她向他讲述她和方迟之间的各种细枝末节，对他说："我永远不会接受你。"

那一刻，他心死了。

他尝试从别的女人身上找回自信。她是什么样的，他就偏偏要去试试完全相反的类型。

她在自杀前夜给他打过电话，问他："是不是真的？"

那会儿她应该刚看到他的新绯闻，那一刻，他终于可以拿出胜利者的姿态，告诉她，一切都是真的。

他曾经那么喜欢她，是真的；他现在那么恨她，也是真的。

可等她挂了电话之后，宋然才知道，他压根就没赢，他依旧输得那么彻底，他甚至忍不住半夜去找她。

她家里明明亮着灯，却怎么也敲不开门。宋然索性打电话给她的助理，让助理告诉他门锁密码。

他闯进她家，其实只想对她说一句："假的，一切都是假的，只有喜欢你是真的。"

可门打开的那一刻，他却瞬间忘了他想说什么，甚至不能呼吸，只因冲鼻而来的就是刺鼻的煤烟味。

这个女人，在密闭的家里烧炭自杀了。

他想到她之前给他打的那通电话，就快要被漫天而来的自责溺毙时，她手机里那几通打给方迟却被拒接的电话，救了他。

他终究是用责怪他人代替了自责……

选择性遗忘，这也是一种趋利避害的本能。人或许都是被这种本能操控的，就好比齐楚终于醒来时，见到最不想见到的他，会失措地让他滚，却选择依偎在方迟怀里。

那都是，出于本能……

宋然独自走出加护病房。连笑一直站在加护病房的视窗外，盯着病房里发生的一切。那一刻，宋然多少找到了点儿同病相怜的感觉。

可待他走近，却发现，他压根看不懂连笑此时的表情。

自己的男友被别人视作唯一的依靠，她似乎没有愤怒也没有嫉妒，几乎是平静地接受了这一切。平静之下，甚至有一丝如释重负。这可不是一个挂断齐楚救命电话的女人该有的样子……

方迟很快把病床边的位置让给了赶来的医生。

齐楚很快又睡了。医生和方迟前后脚出了病房，此时病房外只剩下宋然的身影，连笑不知去哪儿了。

方迟正要开口询问宋然，宋然却只顾着问医生："她为什么会那么排斥我？"

医生也无法断言，只能说："病人意识还有些不清醒，最近她遭受的那些也会令她潜意识里对不信任的人更加防备，所以你的靠近才会令她反应如此过激。"

宋然了然地点了点头，下意识地看向方迟。方迟正朝出口走去，应该是去找连笑了。

宋然看着方迟渐行渐远的背影，不知怎的就回想起了齐楚刚才倚着方迟，平静苍白的模样，终究是落寞地重新低下头去。

最棘手的总算告一段落，方迟的脸色终于轻松了些，他在走廊上走了没一会儿，就与刚从洗手间里出来的连笑迎面遇上。

连笑应该是进洗手间洗了个脸，如今两鬓都是湿的。

方迟也知道她这一天过得比任何人都煎熬。如今齐楚终于醒了，一切终于能回到正轨。

方迟重拾脚步朝她走去。短短十米的距离，方迟心里一直盘算着得说点儿开心的。比如，他们晚上一起去接周青柠下绘画课？

小电灯泡被忽略了这么久，是该好好安抚安抚了……连笑一定会因为他终于和小电灯泡握手言而开心。方迟期待着她脸上那一隅沉重因为他而一点点瓦解的样子，却不知她停在他面前，简短一句话就令他的一切瞬间土崩瓦解。

"我们分手吧。"

半晌，方迟才找回自己声音："原因。"他的脸色前所未有地难看，"就因为齐楚？"

连笑被他的目光盯得喘不过气，她选择低头避开。

"不要冲动之下做决定。"他的声音已经是一派冷冽，仿佛在给她最后一次机会，让她收回冲动之下的决定。

连笑终于僵硬地抬起头，重新正视他："我不是一时冲动，我这两天一直在想这个问题。如果齐楚死了，我不可能当作什么事都没发生过，继续和你在一起。"

"可她不是醒过来了？"这个女人说的话简直自相矛盾，方迟满脸不解。

"你听我说完。"连笑沉了口气，"齐楚醒了，我就更不能和你在一起了。她无时无刻都将需要你的陪伴，这对我不公平。你想想看，如果我不让你陪着她，她又出什么问题，我就真成罪人了；但要我毫无芥蒂地任由你去，一次两次我能大度地让你去，但三次四次呢？一辈子呢？我接受不了。"

眼见他的神色一点儿一点儿凝固，连笑相信他是听懂了她的顾虑。

齐楚没有他，会自杀；而她不会……

原谅她的自私……

连笑忍不住眼泪夺眶而出的瞬间，她低下头去，发丝掩映下，几滴泪无声地落在地上，无人察觉。

连笑借着理一理头发，擦掉眼角的泪，重新抬起头来："我继续和你在一起的话，一辈子都要接受这样反复的煎熬。方迟，我受不了……真的受不了。"

方迟下意识地要上前拽住她的胳膊，连笑却摇着头退后一步："放过我行不行？"

方迟落空的手僵住半晌，终是默默收回。

也只能默默收回了，她俨然没打算给他拒绝的机会。

方迟终是笑出了声："所以，你为了自己能心安理得，选择了放弃我……"

这个女人啊……唯独选择对他狠心。

"所以，你为了自己能心安理得，选择了放弃我……"他的声音明明离她这么近，却又仿佛渐行渐远，最终，尾音消失在随即而起的那点儿苦涩至极的笑意里。

连笑几乎是落荒而逃，脚步凌乱地掉头就走，一时之间方向感尽失，心里只有一个声音在残酷地提醒：她必须远离他……为了她自己……也为了其他所有人……

却唯独忘了，他，是否会难过。

连笑就这么沿着加护病房的反方向一直走一直走，到了尽头也不停下，直接推开安全出口的门，也不知沿着楼梯走了多少层，才终于被手机的振动声逼停了。

连笑终于停下，有什么东西迷了眼眸，抬手一擦，却不知是汗是泪。

你提的分手，你有什么资格哭！

连笑笑着骂了句："矫情！"抬手刚一擦净，就又有泪滑落，止也止不住。就这么又哭又笑，像个神经病。

有路人上楼时路过，疑惑地直瞅她，连笑借着低头掏出手机避开。可她这泪眼婆娑的状态，哪看得清刚收到的那条短信都写了些什么。

直到路人走了，眼泪好歹是止住了，她才终于一点点看清手机屏幕上那一行字："等你改变主意的那一天，答应我，回到我身边。"

来自方迟。

连笑喉间蓦地一窒，也不知是手机先掉在地上，还是她先一屁股坐在了台阶上，尾椎摔得生疼。她也终于有借口，无须再压抑，撕心裂肺地哭起来。

疼，疼死了……

多年之后，连笑仍没弄明白方迟当时是以何种心情发出那条短信的，他甚至让助理把她放在他家的行李打包送回了她自己家，包括长老和香主。

周青柠之前上兴趣班也一直是方迟的助理负责接送，连笑回到家时，不仅看到了自己的行李，还看到了坐在客厅里抱着iPad玩的周青柠。

至于长老，家里已经没了长老熟悉的气息，它正在带着香主各房间溜达，熟悉环境。

连笑开门看见那么多行李整齐地放在角落，五味杂陈地停下了。她放在方迟家的行李竟有这么多……

"你是不是和方迟分手了？"若不是周青柠突然这么问，连笑或许还不知道要在门边呆立多久。

连笑慌忙收拾了表情，拉开鞋柜准备换拖鞋进屋，却发现自己太久没回家，连拖鞋放哪儿都忘了，好不容易找到了拖鞋，却在看见自己拖鞋旁摆着的男士拖鞋的那一刻，又僵住了。

在这看见他拖鞋都忍不住鼻酸的分手第一天……好在她现在还可以靠收拾行李分散下注意力。

连笑好不容易换好拖鞋，正忙着把行李箱一一推进衣帽间，周青柠则不甘于被忽略，直接抱着iPad跟了过来："你们怎么都不说？你也不说，肖助理也不说……你再不说，我就打电话问方迟咯？"

连笑脚步猛地一顿，半晌，才极其缓慢地回过头去，见周青柠一脸不得到答案不善罢甘休的模样，忍不住叹了口气："对，分手了。"

周青柠终究是个孩子，半点儿不知道伪装，听连笑这么说，她愣了半天竟笑了："太好了！我爸爸终于有机会了！"

连笑一听就愣了。压根来不及阻止，周青柠说完就掉头往沙发那边跑，转眼已从搁在沙发一角的小书包里翻出手机，准备拨电话。

连笑当即就明白过来，周青柠是要打电话给周子杉，她当即喝住这孩子："周青柠！"

周青柠被生生唬愣住了。

"我和方迟分手，并不意味着我会和你爸爸在一起。"连笑的情绪虽早已颓丧得不行，这句话却说得如此斩钉截铁。

她跟上前去，却没有拿走周青柠手中的电话，只是告诉这孩子："你想打电话给你爸爸，我不拦你，但你打完这通电话唯一的结果只能是，你爸爸把你从我这儿接走。"

"你不喜欢我爸爸了？"周青柠显得十分受挫。

连笑坚定地点点头。

"那你还喜欢方迟吗？"

连笑一时语塞。周青柠却自顾自理解了她的这番沉默："你也不喜欢方迟了吧，所以分手了你一点儿都不难过……"

如果真的一点儿都不难过的话，她这一晚又为何会辗转反侧到清晨

170

才迷迷糊糊睡着，半睡半醒间下意识地侧了个身想要枕在那结实际的胸膛上，却枕了个空的那一刻，又猛地惊醒。

她早已因方迟而养成了开灯睡觉的习惯，如今一盏台灯照亮了这清晨冷清的房间。

连笑在这样的房间里一遍遍环顾，终于意识到分手对她来说意味着什么——心被挖空了一块，空落落，一如枕边无他。

接到谭骁的电话时，连笑人正在法院。

连笑这段时间都在忙着清理网上一笔笔烂账。她先是让公关部的人继续经营齐楚的微博账号，反正齐楚有很多库存照片，足够公关部门发满一个月。此举无异于间接否认了齐楚自杀的传言，谁自杀之后还好端端地经营微博？

当然重中之重是得时不时地发几张齐楚和连笑的合照，齐楚和连笑在巴黎那段时间合照不少，当时照片里她俩状态都不错，这一张张照片可都是打脸利器，专打那些"造谣"齐楚自杀，抹黑连笑压榨员工的造谣者的脸。反正媒体也没能拍到齐楚躺在病床上的照片，没有实锤就没有发言权。

扬帆则一边官方辟谣，一边把几个造谣说齐楚自杀是连笑导致的营销号都告上了法庭。

在律师的指点下，连笑聪明地打了个擦边球，没有告这些营销号造谣齐楚自杀，毕竟这事是真的，而只是告这些营销号侵犯她自己的名誉权。

那些营销号平时有恃无恐，一接到传票，一个个都厌了，全都找关系联系扬帆这边，试图私下调解。可迟来的和解只能遭到扬帆的拒绝。

连笑的立场很坚定，一定要告，顺便让他们封号。

这回这些营销号不得不拖幕后主使人一起下水了，拿出了他们和晗一之间的往来记录。果然这些都是晗一放的料，黑完齐楚黑她。

原来迁怒于他人真的可以缓解一丝内心的痛苦，连笑甚至开始理解起廖一晗的某些做法了。

廖一晗遭受陈璋的背叛和她的拒绝伸出援手之后，只能疯狂地报复所有人，以换回内心的平静。如今的连笑扪心自问，自己大概和廖一晗那时的状态一样了吧，她现在只想亲眼看着晗一是怎么在廖一晗手上完蛋的。

她和营销号们在法庭上周旋的同时，也在着手对付廖一晗和陈璋。

律师给连笑分析过利弊，她和告营销号一样告晗一侵犯名誉权，顶多获得一点儿民事赔偿，这对廖一晗来说，压根构不成任何实质性的威胁。

既然这样，连笑索性学廖一晗，利用舆论，毁了晗一的形象。

廖一晗对赌失败赔掉一大笔钱之后，形象尽毁的晗一，还有哪个投资人敢投？

至于陈璋……他曾在廖一晗的庇护下躲过了牢狱之灾，但他涉嫌职务侵占的证据可都还没销毁。陈璋欠下的牢狱之灾，也是时候还上了。

陈璋可别指望此时的禾嘉佳会像彼时的廖一晗一样，倾尽所有救他……全都是自食其果。

连笑就当这是为她自己，也为齐楚出口恶气了。

而谭骁打这通电话来，是为了告诉连笑，齐楚将在隔天出院的消息。

谭骁怕宋然去医院会被拍到，齐楚出院当天特地给宋然安排了外地的工作，谭骁希望连笑能替宋然向齐楚表示下歉意。毕竟网上那些将齐楚骂到崩溃的声音里，宋然的粉丝绝对是中坚力量。

宋然不去也好，多一事不如少一事，连笑正准备答应下来，却嗅出了谭骁话里的另一层含义——谭骁为什么不自己替宋然去和齐楚说这些？

"你也不去接齐楚出院？"连笑一边朝法院大门外走去，一边问。

本来谭骁爱去不去，连笑完全无所谓，她只是怕在医院碰到方迟。如果其他人都不去，就她、方迟和齐楚三个人……连笑摇头，想都不愿想。

"我……"谭骁有些支吾，"……我也不去了吧。齐楚差点儿被潜规则那事，是我当初说漏嘴告诉廖一晗的。"

连笑在电话这头陷入短暂的僵硬，脚步也停在了法院外长长的台阶上。跟在一旁的律师见状，停在下两级台阶处等她。

"虽然说者无心，听者有意，但我见到齐楚心里还是有愧。你替我多担待些。"谭骁很少用这种蔫嗓说话，看来真的挺内疚。

如果齐楚没能痊愈出院的话，这个秘密或许谭骁一辈子都不打算说出口。

"这事算我俩之间的秘密，连方迟我都没说，你可不能告诉他。"谭骁匆匆嘱咐一句就借口有事挂了电话。连笑听着那干脆果断的挂断音，一笑，满嘴苦涩。

接齐楚出院那天，她肯定不会和方迟独处的，自然也就不会有机会告诉方迟这些事……

隔天，连笑去医院路上特地买了束花，风铃草加剑兰，都有"健康"的寓意。

把花放在副驾驶座，重新发动车子自花店前的马路上驶离前，连笑忍不住调整了下后视镜的角度，好好看看镜中的自己。

分手一个月，脸上不见"伤心"二字的女人……

刚分手第一天时，周青柠不也说她看起来一点儿都不伤心吗？这样挺好的，起码待会儿见到方迟，她还能平静地打个招呼……

只是连笑没想到，她最终也未能见上方迟的面，连齐楚的面她也没见上。

只因她抱着花即将走进病房的那一刻，她看见了病房中正在拥抱的一对男女。

连笑一眼就能认出此时背对她而站的那个人，是方迟。而被方迟高大的身型挡住的另外一个——连笑慌乱间一低头，正好看见了正紧紧攥在方迟衬衣腰侧的那两只手。

被方迟拥抱着的那人，手上有很明显的输液针孔，不是齐楚是谁？

他们一旁的病床置物架上，还放着一束花，是象征"健康"的风铃草。

她和方迟的品位如此相像……眼前的这一切又恰恰是她所希望的……可怎么此情此景在前，连笑却只感觉到呼吸困难？困难到她不得不落荒而逃。

　　满脑子抽离的连笑只顾闷头疾走，连撞到了个孩子都不自知，直到孩子哇的一声哭了，连笑才猛地停下。

　　连笑愣愣地看着面前这个哭得毫无形象的小孩，那一刻，内心深处竟生出一丝羡慕。真羡慕小孩子，想哭就哭……无须顾忌自己的形象，无须在意别人的眼光。不像她，想哭不能哭，无时无刻得提醒自己，这是她自己的选择，再难受也是活该……

　　"坚强点儿，别哭。"她是对这孩子说，更是对自己说。

　　当年被揍得鼻青脸肿，难得得浑身发抖时，她曾这样安慰自己。

　　可如今心里一点点泛起的难过，却仿佛将她整个人一点一点抽丝剥茧，这种折磨，竟比真真切切的切肤之痛更让人难以承受。

　　孩子的家长突然骂骂咧咧地冲出来："你怎么回事？撞了人不道歉，还不让孩子哭了？！"

　　孩子家长一把拽住连笑，也终于将她的神志狠狠拽了回来。

　　连笑回眸见到这个莫名出现在面前的一脸气急败坏的中年女人，愣了愣，才想起来要道歉。可她还未开口，余光就瞥见方迟和抱着花的齐楚远远朝这边走来。

　　连笑当即要躲，却被中年女人扯住头发就往回拽："你这人怎么这样？撞了人就要走？！"连笑瞬间蒙了。

　　这般面无表情的样子落在旁人眼里，大概是十足的冷漠吧。孩子的哭声越来越刺耳，中年女人嗓门更高，嚷嚷着自家孩子被欺负了，要喊自己的丈夫来主持公道。

　　一时之间，场面混乱不堪，看热闹的人三三两两围了过来，挡住了连笑的视线。连笑一门心思不想被越走越近的方迟看见，开始试图摆脱这中年女人。

　　推搡间，中年女人只是踢到了一旁的椅子就叫嚷得不行，连笑被生生拽掉了一把头发，却始终一言不发。而周围这一小群看热闹的人影缝

174

隙间，方迟和齐楚分明从另一边的出口走了，看来是远远看见了这一隅的混乱，刻意避开了。

幸好……

"你还有脸笑？！"伴随着中年女人尖酸刻薄的声音，女人的丈夫也到了，中年女子瞬间占了理，跳起来就给了连笑一巴掌。

连笑半边脸瞬间红了，笑容却始终噙在嘴角。终于，切肤之痛取代了那快将她逼到崩溃边缘的抽丝剥茧……

又过了两个月，齐楚终于回公司报到。

齐楚自杀的"谣言"不攻自破后，公司以她扭伤了脚为由，就这么又拖了两个月的时间。

期间DL一直没上新，连笑也对外放话了，齐楚是DL唯一的模特，没人能取代她的位置。

外界不知多吃这套姐妹情深。网络时代，真正在乎真相的人有多少？大多数不过是看个热闹，今天粉转黑，明天又黑转粉，真的应了那句老话，认真你就输了。

连笑和齐楚之间似乎也达成了某种默契，都不曾在对方面前提到过方迟这个名字。这般讳莫如深，一直维持到连笑偶然撞见齐楚竟在地下车库的一辆保姆车里，和一个男人拥吻的那一刻。

直到两人拥吻结束，分开，连笑顿时有如雷击，彻底僵在不远处。

和齐楚拥吻的人，竟是宋然……怎么可能不是方迟？

那一刻，连笑只觉得老天和她开了一个天大的玩笑。若不是这一天连笑拉着齐楚在公司里开会到凌晨，或许还不会那么早撞破她的这段地下恋情。

DL要在今年"双11"上的新款多达六十六个，DL一年内最大规模的一次上新，连笑务必亲自盯着。她和齐楚以及刚从国外秀场赶回来的设计师开会到凌晨三点，才终于把选款和面料定下。

这次"双11"，连笑是冲着淘宝女装版块前十名这一目标去的。相比别家还在根据上一季的全球各大时装周的款进行打版，DL这次打版的参照可是设计师们刚从各大秀场上扒来的新元素，这样就可以极大程度上杜绝掉撞款的可能性，独家的爆款越多，这次"双11"的销量越不会差。

连笑也听说了，晗一今年也把"双11"当成了主战场，在和资本方僵持不下，眼看对赌协议要到期之际，廖一晗大概需要靠销量重振军心。

如果晗一的三大网红能如去年一样继续霸屏"双11"女装销量榜，廖一晗从扬帆挖走的两大网红成绩也足够漂亮的话，晗一还是有机会翻盘的。

连笑和几个营销号的官司早就打完了，却一直没对外公布结果，就是为了等晗一砸钱为"双11"预热时，曝出晗一利用营销号黑竞争对手的消息。

陈璋曾经涉嫌职务侵占的证据，她也会寄给禾木资本的所有董事。以牙还牙的时候到了。

选完款之后，所有人都撤了，唯独齐楚落在最后，对众人说："你们先走吧，我叫的车还没到。"

其中一个设计师立即说："还叫什么车啊？我送你吧。"

齐楚却摆摆手拒绝。连笑见状，自然也就把可以顺路送她回家这话给咽了回去，道别完就走了。

她在公司开夜会期间，周青柠发了好几条微信来，问她几点下班。她当时回的是十二点，周青柠那时就已经很不乐意了，连笑答应给她带几个最近突然流行起来的网红脏脏包，这孩子才忍下怨气。

而连笑离开公司时，一看前台处挂着的世界时钟都已经指向凌晨三点半了，赶紧下到停车场取了车，马不停蹄往家的方向赶。一想到周青柠，后视镜里映照出的连笑的脸，显然是一个"愁"字。

她这段时间忙不过来，特地请了个阿姨照顾周青柠，但这显然不是什么长久之计。周青柠离家出走都四个月了，周子杉和孙伽文竟然至今都没发现，这点连笑也觉得挺神奇。

再过半年多，周青柠就到达学龄，得入小学了，周青柠不可能到那时候还在她家里做个黑户吧?

连笑不是没想过,既然孙伽文和周子杉都不乐意要这孩子,她能不能走收养手续,合法收养周青柠。

但这肯定过不了孙伽文这关。孙伽文万一听说想要收养周青柠的人是连笑,就算她之前有过弃养的想法,之后也会死抓着周青柠不放⋯⋯

连笑摇摇头,决定不想这些乱七八糟的。

未来的麻烦就交给未来的自己去处理吧,她现在只需要把周青柠指定的脏脏包带回去就行。想到这里,连笑却突然一刹车,忍不住拍自己的脑门,她给周青柠买的脏脏包落在办公室里了。

还好她的车才驶出公司不到五分钟,她很快在下个路口掉头,回公司。车子刚在地下车库的固定停车位里停稳,连笑就下了车直奔电梯口而去。一路紧赶慢赶,眼看绕过前方的柱子就是电梯间了,连笑的脚步却蓦地一停。

说来也巧,齐楚正从电梯间里出来。连笑先看见的齐楚,正要抬手打招呼,却又是一愣。

齐楚来公司开会时明明全程素颜,怎么这会儿脸上却带了完整的妆容?

连笑还没闹明白这是什么情况,齐楚已短暂地四下看了看,发现了停在不远处的一辆保姆车后,径直朝那辆保姆车一路小跑而去,转眼就上了车。

不怪连笑看见这一幕会多想,齐楚上的那辆七座保姆车哪像是叫车软件能叫来的?就在连笑一头雾水时,那辆保姆车突然亮起了远光灯,车子却并未驶离。

这种莫名其妙开远光灯的操作,旁人或许会看得十分莫名,但连笑对此并不陌生。这是防狗仔偷拍的手段,在开了远光灯的情况下,若有狗仔对这车内偷拍,出来的照片将会是过曝的。而连笑之所以知道,是因为她曾见宋然用这招。

就在今年年初,齐楚刚一签给连笑,连笑就带着她去了趟巴黎拍新品,那会儿宋然还在不遗余力地追求齐楚,自然也选择了巴黎作为他写真集的取景地。

连笑那时也在不遗余力地为宋然提供可乘之机，有一次就故意让齐楚落了单。本以为这两个人能因此有个浪漫的夜晚，却不料最后接到齐楚从警局打来的电话，宋然乱开远光灯造成了追尾，齐楚的护照没有随身携带，被警察扣了不让走。连笑只得连夜把齐楚的护照送了去。

把护照送到之后，她才得知这一切的起因是宋然的私生饭包车追车，一直在试图拍到车内的场景，宋然才会开远光灯自保，最终导致了追尾。

也是那次，才让连笑知道了，远光灯竟然还有防偷拍这一作用。

而如今，停在不远处的这辆保姆车，防得了偷拍，却防不了连笑狐疑地走近。

待连笑走得够近了，即将看清那个坐在驾驶座上原本有些模糊的身影究竟是谁时，那个身影却将坐在副驾驶座的齐楚一把搂住，忘情地吻了起来。

连笑的脑子瞬间一片空白。

想必被突然吻住的齐楚亦然，只见齐楚的背影僵了几秒，才稍稍一动，看样子应该是在回吻。

连笑究竟是何时摆脱掉脑袋里的一片空白的？是在车里的那个吻终于结束时，驾驶座的男人放开齐楚，露出面容的那一刻。

连笑原本一片空白的脑中瞬间就被无以复加的震惊充满了。

是宋然。

显然宋然还没有吻够，就又朝着齐楚凑了过去，这回齐楚倒是不客气地把他的脸推老远，看口型，应该是对他说了句："快开车。"

宋然这才依依不舍地把住方向盘，舔舔嘴唇，发动车子走了。

连笑目送着那辆车绝尘而去，不知待了多久，终是凝着一张脸进了电梯间。

她回公司拿了脏脏包，把脏脏包送到家后就又马不停蹄地出了门。这回连笑直奔齐楚家而去。

齐楚在之前租的房子里烧炭自杀后，前房东觉得不吉利，忙不迭把房子卖了。齐楚如今住的房子还是连笑让自己的助理帮她找的，连笑的助理也住在同一小区，就为了万一齐楚再做傻事，有人能第一时间赶到。

齐楚新家的房租是由公司支付的，门禁密码和密码锁的密码连笑也全都知道。

宋然家一直是狗仔严防死守之处，如果齐楚要和宋然幽会，绝对不会去宋然家，更不可能去酒店，所以连笑这回直奔齐楚家，绝对不会错。

连笑也不知道自己究竟是抱着怎样的心态按开齐楚家楼下的门禁的，她脑子里只有一个想法：必须弄清楚这一切到底是怎么回事。

齐楚这三个月来状态恢复迅速，竟不是因为方迟陪着她，而是她和宋然好了？如果宋然和齐楚真在一起了，那两个月前齐楚出院那天，又为何会和方迟抱在一起？

连笑脑子越是一团糨糊，脚下越是走路带风，不一会儿就来到了齐楚家门前，却并未敲门，而是给齐楚打了个电话。

电话很快通了，齐楚那端安静极了，她低声谨慎地"喂"了一声，连笑这端听来已格外清晰。

"你在家吗？"连笑问。

"我……正准备睡了。"齐楚的语气里依旧带着点儿莫可名状的谨慎，"怎么了？"

"我得回公司拿份文件，但我的公司钥匙落公司了。你家离公司最近，我来你家拿趟钥匙。"

"现在？"齐楚的音色俨然又紧绷了几分。

"对。"连笑说话的同时按响了门铃，"我已经在你家门口了。"

叮咚一声门铃响，手机两端都彻底没了声。几乎半分钟过去，依旧没人来开门，连笑又"喂"了一声，齐楚才慌慌张张开了口："等……等一下，我披件衣服就来开门。"说完就把电话挂了。

连笑抱着双臂站在门外等，齐楚应该正愁着该把宋然往哪儿藏，她索性就等齐楚把人藏好。

齐楚和宋然竟瞒过了所有人，连谭骁都毫不知情，可见这段地下恋情的保密工作做得不错。

　　眼前的公寓门终于开了，连笑却一愣，拉开门的竟是宋然。

　　连笑还以为他早被齐楚藏好了，而此时的齐楚就站在宋然身后不远，无奈地抚着额。

　　宋然冲着连笑一耸肩一摊手，俨然把连笑此时的表情误读了。他大概以为连笑正惊讶于他怎么会出现在齐楚家，还赤着上半身，在这初秋时分。

　　"进来吧。"宋然还真就拿出了一副主人的姿态，直接转身进了屋，只留下这句给还僵立在门外的连笑。

　　路过齐楚时，宋然甚至展臂将她一搂，齐楚瞪他，他却有恃无恐："没关系啦，她迟早会知道的。"说到一半又扭头看向连笑，"连总，我相信你口风应该挺紧的，我和小楚的事千万别告诉任何人。"

　　小楚……连笑忍不住咳了一下，很快换了副见怪不怪的样子，走了进来："你们这保密工作做得也太好了吧，谭骁和我竟然都不知情。"

　　"没办法，齐楚不让我公开。我也想通了，喜欢一个人不是要让全世界知道她是我的，而是要好好保护她。"说着宋然就又要没羞没臊地凑到齐楚脸颊边吻一下。

　　这回齐楚倒是躲开了。躲开的下一秒，她反手就将宋然往卧室的方向推："赶紧回房把上衣穿上。"宋然还挺听话，被推了两下，也就优哉着步子走了，留连笑和齐楚两个人在客厅。

　　直到宋然的身影彻底消失在了卧室门后，连笑咽了口唾沫，无比唏嘘道："我还以为你和方迟好了……"

　　齐楚顿时一脸震惊，半晌才诧异地反问："你怎么会这么以为？"

　　连笑都被齐楚这番表情闹糊涂了，再加上自己脑中那幅总挥之不去的画面，不怪自己觉得这一切都那么不真实："你出院那天，我明明看见方迟和你抱在一起。"

　　齐楚似乎不记得了，沉着脸思忖片刻，才恍然想起："哦！那天……"

齐楚那恍然大悟的模样落在连笑眼里，连笑也不知这是对她的讽刺还是唏嘘。很明显，齐楚再也不是那个对方迟执迷不悟的齐楚了，不然的话，怎会忘掉与方迟有关的点点滴滴？不然的话，她也不会提起那个拥抱时，平淡地娓娓道来："那只是我向方迟告别的方式。我终于要放下对他的执念，迎接新生活了……"

　　齐楚忍不住看了眼卧室方向，这个眼神，已经说明了一切。

　　连笑看懂了，却又更恍惚了："那你的自杀……"问出口的当下，连笑便是喉间一涩。

　　这个话题一直是所有相关人士的禁忌。从齐楚在医院醒来那刻开始，直到前一秒，她们之间都未曾提过"自杀"这两个字。

　　齐楚也沉默了很久才重新开口："我那段时间确实很不开心，因为网上的流言，还有和宋然的绯闻。我真的很煎熬，为什么所有人都讨厌我，甚至这个一直说非我不可的男人，也转头就和别人好了。心理医生给我开的药我也偷偷停了。那段时间我每天都会偷偷上网，看自己的新闻，看他的绯闻。尤其是那天晚上，我喝了很多酒，我感觉我真的快要撑不住了，所以我给方迟打了电话，他的开导永远对我最有用……"

　　"他对你的开导有什么用啊？他又不是心理医生！"突然隔着卧室门传来宋然的声音，吓了正陷入低气压的这两个女人一跳。

　　二人猛然望向卧室的方向。原本紧闭的卧室门不知何时被拉开了一道缝隙，宋然分明正躲在缝隙后偷听。

　　齐楚当即威吓了句："不准偷听！"

　　可那道门缝依旧岿然不动。齐楚也拿他没办法了，自顾自继续道："可惜我打给方迟的电话没通……后来我还做了什么，我自己都记不清楚了，只知道等我醒来，人已经在医院。"

　　躲在门后偷听的宋然终于抑制不住了，拉开卧室门，大剌剌地走了出来："你就记得你给方迟打了电话，不记得你昏迷之前还给我打了电话？你还在电话里对我说你爱上我了呢！"

　　面对宋然的大言不惭，齐楚当即脸红否认："不可能！我绝对不会说那么肉麻的话！"

宋然悻悻然撇撇嘴，不再追究这个话题，只把怨气撒在连笑身上："你怎么会以为方迟和小楚在一起了？"

"别叫我小楚……"齐楚嫌弃得不行，一脸威胁意味。

"方迟现在应该正和小——楚——的心理医生在一起吧。"宋然无视威胁，刻意将"小楚"二字加重音，说着往齐楚身旁的沙发扶手上一坐，将他的小楚搂过来。

连笑可没工夫去管这腻死人的昵称和这腻死人的动作，只顾瞪着双眼睛问宋然："心理医生？！"

为免宋然又叫那令她恶寒的昵称，齐楚当即捂住正准备说话的宋然的嘴，并抢过发言权："对，我的心理医生。林医生最早就是方迟介绍给我的，我看他俩最近经常在一起。林医生应该就是他心心念念了很多年的那个女孩吧。"

那一刻，连笑彻底傻了。

方迟心心念念很多年的女孩儿，不是她吗？方迟说过要等她的，怎么可能……

连笑出于直觉地否认，齐楚肯定是误会了，就像她误会齐楚和方迟在一起了那样……

Chapter. 10

不巧，我在等你

比起方迟和齐楚在一起了，方迟和那什么林医生显然更令连笑难以接受，尤其是在听了齐楚对那林医生的评价后。

林佳悦，二十八岁，国内一流985大学毕业的本硕博连读高才生……

学渣连笑只觉得齐楚说的每一个字都在把她往地心里敲，敲到最后，连笑连抗争的心都没有了，满心满眼都只剩三个字在回荡：比不过，比不过……

齐楚却丝毫没有要打住的意思，甚至掏出手机调出林佳悦的朋友圈给连笑看。

林佳悦屈指可数的几条朋友圈都是在转发学术论文，从未发过一张自拍，合照倒是有一张，应该是参加什么心理学论坛时的大合影，各色人种混杂的合照里，那唯一一个亚裔面孔大概就是林佳悦了吧——黑长直，露齿笑，清纯挂。简直是方迟曾提到过的择偶模板。

连笑把手机还给齐楚，已然不发一言。

"她……"连笑还想问些什么，一时间又问不出口。

宋然一门心思想着赶紧送客，语气还挺急："小楚明天去复诊，你在这儿跟我们磨叽来磨叽去的，不如明天去见一下。"

宋然看热闹不嫌事大，连笑却不得不瞻前顾后："林医生应该有方迟的微信吧，方迟发过我和他的合照，她万一认出我来，我不糗死了？"

"那张合照？"宋然当即讪笑，"你把你自己修得你亲妈都认不出那是你，没什么好怕的。"

连笑翻个白眼，咬牙切齿地说："我谢谢你啊……"

连笑嘴上虽这也不行，那也不行，但隔天齐楚上午来了趟公司，下午准备如约去复诊时，连笑却叫住她，明显话里有话："我最近失眠得有点儿厉害，反正公司下午也没什么事，要不我也找个心理医生咨询咨询？"

连笑这话什么意思，齐楚心知肚明。见连笑一副顾左右而言他的样子，齐楚懒得拆穿她，只顺着她的话说道："林医生不错的，就是收费有点儿贵。"

连笑就这么见到了林医生本尊，虽然只是林佳悦匆匆从休息区前走过，而连笑只是坐在休息区里惊鸿一瞥。

林佳悦今天的预约已经满了，连笑只能这么坐在休息区里，等齐楚复诊完。

这算是白跑一趟吗？应该不算吧，起码她见到了林佳悦长什么样，和照片里毫无差别。

不像她，用宋然的话说，就是修图修到亲妈都不认识。连笑只能百无聊赖地玩着手机，实在等不住了，无意间抬头，见刚才负责接待她的护士此刻空闲了下来，她想了想，收了手机踱步上前。

自己就该随时抓住机会多打探点儿敌情，才不枉费在这儿傻等一下午。

"林医生每天预约都这么满吗？都找林医生做咨询，她挺忙的吧？"这么忙还有时间谈恋爱？

护士却摆摆手笑道："没有啊，林医生今天约满，是因为她得提前下班，所以今天下午只留了一个名额出来。"

提前下班？连笑顿时嗅到了不寻常，连忙问："提前下班去干吗？"

连笑这么积极的打探终令护士心生狐疑。护士瞧了瞧连笑，笑笑没说话，故意找了点儿事忙了起来，没再搭理她。

连笑的刺探敌情也只能就此打住了，悻悻然正准备坐回原位，就远远瞧见齐楚终于结束了复诊，正从咨询室里出来。

连笑正好掉转方向迎上前去，与跟在齐楚身后走出咨询室的林医生打了个照面。

林医生真没认出她来，只朝连笑客气地颔首道："我刚听齐楚说了，你最近失眠想做做咨询？"

齐楚还挺给力，连笑向她投去个致谢的眼神，冲着林佳悦展颜一笑："可惜我没能约上今天。"

"真不好意思，我今天得去见朋友的父母，所以提前下班。"林佳悦回诊室拿了张名片，来到门边，将名片递给连笑，"你有需要随时可以给我打电话。"

连笑接下名片，粗略扫了一眼，林佳悦竟还是这家心理咨询室的合伙人。

高端私立心理咨询室的合伙人——连笑暗自盘算一下，应该也挣不少吧。看来这林医生不仅是学霸，还是女强人。

连笑咽了口唾沫，抬头冲林佳悦笑笑："好的，那您忙您的，我们就不打搅了。"

话虽说得无比客气，但连笑转头离去的瞬间脸上的笑容就没了。敌人太强，她哪开心得起来？

连笑很快回到车里，正热着车，齐楚拉开副驾驶座的门，也坐了进来。

齐楚看看连笑那士气低落的模样，想要安慰又不知从何开口，想到另一重顾虑之后，又不由得面露难色："你和方迟因为误会分手，我有很大责任我知道，我有义务让你们重修旧好我也知道。可……林医生是无辜的。"

连笑皱着眉看齐楚，领会半天才终于领会出了齐楚的言外之意，不禁失笑。

齐楚这话说得，好似她要不择手段地将方迟从林佳悦手里抢过来。连笑可没那意思，再说了，齐楚怎么就认定林佳悦和方迟在一起了呢？没准就只是朋友呢？

"对啊，你怎么就那么肯定方迟和林佳悦在一起了呢？不能单纯只是朋友吗？就像……"打个不恰当的比喻，"就像你和方迟一样。"方迟不也只当齐楚是朋友吗？

齐楚自认为更了解方迟，十分坚定地道："你不懂。方迟这些年，身边压根没出现过什么女人。要不是我总缠着他，他也同样会拒我于千里之外。可林医生不同，你觉得林医生是会缠着方迟的那种人吗？"

连笑脑海中不由得浮现林佳悦的模样。很显然，林佳悦不是那种人。

"所以，方迟经常和她出双入对，肯定不只朋友这么简单。"

连笑竟无法反驳。以她对方迟的了解，齐楚的分析确实找不到一丝错漏。方迟的字典里绝对不会有"红颜知己"这个词，若不是这等独善其身，也不会被人怀疑性向不明。

可就算此等有理有据，也敌不住连笑的一句狡辩："没有实锤，坚决不信。"

可惜，连笑很快就体会到了什么叫求锤得锤。

连笑还在兀自低着头自欺欺人着，齐楚却突然撞了撞她身侧。连笑当即抬头，随后便在齐楚目光的示意下，望向了不远处的心理咨询室大门口。

林佳悦正走出大门，身姿绰约的模样，连笑几乎一眼辨别出来。林佳悦停在台阶上，四下张望着，恰在这时，不远处响起了嘀的一声车喇叭。

车喇叭声不仅林佳悦听见了，连笑和齐楚也听见了，三人均循声望去。三道来自不同方向的视线，就这么同时汇集在了一辆正停在大门不远处的车身上。

那辆车……是方迟的车。

林佳悦很快小跑着上了方迟的车。

全程，连笑的视线就没挪过地方。直到方迟的车掉了个头驶向错车道，连笑再也瞧不见了，才猛地醒过来，赶紧挂挡放手刹，油门轰地一踩到底，车子离弦般驶出停车场。

齐楚的安全带都还没来得及系上，连笑已驾着车猛地拐向了错车道。

齐楚就这么在副驾驶座岌岌可危地坐着，眼看就要系好安全带，连笑又是猛地一拐，上了主路。这么一记颠簸之下，齐楚手中安全带的扳扣再度脱了手。

反观连笑，沉着脸临危不乱，俨然是个女车神。

连笑自己都没想到自己的车技竟突然变这么好，转眼就追上了方迟的车。他们的车隔开十米左右，连笑才放缓了车速，但丝毫不敢放松警惕，生怕跟丢。

齐楚这回终于能够安安稳稳地系好安全带。

望一眼方迟的车尾，再看一眼连笑，齐楚猛地想起来林医生说她今天要去见朋友的父母。

"方迟要带她去见家长了？"对此，齐楚都不敢置信。

连笑没吭声。

齐楚想了想又问："你见过方迟的父母吗？"

连笑更不肯吭声了，但她的缄口不语以及陡然沉下去的脸色，已然说明了一切。

齐楚不由得感叹："果然，白月光就是不一样。"

连笑和方迟交往这么久都没见过他的父母，林医生和方迟这才几个月……

齐楚如今再看连笑，俨然觉得对方是曾经那个求而不得的自己，相当能感同身受。唯一不同的点或许是，当初的自己被打击得有如丧家犬，如今的连笑却似乎更像只斗犬，分明越挫越勇……

驾照考三次才过的连笑愣是一路都没跟丢，最终成功尾随方迟的车进了商场的地下车库。

眼看方迟和林佳悦一同下了车，连笑赶紧找了个就近的停车位，一个甩尾就停稳了，当即就要熄火下车。

齐楚一副不打算掺和的样子，坐在车里动也不动，只说了句："祝你好运。"

连笑也没勉强，直接甩车门而去。

工作日的下午，偌大的商场里人流量并不大，连笑一路不远不近地跟着，方迟和林佳悦一路悠闲，她却满头大汗。

其实连笑也不知道自己这么做究竟有什么意义，可就是忍不住要看看方迟是不是真的带林佳悦来见父母。不到亲眼所见的那一刻，就可以心安理得地不去相信。

方迟和林佳悦全程手都不挽，哪有半点儿情侣的样子？连笑刚给自己打完这剂强心针，林佳悦就当着她的面，突然挽住方迟的胳膊。

求锤得锤，连笑脑袋发蒙，脚步也随之停了下来。

对于林佳悦突如其来的亲昵，方迟并未拒绝，而是一手任由林佳悦挽着，一手抬起，朝他正前方打个招呼。

连笑顺着方迟挥手示意的方向看去，只见一位打扮得体的阿姨站在那儿，发髻一丝不苟，没有一根白发；羊绒大衣熨帖，不见半个褶；倒是称不上和蔼，走向方迟和林佳悦时，虽噙着笑，笑容却有距离感。

看来那就是方迟的母亲了。

挽个胳膊顶多证明关系好……是的，只是关系好而已……又不是接吻，能证明什么……

若不是连笑全程一直这么自我暗示，恐怕早就掉头走了。

不过显然自我暗示还是很有效的，连笑竟跟着这一行三人逛起了商场。

看来他们是来选购家居用品的，直接进了一家设计师品牌的家居组合店。连笑还不死心，趴在店外的玻璃橱窗上，看那三人在餐具区挑了好一会儿。

设计师组合店里的东西定价向来不菲，导购倒没什么眼力见，直到

188

看见方母抚着餐具的手上那枚包镶的祖母绿，才赶紧抱着产品目录笑吟吟地冲方母走了过去。

方迟和林佳悦则得空走向了另一边的寝具区。

连笑的煎熬开始了。这林医生，拉着方迟试沙发，连笑也就忍了，为什么连床也要试？

拉着方迟坐在床尾，连笑也就忍了，为什么还偏要让方迟躺着试试？

让方迟单独躺着试一下，连笑也就忍了，为什么林佳悦随后也躺下了？

连笑当即咬牙切齿地抡着包砸了过去。若不是面前这道玻璃橱窗挡着，以连笑这手劲儿，她的包估计真能隔着这一大段距离，飞砸到那对狗男女的脸上。

实际情况却是，包砸到橱窗的下一秒就反弹了回来，甩了连笑一脸。

连笑当即痛得龇牙咧嘴。包扣也瞬间砸开，眼看包里的东西撒落一地，她终于没了脾气。

连笑脸上砸了个大红印，手里拎了个开着扣的空包，脚边落了一地凌乱——她的手机、粉饼，估计都碎了。可再碎也不及她的心碎。

半晌，连笑终是硬着头皮蹲下去捡。一路捡完手机、粉饼，刚要捡起口红，口红就被过路的人一脚踢到了远处。

那路人看那口红一眼，又看看这个埋着头教人瞧不见面貌的女人，不帮忙捡也就算了，连句道歉都没有就走了。

连笑心中骂骂咧咧，只能跟着口红滚落的方向过去，自己捡。却在这时，又有一双鞋不疾不徐地走到了她面前。

这人若再把她的口红乱踢，就算是无意的，她也要破口大骂。连笑正咬牙切齿地低着头，脏话已在喉间，下一秒就要脱口而出，对方却替她捡起了口红。

连笑当即一噎。她瞬间收起了已酝酿好的凶神恶煞，抬头准备冲对方一笑，笑容却还未展开就已僵住。

连笑看着面前的方迟，头皮一点儿一点儿发起麻，终是硬着头皮，不咸不淡地来了句："好巧……"

方迟低头瞧了眼她的包，目光又回到她脸上，不咸不淡地回了句："不巧。"

连笑一皱眉，显然没懂他的意思。

方迟不介意多露一句："你的车跟了我一路。"

尾声
余生请多指教

其实早在方迟把车开上交流道时，就已经发现了这个不怀好意的尾随者。

还是林佳悦提醒他的。

当时他正在心理诊所外等林佳悦下班，和她共赴自己母亲的约。

方迟和父母的关系一向不好，父母也已离婚多年，方母却十分认死理，终于熬到了方父的后妻去世，二人能再续前缘。方迟对自己父母这兜兜转转的几十年爱恨早已无感，可毕竟他是二人的独子，林佳悦和方母的关系又一直不错，才有了今天两个年轻人陪着方母选购新婚家具这么一出。

或许也只有林佳悦这种见多识广的心理医生，会对方家的这种畸形家庭关系见怪不怪。

当然，林佳悦也没少拿这事调侃他："你不觉得你和你妈还挺像的吗？一辈子都栽在那么一个人手里。"对此，方迟只能不置可否。

谁说不是呢……

而当下，林佳悦一上车就看热闹不嫌事大地告诉他："你猜我今天见到谁了？"

方迟本就不爱这种猜来猜去的游戏，一会儿又得和林佳悦一同去见自己的母亲，就更没心情猜了，只静静地看着林佳悦，给个眼神：说。

林佳悦其人，私下里和工作中全然两副面孔，见方迟不搭自己的腔，悻悻然撇撇嘴："你前女友。"

方迟稍一愣，林佳悦显然还有后话："她和齐楚一起来的。你就不好奇她为什么会突然找到我这儿来吗？"

林佳悦这般循循善诱，方迟却没心思跟她兜圈子："你到底想说什么？"

他显然不吃林佳悦平时用在患者身上那套，林佳悦不免讪讪的："和你这人聊天真没意思。"抱怨归抱怨，她终究还是正襟危坐了起来，"你前女友把我当情敌了，我跟她第一次见面她就把我从上到下打量了个遍，那个眼神……"林佳悦当下回想起来，还不免缩了缩肩膀。

"我？跟你？"方迟嘴角一勾，不可思议，又摇摇头作罢，对连笑的这番误解不予置评，只径直发动车子，扬长而去。这话林佳悦可就不爱听了，反问道："你这话说得，好像我有多配不上你似的……要是你真觉得我配不上你，还拉我在你妈面前演什么戏？"

其实方迟找她配合自己演这出戏，除了因为她聪明伶俐，懂得应变之外，关键还有一点——林佳悦也单身多年，她简直是对男人这个物种都完全不感兴趣，这也相当于省去了他的很多麻烦。

至于连笑为何会误会他分手三月就另结新欢……正当方迟不得其解时，就听副驾驶座上的林佳悦突然低声感叹道："你前女友车技不错啊……"

方迟乍一回神还以为自己听错了，扭头却见林佳悦正噙着笑津津有味地看着后视镜。方迟一蹙眉，一边扶着方向盘，一边顺着林佳悦的目光也瞥了眼后视镜，只见他车尾后不远处，一辆眼熟的车一个甩尾就加塞进了与他同向的双车道中。

那分明是，连笑的车。

这架势，哪像是他所认识的那个，一本驾照考三次才过的"马路杀手"？

方迟收回视线的同时，下意识地紧了紧方向盘。这一幕恰恰落在林佳悦眼中，林佳悦一笑："看来你前女友是打算一会儿跟我们一起逛商场了。"

　　果然如林佳悦所料，连笑的车真的一路尾随着他们进了商场的地下车库。

　　眼看方迟瞅准了连笑停车的区域，这就要熄火下车，林佳悦赶紧拦下他："你该不会是打算现在就下车，去跟你的前女友解释我跟你之间没什么吧？"

　　方迟一扬眉，反问："不然呢？"

　　连笑当年那么爱周子杉，发现周子杉劈腿孙伽文之后，立即彻底分手，任由周子杉如何挽救都不回头。

　　对周子杉尚且如此，更何况是对他？他还不至于蠢到去挑战这个女人的底线。

　　但林佳悦似乎深感他现在下车去解释才是真的蠢，无奈地摇头："越容易得到的东西越不会被珍惜，这在行为主义心理学上可是被无数遍认证过的真理。我的出现唤起了她的危机意识，你应该配合我演出才对。"

　　她说的每一个字都甚有道理，可周子杉的前车之鉴历历在目，方迟更担心自己会重蹈覆辙，必须先把话说在前头："别演过头了。"

　　"放心，这个度我一定会把握好，绝对不会让她感觉到你在劈腿，而只是让她觉得出现了个强有力的竞争对手，她再不出手的话，你……"林佳悦坏笑着勾了勾方迟的下巴，"就是我的了。"

　　方迟未曾料到的是，自己竟就这么被林佳悦挟持了。

　　林佳悦走到半路突然挽他的胳膊，方迟下意识避开，林佳悦只阴恻恻来一句："她在看……"

　　他便只能任由林佳悦去了。

　　进了家居店，挑些骨瓷餐具就足够了，林佳悦却非拉他去试床，还必须得躺着试。方迟理都懒得理，林佳悦却出脚将他绊倒，令他跌坐在床尾。他要站起来，却直接被她摁着肩膀躺下："她在看……"

方迟晃眼一扫，只见橱窗外那熟悉的身影不知为何，正气冲冲地挥包砸向橱窗。橱窗岿然不动，包里的东西却瞬间洒落一地，一如那女人的表情，平静之下支离破碎。

只见她僵立半晌，终究还是硬着头皮弯腰去捡。方迟什么也没想，当即就起了身，径直朝店外走去。几步开外才猛地想起来不该这样，可他拿自己一点儿办法都没有。

怎么就见不得这女人受半点儿委屈？半点儿都不行。

似乎有些演上瘾了的林佳悦还没反应过来，冲着他的背影低声喊："喂！你走了我一个人还怎么演？"

方迟却头也不回，只丢下一句："爱怎么演怎么演。"

事已至此，林佳悦也只能坐在床尾，咬着牙一路目送着方迟走出店门，捡起了滚至他脚边的口红，最终，迎面对上那个女人的目光。

连笑顿时傻眼。

在连笑当着方迟的面假笑起来的那一刻，店内的林佳悦也迎来了方母的一句："我们去别家转转吧。"

林佳悦吓得腾地就站起。扭头一看，方母已经选好了餐具填好了送货服务，正四下张望："方迟呢？"林佳悦赶紧一闪身，恰恰挡在方母与橱窗玻璃之间，心理素质极佳的她，撒起谎来简直脸不红心不跳："他去洗手间了。"

本想拖着方母再在这家多逛会儿，不料方母已自行朝店门口走去："那我们先逛。"

林佳悦心下一紧，瞅一眼本该在洗手间实际却在橱窗外的方迟，慌忙跟上方母的脚步。墨菲定律却屡试不爽——越怕方母朝方迟的方向走去，她就越是出门便右拐，眼看就要撞见方迟。

林佳悦都顾不上形象了，大喊一声："阿姨！"方母这才定住脚步回过头来。

林佳悦这一声大喊自然也惊动了更前方的方迟，方迟立即神色一凛，头也不回，当下一把拽住连笑的手，闪身就进了一旁的安全门。

砰的一声，连笑被狠狠抵在门背上。

最初的震惊过后，这个男人呵在她耳畔的气息，以及那只撑在她耳边的胳膊，仿佛都缠绕着一种久违的熟悉感，将连笑狠狠裹挟住，令她只顾抬眸看他，甚至有短时间的失神。

方迟却在这时直起了身。他虽依旧一手撑在门上，却已拉开了彼此间的距离。他垂着眸，几乎是以审视的目光看她："为什么跟着我？"

他的眼里，稍带着一丝疏离感，连笑瞬间想到刚才就是因为林佳悦突然出现，他才忙不迭拉着她躲进安全门后——他是有多不希望被那林医生看见他和别的女人在一块儿？

连笑越想越气，忍不住反问道："你不是说等我回头的吗？那个心理医生又是怎么回事？"

方迟回答得倒是坦然："只是朋友。"

连笑差点儿都相信了，方迟的手机却在这时突然响起。他收了撑在她耳侧的手，摸出手机，连笑却压根来不及看清来电显示的是谁，方迟已换了一手，侧过身去接听。

空旷到连脚步都能有回声的安全通道内，即便他侧过身去，手机背在另一边，连笑依旧稍一竖着耳朵，就能听见手机那端是那林医生的声音："你怎么去洗手间去这么久？我和阿姨逛别家店去了。"

"我马上过来。"说完方迟便挂了机，直接拉开没被连笑挡住的那半扇门。

连笑眼看他就要这样一走了之，下意识地要叫停他，他却先行脚下稍稍一顿："别再跟着我了。"说完，再不做半刻停留，径直拉开安全门走了出去。

连笑看着眼前这半扇因最后那点儿惯性而晃悠着的安全门，顿时就被点着了，一把拉开，冲着即将走远的方迟喊："谁一路跟着你了！我约了人在这个商场吃饭！"

那头的方迟脚下不停，也不知听没听见。

连笑就这么和这个对她不假以辞色的男人彻底杠上了。

他不让她跟着，她就非得跟，还跟得特别光明正大，方母和林佳悦进哪家店，连笑就进哪家店扫货。这男人还挺能耐，竟次次都没让她和林佳悦打上照面，气得连笑进一家店就要刷一次卡，以至于到了最后，她自己都不知道自己究竟买了一堆什么玩意儿。最终她把一直等在车里的齐楚叫来餐厅时，齐楚见她大包小包地搁在一旁，震惊全写在脸上："你怎么还血拼上了？"

连笑只咬着牙拍拍自己身旁的椅子，示意齐楚坐下，目光则全程不离不远处的另一桌。

齐楚入座的同时难免顺着连笑的目光望过去，只见那三个人其乐融融地坐在那儿。

连笑目光片刻不离那边，服务生在这时上前递上菜单，连笑看也没看就顺手接过。服务生客客气气地问连笑："请问您要点些什么？"

连笑菜单在手，却看也不看，只随手一指："这个。"

那边厢，林佳悦正一边询问方迟的意见一边点菜，两个人脑袋都快挨一块儿去了，看得连笑直咬牙，手指在菜单上胡乱点着："这个。"一道主菜。

"这个。"又一道主菜。

"这个。"又是一道主菜。

因是全法文的菜单，这位女士连点三道主菜，服务生难免怀疑她没看懂菜单，不由得小声提醒道："我们家菜品分量挺大的，您看要不要减掉一个主菜……"

连笑却压根充耳未闻，手指自顾自地在菜单上继续："这个。"

齐楚坐在一旁，无奈地叹了口气。等最终十道主菜同时上桌，连笑看着面前这张顷刻间被堆满的餐桌，恍然大悟地拿起一旁下好的餐单："我点了这么多？！"

齐楚耸耸肩，谁说不是呢？

十道主菜，连笑拿起刀叉，一时之间却不知该从哪儿开始下刀。

放眼看去，自己面前，蜗牛、鹅肝、牛排、羊腿……光是看着已腻得不行。不连笑死心地瞟一眼不远处那桌，林佳悦面前那份芦笋做底的前菜，相比之下，看着真是格外清爽可口。偏偏这时，方迟还起身朝她这桌走来。

连笑这桌，正处于去洗手间的必经之路上。

方迟走过，悠悠一停，低头瞧瞧她面前这一盘又一盘，模棱一笑："胃口不错。"也不知是在夸她还是在损她。

连笑心中有气，又被揶揄，自然不服，当即切了一大块羊排往嘴里塞，当着方迟的面闭眼咀嚼起来。这架势，俨然美食当前，无暇顾及其他。

方迟终是什么也没说，走了。

连笑还真就摆出了要把这十份主菜通通消灭掉的架势，齐楚光是看着她这么吃，都忍不住靠着椅背直皱眉，终于忍不住劝："你这么自虐也不是办法吧。"

这话连笑就不爱听了，啪地放下刀叉："谁说我自虐了？"

连笑动作幅度有些大，竟引出一阵反胃，她赶紧压下干呕的冲动，不敢再多说一个字，直接站起就往洗手间方向走。

齐楚看着她急吼吼的背影，这不是自虐是什么？

不过这也不能怪连笑咽不下这口气，方迟和林医生郎才女貌，连笑看着难受，也挺正常。对此，齐楚还是挺能感同身受的，想当初她看着方迟和连笑你侬我侬时，心态不也平衡不到哪儿去？

不一会儿连笑就冲进了洗手间，撑在洗手池前，干呕了一阵，却什么都呕不出，只觉得难受。自己跟自己赌气，到头来胃撑得受不了，苦的还不是她自己？

可连笑就是忍不下这口气。一个男人，口口声声说要等她回头，可转眼就和别人出双入对，搁谁谁心里能好受？

洗手间里的保洁见她干呕半天什么也呕不出，好心支招道："您可以按住虎口试试，治反胃很有效。"

连笑冲保洁点头道了声谢，正准备按压虎口试一试，而此时的保洁推开洗手间的门准备出去，得了连笑这么一声谢后，不忘回头冲她多说了一句："之前我碰到过一位客人孕吐得厉害，就是用这招止住的。"

连笑按住虎口，似乎真有点儿效果，不由道："我好像真的没那么想吐了……"

保洁笑笑，拎着保洁用具走出了洗手间，却不料突然迎上了一个猛然僵立在洗手间外的身影。这个身影，分明是刚从对面的男厕中走出。

至于他为何突然僵住，保洁来不及多想，身后女厕的门已被拉开，连笑转眼走了出来，下一秒也看见杵在她与保洁面前的那个一脸僵硬的方迟。

方迟就这么看看保洁，又看看连笑，耳畔突然就回响起了片刻前，自己无意间听见的那句话。

"之前我碰到过一位客人孕吐得厉害，就是用这招止住的。"

孕……吐？方迟的眼中，迅速闪过一丝慌乱。

连笑没想到自己竟会在洗手间外见到他。

方迟看她的眼神，分明透着古怪，目光极短暂地下移至她腰上，又迅速地回到她脸上。

连笑自行解读了一番之后，就差指天发誓：我可没跟踪你！洗手间又不是只能你一个人来！

她这生龙活虎的样，方迟一瞧，眸色便恢复了往常。他手中还拿着保持着通话的手机，便不再多看连笑，一边朝外走一边对手机道："我公司有点儿事得赶回去一趟，你来国金中心替我陪她们逛吧。"

这林医生面子可真够大的，他公司有事，还得专门指派人手陪她逛街……

"谢啦，谭大少。"方迟说完挂了电话。

连笑就这么目送着他的背影消失在拐角，情绪早已低落得不行。

接替方迟来陪方母和林佳悦逛街的人竟是谭骁？看来这林医生已经把方迟的亲朋好友都认识了个遍。

反观自己，在这抹耀眼白月光的衬托下，俨然已成墙上的那抹蚊子血，看着碍眼。

铩羽而归的连笑这顿饭是彻底没心情吃了，回到餐桌旁，远远瞧一眼那边厢正有说有笑的方母和林佳悦，她落寞地示意服务生过来买单。

结了账，提着大包小包出了餐厅，她直奔直梯而去。

齐楚跟进电梯，见连笑直接按了地下车库的楼层，看来是没心情继

198

续逛了。

齐楚思来想去，终于组织好语言，勉强安慰："刚失恋确实会很痛苦，但我以过来人的身份向你保证，时间和新欢会治愈一切。"

此话甚是在理，但依旧不妨碍连笑回视齐楚时，一脸的生无可恋。

华灯初上，连笑的车匿于陆家嘴的车流中，想到后备厢里那一堆自己冲动之下买的东西，她就觉得眼前的红灯格外碍眼。

幸好车上还有一人，连笑睨了眼正低头发微信的齐楚："我买的那些床品你待会儿都拿回家吧，就当是送你和宋然的温居礼了。"

齐楚抬起头来，没说话，只欲言又止地看她。那眼神里隐约透露出的信息还不少，连笑被她盯得心里发怵，不由得摸了摸自己的脸："干吗这么看我？"

齐楚犹豫了很久，似乎在考量自己究竟该如何站队，久到交通灯都转绿了，她才不确定地透了底："方迟给我发微信了。"

刚踩了油门的连笑因齐楚这句话，又猛地刹住。后头的车险些因此追尾，愤愤地按起了车喇叭，连笑这才赶紧重新发动车子，可她的心思已完全不在眼前的路况上了，只顾紧着嗓子眼问："他说什么了？"

"他问我，你为什么要去见林佳悦。"

连笑咬着牙想了想，糊弄方迟可不是件容易的事，必须小心谨慎，字斟句酌："就说……我失眠，需要看心理医生。"

"我已经说了。"

连笑不禁一扬眉。齐楚这孩子，突然帮起她来，她多少有些受宠若惊。

齐楚却依旧一副满不在乎的模样，继续道："他还问我你最近有没有什么反常的举动。"

虽然猜不透方迟为什么突然问这些，但连笑还是指使道："这个可以如实回答。"

既然连笑有话在先，齐楚也就如实回答了。

连笑这车是彻底没心思开了，停在路边的临时停车格内，凑过去看齐楚打的字。

"除了她把酒戒了，局少了，其他的都没什么异常。"

连笑满意地点点头，抬抬下巴示意齐楚赶紧把这串文字发给方迟。

酒戒了，局少了——多么洁身自好的完美前女友形象。

连笑没时间沾沾自喜，齐楚的微信铃声就又响了，依旧是方迟的回信。

可齐楚点开来一看，连她都不禁眉头微蹙起来，彻底摸不着头绪了："他问我你最近是不是经常反胃……"

方迟的脑回路一向不是她等凡人能轻易摸透的，连笑和齐楚面面相觑，显然都没弄懂他意欲何为。

连笑下意识地喃喃着："我不就刚才在餐厅里……"她就这么猛地想起了当时在餐厅的洗手间外，方迟见到她时那近乎古怪的神情。

她当时还以为方迟是因为怀疑她又跟踪他，才显露出那副模样，可如今陡然回想起洗手间外那一幕，尤其是那时，他还曾往她腰上匆匆一瞥……

连笑顿时惊大了眼。

齐楚不明就里地看看手机，又看看连笑，不敢轻举妄动："我该怎么回？"

连笑咬着手指，绞尽脑汁想了半天，腾地坐直，看来是想明白了，语如连珠炮似的吩咐道："你就回'她最近不仅经常反胃，没什么食欲，还总容易犯困'。"

齐楚将信将疑地按照她说的发了。没一会儿，齐楚的微信铃声又响，连笑忙不迭问："他回了什么？"

齐楚索性把手机屏幕举到连笑面前，让她自己看。

"我问你的这些，请对连笑保密。"方迟如是回道。

连笑当即得意地冲着屏幕喊话："你这话说得太迟啦！"说罢便以最快速度重新发动车子，掉头回去。

齐楚半知半解地看着这位姐姐全程风里来雨里去，终是忍不住问："你们俩到底想干吗？"

连笑却只冲齐楚讳莫如深地笑笑："你和宋然能在一起，我可是

200

大媒人，你欠我的这个人情，是不是该还了？"连笑说完，不等齐楚回话，表情已迅速恢复成一派坚毅，就这么沉默地加着速，把齐楚的一切疑问都暂时丢进车窗外的夜风里。

半小时后，假模假样地逛着母婴用品店的连笑，总算被齐楚看出了门道。

齐楚无奈地直抚额："假怀孕这招不都是电视剧里恶毒女二用的吗？用这招可没什么好下场……"

连笑却跟她玩起了文字游戏："我又不是主动骗他，是他自己要误会的。我只是巧施妙计……"连笑拎起一件货架上挂着的宝宝衣，仿佛这就是她所谓的妙计了，"加深这个误会而已。我开口骗他了吗？没有啊……"

齐楚选择为方迟和林医生默哀三秒钟。

等连笑逛得差不多了，抬腕看看手表，见时间也不早了，行动开始。

怎样才能让方迟知道她在采购婴儿用品？直截了当地让方迟本人看见，难免会引起他的怀疑，这个时候，大嘴巴的谭大少的作用就格外明显了。

连笑当即一个电话拨给谭骁。一接通，连笑就是故作惊讶的一句："你在国金？"

手机那头的谭骁哪知道她葫芦里卖的什么药，同样惊讶地回道："你怎么知道？"

"我也在这儿逛呢，刚远远看见一个人好像是你。"

谭骁忍不住感叹道："这么巧！你在几楼看见我的？"

连笑当即被问得一卡壳，险些就露了怯。万一她说是在三楼看见的，谭大少却压根没去过三楼呢？

连笑赶紧避重就轻道："对了，一会儿能不能送我一程？"自己有车不开，偏偏要蹭谭骁的车，连笑连理由都想好了，"我本来和齐楚一起逛街的，她临时有急事，我就让她把我的车开走了。我一会儿搭你个顺风车回家，不介意吧？"

齐楚全程在一旁听着，显然十分佩服连笑睁眼说瞎话的能力。

　　谭骁倒也好说话："行，我这边也差不多逛完了，你在哪儿等我？"

　　在见到谭骁之前，连笑赶紧让齐楚把自己的车开走。

　　齐楚倒也宁愿如此，分明不想掺和进连笑所谓的行动中，一会儿就开着连笑的车消失得无影无踪，留她一人，拿着自己今天买的大包小包，等在和谭骁约定好的出口处。

　　和谭骁一起出现在连笑面前的，自然还有方母和林佳悦。

　　方母如此近看，和方迟真的有几分神似，眉眼间是同样的疏离淡漠。只是方母因眼角的细纹，神情显得更柔和些，不似方迟，不笑的时候，冷得很锋利。

　　林佳悦见到连笑的那刻，倒是一副惊讶状："连小姐？"

　　连笑也热络地打招呼："林医生！"

　　这两人分明认识，谭骁诧异地一扬眉："你们认识？"

　　"她是齐楚的朋友，今天刚去了我的心理诊所咨询。"

　　谭骁闻言，十分夸张地"哦"了一声。越是剪不断理还乱的关系，谭大少就越是感兴趣，当下就要揽过连笑的肩膀，作势要向林佳悦介绍连笑的另一重身份："林医生你大概还不知道吧，这位连小姐可是我们方……"

　　连笑当即猜到谭骁是要广而告之她是方迟的前女友了，不客气地一记曲肘，狠狠撞向谭骁的腰。

　　谭骁当即痛得倒抽一口凉气，连笑却当作什么都没发生，朝林佳悦和方母笑笑，提起搁在脚边的大包小包，把其中一大半直接往谭骁手里塞，顺便以只有谭骁能听见的音量威吓道："废话这么多，不如帮我提点儿东西。"

　　连笑住的地方离国金最近，谭骁自然先送她。

　　果然连笑早已将谭骁的属性摸得通透——谭大少其人，不仅大嘴巴，还看热闹不嫌事大，总有意无意地把话题往方迟身上引。

　　连笑搭个顺风车简直搭出了一场头脑风暴，满门心思都耗在了如何把话题岔到别处去，终于下车时，别提心有多累。

虽然心累，连笑却依旧时刻谨记着初衷，下了车绕到后备厢去拿自己的东西时，将自己买的一袋婴儿用品"不小心"落下了，没带走。

至于这袋婴儿用品最后是会被林佳悦发现，还是被谭骁发现，这都不重要，只要最后这件事能传到方迟耳朵里，她计划的第一步就算成功。

希望她没有高估方迟举一反三的聪明才智……希望方迟不要让她等太久……

连笑买了这么多东西回家，可忙坏了周青柠。连笑把这堆购物袋一股脑全扔在了客厅的沙发上，周青柠兴冲冲地把每个购物袋都翻了个遍，翻到最后一个袋子时，终于彻底耷拉下脸来："怎么没有我的东西？"

要么是些餐具床品，要么就是些母婴用品，没一样周青柠感兴趣的。

连笑这一天之内撒的谎都快赶上过去二十多年的撒谎总和了，却似乎已熟能生巧，张口就来："嗯……我朋友家的宝宝过半岁生日，我今天去给那个小宝宝挑礼物了。"

廖一晗的孩子，算一算，也确实半岁了……原本瘫在沙发上的连笑猛一晃神想到，又赶紧打住，心有戚戚地坐直，换个话题道："你辅导班的作业都做完了？"

连笑还真是一问就问到了点子上，周青柠撇撇嘴，心有不甘地踢开脚边的购物袋起了身，嘴上虽说着："你和方迟都分手那么久了，他给我报的辅导班我就不能不去上了吗？"脚步却已乖乖地朝自己房间走去。

方迟……毫无征兆地从周青柠嘴里听到这个名字，连笑不禁叹了口气。

连笑白天以自己失眠为借口要看心理医生，才得以见到林佳悦本尊，却不承想，后半夜自己竟真的失眠了。

晚餐那顿等同于没吃，连笑饥肠辘辘，就更睡不着了。

在床上辗转半天，她终是一股脑坐起，摸过手机叫外卖。

为了不吵醒周青柠，连笑在外卖的备注里还特别声明了，外卖小哥到门外时不必按门铃，直接给她打电话让她开门就行。

连笑等外卖的这段时间里也没闲着，上网订一些母婴杂志，准备家里、车上，甚至公司里都放两本，保不齐哪天方迟突然登门拜访，看见这些母婴杂志，就又加深了误会……

以方迟的效率，应该不会让她等超过一周……

连笑心中正叫嚣着：让误会来得更猛烈些吧！就听肚子饿得咕噜一声，瞬间就又偃旗息鼓，气势全无，只等外卖小哥来解救。

半小时后，门铃好歹是响了。叮咚一声，格外清脆。

终于盼得外卖来，连笑却吓得赶紧从茶几旁的地毯上蹦起来，拖鞋都没穿就直奔玄关而去。

看来外卖小哥压根就没看她的备注，连笑刚冲到玄关，门铃就又响了一声。

她叫的外卖可都是重麻重辣，万一吵醒了周青柠，周青柠肯定闹着要吃。连笑又是那种极没原则的家长，孩子撒泼耍赖装可怜，招招都对她有效。

她是绝对管不住周青柠的嘴的，也是绝对能料到周青柠吃完肯定又要喊肚子疼的。

已有此等前车之鉴在先，连笑猛然拉开门的那一刻，一脸的紧张却瞬间僵住，门外哪是什么外卖小哥？

她都想到了以方迟的效率，不会让她等超过一周；怎么就没想到，以方迟的效率，他此时此刻就该这么面无表情站在了门外，手里提着她故意落在谭骁车上的婴儿用品……连笑顿时有些不知所措。

方迟的目光平静地自上而下，最终落在她的双脚上时，这才微微一蹙眉。已是十月中旬，地板那么凉，这女人还赤着脚到处乱跑……

连笑在他的目光下，几乎本能地蜷了蜷脚趾。

可转念一想，自己何必这么心虚？眼前这一切明明都正按照她的计划进行着，他已经上钩了，现在该是她收线的时候了……

"你怎么……"连笑假装没看见他手里拎着的购物袋，只一派懵懂的样子看着不请自来的他，心中则一直在盘算着这个男人下一步会怎么做。

马景涛上身，抓住她的肩咆哮："你到底还要瞒我多久？"

不对，这不是他的风格。

他应该静静地看着她，一贯地波澜不惊："几个月了？"

到时候她只需欲哭无泪地否认："你误会了……"

欲哭无泪还是挺难演的，方迟一个字都还没说，连笑就已经开始酝酿情绪了，却险在下一秒破功。

只因下一秒，二人耳边同时响起一个陌生的声音："请问这里是1132吗？"

连笑瞬间石化。循声看去，只见外卖小哥拎着她点的麻辣小龙虾，目光先落在了更靠近他的方迟的身上，随后才看向门里的连笑。

连笑赶紧给外卖小哥使眼色，可惜外卖小哥哪看得懂？只能一头雾水地看看连笑又看看方迟。既然连笑一副抗拒的样子，外卖小哥索性把手里的一大盆麻辣小龙虾给了方迟，不免抱怨一句："你备注里让我别敲门，可我给你打电话你又不接，真是……"

连笑太阳穴突突直跳，谁让外卖小哥这么巧，方迟前脚敲门，他后脚就打电话。她手机开着振动搁在沙发上，就算有来电，她现在也听不见。

外卖小哥就这么走了，留连笑独自一人面对方迟。

眼看方迟就要低下头去看外卖小哥塞他手里的外卖究竟是什么，连笑自认就算手速快如闪电，恐怕也没办法在方迟低头之前把外卖抢过来藏身后。那么一大盆麻辣小龙虾，是孕妇能吃的？

电光石火间，连笑脑袋飞速运转，突然就灵光一闪，几乎在方迟低下头去的同时，她一把捂住嘴，当着他的面干呕起来。

方迟一愣。眼看连笑干呕着弯下了腰，方迟赶紧把两手的东西搁在了玄关柜上，空出手来扶她："没事吧？"

连笑冲方迟摆摆手："没……"刚说了一个字就又是一阵反胃，她连忙推开方迟，转头就朝洗手间的方向冲。

连笑看似慌不择路，实际上全程都竖着耳朵，时刻注意着身后的动静，听见方迟的脚步声跟过来的那一刻，她终于松了口气……等她恢复常态从洗手间里出来时，一抬眼就看见倚在墙边的方迟。

他看着她时，眼里那欲盖弥彰的担忧看得她心情大好，她却偏偏还得做一副愁眉苦脸的样子，丝毫不敢松懈，怕一松懈就被面前这人精识穿。

"你大晚上来找我，该不会是来兴师问罪的吧？"连笑苦笑，"我可真不是有意打搅你和别的女人约会的……"

别的女人……这四个字说得，三分埋怨，七分黯然，绿茶婊的这点儿招数能有多难？连笑分秒间已驾轻就熟。

若是换作从前，她绝对不屑于这么做，就连当年经历了周子杉和孙伽文在一起，同时痛失男友和闺密的双重打击时，她都没用想过要用阴招。可不知怎的，当她看见方迟和那林医生在她面前卿卿我我的那一刻，她竟如此难以接受，难以接受到原则也不想要了，骄傲也可以丢了，满心满眼就只剩下一个念头：她不能失去他……

连笑继续保持着一张苦大仇深的脸，看着方迟，等他开口问她买的那些婴儿用品是怎么回事。

她都已经想好怎么回答了，反正就是一口咬定是她的朋友刚生了孩子，她买这些是送礼用的。

以方迟那一向喜欢举一反三的脑回路，她越是这么否认，就越显得欲盖弥彰，就是要把方迟绕得云里雾里，绕得他再没心思去管那什么林医生。

连笑就这么心里敲着锣鼓等着他发问，可他真开口问她了，连笑却当即愣了。

"你最近有没有时间带周青柠去趟墨尔本？"

"什么？！"不怪连笑反应不过来，方迟这话问得实在太唐突，连笑就算是神算子，也算不到会是如今这走向。

方迟却显然已经忘了他提来的那袋婴儿用品了似的，只双手合十，一副公事公办的口吻："孙伽文涉嫌弃养的证据我早就送到周青柠之前所在的福利院了，但孙伽文一直不认。可她虽然不认，但福利院要求她带着周青柠去一趟墨尔本，她也找不着周青柠在哪儿。

"我今天逛街逛到一半赶回公司，就是因为孙伽文发现了她涉嫌弃养的证据是我交给福利院的，所以跑到我公司兴师问罪。

"现在需要你带着周青柠去一趟墨尔本，让周青柠把她这些年的处境一五一十告诉福利院，督促福利院尽快收回孙伽文的抚养资格。你真想收养周青柠的话，再走相关手续就行。"

早在……她和方迟还没分手时，她确实提过一嘴自己想要收养周青柠。但当时方迟并未给她任何反馈，连笑以为他不乐意，也就没再提过。而后没多久又出了齐楚自杀一事，收养周青柠的想法更是被诸多烦心事彻底打得烟消云散。

他却说他早就把孙伽文涉嫌弃养的证据送到了周青柠之前所在的福利院……

有多早？早在她提出想收养周青柠的那一刻，他就已经在筹划了？

连笑虽完全处在状况外，但也只能暂时把自己的计划放在一边："也就是说，我可以走正规途径正式收养周青柠了？"

方迟点点头，甚至摸出手机，调出一份文档给连笑看："这是澳大利亚那边的收养法规，你看看。"

连笑一看文档，全英文，看来方迟是有备而来。

她原本还真以为他是来还她落在谭骁车上的那袋婴儿用品的，真是的，白白浪费了她那么出神入化的演技……

连笑却来不及叹惋，敛了神，通读起收养法规来。

虽然法规里有不少生僻词，但大体的意思连笑还是看得懂的，却在读到了收养人条件的那一栏时，生生卡在了一个再浅显不过的词上——Married。

收养人必须……已婚？

短短一句话，连笑反反复复看了三遍，终于确定自己没看错，也就只能不确定地抬头看向方迟了。

这男人迎着她的目光，出奇地坦然，连笑着实是看不懂了，他在把收养法规拿给她看之前，他自己没看过？不知道收养人必须已婚？

连笑忍不住咽了口唾沫，除了这个条件以外，她倒是都满足……

他见她一副欲言又止的样子，竟还一脸状况外地反问她："有什么问题？"

连笑张了张嘴，转瞬又把想说的话生生憋了回去，只故作镇定地摇了摇头。

方迟的无心之举就这么为她打开了一条新思路，她之前怎么就没想过结婚？

和他……结婚……

连笑低头继续看收养法规，心思却早已飘远。假怀孕总有被拆穿的一天，能忽悠到他跟她领证，那才是真正的万无一失……

这么想着，她不禁抬头偷瞄他一眼。

连笑正忙着被自己突然闪现的聪明才智折服，偷瞄的目光来不及收回，便被他捕捉到。她这回可不慌了，作势咳了一声，就这么轻巧地把偷瞄转化成了光明正大的对视，同时收敛起所有表情，故作平静地对他道："之前都是你和福利院接洽，那看来这次你得陪我跑一趟墨尔本了。"连笑的语气不是疑问，不是请求，自然也就没给他拒绝的权利。

既然确定要去墨尔本，连笑隔天就着手办签证了。她有过澳洲的出签记录，续签倒也快。只是这多少令人觉得有些讽刺，当年她办澳洲签证是为了去墨尔本见周子杉，如今却是为了和周子杉的前妻争孩子……

连笑本想把DL今年"双11"的拍照地也选在墨尔本，方便她随时监工。可惜墨尔本此时已经入夏，这次拍的又全是冬装，只能作罢。

DL团队先行飞纽约拍摄新品，连笑则忙着临行前把手头的工作尽快安排妥当。

今年的"双11"可是连笑入主扬帆以来最重要的一个关口。虽然连笑和扬帆经过了近一年的磨合后，成功扭亏为盈，彻底稳住了各大股东和投资人的心；齐楚遭受全网黑之后，几次成功的危机公关也成功巩固住了连笑的位置，扬帆的运营也终于进入了良性循环，但真要连笑在

"双11"这么重要的上新准备期间，彻底撂下公司的大小事务而去忙自己的私事，她还是有些不放心。

方迟打电话给她，确认她几号能飞墨尔本，他好和福利院提前约时间，连笑却忙着在会议室里开会。方迟上午打电话来，连笑的助理代接，又一路拖到下午，连笑才回电。

"能不能再晚十天半个月？等我把'双11'的事安排好再……"

"双11"之前的一个月一贯是销量淡季，买家都在等"双11"，购物欲自然会降低。但扬帆刚和韩国最大的面膜品牌签了合同，第一个月的销量反馈到韩方，韩方很不满意，连笑这一上午都在忙着开越洋视讯会议解释这件事。

连笑一向讨厌和韩方打交道，当年DL第一次面临过渡期，从最初的四季青拿货升格到去东大门买版，那个时候起，连笑就深切体会到了他们的小家子气。

如今那么大一面膜品牌，照样改不了这样的习气，连笑真想直接告诉对方："有什么担心的？'双11'一到，销量吓死你。"实际上却只能和和气气地解释。

如今她给方迟回电话时，还在一手翻着合同，手机都只能夹在耳朵和肩膀之间。方迟那边半天没有回音，连笑估摸着他该不会是生气了吧？

连笑满嘴的冤枉气："我是真忙，不信你来我办公室检查检查，合同都堆成堆了。"

这时正有人敲门，连笑说了声："进。"

她刚才切内线给秘书，让她倒杯咖啡进来——看来咖啡到了。

伴随着开门声一抬头，连笑却当即愣住，他还真来她办公室检查了？

方迟信步走进，连笑愣了几秒才记起挂电话："你还真来了？"

"路过。"方迟扫一眼她的办公桌，还真是一摞文件。

眼看方迟的目光无意间扫向桌上那两本她早前特意买来装饰门面的母婴书，连笑藏着得意，却随手拿起另一份文件，当着他的面，挡在了那本母婴书的书封上。

她分明能确定方迟看见那本母婴书了，方迟却眉头都不皱一下，只问道："听说你中午都没吃饭？"

"谁告诉你的？"

"你助理。"

连笑嘴上嗔着："大嘴巴……"心里却暗自得意，年底一定要给小助理涨工资！

虽然很想说自己是反胃得厉害所以不吃午饭，但对象是方迟，连笑就非得反着说才行："忙过头，没时间吃而已。"

方迟也没再追问，只随手一翻她挡在那本母婴书上的文件，问道："这么多文件，什么时候能处理完？"

连笑顿时脑子不够用了。他问她什么时候处理完，是打算约她吃晚饭？他作势翻这份文件，是为了找机会看看那底下压的究竟是不是本母婴书？

可她用来挡在婴儿书上的这份文件，恰好是公关部送来的针对晗一的公关计划。她将在"双11"之前，全网投放晗一买通营销号黑她和齐楚的证据……

连笑完全没来得及摸清他的门道，他却已被先行被打断了视线——他的手机响了。

他摸出手机一看，来电显示的是林佳悦。

不仅他瞧见了，连笑也瞧见了，顿时什么心思都没了，只尽可能把耳朵凑过去。只可惜隔得有些远，中央空调的声音又偏要来干扰，林佳悦的声音，连笑半点儿没听见，只能通过方迟的回话来反推林佳悦说了些什么。

"我快下班了，你到哪儿了？"

"我也快了。"

"你赶紧地，我订的餐厅位置只预留到七点。"

"放心，我还有二十分钟不到就能到你诊所，七点前绝对能到餐厅。"

走到门边，他终是短暂一停，回看一眼快被一桌文件淹没的连笑，说道："一个企业，CEO万事都得亲力亲为的话，只能说明这个企业和这个CEO一样失败。"

他就这么……走了？走之前还不忘挖苦她一下？

连笑全程傻着一双眼，直到方迟的身影已消失在门外半天，才一点儿一点儿过神来。

掐指一算，扬帆所在的写字楼还真就处在从方迟公司到林佳悦心理诊所的必经之路上。

他竟真的只是路过……连笑最终只能苦哈哈地回了家，吃家里阿姨做的菜。

阿姨本是为了周青柠请的，做的菜口味也偏淡，适合孩子，连笑吃得索然无味，心里估摸着自己晚上又得偷偷叫外卖，再一想到此刻的方迟正和林佳悦吃着高档餐厅，便忍不住用筷子戳米饭，戳得稀巴烂。

只是不承想，半夜，她还没来得及等周青柠睡着，她好偷偷叫外卖，就被谭骁请出门吃夜宵了。

谭骁可从没单独请她吃过夜宵，连笑多少嗅到了点儿鸿门宴的味道。可她又一心想要从他那儿打听点儿林佳悦的情况，只能上钩了。

果然谭骁今晚情绪不太对，一改往日浑不憷的样子，车也不骚了，也没带女伴充门面。这家小店虽装潢陈旧，却是一些沪上的纨绔子弟爱来的聚点，谭骁今天这么低调，反倒和周遭的客人格格不入。

有诈，绝对有诈。

就算服务员端上的是盆色香味俱全的小龙虾，连笑也只能暂时先推到一旁："说吧，什么事？"

谁都看得出来夜宵是幌子，谭骁也没打算兜圈子，闷完一杯啤酒就开了口："不知道方迟有没有对你说过，我之前一直有意给廖一晗的对赌协议托底。"

连笑一愣。她的答案其实不重要，谭骁的脸上是难得的沮丧："反正你现在知道也一样，不过我现在打算放弃参与了。"

连笑的脸色，好看不到哪儿去："你突然说这个干吗？"

谭骁或许从没对人这么低声下气过，脸上总有些别扭，可他终究还是说了："你放廖一晗一马吧，别把她买通营销号曝黑料那些事捅出去。老话说的，冤冤相报何时了……"

所谓老话都搬出来了，看来谭大少真的没有什么求人的经验。连笑立即就要否认，可转眼就咬住了唇。

既然谭骁如此确定，她也没什么撒谎的必要了。思考片刻，连笑猛然就想到下午方迟来她办公室时，看过一两眼她的文件。

竟就是那么一两眼……

连笑已经有点儿想投降了："方迟告诉你的？"

关于晗一买通营销号故意放黑料的相关材料，除了扬帆的公关部之外，只有方迟这么一个外人看过。可方迟为什么要把这件事告诉谭骁？

好在谭骁很快解答了她的疑惑："他大概知道，廖一晗被你打入谷底的话，我肯定又会不忍心，出手帮她。不如就这样彻底断了吧，我不会再帮廖一晗，你也别害她。至于她未来要用什么方法翻身，就不关我们的事了。"

连笑也说不上来，谭骁这到底是在求她，还是在威胁她……

毕竟谭骁都已经说得那么明白了，如果廖一晗真的因此翻不了身，他终究还是会忍不住出手帮她。

谭骁都能低下头来求她了，还有什么事做不出来？

连笑脑子乱得不行，也不知道能找谁商量。夜宵也没吃成，最初想要从谭骁那儿打听下林佳悦的那点儿歪脑筋，如今也早被她抛诸脑后。她一遇到解决不了的事，总第一个想到方迟，可如今的方迟……

连笑思来想去，终是开着车去了齐楚家。

齐楚是当事人之一，都被廖一晗放的那些黑料逼到自杀了，这件事她也该最有发言权。

好在宋然出外景了，齐楚一个人在家，连笑把能说的都说了，希冀着齐楚起码能给她提供点儿解题思路："这事你怎么看？毕竟你也是当事人之一。"

连笑还以为齐楚会思考很久，或者起码流露出一丝纠结，齐楚却很快给了答案："我和谭骁的想法一样。"

连笑语气紧绷到几乎是在追问了："理由？"

齐楚的目光，静静地扫过她的脸："你不放过廖一晗，其实就是不放过你自己。"

连笑心底咯噔一声，没话了。

"谭骁这么求你，也是想亲手为他和廖一晗的这段关系画个句号吧。总有一方要先结束的，不是吗？"齐楚似在问她，又似在陈述一个事实。

连笑默默地垂下了脑袋。这个二十岁出头的姑娘，似乎，比她看得明白……

公关部针对晗一的公关方案，连笑最终还是放弃了。

她把手头所有的工作都暂时放到一边，和方迟确定了时间，和周青柠一道去机场同他会合，共同前往墨尔本。

齐楚的话点醒了她。诚然，有些东西是可以放弃的，比如那些只是为了争一口气的事……而还有些东西，是她想要争取的，比如这个世界上独一无二的他……

连笑带着周青柠提前到了机场，那一刻的连笑，多少有点儿两袖清风，只待故人归的落拓感，既轻松，又期待。

可惜一切期待，都在看见林佳悦的那一刻戛然而止。

林佳悦竟然来送机？

再看看林佳悦身旁站着的方迟，连笑的脸顿时不知道往哪儿放。

林佳悦见到她，却没半点儿惊讶，反倒笑得特别知性可人："连小姐，你好。"

连笑的心理素质哪能和这位心理医生比？虽也回以一笑，但终究还是有点儿僵："你好。"

气氛稍显尴尬，林佳悦瞅瞅方迟，突然轻巧地凑到连笑耳边轻言道："你和方迟的事我都听方迟说了，没关系的，都是过去式了，我不介意。"虽一副对连笑说悄悄话的模样，可音量也恰到好处地刚够一旁的方迟听清。

连连笑自己都不禁要感叹，林医生这话说得既体贴大度，又俨然是正主之姿。连笑扪心自问，自己若是个男人，能有这么个不计前嫌的暧昧对象，绝对忍不住烧高香。

一旁的周青柠却彻底蒙了。

收养手续还没办成，周青柠就已经管连笑叫"妈"了。在得知这其中方迟帮了不少忙之后，周青柠这人小鬼大的孩子，突然见到方迟的那一刻，多少有些不好意思，大概心里正琢磨着自己是该管方迟叫叔叔还是叫爸爸，方迟却领着另外一个女人出现了……

再抬眼瞧瞧连笑，孩子都看得出连笑分明已被气死，她却还要故作微笑。

周青柠无奈地摇头，成年人的世界啊……

连笑上了飞机就戴上眼罩开始睡觉，以此发泄不满。

可她哪睡得着？方迟就坐在一旁，这趟航班允许上网，方迟的手机时不时地就振一下，大概是在和林佳悦聊微信？

他的手机每振一下，连笑心中的小火山就爆发一次。

终于，她忍无可忍，戴着眼罩猛地一翻身，刻意闹出特别大的动静背过身去睡，只朝身后丢去一句："有没有点儿公德心？手机能不能调成静音？"

机舱外的轰鸣声令连笑错估了自己的音量，她还以为自己的音量刚好够方迟一人听见，却不知她一开口，商务舱里所有正在玩手机的人都停下了。

短暂的尴尬过后，众人纷纷动手，能戴耳机的戴耳机，手机没调静音的赶紧调静音。

方迟瞅一眼身旁那缩成一团的身影，嘴角一勾，也把手机调成了静音。

终于，连笑的世界安静了。可她酝酿半天睡意，依旧睡不着。

这下可好，越是听不见他手机的振动声，连笑越是能脑补他和林佳悦聊微信时那旁若无人的样。

越脑补，画面越丰富，牙关也越咬越紧，她终是腾地坐了起来，一把摘了眼罩。正在上网的方迟被她突然而起的动作吓了一跳，当然他面对再大的惊吓也只是挑一挑眉。

挑眉的动作落在连笑眼里，就完全不是那么回事了。连笑只觉得又被他鄙视了。

一肚子气，索性面子里子都不要了，连笑二话不说一把拽过方迟的手机："到底有什么好聊的？跟我在一起的时候也不见你天天和我聊这么嗨啊？"骂骂咧咧的同时低头一看，连笑傻了。

方迟手机屏幕上显示的确实是微信页面，却不是在和林佳悦聊天，而是有人在告诉他晗一最近的变动。

廖一晗不知用了什么手段，竟让禾嘉佳和陈璋闹翻了。要知道禾木资本家的这位千金，可是一度爱陈璋爱到什么都不顾了。

廖一晗对陈璋也没再手软，彻底将陈璋逐出了晗一。至此，晗一和禾木资本重归于好，晗一恢复IPO，继续上市。

连笑夺过手机时一肚子的闷气，看完这一切之后，却只剩满脑子空白。她恍惚地抬头，正迎上方迟的目光。

他懂她的诧异："你也没想到廖一晗能凭借一己之力力挽狂澜吧？我们都必须承认一件事，大多数时候，恶人是没有恶报的。"

连笑把手机丢回给他，气焰早已散尽，只能感叹："我现在只觉得谭骁有点儿可怜。"

谭骁应该曾为了晗一的危机出过不少力，可到头来，无论是晗一还是廖一晗，都与他无关。

"我倒不这么觉得，谭骁应该庆幸自己没有栽在廖一晗这个坑里。而廖一晗，她也不算完全没有报应，她恐怕这一辈子都不会再碰到像谭骁那样爱她的人了。时过境迁之后，她到底会不会后悔她曾这么对谭骁，这么对她自己……"方迟笑了一声，却不带半点儿笑意，"如鱼饮水，冷暖自知。"

可他这话说得，连笑难免会浮想联翩，尤其是他那句"时过境迁之后，她到底会不会后悔她曾这么对谭骁，这么对她自己"…… 连笑终于忍不住问："谭骁和廖一晗之间到底发生了些什么？"

方迟却只是笑笑，伸手就拉下了连笑戴在头上的眼罩："别这么八卦了，睡你的觉去。"

到达墨尔本的第二天，方迟就带着连笑和周青柠去了福利院。

从起床起就咋咋呼呼问连笑是不是今天就可以办完所有手续合法领养她的周青柠，却在车子越来越驶近福利院时，表情一点儿一点儿沉了下去。

看来这孩子还记得这是去福利院的路。即便这孩子再早熟，也总有她承受不了的东西。连笑想了半天，终于想到该如何转移周青柠的注意力。

"方迟过两天生日，他早决定要开个派对了……"她此话一出，周青柠还没什么反应，坐在副驾驶座的方迟却率先从后视镜里投来质询的目光。

那目光分明在问连笑：我过两天生日？我怎么不知道？

连笑对他的眼刀视若无睹，继续问心无愧地拿着他当幌子："可惜他这人……你也知道的，他脾气差，没什么朋友，我们把你在墨尔本的小伙伴都请来给他庆生怎么样？别让他这么孤单了……你有什么可以办大型派对的场地推荐吗？"

连笑问完周青柠后，这才慢条斯理地抬起头来，冲方迟无谓地耸耸肩。

得了便宜还卖乖的样子，分明在说：我对你的评价可都是事实，怎么了？

原本还郁郁寡欢的周青柠歪着小脑袋想了半天，眼里终于闪过一丝欣喜："我知道一个餐厅！我在福利院里有个朋友，被收养之后，他爸爸妈妈特地包下过一家餐厅给他庆祝生日！就那个餐厅！特别好！他还请我们去了……"

周青柠那隐隐约约流露出的艳羡目光……终究是个孩子啊，连笑忍不住摸摸她的头。

可惜他们这次去福利院白跑了一趟，孙伽文找借口改期了，分明在拖时间。

连笑也不知道孙伽文再这么拖下去有什么意义，在她弃养周青柠的证据已经那么充分的情况下。

好在还有个莫须有的派对在这儿顶着，能让周青柠分分神，不然等待延期的这些天里，连笑真怕这孩子胡思乱想。

也因为如此，连笑还真把这莫须有的派对坐实了。两天时间，她紧急联络了墨尔本当地的活动策划公司，真准备大张旗鼓地给方迟过个生日。

周青柠也忙得不亦乐乎，策划公司全权负责布置场地和其他一切琐事，周青柠竟自告奋勇，全程监工，仿佛能在她梦寐以求的餐厅里过生日的不是方迟，而是她自己。

邀请函也发到了周青柠在墨尔本的所有小伙伴手里，其中不乏依旧在福利院里住着的几个孩子。

孩子们的天地，还愁热闹不起来？即便方迟半点儿不乐意，连笑照旧带头起哄，最终不得不逼得方迟戴着个滑稽的生日帽，坐在冰雪女王造型的蛋糕前，听众人为他唱生日歌。走调最严重的，当然要数这一切的策划人连小姐。

"我的生日，为什么要请一帮小屁孩来闹场？"连笑忙着给孩子们分蛋糕时，方迟终于得空发表下意见。

"有点儿童趣行不行？你个缺失童年的老人家！"连笑拿沾着奶油的手戳戳他的鼻尖，"待会儿给你个福利，等着！"

方迟刚来得及擦掉鼻子上的奶油，她所谓的福利也开场了。

竟是让孩子们排成一队，挨个给他献吻？

连笑一声令下，排在队首的白人小孩噘着嘴踮着脚就凑了过来，方迟沉着张脸闪身想躲："我能拒绝吗？"

方迟话音刚落，就听吧唧一声，奶油味的吻就这么落在了他的脸颊。

"Happy birthday！"

白人小孩之后，紧接着是个亚裔小孩，吧唧……

"Happy birthday！"

紧接着又是个亚裔小孩，吧唧……

"Happy birthday！"

也不知是哪个孩子吃完蛋糕，嘴都没擦干净就来亲他的脸，他的脸颊转眼被亲得腻腻的一层奶油。

连笑不给他递纸巾不说，反而还笑着看热闹："待会儿给你擦……待会儿……"

周青柠排在队伍的倒数几位之中，终于轮到她时，她还是有些扭捏，不好意思地冲方迟笑笑。毕竟她和方迟闹过不愉快，周青柠还挺怕这个大人跟她记仇。

再一看方迟，果然还是一副臭脸。

周青柠哪知道这人天生臭脸？好不容易小心翼翼踮起脚准备献吻了，却还是怯怯的，最终只能一把拉过连笑："你……你替我亲……"

连笑莫名躺枪，指指自己的鼻子："我？"

周青柠却已经把她往方迟身边推了推。连笑这下可算把自己诓里头了，有些不确定地看看周青柠，又有些不确定地看看方迟。

周青柠一副"你看，你也亲不下嘴吧？还说我"的模样。

至于方迟……只是静静地看着她，教人猜不透情绪。

连笑竟莫名地紧张了起来，咽了口唾沫，才梗着脖子靠近："盛情难却，你就忍一下，啊？"

她先凑到方迟耳边小声说了这么一句，才清清嗓子，学着这帮孩子的样子，噘起嘴，凑向方迟的脸颊……

周青柠这时候倒是有脸皮在那儿起哄了："你们两个，太磨蹭啦！"说着就要推连笑一把。

这么一推之下，连笑瞬间就失了平衡，本该亲到他脸颊的嘴，就这么一侧，亲到他的唇上。

连笑瞬间一惊，赶紧站直了："我发誓我不是故意的！"转头就要找推她的人算账，"谁！谁刚才推的我？"孩子们瞬间嬉笑着散作一团，免得被这凶神恶煞的女人逮着。

方迟看着这一幕，终是一笑。

大雪初霁。

这个假生日，方迟竟然心情大好到喝醉了。连笑可真没想到。

回到酒店后，安排周青柠睡下，连笑又去了隔壁套房，给今天的寿星善后。连笑从浴室里出来，返回卧室时，方迟还躺在床上，一脸醉意。

"我给你放了缸水，你记得起来洗澡……"

他眼皮都不抬，看来真醉得不轻。连笑正愁该怎么办，就隐约听见外头传来微信铃响。

连笑见他压根就没有要醒的意思，便不管他了，去看到底是谁的微信在响。

不多时连笑就回到了客厅，翻自己的包拿出手机。她的手机并没有微信提醒，那么……连笑的目光自然而然地看向被随手丢在茶几上的方迟的手机。

有些心虚地瞅了眼卧室方向，连笑才小心翼翼地拿起方迟的手机，按亮。

果然是他的微信在响，还是林佳悦发来的微信。

"生日还没过完吗？"方迟竟然告诉林佳悦他今天过生日？

连笑不由蹙起了眉，不自觉地就想到派对后半程时，他的手机总不时地响，他也基本上都是秒回。

要知道她还没和方迟分手时，他的私人手机就算响八百遍，他也不屑于看一眼。该不会他当时秒回的，都是林佳悦的信息？

一想到这一点，连笑想也没想就准备解锁他的手机她倒要看看，方迟和林佳悦究竟有什么好聊的……

可下一秒连笑的表情就僵住了，她竟然被提示要输入密码才能解锁。

好家伙，他竟然设密码了……

连笑死攥着手机，气得在茶几前踱来踱去。男人一旦给手机设密码，必定有鬼。

她又猛地顿住脚步，不让她看，她偏要看。

区区一个密码锁而已，怎么可能难得倒她？连笑掉头就朝卧室走去，一脸的不达目的誓不罢休。

方迟的手机还是旧款的指纹解锁，在这方面他一向跟老干部似的，不爱追流行。他这台手机还是连笑送他的，他们分手后，最新款的面部解锁手机才上市，他自然也就没有新款手机用了。

连笑这回重新进入卧室就没那么光明正大了，虽然知道方迟醉成这样基本上不可能被她区区的脚步声吵醒，但她依旧全程蹑着脚，屏着息。

可当连笑看见空空如也的床铺的那一刻，登时愣了，人呢？

伸手一摸方迟之前睡的地方，分明还有余温。她刚才一直在起居室，也没见方迟从卧室出来……那他还能去哪儿？

连笑顿时心里一凉，完了。

最终，连笑来到了卧室附带的浴室门口，方迟应该就在里头。

她之前为方迟放好洗澡水，从浴室中出来时，浴室门是敞开的，而如今的浴室门却虚掩着，看来方迟是醒了，进浴室泡澡了。

趁他醉死用他的手解指纹锁的念想顿时泡了汤，连笑站在浴室门外抓心挠肝，愁得直皱眉。

她想看个方迟和林佳悦的聊天记录怎么就这么难？

连笑越想越不服气，思来想去半天，只能死马当活马医了，凑到虚掩的门缝那儿，小声唤了句："方迟？"

等了半天，方迟竟没搭理她。

没准他最后一点儿神志都用来爬进浴缸了，一进浴缸，热水一泡，他就又酒劲儿上头，睡着了呢？

连笑就这么满脑子不切实际的想法，又试探了一句："你不说话我可进来了啊……"方迟若真还醒着，听她这么说，以他的个性，绝对会开口阻止。可连笑又等了半天，浴室里依旧毫无动静。

果然天助我也？连笑来不及雀跃，小心翼翼地推门而去。

方迟果然仰靠在浴缸里，合着眼帘，手则垂在浴缸外，十指修长。

看来真醉得不轻，衣服裤子都没脱就在这儿泡澡？

"我进来了啊……"连笑这回终于可以大着胆子走了过去。

可走到近前，看着他那张沉静之中还不乏严肃的脸，连笑多少还是有点儿不太敢冒进，捏着嗓子放低音量："你在这儿睡会着凉的……"

方迟这回还是一动不动，连笑可算是彻底放心了，在浴缸旁蹲下，捏起他的一只手摁在他手机的home键上，看着屏幕成功解锁的那一刻，她差点儿欢呼出声，却始终憋着口气，赶紧背过身去，用最快速度调出林佳悦和方迟的聊天记录。

林佳悦在发来那句"生日还没过完吗"的两个小时前，也就是当地时间晚上八点多，还发了消息给方迟。

"哈哈哈，亏她想得出来……"

"怎么办？我好嫉妒她，你真的生日那天……能不能留给我？"

八点多……他们都还在生日派对上……

不得不说这林医生真会撩，可惜方迟没回。

方迟没回，是否意味着林医生还没成功撩到手？

连笑稍稍放了些心，这才得空继续往上翻。也不知翻了多久，连笑终是默默地把手机放下了。

她也不知道自己究竟该开心还是该沮丧。起码从聊天记录判断，齐楚说得并不对，哪是方迟在追林佳悦？明明是林佳悦一直在放钩子勾方迟。

可连笑真的无法为此庆幸半分。

林佳悦简直是撩汉高手，时进时退，方迟似乎还挺吃这一套，虽然目前还没看出他对林佳悦动心的征兆，但他和林佳悦聊天的频率每天都在递增，这可不是什么好兆头。

这简直是在催促连笑，她再不抓紧把方迟重新拿下，方迟就快要被林佳悦撩走了……为了让自己重拾信心，连笑特地把聊天记录又划到最后那一句上。

"怎么办？我好嫉妒她，你真的生日那天……能不能留给我？"

想得美！连笑替方迟回答了，再扭头看看方迟，他还是那样合着眼帘，眉峰是一贯的凌厉，眼角却柔和，侧脸的线条是美好的流线型，湿透的衬衫下隐隐透着壁垒分明。

连笑不禁回身坐在了浴缸上，默默凑近他的唇，琢磨着自己再不化身恶毒女二，面前这可口的唐僧肉就要被别的小妖精叼走了……

她举起手机找好角度，脑子里总有个声音在制止：你这么做，和当年孙伽文穿着周子杉的衬衣从周子杉的房间里出来有什么区别？

却又有个声音在狡辩：区别在于周子杉不爱孙伽文，而方迟爱老娘我！

一意孤行要按下拍照键的手，却在那一刻猛地停了。

连笑竟被自己问住了，现在的方迟，还爱她吗？连笑竟确定不了答案。

原来这才是最令她惶恐的，以至于她手一抖，手机就掉了，正砸在方迟肩上，直痛得方迟皱着眉嘶了一声。

安静至极的浴室里突然响起他这么嘶的一声，连笑瞬间身体僵化的同时，也魂飞魄散了。就这么保持着拿着手机凑他嘴边的姿势，生生定格住。

她甚至不敢看他有没有睁开眼。

扑通……扑通……扑通……是谁的心跳声，在谁的耳膜上敲响？

可除了心跳声，就再也没别的动静了。

连笑刚鼓起勇气，正打算抬眼看看他是不是没醒，唇上却一软。那柔软的触感，又生生将连笑刚解开的那点儿思绪一把缠住。

缠住的又何止是她的思绪？她的腰也同时一紧，就这么被一股近乎蛮横的力道缠住，再顺势一带，一头栽进了浴缸里。

温热的水瞬间从四面八方淹没而来，连笑刚呛了一口，惊慌无措间睁眼，只见这个半醉半醒的男人，已近在咫尺。

他眼里是迷蒙还是清明，连笑压根来不及看清，就被再度吻住。久违的纠缠有如唤醒记忆的钥匙，连笑的手几乎是在下意识要推开他的同时，紧紧攥住了他衬衫的肩侧。

那股扣在她腰上的力道也随之化成了绕指柔，一切分崩离析间，任谁也无法思考，接下来发生的究竟是对是错……

222

一大清早，连笑醒来睁开眼的那一刻，就忍不住叹气。

老天不公！为什么偏偏就不肯给她个机会生米煮成熟饭？连笑气绝之下忍不住扭头看向一旁还在沉睡的方迟。

莫非男人真喝醉之后压根硬不起来这一传言是真的？不然的话，昨晚怎么可能吻着吻着……就没下文了？

她把他衣服都脱了，他却那么一个翻身，自己又睡着了？

而她，仰面躺在已有些凉意的浴缸中，半天都没反应过来，就这么……结束了？她什么好处都没捞着，还浸得一身湿，就这么……结束了？

她难得如狼似虎一回，他就是这么对她的？

最后还得她费尽九牛二虎之力把他拖出浴缸，帮他换上干净的衣服，再弄上床。

连笑越想越憋闷，索性倚着床头坐了起来，一直下意识地咬着手指，又瞅了睡得正香的方迟一眼，越想越不甘心。

狠狠心，就当她成功生米煮成熟饭了吧……

想罢，连笑不给自己后悔的时间，冷着一张势在必得的脸，悄无声息地凑过去把他被子掀了，三下五除二就把他脱了个精光。再随意地把被子往他身上一盖，连笑当即抱着他的衣裤下了床，裤子随手扔在床脚，衣服则等她走到了靠近卧室门边的位置后，直接被她挂在了门把手上。

一路返回床边的途中，连笑的手也没闲着，自己的衣物也一件件脱了。

最终回到床边的连笑，身上就只剩下一件薄薄的连衣衬裙。

连笑正琢磨着自己的衬裙待会儿脱了是挂在床头还是丢在床上，却在这时，偶然斜眼瞥见方迟的睫毛颤了一下。

只是轻轻一颤而已，连笑险些被吓得夆毛，不得不感叹自己够机灵，想也没想就蹦上了床，侧过身去闭上眼假寐。

太阳穴突突直跳，导致连笑连呼吸都不敢，只能憋着气，只等身后什么时候传来他起身的动静。

没一会儿，被子窸窸窣窣的摩擦声响起，他应该是起身了。

可那被子的摩挲声瞬间又停了，看来他是已经发现了她精心布置的现场，以及一个，睡在他身旁的她……

惊不惊喜？意不意外？

连笑强忍着给自己拍手叫好的念头，默默倒数：三……二……一……

她也抻个腰，作势醒了。和她设想中的一样，她迷蒙地睁开眼，对上的是方迟一片空白的脸。

连笑做一副悠悠转醒的样子，从最初迷迷糊糊的面面相觑，到突然意识到发生了什么，不过几秒的时间，连笑猛地扯着被子坐了起来。

感谢她年少无知时看过的那么多狗血剧，倚着床头坐起的同时，她熟练地掀开被子，虽然明知自己身上还有件衬裙，但还是像模像样地做出一脸羞愤愈加的样子。再看向方迟，颤抖着嘴唇，颤抖着嗓音："我们……"

方迟的嘴角，有一瞬间的抽搐。连笑戏还没演完，方迟已经以最快速度把刚被她扒了的衣裤又穿了回去。

连笑正挤着眼泪，偶然抬头一瞧，只见方迟一边系着衬衣纽扣，一边面无表情地看。

连笑不禁怀疑起来，自己演的是不是还不够火候？他不是应该痛心疾首地表示会对她负责吗？

可挤眼泪怎么就这么难？连笑挤半天愣是一滴都掉不下来。

而就在连笑终于成功让眼角有了一丝湿润，眼看就要酝酿出一点儿鼻酸了，却又被突然传来的门铃声生生唬了回去。

方迟看了她一眼，什么也没说，应门去了。

这么一大清早的，谁会来按门铃？不等连笑揣摩出个所以然来，就听开门声响起的下一秒，是周青柠脆生生的声音："连笑还没起床啊？"

吓得连笑当即一僵，再没工夫在那儿挤眼泪了，立马从床上蹿起，随手捡起自己的衣物直奔浴室而去，啪的一声锁上门。

可不能被周青柠看到她现在这副样子，成何体统？

昨晚她是把周青柠哄睡着之后才方迟房间的，方迟把她翻进浴缸害她浑身都湿透了，她只能偷摸潜回自己房间，换了身干衣服再过来。

她本想着方迟肯定比周青柠醒得早，等她在方迟这边成功坐实他俩睡过之后，再回到自己房间去，喊周青柠起床吃早餐。

可周青柠不但醒得这么早，还猜到她在方迟的房间，就这么直接来方迟的房间拿人了？

连笑来不及想这么多，以最快速度把衣服穿好，这才出了浴室。

来到起居室一看，周青柠正坐在沙发上，搓着手一副很着急的样子。方迟则刚挂断打去餐厅叫早餐的电话，听见连笑的脚步声时，他正好回过头，对她道："抓紧洗漱一下，吃完早餐我们直接去福利院。周子杉刚来电话说孙伽文答应放弃抚养权了。"

不怪连笑反应不及，只怪这世界变化太快。连笑立在卧室和起居室的交界处，一时之间都忘了上前，周青柠却难掩激动，从沙发上蹦下来，跑过来一把抱住连笑："我以后可以跟你们在一起了！"

连笑有些机械地摸了摸孩子的脑袋，目光却依旧难免带着疑惑瞅向方迟。

他难道不该解释下为什么周子杉也掺和进了这件事？

等早餐送到，周青柠忙着吃早餐，连笑才有机会把方迟拉进房间，关上门开门见山地问："现在到底是个什么情况？怎么感觉很多事我都不知道？"

方迟向来不喜欢解释，可看她把自己纠结成这副眉头紧锁，他不答疑解惑她绝不放他走的样子，他只能费点儿口舌了："你真以为周青柠在你这儿住了三四个月，周子杉和孙伽文这两个人中就没有任何一个会发觉吗？"

"你的意思是，他们早知道孩子在我这儿？"可这明显说不通，如果那两人知道孩子在她这儿，怎么可能任由三四个月过去，却从没上门来找过她麻烦？

方迟差点儿就忍不住伸手替她抚平皱着的眉心了，却只是敛了眸压下了这心思，恢复一贯的淡然："其实周青柠早就偷偷向周子杉报过平安，那时候你和周青柠都还住在我家……"

连笑顿时瞪直了眼，又不好打断他，只能一脸焦躁地等他继续。

"周青柠这孩子真挺聪明，知道孙伽文和周子杉之间有矛盾，联系得不勤，就告诉孙伽文，她想回墨尔本跟着周子杉住一段时间。结果孙伽文把她送进安检，她却没登机，又悄悄出了机场去找你。"

连笑有点儿被这孩子的智商折服了。相比之下，她今早布置的那点儿酒后乱性的现场，简直是小巫见大巫……

"孙伽文就一直以为周青柠这段时间跟着周子杉在墨尔本。孙伽文本来就不关心孩子，也不会实时跟进周青柠的行踪。不过这孩子倒是挺信得过周子杉，还给周子杉报了个平安，说她现在过得很好，不想回去了，让周子杉别在孙伽文面前说漏嘴。这点她倒是天真了，周子杉怎么可能任由一个孩子流落在外？周青柠是用网络电话打给他的，他顺藤摸瓜查到了周青柠用的IP地址，也就找到我家去了。不过，等他找上门时……"方迟不知何意地觑了她一眼，才继续道，"你已经和我闹分手，带着周青柠搬走了。"

连笑对此不发表意见，但多少参透了他觑她的那一眼是什么意思了，只能略带尴尬地跳过这一部分："后来呢？"

"周子杉想把周青柠带走，我索性带他去参观了一下周青柠跟着你有多快乐，打消他这个念头。"

所以说，她和他分手这段时间，他还曾带着周子杉悄悄观摩过她的生活？一想到自己的前任带着自己的前前任是如何躲在暗处观察自己的，连笑的表情都不知道该怎么摆了。

好在方迟对此也没细说，抬腕看了眼手表，他们得抓紧时间去福利院了，有点儿要尽快结束话题的意味："周子杉也希望周青柠过得好，所以答应了我的提议，继续向孙伽文隐瞒周青柠的行踪，给我留出足够的时间搜集孙伽文弃养的证据。"

连笑无话可说了。面前这男人……做什么投资？直接改行做刑侦得了……这一环套一环的，孙伽文不中招都难。

半晌，连笑将这一切消化完毕，终于能如常开口："可是……以孙伽文的个性，周子杉怎么可能成功说服得了她接受现实，放手让我接管周青柠？"

"这我就不清楚了。"方迟说着已拉开房门走了出去，只留下一句，"我只关心结果，不关心过程。"

可方迟刚迈出去一步，就听身后的连笑不禁喃喃自语道："周子杉也是厉害……"

方迟脚下一顿，悬而又起，终是什么也没说，重拾了步伐走出去。

怎么不夸他厉害？

连笑没想到他们一行三人到福利院时，推开会客室的门，周子杉和孙伽文已经坐在那儿了。孙伽文第一眼就看向了连笑，那表情，分明觉得连笑十分面目可憎。

场面多少有些尴尬，谁也没说话，不友善的气息就这么在安静的会客室里飘散。连笑牵着周青柠的手，能感觉到这孩子手心在冒冷汗。

孙伽文给这孩子造成过多大的心理阴影，似乎已不言而喻。

却在这时，方迟上前，从连笑手里接过周青柠，蹲下去与周青柠平视着说："我们大人在这儿有事商量，你去外边找你朋友玩会儿。"

周青柠重重地点了点头，转眼就如释重负地跑了。临出会客室前，正好碰上院长和理事，周青柠朝院长和理事打了声招呼后，闷头就钻出了会客室。

这种冷冰冰的博弈场面，本来也不适合让这孩子参加。

连笑从没想过孙伽文会主动放弃，还以为会是一场长久战役。有些材料还没有准备齐，在理事和她核对她准备的材料时，连笑应付得不可谓不慌忙。

尤其是被问到为什么她提供的材料里没有婚姻证明，连笑那张脸，多少有点儿绷不住，只能讪讪地回道："I'm still unmarried（我还没有结婚）……"

院长和理事倒是表示时间匆忙，可能双方在传达上出现了遗漏，才导致连笑不清楚未婚不能领养孩子，孙伽文却当即冷笑出声："连条例都没弄清楚，就想抢孩子……呵……"

周子杉当即看向孙伽文，满眼的不满。眼看周子杉张了张嘴，似乎下一秒就要出言喝止，却被对面的方迟打断："我们本来准备在年底领证结婚，看来现在……"方迟看向还处在状况外的连笑，她满脸震惊，他满眼温柔，就这么当着众人的面，握住她搁在桌上的手，"得提前了。"

方迟话音落下的同时，分明能感觉到被他握在手里的连笑的手隐隐一僵。

又何止是连笑？在座的周子杉、孙伽文无不诧异地看向方迟，尤其是周子杉，那张脸瞬间失了血色般，只剩苍白。

方迟的目光，却只是浅浅带过这三人的面庞，只因此时理事开口问他什么时候能提供婚姻证明。

方迟表示会立刻买机票回国，三天内补全所有手续，带周青柠离开。

全程，连笑再不发一言。眼前这一切，俨然已完全超出了她的控制。院长还在和方迟商讨该如何对周青柠解释她得留在墨尔本等三天，连笑已迫不及待拉着方迟出了会客室。

幽静的长廊里，连笑一脸迷惘地讨要个解释："你……开玩笑的吧……"

方迟却很淡然："难不成你为了收养周青柠，还临时找别人结婚？"

连笑一卡壳，当然不可能！

方迟料到了，一耸肩："所以我只能牺牲下我自己了。"

他怎么可以说得这么理所当然？连笑看不懂。

"不是……我……"连笑都有些结巴了。

他却是那般笃定，仿佛这一切都并非临时起意："你到时后悔的话，离婚也可以。"

"后悔？"连笑想都没想过这个词，"怎么可能？可是……""可是"了半天，连笑也没"可是"出个所以然来，急得来回踱步，尖锐的鞋跟把走廊上铺的大理石敲得直响。

他扣住她的肩膀，不让她再来回瞎走。

可能他真的表现得太平静了，她才会这样。方迟敛了敛眸，尽量让自己显得郑重些："我想给你，给孩子一个家。"

显然，他的郑重在此刻只会适得其反。连笑本就一团乱麻的脑子因他一句话，瞬间更乱了。

他……真以为她怀孕了？连笑已经心虚得不行了，他又说："况且，昨晚……"

连笑这回是彻底绷不住了："别说了……"

什么叫多行不义必自毙，连笑算是领教了。果然撒谎容易圆谎难，连笑的眉心都快纠结成团了，思来想去，只剩一句："我怕你会后悔。"

"我为什么会后悔？"方迟反问。

这还用问吗？因为她没怀孕……因为昨晚什么也没发生……

可连笑不能说。这不是她最希望的结局吗？她说了，岂不是一切都化为乌有？她不能……

可惜周青柠不能跟他们一起走。孙伽文的弃养手续当天就办完了，连笑的领养手续却没接上，周青柠这三天都得待在福利院。

好在周青柠并不似一般孩子，听到他们必须离开三天，并没有撒泼耍赖要跟着一起，只是在送他们出福利院大门时，一直攥着连笑的手不放。

终于，把他们送上车了，周青柠才小心翼翼地问："你们不会不回来接我吧？"

这孩子的恐慌，写在强忍着保持平静的眉梢眼角，她多怕再一次被抛弃……

周青柠那倔强得都快要不像个孩子的眼神历历在目，二人酒店房间都没退，直接拿了护照奔赴机场。一路疾驰的车中，各自给家里打电话。

连笑说是赶着结婚，会让助理去家里拿户口本，她母亲着实吓了一跳："怎么突然就结婚了？怎么都不带回家里让我给你把把关？"连笑只能以马上要上飞机为借口，没被拷问两句就挂了电话。

反观方迟，也几乎是同时挂了电话，看来他在电话里面临的局面跟她的差不多。这般风风火火的唯一好处或许就只剩下，能令她暂时忘记一些事情吧。

比如……她的谎到头来要怎么圆？

第二天一早，两人就到民政局报到了。

连笑万万没想到，结个婚流程竟是如此简单，排队填资料，排队缴费，排队拍照，感觉全程都在排队而已，可就这么排着排着，结婚证就到手了……

连笑拿着属于她的那本结婚证，跟着方迟出了办事窗口。

看着他的背影，捏着红本，连笑一时语塞。等方迟意识到她没跟上，回过头时，正对上她一张纠结得不行的脸。

周遭都是排队领证的新人，没一个是她这种反应。反倒是对面的离婚窗口，都是她这样表情的脸。

"怎么了？"方迟不得不朝她走回。

连笑看着他越走越近，终于认命。有些话，她再不说的话，就真的来不及了……可她说完这些话，他会不会转头就拉着她去对面窗口办离婚手续？

连笑终是咬碎了牙，说出了口："我没怀孕……"可音量太小，周遭人又多，方迟压根没听清："什么？"

天哪！还得逼她再说一遍……连笑简直跟被人掐着脖子似的，呼吸都局促了。

可是有什么办法？他都已经侧耳倾听了，连笑只能再深吸一口气："我——没——怀——孕！"这回他总能听清了吧？

可连笑用尽最后那点儿仅存的勇气抬起头来时，看见的却是他一张别提多坦然的脸。他说的话，就更别提多坦然了："我知道。"

世界，静止了。

脑子，不转了。

半晌，她只能把这一切理解成他听错了："我说我没怀孕！"连笑几乎是在咬文嚼字了。

"我说我知道。"他却还是那么坦然。

犹如被雷劈中，连笑就这么僵立在这毫无头绪的世界里，全然没了方向。

"那你……你当时说要给我，给孩子一个家？"她的声音都不似自己的了。他的声音，却依旧清清浅浅，却又掷地有声："给你，给周青柠一个家，这么说有什么问题？"

方迟不妨再给她个晴天霹雳："哦，对了。"他跟突然想起来一件无关紧要的事似的，以极其轻松的口吻随口提道，"其实那天早晨我早就醒了。"

那天……早晨？

连笑的脸已经绿了。

他那副要笑不笑的表情，顿时令连笑心中升起一丝恐怖的预感。他说的该不会是……该不会在墨尔本的那天早晨吧……

什么叫求仁得仁，方迟不吝于让她真真切切体验一回。

"你二话不说就把我和你自己都扒了个精光，所以我就只能继续装睡，看你到底想干吗。"一想起那时的场景，方迟嘴角就忍不住一抽。

反观连笑，终于从漫长的怔忪中猛地醒了神。

"你！"连笑顿时忍不住抬手指着他鼻子骂，"你个心机婊！"

不对……

"你个心机boy！"

也不对……

"你个！你个……"

周遭那一对对等着领证的新人全都向连笑投来异样的目光。这么个骂法，俨然是这女的被骗婚了吧……

可再看正被这女人指着鼻子骂的男人，一张清冷、矜持，隐着的笑意里又带着藏也藏不住的宠溺的脸。

231

一众围观群众的表情分明在说：被这种男人骗了……也就骗了吧，值！

被她这么骂着，方迟的表情始终不变。等她骂不出什么新花样来，方迟才重新开口，依旧是那不咸不淡的语气："离婚窗口就在对面……"

什么意思？连笑怔住。

这是被她骂急了，又反悔了？

连笑正迟疑，他却一把抓住了她那原本指着他鼻子骂的手。连笑下意识地一缩，他该不会要拉她去对面离婚窗口吧？

骂归骂，离婚连笑可坚决不干，转眼就和他拔起了河："你……你休想！"

眼看自己被他攥住的手就要成功挣脱出来，方迟索性眉心一挫，直接连手带人一起，将她拉进怀中。

不管她怎么挣，他都不撒手，该不会一辈子都不准备撒手。

他终于一手控着她，一手从兜里摸出婚戒盒。

这个女人，却还陷在要被拉去离婚窗口的恐惧之中，自己挣不开他的手，已经开始试着找外援了："你再不放手，我喊保安过来了啊！你……"

话音还未落，就瞬间没了声，只因她慌乱间终于看清，他另一手正拿着个什么。

方迟却紧张得丝毫没察觉到对面抵抗的力道瞬间消失殆尽，一手依旧紧攥着她的手，一手好不容易把钻戒从戒盒中取出——他大概还从没这么紧张过。

取出婚戒后，他连戒盒都顾不上拿了，任它掉落在地，只这么一手执着婚戒，一手执着她。

为她戴上钻戒的下一秒，方迟终于能长长舒了口气，这才意识到对面的她，早已傻愣愣地看了他半天。

连笑看看他，看看自己无名指上的婚戒，又看看他。

那一刻，他眼里淬着星光，终于不用再隐忍着笑意，笑着将她拥入怀中，捧起她的脸，吻下去，啵的一声，格外轻快响亮。

有了法律保障，他自然肆无忌惮："你已经被我套牢了……方、太、太……"

唉……连笑在他怀中叹了口气，只能狠狠回搂他，狠狠地以示惩罚。

可抱着抱着，连笑又忍不住开小差，抬手去研究自己的无名指。研究来研究去，竟研究得不是滋味了，她索性推推他："几克拉的啊？临时买的地摊货我可不收啊！"

方迟危险地一扬眉，这种时候还问这个真的好吗？

放开她的同时，方迟不客气地一敲她的脑门，也不给她时间去揉一揉脑门，拽起她就走："走啦！财迷，接女儿去。"

于是乎，结婚窗口一路朝外，都能听见一个被骗了婚的女人在对自己的新婚丈夫发出灵魂的拷问。

"你到底什么时候买的戒指啊？"

"……"

"你到底什么时候知道我没怀孕的啊？"

"……"

"墨尔本那晚，你到底是不是根本就没醉啊？"

"……"

"你和那个林医生到底什么关系啊？"

"……"

方迟全程不发一言，只顾拉着她一路朝外走，将周遭或艳羡或疑惑的目光，尽数抛诸脑后。

他的套路，岂能被她轻易摸清？

他的嘴角，是那般张扬的笑意。

余生请多指教……

姗姗来迟的你……

番外
世界赠我予你

Part.1

"双11"当天，DL力压林亚Lia，位列全网女装品类店铺销量前五。扬帆新晋栽培的其他品类的网红，成绩也相当亮眼。扬帆被晗一打压多年，终于靠着这一翻身仗，宣告自己重获网红孵化领域的龙头老大地位，一时之间风头无两。相比之下，重新与资本握手言和，但已然气数大伤的晗一，今年的"双11"，败象已有些明显。

而在扬帆初尝胜利果实时，C轮融资也提上了日程。方迟本该在C轮继续稀释股权套现，却不知为何突然宣布，将其所持的股份全部转到他妻子个人名下。

所有人都傻眼了，怎么从没听过方迟结婚了？这妻子又是何方神圣？

答案很快揭晓。

新的招股书上，明明白白写着方迟的妻子，正是扬帆的CEO，连笑。

连笑就这么从一个高级打工仔，摇身一变，成了扬帆的大股东。

连连笑自己都是在新的招股书送到她手里的那一刻，才知道方迟把他所持的扬帆股份送给了自己。

"这……这是什么？"连笑当然知道这是招股书，可招股书上怎么会出现她的名字？

方迟倒十分不以为意，优哉地说了两个字："聘礼。"

连笑默默感叹，自己可真值钱。

这么大份聘礼在手，连笑回想起自己前几天还在闹着自己嫁得太亏，连个婚礼都没有……顿时觉得自己似乎……也许……真的有点儿要求太多。

就在连笑心里刚升起那么一丝丝歉意时，方迟又将六份企划案齐刷刷一字排开，摆在了她面前。

连笑手里捏着招股书，再一扫自己办公桌，六份企划案，全是婚庆公司为新人量身打造的婚礼企划。

第一本，近海游轮婚礼。

第二本，大溪地梦幻婚礼。

第三本，马尔代夫创意婚礼。

……

最后一本，南极探险婚礼。吓得连笑赶紧收回视线。

方迟全程抱着双臂欣赏她的反应，挺有趣，比婚庆公司搞的什么鬼扯的南极婚礼还有趣。

欣赏够了，他才一挑眉："以后还抱不抱怨你嫁得太亏了？"

连笑一愣，真是锱铢必较……

她默默感叹一句，赶紧摆手："不了不了！"

她再抱怨嫁得太亏，他恐怕都能给她整出个什么原始丛林探险婚礼来……

Part.2

有个纠结症的老婆究竟是种怎样的体验？

"我想坐游轮。"

好吧，那就游轮婚礼。

"可是我也想去极地看企鹅。"

好吧，那就南极婚礼。

"可是……我也蛮想去岛屿的，怎么办？"方太太只能把这个难题丢给老公。

以为方先生起码会为难个几天，然而向来高效率的方先生很快就拟定了新路线。

人都说筹备婚礼耗心又耗力，连笑完全不这么觉得。

她唯一的任务就是选婚纱，以及确定她这边的宾客名单，其余的，方迟一个人全搞定。

婚礼定在了赫尔辛基岛，婚礼仪式前后，他们有足足一个月的时间游历北欧四国，还能坐游轮去北极，看企鹅，赏极光……

他们带着周青柠，去巴黎订好婚纱之后，直接飞到了芬兰。

对于得带着周青柠这么个电灯泡开启提前蜜月之旅这一点，方迟显然是不乐意的。但连笑又不忍把周青柠交给保姆一整个月撒手不管，只能带着。

方迟的态度也是一贯的，虽然表面上满不在乎，但从他到了芬兰之后，特地选了每一间屋子都是各自独立的穹顶酒店入住，就知道他那暗搓搓地要过二人世界的决心。

到了酒店后，她和方迟先把周青柠送到了为她订的玻璃屋。明摆着周青柠是和保姆住一间，而她和方迟住另外一间。

周青柠还不明就里，一进房间就问："怎么就两张床？"

不过很快周青柠就忘记了这番疑问，忙着在玻璃屋里四处观摩起来。

穹顶酒店的每一间屋子都是玻璃半球材质，玻璃墙体外，尽是银装素裹。他们刚抵达赫尔辛基机场时，雪还在下，如今虽然雪停了，但室外的积雪依旧能淹没半截小腿。而透过玻璃墙体看向外头的世界，又是截然不同的景致。

周青柠趴在玻璃上欣赏了半天，突然兴奋地尖叫："我好像看见麋鹿了！"

"这都极夜了，哪儿来的麋鹿？"方迟提醒这位小朋友醒醒，嘱咐道，"明天要去圣诞老人村，今天你务必早点儿睡。"

他就这么打消了周青柠打算拉着他和连笑在她房间里陪她赏极夜的念头，并很快把连笑一并带走了。

等方迟和连笑终于到了自己的玻璃屋，连笑这一路踏雪而来，已经冻得够呛。帮忙提行李的服务生一走，连笑就把围巾一扯，扔到床上，顺便把自己也扔到了床上，还不忘颐指气使："快去放缸洗澡水，冻死我了……"

室内的壁炉足足烧到20℃，连笑摘了手套的当下，忍不住对着掌心哈口气。

方迟没说话，只把自己刚给服务生付完小费的钱夹往矮几上一搁，一边脱着手套围巾，一边朝连笑走来。

很快他就站在了床边，哗啦一下拉开了羽绒服的拉链，随后把脱下的羽绒服直接往她身侧的床垫上一扔，转手就来脱她的。

连笑险险护住羽绒服的拉链："你干吗？"

方迟一扬眉，这不明知故问吗？

Part.3

然而回想起那一夜，始作俑者方迟却是无比后悔。

谁能想到，破坏他们二人世界的罪魁祸首，从来都不是周青柠。真正的罪魁祸首，就是在那一夜，被他亲手创造的。

连笑度完蜜月之后，马不停蹄地恢复了工作，季度计划排得满满，却在一个半月后的某一天，她的一阵突然反胃，把一切都打乱了。

连笑有意建个网红拍照基地，可惜S市的租金太贵，最后她决定把拍照基地建在杭州。这回她特地跑了趟杭州选址，却没承想，到了杭州，她竟还水土不服起来，饭局刚进行到一半，她已经去了两次洗手间，倒也没真的吐，就是止不住地反胃，想干呕。

从洗手间返回包间的路上，连笑琢磨着，难道是那道龙井虾仁不新鲜？临到包间门口，她便皱着眉，让门边候着的服务生赶紧把桌上那道龙井虾仁撤了。

当晚，一行人留宿杭州。连笑本来晚上还有个局的，可惜胃不舒服，只能推掉。在酒店待着待着，她竟又莫名地饿了，不知怎的就特别馋前几天在"新天地"吃的那家年糕排骨，无奈她现在人在杭州，只能退而求其次，打开外卖软件，看看附近有什么夜宵可以点。

指尖正在手机屏幕上有气无力地划着，微信响了，方迟发来的："饭局结束了吗？"

对方轻描淡写的一句话，连笑却看乐了。

她来杭州前，曾绘声绘色地向方迟描述了一番杭州的夜生活有多精彩。她和廖一晗当年在杭州刚开始做网红孵化时，认识了一票网红，虽说当年的这批网红如今过气的过气，改行的改行。但连笑这次重返杭州，肯定得找她们叙叙旧，酒局自然少不了。而方迟，可是切身领教过她酒后失态的糗样的，这通轻描淡写的微信，说白了，不就是查岗？

连笑自然抓住机会表忠心，从自己胃不舒服，什么都吃不下，说到自己多想念"新天地"的那家年糕排骨。

方迟第一反应竟不是心疼她，而是逮着她话里的漏洞，问："你不是说你什么都吃不下吗？怎么又想吃年糕排骨了？"

果然，娶到手就不珍惜了，竟然只顾挑她话里的刺，完全没对她胃不舒服这件事表示半点儿心疼。

连笑把手机往一边的枕头上一扔，吹胡子瞪眼地想，早知道，今晚的酒局，她就不推了。

年糕排骨的念头就这么被彻底打消，她恼着恼着，竟然睡着了。猛地惊醒的那一刻，已经是三个小时后，她支着脑袋半趴在床的一侧，有些摸不着头绪，自己今天到底是怎么了？又是反胃，又是嗜睡的，难道真的要把一切都归咎为水土不服？

连笑下意识地摸过手机，本以为自己睡着的这段时间，方迟会急得给她打电话，却不料手机屏幕上干干净净，既没有未接电话，也没有未读微信。

这才刚结婚没半年，她就已经从朱砂痣沦为蚊子血了？

连笑腾地坐起，狠狠抓了抓头发，计从心来。点进今晚被她爽约的那位姐们儿的朋友圈，对方果然更新了聚会的小视频，一众俊男美女的脸在镜头前晃过。连笑保存好视频，转手就发到了自己的朋友圈，选了仅对方迟可见。

接下来的时间里，连笑全程捧着手机坐在床头，就等方迟什么时候有动静。

十分钟后，连笑收到了一个赞，来自方迟。

可惜连笑并没有体会到任何报复的快感，他给出的这个赞，和他一样让人琢磨不透，同样地，也和他本人一样，泛着些许的冷意。

连笑忍不住打了个寒战，伴随着这记寒战而起的，还有叮咚的门铃声。

连笑这才得以把目光从那个冷冰冰的赞上移开，趿上一次性拖鞋去应门。大概被那个赞闹得思绪有点儿混乱，她都没透过猫眼看看外头按门铃的人是谁，直接拉开了房门。

时间仿佛在那一刻定格。

现在删掉她十分钟前发的那条朋友圈，还来得及吗？

门上挂着的铁链，横亘在她和门外那人之间。门外那人看看铁链，又透过门缝看看她，声音也是冷冷的："小骗子，开门。"

连笑这才彻底醒过神来，赶紧把门上的铁链卸了，拉开房门让他进来。

他的表情虽是冷的，但他开了两小时的车，跨市送来的年糕排骨还热着，餐盒用锡纸包着保温，他往她怀里一放。

连笑其实已经闻见透过锡纸溢出的香味了，却还明知故问："这是？"

方迟觑她一眼。

小样儿，治不了你了？不等她反应，方迟手速极快地把这份她心心

239

念念的年糕排骨拎走："不好意思，这份是我买给我自己吃的。"转手就把另一袋东西往她怀里一放，"这才是买给你的。"

他还真就拎着那份香飘四溢的年糕排骨走了，留连笑一人，独自站在玄关捧着那袋胃药，切身感受着什么叫自食其果。

连笑余光瞥见他往沙发上一坐，自顾自拆起了食盒和筷子，当即快步追过去，在他刚夹起一块年糕的瞬间，嘴凑过去，从他眼皮子底下成功抢食。

方迟的目光在她那泛着得意的脸上匆匆一过，原本绷着的嘴角，微微一抿，笑得乍暖还寒。

连笑见他这样，就确定他刚才是在装生气故意逗她了，自然无须再客气，直接从他手里夺走筷子。

排骨上裹着酥脆的面包糠，她夹起一块，咯吱作响。可刚送到嘴边，面包糠的油腻味儿忽地冲鼻而来，她自己都始料未及，顿时一阵反胃。她在方迟疑惑渐起的目光下，生生定格了两秒之后，撂下筷子就往直奔洗手间。

等方迟跟到洗手间门外，连笑正伏在洗手台前干呕，水龙头开着，水流声伴着她卡在嗓子眼的声音："帮我倒杯水，我把胃药吃了。"

方迟微微蹙着眉，在门边赖了一会儿，这才折返回去帮她倒水、拿药。

等他再出现在洗手间门外时，连笑堪堪缓过刚才那阵反胃的劲儿，接过水杯和胃药就要往嘴里送，直到这时，方迟才终于开口："老婆……"

他这声"老婆"，唤得犹犹豫豫的，完全不似平常的果断劲儿，眼里也像是染了层迷雾似的。连笑下意识停下，有点儿摸不着头绪。

"我觉得你现在需要的不是胃药，而是……"他眼里的迷雾散了一些，像是终于想明白了什么似的。

连笑却被他说得丈二和尚更摸不着头脑了："而是什么？"

原本还迟疑犹豫着的方迟，突然掉头就走，搁在沙发扶手上的外套都顾不上拿，人已走到玄关拉开了房门，临走前不忘叮嘱她："胃药你先别吃，千万别吃，等我回来。"说完也不等她回话，砰地关上房门。

连笑听着耳畔回荡着的关门声，再看此时已经空无一人的玄关和自己手里拿着的那板胃药，眨巴眨巴眼睛，愣是没闹明白方先生葫芦里究竟卖的什么药。

一刻钟左右，方先生风风火火地回来了。

此时的连笑正坐在沙发上，面对着那盒已经冷透的年糕排骨，脑袋里的馋虫正勾引她尝一口，胃里一阵阵的反酸，却在阻止她伸出罪恶的手。听见门铃声，连笑才终于从天人交战中抽回神来。

门外的方先生和离开时并没什么两样，唯独手里又多了个塑料袋。连笑低头一瞧，这不还是药房的袋子吗？难道他已经知道她得的究竟是什么病了？

再看他异常严肃，嘴角都崩出一道线的模样，连笑顿时胆寒起来，僵立在门背后，他手里那袋药，她是彻底没胆子接过了。

方迟脸上虽没什么表情，行动却处处透着急切，拉着她往里走，连关门的时间都没有，直接用脚背勾上了门。就这么一路把连笑拉进了洗手间，松开她手腕的同时，他把塑料袋里的东西一股脑全倒在了洗手台上。

连笑垂眸，傻眼。

她还以为他买了一袋子的药回来，原来却是一袋子的验孕棒。

看这架势，他该不会是把药房里所有牌子的验孕棒都买过来了吧？

方迟可顾不上这些，自顾自地拿起一盒验孕棒，研究了一下说明书，眉心便微微一蹙："竟然不能晚上测？"

连笑抬眸看他，总觉得眼前发生的这一切都不太真切，声音都不由得压低了："不会这么巧吧……"

隔天一大早就被方迟叫醒的连笑，晕晕乎乎地坐在马桶上，看着验孕棒上的两条线，脑子一片空白。也不知道是因为起得太早，还是那两条红线带来的冲击太大，以至于她脑子都不转了。

慢吞吞地起身，拉开洗手间的门，她一抬头就看见方迟正抱着胳膊沉着脸靠在对面的墙边。她还算睡了四五个小时，但感觉方先生这一整晚都没合眼，眼下泛着些许的青色，神情紧张得像个在等老师报期末考试成绩的小学生。

连笑这回脑子终于不再一片空白了，却还故意面无表情，不给他任何讯息。只怪他此番表现太有趣了，对连笑来说，简直新奇得不行。历来从容自若的方先生，竟还有如今这没出息的一面？想想就觉得有意思。

方迟可没她这份闲心，他沉默地研究了一会儿她的表情，发现自己历来引以为傲的洞察力在这一刻彻底失效，半天也没能研究出个所以然来，索性放弃，紧着嗓子问："怎么样？"

连笑轻咳了两声，把验孕棒递过去。

昨晚就将验孕棒的使用方法研究了个透彻的方先生，低头一瞧验孕棒上两条红线，瞬间就懂了。

可他那脑袋，也如瞬间被人按下了暂停键，半晌都没再抬起来。

连笑看着他低垂着的侧脸，他似乎，不是很开心？原本嘴角藏着笑的她，脸上也不由得结了一层霜。

好似为了印证她的想法，他突然动了，却是咬着指尖在她面前来回踱步，足足来回了两轮，他才蓦地驻足，再一次抬眸看她。

他这……到底是开心还是不开心？连笑都被他闹糊涂了，直到他突然冲过来准备抱她的那一刻，一切才豁然开朗。

原来这个男人开心到极致是这个样子的，皱着眉在那儿笑，好不矛盾。更矛盾的是，他都冲过来要抱她了，却在临到她跟前时生生刹住车。连笑都已经稍稍张开双臂，准备好迎接他的拥抱了，他却生生退后了半步，摸着下巴上下打量她，转瞬又恢复了严肃的神情："你现在是重点保护对象，不能有任何磕碰。"

连笑还等着他抱起她原地转几圈呢，他却连碰都不敢碰她了？

Part.4

方之鹿小朋友，就这样在方先生为期八个多月的十级警戒下，呱呱

242

坠地了。

关于孩子的性别，方迟从一开始就认定了，绝对是女儿，她孕期反应这么大，怀的肯定是个娇滴滴的小囡囡。连笑还打趣问过他，万一是儿子呢？

当时的方迟，可是斩钉截铁地说过："不可能！"

为了给女儿起个好听的名字，准爸爸可是煞费了一番苦心，方迟的"迟"，连笑的"连"，都是"之"字旁；怀上宝宝的那一晚，据推算，应该就是他们蜜月旅行的第一晚，那晚周青柠看见了麋鹿——方、之、鹿，鹿鹿，一听就知道是个漂亮的小女孩。

可孩子一出生，准爸爸傻眼了。

儿子？！

何止是名字？大到婴儿房，小到衣服袜子，方迟可全都是按照女儿的待遇置办的。方先生怎么也没料到，老婆大人曾经打趣过的那句"万一"，就这么一语成真了。

见识过老婆大人孕期有多辛苦，他早已决定一辈子只生这一个，方先生只能把对于女儿的期待，埋藏心底。

却不料这位鹿鹿小朋友，大概一出生就打定了主意要和他这个老爸不对付。儿子出生的第一个月，方先生想着，自己总算可以安安心心搂着老婆睡了，可儿子大半夜嗷嗷一哭，就把方先生的美梦给哭碎了。

连笑直接搬去了婴儿房住，留方先生一人睡着偌大一间主卧，内心郁闷着。他总不能也哭一嗓子，把老婆哭回来吧。

第二个月，请来的保姆终于顺利接手了照顾鹿鹿小朋友的大部分工作，方先生想着自己终于不用再独守空闺，却发现，现实可比理想残酷。

残酷得多……

儿子出生之前，无论是他先出门，还是连笑先出门，出门前的最后一件事，绝对是给对方一个吻。曾经有好几次方迟因为赶着出门，只是在老婆大人唇上浅浅啄了一下，老婆大人都能十分不乐意，非得他补上一个认真而绵长的热吻才行。

可如今？

连笑出门前的最后一件事，不知怎的就成了捧起儿子的小胖脸，在两侧脸颊上各自砸吧一口，额头上再砸吧一口，亲得正在婴儿座椅里被保姆喂着米糊的鹿鹿小朋友被抗议一般地别过脸去躲开了。

方先生琢磨着，儿子都已经被亲烦了，总该轮到自己了吧？于是悄无声息放下筷子，稍稍挺直了腰板，抬起了下巴，调整出了最佳角度，以便老婆路过他时，可以顺嘴给他个临别吻。

然而……连笑就这么径直从他身边走过了，看都不看他一眼。

那一刻，他悄然挺直的腰板又悄然绷紧。历来喜怒不形于色的方先生，原本还能做到情绪不上脸的。却在这时，已经走到玄关的连笑又回过头来，冲着他这边——准确来说，是冲着他旁边婴儿座椅中的鹿鹿小朋友，连飞了三个吻："乖乖等妈妈回来。"

连笑关门走了，留下餐桌旁的父子俩，面面相觑，一个暗恨得眼睛冒火，一个无辜得星眸闪烁。

此时此刻，全然不知自己引发了一家战火的连笑，正开车去公司。

她怀孕六个月那会儿，方迟就打算让她停工的，可她在扬帆才干了一年，根基不稳，哪能说放权就放权？毕竟有了被踢出晗一的前车之鉴，她对要在扬帆站稳脚跟甚至干出一番成绩来，还是很有执念的。方迟拿她没法子，可又不忍看她这么累，只能做起了连总背后的男人，帮她理思路，定决策。

只是没想到，她坐完月子复工刚一个月，就遇到了她来扬帆之后，需要做的最大的一个决策——是否要并购晗一。

这一年多，晗一的处境每况愈下。廖一晗和禾木资本闹掰之后，禾木资本在资本市场封杀晗一，晗一原本很被业内看好的上市之路，顿时变得荆棘密布。好不容易出现了谭骁这么个冤大头，外界实在是看不透，一向处事圆滑的廖一晗，怎么又和谭骁闹掰了。

谭骁的撤资，倒还不算是压倒晗一的最后一根稻草，甚至晗一连续两个季度亏损，连笑都觉得，以廖一晗的能力，即便有这么一堆烂摊子急需她收拾，但只要给她足够的时间，她还是能一一摆平。可偏偏在这个时候，晗一的当家网红林亚选择单方面解约。

高昂的违约费，都没能拴住林亚的脚步。

林亚解约后开始单干，负责林亚新淘宝店的外包运营公司，和扬帆很熟，连笑没多久就听说了，林亚之所以在晗一最危急的时候翻脸走人，是有人在背后给她撑腰——禾木资本的千金禾嘉佳。

禾嘉佳大概也没想过要暗箱操作这一切，林亚新公司的注册信息上，第二大股东赫然写着禾嘉佳的名字。

这位禾小姐，不仅和陈璋的婚外恋闹得轰轰烈烈，就连祸害起人来，也不遮不掩，有禾木资本做后盾，简直为所欲为。

对着方迟说起这事时，连笑面上虽揶揄着："还真是天道好轮回，苍天饶过谁……"心里却不胜唏嘘。

锦上添花易，雪中送炭难，廖一晗如今面对着这众叛亲离的一切，是否会有一瞬间，后悔当年把她赶出公司？

可惜，她已经不是当年那个会无条件站在廖一晗那边，力挺廖一晗到底的连笑。一切都回不去了。

可真要她落井下石，她一时半会儿也做不到。经纪事业部建议她趁现在赶紧挖走晗一的其他几大网红，她也一直没给准信儿。

晗一决定终止IPO，撤回上市申请材料的小道消息一出，所有紧盯着晗一这只瘦死的骆驼的豺狼，都没工夫去了解这则消息的真伪，就已经坐不住了。扬帆的经纪事业部老大也急了眼，基本上所有网红经纪公司都在打晗一旗下那些网红的主意，扬帆现在再不出手，可就晚了。

只是谁也没想到，以为瞅准了先机，准备一拥而上的豺狼们并没有讨到任何巧，反倒按兵不动的连笑，收到了晗一主动抛来的橄榄枝。

廖一晗想让扬帆并购晗一。

如果不是被逼到绝境，廖一晗不会这么做。

虽然连笑姿态拿得很高，全程让副总和廖一晗聊，自己一次都没有现身。但其实这段时间，她满脑子都在研究这个事，站在悬崖上的晗一，她到底是救，还是不救？

救的话，万一未来廖一晗成功翻身，又要求拆分，等于利用完了扬帆，再一脚踢开……不救的话，她又过不了自己心里这关。

毕竟晗一，也是她从大学时代一路走来付出的心血。

难得周末她和方迟都有时间，一边逛着母婴用品店，她还一边想着副总昨晚和她通的那通电话里，廖一晗提出的并购条件。她正走着神，腰上一紧。

"想什么呢？"搂在她腰上那只胳膊的主人，隔着一个眼睫的距离，低头问她。

连笑这才回神，仰头一看，方迟正打量她呢，她作势一咳："我在专心给儿子挑衣服呢。"

专心？方迟一只手仍在她腰上搂着，另一只手则接过她拿在手里的那件粉色婴儿服："儿子都穿60码了，你怎么还拿50码的？"

还是粉色，她曾明令禁止，不让他买给儿子穿的颜色。

连笑别扭地瞅瞅他，就只是这么一眼，他就把她瞧了个通透似的，嗓音一沉："晗一的事？"

连笑不禁嘴角一抽，他还能猜得再准点儿吗？

其实晗一的事，方迟知道得也不少，大多数是从谭骁口中得知的。谭骁的消息来源之广，方迟从来不惊讶，他只是很惊讶，廖一晗都已经当着谭骁的面明确表示过，她只是在利用他，谭骁却直到如今，还放不下这女人。他有受虐倾向吗？

谭骁希望他能劝连笑出面帮廖一晗这个忙，方迟只能请他拎拎清。廖一晗不值得，既不值得谭骁为之劳心，更不值得方太太为之伤神。

既然他都猜到了，连笑也索性把烦恼全倒给他。

儿子的衣服一件也没买成，两个人坐在母婴用品店的饮品区里，连笑终于把烦恼吐完了，脸上稍稍轻松了些；而方迟，全程面无表情，眉都没动一下，连笑都有点儿怀疑他压根没在听，他却依旧眉都不抬一下，给出了他的建议："廖一晗想要你救晗一，可以，她得把她手里的所有股权转让，一分都不能留。"

表情刚松懈下去一点儿的连笑，脸瞬间绷得更紧了："她怎么可能会答应？！"

"首先，你得弄明白一点，你要救的是晗一，而不是廖一晗。"他伸指点了点她的眉心。

连笑撇撇嘴："我知道！"她也没想救廖一晗，只是舍不得晗一就这么没了。

既然她分得清，方迟也就放心了，表情终于有了松动，微微一挑眉："所以，别心软，她不答应你的条件，你就让她自生自灭。现阶段，她比谁都清楚，只有你能帮她了。"

他这么胸有成竹地一说，连笑倒是迟疑起来了："其实我也很纳闷，晗一就算不行了，瘦死的骆驼也比马大，怎么就没有别的公司肯伸出援手呢？"

方迟一笑，一耸肩，表示不知。

当然，他不可能告诉自己的妻子，是他把廖一晗的后路都堵死了。也是他出面，教禾嘉佳如何把林亚这个摇钱树连根挖走的。

当然，没必要让方太太知道她此刻对面坐着的，是个锱铢必较的狠人。

连笑琢磨半天，终于可以回个微信给副总，教他下一步该怎么和廖一晗交涉了。正编辑着文字，对面弱弱传来一声："老婆……"

连笑低头抱着手机打字，只随口"嗯"了一声。

对面半晌没动静，连笑点击完发送，才依稀想起来，他刚才是不是唤她了？这才抬头看过去。

抬头的瞬间，一怔，忽地有点儿恍惚。

此刻坐在她对面的，可不是刚才声音微凉地教她如何杀伐决断的方先生了，而只是一个，力争重获家庭地位的方先生。

"今晚别陪儿子睡了，也关心关心你老公行不行？"他话音一落，竟还学着儿子，不满地一扁嘴。

瞬间，连笑感觉自己被打败了。

这种婚后还总被另一半撩得不行的感受，连笑有点儿羞于承认，打着马虎眼起了身："我……我哪里不关心你了？走！给儿子挑衣服去。"

刚说完关心他，下一句就又是帮儿子挑衣服……

方迟这回真不是故意学儿子扁嘴了，是真的，很不满地想要扁嘴。

可惜方太太已经独自走回了购物区，方先生自然也以最快的速度收拾好表情，起身跟了过去。他腿长步子大，三两步就到了她身侧，再自然不过地搂过她的肩膀。

好在儿子现在还只有六十厘米高，等他长到可以搂人的高度，还得等个十几年。

这一点上，为父妥妥地赢了。

当然，如此幼稚的想法，方先生绝不会对外人道。

二人重新回到货架前，方迟很快就精心挑选好了两件60码的婴儿服，确实是精心挑选，选出了货架上最丑的款式。

一旁的方太太，忽然像是瞅见了他小心翼翼对儿子的报复，他刚要把那两件婴儿服放进购物筐里，就被叫住。

"老公……"

方先生手上的动作心虚地一停，脸上却不动声色："怎么了？"

她却只是用一种连他都快要读不懂的眼神，浅浅看了他一眼，便摇摇头笑了："没事。"

方先生默默松一口气，拎着购物筐，先行走向前方的货架，看看还有没有更丑的款式，只留一个道貌岸然的背影给身后的方太太，免得被她发现他的这点儿小九九。

此时此刻的方太太，看着他的背影，想的却是另一件事，也是她刚才没有说出口的事。

短暂地走神后，她快速地小跑过去，那些说不出口的矫情，已经好好地藏在了心里，泛着甜蜜。

感谢世界，赠你予我……

【全文完】

图书在版编目（CIP）数据

致姗姗来迟的你：全 2 册 / 蓝白色著 . -- 南京：
江苏凤凰文艺出版社，2019.5（2023.5 重印）
ISBN 978-7-5594-3442-5

Ⅰ . ①致… Ⅱ . ①蓝… Ⅲ . ①长篇小说 – 中国 – 当代
Ⅳ . ① I247.5

中国版本图书馆 CIP 数据核字 (2019) 第 048389 号

致姗姗来迟的你：全2册

蓝白色 著

选题策划	北京记忆坊文化
特约策划	暖　暖
特约编辑	单诗杰 莫桃桃
营销编辑	杨　迎
责任编辑	白　涵 刘洲原
封面绘图	酥元棠
封面设计	80 零·小贾
版式设计	天　缈
出版发行	江苏凤凰文艺出版社
	南京市中央路 165 号，邮编：210009
网　址	http://www.jswenyi.com
印　刷	环球东方（北京）印务有限公司
开　本	880 毫米 × 1230 毫米 1/32
印　张	17
字　数	470 千字
版　次	2019 年 5 月第 1 版 2023 年 5 月第 2 次印刷
书　号	ISBN 978-7-5594-3442-5
定　价	68.00 元（全二册）

MEMORY
HOUSE